拉丁美洲“文学爆炸”后小说研究

郑书九等　著

创于1897　商务印书馆
The Commercial Press
2013年·北京

图书在版编目(CIP)数据

拉丁美洲“文学爆炸”后小说研究/郑书九等著. —北京:商务印书馆,2013
(国家社科基金后期资助项目)
ISBN 978-7-100-09749-9

Ⅰ.①拉… Ⅱ.①郑… Ⅲ.①拉丁美洲文学—小说研究 Ⅳ.①I730.074

中国版本图书馆CIP数据核字(2013)第006340号

拉丁美洲“文学爆炸”后小说研究
郑书九等 著

商 务 印 书 馆 出 版
(北京王府井大街36号 邮政编码 100710)
商 务 印 书 馆 发 行
北京瑞古冠中印刷厂印刷
ISBN 978-7-100-09749-9

2013年5月第1版 开本787×1092 1/16
2013年5月北京第1次印刷 印张20½
定价:48.00元

国家社科基金后期资助项目
出版说明

后期资助项目是国家社科基金设立的一类重要项目，旨在鼓励广大社科研究者潜心治学，扶持基础研究的优秀成果。它是经过严格评审，从接近完成的科研成果中遴选立项的。为扩大后期资助项目的影响，更好地推动学术发展，促进成果转化，全国哲学社会科学规划办公室按照“统一标识、统一版式、符合主题、封面各异”的总体要求，组织出版国家社科基金后期资助项目成果。

全国哲学社会科学规划办公室

“天光云影共徘徊”（代序）

——读《拉丁美洲“文学爆炸”后小说研究》有感

陈众议

我相信，拉丁美洲“文学爆炸”的余波依然回荡在许多中国作家的心里，“魔幻现实主义”、“结构现实主义”等也仍是无数中国读者记忆犹新的名词，但时移世易，热忱已然冷却，“爆炸”后的拉丁美洲文学不再令我们的作家和读者废寝忘食，甚至不再使他们觉得那么亲近、那么洞若观火、那么如数家珍了。然而，拉丁美洲的文学仍在继续，其巨大成就依然或者说重新为世界所瞩目。郑书九先生及其弟子们奉献的《拉丁美洲“文学爆炸”后小说研究》当可说明一二。

这是郑书九先生和几位新锐学者潜心研究的结果，填补了我国拉丁美洲文学研究的一个空白。著作写出了拉丁美洲小说的变迁以及“爆炸”后一代的创作方法、价值取向和审美特征，也写出了“多元”语境中拉丁美洲作家的追求与持守、创新与传承（其审美价值和借鉴意义均不减当年）。

多年以前，郑书九先生就有此愿，要将门下弟子的有关论文汇集成册。如今摆在我们面前的这部《拉丁美洲“文学爆炸”后小说研究》便是有关成果的一次呈现。其中不仅有他的心血与眼力，也有新生代学人的辛劳与探赜。

毋庸讳言，拉丁美洲的“文学爆炸”客观上多少得益于冷战。一方面，传统使然，拉丁美洲是美国“后院”和西方的延伸；另一方面，古巴的存在和时代的左转又将拉丁美洲推到了反帝、反美的前沿。于是，拉丁美洲文坛左右逢源，人们言必称“魔幻”，并终使奋起于20世纪中叶的加西亚·马尔克斯、巴尔加斯·略萨等一干作家迅速闻达于世界文学殿堂。不论在西方还是东方，他们及他们的作品都是炙手可热的香饽饽。但是，随着冷战的消歇、意识形态的“淡化”，拉丁美洲率先成为美欧跨国资本的“校场”和“后院”。“春江水暖鸭先知”，拉丁美洲文坛自然也是“河豚欲上”，并且先声夺人，有了发散性的气象与变化。首先，文学在“全球化”（其实是跨国资本主义化）时代日益具有一般商品的性质，资本为许多作家贴上世界的标签，这其中既有我们耳熟能详的作家如伊莎贝尔·阿连德、普伊格、波拉尼奥,等等;也有本书中涉及的其他众多"后一代"如布里塞·埃切尼克、斯卡尔梅达、索里亚诺、埃斯基韦尔、马斯特雷塔,等等;甚或还有降生于"爆炸"后的70后、80后,如法尔科、拉贝、内斯坡洛、奥尔图尼奥、索拉诺、隆卡格里奥洛、哈斯本,等等。

其次(这也许更为重要),当今拉丁美洲文学的丰富性并不以泡沫式增长为标志;拉丁美洲作家英雄本色,其现实情怀和审美追求基本保持了向上的品格。

然而,我们的文学却是病了;那是因为我们病了,而且病得不轻。虽然鲁迅说"人心很古",盖因人类的基本属性中始终蕴涵着兽性,但文学毕竟是以抑制这种兽性(包括人性的弱点和现实的不堪)、擢升灵魂为其主要目标的。遗憾的是,随着"改革开放"的扩大和深化,技术理性与资本逻辑合谋,将文艺引向了低俗的喜剧化和喜剧化的低俗。

这倒很像近现代西方文学的一个向度。文艺复兴运动以降,文学开始加速放弃崇高、拥抱低俗。15世纪,普尔契和博亚尔多以玩笑的态度对待之前的英雄人物。前者为奥兰多的故事添加了不少民间笑料,后者则索性让奥兰多这么一位身经百战的勇士变成了笨拙害羞、被安赫丽卡玩弄于股掌之间的傻瓜。这种调笑在阿里奥斯托和拉伯雷的笔下演化为"戏说"与"大话"或"狂欢",同样,福伦戈在其长诗《巴尔杜斯》中有意把日常生活中带有戏谑和嬉闹功能的词汇和概念同一本正经的拉丁语杂糅起来,以便用前者颠覆后者。作品因此而获得了强烈的喜剧效果。这颇让人联想到韩寒等愤青对主流意识形态的讽刺性模仿。巴赫金认为拉伯雷的狂欢(《巨人传》)多少受到了《巴尔杜斯》的影响。而在曼里克等人的喜剧中则已然发展为"恶搞"。几乎是在同一时期,巨人卡冈都亚降生了,他呱呱坠地就能喝掉上千头奶牛的乳汁,以至于在摇篮里就迫不及待地将一头奶牛吞入腹中。而这一直被认为是拉伯雷人文主义的表征:从另一个角度表现了人的精神(也即以巨人嘲笑巨神,或以巨人丑化巨神),并用手指"梳头"、"洗脸"之后,便"拉屎、撒尿、清嗓门、打嗝、放屁、呵欠、吐痰、咳嗽、呜咽、打嚏、流鼻涕……"又比如庞大固埃在教会图书馆里看到的《囊中因缘》、《法式裤裆考》、《神女卖笑》、《修女产子》、《童贞女之赝品》、《寡妇光臀写真》、《臀外科新手术》、《放屁新方》种种呼应了薄伽丘的表演。

这种比严格意义上的讽刺更为随意、但也更有感染力的调笑与文艺复兴早期蓬勃兴起的喜剧化合成一股强大的文化力量,将相对僵硬的中世纪慢慢解构、熔化,以至于让约瑟变成了笑容可掬的老头儿,他甚至会说这样搞笑的话:“呵,不幸的老头!/命运是如此漆黑,/做玛利亚的丈夫,/被她糟践了名誉。/我看她已经怀孕,/却不知何时何如;/听说是圣灵所为,/而我却一无所知。”

类似恶搞颇多。听众、读者在笑声中被消解并消解了一切。就这样,薄伽丘或普尔契、博亚尔多或阿里奥斯托、福伦戈或拉伯雷、曼里克或无数无名诗人的讥嘲调笑和恶搞嬉皮笑脸地蔓延开来。到了15、16世纪,南欧大小不等的各色喜剧院、喜剧场如雨后春笋般,以燎原之势对教廷和宫廷文化形成了重重包围。于是,伊拉斯谟怀着恶意的快乐大谈真正的创造者是人类下半身的“那样东西”,惟有“那样东西”。正所谓“彼亦一是非,此亦一是非”,文艺复兴运动的两面性乏人诤评。同样,喜剧本身没有错,错的是人们不加甄别。于是乎一不留神,文学在向下、向俗、向小(小我)(美其名曰“生活化”)进程中一发而不可收。

上述倾向在文艺复兴运动和之后的自由主义思潮中呈现出加速发展态势。众所周知,自由主义思潮自发轫以来,便一直扮演着资本主义快车润滑剂的角色,其对近现代文学思想演进的推动作用同样不可小觑。它甫一降世便以摧枯拉朽之势颠覆了欧洲的封建制度、扫荡了西方的封建残余。但它同时也为资本主义保驾护航,并终使个人主义和拜物教所向披靡,技术理性和文化相对主义甚嚣尘上。

如今,不论你愿意与否,世界被跨国资本主义拽上了腾飞的列车。这是一种大处着眼的扫描方式,虽不能涵盖文学的复杂性,却多少可以说明当下中西方文学的由来。如是,文学从摹仿到独白、从反映到窥隐、从典型到畸形、从审美到审丑、从载道到自慰、从崇高到渺小、从庄严到调笑、从高雅到恶俗……观念取代了情节,小丑颠覆了英雄;“阿喀琉斯的愤怒”退化为麦田里的脏话;“路漫漫其修远兮,吾将上下而求索”变成了“我做的馅饼是世界上最好吃的”;诸如此类,不一而足。

这是对当今中西文学及其由来的一种简单的说法,而《拉丁美洲“文学爆炸”后小说研究》却能提供另一种丰富的参照:拉丁美洲文学的发展和发散并不以放弃应有的持守为代价。老一代作家不必说,“爆炸”后一代、后二代也大都保持着强烈的社会责任感和介入意识。从某种意义上说,形式探索的相对内敛反而彰显了后一代的现实情怀。一如郑书九先生所说,“他们抨击前辈作家脱离社会现实的、夸张的实验主义倾向,批评他们过分强调语言在叙事作品中的主导地位”。这或可被视为拉丁美洲作家代代向上的一个因由,一种传统。

虽说艺贵有我,文学也每每从小我出发,但指向和抱负、方法和视野却大相径庭，而文学经典之所以比史学更真实、比哲学更深广，也恰恰在于其以己度人、以小见大、拥抱崇高、守护美好的向度与方式。如是，本书不仅为我们的读者展示了一片别样的天空，也为我们的外国文学研究生教学提供了一种模式，其学术价值不言而喻。

目　　录

前　　言

20世纪50年代末至70年代初的拉丁美洲文学领域出现了一个非凡的、史无前例的、震惊世界的文学发展时期。一代优秀作家脱颖而出，他们才华横溢，思想活跃。在文学创作上，他们大胆变革，刻意求新，创作出了一大批构思新颖奇特、情节扑朔迷离、技巧精湛娴熟的好作品。拉丁美洲文学登上了当代文学的高峰，产生了令人目眩的"文学爆炸"。这一时期的叙事文学取代了诗歌的统治地位而一枝独秀，先后发表的重要小说有《佩德罗·巴拉莫》(1955)、《阿尔特米奥·克鲁斯之死》(1962)、《跳房子》(1963)、《绿房子》(1966)、《百年孤独》(1967)、《淫秽的夜鸟》(1970)和《我，至高无上者》(1974)等，在世界范围内掀起了一股巨大的拉美文学热，人们争相传阅，一时洛阳纸贵。拉丁美洲一批名不见经传的中青代作家成为享誉世界的文学大师，更有两位小说家在之后荣获诺贝尔文学奖。

文学发展有如历史进程，有高潮，也会有低谷。拉美的小说创作在20世纪70年代初达到顶峰之后，进入了"转折期"。这种现象与20世纪五六十年代石破天惊般轰动世界的各种主义、流派的盛极而衰有关，同时也成为拉丁美洲文学一个新的积累孕育期。鉴于这是"文学爆炸"后一个时期，文学史家及批评家称之为"爆炸后"或"后爆炸"时期。我们认为，"爆炸后"的说法似乎更符合拉美文学发展的事实与历史，因为这一时期并没有新的"爆炸"式的文学发展态势的发生。相反，一批文学新人、一批年轻的小说家逐渐崛起，他们逆"爆炸"时期的潮流而动，无论从其叙事题材、叙事手法以及在其作品中所反映出的世界观都有别于"爆炸"时期。他们摒弃了"爆炸"时期过分求新的实验主义的倾向，更加关心人们的日常生活，关注社会的边缘群体。现实主义在新形式、新观念下"复辟"，创新成为拉丁美洲叙事文学发展的主流，也形成了"爆炸"后小说创作的新的繁荣局面。

对西方文化、文学的借鉴与学习始终是我们坚持的原则与方针。20世纪70年代后期以来，中国的一批有识作家，特别是小说家，借鉴拉丁美洲作家的创作理念、叙事结构及艺术手法，创作出了一批独具特色的作品，在中国文坛引起强烈反响。而这些作家从不讳言对拉美作家的学习、模仿与借鉴。2012年6月在2010年诺贝尔文学奖得主巴尔加斯·略萨访华座谈会上,莫言等中国作家即坦言他们的创作受到了拉丁美洲作家的影响,并对他们的创作推崇备至。

对拉丁美洲"文学爆炸"后,即20世纪70年代以来的文学,尤其是叙事文学发展的趋势与嬗变进行深入地研究,具有重要的现实意义。但是这一研究在国内并未引起足够的重视,目前尚无一部有关拉丁美洲"文学爆炸"后小说研究的专著出现,严肃且有深度的研究文章也鲜见于报刊。我们对拉丁美洲"文学爆炸"后小说的研究始于20世纪90年代中期,而十几年来我所指导的拉丁美洲文学专业的研究生所研究的对象也全部集中在拉美20世纪70年代以后发表的叙事文学作品上。在此基础上,我们在2005年年底决定撰写一部研究拉丁美洲"文学爆炸"后小说发展趋势的专著,并且作为北京外国语大学当年的校级科研项目立项。

我们首先对拉丁美洲"文学爆炸"后三十多年来的叙事文学流派与思潮,以及涌现出的具有代表性的作家及作品进行宏观的分析,研究拉丁美洲当代叙事文学发展的趋势。笔者的研究成果形成本书第一章《从"文学爆炸"到"爆炸后文学"——当代拉丁美洲叙事文学研究》。文章提出了有关拉丁美洲"文学爆炸"起始及终结时期的独特看法及这一时期拉美文学创作的得与失;分析了"爆炸后"拉美小说作家队伍的变化,新作家对传统的突破,以及拉美文坛在新时期所呈现的百花齐放、百家争鸣的局面。这一时期小说创作呈多元化及多样性的特点,实证体小说、历史小说、反独裁与流亡小说、侦探小说等流派得到了长足的发展,并且确立了巩固的文学地位。

"文学爆炸"时期的主将,如获诺贝尔文学奖桂冠的加西亚·马尔克斯、巴尔加斯·略萨等在"文学爆炸"后时期创作势头不减,他们以新思维、新题材的作品奉献给读者。而他们各自的国家哥伦比亚和秘鲁的新生代作家,以丰富多彩的题材、不同的叙述视角回溯历史反思现实,将人类生存的画卷及残酷的社会现实淋漓尽致地展现出来。文学为社会服务的态度及立场、悲观失望的情绪、政治暴力给社会带来的危害及对人类精神的摧残等,成为对这两个国家叙事文学研究的重点。研究的成果形成郑雯撰写的第二章《从加西亚·马尔克斯到新一代小说家——"文学爆炸"后哥伦比亚新小说研究》及毛频撰写的第三章《在叙事中多角度地审视历史——"文学爆炸"后秘鲁小说视角研究》。

从"文学爆炸"到"爆炸后文学"的过渡时期,普伊格超越文学的范畴,寻找电影等大众文化作为革新的力量,对小说创作进行了大胆的尝试与实践。

20世纪70年代末大众文化元素开始介入文学创作领域，新侦探小说等亚文学体裁悄然兴起，同性恋等边缘题材也不再成为文学禁忌。楼宇撰写的第四章《大众文化构建的文学新空间——"转折期"作家普伊格及阿根廷小说发展趋势》中，将大众文学趋势的先行者普伊格及其对三十年来的阿根廷文学乃至拉丁美洲文学不可小觑的影响做了详尽的分析与深入的研究。

墨西哥1910年爆发的资产阶级革命是墨西哥叙事文学经久不衰的题材。随着女性文学的崛起，墨西哥女性作家将笔触伸向社会，以女性的视角重新审视墨西哥革命，多层次地诠释革命的起因、发展与结局，重新思考社会变革给民众带来的影响。她们将女性所特有的细腻情感与人生经验融入创作，使作品带有丰富而鲜明的个性，给"墨西哥革命小说"注入了新的活力。王钰撰写的第五章《墨西哥革命：不变的主题——"文学爆炸"后墨西哥女性小说研究》中，在介绍墨西哥女性文学的基础上重点选取了三位具有代表性的作家，试图通过她们的作品重新解读"墨西哥革命小说"。

20世纪70年代拉丁美洲的智利、阿根廷、乌拉圭等国相继出现了军事独裁政权，导致大批进步作家被迫流亡海外。反独裁与流亡构成了拉丁美洲叙事文学中相互依存、互为补充的重大题材。智利女作家伊莎贝尔·阿连德发表的长篇小说《幽灵之家》，以家族故事为背景，借助实证主义的叙事模式讲述了三个家族四代人的恩怨纠葛，揭示了智利人民在独裁与民主间的抗争。独裁政治催生了流亡文学的兴起，并成为拉美一道独特而苦涩的文化景观。另一位智利作家斯卡尔梅达的流亡经历及其文学创作，反映这个政治动荡国家的特殊历史印迹，唤醒了人们自由的社会意识。他的历史和社会责任感，也代表了新一代拉美作家的认知方式、价值判断和审美取向。由李放、郑雯、陶东共同撰写的第六章《反独裁与流亡文学题材的传承与创新——"文学爆炸"后智利小说发展新趋势》，其中对"文学爆炸"后的代表性作家的分析，有助于我们了解智利这样一个国家的历史与现实，及其当代叙事文学的现状和发展趋势。

拉丁美洲文学中从不缺少幽默的元素，而幽默也成为作家面对复杂、残酷现实的一种独特选择。20世纪拉丁美洲重要的短篇小说家、危地马拉作家奥古斯托·蒙特罗索被评论家认为是以幽默为主要创作特点的作家，而讽刺、戏仿、黑色幽默等成为他终生创作的武器。范玲撰写的第七章《蒙特罗索的幽默与危地马拉小说——"文学爆炸"后危地马拉叙事文学走向》，对蒙特罗索面对残酷现实所做出的幽默反应进行了独特的分析与研究。本章还对危地马拉文学在"新小说"时期所呈现的多姿多彩的趋势进行了分析和研究，并给予充分的肯定。

生态文学研究是近些年兴起的一种研究方法。裴迪负责撰写的最后一章《人类与自然关系的新解读——“文学爆炸”后拉丁美洲生态小说研究》，从宏观的生态文学理念出发，着眼于对拉丁美洲“文学爆炸”后生态文学的批评与研究，并且通过对几部重要作品的生态解读，研究生态文学与拉美丛林文学之间的联系，对拉美生态文学进行了一次横向和纵向的考量。

呈现在读者面前的这部作品是我们师生数人为时六载、历尽艰辛、努力学习、潜心研究的成果。我们不揣冒昧地宣称，这一成果在我国的拉丁美洲文学研究领域具有开拓性的意义，我们不仅将一部形式与内容基本完整的学术专著呈现给外国文学研究界，也填补了我国在拉丁美洲当代叙事文学研究中的一个空白。

我们的这一研究作为本校科研项目在 2011 年年底结项。北京外国语大学主管科研工作的副校长金莉教授建议申报国家社科基金的后期资助项目。这项研究能够获得该项目，得益于数位专家的推荐与审查，或许还有评审专家对这一研究题目的重视与关注。金莉教授自荐为项目申请做推荐专家；中国社会科学院外文所所长陈众议除推荐外，还为本书撰写了序言《“天光云影共徘徊”——读〈拉丁美洲“文学爆炸”后小说研究〉有感》；推荐专家李德恩老师已经作古，而在他生命的最后时刻还就文章的修改与笔者交换了意见。针对社科基金评审专家所提出的意见，我们又用了近一年时间做了认真的修改，有些文章甚至做了重大调整与改动。笔者及项目组的全体成员对诸位推荐专家及评审专家谨表示诚挚的谢意。

在本书的撰写过程中，不时出现新的疑问与困惑。我们还会带着这些疑问和困惑，诚挚地邀请各位同行及读者，与我们一道继续进行更加深入细致的探讨，以期得到更加令人满意的研究结果。

郑书九

2012 年 6 月 9 日于八达岭

第一章　从“文学爆炸”到“爆炸后文学”

——当代拉丁美洲叙事文学研究

郑书九

1964年，拉丁美洲著名的文学批评家安赫尔·拉马（Ángel Rama，1926～1983）坦言：较之欧洲文学以及美国文学，就文学的多样性与复杂性而言，没有比拉丁美洲文学更难了解和理解的。究其原因，我们可以看到这一地区之间缺少传播和交流的渠道，使相互之间的即时性的了解难以实现；此外，由于文学批评未得到充分发展，也使得外部世界对于拉丁美洲文学得出了不完整的甚至是扭曲的认识与印象。①

严格意义上讲，我们所研究的文学应称为“西班牙语美洲文学”（Literatura hispanoamericana），即美洲大陆原有的西班牙殖民地国家的文学，而不是整个拉丁美洲文学，因为她既没有包括讲葡萄牙语的巴西，也没有涉及其他非西班牙语国家。我们之所以使用“拉丁美洲”而不是“西班牙语美洲”，更多考虑中国读者的习惯，照顾多数人对这片次大陆的认识。“西班牙语美洲”所涵盖的是一个多达20个国家、幅员辽阔、人口众多的地域。欧洲文化、印第安文化以及非洲文化之间的冲突融合、不同国家文化传统各异、政治经济发展不平衡诸因素，构成了这一次大陆在文学发展与嬗变过程中多元性与复杂性的情况。

一、“文学爆炸”“酝酿期”的起始

20世纪六七十年代的拉丁美洲文学，特别是叙事文学，新人辈出、流派

---

① Becerra，Eduardo，2008：“Proceso de la novela hispanoamericana contemporánea. Del llamado regionalismo a la supuesta nueva novela.” En：*Historia de la Literatura Hispanoamericana* Tomo III Siglo XX. Madrid，Cátedra，p. 15.

纷呈、作品百花齐放，在世界文坛独领风骚，称为拉丁美洲“文学爆炸”(el boom literario)时期。而实际上，“文学爆炸”并非一个文学流派，未见其纲领或宣言，亦没有独立的文学刊物。但是，半个世纪后的今天，恐怕无人能够否认她的存在，否定她在世界文坛的地位以及对拉丁美洲乃至世界文学发展进程的影响与作用。对于这一时期有另一种更“文学化”的说法，即“西班牙语美洲新小说”(Nueva novela hispanoamericana)。但从历史角度讲，这种说法远不如“文学爆炸”那样家喻户晓、尽人皆知。

“爆炸”(英文词 boom)这个概念最初是谁提出的，现在无从查考，但提出者未必给予它一种正面的评价。Boom 是个象声词，指瞬间爆发出的一种极大的力量，尽管它的能量很大，但是持续时间很短。概念的提出者似乎除了承认其规模及能量之外，其贬损之意毋庸置疑，而“爆炸”一词又确实很难与文学发展联系在一起。但是，现在人们普遍接受并使用这种说法，其中包括推崇她或是对其持异议的人。

作为这一文学时期的经历者，智利作家何塞·多诺索(José Donoso)①于 1972 年撰写了《文学“爆炸”亲历记》(*Historia personal del “boom”*)一书，他指出：“我愿不揣冒昧地提出这种看法：如果说 60 年代西班牙语美洲小说达到了那个高度，确实有一个值得商榷的、被称为‘文学爆炸’的存在，那么首先应归功于那些曾致力于否定它的人；而‘文学爆炸’，不管它是真正存在还是杜撰出来的，不管它是有价值或是很一般，特别是由于它与随之而来的难以置信的狂欢节混淆在一道，它终究是歇斯底里、嫉妒和偏执狂的一大创造。如若不是这样，读者则可心安理得地持这种看法：在刚刚过去的十年，西班牙语美洲小说——根据不同的爱好，也许把这一部分算进去，也许把那一部分算进去——曾经有过一个非凡的高潮时期。”②

但是，关于“文学爆炸”的起始时间众说纷纭，大家比较认同的说法是何塞·多诺索在他的《文学“爆炸”亲历记》中提出的。1959 年卡斯特罗领导的古巴革命获得成功，这大大强化了拉美次大陆知识分子的“拉丁美洲意识”。由智利作家贡萨罗·罗哈斯(Gonzalo Rojas)③发起，于 1962 年在智利康塞普西翁大学召开了世界知识分子大会。此次大会吸引了一大批拉丁

---

① 何塞·多诺索(José Donoso，1924～1996)，智利作家。代表作为长篇小说《淫秽的夜鸟》(*El obsceno pájaro de la noche*，1970)，1990 年获智利国家文学奖。

② 〔智利〕何塞·多诺索：《文学“爆炸”亲历记》，段若川译，昆明，云南人民出版社，1993 年，第一版，第 1 页。

③ 贡萨罗·罗哈斯(Gonzalo Rojas，1927～2011)，智利诗人，1992 年获智利国家文学奖及索菲亚王后西班牙美洲诗歌奖，2003 年获塞万提斯文学奖。

美洲知识分子的参与，尤其是一批著名作家，如巴勃罗·聂鲁达(Pablo Neruda)①、阿莱霍·卡彭铁尔(Alejo Carpentier)②、奥古斯托·罗亚·巴斯托斯(Augusto Roa Bastos)③、卡洛斯·富恩特斯(Carlos Fuentes)④等，这也标志着拉丁美洲知识分子，特别是各国作家之间团结与合作的大好局面的形成。多诺索认为可以将这次大会视为“文学爆炸”起始的标志。

关于“文学爆炸”的时间界定还有不同的看法，有的评论家或文学史家认为应该从20世纪40年代末或是50年代初开始算起。认为从20世纪40年代末算起的依据是将古巴作家阿莱霍·卡彭铁尔1949年发表的小说《这个世界的王国》(*El reino de este mundo*)作为标志。在这部小说的前言中，作者提出“神奇的现实”文学理论，这一理论被认为是后来风行于拉丁美洲、对世界文坛产生重大影响的文学流派“魔幻现实主义”的理论先导。另一种看法，认为应该从20世纪50年代中期算起，他们的依据是，以1955年墨西哥作家胡安·鲁尔福(Juan Rulfo)⑤发表的魔幻现实主义经典之作《佩德罗·巴拉莫》(Pedro Páramo)为标志，开创了“文学爆炸”的先河；还因为在60年代声名鹊起的科塔萨尔(Julio Cortázar)⑥、加西亚·马尔克斯(García Márquez)⑦、富恩特斯等作家在50年代中后期已经崭露头角，他们的作品也已趋于成熟。持上述看法的人认为“文学爆炸”结束于70年代中期，以阿根廷作家马努埃尔·普伊格(Manuel Puig，1932～1990)的小说《蜘蛛女之吻》(*El beso de la mujer arena*，1976)作为这一时期结束的代表性作品。

通过对拉丁美洲叙事文学这一时期的研究，我们愿不揣冒昧，对拉美

① 巴勃罗·聂鲁达(Pablo Neruda，1904～1973)，智利诗人。1945年获智利国家文学奖，1971年获诺贝尔文学奖。

② 阿莱霍·卡彭铁尔(Alejo Carpentier，1904～1980)，古巴小说家、文学批评家。拉丁美洲“魔幻现实主义”理论的先驱。

③ 奥古斯托·罗亚·巴斯托斯(Augusto Roa Bastos，1917～2005)，巴拉圭小说家，20世纪最重要的拉丁美洲作家之一。1989年获塞万提斯文学奖。

④ 卡洛斯·富恩特斯(Carlos Fuentes，1928～2012)，墨西哥作家、散文家、政治家。1977年获委内瑞拉加列戈斯文学奖，1987年获塞万提斯文学奖，1994年获西班牙阿斯图里亚斯王子文学奖等。

⑤ 胡安·鲁尔福(Juan Rulfo，1918～1986)，墨西哥作家，他一生著述不多，全部作品包括一部短篇小说集《烈火平原》(*El llano en llamas*，1953)、中篇小说《佩德罗·巴拉莫》及《金鸡及其他电影脚本》(*El gallo de oro*，1980)，但在世界文坛享有极高声誉。1970年获墨西哥国家文学奖。

⑥ 胡利奥·科塔萨尔(Julio Cortázar，1914～1984)，阿根廷作家，“文学爆炸”时期的杰出代表，代表作为长篇小说《跳房子》(*Rayuela*，1963)。

⑦ 加西亚·马尔克斯(García Márquez，1927～)，哥伦比亚作家，“文学爆炸”时期最出色的作家之一，其作品《百年孤独》被认为是魔幻现实主义最突出的代表作，1982年获诺贝尔文学奖。

“文学爆炸”的起始以及结束的时间定位提出自己的看法。我们认为，既然是对20世纪拉丁美洲文学的发展进程产生过重大影响的一个文学时期，“文学爆炸”必然符合发展的正常规律，有其“酝酿期”、“高潮期”及“转折期”这样一个发展进程，而不是一蹴而就的。基于这种认识以及我们多年研究的结果，我们认为“文学爆炸”的“酝酿期”始于20世纪50年代中期；“高潮期”为60年代初至70年代初大致10年的时间；而“转折期”延至70年代中期，整个“文学爆炸”时期大致持续了20年左右的时间。

我们认为可以将胡安·鲁尔福1955年发表的中篇小说《佩德罗·巴拉莫》作为“酝酿期”开始的标志。这部小说以其新奇的写作手法、繁杂的叙事结构、深邃的社会主题和娴熟的语言运用，引起文学批评界的关注。这种关注首先来自欧洲和北美洲的非西班牙语国家，而后轰动了墨西哥乃至整个拉丁美洲文坛。《佩德罗·巴拉莫》是一部“开放体小说”：她拥有多重性的叙事结构，有开放的时间与空间，留有大量令读者联想与参与的空间和空白。小说打破了生死界限的羁绊，摆脱了时空结构的束缚，以一种全新的叙事方式颠覆了传统小说的模式，成为风靡世界的“魔幻现实主义”经典之作①。而著述不多的鲁尔福本人被视为墨西哥最好的小说家，民俗主义、印第安主义的先锋，拉美新小说的先驱，对年轻一代作家的创作产生巨大影响力的文学大师。12年后加西亚·马尔克斯发表的《百年孤独》(*Cien añs de soledad*，1967)将这一流派推向了巅峰，成为拉丁美洲“魔幻现实主义”集大成之作。

此外，“爆炸”时期代表性作家在50年代中后期的创作积累，也为他们在60年代的崛起奠定了基础。这也是我们将“文学爆炸”“酝酿期”的起始时间定位在20世纪50年代中期的另一个考虑。胡利奥·科塔萨尔1958年发表的中篇小说《追逐者》(*El perseguidor*)成为其文学创作的转折点，他的作品从此开始关注人类的生存问题，而这种关注的最终结果是1963年发表的惊世之作《跳房子》(*Rayuela*，又译为《掷钱游戏》)。加西亚·马尔克斯50年代发表的中篇小说《枯枝败叶》(*La hojarasca*，1955)被认为是《百年孤独》的练笔之作。卡洛斯·富恩特斯于1958年发表的第一部长篇小说《最明净的地区》(*La región más transparente*)，可视为其代表作《阿尔特米奥·克鲁斯之死》(*La muerte de Artemio Cruz*，1962)的姊妹篇，是作

---

① 参见郑书九：《执著地寻找天堂——墨西哥作家胡安·鲁尔福中篇小说〈佩德罗·巴拉莫〉解析》，北京，外语教学与研究出版社，2003年，第一版。

者的“墨西哥革命小说”系列创作的起始。

二、“文学爆炸”的高潮期及其“主将”

毫无疑问，“文学爆炸”代表作家中当首推科塔萨尔、加西亚·马尔克斯、富恩特斯和巴尔加斯·略萨(Mario Vargas Llosa，1936～)①。这四位作家并称为“文学爆炸”的“四大主将”，而他们的代表作也确实发表于20世纪60年代的“高潮期”，如科塔萨尔的《跳房子》、加西亚·马尔克斯的《百年孤独》、富恩特斯的《阿尔特米奥·克鲁斯之死》、巴尔加斯·略萨的《绿房子》(*La casa verde*，1966，又译《青楼》)等作品。

科塔萨尔的“开放体小说”

在四位作家中，科塔萨尔年龄稍长，他的创作生涯始于40年代，深受欧洲先锋派的文学与艺术思潮、尤其是法国超现实主义的影响。从他最初的短篇创作中我们可以看到博尔赫斯的“幻想小说”的影子，但又与之有所不同。如果说博尔赫斯的小说创作多半是逻辑思辨、苦思冥想的结果，科塔萨尔的幻想小说就是另一种类型：虽不乏幻想、神奇与荒诞，却与现实保持着密切的联系。他的创作从“幻想”到“现实”的真正转型始于他的中篇小说《追逐者》，小说向读者展示了“垮掉的一代”年轻人的迷茫与困惑，反映出作者对于人类生存问题的关注，被认为是带有存在主义倾向的作品。而生存问题的困惑与迷茫在其《跳房子》一书中得到完全的反映与诠释。这是一部作者在异国他乡经历的回顾，表现了巴黎与布宜诺斯艾利斯两个大都市的社会生活以及一代人的忧虑与命运，反映了作者的人生哲学及世界观。由于这部小说所产生的巨大影响力，科塔萨尔被誉为拉丁美洲的“乔伊斯”。

科塔萨尔反对文学上的一切因袭守旧、墨守成规，在创作上富于探索与创新精神。他追求一种开放式的小说，通过作品在作者与读者之间架设起一座“桥梁”，使二者在平等的基础上交流沟通，以扩展作品的表现张力。作者曾讲到：“我在自己和将要读这本书(指《跳房子》)的人之间架了一座桥。

---

① 马里奥·巴尔加斯·略萨(Mario Vargas Llosa，1936～)，小说家、剧作家、文学批评家。尽管同时拥有秘鲁及西班牙国籍，但是他的文学作品基本上以秘鲁以及拉丁美洲的社会现实为题材，我们倾向于将他归在拉丁美洲作家之列，2010年获诺贝尔文学奖。

没有读者就没有书，就没有《掷钱游戏》…… 读者的地位和作者的地位一样重要。从辩证法的意义上说，两者是不折不扣的一件事。"①《跳房子》的发表是对传统意义上的现实主义小说，以及心理分析小说的一种反叛，成为了摆脱传统模式束缚的新小说的雏形。这是一部带有试验性以及充满革新精神的新小说，其复杂的结构、多维的视角以及不同声音的叙述者，是作者叙事文学理论的集中阐释与实践。

长达600页的小说《跳房子》分为"在那边"（巴黎），"在这边"（布宜诺斯艾利斯）和"其他地方"（可以省略的章节）三种情况，分别对应跳房子游戏中的"天堂"、"人间"和"其他房间"；而根据作者在序言中所称，小说可以有若干种读法，依照小说的顺序阅读的被动的阅读，以及依照作者提供的，类似跳房子跳跃式的阅读，而且作者还提供了一个跳跃阅读的导读"指南"，从73章读起，然后回到一、二章，再跳跃到116章。作品对读者提出更高的要求，传统意义上的"被动"的读者——或如作者所言"雌性的读者"（Lector hembra）②——被"主动"的读者或"同谋的读者"（Lector cómplice）所替代，读者与作者处于平等的地位，作品也因此成为一种"开放体"的小说。谈及语言的运用，科塔萨尔不落窠臼，不因袭常规陋习，而是革新语言，经常创造一些新字、新词，并且使用方言、俚语、行话，以及大量的外来语丰富西班牙语的表达，成为文学创作语言的改革者。

加西亚·马尔克斯的"现实"与"魔幻"

诺贝尔文学奖得主加西亚·马尔克斯是个多产的、深刻的、极具创新精神的作家。1967年《百年孤独》的发表将他的文学创作分为前后两个阶段。从某种意义上讲，拉丁美洲叙事文学也可以这一年为分水岭，它标志着这片大陆的小说创作以及《百年孤独》的作者本人开始为整个世界所关注。而作者的创作生涯远远早于这个年头，他笔下的"马孔多"（Macondo）实际上是他对那热带地区童年生活的回忆，也是文学想象虚构的终极成果。作者早在1955年发表的短篇小说《在马孔多观雨的伊莎贝尔的独白》（*Monólogo de Isabel viendo llover en Macondo*）中，已经将这个虚构的文学空间预先展现给他的读者。《百年孤独》的发表也是作者20年"练笔"的最终结果，其中包括中篇小说《无人给他写信的上校》（*El coronel no tiene quien le*

---

① 〔阿根廷〕胡利奥·科塔萨尔：《科塔萨尔论科塔萨尔——胡利奥·科塔萨尔谈创作》，朱景冬译，昆明，云南人民出版社，1994年版，第3～4页。

② 对于"雌性读者"的这种提法，科塔萨尔后来对女性读者表示了歉意。

escriba，1961）以及短篇集《格兰德大妈的葬礼》（*Los funerales de la Mamá Grande*，1962）等作品。

《百年孤独》通过布恩迪亚家族七代人的兴衰反映了哥伦比亚近百年的历史变迁：移民开发、党派纷争、帝国主义侵略、军事独裁统治、广大群众的爱国主义运动等，可以说是拉丁美洲近百年的历史缩影。但是，《百年孤独》又不同于传统的现实主义小说，作者置上述历史事实于神话史诗般的气氛中，以丰富的想象、奇妙的构思打破了主观世界与客观世界之间的界限，使人物在更广阔的天地里自由翱翔，摆脱了传统小说的手法，特别是在描写人物性格和心理活动时，使人物的思想超出具体的日常生活，获得升华，从而深化了作品的主题思想。小说善于把现实与幻想、直描与隐喻、写实与夸张、严肃与嘲讽相结合，通过曲折多变的情节，重复出现的结构，加上民间传说与神话中的鬼怪幽灵穿插其中，便创造出了一个并不失真的“神话”世界。①

在《百年孤独》这部集魔幻现实主义之大成的作品中，我们看到了各种新奇、独特的叙事手法：如《圣经》故事或《天方夜谭》的神话传说的模拟或移植；以现实为基础，借助想象与幻想，加以夸张的渲染，从而造成一种离奇感，以加强艺术效果；荒诞不经的现象比比皆是，而作者娓娓道来，使读者欲罢不能；通过集体失忆等象征手法警示世人：民族的历史与现实正在被人们忘却，其危险性不言而喻；循环往复轮回的时空观成为《百年孤独》独特的叙事结构，同时也揭示了作者的悲观主义世界观在文学作品中的反映与诠释。

我们可以从以下几个角度去解析《百年孤独》。首先，这是作者童年执著的想象力以及成年后不倦的文学咀嚼与消化的结果。换言之，小说中虚构的叙事空间“马孔多”既是作者幻想出的空间，又是他熟知的、确实拥有的世界，是一个“必然”存在的世界。马孔多作为一个虚构的空间，将作者的执著变为现实，而作者又赋予这个虚构的世界以真实的存在与发展、兴旺与衰亡的一部历史。其次，这是一部无所不包的鸿篇巨著，是一部完整的人类发展的历史，同时又是这部“历史”的高度概括以及它严格的、艺术的、文学的再现。无论从其丰富的情节，还是多重的叙事结构而言，这是一部永不枯竭的，可供读者与批评者做出各种理解、认同、诠释的艺术经典。人们可以在其中找到或似曾相识或近在咫尺的经历与历史、奇闻与轶事。人们可以进

① 赵德明、赵振江、孙成敖、段若川：《拉丁美洲文学史》，北京，北京大学出版社，1989年，第一版，第335～336页。

入小说中的寓言、神话或乌托邦，游弋于真实的空间，畅想在神奇的世界。

富恩特斯的“墨西哥革命”情结

卡洛斯·富恩特斯与胡安·鲁尔福以及奥克塔维奥·帕斯（Octavio Paz）[①]被并称为20世纪下半叶墨西哥文学的“三驾马车”，是墨西哥国内及国际最具代表性的作家。在三位大师中，富恩特斯是最受争议、遭受批评最多而又最吸引读者的作家。因为他不仅是一位作家，而且是墨西哥乃至拉丁美洲文化以及政治上颇具勇气的“代言人”，他敢于批评美国的对外政策，维护劳动者以及拉美移民在美国的权益。但归根到底，富恩特斯终究是一个雄心勃勃的文学家，他的文学创作成就可与两位诺贝尔文学奖得主加西亚·马尔克斯、巴尔加斯·略萨媲美；他的文学的激情以及他的美洲激情是炙热的，而且他以这种炙热的激情从美洲以及世界的角度分析一个古老的国家——他的祖国墨西哥的现代化进程。他的叙事文学作品可以称为“时间小说”[②]，他邀请读者进入作品的时间结构，那是一个开放的时间结构，充满了幻化、幻影、巫术，读者身在其中得以知晓并扩展诠释现实的视野。在富恩特斯的作品中我们可以看到最具民族性的元素，同时又有最具国际化的精神。他以文学作品展示拉丁美洲的现实，与世界对话，并将这一地区的现实以文学的方式纳入到世界的现实中去。

富恩特斯的第一部长篇小说《最明净的地方》是对墨西哥革命后的首都墨西哥城现实的诠释。作者对这个作为墨西哥革命失败象征的大都市的现状，对于新生的资产阶级，以及革命后对美国经济的依附关系等一系列尖锐的社会问题进行抨击与批判。小说的题目也寓意墨西哥城这样一个曾经的“空气最明净的地方”，一个曾经的天堂，已经演变成一个污染、贫困、腐败的地狱。在这部作品中只有一个人物贯穿始终，即半人半神的伊斯卡·西恩富戈斯：“……他身在现代的墨西哥，但记忆却留在了历史——古代印第安美洲。”“作品以处在‘野蛮’与‘文明’、‘地狱’与‘天堂’的十字路口的墨西哥城为背景，全方位地展示了墨西哥社会的过去与现在，矛盾与机会，表现了新旧生产方式和价值体系的激烈冲突。”[③]

作者对墨西哥现实的抨击与批判并未停止，在他的下一部作品长篇小

---

① 奥克塔维奥·帕斯（Octavio Paz，1914～1998），墨西哥诗人、散文家、文学评论家、翻译家。帕斯在拉丁美洲文学史上占有重要地位，曾获墨西哥国家文学奖（1977）、西班牙塞万提斯文学奖（1981）等重要奖项，1990年获得诺贝尔文学奖。

② Oviedo，José Miguel，2002：“Historia de la literatura hispanoamericana 4”. *De Borges al presente*，Madrid，Alianza Editorial，p. 316.

③ 陈众议：《20世纪墨西哥文学史》，青岛，青岛出版社，1998年，第一版，第130～131页。

说《阿尔特米奥·克鲁斯之死》中得到进一步的体现。小说以一个前革命者阿尔特米奥·克鲁斯的出生、成长、投机、发迹直至死亡的人生经历作为线索，以墨西哥近百年的历史为背景，勾画出一个变化中的国家发展的全貌。作者试图通过一个“革命者”的一生经历剖析墨西哥革命失败的各种因素，而将主人公的死亡的时间安排在1959年，寓意一个“革命”——资产阶级革命——的死亡，而另一个革命——爆发在同一年的古巴的社会主义革命——的成功。

小说《阿尔特米奥·克鲁斯之死》对于叙事文学的一个重大贡献，在于小说中三个叙事者的结构。现实中“我”、“你”、“他”三个人称同时作为叙事者，分别讲述主人公的一生经历，而且分别使用了西班牙语中的现代时、过去时以及将来时三个不同时态。陈众议先生认为，把人物内心分裂成若干层次是受了弗洛伊德关于人的心理的无意识、潜意识及意识学说的影响。① 作品中主人公在病榻上时而清醒时而神志恍惚，希望与绝望、恐惧与自慰、过去与现在、现在与未来通过同一人物分裂出的“我”、“你”、“他”分别展示出来。关于十分新奇的第二人称叙事者的手法，作家已经在同年发表的短篇小说《奥拉》(*Aura*,1962)中做了尝试，作品试图将叙述者“我”客观化，这种内心外化的做法，缩小了人物与读者之间的距离。在《阿尔特米奥·克鲁斯之死》一书中三个叙事人称交替使用，过去、现在、将来并行不悖，采用复合式心理结构以表现人物弥留之际内心活动的三个层次，更是一种创新，一种叙事结构的革命。

巴尔加斯·略萨的文学观与叙事结构的创新

1936年出生的马里奥·巴尔加斯·略萨是“文学爆炸”代表作家中最年轻的一位，也是唯一的在60年代开始发表长篇小说处女作的作家。他以长篇小说《城市与狗》(*La ciudad y los perros*,1963)一举成名。巴尔加斯·略萨的出现也预示着拉丁美洲文坛新一代在20世纪60年代的崛起与成熟，多诺索曾戏称巴尔加斯·略萨是“文学爆炸第一人”。

纵观其作品，会发现一个十分有趣的现象：相当多的一批作品是以作者自身的经历为基础创作出来的。作者的文学想象力常常会被某些独特的个人经历所激起，从而将作品置于一个真实人物及真实的环境之中。作家在莱昂西奥·普拉多军事学校两年的学习经历成为《城市与狗》创作的素材；《胡利娅姨妈与作家》(*La tía Julia y el escribidor*,1977)则是作者第一次

---

① 陈众议：《20世纪墨西哥文学史》，青岛，青岛出版社，1998年，第一版，第136页。

婚恋的纪录。《城市与狗》贯穿了作者"抗议压迫,揭露矛盾,批判黑暗"的主题及创作宗旨。作品描述了军事学校的士官生如何遭受军事当局的压制,揭示了一个尔虞我诈、弱肉强食的黑暗社会,这一切正是源于作者的亲身体验以及深邃的思考。正如作者所言,小说家只有从自己的经历出发,才能创作出故事来。一切伟大的文学作品必须是以具体现实作为基础,文学就是一种"谎言中的真实"。

如果说《城市与狗》是巴尔加斯·略萨成名之作的话,那么他的第二部作品《绿房子》无疑是他的代表作之一。小说概括了19世纪以来秘鲁北部,从沿海的沙漠地区到亚马逊河流域长达数十年的历史。作者通过五个叙事线索,即五个主要故事,描绘了秘鲁的各个阶层、各色人等,勾勒出一幅千姿百态的社会图景。较之20世纪30年代土著主义的作品,《绿房子》的社会容量更大,所揭示的主题更为深刻。科技的进步,经济与社会的发展,并没有给那些生活在偏远和边缘地区的人们带来任何变化,他们的生活、遭遇、命运并没有因此得到改变,仍然处在原始落后的状态。

巴尔加斯·略萨的作品中,叙事手法创新,打破了传统小说的叙事模式,将时间与空间的界限推翻;在叙述中有跳跃、倒置、独白、并行,故事中套故事,对话中套对话。作者试图通过同时展开的多条叙述线索尽可能多地捕捉现实。作品有诸多的叙述视角,而与这些叙述视角相对应的人物往往在身份、地位、意识形态、时间和空间等方面有很大差异。当叙述在多个视角之间转换跳跃时,叙述在多个视角之间切换,对话和叙述、想象和现实、过去和现在、此处和彼处交错在一起,使读者难以察觉。而多角度的转换瞬间完成,既无章节区分,也无作者的交代。叙事中的对话与叙述混在一起,对白与独白相互交织,现实与幻想相互渗透。整个作品更像一部电影,读者似乎不是在阅读,而是在看多镜头的电影画面,并且要充分地调动想象力,将作品中省略的、隐喻的、象征的情节或故事加以补充和完善,重新加以编排,读出或"写出"自己的作品来。

巴尔加斯·略萨作品中强烈的现实感源于他文学的养成,数十年来他着力培育一种反映城市生活、具有明确社会责任感与纪实性的现实主义文学流派,同时又试图在叙事结构的创新上富于创新,别出心裁。巴尔加斯·略萨被称为"结构现实主义大师",这种提法不无道理,"大师"之称也当之无愧。巴尔加斯·略萨是一个多产的作家,他60年笔耕不辍。他的才华也不仅表现在叙事文学创作上,在文学批评、戏剧及散文创作、文化论坛、新闻乃至政治领域也颇有建树。巴尔加斯·略萨最终在2010年荣获诺贝尔文学奖,这一文学创作的最高荣誉对他而言是实至名归。半个世纪以来,作者始终遵循着这样的宗旨：在生活的现实世界中创作、评判、参与。

叙事文学的崛起与繁荣

所谓“文学爆炸”，实际上是拉丁美洲叙事文学的崛起与繁荣。20 世纪 50 年代末 60 年代初，小说创作取代了始终在拉丁美洲文学中占据首要位置的诗歌，成为最能代表这一次大陆特点的文学形式和文学体裁。据多诺索看来，“文学爆炸”的小说家们所追求的就是要摆脱地区性的禁锢，用国际化的语言向全西班牙语美洲乃至全世界讲话。[①]

首先，“文学爆炸”表现在一批高质量的小说作品在这一时期集中发表，并且受到不同层次读者群的普遍认同。这些作品如同一块巨大的磁石，吸引了一批新读者与批评家，他们对拉美大陆的叙事文学给予重新评价与定位。其次，“文学爆炸”从社会、文化层面的力量对比中引起质的变化，引领了拉美大陆叙事文学发展的趋势。她不仅挖掘出一批早在 20 世纪三四十年代已崭露头角的作家，如米格尔・安赫尔・阿斯图里亚斯（Miguel Ángel Asturias）[②]、阿莱霍・卡彭铁尔，还发现并“适时地”推出了一批新的作家，如胡利奥・科塔萨尔、加西亚・马尔克斯、卡洛斯・富恩特斯和巴尔加斯・略萨等。再之，拉美大陆涌现出一大批新的、囊括各个社会阶层的读者群，以及推波助澜的西班牙和拉丁美洲的出版社。以上三种因素可以视为“文学爆炸”的直接起因。

“文学爆炸”也是西方工业化所带来的一系列价值观的危机在文化领域的反映。这一时期，拉美的政治格局发生了变化：1959 年古巴革命的成功为青年一代知识分子带来新的希望，美国对越南的入侵在年轻的知识分子中也引起强烈反响；另一方面，也是西方工业化发展导致的道德危机，以及进入所谓的“后现代”时期，西方种种社会危机在文化领域，特别是在文学领域的反映。

探究“文学爆炸”发生的背景与原因，我们可以这样概括：拉丁美洲文化中欧洲文化、印第安文化与黑人文化交融的多元性，欧美文学流派对拉丁美洲作家的影响，以及诸多作家对此采取的兼收并蓄的态度，加之经济的发展和古巴革命的成功与影响，以上各种因素推波助澜，将拉丁美洲小说的创作

---

① 〔智利〕何塞・多诺索：《文学“爆炸”亲历记》，第 78 页。

② 米格尔・安赫尔・阿斯图里亚斯（Miguel Ángel Asturias，1899～1974），危地马拉著名小说家，代表作有长篇小说《总统先生》（*El Señor Presidente*，1946）及《玉米人》（*Hombres de maíz*，1949）等，1967 年获诺贝尔文学奖。

与传播推向了一个前所未有的繁荣的新时期。

三、从"高潮期"到"转折期"

文学的发展有如历史的进程,既有高潮,也有低谷。拉丁美洲小说创作在20世纪70年代初达到巅峰之后逐渐走向低谷,进入了"转折期"。这种相对沉寂与五六十年代石破天惊般轰动世界的各种主义与流派的盛极而衰有关,同时西方文学全面"滑坡"对整个拉丁美洲也不无影响。但是,拉丁美洲"文学爆炸"高潮后的这种"沉寂"也未必不是一件好事,它实际上是拉美次大陆叙事文学的一个新的积累孕育期。一批新人逐渐崛起,现实主义在新的形式、新的观念下"复辟",创新成为拉丁美洲叙事文学发展的主流,也形成了"文学爆炸"后新的繁荣。

"高潮期"的结束与得失

如前所述,对于"文学爆炸"结束的时间有不同的看法。历史总是耐人寻味,何塞·多诺索认为,如同"文学爆炸"的起始与古巴革命成功相关,"文学爆炸"的终结也与古巴联系在一起。1971年古巴诗人埃维托·帕迪利亚(Heberto Padilla,1932～2000)受到政治迫害,而拉美作家对此事件各持己见,作家之间大团结的局势面临危机。这一事件对拉丁美洲知识分子的团结所造成的影响使多诺索深感遗憾:"自由杂志解体了,骇人听闻的古巴帕迪利亚事件爆发了。这个在那么多年间收容了具有多种政治色彩的拉丁美洲知识分子的广泛团结现在被这件事打破了,把他们从政治上、文学上、感情上分裂成令人痛心的不可调和的帮派。帕迪利亚事件一声巨响,把我在1962年于康塞普西翁大学召开的那次知识分子代表大会上,在'文学爆炸'酝酿之初第一次看到的从拉丁美洲知识分子中萌生出来的团结给断送了。"[①]显而易见,对多诺索而言,拉丁美洲的"文学爆炸"由于帕迪利亚事件而告结束。

我们认为,"文学爆炸"的"高潮期"结束于20世纪70年代初,其标志是"爆炸"时期的重要作家多诺索的代表作《淫秽的夜鸟》的发表。该小说在表现手法上采用了西方现代派小说中的各种手段:回忆与现实交替,内心

---

① 〔智利〕何塞·多诺索:《文学"爆炸"亲历记》,第81页。

独白与“全能的”叙事者共存，时间及空间结构颠倒，意识流与蒙太奇手法的运用，这一切使作品成为一部完全“开放体”的小说。小说意在揭露上层社会的颓废与腐败，书中表露出的“危机感”以及“世界末日之感”，是拉丁美洲国家的资产阶级面对历史发展的洪流所表现出的带有普遍意义的惶恐感。

一段时间以来对“文学爆炸”的评价、批评，甚至非难、贬损之声四起，批评多于褒奖。很显然，这种负面的评价更多地针对“文学爆炸”“高潮期”的创作实践。而从20世纪60年代到现在，半个世纪后的今天，我们可以客观、公正地评价这一轰动世界的文学时期。在对她的成就给予充分肯定的同时，也应该对她的缺憾给予实事求是的分析，这对于拉美次大陆的文学发展不无裨益。

谈及这一时期文学发展的遗憾，不能不提及一些作家过分地追求形式的新颖，而忽视了读者的接受力以及他们的阅读习惯；“有些作家忘记了文学创作的严肃性，忽略了生活真实与艺术真实的重要性，使得作品的思想内容显得空泛、浮华。”[①]“阳春白雪，和者盖寡”，读者群的部分丧失是必然的。此外，有些作家在其后的作品中固步自封，缺乏进取，仍然采用雷同的叙事方法与手段，全无60年代的那种锐意进取的精神。凡此种种，造成读者的“审美疲劳”，因而对他们的作品逐渐失去了兴趣。

另一方面，我们应该清醒地认识到，“爆炸”局面的产生与那一时期西班牙及拉丁美洲的一批出版社有极大的关系，他们成功的商业运作成就了小说家作品的推广与传播，甚至使有些作品炙手可热。但是物极必反，“爆炸”后期出版社过分的商业炒作，使一线作者某些质量不佳或不成熟的“练笔”之作也成为争相炒作的对象。当然，对有些批评者认为“文学爆炸”子虚乌有，完全是众多出版社商业炒作结果的看法，我们也不敢苟同。

此外，这一时期出版社与文学评论家“一味吹捧少数几个‘明星’，压制和排挤了其他有才华的作家。”[②]毋庸置疑，本文第二节中提及的四位作家在“文学爆炸”时期产生了巨大的影响，其作品也得到了最广泛的流传，他们因此构成了“文学爆炸”的“宝塔尖”。但是仅有这四个人的“宝塔尖”不能代表拉美大陆这一时期叙事文学创作舞台的全部成就。恰恰是他们的巨大影响，他们的“明星效应”使一批同时期在拉美文坛乃至世界文坛占有重要地位的作家被忽略，甚至被边缘化。他们中包括胡安·卡洛斯·奥内蒂（Juan

---

① 赵德明、赵振江、孙成敖、段若川：《拉丁美洲文学史》，第413页。

② 同上。

Carlos Onetti)①、莱萨马·利马(Lezama Lima)②、埃内斯托·萨瓦托(Ernesto Sábato)③、何塞·多诺索、卡夫雷拉·因方特(Guillermo Cabrera Infante)④等作家。他们的创作各具特色,作品的影响力也是巨大的,是值得认真研究的。

“转折期”的代表作家

我们认为,“文学爆炸”的“转折期”大致可以推至20世纪70年代中期。一方面,进入70年代后“爆炸”时期的代表性作家继续他们创作的势头;另一方面,新一代小说家开始崛起,他们在60年代后期开始发表作品,到了70年代前期他们叙事文学的创作渐臻成熟。

在我们谈及“转折期”时有一个不可回避的问题:哪些作家是这一时期的代表性作家呢?批评界比较一致的意见认为巴拉圭作家奥古斯托·罗亚·巴斯托斯以及阿根廷作家马努埃尔·普伊格既是这一时期的先驱,又成为“文学爆炸”向“爆炸后文学”时期转变的过渡者。而古巴作家塞维罗·萨尔杜伊(Severo Sarduy,1937～1993)以及墨西哥作家何塞·阿古斯丁(José Agustín,1944～)和费尔南多·德尔帕索(Fernando del Paso,1935～)⑤等也成为这一时期小说家的佼佼者。

巴拉圭著名文学批评家胡安·马努埃尔·马尔克斯早在20世纪80年代初就提出,他的同胞奥古斯托·罗亚·巴斯托斯是“爆炸后文学”的先驱之一,其小说《我,至高无上者》(*Yo,el Supremo*,1974)做了大胆的尝试。小说以20世纪初巴拉圭“至高无上”的独裁统治者弗朗西亚为文学创作的原型,但是作者没有试图去“创造”一个神话,而是去研究一个已经“逝去的神话”。小说用讥讽的手法“戏谑”一个在官方史书上已“盖棺定论”的历史人物,成为拉美小说从60年代“文学爆炸”的高潮逐步向趋于“平静”的70年代转折的小说创作的代表作品。

---

① 胡安·卡洛斯·奥内蒂(Juan Carlos Onetti,1909～1994),乌拉圭作家。主要作品有《短暂的生命》(*La vida breve*,1950)、《造船厂》(*El astillero*,1961)等。1980年获塞万提斯文学奖,1985年获乌拉圭国家文学奖。

② 莱萨马·利马(Lezama Lima,1910～1976),古巴诗人、小说家,代表作《天堂》(*Paradiso*,1966)。

③ 埃内斯托·萨瓦托(Ernesto Sábato,1911～2011),阿根廷作家,主要作品有《地道》(*El túnel*,1948)和《英雄与坟墓》(*Sobre héroes y tumbas*, 1961)等,1984年获塞万提斯文学奖。

④ 卡夫雷拉·因方特(Guillermo Cabrera Infante,1929～2005),古巴作家。代表作为《三只悲伤的老虎》(*Tres tristes tigres*,1964),1997年获塞万提斯文学奖。

⑤ 其代表作为《帝国轶闻》(*Noticias del Imperio*,1987)。1982年获罗慕洛·加列戈斯文学奖,1985年获“美洲之家”奖。

小说《我，至高无上者》之所以成为“转折期”的代表性作品，基于以下三个因素：其一，小说发表的70年代恰逢南美的阿根廷、巴拉圭以及智利的军事独裁时期。小说以历史为鉴，以文学笔触抨击当时的独裁政权。其二，尽管小说反映的是独裁高压下的历史，但是小说所反映的作者的世界观并非“文学爆炸”时期占据统治地位的悲观主义倾向，而是给人们以希望，给读者一个光明的前景。其三，小说的创作遵循了现实主义的手法，作者曾这样评介自己的作品，称小说创作首先是一种“接受现实的手段，其次，是对社会现实（文学化）的转化”，并且提出文学创作“以抨击社会的弊端及其最大罪恶为其使命”。①

作者在1960年发表了另一部小说《人子》（*Hijo de hombre*），书中勾勒出一个阴郁、残暴的独裁者形象。这个“永恒的独裁者”追踪迫害他的政敌，摧残他的反对者。而《我，至高无上者》则更加显示了作者在小说创作上的成熟，小说作者在不同的场合多次指出他创作这部小说的目的“不是以小说的形式叙述至高无上的独裁者的历史…… 在这里，我唯一能做的就是展现一个为了一己目的而施行绝对权力的人物……”②这是一部“新历史小说”的代表作，作者试图从文学的角度挖掘历史，而作者笔下的历史有时甚至与官方的“正史”背道而驰。

在“转折期”的作家中，阿根廷作家马努埃尔·普伊格的情况比较特殊，因为他早在“文学爆炸”时期发表的作品就与当时的潮流并无二致。我们之所以将他作为“转折期”的先驱，是因为他在拉丁美洲小说创作中引进了一股革新的力量，革新了叙事文学的结构、语言和题材，将其他门类的艺术形式如广播剧、电影、流行音乐等大众传媒手段与文学创作相结合，创作出颇具特色的小说。可以说，普伊格是将“波普文化”引进拉丁美洲的第一人。

在普伊格发表的《红唇》（*Boquitas pintadas*，1969）与《布宜诺斯艾利斯事件》（*The Buenos Aires Affair*，1973）中，作者已经把诸如广告、书信、相册等非文学元素糅进了小说中，并且引入了侦探小说的写作手法，故事跌宕起伏，引人入胜。尽管在这两部小说中作者将视角触及诸如性爱等禁忌的题材，但是作者的目光游离于当前或历史现实之外。毫无疑问，普伊格享誉世界的作品当推《蜘蛛女之吻》。小说中矛头直指20世纪70年代阿根廷的

---

① Shaw，Donald，1999：*Nueva narrativa hispanoamericana*，sexta edición ampliada，Madrid，Cátedra，p. 164.

② 同上，p. 169。

军事独裁政权。作者一方面对叙事手法进行了大胆的革新，将电影艺术引进小说创作，别出心裁地以对话体作为主要的叙事手段；另一方面以一个封闭的牢房作为叙事的空间，作品的两个主人公是最终走到一起的政治犯与同性恋者，这象征着进步的政治力量与性解放运动殊途同归。小说隐喻阿根廷的社会现实，被认为是作者第一部真正具有政治介入倾向的作品。小说中巧妙地嵌入了六个电影故事，通过剪切对接、明示暗喻，构成了一幅光怪陆离、耐人思索的立体画面，既多角度、多层次地反复表现作品的主题，又有力地展示了人物的内心世界。

普伊格的小说创作在艺术上大胆尝试，充分运用电影等叙事技巧，从叙事结构、叙事形式、语言手段上采取了不囿传统、勇于创新的态度。严肃的创作主题，对社会现实的高度关注，以及对诸如同性恋、性虐待等禁忌题材的大胆介入，使作者成为“文学爆炸”向“爆炸后文学”过渡时期的代表性作家。

四、多元化的“爆炸后文学”小说家

20世纪70年代中期后，拉丁美洲的叙事文学从“文学爆炸”向“爆炸后文学”发展与变化。文学批评家安赫尔·拉马敏锐地观察到拉丁美洲叙事文学在“文学爆炸”后的发展与变化，注意到70年代涌现出的一批年轻小说家。他也是最早提出“爆炸后文学”这个概念的批评家之一，在1979年华盛顿召开的“拉丁美洲小说崛起”的座谈会上，安赫尔·拉马指出：“在文学爆炸之外，在一代致力于建立一种新的写作方式的小说家融入的进程中，这种转变确实已经产生，这一代作家中应该提及的有阿根廷作家奥斯瓦尔多·索里亚诺(Osvaldo Soriano，1943～1997)和格莉塞尔达·甘巴罗(Griselda Gambaro，1928～)、智利作家安东尼奥·斯卡尔梅达(Antonio Skármeta，1940～)、尼加拉瓜作家塞尔希奥·拉米雷斯(Sergio Ramírez，1942～)等……人们可以注意到一个奇特的方面，即在知识阶层中心之外产生了可以称之为与在大都市所发生‘文学爆炸’中史诗般的模式相区别的变化，不管这种区别源于大陆的不同地区，还是源于那种已经普遍化的移民的潮流。”①

---

① Rama，Ángel，1986：*La novela latinoamericana 1920～1980*，Bogotá，Instituto Colombiano de Cultura，pp. 266～267.

“爆炸后文学”抑或“文学后爆炸”

鉴于这一时期是“文学爆炸”后的一个新的文学时期，文学史家及文学批评家将这一时期称为文学“爆炸后”(Posboom 或 postboom)时期。在我国，可能是源于对“后现代主义”(postmodernismo)的翻译推导，有人将拉丁美洲的这一文学时期称之为“文学后爆炸”时期。而在西班牙语中它既可以表示“后爆炸”，亦可以理解为“爆炸后”。笔者认为“爆炸后文学”的译法更符合拉丁美洲叙事文学发展的事实与史实，因为 70 年代中期后并没有发生新的“爆炸”趋势。相反，这一时期多数的作家逆“文学爆炸”的潮流而动，无论从其叙事题材、叙事手法以及在其作品中所反映出的世界观都有别于“爆炸”时期。他们摒弃了“爆炸”时期过分追求实验主义的倾向，更加关心人们的日常生活，关注边缘性的人物，恢复了传统的叙事手法。从某种意义上讲，这一时期拉丁美洲的叙事文学呈现出一种现实主义的回归与“复辟”的大趋势。

这一文学时期还有另一种称谓，即“后现代主义”。应该指出的是，这两种称谓的文学定义并非完全相同，因为“爆炸后文学”突出了拉丁美洲大陆的地域性特征及那一时期叙事文学发展的延续性，而“后现代主义”所指囊括整个世界。我们倾向于使用“爆炸后文学”的说法，以避免混淆“后现代主义”的称谓除文学以外的政治、思想意识或历史等更大范畴内的含义与解释。我们认为，“爆炸后文学”的时间定位大致在 20 世纪 70 年代中期至整个 80 年代。

对于“爆炸后文学”时期的如何认识与理解同样存在着分歧，有的批评家或文学史家提出拉丁美洲的“爆炸后文学”是一种“捍卫正统的、独立的、全新的叙事文学”，认为这是一个“全新”拉美叙事文学时期；另一种则认为，这一时期的叙事文学是“文学爆炸”时期以加西亚・马尔克斯为代表的叙事文学的“延伸、发展或分支”。[①] 第二种认识既承认“爆炸后”是对“爆炸时期”的“延伸”或继续，又指出她的“发展”与变化。而第三种看法则认为，这一时期仅仅是“文学爆炸”的简单延续。换言之，第三种意见将 20 世纪整个 70 年代的叙事文学作品统统囊括在“文学爆炸”的时期之内。

我们的认识是，“爆炸后”的叙事文学对 “爆炸”时期而言，既是一种延续，更是一种发展与变化。因为我们既看到两个时期之间相同或类似的特

---

① Tornés Reyes, Emmanuel, 1996: *¿Qué es el postboom?* La Habana, Editorial Letras Cubana, p. 31.

点，更注意到这一时期小说家的立场、态度、题材甚至是写作手法与前一时期的区别，看到了拉丁美洲叙事文学的一种“全新”的趋势。

“爆炸后文学”时期存在两种不同的潮流。在多数的作家中，包括“爆炸”时期走红的作家作品中，我们观察到一系列的变化：首先是现实主义的“回归”，作品更强调贴近读者、关注社会的发展趋势；作品更突出戏剧性效果，以及爱情题材的重视；挖掘青年人新的生存方式以及“波普”等大众文化元素的引入。而另一种流派在“后结构主义”与“后现代主义”的文学流派的影响下延续了“爆炸”时期的实验性文学特点与趋势，元小说、互文式、戏谑等成为一批作家重要的叙事手段。

“爆炸”时期大师的新贡献

“爆炸后文学”时期，“爆炸”时期的大师如加西亚·马尔克斯、富恩特斯、巴尔加斯·略萨等以其执著的创作热情，以一批新作品的问世对新时期的叙事文学做出了贡献。他们的创作中既有对“爆炸”时期叙事题材与叙事手法的继续，更有发展与创新。

加西亚·马尔克斯在《百年孤独》后又创作了《家长的没落》（*El otoño del patriarca*，1975），成为拉丁美洲“反独裁小说”的代表作，在作品中作者仍然坚持实验主义的态度，全书无标点符号，使读者的阅读颇费工夫。此后发表的《霍乱时期的爱情》（*El amor en los tiempos de cólera*，1985）描述了主人公长达一生的爱情，小说中新浪漫主义的元素也构成了“爆炸后文学”的特征。1989 年发表的《迷宫中的将军》（*El general en su laberinto*）描述了拉丁美洲伟大的解放者西蒙·玻利瓦尔卸任后从波哥大出发，沿马格达莱纳河水顺流而下的最后行程，他最终抵达圣玛尔塔，并病故于斯。作者在小说中试图揭示：历史的进程似乎是一座迷宫，即使那些伟大的历史人物也未必真正地了解历史的进程。在小说中，我们可以看到“文学爆炸后”时期的主要流派之一的拉美“新历史小说”的影子，就这样，“爆炸”时期的大师自觉或不自觉地融入到新的文学时期。

“文学爆炸”的另一位大师富恩特斯在 1962 年发表其成名作《阿尔特米奥·克鲁斯之死》后，又于 60 年代发表了小说《换皮》（*Cambio de piel*，1967），书中揭示了作者创作的一个重大题材：欲望与现实之间的斗争。这一题材在作家其后发表的长达 800 页的鸿篇巨制《我们的土地》（*Terra nostra*）中得到淋漓尽致的发挥。这部雄心勃勃的、结构复杂的小说发表于 1975 年，正是“文学爆炸”向“爆炸后文学”发展的转折期，作家以此作品获得 1977 年拉丁美洲最具影响力的罗慕洛·加列戈斯文学奖。而作者 90 年代发表的两部小说《迪安娜或孤独的女猎手》(*Diana o la cazadora solitaria*, 1994)、《玻璃国界》(*La frontera de cristal*, 1995)在写作技巧上并无更多的变化,但是其主题揭示了墨西哥人与美国人之间的相互影响,以及两个国家、两种文化之间的矛盾与碰撞,这也是墨西哥文学乃至拉丁美洲文学恒久的主题之一。

在“文学爆炸”的大师中,获 2010 年诺贝尔文学奖的秘鲁作家巴尔加斯·略萨被视为“唯一屈尊坚持革新与发展,被蔑称为‘资产阶级现实主义’”的作家。[①] 他早在 27 岁的 1963 年就因发表的《城市与狗》而一举成名,该小说与 1969 年发表的《酒吧长谈》(*Conversación en la Catedral*)构成了作者的“现实主义虚构”创作的第一个阶段。在《城市与狗》中所表现的象征主义的特征在随后发表的《绿房子》里得到了淋漓尽致的发挥,而小说题目本身明喻秘鲁的一个偏远城镇的妓院。

1973 年发表的《潘达雷昂上尉与劳军女郎》(*Pantaleón y las visitadoras*)中的幽默与讥讽的笔触,甚至黑色幽默的因素并非作者惯常使用的叙事手段,因此开启了他的创作的第二个阶段。在《世界末日之战》(*La guerra del fin del mundo*, 1981)及《玛伊塔的故事》(*La historia de Mayta*, 1984)中反映了同一题材,即失败的战争。两部小说中均可看到作者在文学创作中现实与虚构的悖论,如巴尔加斯·略萨自己所言:“我是现实主义者,在我的小说中我试图在对事物深入了解的前提下‘撒谎’。”[②]分别发表于 1989 年的《继母颂》(*Los elogios de madrastra*)与 1997 年的《堂里戈维托的笔记本》(*Los cuadernos de don Rigoberto*)突出对性爱的描述,但是读者看不到真正意义上的爱情。而对性爱还是情爱的关注是“文学爆炸”与“爆炸后文学”的一个分水岭,我们只有在后一个时期的文学作品中看到了对真正的爱情的描述与阐释。

新世纪伊始,我们读到了巴尔加斯·略萨的巨作《公羊的节日》(*La fiesta del chivo*, 2000)。小说以暗杀多米尼加共和国的独裁者特鲁希略为历史背景,分为 1961 年 5 月暗杀之后以及 35 年后的 1996 年这样两条时间线索,叙述了事件的起因及后果,同时又将历史拉回到 50 年代的独裁统治时期。毫无疑问,这部小说成为拉丁美洲“文学爆炸后”“新历史小说”的代表作之一。

---

① Gerald M, Martín, 1971:“Vargas Llosa, nueva novela y realismo”, *Norte*, XII- núms. 5～6, Ámsterdam, p. 113.

② Vargas Llosa, Mario, 1984: *Historia de Mayta*, Seix Barral, p. 77.

还有一批作家在70年代以后的创作对"爆炸后文学"的新时期做出了贡献,应该提及的作家有古巴作家莱萨马·利马、卡夫雷拉·因方特,智利作家何塞·多诺索等,他们在20世纪七八十年代发表了一系列小说。他们既是"文学爆炸"时期作家的重要组成部分,又成为"爆炸后文学"时期的代表作家。

新一代小说家的涌现

"文学爆炸"向新的文学时期转变的过程中涌现出一批年轻的作家,应该提及的有秘鲁作家阿尔弗雷多·布里塞·埃切尼克(Alfredo Bryce Echenique,1939～)、墨西哥作家古斯塔沃·萨因斯(Gustavo Sainz,1940～)、智利作家安东尼奥·斯卡尔梅达、阿根廷作家奥斯瓦尔多·索里亚诺等。他们大多出生在20世纪40年代,并且具备了成为新时期代表作家的条件。即在"文学爆炸"高潮之后很快就发表了相当成熟的小说作品,同时他们的创作还应对"文学爆炸"的创作模式做出了或反向或类同或区别的反应。①

这批年轻人中不乏对"爆炸"时期的小说创作倾向进行了严肃批评的作家,他们抨击前辈作家脱离社会现实的夸张的实验主义倾向,批评他们过分强调语言在叙事文学中的主导地位。他们的作品中显示了对现实主义的回归,乐观主义的世界观以及对政治与社会斗争积极参与的态度。智利作家安东尼奥·斯卡尔梅达无疑成为这批作家的代表人物之一。良好的国内及国外教育背景以及丰富的文学素养使他脱颖而出,成为"爆炸后文学"年轻一代作家的领军人物。

早在"爆炸"高潮期的1969年,斯卡尔梅达就以短篇小说集《屋顶上的裸身人》(*Desnudo en el tejado*)荣获"美洲之家"奖。1973年智利发生军事政变后,他流亡阿根廷,后又前往德国。在斯卡尔梅达的作品中我们可以看到他逆"文学爆炸"的潮流而动,坚信作家观察世界并以文学创作反映、诠释现实的能力与需要,并且在作品中使用了更直白通俗的语言。作家坦言,他曾经并且仍然得益于人们所称的现实,而且认为作家的职责就是正视这种现实。作为"爆炸后文学"的作家,斯卡尔梅达不但在小说创作方面颇有建树,而且在文学批评方面做出了突出的贡献,他在文学批评的文章以及访谈中捍卫了新的文学流派以及"爆炸后"文学的革命精神。如果我们以智利1970年阿连德的民主政府以及1973年后皮诺切特的军事独裁的历史进程

---

① Oviedo,José Miguel:*Historia de la literatura hispanoamericana*,*4*. *De Borges al presente*. p. 387.

对斯卡尔梅达进行考量，我们看到的是一个激进的民主斗士和一个充满社会责任感的作家。

斯卡尔梅达的第一部长篇小说《我梦见雪在燃烧》(*Soñé que la nieve ardía*)发表于1975年。批评界普遍认为这部小说也是“爆炸后文学”的“第一部”长篇小说，因为书中充满责任感的青年主人公是“爆炸”时期的作品中从未有过的文学形象与文学典型。小说以智利1973年军事政变前的首都圣地亚哥为背景，试图以一个来自偏远省份、渴望在首都获得事业成功的足球运动员阿杜罗的经历为象征，将群众性的体育运动与智利民选总统阿连德被颠覆的政治背景相结合。作品通过对一群年轻的、政治上充满社会责任感的无产者生活的描述，以及对于他们的理想及内心世界的挖掘，试图揭示军事政变的社会条件。主人公阿杜罗确信凭借他在球场和情场的成功，能够征服他面对的大城市。但是军事政变使这个国家的政治、经济和文化遭到破坏，智利民族受到致命的创伤。小说实际上写了一场梦，一场突然结束的、破灭的梦。然而失败的教训使幼稚的、政治上不成熟的阿杜罗，使与他一样怀有梦想而且充满活力的年轻人明白了一个道理，单枪匹马的奋斗不会成功，只有团结起来，才能取得最终的胜利与辉煌。

从叙事技巧上讲，“文学爆炸”时期作家所推崇的“碎片式”的时间结构，以及多重的空间结构的传统被打破。斯卡尔梅达在《我梦见雪在燃烧》中使用了被“文学爆炸”时期摒弃的按时间顺序的、线性的叙事结构。“在斯卡尔梅达的小说中所包含的新小说的特点中不乏对日常生活的描述与口语化的成分。除了对围绕着阿杜罗周围的年轻人简单的勾勒与理想化的描述外，小说更以它的幽默、它的炽热，使它与爆炸时期的作品形成鲜明的对比。”①

“流亡”与拉丁美洲文学有着不解之缘——它不仅仅有地理层次迁移的含义，更意味着政治、文化放逐的悲世情结。它被符号化为一个20世纪动荡时代的文学母题，是思想家、政治家和文学家关注的焦点。不管是回忆过去，还是记录当下，流亡者一方面流露出对于过去的思念，另一方面又抨击造成这种物质和精神隔离的根源，充满着对回归故土的渴求。② 斯卡尔梅达在1980年发表的作品《什么都没发生》(*No pasó nada*)向我们奉献了“爆炸后文学”的另一种新的叙事文学题材：“流亡小说”。

---

① Shaw, Donald: *Nueva narrativa hispanoamericana*, pp. 288～289.

② 参见本书第六章《反独裁与流亡文学题材的传承与创新——“文学爆炸”后智利小说发展新趋势》。

小说《什么都没发生》借助一个流亡在德国的14岁智利少年卢乔之口，讲述一个流亡德国的普通智利家庭的生活。主人公讲述他在与人相互冲突与碰撞的过程中逐步融入新的社会与环境的过程，作品同时透射出人类共同拥有的美好善良的同情心。小说突出了人们追求和谐美好、休戚与共的美德。这对于“文学爆炸”时期的作品中所反映出的孤独无助、冷漠排斥的主题而言，无疑形成了一种对立与反叛。有批评家认为：“当小说将两个少年的争斗变为一种过渡阶段的仪式，而小说的主人公卢乔也在其中告别了他的童年，并且结束了他生命的一个阶段的时候，斯卡尔梅达实际上解决了这样一个问题：他将个人流亡的体验与一种具有普遍意义的东西联系在一起。”①

女性作家的崛起

20世纪60年代在西方崛起了一股强劲的政治力量，即具有进步倾向的女权主义运动。此前的男权主义文学批评以男性文学作品为批评的对象，而女权主义文学理论在不同层面分析由此产生的问题，并以此对传统文学批评的改革做出了积极的贡献。美国的女性主义文学还提出了新的理论，将以生理特征为基础的“性”与以社会、历史及文化为属性的“性别”加以区分。

当人们看到拉丁美洲“文学爆炸”时期巨大的文学成就时，同时也面临着另外一个现实：“文学爆炸”几乎是清一色的男性作家，而拉美大陆的叙事文学也始终是男权主义占统治地位的文学传统。恰恰在这样的传统下，“爆炸后文学”时期作为最引人瞩目的现象就是女性作家的崛起。随着女权主义在世界范围内的影响日益壮大，拉美的女性文学迅速崛起，女作家的作品争奇斗艳，无论从深度还是影响上堪与男性作家的作品相媲美。并且作为一支充满活力的文学创作力量，数量可观的一批女作家登上文学舞台，在拉美文坛发挥着越来越大的影响力。女作家中不乏在拉美地区乃至国际文坛具有巨大影响力的作家，如阿根廷作家路易莎·巴伦苏埃拉(Luisa Valenzuela，1938～)、智利作家伊莎贝尔·阿连德(Isabel Allende，1942～)等。

这一时期的拉美女性作家具有“三重边缘化”的身份：历史已进入了后现代时期、生活在第三世界、男权世界的女性地位。这种“边缘化”地位构成

① Álvarez，Natalia，2009：“La narrativa mexicana escrita por mujeres desde 1968 a la actualidad”，en *Tendencias de la narrativa mexicana actual*，Madrid，Ediciones de Iberoamericana，p. 89.

了女性叙事文学创作不可回避的现实，因此她们试图将文学创作与妇女解放运动结合在一起，通过她们的作品向世人昭示，女性可以成为她们自己的主人、她们身体的主人、她们思想的主人。拉丁美洲女性文学主要特点是从女性的视角叙述故事、描述宏观世界、表现女性微观的内心世界。作品多以刻画女性形象为中心任务，力图表现女性自主、独立的精神，把女性放在社会生活的中心位置。

在每个历史阶段，面对一系列的政治、经济危机，忧国忧民的作家们都会反思其生成原因，而女作家们也在用其细致、敏感的内心进行着思考。特别应该指出的是墨西哥的埃莱娜·波尼亚托夫斯卡（Elena Poniatowska，1933～）、安赫莱斯·马斯特雷塔（Ángeles Mastretta，1949～）、劳拉·埃斯基韦尔（Laura Esquivel，1950～）、卡门·博略萨（Carmen Boullosa，1954～）等女性作家，她们对近一个世纪以来经久不衰的"墨西哥革命小说"做出了卓越的贡献。她们创作的叙事文学作品以女性不同的角度，对发生在一个世纪前的1910年的墨西哥资产阶级革命进行了诠释与评判。她们认为正是因为革命的不彻底性，阻碍了革命后的社会转型和发展，这也成为后来各种危机形成的最主要成因。几位女性作家的深刻认识，表明她们的视野已从个人或家庭的小世界转向社会的大世界，她们的社会参与度更加深入与广泛；同时反映出墨西哥革命在社会的各个层面，包括文学界都产生了举足轻重的影响，具有十分典型的意义。①

在女性作家的作品中，无论是在叙事的题材还是叙事的手法上，读者都可以看到她们的特点。一方面，对于人类的生存条件，尤其是妇女的生存状况，她们观察的目光更加深邃，并且试图以明示或是暗喻的手法向人们揭示女性世界的复杂性。另一方面，在她们的作品中出现了各种反叛的女性人物，大胆地描述母性、性爱，并试图突破诸如乱伦、通奸等题材的禁忌。

在谈及"爆炸后文学"的女性小说作品时，批评界将智利女作家伊莎贝尔·阿连德的作品《幽灵之家》（*La casa de los espíritus*，1982，又译为《灵魂的庄园》）与"爆炸"时期的《百年孤独》相比较，将它视为这一阶段最具代表性的小说之一。如果说，我们上边提及的智利作家斯卡尔梅达的小说创作是对"文学爆炸"传统的反叛的话，那么在他的同胞姐妹伊莎贝尔·阿连德的作品中，我们既可以看到对60年代小说创作实践的继承，也可以看到她的反叛。谈到继承，读者可以从她的作品中看到与《百年孤独》相同的"魔幻"题材的运用，因此她也被某些批评家称之为"穿裙子的加西亚·马尔克

① 参见本书第五章《墨西哥革命：不变的主题——"文学爆炸"后墨西哥女性小说研究》。

斯”；谈到反叛，读者也会在伊莎贝尔·阿连德的作品中观察到作者充满乐观主义的世界观，看到她的社会责任感，看到她对于历史发展的信心与企盼。而她的这种社会意识与觉悟在“爆炸”时期的作品中是鲜见的，与之也是对立的、格格不入的。

《幽灵之家》以书中庄园主特鲁埃瓦的沉浮为主线，反映了智利一个贵族家族没落的过程，同时描述了特鲁埃瓦、瓦列、加西亚三个家族四代人之间近一个世纪的恩怨情仇。它再现了智利各个阶层的政治风云，象征性地描绘了现代拉丁美洲一个历史时期的社会现实。这也是“爆炸后文学”一个颇具代表性的文学题材，即拉丁美洲的“新历史小说”。

《幽灵之家》的作者试图将充满戏剧性的场景、曲折的爱情故事、魔幻的成分与社会现实糅合在一起。如果说“爆炸”时期作品中人物的性格多是懦弱的、模糊的，伊莎贝尔笔下的人物，尤其是女性人物，性格则是“强悍的”，具有“爆炸后”女权主义人物特征。特鲁埃瓦家族的几代女性人物性格特征鲜明：具有魔幻能力的外祖母克拉拉，勤劳温顺、多愁善感的女儿布兰卡，聪明伶俐的外孙女阿尔芭等人物跃然纸上，使作品具有了强烈的艺术感染力。小说中的克拉拉与阿尔芭祖孙俩，将写作视为对那个压迫女性的社会的反叛与抗争：克拉拉在沉默中，躲藏在自己的世界中写作；而阿尔芭则在被关押的监狱中，通过写作表示她对邪恶与不公正社会的反抗。两个女主人公都将期望寄托在写作上，而小说的作者伊莎贝尔·阿连德在一次访谈中也坦言道：“我选择了一些特殊的女性，她们有能力成为我对女性认识的象征，她们是可以向世界展示拉丁美洲妇女命运的人物。我小说中的所有女性或多或少地带有女权主义的特征。”①

“50年代作家”的坚守

“50年代作家”的提法是我们的创造，指20世纪1950年前后出生，在八九十年代开始文学创作，并且成为拉丁美洲跨越世纪的一代作家。他们现在的年龄在60岁左右，几十年来的创作耕耘与持之以恒的坚守，使他们在文学史上占有一定地位。但是“50年代作家”的称谓在文学史中尚未见，批评界也没有类似的提法。何塞·米格尔·奥维多(José Miguel Oviedo)2001年出版了《西班牙语美洲文学史》第四卷。在该书结尾的第二十三章，题目为《走向世纪末：尚不确定的关系》一节中作者指出，有一批作家在文学史上尚难以盖棺定论。究其原因，一方面因为对他们相关资料的占有不足；

① 转引自 Shaw，Donald：*Nueva narrativa hispanoamericana*，p. 280.

另一方面，现在对于他们的评价会带有一定的主观性，因为他们的创作尚处于“不确定的”状态。但随着时间的流逝，他们在文学史上的地位将会进一步得到确认。奥维多所指的这批小说家大致就是我们在这里要提及的一代作家。①

这批作家在20世纪六七十年代适逢身心成长的关键时期，古巴革命的胜利鼓舞了他们的热情，美国在越南战争中身陷泥淖也激发了他们反抗的斗志。但是，1968年墨西哥特拉台洛尔科广场的屠杀，70年代智利、乌拉圭、阿根廷等国的军事政变，拉丁美洲社会发生的巨变使他们的理想幻灭，信仰缺失。他们试图通过文学创作，抒发他们的情感，阐释他们的抱负，发泄他们的不满与焦虑。如果历数拉丁美洲这一代小说家的话，那将是一个长长的名单。他们尽管年龄相仿，但是创作背景不同，经历不同，题材各异，写作手法多样。但是他们具有一个共同的特点：对于文学的坚守，对于小说创作的坚持。

上一节中我们谈及墨西哥的安赫莱斯·马斯特雷塔、劳拉·埃斯基韦尔、卡门·博略萨等几位女作家。值得注意的是，从出生的年代来讲，她们恰恰属于“50年代”女作家之列，而她们于80年代开始发表的作品也带有这一代作家的基本特征。墨西哥作家同代人中还应提及帕科·依格纳西奥·泰伯二世(Paco Ignacio Taibo II，1949～)，他以写侦探小说见长，被认为是拉美“新侦探小说”的奠基人。1986年发表的《阴影下的阴影》(*Sombra de la sombra*)是一部具有极强的政治性和历史性的长篇小说，揭露了诸如道德沦落、政治腐败等社会顽疾，堪称墨西哥社会的真实生活画卷。1953年出生的达涅尔·萨达(Daniel Sada)是墨西哥“爆裂的一代”②作家之一，自称为“荒漠作家”。追求以诗歌和小说的方式表现当地的风土人情，文学语言带有明显的地域主义特征，作品具有巴洛克风格和悲喜剧的特点。

在哥伦比亚作家中，我们将拉法埃尔·温贝尔托·莫雷诺—杜兰(Rafael Humberto Moreno Durán，1946～2005)③归在“50年代作家”之列。他的小说语言新颖，充满幽默感，又带有强烈的反讽味道。1998年凭借《阴谋

---

① Oviedo, José Miguel: *Historia de la literatura hispanoamericana*, 4. *De Borges al presente*, p. 455.

② “爆裂的一代”作家名称取自英文的*crak*，该团体由出生在20世纪五六十年代的作家组成，1996年8月发表团体宣言，发表了大量的叙事文学作品。

③ 拉法埃尔·温贝托·莫雷诺—杜兰(Rafael Humberto Moreno-Durán，1946～2005)，哥伦比亚小说家、散文家。主要作品有长篇小说《部长的猫科动物》(*Los felinos del canciller*，1987)、《常胜的绅士》(*El caballero de la invicta*，1993)、《烟囱》(*Mambrú*，1996)和《非洲关联》(*La conexión africana*，2003)等。

者的盛宴》(*El festín de los conjurados*)获得"国家文学奖"。其代表作小说三部曲《女士的闺房》(*Femina Suite*),由《贵妇人的游戏》(*Juego de damas*,1977)、《戴安娜的要害》(*El toque de Diana*,1981)和《麦当娜奇特的结局》(*Finale capriccioso con Madonna*,1983)组成,在哥伦比亚及拉丁美洲国家的影响很大。还应提及的作家有:温贝托·巴尔韦德(Humberto Valverde,1947~),被评论界称为"文学爆炸"后代表作家之一,所撰写的小说主要是以他所生活的城市卡利为背景。女作家劳拉·雷斯特雷波(Laura Restrepo,1950~),1997 年获墨西哥瓜塔拉哈拉图书节颁发的"索尔·胡安娜·伊内斯·德拉克鲁斯奖"(Premio Sor Juana de la Cruz),2004 年发表的长篇小说《胡思乱想》(*Delilio*)获当年西班牙"旺泉小说奖"。

同时代的秘鲁作家中影响较大的当推阿隆索·奎托(Alonso Cueto,1954~),他是一位多产的叙事文学作家。他的短篇小说和长篇小说中对利马中产阶级的流畅和真挚的描述,使他成为秘鲁最受欢迎的作家之一。主要作品有短篇小说集《过去的战争》(*La batalla del pasado*,1983)及长篇小说《黑夜的欲望》(*Deseo de noche*,1993)和《飞舞的尘埃》(*El vuelo de la ceniza*,1994)等。值得一提的是华裔作家苏康文(Siu Kam Wen,1951~),他生于中国,9 岁时随家人移民秘鲁。短篇小说集《最后的路程》(*El tramo final*,1985)是他在秘鲁出版的一部以西班牙语写就的作品,是拉丁美洲华裔作家的代表性人物。

阿根廷作家门波·希亚迪内利(Mempo Giardinelli,1947~)曾经凭借长篇小说《炽月》(*Luna caliente*,1983)获墨西哥国家文学奖,这是该奖项首次颁发给外籍作家。《炽月》发表于作者流亡墨西哥时期,它摒弃了传统的现实主义及魔幻现实主义的用法,作品中带有黑色小说色彩。发表于 1991 年的长篇小说《记忆的宗教裁判所》(*Santo Oficio de la memoria*)是一部交融了现实与虚构的作品,获 1993 年罗慕洛·加列戈斯文学奖。女作家安娜·玛丽亚·苏亚(Ana María Shua,1951~)也是这一代女性作家的代表,她集小说家、诗人、剧作家于一身,迄今已出版 40 多部作品,尤以创作微型小说见长。

"50 年代作家"中最具代表性的当推智利作家罗贝托·波拉尼奥(Roberto Bolaño,1953~2003)。他出生在智利首都圣地亚哥,14 岁时随家人移居墨西哥。他推动了融合超现实主义、达达主义和街头戏剧的"现实以下主义"[1](Infrarrealismo)运动,试图激发拉丁美洲年轻人对生活与文学的热

① 西班牙文前缀 infra 意为"……以下的",此处与 realismo 构成合成词,译为"现实以下主义"。

爱。1998 年发表的《荒野侦探》(*Los detectives salvajes*)，是一部将侦探故事的悬疑与哲学思考结合在一起的小说。近 600 页篇幅的作品有着多重的结构，不同的故事和人物穿插在一起；断断续续的故事由不同的声音、时间和空间构成；主要人物互相衬托，又在他人的声音中互相否定。这是一部开放体小说，读者无法知晓事情的全部真相，而这种不确定性正是作家对生活的思考。[①] 作品一经问世就引起了巨大反响，当年获西班牙埃拉尔德小说奖，次年获罗慕洛·加列戈斯文学奖。评论家莫索里维尔·罗德那斯称赞《荒野侦探》是“作者同代人中伟大的墨西哥小说，是拉丁美洲人对离乡背井之苦的文学表现”。恩里克·维亚·玛塔(Enrique Villa Matas)认为该作品“是对文学爆炸大作的历史和天才的终结，从此掀开了新千年文学新潮的环流”。[②]

波拉尼奥的另一部小说《2666》(*2666*，2004)，是作者英年早逝后出版的一部近 900 页的鸿篇巨制，是拉丁美洲叙事文学向新世纪世界文坛的顶峰发起的挑战。小说从整个人类的发展过程中揭示了人性的贪婪、自私和凶残的本性，而人性恶性发展的结果必然导致人类的灭亡。在表现手法方面，作者使用冷峻的手法，让事实说话，让铁的事实佐证人性向恶发展的趋势。在写实的同时，作者也巧妙地将心理活动、梦幻、联想、直觉等串联在一起，创造出一种被称作“全景式的长篇小说”。波拉尼奥的创作将丰富、复杂的个人经历与现代社会中黑暗、腐败的现实结合在一起，剖析人类所面临的生存危机。现实与虚构在他的作品中得到高度的统一与融合。

伊格纳西奥·埃切维里亚说：“《2666》是波拉尼奥的代表作。是一部滔滔大河般的巨著，作为全景小说，它的能力是既联结和统一起以前的全部作品又大大超越前辈。”[③]该书的中译者赵德明教授对小说更是推崇备至：“如果说《百年孤独》曾经是 20 世纪拉丁美洲文学的标杆，可以了解拉丁美洲的‘孤独情结’，那《2666》就是对百年的超越，因为作者的思想已经飞跃到了 2666 年！远远突破了拉丁美洲的天地，既站在全人类的现实高度看人性恶的膨胀，更预见到未来。这部作品的重大意义远不止于文学艺术，对于研究欧美国家的社会现象，尤其是思潮变化、文化价值观念也具有很高的参考价值。”[④]

---

① 晏博：《迷失、追寻与消失——解读罗贝托·波拉尼奥〈荒野侦探〉中的焦虑和自由》，北京外国语大学西葡语系编《西班牙语语言与文化 2012》，北京，外语教学与研究出版社，2012 年，第一版，第 162～172 页。

② 赵德明：《关于〈2666〉的思考》，北京外国语大学西葡语系编《西班牙语语言与文化 2012》，北京，外语教学与研究出版社，2012 年，第一版，第 150 页。

③ 同上，第 151 页。

④ 同上，第 153 页。

智利同代作家中还应该提及路易斯·塞普尔维达(Luis Sepúlveda,1947～),他的作品题材多样,创作手法以现实主义为主,但不乏神奇魔幻的色彩。1989年发表的长篇小说《读爱情故事的老人》(*Un viejo que leía novelas de amor*)成为拉丁美洲生态小说的代表作。女作家玛塞拉·赛拉诺(Marecela Serrano,1951～)积极投身政治活动,致力于推动妇女运动的发展。1991年发表第一部长篇小说《我们如此相爱》(*Nosotras que nos queremos tanto*),同年获墨西哥瓜达拉哈拉图书节颁发的西班牙语美洲最佳女性作家作品奖,1994年又获索尔·胡安娜·伊内斯·德拉克鲁斯奖。

五、多样化的"爆炸后文学"题材

乌拉圭著名作家、批评家马里奥·贝内德蒂(Mario Benedetti,1920～2009)认为"爆炸后"作家具有"去神话"的使命,要摒弃20世纪60年代以及70年代初文学的美学传统,拒绝将小说当作"语言的功绩",去拥抱一个建立在现实主义的、坚信人类生存条件基础上的解放的文化。① 新时期小说的叙事空间基本限于现代化的城市,特别描述的是城市中日常生活的现实。在语言的使用上,读者可以注意到小说家对于口语的偏爱,对于年轻人乃至城市中边缘化人群口语化语言的直接引用,而个性化语言使用的倾向逐渐成为文学语言的潮流。叙事手法上仍然沿用内心独白、自由的间接引用语,并且使用录音、笔记、个人日记等叙事体裁。复杂的"互文式"结构也成为这一代作家青睐的叙事手法,他们在作品中有意嵌入其他作者的作品的部分内容或是篇章,在文本中以引文、影射、模仿或戏谑的方式出现其他文本的表达、主题和结构,或是体现其他文体或文学类别的特征。

斯卡尔梅达极力主张一种具有社会责任感的、与地域主义小说相悖的拉美城市题材的叙事文学,并且归纳了这一时代小说家创作的七条特点:作品中对性爱题材的偏好,充满生命的张力,抒情自然而不矫揉造作,对日常生活关注,对虚构幻想素材的运用,口语化语言的运用以及对所谓"超凡脱俗"创作理念的蔑视。他还主张"爆炸后文学"应该回归到诗性的现实主义和乐观主义的世界中去。

论及拉丁美洲"爆炸后"叙事文学的流派或题材,由于这一时期小说创

① Benedetti, Mario, 1978: "El escritor y la crítica en el contexto del subdesarrollo", *Casa de las Américas*, 107, La Habana, p. 7.

作的多样性，我们很难系统地将它们罗列出来。但毫无疑问，这一时期确实有一些新鲜的、具有创造性的流派或是题材出现在这片大陆的文坛。有的批评家指出，有三种流派得到了长足的发展并且确立了其巩固的文学地位：实证体小说、历史小说和侦探小说。而我们不揣冒昧，希望将另一种文学倾向置于新题材或新流派之中，就是将过去的拉丁美洲文学中"禁忌"的题材，诸如同性恋、私通等纳入其中，因为它确实成为新时期文学中一个广泛涉猎而又经久不衰的题材。

重写的历史——"新历史小说"

从 20 世纪 70 年代末期开始，拉丁美洲文坛掀起了一股持续不断的培育历史题材的"复古"风潮，表现出新时期作家对历史题材的关注与执著。这种作法在拉丁美洲文学中有长期的传统，通过虚构成分的嵌入，对历史事件的重写或是再创作，亦被称为"档案的虚构"、"后现代历史学元小说"或"新历史小说"。评论家西摩·门通在《拉丁美洲新历史小说——1979 至 1992》一书中，分析了拉美历史小说的发展趋势。相关数据表明，发表于 1949 年至 1979 年间的 30 年中历史小说为 173 部，而在 1979 年至 1992 年仅仅 13 年间发表的同类小说数量竟达 194 部之多①，平均每年有 15 部历史小说发表，发展速度之快令人咋舌。

在拉丁美洲作家中，我们可以看到一种文学创新的冲动，小说家开始以一个批评者的视角去思考历史、诠释历史。这种新倾向与"文学爆炸"时期的小说美学观大相径庭。"新历史小说"在认同的历史中，加入作家个人的想象，质疑带有官方性质的历史观。他们或者将历史事件加以文学的扭曲或虚构，将不同的时间结构混杂在一起，重新审视已经被神话的历史人物或所谓的民族英雄；或者在创作中使用诸如元小说、互文式、戏谑等手法，以一种更加自由的态度诠释历史。我们在"新历史小说"中看到了一种透视的、虚构的、具有语言开放特点的叙事作品。它打破官方正史的束缚，重新审视并构建历史事件与历史人物，传播那些具有可能性的历史事实或是被迫保持"沉默"的历史。

"身份认同"与"寻根"是拉丁美洲文学永恒的母题，墨西哥作家卡洛斯·富恩特斯强调了通过文学寻找拉丁美洲历史本源的迫切性："诸多我称之为历史小说的作品，如《帝国轶闻》(*Noticias del imperio*，1987)、《迷宫中

---

① Menton，Seymour，1993：*La nueva novela histórica de la América Latina 1979～1992*，México D. F.，Fondo de Cultura Económica，S. A.，pp. 2～13.

的将军》等，这些小说填补了一个巨大的、在当时并未通过想象力叙述出的某些历史的空白。这种缺憾或是由于当时没有这种可能性，或是因为那时人们缺乏这种想象力……"①对富恩特斯而言，恢复过去历史的目的就是使那些以各种方式被禁锢的、被篡夺的、被歪曲的历史发出它们真正的声音。

毫无疑问，墨西哥作家费尔南多·德尔帕索的小说《帝国轶闻》对"新历史小说"的发展做出了卓越贡献。在这部小说中，作者试图更深入地挖掘历史进程的真相，而这种挖掘建立在这样一种观念之上，即"历史并非现实，而是现实的再呈现；换言之，是一种被神话、想象或歪曲感染了的、带有不可避免的主观色彩的解释。"②《帝国轶闻》讲述的是墨西哥 19 世纪的一段历史：1861 年印第安人出身的总统华雷斯下令停止偿还墨西哥的外债，法国皇帝拿破仑三世趁机向墨西哥派遣占领军，而奥地利哈布斯堡王朝的马克西米利亚诺大公被选中担任使命。他与他的妻子比利时公主卡尔洛达在拿破仑三世的支持下试图恢复帝制，以便成为墨西哥的皇帝与皇后。但是阴谋失败，导致马克西米利亚诺被处死，卡尔洛达成为疯子的悲剧结局。

这是作者最成功的小说创作，他花费了 10 年的时间搜集资料并进行研究，试图以比专业的历史学家更加专注的态度去探讨这段历史。他的文学创作的成就得益于对历史资料的占有与研究，而他文学想象的力量恰恰来源于他希望去探索更加深刻的历史真相。当我们在阅读帕索的这部作品时，感觉似乎站在一幅巨大的历史画卷前，审视两个历史人物短暂的一生。作者并未试图"推翻"官方的正史，而是使用不同呈现形式的史料，以多重的视角去建立另一种可以令人接受的历史的新阐释，并且将虚构与史实结合在一起。作者曾经解释他创作的目的，并强调："历史观的缺失……使我们不能在镜子中审视我们曾经的自己，而这也意味着我们不知道我们今日是何人。"③

纪实新闻体——"实证主义小说"

20 世纪 70 年代中期在墨西哥、阿根廷、古巴以及其他一些拉丁美洲国家出现了一种新的叙事文学体裁，称之为"实证主义小说"或"纪实小说"。这并不完全是新的流派，但是它的"新鲜之处在于它特别的思考、它强大的

---

① Fuentes, Carlos: *Territorios del tiempo* (Antología de entrevistas), p. 193.

② Oviedo, José Miguel: *Historia de la literatura hispanoamericana, 4. De Borges al presente*, p. 369.

③ Del Paso, Fernando: "La novela que no olvide", en *Revista de Bellas Artes*, México, p. 280.

社会基础、它作品数量众多以及它广泛的受众”。① 所有实证主义小说的作品都源于叙述者与读者经历过的一段历史，或是某一个特殊的事件。当然这里并不排除叙述者的想象与不同的观察视角，但是这些想象与视角都遵循一个原则，那就是对事实真相的忠实，并且试图更深入地了解和展示事物的真实面目。

实证主义小说实际上是一种新闻报道、杂文式的思考与拥有活生生的第一手资料的社会调查研究的混合体的叙述文学形式，是一种介乎于“虚构”与“新闻”或“非虚构”之间的体裁。这类小说一般要符合三个条件：其一，作品有一个或多个真实人物形象。埃莱娜·波尼亚托夫斯卡在《直到见不到你，我的耶稣》（*Hasta no verte，Jesús mío*，1969）中塑造的女主人公在真实生活中确有其人，作家与她进行了长时间的促膝交谈，最终以她为原型塑造了书中的赫苏萨形象，记述了她坎坷的一生。其二，小说多以第一人称写成，给读者以真实感。其三，小说中的文学形象要超越人物原型，在主人公的声音中带有作家本人的观点。换言之，主人公的形象是作家创作出的介乎于“真实”与“虚构”之间的文学人物。

在墨西哥叙事文学发展的进程中，1968 年是一个具有强烈象征意义的重要日子。就在墨西哥城举办当年的奥运会的前几天，在墨西哥城被称为“三文化广场”的地方，当时执政的古斯塔沃·蒂亚斯·奥尔达斯（Gustavo Díaz Ordag，执政期 1964～1970）对手无寸铁的要求民主自由的学生大开杀戒，以镇压抗议活动。军队的镇压中，有三百至五百名学生被杀，六千多人被捕，这就是震惊世界的“特拉台洛尔科广场大屠杀”。这一事件在墨西哥近代史中成为具有重大转折意义的历史事件，因而引发了墨西哥叙事文学的一个浪潮，一批以大屠杀为背景的纪实小说问世。小说的作者以一种强烈的社会责任感以及现实主义的手法，对屠杀之后墨西哥的社会、政治局势进行抨击。一批作家深入了解社会下层的生活，并且以新闻的或实证的客观文学形式加以反映。其中埃莱娜·波尼亚托夫斯卡的小说《直到见不到你，我的耶稣》和纪实作品《特拉台洛尔科之夜》（*La noche de Tlatelolco*，1971）、卡洛斯·蒙特马约尔（Carlos Montemayor，1947～2010）的《石之恶》（*Mal de la piedra*，1980）和《回归的矿藏》（*Minas del retorno*，1982）、阿尔曼多·拉米雷斯（Armando Ramírez，1952～）的《亲亲，特波洛丘》（*Chin Chin，el Teporocho*，1971）和《波兰格的强奸》（*Violación en Polanco*，1980）

---

① Oviedo，José Miguel：*Historia de la literatura hispanoamericana*，*4*. *De Borges al presente*，p. 372.

以及西尔维娅·莫利纳(Silvia Molina,1946～)的《明天应该还是一个阴天》(*Mañana debe seguir gris*,1977)最为著名。这种纪实体小说在反映1994年发生的萨帕塔州农民起义的斗争的题材时达到发展的巅峰。如起义军副总司令马科斯(El subcomandante Marcos,1957～)与墨西哥作家帕科·依格纳西奥·泰伯二世合著的小说《不安逸的死人》(*Muertos incómodos*,2005),对社会发出了强烈抨击与反抗,成为具有生命力的纪实文学作品。

埃莱娜·波尼亚托夫斯卡当之无愧地成为这一充满活力的文学题材的代表作家,她不但在墨西哥的知识阶层中颇具影响,而且在世界上引起了轰动。她的创作始于其记者生涯,她的文笔以讽刺辛辣著称,善于将现实中发生的事件与不同声音的反响以及纪实的风格结合在一起,将多重色彩的生活展示在读者面前,启发人们的思考。

在她的纪实性作品中,最具代表性的当推《特拉台洛尔科之夜》。波尼亚托夫斯卡围绕屠杀事件的各种素材,构筑她的叙事作品,并通过各种被禁锢、被扼杀的声音,告诉读者有关事件的各种不同的解释。对于波尼亚托夫斯卡而言,事情的"真相"并非只有官方公布的一个版本,而是有众多的、不同的"真相",而各种不同的解释、不同的版本各自具有不同的背景以及不同的利益诉求。通过各种纪实的资料,这一历史的悲剧被传播,人们对事件提出了众多不同的设想、不同的解释。作品就是在对各种不同解释与不同认识的基础上创作出来,并且产生了非比寻常的影响。

苦涩的文化景观——反独裁小说与流亡小说

独裁是政治上的极权,与民主形成鲜明对比。反独裁是拉美叙事文学的重要题材之一,起源于19世纪的阿根廷。20世纪70年代拉丁美洲的智利、阿根廷、乌拉圭等国相继出现了军事独裁政权,反独裁小说也出现了新变化。除前面提及的罗亚·巴斯托斯的《我,至高无上者》外,加西亚·马尔克斯的《家长的没落》和乌斯拉尔·彼特里的《悼亡仪式》(*El oficio de difuntos*,1976)等作品也成为反独裁小说的代表作。

这一时期的创作更深刻地揭露了拉丁美洲的专制制度,塑造了生动的艺术形象。作品中的独裁者成为中心人物,作品细腻地描写独裁者复杂的人物性格及内心世界,使其成为个性鲜明的主人公。作品中所刻画的人物多为当代拉丁美洲的独裁者,加西亚·马尔克斯的"家长"就是根据20世纪中叶的独裁者塑造的,而乌斯拉尔·彼特里小说的主人公佩拉埃斯则是委内瑞拉独裁统治者戈麦斯的化身。但是这些小说都打上了20世纪70年代的烙印，作品抨击现代的军人独裁政权，对拉美现实进行新的探索。这些作品中原始神话及魔幻的色彩明显减弱，表现手法荒诞夸张。①

阿根廷、乌拉圭及智利等国的军事独裁政权导致大批进步作家被迫流亡海外，而独裁与流亡构成了拉丁美洲文学中相互依存、相互补充的重大题材。独裁政治催生了流亡文学的兴起，并成为一道独特而苦涩的文化景观。智利作家斯卡尔梅达的流亡经历及其文学创作，反映了这个政治动荡国家的特殊历史印迹，唤醒了人们自由的社会意识。作家在创作中执著追溯历史的本来面目，关注作品中人物的命运。他的历史和社会责任感，也代表了新一代拉美作家的认知方式、价值判断和审美取向。

多重的视角——"新侦探小说"

在拉丁美洲当代叙事文学的发展进程中，一种新的文学题材脱颖而出，在文学史上开始占有独特的地位，这就是我们所说的"侦探小说"，也被称为"警匪小说"、"悬念小说"、"犯罪小说"等。这是在"爆炸后文学"创作中显示了强大的生命力的、并具有广泛读者群的叙事文学题材，而大众文化的回归与发展对于警匪小说提供了一个很好的发展契机。这种题材的小说已经不再是那种制造悬疑，突出个人智慧与能力的侦探小说，而是具有更深刻哲理的主题。作者试图通过作品探寻人们的生存条件，揭示社会存在的尖锐问题与冲突。相当多的"文学爆炸"后作家涉足这一领域，创作出上乘的作品。

侦探小说可大致分为两种类型：一种是具有哲理的被称为"形而上"的侦探小说，这一倾向的主要代表作家之一博尔赫斯的短篇小说《小径分叉的花园》(*El jardín de los senderos que se bifurcan*，1941)就是颇具代表性的作品，而这一传统在20世纪90年代的作家中又得到了发扬。这类侦探小说与被称为"反传统侦探小说"(*ficción antidetectivesca*)有相同之处，后者包括那些调查无果、探寻失败、维持秩序无望的现代版的侦探小说类型。侦探的寻找与调查总是结束于一个难解之谜，但是却带来读者对人类生存不安的思考与焦虑。这类小说强调反传统侦探小说的戏谑讥讽的特点，与对现实的理智的诠释相关联。

第二种类型被称为"新侦探小说"，这种类型从20世纪80年代以来在墨西哥、哥伦比亚、阿根廷及古巴等拉美国家得到长足的发展。顾名思义，

---

① 参见本书第六章《反独裁与流亡文学题材的传承与创新——"文学爆炸"后智利小说发展新趋势》。

"新侦探小说"强调故事的新颖性。这一时代的作家已经摒弃了"文学爆炸"时期实验式的小说模式,在创作中遵循新现实主义的原则。毫无疑问,墨西哥作家帕科·依格纳西奥·泰伯二世是这批作家的代表,被称为"新侦探小说之父",曾多次获得各种重要的文学奖项,其作品也被译为多种文字。泰伯二世这样分析"新侦探小说"的叙事特色:在这类小说中,"警察成为一种混乱的力量,野蛮制度的力量,他们随时准备对公民加以镇压;小说向人们展示,犯罪行为在新兴的大都市中已经司空见惯,成为城市的一种常态;强调叙事中的对话体的运用及小说的语言质量,特别是对于环境精细的描述,加之边缘人群在小说中的中心地位等。"①

"新侦探小说"强调社会背景在叙事中的突出作用,而将悬疑置于次要位置。在犯罪小说中最重要的不是犯罪本身,而是产生犯罪的社会背景,强调在拉丁美洲国家产生犯罪的暴力氛围,促使人们去探讨犯罪的原因和调查产生犯罪的社会温床。在作品中,人们很少去问是谁杀了人,更重要的是探寻杀人的缘由,因为杀人者往往并非那些希望他人死亡的人。小说作者关注的中心已经不是事件的本身,而是通过对事件的描述,揭示、抨击社会制度不可救药的腐败。他们对于现行的法律表现出极大的不信任感,在这种制度下的法官与政客相互勾结,成为罪犯的保护伞。作家试图寻找犯罪的动机,他们认为金钱与社会不公是犯罪的渊源,而这又是不可改变的现实。面对将侦探的形象置于突出位置的传统模式,"新侦探小说"中罪犯的视角以及受害人的视角成为叙事的中心。除此之外,出现了一批具有记者背景的作家。他们所关注的不是虚构的文学,他们的作品也不试图掩饰社会现实的残酷。相反,很多作品就是基于现实生活中所发生的暴力事件或是犯罪现象所构思的,并且有大量的可供查考的事实,使他们的作品更具震撼力与说服力。

突破文学的禁忌——反禁忌小说

在"爆炸后文学"时期,过去的拉丁美洲文学作品中鲜见的、受到禁锢的题材,如妇女的性、同性恋、卖淫、乱伦以及通奸等题材,已经不再是禁忌的话题。而创作题材的多样性也得益于对于一些题材的不同认识,暴力、毒品、军事镇压等问题也成为作家创作题材的新宠。当然,有些题材在"文学

① Noguerol Jiménez, Francisca, 2009: "Entre la sangre y el simulacro: últimas tendencias en la narrativa policial mexicana", en *Tendencias de la narrativa mexicana*, Madrid, Ediciones de Iberoamericana, p. 177.

爆炸”时期也已经涉及，如在《百年孤独》中布恩迪亚家族姑侄之间的乱伦、兄妹之间的婚姻（尽管并非血亲之间的通婚），《没有界限的地方》（*El lugar sin límites*，1965）中对同性恋的描述，以及《绿房子》中卖淫的题材等。但是新一代作家在涉及同样题材时采取了更加现实主义的甚至是正面的、给予认同的态度。

马努埃尔·普伊格 1973 年发表的小说《布宜诺斯艾利斯事件》涉及了性挫败的题材，毫无疑问，这部小说的发表标志着拉丁美洲传统文学中对于性禁忌题材突破的里程碑。小说中将 20 世纪三四十年代电影的对白作为所有的章节开头，以讽刺的语调公开地评论男女主人公面临的各种“性问题”或“性危机”，书中甚至对女主人公的一次“性自慰”做了详尽的描述。作者普伊格谈及自己的作品时宣称，小说写作的“目的在于戳穿那些有关性的被视为诡秘、禁忌东西的神话……这部书中，女主人公是一个没有得到正确教育，对于性的认识产生错误的女孩子。而根据这种认识，女人从某种意义上讲应该受到一个超人的摆布，这个超人对她实行统治，并对她实施所有的权威。”①小说中对于“性挫败”问题严肃的研究与戏谑成分的运用形成强烈的反差，这似乎也是作品的兴趣所在。

涉及同性恋问题的小说，我们同样可以在马努埃尔·普伊格的创作中找到经典的作品。《蜘蛛女之吻》中，作者在阿根廷 20 世纪 70 年代的军事独裁背景下，试图将政治解放与性解放的主题融合在一起。实际上，作者关注的重心更倾向于性的解放，这种关注不但体现在具有同性恋倾向的主人公莫利纳在小说中的主体地位，更在于作者在书中涉及有关同性恋问题的研究。这些内容以脚注的形式占据了相当大的篇幅，作者在这些脚注中从生理学、心理学等方面科学、系统地分析了同性恋问题，被视为对小说的“第二种解读”。“在一个多元性的自由的社会中，普伊格履行了一个作家基本的社会职责，就是向人们阐释社会某些特定人群的信仰、理念、追求，并且戳穿有关他们的神话，将他们置于适当的社会环境中。”②

在女性文学作品中也不乏“禁忌”的题材。这些女作家探寻女性的身份与性，因为不单她们自身决定了她们的女性身份，性也成为决定她们身份的重要因素。女性作家试图在她们的作品中夺回她们的话语权，并且给予女性的身体以真正的诗意。她们笔下的女主人公试图摆脱千百年来束缚她们

---

① Puig，Manuel，1977：“Entrevista con Miguel Osorio”，*Cuaderno para el Diálogo*，núm. 231，p. 52.

② Shaw，Donald：*Nueva narrativa hispanoamericana*，p. 232.

的枷锁，争取女性的解放，包括性的解放及情欲的解放。在女作家的作品中我们可以看到，对于女性的爱情关系、性关系的研究与描述更加宽容，女作家也更加大胆地展现女性的欲望与最真实的自我。女作家们还利用她们特有的细腻情感，在作品中着力刻画女性在不同年龄段的生理及心理体验。

墨西哥女作家劳拉·埃斯基韦尔在小说《沸腾》(*Como agua para chocolate*，1989)中，通过对一系列菜单的介绍巧妙地烘托气氛，把男女主人公对爱情的不懈追求和最终的结合描写得有声有色。墨西哥另一位女作家马斯特雷塔的《大眼睛的女人们》(*Mujeres de ojos grandes*，1990)汇集了36位女性的故事，描写了父女情、母女情、手足情以及婚外情等，在抨击大男子主义的同时，从一个个微不足道的、琐碎的生活体验中着力挖掘女性的自我意识。

在这些作品中出现了有关女性身体的"情结"，她们主张消除有关女性身体的道德禁忌，恰恰是这种禁忌构成了对女性以及她们身体的长期禁锢。对女性身体象征意义的描述成为女性性解放运动高潮的一部分。墨西哥女作家玛丽亚·路易莎·普加(María Luisa Puga，1944～2004)的小说《安东尼娅》(*Antonia*，1989)涉及了双性恋的题材；而另一位作家埃维·希尔(Eve Gil，1968～)在其小说《瑞根为了一个破娃娃》(*Réquim por una muñeca rota*，2000)以及莎拉·莱维·卡尔德隆(Sara Levi Calderón)的《两个女人》(*Dos mujeres*，1990)就涉及了男性同性恋以及女性同性恋的问题。一些女作家更是突破禁忌，在她们的作品中甚至出现对耶稣、对圣母玛利亚肉体的充满情欲的描述，其大胆程度令人钦佩。

拉丁美洲叙事文学从20世纪50年代中期开始酝酿，在60年代取代诗歌创作，成为拉美文坛当仁不让的"霸主"。在经历了"文学爆炸"高潮期那样一个震惊世界的文学发展时期后，进入了相对沉寂的"转折期"。而20世纪70年代中期之后，拉丁美洲的叙事文学的发展有了量与质的变化，作家队伍更迭发展。一批老作家以全新的态度与题材，屡有新作；一代新作家则摆脱束缚、突破传统，以全新的视野、革命的态势向"文学爆炸"时期的前辈大师发起挑战，他们或独树一帜，或独辟蹊径，创作成果斐然。

"文学爆炸后"时期的拉美文坛呈现一种百花齐放、百家争鸣的局面。叙事文学创作题材的多元化与多样化成为拉美当代叙事文学的发展趋势；突破"文学爆炸"时期的传统，打破文学的禁忌，挖掘新的文学题材，成为新一代小说家的使命。对于拉丁美洲一个新的叙事文学高潮的到来，我们将翘首以盼。

参考文献

1. Álvarez, Natalia, 2009: "La narrativa mexicana escrita por mujeres desde 1968 a la actualidad", en *Tendencias de la narrativa mexicana actual*, Madrid, Ediciones de Iberoamericana.

2. Becerra, Eduardo, 2008: "Proceso de la novela hispanoamericana contemporánea. Del llamado regionalismo a la supuesta nueva novela", *Historia de la Literatura Hispanoamericana* Tomo III Siglo XX, Madrid, Cátedra.

3. Barrera, Trinidad(coordinadora), 2008: *Historia de la Literatura Hispanoamericana* Tomo III Siglo XX, Madrid, Cátedra.

4. Benedetti, Mario, 1978: "El escritor y la crítica en el contexto del subdesarrollo", *Casa de las Américas*, 107, La Habana.

5. Del Paso, Fernando, 1982: "La novela que no olvide", en *Revista de Bellas Artes*, México.

6. Díez Cobo, Rosa Maria, 2009: "La reescritura de la historia en la narrativa mexicana contemporánea", en *Tendencias de la narrativa mexicana actual*. Madrid, Ediciones de Iberoamericana.

7. Donoso, José, 1990: *Historia personal del "boom"*, Madrid, Alfaguara.

8. Fuentes, Carlos, 1969: *La nueva novela latinoamericana*. México, Joaquín Mortiz.

9. Gerald M, Martín, 1971: "Vargas Llosa, nueva novela y realismo", *Norte*, XII-núms. 5～6, Ámsterdam.

10. González Echeverría, Roberto y Pupo-Walker, Enrique, 2006: *Historia de la Literatura Hispanoamericana II*, El siglo XX, Madrid, Editorial Gredo.

11. Harss, Luis, 1973: *Los nuestros*, Buenos Aires, Editorial Sudamericana.

12. López de Abiada, José Manuel y Morales Saravia, José, eds, 2005: *Boom y Postboom desde el nuevo siglo: impacto y recepción*, Madrid, Editorial Verbum.

13. Marcos, Juan Manuel, 1986: *De Garcías Márquez al postboom*, Madrid, Ed. Orígenes.

14. Menton, Seymour, 1993: *La nueva novela histórica de la América Latina 1979～1992*, México D. F., Fondo de Cultura Económica, S. A.

15. Noguerol Jiménez, Francisca, 2009: "Entre la sangre y el simulacro: últimas tendencias en la narrativa policial mexicana", en *Tendencias de la narrativa mexicana*, Madrid, Ediciones de Iberoamericana.

16. Oviedo, José Miguel, 2002: *Historia de la literatura hispanoamericana, 4. De Borges al presente*, Madrid, Alianza Editorial.

17. Puig, Manuel, 1977: "Entrevista con Miguel Osorio", *Cuaderno para el Diálogo*, núm. 231.

18. Rama, Ángel, 1986: *La novela latinoamericana 1920～1980*, Bogotá, Instituto Colombiano de Cultura.

19. Sagnes, Natalie, 1996: "Noticias del imperio de Fernando del Paso, la historia en

la novela", en Alejandro Toledo(ed.), *El imperio de las voces, Fernando del Paso ante la crítica*, México, Era/UNAM.

20. Shaw, Donald, 1999: *Nueva narrativa hispanoamericana*, sexta edición ampliada, Madrid, Cátedra.

21. Taibo II, Paco Ignacio, 1988: *La vida misma*, Madrid, Júcar.

22. Tornés Reyes, Emmanuel, 1996: *¿Qué es el postboom?* La Habana, Editorial Letras Cubana.

23. Vargas Llosa, Mario, 1984: *Historia de Mayta*, Seix Barral.

24. Vega, Patricia, 1999: "Entre la actualidad y la herencia. Sólo se puede gobernar con la sociedad civil", en *Hernández, Jorge F. Carlos Fuentes: Territorios del tiempo* (Antología de entrevistas), México, FCE.

25. Viu, Antonia, 2007: "Una poética para el encuentro entre historia y ficción", en *Revista Chilena de Literatura 70*, Universidad de Chile.

26. 〔西班牙/秘鲁〕巴尔加斯·略萨:《谎言中的真实》,赵德明译,昆明,云南人民出版社,1997年,第一版。

27. 北京外国语大学西葡语系编:《西班牙语语言与文化2012》,北京,外语教学与研究出版社,2012年,第一版。

28. 陈光孚:《魔幻现实主义》,广州,花城出版社,1986年,第一版。

29. 陈众议:《20世纪墨西哥文学史》,青岛,青岛出版社,1998年,第一版。

30. 〔智利〕何塞·多诺索:《文学"爆炸"亲历记》,段若川译,昆明,云南人民出版社,1993年,第一版。

31. 〔阿根廷〕胡利奥·科塔萨尔:《科塔萨尔论科塔萨尔——胡利奥·科塔萨尔谈创作》,朱景冬译,昆明,云南人民出版社,1994年,第一版。

32. 〔哥伦比亚〕加西亚·马尔克斯:《番石榴飘香》,林一安译,北京,三联书店,1983年,第一版。

33. 〔哥伦比亚〕加西亚·马尔克斯:《百年孤独》,吴健恒译,昆明,云南人民出版社,1993年,第一版。

34. 赵德明、赵振江、孙成敖、段若川:《拉丁美洲文学史》,北京,北京大学出版社,1989年,第一版。

35. 郑书九:《执著地寻找天堂——墨西哥作家胡安·鲁尔福中篇小说〈佩德罗·巴拉莫〉解析》,北京,外语教学与研究出版社,2003年,第一版。

第二章　从加西亚·马尔克斯到新一代小说家

——“文学爆炸”后哥伦比亚新小说研究

郑　雯

哥伦比亚如南美大陆的其他国家一样，有着悠久的历史，她的文学同样也具有自身的特点。作为西班牙的殖民地，在很长一段时间内哥伦比亚文学的发展受到欧洲文学的影响。18 世纪末以前，欧洲流行的浮夸雕饰的贡戈拉派诗歌曾在哥伦比亚文坛盛行一时。19 世纪初，从事独立运动的先驱者积极开展各种爱国主义形式的文学活动。哥伦比亚独立后，经过一段政局动荡时期，进入比较稳定的发展阶段，文学也随之得到了长足的发展，后期浪漫主义开始流行。19 世纪末，现代主义运动在拉丁美洲兴起。

20 世纪拉丁美洲文学的特点之一是描写社会现状的小说形成潮流。哥伦比亚的社会政局动荡闻名世界，从 20 世纪五六十年代统治者之间争夺权力的暴力冲突，以及游击队与政府之间的战乱，直到现在猖獗的毒品买卖，这一切都构成了哥伦比亚社会鲜明的暴力特征。对于暴力的描写，在哥伦比亚的叙事文学中也是非常突出并且值得一提的。它既是社会的产物，也已经成为哥伦比亚文学的一种传统，且它的影响还将延续下去。哥伦比亚一直是暴力横行的国家，自独立之后内战不断，曾经发生过十万人丧生的“千日战争”。1948 年，波哥大市民的骚乱揭开了哥伦比亚历史上新的一页：“暴力时期”。至今暴力活动持续不断，极左派的游击队四处活动，扰乱社会的正常生活。在这种社会背景下，一批描写暴力行为的小说应运而生。[①] 哥伦比亚的社会暴力可以分为几个类型。1947 年到 1965 年之间政治暴力事件频发，这一时期统治者为了达到自己的政治目的而制造了一系列暴力冲突，引发了长达近 20 年的内战，这期间至少造成 20 万人死

① 李德恩：《拉美文学流派的嬗变与趋势》，上海，上海译文出版社，1996 年，第一版，第 21 页。

亡，200 万人被流放以及成千上万人的失踪。在这种社会的动荡局面中，统治者的利益没有被削弱，反而增强了。他们所聚集的财富翻了数番，人民却遭受了很大的痛苦。随着时间的推移，暴力在性质和空间上都有所改变。

在党派间的斗争继续的同时，六七十年代的游击队与政府间的冲突所导致的暴力事件不断升级，冲突地区的很多农民因此流离失所，社会边缘人群激增，同时带来了大量的社会问题。阿尔弗雷多·莫拉诺（Alfredo Molano，1944～）可以说是最热衷描写这类历史的作家，他先后发表了十多部小说，描写农村地区的居民所遭受的暴力问题。他是一位社会学家，他的工作就是调研和考察，并将农村的状况一一记录下来。1994 年出版的《铁路线与步枪》（*Trochas y fusiles*）就写的是哥伦比亚最大的反政府武装“哥伦比亚革命武装力量”中的一些士兵的故事，文章主要描述为什么这些人会走到一起，参加游击队，以及他们所期待建立的一种社会体系。在文学创作上，很多小说中的人物，就是作者笔下调查研究过程中记录下来的一些真实人物的综合。作者在小说中还表达了他对游击队的同情，同时描写了游击队在与政府斗争中的两难局面。

21 世纪的哥伦比亚依旧受到武装冲突的困扰，政府军与游击队组织的冲突时有发生，与游击队暴力事件互相关联的毒品买卖，也是哥伦比亚暴力事件屡屡发生的重要因素。20 世纪八九十年代猖獗的毒品交易，构成了哥伦比亚社会的又一特征。暴力文学对于哥伦比亚来说是一个并不光彩的历史见证，这里没有英雄主义，只有痛苦的挣扎。暴力在哥伦比亚社会政治中始终是最具冲击力的，并且也是 20 世纪影响哥伦比亚社会发展的一个重要因素。正是这样的社会背景，人们对于暴力的关注，成为研究哥伦比亚社会的一个重要组成部分，对于文学创作也同样如此。几十年以来，无论写作手法如何更新，暴力依然是相当一部分小说创作所围绕的话题。

20 世纪 60 年代之前的文学，在写作手法上可以说没有太多值得关注的方面，人们的文学创作主要关注于发生的事件，只是把事件记录下来，而对于通过怎样的方式描写缺乏悉心的推敲。人们写出来的都是血腥暴力的场面，比如对于大规模屠杀的描写。从那时候小说的题目就足以证明这一点。比如《疯狂的城市》（*Ciudad enloquecida*，1951），《血》（*Sangre*，1953），《仇恨的记忆》（*Las memorias del odio*，1953），《恐怖的日子》（*Los días de terror*，1955）等。随着时间的推移，人们开始对于暴力的描写不再那么直接表述所发生的事实，而是把它当成一种复杂的、多样性的社会现象，其中代表人物就是加西亚·马尔克斯，他的诸多作品的问世，使哥伦比亚的小说创作进入了另一个阶段。

一、"文学爆炸"后的加西亚·马尔克斯

20 世纪 50 年代以后，哥伦比亚文学有了长足的发展，而最著名的代表当推在拉丁美洲乃至世界都有着很大影响的作家、诺贝尔奖得主加西亚·马尔克斯。他的一部《百年孤独》吸引了全世界的目光，魔幻现实主义也成为当时文坛非常流行的写作手法。拉美文学随着滚滚而来的各种文艺思潮也涌入了我国，在创作界和读书界掀起了"拉美热"。① 中国当代的很多作家都受到了这种文学思潮的影响，作品中也出现了大量的具有中国特色的魔幻手法。然而，我国国内对于哥伦比亚文学的了解，很大程度上仅仅集中在 20 世纪五六十年代"文学爆炸"时期所取得的辉煌成就，尤其是更多地关注加西亚·马尔克斯。而我们所缺乏的是对《百年孤独》之后出现的作品以及作家的了解，具体说就是 20 世纪七八十年代之后问世的作品及其作者。在 80 年代，哥伦比亚成为图书的重要出品国，但是除了加西亚·马尔克斯的作品之外，哥伦比亚国内文学作品的出口量还很有限。这似乎主要是由于国外文学评论给予魔幻现实主义太多的关注，而忽略了其他优秀作品的存在与发展。事实上，哥伦比亚三十年来推出的小说有着很鲜明的特点，叙事文学尤其在 20 世纪末得到了新的发展。

加西亚·马尔克斯的小说在反映暴力事件、反映现实的同时，又很注重如何虚构故事，在他的小说中，既有现实主义色彩，又很注重美学追求。他早期的作品如 1955 年发表的《枯枝败叶》，主要是对现实的主观性描写，文章讲求叙事风格，讲究故事动人和语言流畅。② 而后这种写作手法发生了很大的变化，他于 1967 年发表的最具代表性的小说《百年孤独》是从事物的外部，用客观的现实主义手法对暴力所造成的影响进行描写。小说不再明显地展示暴力的过程，而是将暴力带来的后果交给读者自己去体味。在《百年孤独》这部惊世骇俗的小说发表之后，加西亚·马尔克斯又发表了一系列

① 李德恩:《拉美文学流派的嬗变与趋势》，第 35 页。

② 赵德明:《拉丁美洲小说》，昆明，云南人民出版社，2003 年，第一版，第 410 页。

新的作品。他于1981年出版了《一件事先张扬的谋杀案》，故事发生在加勒比海滨一个偏僻的小村庄。清晨时分，整个村庄洋溢在喜庆的气氛中，所有人都在等待大主教的来访。前一天，人们刚刚参加了村子里最奢华的一场婚礼，新郎是有钱的外乡人巴雅多·圣拉蒙，新娘是安赫拉·维卡里奥。然而，就在婚礼的当晚，新郎将新娘送回了娘家，因为他发现新娘已不是处女。这对于维卡里奥家族来说是莫大的耻辱，新娘的两个双胞胎哥哥责问她，是谁使他们家蒙受了耻辱，令人不可思议的是，新娘将罪责推卸给圣地亚哥·纳萨尔。从这一刻开始，这个无辜的年轻人就注定要死在维卡里奥兄弟的手上。双胞胎兄弟在村子里不停地寻找纳萨尔，并且对所有人说要将他杀死，这一切似乎希望人们去告知纳萨尔一样。然而并没有人告诉纳萨尔，他们以为两兄弟喝醉了，或者是纳萨尔已经得到了消息。只有几个人试图告诉他，可是已经晚了。当纳萨尔得知有人要杀他的时候，正打算进家门，可他的母亲却以为儿子已经回家了，反而将大门锁上，一系列的巧合使纳萨尔最终惨死在了自己的家门口。

整个故事类似一篇报道，作者以纳萨尔朋友的身份出现在小说中，在事发20多年后，找到并采访了村子里的一些人，证明纳萨尔是无辜的，而杀害他的两兄弟却一直逍遥法外。小说在撰写的过程中，每个章节都有四条并行的、但属于不同时间的叙事线索。表面上看，小说的整个故事都是在作者的采访和当事人的回忆中展开的，作者仿佛置身于凶杀事件之外，而事实上，这一切都是作者精心的安排。人们在阅读故事的时候，思路会跟随人物的回忆，去想象猜测发生的事情。在撰写这部小说的时候，加西亚·马尔克斯的叙事方法已经发生了变化，开始逐步过渡到从事物的外部客观地对发生的暴力事件进行描写。尽管在写作手法上已经有了不小的变化，然而这个时期作者仍保留了对人物命运的悲观情绪，在种种巧合之后，主人公依然死于暴力之下。在这部作品中，加西亚·马尔克斯浓重的悲观主义见诸笔端，这主要表现在小说人物的悲剧结局上，作者没有给主人公一条出路，而人们似乎也没有改变命运的希望。

然而在1985年出版的《霍乱时期的爱情》这部小说中，作者一反往日的悲观情绪，逐步在小说中给予主人公更多的希望与期盼。小说的叙述是由海地移民赫雷米亚斯的死亡开始的，他是医生乌尔比诺的好朋友，他的死让乌尔比诺医生心里很难受，并使医生预感到自己的死亡也在慢慢临近。就在参加赫雷米亚斯葬礼的当天，乌尔比诺医生也因意外去世了。他的妻子费尔米娜和他共同度过了50多年，然而，从他们结婚到丈夫的去世，她都不确定自己是否曾爱过他。事实上，她根本不爱自己的丈夫，就在乌尔比诺死后的当晚，她曾经的恋人弗洛伦蒂诺来到了她的身边，当初他们相爱的时候她还是个小女孩。但是他们的爱情被费尔米娜的父亲无情地扼杀了，弗洛伦蒂诺被迫远走他乡。在他们分隔50多年的时光里，他没有忘记费尔米娜，并认为自己始终在精神上为费尔米娜守身如玉，但他对于忠诚的表达方式却匪夷所思：与一个又一个的女人发生肉体关系。当他们重逢的时候，已经埋藏了半个世纪的感情迸发出来，费尔米娜登上了弗洛伦蒂诺的航船，他们最终开始了新的旅程。

小说以费尔米娜和弗洛伦蒂诺之间持续了半个世纪的爱情为主线，叙述时而宏阔粗朗，时而疏密有致。作者描述了爱情的复杂性和多样性，进而揭示出哥伦比亚乃至拉丁美洲民族的情感和性格的复杂性。在作者笔下，任何一种爱情表现形式均属正常。[①] 全书在小说的结尾预示我们，费尔米娜已枯萎的爱情又被激活，且渐渐灼热起来。当他们的船长迷惑地问弗洛伦蒂诺，这种来回往复的航行到几时才停止时，他用“在五十三年零十一个日日夜夜前就准备好的答案”来回答船长，这个答案便是——“永生永世!”在这部作品中加西亚·马尔克斯展示了所有的爱情方式：幸福的爱情、贫穷的爱情、高尚的爱情、庸俗的爱情、放荡的爱情等等，而透过这些爱情，小说要表现的却是一部哥伦比亚的历史。无论是针对爱情，还是看重历史，小说结尾处的这句“永生永世”代表了作家的一种积极的心态。这部小说没有像以往的作品那样给出悲剧的结尾，例如《百年孤独》中，小说以布恩迪亚家族在飓风中的消亡为结局。加西亚·马尔克斯在这部以爱情为主线的小说中给了读者无限想象的空间，并且留下了积极、乐观的信息。从主观地讲述历史，到客观的从外部观察历史，再到对未来的希望与期盼，这就是加西亚·马尔克斯不同时期的小说的变化。从这一系列的变化中，我们可以看到哥伦比亚叙事文学的发展脉络，作家正从简单的暴力场景的描写，逐渐开始注重创作形式的美学追求。

作家笔耕不辍，也让人们对于他的小说的兴趣越来越浓厚。他也没有辜负读者的期待，不断地发表各种题材的小说。1989年发表的《迷宫中的将军》，这部小说所描写的将军正是拉丁美洲19世纪独立战争期间的伟大

---

① 赵德明：《拉丁美洲小说》，第444页。

领袖西蒙·玻利瓦尔。然而书中的人物并不是人们印象中威风凛凛的玻利瓦尔，而是他引退之后、对自己苦心经营的解放事业开始产生怀疑的晚年。作者用大量的笔墨描述了他鲜为人知的私生活，把他赤裸裸地摆在了读者面前，连唯一的一块遮羞布也被揭开，我们看到的是一个颓废、任性、失落的军人形象。加西亚·马尔克斯笔下的玻利瓦尔曾经有过辉煌的成就，他是英勇善战、领导人民寻求解放的将军，他有赫赫战功，也经历过痛苦和无数次的失败。他的晚年生活荒诞而凄凉，他在回忆中苦度余生。不再享受贵族般的待遇，没有人逢迎他，他感到无助与悲凉。小说中记录了他很多生活细节，给我们展现了一个凡人的将军形象。

加西亚·马尔克斯为了呈现给读者一个真实的玻利瓦尔，查阅了大量的资料，包括信件、文章等。作家把人们眼中的英雄用这样的形式表现出来，他更想给大家一个多面的更真实的玻利瓦尔。当他不在其位，远离了朋友和人民的时候，我们更能看到一个人最真实的一面。他的脆弱和落魄，也更能突显他曾经的辉煌。而多面的元素让我们对一个历史人物有更深一层的思考，他究竟是人们心目中的神，还是一个普通的人。在作家的众多作品中对于历史人物的撰写有过多种尝试，而这一次他选择了真实的历史人物，抛开了以前常用的手法。作家不再用过多的笔墨展示故事中人物拥有的权力，而是描写他是如何对抗自己最大的敌人——死亡的过程。这位民族解放英雄在生命的最后一刻远离了所有的辉煌，被人们抛弃和遗忘。这部小说是作家对于新历史题材的一种尝试，用全新的视角诠释人们熟悉的人物，从中发掘更多的对于人性、人类命运的思考。

1994 年发表的《爱情和其他魔鬼》(*Del amor y otros demonios*)，是作家继《霍乱时期的爱情》之后又一部爱情故事。故事的主人公叫西埃尔瓦·玛丽亚，她出生时是个体弱多病的孩子，因为脐带缠住了脖子，所以人们认为她根本活不下来。一位黑人奴隶多明卡把她接生到人世，并且向神明许愿，只要能让这个孩子活下来，就承诺在她结婚前不会剪掉她的长发。尽管西埃尔瓦·玛丽亚活了下来，可她的父母并不爱她。她的童年如同孤儿，被安排和奴隶们住在一起，在一群黑人女奴、混血女佣、印第安女帮工中间长大。她没有和白人有过任何接触，所有的习惯、语言以及宗教都是从黑人奴隶那里学来的。在西埃尔瓦·玛丽亚十二岁生日要到来的时候，一件事情改变了她的命运，一天，她与女佣一起去集市上买东西，被一条疯狗咬伤了左脚脚踝。在知道这件事情之后，作为父亲的侯爵良心发现，觉得自己还是爱女儿的，他努力要给女儿以快乐。但正在这时女孩却发起高烧，侯爵不得不求助于镇上能够找到的庸医和巫师，他们使用各种方法折磨这女孩柔弱的身体。最后全城都知道女孩西埃尔瓦·玛丽亚精神失常、胡言乱语，主教出面干预，要求侯爵将小女孩送到圣克拉拉修道院，接受驱魔。最终女孩的父亲还是把她送到了那里。主教的学生卡耶塔诺·德劳拉成了小女孩的驱魔人。随着时间的推移，卡耶塔诺发现他已经爱上了西埃尔瓦·玛丽亚。在经过了心灵的折磨之后，他向主教坦白了这件事情，并因此受到了惩罚。但是他始终无法忘记西埃尔瓦·玛丽亚，终于有一天，他通过一条地道来到了女孩身边。他们每天晚上都一起聊天，朗诵诗歌，直到卡耶塔诺不得不离开的时辰，爱情滋润着这对热恋的人。与此同时，主教也在加紧对女孩的驱魔进程，他让人剃掉了女孩的头发，用更残酷的方法折磨她，卡耶塔诺通往女孩住处的地道也被堵死了。最后卡耶塔诺也被修女抓住等待判刑。女孩见不到他非常绝望，她拒绝进食，就在等待心爱的人到来的过程中，被慢慢地摧残致死。

几个世纪后，当人们打开她棺材的时候，发现女孩的头发一直在生长，长到了 22 米 11 厘米又 57 毫米。《爱情和其他魔鬼》对于小女孩头发的描写，实际上是对忠贞爱情的一种寄托。小说的名字正如故事情节一样，爱情被人们心中产生的魔鬼压抑了，小说中有对宗教的批判，对人们愚昧无知，以及冷漠无情的批判。

我们说过，暴力是哥伦比亚社会永恒的主题，而近三十年来与毒品有关的暴力事件在哥伦比亚更是屡见不鲜。作家于 1996 年发表的《绑架的消息》受到了多方面的关注。这部小说的出版，比读者预期要早了一年左右的时间，并且人们对新小说的期待还集中在对其魔幻现实主义手法的运用上。然而这部小说实际上是对生活在哥伦比亚的人民真实生活的体现。就像作者曾经说过的，他希望能写出新闻报道式的小说。加西亚·马尔克斯曾经在《观察家报》做记者，新闻是他非常熟悉的创作文体。《绑架的消息》是一本让人看过之后不寒而栗的小说，描述的正是哥伦比亚近二十年来的毒品交易的猖狂，以及国内暴力事件频发的一种让人时刻感到不安的状况。这是一部描写暴力的小说，绑架本身就是残酷的、血腥的。在这部小说中，加西亚·马尔克斯讲述了十名被毒枭巴勃罗·埃斯科瓦尔绑架的受害者的故事。贩毒分子为了报复政府，绑架了报社的记者。在小说中我们仿佛与他们同呼吸共命运，和他们一起被带到不同的地方，与他们生活在一起，亲身经历他们的恐惧、遭受的折磨以及行动上受到的限制。

这部小说描述的就是哥伦比亚的社会现实,也通过毒枭们的生活反映出了哥伦比亚当时政府的软弱。人们仿佛更相信毒枭们的承诺而不是期待政府做出实质的行动。对于作品中总统的描写,不仅仅是符合小说情节的一些揣测,因为加西亚·马尔克斯曾经和卡维利亚总统有过亲身接触,小说中的描写带有总统很多真实的特征。对于政府的描写也表现出作者对于权力意义的一些看法,他认为权力是双刃剑,既能够统治他人,也要承受它所带来的痛苦。在细节描写上作者并没有用浓重的笔墨对被处决被绑架人那样的血腥场面进行描述,而是通过对那些还活着的人的恐惧心理进行细致的刻画。这样的表现方法比直接描写死亡更可怕,也更能引领读者体会被绑架者的遭遇。事实上,在这部小说中,受害者远远不止被绑架的人。除了对这些被绑架者所遭受痛苦的描述,作者还讲述他们家人对他们无尽的担忧以及复杂的心情。同样,实施绑架的人的心理也是复杂的,他们也对自己的行为感到恐惧。

加西亚·马尔克斯在这部小说中表达了他对哥伦比亚暴力事件的看法,他认为悲剧不仅仅是属于被迫害者的,同样也是属于加害者的。当后者杀死一个生命的时候,也为的是不被这些人杀死。现代社会人们的悲剧从来都不是单方面的。这是一部描写受害者的小说,被绑架的人是受害者,爱他们的人是受害者,绑架者同样也是受害者,哥伦比亚更是最大的受害者。在这个暴力横行的国家,人民几乎没有出路。虽然这是一部小说,是作者的文学虚构,但却在讲述发生在人们身边的故事。作家不断尝试新的题材,有爱情小说,也有报告文学,而作品的内容不仅表现出了作家对社会不同的关注点的变化,也反映了加西亚·马尔克斯对拉美社会的新思考。随着社会的不断发展,文学也经历着新的变化。

小说新局面的产生

20 世纪末的哥伦比亚出现了新的局面。尽管 20 世纪五六十年代的暴力活动依然频繁,种种社会不安定的因素依旧存在,然而对于压抑已久的民主的渴望,加之剧烈的城市化进程,社会主义思潮的发展以及其他民众意识的增强,这一切都使哥伦比亚社会产生了深刻的变革。随着经济的繁荣、经济指数趋于良性的发展、金融权力的集中,哥伦比亚的社会经济形势也出现了前所未有的好转。科学技术不断发展,工业水平不断提高,各种传媒也得到广泛的应用。在社会经济的带动下,人们对于文化知识的渴望加深,文盲率逐步降低,高等教育水平不断提高,使得艺术家和作家大量涌现。

这种社会变化同样给文学界带来了不小的冲击。然而这些变化对于人们内心也造成了深刻的影响,不确定感增强。人们对于社会制度以及经济所带来的变化,内心深处的迷茫与惶恐也在不断增加。这一切都明显地预示着哥伦比亚正逐步卷入现代化的大潮,但这一进程并非一蹴而就。很多传统元素依旧存在,新鲜的事物又不断涌现,相互交织,相互影响。在这种情况下,哥伦比亚文学表现出一种对现代化的焦虑与不安,这个时期出现了只为赚钱和娱乐的惊险小说,也有寻找新的语言和形式的实验小说。当超现实主义、先锋派小说等欧美文学新流派、新概念出现的时候,哥伦比亚文学也进入了现代主义时期。现代主义世界观着眼于关注科学技术的发展,然而这些现象并未被拉美文化抄袭,而是有了自己的特点。

20 世纪 60 年代的拉丁美洲"文学爆炸"更将拉美文学在世界文学的地位提到一个新的高度。首先是小说在市场的畅销,可能是因为古巴革命带来的影响,使人们对于拉美大陆的文学作品的关注程度,达到了前所未有的高度。大量作品被翻译成各国文字。如果说拉丁美洲的"文学爆炸"时期,也是现代主义文学思潮在哥伦比亚盛行的时期,那么"爆炸后"的哥伦比亚文学逐渐进入了后现代主义时期。

现代主义和后现代主义的概念很难区分,很多人认为后现代主义来源于现代主义,然而后现代主义并不是现代主义的继续。通常情况下我们把加西亚·马尔克斯当作现代主义作家,他的作品中运用了如魔幻现实主义、超现实主义等写作手法。然而当作品过多地关注自我意识以及文字游戏的时候,就明显地带有后现代主义小说的色彩。而后现代主义的概念则非常广泛,它蕴涵如尼采的强烈悲观色彩的哲学元素,认为没有中心,没有了神,人类到了一种极度孤独的状态。在尼采、海德格尔等哲学家的观点中充斥着悲观主义的预言。

后现代主义还表现为强烈的失败感和挫折感。人类最美好的愿望就是希望能生存在内心没有痛苦与烦恼的世界中,不需要通过工作来维持生计。没有贫困的威胁,每天都能享受节日般的远离邪恶的生活。人人都能寿终正寝,到处都是祥和景象。这是人类一直幻想的世界,但是随着科学的发展,人们发现离那个乌托邦的社会反而越来越远。科技的发展成为了一场噩梦,人类第一次开始意识到自己有能力摧毁这个赖以生存的世界。那些发达国家甚至积聚了足够上百次摧毁地球上所有生物的核能量。同时,环境的恶化也是人类自掘坟墓的结果。事实上,20 世纪末的小说大多都表现出了消极的情感。人类就要吸干大地的汁液,物质和精神都不能继续滋养我们的梦想。

对于文学来说,后现代主义作家,在生活以及意识形态上都浸染在这样一个环境中,后现代主义作品的特点就是对自己的生存条件提出质疑,大量的当代艺术所表现的就是将存在于边缘社会的东西转移到人的中心来。后现代主义文学注重自我意识,因为人已经离神越来越远,只能将中心转移到自己的身上,寻找自己存在的原因。就在这样的社会大背景下,哥伦比亚新小说不断地发展起来了。

二、阿尔瓦罗·穆蒂斯——新小说的先行者

元小说[①]的写作手法

哥伦比亚作家阿尔瓦罗·穆蒂斯(Álvaro Mutis)[②]是加西亚·马尔克斯同时期的作家,而且他们也是非常要好的以兄弟相称的朋友。早在20世纪四五十年代,穆蒂斯在诗歌创作方面就已颇有成就,也正是从那时起,航海瞭望员马科洛尔这个文学形象开始出现在其诗歌作品中。数十年来一直作为诗人而闻名于文坛的穆蒂斯却在1986年至1993年间接连发表了七部小说,汇编为一个总集《瞭望员马科洛尔的事业与烦恼》[③],这也成为20世纪80年代以来作家发表的最重要的作品。

---

① 所谓"元小说"是威廉·盖斯(Willian Gass)在《小说与生活中的人物》中创造的一个概念,是一种关于"小说创作的小说"。盖斯在《美国后现代主义批评论文集》一书中指出,"元小说"作家已不再承认其任务是反映世界,他现在更清楚地知道他的任务是制造一个世界,用唯一的工具即他自己掌握的语言来制造一个世界。读者将陷人作家用语言制造的迷宫中,觉得小说的虚构和现实世界已融为一体,很难发现虚构和现实的界限。"元小说"作家力图将小说创作与现实生活之间应有的界限降低到最低限度,从而引导读者对所谓的虚幻与现实进行更深刻的思考。(吴其尧:"一个按传统方式造反的人"——约翰·巴斯及其《曾经沧海:一出漂浮的歌剧》,《外国文学》,2001年7月第四期,第89页。)

② 阿尔瓦罗·穆蒂斯(Álvaro Mutis,1923~),哥伦比亚诗人、小说家。1986年之前,作品主要以诗歌创作为主,小说创作除了《莱昆贝里日记》,还包括1973年的《阿劳卡依玛山庄》(*La mansión de Araucaíma*),以及后来出版的"小说总集"。他于1974年获哥伦比亚国家文学奖(Premio Nacional de Letras),1983年国家诗歌奖(Premio Nacional de Poesía),1997年获阿斯图里亚斯文学奖(Premio Príncipe de Asturias de las Letras),并于2002年获塞万提斯文学奖(Premio Cervantes)。

③ 《瞭望员马科洛尔的事业与烦恼》中包括的七部小说是《将军峰》(*La Nieve del Almirante*,1986)、《尤娜伴雨而来》(*Llona llega con la lluvia*,1988)、《美丽的死神》(*Un bel morir*,1989)、《翠鸟号上的爱情》(*La última escala del* tramp steamer,1988)、《阿米巴尔》(*Amirbar*,1990)、《阿卜杜拉·巴苏尔,梦想船的人》(*Abdul Bashur,soñador de navíos*,1990)和《海上陆地三事》(*Tríptico de mary tierra*,1993)。

自穆蒂斯的小说发表以后，人们对他的小说的研究主要是集中在小说创作与诗歌的关系上，而忽视了穆蒂斯小说写作手法的独到之处。穆蒂斯在小说创作中运用了诸多的后现代主义的叙事手法。诚然，一个作家在写作中并不一定刻意使用某一流派的手法，但是在他的小说创作中处处显露出后现代主义的特征，比如元小说，“小说创作的小说”是元小说的第一种表现手法，作者在小说的写作过程中告诉读者他是如何创作小说的，告诉你如何让虚构的作品更能吸引读者，或者如何描写某种场面，或者是对书中作者设计的人物言谈命运进行评述。

在穆蒂斯的小说总集《瞭望员马科洛尔的事业与烦恼》中，作者就大量地采用这样的手法，他告诉读者是如何创作小说的。具体表现在，穆蒂斯首先告诉读者他的资料来源，比如说在总集的第一部小说中，作者就事先向读者交代，他所写的东西源于一次偶然的机会得到的航海瞭望员马科洛尔的日记，而整个小说其实就是这部日记的再现。在书的最后，穆蒂斯还加入了一些日记之外的马科洛尔的生活片段，而这些片段按照作者的说法，也是作者与马科洛尔在聊天的过程中得到的信息，或是由马科洛尔亲自寄给穆蒂斯的关于他自己生活的一些资料。作者甚至很明确地告诉读者，他所起到的作用只是尽量地把这些资料展示出来。在其他的几部小说中，作者的写作手法也是这样，只是形式稍有改变。比如说作者对某些人物的了解是通过某人提供的资料得知，或者是亲耳聆听过主人公马科洛尔讲述的故事。作者试图把自己这个事实上的小说创作者、同时也是主要的叙事者的真相隐藏起来，并且试图让读者相信他所叙述的事物的真实性。但是这仍然改变不了小说的虚构性质，很明显，作者想要告诉读者他的创作过程，而事实上，这些东西又都是虚构的，因为它还是属于小说创作范畴，穆蒂斯告诉读者这样的创作过程，实际上也是在揭示自己所写作品的虚构性。

元小说的第二个表现手法就是“小说中的小说”，这里主要涉及小说的自指性。比如小说中的人物提及该小说自身的创作过程，或是小说的销售等，这些都超出小说虚构的范畴，涉及到小说以外的现实世界。甚至在小说的叙事过程中，书中的某一人物还会提出对另外一个人物的真实性的质疑等。这种手法似乎并非后现代主义的首创，我们甚至可以在发表于四百年前的小说《堂吉诃德》(*Don Quijote*)中找到很突出的事例。比如在《堂吉诃德》的第二部第三章中，堂吉诃德、桑丘与参孙·卡拉斯科三人的对话中谈到，把他们作为主人公的文学作品在他们生活的世界中十分地畅销[①]。这

① 滕威：《堂吉诃德的元小说性》，《外国文学研究》，2003年第1期。

实际上就是“小说中的小说”的一种写作手法。读者都明白自己正在阅读的小说是一部虚构的故事，而塞万提斯当然也知道他在写作的正是堂吉诃德的故事，但是他在书中却佯称堂吉诃德在期待着一部关于他本人经历的书的问世。更耐人寻味的场景，是小说第二部中屡屡出现的对小说第一部的评论与商讨。而我们在穆蒂斯的小说中也看到这样的特征：马科洛尔偶遇画家奥布雷贡（Alejandro Obregón，现实生活中作者穆蒂斯的好朋友，一个真实存在的人），当马科洛尔说出自己名字的时候，画家说我的一个朋友一直都在写你的故事。当画家奥布雷贡讲这话时，他已经不再是现实生活中的人物，两个人都已经成为虚构故事中的人物了。显然作者安排的这种相遇是虚妄的，这就是文学创作中的虚构人物与现实生活中人物的一种交流。从写作技巧上来看，又属于作者在告诉读者小说的创作方法，或者说是有意地在揭露小说的虚构性，用小说中的人物映射小说本身。

元小说的第三个特征是“作者在小说中的参与”。《瞭望员马科洛尔的事业与烦恼》这部小说总集中，作者的参与是很明显的。首先他是小说中的一个叙事者，但又不是居于小说之外的那种无所不知的、全能的叙事者，他融入到小说中去，但又不脱离叙事者的形象。而马科洛尔是小说的主人公，作者是他的一个朋友，写小说的人将自己也写入小说中，目的是要让读者更容易接受这样一个故事。传统的第一人称叙事虽然以“我”出现，更容易让读者接受，但是却从一开始就暴露了小说的虚构性，而第三人称叙事则是以一种全能的叙事者的身份讲述故事。

在元小说中，作者不再是一个简单的叙事者，而在小说中作为人物积极参与，这已经成为一种必需，很多的时候，作者的参与构成了小说离奇的故事。我们试想，小说中如果缺少了作者的参与，故事就缺乏完整性，也失去了发展的线索。除了作者成了小说中的人物外，他身边的朋友也参与到小说中，一方面，他们是马科洛尔的各种生活经历资料的提供者，比如诺贝尔文学奖得主加西亚·马尔克斯；另一方面，如画家奥布雷贡甚至还亲身体会了一次马科洛尔的海上生活，似乎这样可以为小说提供更加真切的第一手素材。然而实际上，无论是作者还是作者现实生活中的朋友，当他们参与了小说的故事情节的发展时，已经从一个现实生活中的人物变成了创作中虚构的人物。

元小说写作手法的运用达到了什么样的效果呢，作为读者的我们不难看出，作者在小说中的参与使得我们更容易接近小说中的人物，因为穆蒂斯是现实生活中的人，而他又自称是马科洛尔的好朋友，因此读者很容易接受这个人物。小说也更容易吸引读者，让读者融入到小说中去，亲自体会马科洛尔的生活，感受他的烦恼，如同作者那样仿佛也可以面对面接触这个人物，这样就打破了现实与虚构之间的界限。这种效果，也正是满足了作者所想要表达的一种人类生存状态的需要。作者的思想与20世纪50年代流行的存在主义①思潮有着十分密切的关系。在穆蒂斯眼中，任何事情都可能发生，生活总是充满不确定性，现实的东西会变得不现实，虚构的东西也可能出现在现实生活中，人类的生存是没有规律可循的，而马科洛尔就是这样的世界中一个典型的文学人物。

漂泊的中心人物

《瞭望员马科洛尔的事业与烦恼》全书以马科洛尔为中心人物，他一生都漂泊在海上，我们既不知道他的国籍，也不清楚他的年龄。整部小说从穆蒂斯的一篇序言开始，作者是这样写的：我以为自己已经了解所有关于马科洛尔的故事，他的书信、回忆录等都在我的手中，因为所有知道我对他的故事感兴趣的人，都已经竭尽全力为我到处收集资料，然而总是会在偶然间有更大的惊喜。一次，我走在巴塞罗那的街上，被一个旧书店吸引，这些书店通常情况下都总是碰到它们就关门，而这里恰恰会有一些非常特别的东西。

按照穆蒂斯的叙述，他是在浏览旧书的过程中，发现了一本自己寻找多年的书，于是毫不犹豫把它买了下来。在回家翻阅这本书的时候，注意到书中夹杂着一些类似商业发票式的纸张，纸的两面都写了文字，当作者仔细辨认这些文字的时候，发现纸上写着“瞭望员马科洛尔于苏朗托河之行期间书写，献给弗洛尔・埃斯特温”。这些文字是马科洛尔在沿着苏朗托河游历时记下的日记，其中记载了他在热带雨林中的经历。那是一个人迹罕至的热带丛林，在那里航行危险重重，除了航道凶险，地形复杂之外，那里还有外来人无法抵抗的特有疾病。在那次充满冒险的航行中，马科洛尔却还在思索，他究竟为什么要进行那次没有目的的旅程。听到能做木材生意这件事情还是在他的女友弗洛尔・埃斯特温在山上开的“将军峰”小商店里，那时候他因为被毒蜘蛛咬伤，弗洛尔精心地照料他。有一次，一位卡车司机到了那里，说起在丛林边缘的一个木材厂可以买到木料，然后沿着苏朗托河顺流而

---

① 存在主义：20世纪第二次世界大战期间兴起的一种哲学思潮和文学思潮。在四五十年代得到极大的发展和盛行，主要以萨特的理论为代表，认为人的生存是无理由可讲的，是虚妄荒谬和痛苦的。萨特认为：人的存在什么也不为，当然也绝不是为了上帝；人的存在是绝对自由的；人只有按照“自由”的原则去进行自我选择，去实现“自由”强加给人的义务，从而经过人生挫折去抵消人生的虚妄。因此，人必须积极参与到人生存的历史环境中去。（杨荫隆主编：《西方文学理论大辞典》，长春，吉林文史出版社，1994年，第一版，第364页。）

下，就可以把这些木料以更高的价格卖给军方的基地。听到这些，在伤口痊愈了之后，马科洛尔就带着弗洛尔给他的积蓄，离开了严寒的高原，进入到了炎热的丛林中。然而当他打听木材厂下落的时候，没有一个人能给他一个准确的地址，甚至都没有人知道木材厂是否确实存在。马科洛尔在自己的日记中也写道，他每一次开始的一段旅程，都总是带有一定的不确定性，或许正是这一次次各种各样的冒险经历，这一次次错误的决定，这一个个毫无目标的旅程，才能证明他的存在，以及他存在的价值。在这次旅途中，马科洛尔不幸染上了一种热带病，这种病差点要了他的命，在死亡将至时，他想到了弗洛尔，想到了他们共同生活的日子，想到了这个默默无闻的女人对他的悉心照料。

雨林里的航行在继续，我们的主人公马科洛尔最后奇迹般地活了过来。他也如愿来到了要找的木材厂，然而那里没有人接待他；他想要找工程师商量贩卖木料的事情，但被告知，这里已经很长时间没有工程师了。一路的幻想最终化为泡影，马科洛尔只好悻悻离去。他打算立即回到弗洛尔身边，在途中的一个小镇，他听说自己乘坐的那艘船出了事，完全损毁了，而船上的朋友也不知所终，可能是被水流冲走了。此时的马科洛尔终于认识到，丛林是多么的凶险。然而当他回到弗洛尔的小商店时，展现在他面前的却是一片废墟，房子破败了，看起来随时都会倒塌，不见了弗洛尔，此时此刻马科洛尔是多么思念她啊，没有她的日子他将很难适应。这里的一切都结束了，但仿佛又有什么新的事物又要开始了。

在所有描写马科洛尔传奇经历的故事中，几乎每次都会有一个女人与马科洛尔同时成为故事的主人公，她们会和马科洛尔共同生活一段时间。这些女人从来都不会与他维持长久的关系，而且也从来不期望如此。她们都十分了解马科洛尔，知道他没有长久的概念。他认为，任何肉体都不从属于其他肉体，任何灵魂也不从属于其他灵魂。这样的理念给了马科洛尔足够的自由，而正是这样的自由，才使他能够获得真正的友谊，只有这样，人与人之间才是最真诚的，而只有真诚才能得到绝对自由。那些留存在马科洛尔记忆中的女人就是那些懂得如何与他做朋友的女人，他们之间的友谊不仅存在于身体的和精神上的愉悦，更存在于他们之间的相互理解中。他们的忠诚不是承诺，而是自由和真诚。

除了我们提到的弗洛尔·埃斯特温，尤娜·葛拉波斯卡也是一个非常有代表性的女性人物。她是另一部小说《尤娜伴雨而来》中的女主人公，她与马科洛尔重逢在巴拿马，那时的他处在困境中，由于没有什么营生，他闲待在一家小旅馆里无所事事，旅馆的门房是个跛脚老头。就在这家旅馆里发生了很奇怪的事情：一天马科洛尔醒来，发现身边躺着一个赤裸的黑女人，他把她叫醒并让她穿好衣服，而黑女人却表现出愤怒的样子。之后马科洛尔回忆，自己在前一天晚上喝完酒后，虽然有一些醉意，但是他可以肯定自己是一个人回来的，并没有带任何女伴。马科洛尔把这件事情告诉了他常去喝酒的酒吧老板阿里克斯，后者跟马科洛尔说，最好小心那个跛脚老头，他掌管这附近一带的妓女生意，而且还做一些不法的事情，警察已经注意他很久了。然而连续几天都发生同样的事情，马科洛尔来到小旅馆要自己的账单，发现上面有很多自己并未消费过的账目，他警告旅馆，要求他们把所有不属于他的花费都删除掉，他们照做了，并且表示不会再发生类似的事情。

由于没有任何事情可做，马科洛尔身上的钱也一点点在耗尽。就在他马上要付不出房费的时候，跛脚老头说要和他谈谈，事实上马科洛尔早就知道会是什么样的事情，无非是一些非法的小营生，让他能够挣到一些维持生计的钱。老头打算让马科洛尔到游客集中的地方去卖偷盗和走私进来的高档化妆品和珠宝等奢侈品。马科洛尔说可以考虑一下，老头的意思是不用考虑太多，因为不乏想做这种事的人，并且他们比马科洛尔更有经验。实际上马科洛尔也没有什么可以考虑的，于是在第二天他就答应了下来。生意比想象的好做，因为东西的价格比那些大商场里的便宜很多，但是却总会有保安盯着他，第一天赚的钱就足够他续缴旅店的房租了。可是情况似乎没有那么简单，酒吧老板阿里克斯偷偷来告诉马科洛尔说警察已经在注意他，并且知道他住在哪里，让他立即更换旅店。马科洛尔开始紧张起来，他好不容易说服了跛脚老头，把走私货退给了他并搬离了旅店。

此时的巴拿马已经进入雨季，一天，当马科洛尔在街上闲逛的时候，突然下起了雨，于是他躲到了一个旅店的大堂里。就在这个时候，他看到了一个熟悉的背影，便走过去观察她的脸，发现正是尤娜，能在这里看到她简直不可思议，他喊住了她，两个人拥抱在一起，一切都那么让人感到惊讶。这个女人曾经也是马科洛尔的女伴，她和马科洛尔有着相似的性格，都对金钱没有概念，不停地更换伴侣，永远不想结婚。两个人在相识之后就住到了一起，一天，尤娜突然对马科洛尔说，她想到了一个能够不费太多力气就能赚到很多钱的主意。她对这个计划进行了周密安排，马科洛尔曾经说过，他不可能在陆地上久留，也不喜欢巴拿马，所以这次他们打算赚些钱离开这里。尤娜想到的办法是开一个空姐服务妓院，当然不是真正的空姐，但是尤娜要把她们装扮成跟真的一样。他们找了一个隐蔽的地方当据点，定制和空姐服装类似的服装，当然如果有人问起，他们可以说空姐有很多种制服，式样并不完全一样。在接客方面，客人要提前预约，不会让一个小姐多次服务同一个客户，如果客人提出要以前熟识的小姐，就告诉他她们执行飞行任务去了。

他们的妓院吸引了很多嫖客，生意很不错，来这里的人形形色色，有富有的老头，走路都已经不灵便了，却左拥右抱好几个小姐。虽然生意进行的顺利，但是有一件事情却激起了马科洛尔的反感。有位公职人员第一次出差到巴拿马，听说了这里的情况，便找到马科洛尔，说自己是个结了婚的人，有两个女儿，甚至还把孩子的照片拿给他看，在确定这里的小姐都是空姐，不会在一个地方久留之后，他决定找一个小姐过夜。然而麻烦的是马科洛尔他们发现他出手十分阔绰，单是给小姐的小费就有二百美金，这些钱却都是从他出差带来的公文皮箱中拿出来的，那里放的全都是钞票。他一直在房间里待了三天，一切都那么安静，只是他的账单在不断地增加。然而好景不长，一天下午来了几位先生，他们是这位客人所在公司的经理，他们告诉马科洛尔此人皮箱里的钱是公司让他拿来存到巴拿马一家银行的，他们急需这些钱支付几笔款项，然而他们打电话给他预定的饭店，却没有人接，并且在第二天被告知他并没有回饭店。最后他们终于找到了马科洛尔这里，在公司经理结完大约两千美金的账单之后，马科洛尔去叫那位先生，告诉他有人等着要带他回去，可是那位先生泪流满面说自己不愿意走，他想留在这里，他说自己以前的生活都是谎言，没有人告诉他世界上还有这么美妙的地方。这个场景让马科洛尔更加厌烦自己的生活，尤娜也对这个生意失去了耐心。加之此时局势也出现了不稳定的因素，妓院也开不下去了，他们决定离开。然而就在要离开的时候，尤娜死于一场蓄谋已久的谋杀。

在马科洛尔众多的女伴中，安东尼亚是一个例外。她所期望的恰恰是马科洛尔给不了的。她疯狂地爱上了马科洛尔，希望能够和他永远在一起，把他留在自己的身边，当得知马科洛尔打算离开的时候，她决定杀死他，用这样极端的方式将他永远留住。然而最终她没有达到目的，自己也被企图占有马科洛尔的欲望所折磨而住进了精神病院。尽管无法获得长远的拥有，女人们总是对马科洛尔感兴趣，趋之若鹜，因为他有着丰富的冒险经历，他们在一起不会怀念过去，也不愿憧憬未来，而是要感受当下，对他们来讲，永恒意味着需要懂得享受生活的不确定性。从对待女人的态度不难看出，作者试图告诉他的读者，在这个世界上没有永恒，没有长久的拥有，生活中最重要的是自由自在。

除了对于女性角色的大量描写，每部小说都是马科洛尔的一次冒险经历。在开始一段旅途之前，马科洛尔对自己要做的事情没有任何想法，总是很随意地开始，也总会以失败告终，有时这些冒险还会给他带来生命危险。然而马科洛尔也并不因此烦恼，他不停地寻找，不停地尝试，似乎只有这样才能证明自己的存在。人们能够获得的总是过程，而不可能是结果。这样的想法在穆蒂斯的小说中总会出现。如果你对某件事情期望太大，那失望就会更大。马科洛尔曾经到达一个人们都说有金矿的地方，当地居民告诉他金子肯定是有的，但是每一个去寻找它的人都没有好结果。马科洛尔没有听从别人的劝说，还是开始了寻金的旅程。在几次挖掘中，他找到了含金量很高的矿藏，然而也挖出了曾经同样抱着掘金梦却惨死并被埋在金矿中的一家人的尸体。随着挖掘的发展，马科洛尔像是失去了理智一样不断期待找到更多的宝藏，然而厄运也随之降临。帮助马科洛尔的当地年轻人被军方抓走，并且被打成重伤；跟随马科洛尔的女伴安东尼亚也为了留住他而放火烧了他们共同居住的地方，并且打算烧死马科洛尔。最终马科洛尔还是离开了那里，他终于清醒过来，远离了金子的诱惑，把挣到的所有钱都留给了那个受伤的小伙子。事实上金子不只是物质的东西，它象征了人们的欲望，揭示了那些埋藏在每个人心底的梦想。我们不知道自己是否能够得到渴望的东西，但是这样的渴望会让我们变得疯狂，人们的欲望又总是贪婪的，期望值越高，距离现实也就越遥远。

在穆蒂斯的小说中，还有另一个重要人物就是巴苏尔，他是马科洛尔的好朋友，他一直有一个愿望，就是希望拥有自己的一艘船。曾经因为这个梦想，他误入了贩毒分子的圈套，这些人企图利用他运送毒品，并且准备在事成之后炸毁小船。在经历过很多次与自己心爱的船擦肩而过之后，他终于有机会买到自己心仪的东西，然而就在去买船的路上，他死于飞机失事。和马科洛尔一样，作者笔下的这两位人物都没能够圆了自己的梦，有时候梦想是痛苦的，它是一种折磨，只有当你没有任何渴望的时候，才不会失望。

穆蒂斯在小说总集《瞭望员马科洛尔的事业与烦恼》中，对于死亡也有他自己的见解。死亡在这部小说总集中是司空见惯之事，对于死亡，马科洛尔也总是把它当成是生活中的寻常之事。在他的小说中，导致死亡的原因很多，在第一部小说中，与马科洛尔同行的船长是个传奇人物，他的母亲是和父亲私奔结合在一起的，在生下他之后，就把他托给了修女抚养，之后就再也没有回来过。15 岁那年他逃了出来，一直在海上漂泊。在这期间他有过传奇的感情经历，也和马科洛尔一样在海上游荡，时不时做一些触犯法律的事情。在船上马科洛尔经常和他聊天，一天船长对他说，一个人如果总是在扮演不属于自己的角色，那实在是非常糟糕的事情，更糟糕的是当你发现这一点的时候，你已经没有力气去挽回过去的种种遗憾，也没有办法弥补失去的一切了。船长还说，一切都将结束，感觉自己仿佛已经死去很长时间了。马科洛尔回答他说，有的时候他也有同样的感觉，但是这种感觉会很快就过去。谈话之后马科洛尔就离开了，可谁也没有想到，就在第二天的清晨，他发现船长已经上吊自尽了。这是属于船长的生存方式，他多次提到生活已经不属于他自己了，所以他最终选择了离开，生活给他的已经只有沉重。看来选择自杀是他酝酿已久的决定，他曾经嗜酒如命，但突然有一天他不再喝酒了，应该是那个时候他就已经决定要离开这个世界了。

还有与马科洛尔同船的一名士兵因疾病死在热带雨林中，当埋葬他的时候，很多秃鹫已经在空中盘旋，急切地等待着这顿丰盛的大餐。这样的死亡给我们展示了热带雨林的恶劣条件，也告诉我们大自然的残酷。维多也是死于自杀，他是马科洛尔当过水手的一艘船的主人，也曾经是个很幸福的人，每次出海他的妻子都会跟着他。他们和马科洛尔的关系也非常好，维多的妻子还曾经劝说马科洛尔找个女人结婚，过安定的生活。然而生活总是充满不确定性，维多的妻子死于疾病，之后他们唯一的女儿又和一个有妇之夫私奔。在没有了任何家人的陪伴之后，维多经营的买卖也一天不如一天，在巨大的生活压力之下，自杀也就成了他唯一的出路。他把马科洛尔叫去，跟他说他的船已经被没收了，船的运营也会由另外的船员来接管，但是马科洛尔还可以跟着船到巴拿马去。就在马科洛尔离开船长室之后，突然一声枪响，船上的人都冲了过去，在一股刺鼻的火药味中，发现维多倒在了椅子上。维多已经失去了生活的动力，没有了家庭也没有了事业，生活对于他来说已经是多余的，自杀看来是唯一的出路。

在穆蒂斯的小说中，一些马科洛尔的女伴也没有逃脱死亡的厄运。上文曾经谈到的尤娜，就死于暗恋她的女伴拉瑞萨设计的煤气爆炸案中。那时候马科洛尔已经决定要离开巴拿马了，这时拉瑞萨闯入了他们的生活。当马科洛尔第一眼看到拉瑞萨时，就觉得她和尤娜很相像。这个女人也有一段离奇的经历，她把故事讲给马科洛尔和尤娜听，而且把他们当作自己生活的一部分，尤其是对尤娜，似乎可以说她爱上了尤娜。在得知尤娜和马科洛尔要离开巴拿马的时候，拉瑞萨给尤娜留了一个纸条，尤娜没有听从马科洛尔的劝说，执意去见她，然而这却是拉瑞萨设置的一个陷阱，她打开了煤气开关让煤气泄漏出来，并且引燃了煤气，把自己和尤娜一同炸死了。

在穆蒂斯的小说中，死亡似乎是一种寻常之事，人们对它的态度也是淡漠的。在作者看来，人们生活在不确定的状态中，死亡也构成了我们生活的一部分。从我们出生，死亡就始终伴随着我们，会在我们没有准备的时候突然到来。每个人都会有属于自己的死亡方式，但是我们不知道它在什么时候出现。在书中也曾经几次提到过主人公马科洛尔死亡的消息，然而没有一次被证实，作者有意制造这样的悬念，马科洛尔的生活本来就是捉摸不定的，没有人知道他在哪里，又在做些什么，他其实可能就是生活中的我们。

作者正是要通过马科洛尔这样的生活经历，来反映我们人类普遍的生存状况。在穆蒂斯看来，人类的生存实际上也是无规律可循的，它充满了不确定性。人们没有一个真实的、确定的目标，也就谈不上为这样一个目标去奋斗。人们所追求的永恒实际上是不存在的，对于生活的太多期望只会带来痛苦与迷茫。作者对于人类的生存持一种悲观的态度，然而在悲观主义的情绪中，我们似乎又看到了一线光明：在总集的最后一部小说中，作者讲述了一段马科洛尔鲜为人知的故事，即他和阿卜杜拉的儿子哈米尔共同生活的经历。小说中是这样说的："在马科洛尔的故事中，有一件事情是和我一直在讲述的他最近几年的经历十分不同，这件事情对于马科洛尔来说算得上是他无规律、四处漂泊的生活的一个重大转变，也是鲜为人知的，这件事情让他在最后的日子得到了一种无法比拟的宁静与安详。可能这件事情对于我们这样有家庭的人来说是非常平常的，并且是每天都在发生的事情，然而对于马科洛尔，这样一件平常事却使他充满了好奇与惊喜，它最终把潜藏在马科洛尔心中某个角落中丰富的情感世界展示给我们。"①

事情是这样的，马科洛尔和一个叫哈米尔的小男孩生活了将近两年的时间，这个孩子让马科洛尔的生活有了很大的变化，让他能够停留在一个固定的地方享受与他从前的经历完全不同的生活。哈米尔是巴苏尔的孩子，当他的父亲因飞机失事过世后，巴苏尔的女伴丽娜带着他们的孩子找到马科洛尔，因为丽娜要到德国挣钱，没有办法带着小哈米尔一同前往，就决定把孩子留在他爸爸最要好的朋友马科洛尔的身边。正是这个孩子改变了马科洛尔的生存状态，让他享受了一段未曾体验的全新的生活方式。

当马科洛尔第一眼看到孩子时，就仿佛曾经见到过他一样，似乎相识已久。他们十分喜欢彼此，哈米尔让马科洛尔想起了自己的童年，而这段童年的经历已经在他的记忆中消失很久了。哈米尔的陪伴给马科洛尔带来了无限的快乐，他开始重新审视这个世界，在近半个世纪的岁月里，马科洛尔都是用另一种目光看待这个世界，而现在他开始有了新的观察角度，当然是从一个孩子的角度来看世界。与此同时，哈米尔也开始牵着马科洛尔的手探

① Mutis，Alvaro，2001：*Empresas y tribulaciones de Maqroll el Gaviero*，Madrid，Alfaguara，p. 703.

索这个对于他来说还那么陌生、那么新鲜的世界。这对于马科洛尔来说绝对是一次奇妙的经历，与他曾经走过的生活相比，这段日子是那么的新奇与独特。他曾经这样说道：“这对于我来说，是某种不为人所知的东西。我本以为在无数次的游历、无数次的失败经历之后已经体验过了生活的所有内容。然而现在我所经历到的，却像是隐藏在我内心深处的一片未开垦过的广袤大地，这里充满了神奇的不可预知的东西。我无法用语言表达，更害怕陷入到一种情感纠葛中。”①

事实上，马科洛尔并不具备照顾一个5岁孩子的能力，他甚至连固定的住处都没有。在他的生活中总是充满了突发事件，以及无法预期的变化。他从一个地方到另一个地方，从一个港口穿越到另一个港口，并且总是会和监狱打交道。然而这次却不同，他照顾孩子却比任何人都做得好。他们成为了非常要好的朋友，建立了一种忘年交。哈米尔的到来让马科洛尔内心产生了非常强烈的柔情，这种情感应该深藏在他内心最深处的某个角落。那是对于童年的幸福生活的怀念，而这种生活却早已随着岁月消失殆尽了。苦难的生活过早地压在他的身上，让他不得不忍受各种痛苦。而当他和哈米尔生活在一起的时候，这种幸福感又重新触摸到马科洛尔，唤起他遗失了的童年。小说中是这样描述的：“这一次，我仍然无法解释这一切，当我在怀里托着他头发卷曲的小脑袋的时候，我感觉到有一股流动的意识，像某种引导我的信号一样，把我从混乱无序的存在中带入一个刚刚开启的世界，一切从零开始，所有的错误，一切过去的不幸都被抹去，我回到了一个令人陶醉而神往的地方。”②

我们可以说马科洛尔在哈米尔到来后，开始过上了一种正常人的生活，因为他希望给孩子创造一个安静的环境。每天，哈米尔都陪在马科洛尔身边，两个人一起到海港钓鱼，马科洛尔还教他读书认字。哈米尔特别爱听马科洛尔和他父亲在海上的故事，而他也总是会讲起曾经在船上，在最高处做瞭望员时的经历。他告诉哈米尔，那时候他总是要爬到桅杆的最高处，告诉船员们他在海平面上看到的东西。马科洛尔的讲述，马科洛尔的经历，所有这一切都深深吸引着哈米尔，他坚信马科洛尔是最了解大海的人。对于这个孩子来说，马科洛尔就是令人向往的大海上的英雄。随着时间的推移，孩子越来越渴望了解那些海上故事的细节，而马科洛尔这时候不得不隐瞒他

① Mutis, Alvaro, 2001: *Empresas y tribulaciones de Maqroll el Gaviero*, Madrid, Alfaguara, p. 730.

② 同上，p. 742。

和巴苏尔在海上的那些违法的经历。

时间一天天过去，哈米尔的陪伴已经成了马科洛尔生活中不可或缺的一部分，当孩子生病的时候，马科洛尔比任何人都担心孩子的健康，这在以前是不可想象的。在两年的共同生活后，分离似乎成了不可避免的事情，因为丽娜回来了，要接哈米尔去和巴苏尔的家人同住。分离无论是对哈米尔还是马科洛尔来说都是一种巨大的痛苦，哈米尔曾经问过马科洛尔，他为什么不和他的妈妈丽娜结婚，这样他们就可以生活在一起。马科洛尔告诉他，自己习惯穿梭于各个大陆之间，那些他了解的海洋都是他曾经到过的地方，他是不可能在一个地方停留很久的。马科洛尔还说，现在他呆在这里，但是却无法保证永远停留在这里。听了这些话之后，哈米尔也不再坚持了，好像一下子长大了，也因为这样的共同生活的经历，让这个孩子变得成熟了。或许，孩子懂得了究竟马科洛尔过得是什么样的生活，这种生活一方面对他来说是充满吸引力的，另一方面，这样的生活又过于漂泊，只有一个安静而稳定的环境才更适合他的成长。当然，对于马科洛尔来说，一切都已经过去了。他现在又回到了惯常的生活轨迹中，重新开始了冒险流浪的生活。我们不知道他是否能真正找回曾经的生活，我们只知道他留下了哈米尔的照片做纪念。我们不知道，究竟哈米尔对于马科洛尔意味着什么，但是他的大约两年时间的陪伴，对马科洛尔来说是一种救赎，这虽然并没有让他变成另外一个人，但是至少让他想起了自己的童年，马科洛尔遗失的天堂。

作者通过哈米尔似乎想告诉我们，孩子的世界总是单纯的，从孩子的身上，马科洛尔似乎找到了自己已经失去了的美好童年。那里是人类梦想中的天堂，尽管现实是残酷的，人类的生存环境是复杂的，但是作者把哈米尔的单纯带到了这个残酷的世界，是不是又给人类的生存带来了一线希望呢，似乎正是他的到来让马科洛尔开始重新思考自己的人生。

对人类生存的担忧

从分析以上所谈及的穆蒂斯的作品、作品中的主要人物的性格特征以及主要事件，我们可以看出，以瞭望员马科洛尔为中心人物的作品反映的是人类一种普遍的生存状况。马科洛尔这样一个小说中虚构的典型人物，代表了现实生活中很大的一部分人，为了在这个充满冲突、不确定以及某种程度上过于现代化的世界中生存，他们努力在生活中挣扎着。在《瞭望员马科洛尔的事业与烦恼》这一故事总集中，无论是叙述方式还是故事内容都在围绕着人们与现实生活的冲突。元小说、故事的碎片性的手法以及人物命运的不确定性，这些都是作者想要给我们展示他所创造的马科洛尔生活的虚幻世界，这里的生活充满了偶然和不确定性，并且是一种虚妄的无意义的生活。

作者穆蒂斯在小说中直接的参与使现实与虚幻的界限打破了，作者成为作品中的人物，不仅仅是为了倾听马科洛尔的故事，转述或者讲述他的故事，同时也成为了小说中构成情节的人物。由于有了作者直接的参与，真实的人物与虚幻的小说人物可以相互交流，真实与虚幻也成为了文学作品中另外的、特别的一种真实。这样的叙述手法会让读者迷惑，无法区分现实与虚幻的界限，然而也更容易让读者进入到作品中去。对于作者来说，人类的生活是模糊的、虚妄的，在这样的生活中真实与虚幻没有确定的、绝对的概念，生活总会带给我们偶然与不确定性，我们却永远都不可能预知将要发生的事情。生活的痛苦和烦恼因此而生，而乐趣以及挑战也是这些不确定带给我们的。

小说中所涉及到故事情节的碎片性，以及人物命运的不确定性，又表达了作者希望利用这些手法来诠释一种没有秩序、也没有规则的人类世界。在穆蒂斯的小说中，线性的时间顺序并不重要，没有必要把精力过多地放到是什么时间或是什么地点发生的故事，而是关注在过去的时间中究竟发生了些什么。此外，作者也没有对事件的结果给予过多的关注，而是注重描述事件的过程，过程往往比结果更重要。事实上，作者也没有办法给作品中人物一个明确的出路，因为生活本身就是充满不确定性。或许出于同样的原因，作者每次都给小说留下了开放的结局，用意大利学者、哲学家及文学评论家温贝托·埃科（Umberto Eco，1932～）的概括，这样的作品又称作开放体小说。这样的作品形式也就要求不仅仅是虚构或者是真实的人物参与到小说中，还要求读者通过自己丰富的想象力也参与到小说的创作中来，行使作家的权力，给小说中的人物一个结局，并且填补作者留在小说中的空白。

除了作者叙事手法的独特性，作品的内容也为我们揭示出作者心目中的现实世界。中心人物马科洛尔总是会毫不犹豫地投身到一件事情当中去，却从没有得到任何好处，相反却老碰到坏运气。尽管如此，他从来都没有想过停下脚步，因为对他来说是否赚钱根本不重要，做这件事情才是重要的。马科洛尔生活的意义在于在海上漂泊寻找各种冒险以证明自己的存在。生活对于他来说是没有目标也没有方向的。他从不考虑未来，也不怀念过去，唯有一些隐藏在心灵最深处的无法磨灭的记忆在脑海中徘徊，那就是他对于童年的记忆，这些记忆看似在很久前就因为生活的艰辛而消失不见了,事实上这些童年的记忆是让他不断投入到各种冒险中,以证实自己存在的动力。

马科洛尔的生存状态代表了人类普遍的生存状态,人们在不停地参与到各种事业中以求在这个现代世界中谋得自己的一席之地,而只有那些像马科洛尔一样无欲无求的人才能够在这个残酷的世界苟且偷生。那些期望太多的人最终都会失去自己所盼望的,或者是坠入不知不觉为自己编织的陷阱中。就如同人们对于金子的寻找,只会让自己变得疯狂,唯一的出路就是不要抱任何希望,这样才不会失望。从对穆蒂斯的一个采访中①我们可以看到作者究竟是怎么看这个世界的。当有人问道:"您在不同的采访中都表达过对现实世界的一种厌倦,认为现在的世界是罪恶的,这里充满野蛮、暴力、犯罪以及令人生畏的死亡。为什么您把自己定义为迷失在这个世界中的中世纪人?"穆蒂斯是这样回答的:"现在的世界让我觉得罪恶深重。我们没落了,也变得愚昧了,我们已经不是像人一样在生存着,人类已经死亡了。我们生活在电器的阴影下,我们不知道谁是谁,这世界上发生的事情是那么不可思议,也那么虚幻,有时我甚至认为自己生活在一本科幻小说中。"在访谈中穆蒂斯还提到对人类能够摆脱自身的苦难不抱有希望,他还表示人类是唯一一种在破坏自己赖以生存的环境的动物。从这些话中不难看出作者对人类目前的生存状况非常担忧。在他的作品中也曾经提到过人类犹如一只只困兽在生活着。②

通过所写的作品,作者试图唤起人们的危机意识,认识到自己生存的空间并不那么乐观。这样的担忧不仅仅局限在拉美大陆,而是对整个世界的担忧。社会的现代化以及忙碌的工作给人们带来了富裕的生活,但同时带来的又是一种精神的缺失。马科洛尔这样一个小说人物带给我们的是对人类生活意义的重新思考:我们究竟为什么而活,这个问题困扰了我们很长时间,也依旧在困扰着我们。

通过分析穆蒂斯的小说,我们能发现他的作品中带有 20 世纪现代小说的特征。作家通过不同的形式变换着小说的叙述者,使读者看到的不只是一个马科洛尔,而是整个人类社会。小说体现了人类生存境遇本身的困难与复杂性。有人说 20 世纪是人类有史以来最复杂的一个世纪,但从社会层面看,大的事件就有两次世界大战,社会主义的兴起和挫折,第三世界民族

---

① Gámez, Pablo: " 12 preguntas para un Cervantes llamado Alvaro Mutis", http://www.librusa.com/entrevista_mutis.htm.

② Mutis, Alvaro: *Empresas y tribulaciones de Maqroll el Gaviero*, p. 221.

的觉醒和独立,以及世纪末的资本主义全球化。这一切构成了一种复杂的文明现状,直接影响了20世纪的小说。而现代小说也正是表达20世纪现代文明的最形象的方式。对于读者来说,一方面我们想看到小说家表达的世界究竟是怎样的;另一方面我们更想了解小说家是怎样表达世界的。这也是我们分析穆蒂斯的作品从内容与形式两方面入手的主要原因。此外,任何一个时代小说都是自我和世界关系的一个最形象的反映。而现代资本主义在无限扩展了人类外部世界的同时,也在人类自我与世界之间挖掘了一道鸿沟。这道鸿沟意味着人的自我与世界的分裂,人与世界不再和谐,不再具有一体性或同一性。现代人总体性丧失,个人是被整个世界放逐的人,是存在主义式的异化的人。他们在世界中感到陌生,对一切都不信任,对一切都有疏离感。有人认为现代小说已经成为小说家"直觉漂泊感"的写照。小说家在现实生活中没有漂泊,而是在小说想象中漂泊。现代小说家最终呈现给读者的正是支离破碎的经验世界本身,一个只有漂泊没有归宿的世界,这个破碎的世界甚至比真实的世界更加破碎。[①] 而在穆蒂斯的作品中我们看到的也是小说人物的漂泊经历,映射出人类没有归宿的感觉。

三、哥伦比亚小说的新生力量

单从加西亚·马尔克斯20世纪70年代之后的作品以及穆蒂斯的小说集分析,还远远不能反映出哥伦比亚在"文学爆炸"后小说发展的成就。很多哥伦比亚青年一代作家有着不俗的表现,而每个作家又都拥有不同的风格。历史是不变的,而作家的创作却丰富多彩。哥伦比亚社会的缩影在这些作家的笔下淋漓尽致地展现出来,有对国家暴力的控诉,对充斥于哥伦比亚的毒品交易的感叹,也有作家对城市生活的失望或是对宗教的批判,还有对拉美大陆存在的不同文化的思考等。我们可以通过这些不同的题材看哥伦比亚叙事文学近三十年的发展与变化。

黑人、土著文化小说的繁荣

在拉丁美洲的历史中,殖民者与被殖民者的矛盾冲突首先表现出来的

---

① 吴晓东:《从卡夫卡到昆德拉:20世纪的小说和小说家》,北京,三联书店,第一版,第5~9页。

是文化的冲突，在拉美大陆有三种文化是普遍存在的，即哥伦布发现美洲前的文化、欧洲文化以及非洲文化。这三种文化首先表现出来的是互相的冲突与排斥，后来则展现出三种文化的交融。

马努埃尔·萨帕塔·奥利维亚（Manuel Zapata Olivella）①1983年发表的长篇小说《强戈，真牛！》（*Changó，el gran putas*）是一部描写拉丁美洲黑人历史的作品。小说的题目中"changó"是在黑人文化中的一种神，而"gran putas"在哥伦比亚也是代表神、魔鬼或者是与众不同的意思。小说分为五个部分：第一部分题为《起源》（*Los orígenes*），在这部分中有11首歌，献给这片大陆上最早的居民；之后故事中讲述了奴隶的买卖，以及为了奴隶解放而斗争的人物。第二部分为《美洲人》（*El muntu americano*），主要描写卡塔赫纳地区奴隶的生活，所遭受的折磨，以及他们的反抗。这个部分也是奴隶们开始有了独立意识的过程。第三部分以海地革命为背景，名为《伏都人的起义》（*La rebelión de los vodús*），讲述了杜桑·卢维杜尔领导的海地人民争取自由的革命运动。第四部分《找到的鲜血》（*Las sangres encontradas*）中有四个重要人物，都是为美洲的民族解放运动而斗争的勇士，包括西蒙·玻利瓦尔。根据小说的描述，西蒙·玻利瓦尔的失败是因为没有进一步解放奴隶。小说的最后一个部分《战斗的祖先》（*Los ancestros combatientes*）将读者带到了美国，在那里黑人同样为了自由而战斗。小说描写黑人为了争取自己的权利在各个地区的斗争，但是并没有获得他们所期望的真正的自由。小说要表达的不仅仅是哥伦比亚的历史，而是整个美洲大陆在出现了新的文化之后的情景。人们已经无法再回到从前的时期，找不到原始的自我认同，取而代之的是多文化的融合，这是一种无奈的、无法改变的事实。

这部小说中的历史人物通过作者的创作融入到虚构人物中：她既是一部小说，也是一部散文，是一部关于美洲黑人历史的史诗般的作品。马努埃尔·萨帕塔·奥利维亚十分擅长黑人题材的作品，他的另一部作品《魔鬼的死刑》（*Fusilamiento del diablo*，1986）也是描写哥伦比亚黑人的小说。比起20世纪五六十年代同样描写拉丁美洲黑人生活的作品，这部发表于80年代中期的作品，更能表现出黑人的生活现状。而作者最真实的意图在于

---

① 马努埃尔·萨帕塔·奥利维亚（Manuel Zapata Olivella，1920～），哥伦比亚作家、人类学家。代表作有《潮湿的土地》（*Tierra mojada*，1947）、《10号街》（*La calle 10*，1960）、《面孔背后》（*Detrás del rostro*，1963）、《奇玛出了一位圣人》（*En Chimá nace un santo*，1964）、《魔鬼的死刑》（*Fusilamiento del diablo*，1986）等。

揭露究竟是什么样的政治、经济、文化以及宗教因素在不断影响着黑人的生活。作品的主题以哥伦比亚加勒比海地区的历史文化为主，题材集中于对那里居住的黑人以及土著人的描写，同时表现出一种对社会现状的担忧。从他的小说中能看出，作家对于拉丁美洲人民的各种边缘文化根基有着非常深入的研究。

对于黑人、土著文化的关注同样表现在另一位作家马努埃尔·梅希亚·巴列霍(Manuel Mejía Vallejo)①的作品中。作家表达出在建立的众多种族友谊中，与土著人的情意最不一般，这就是混血的作家要用文字表达这个种族最真实的面貌。早在1966年作家就开始构思，而直至1991年才发表的小说《白色脸庞的爷爷奶奶》(*Los abuelos de cara blanca*)，是作者经过三次修改和再创作才最终出版的作品。

故事从第一个土著人发现语言和世界开始讲起，带着我们在中美洲游历。马努埃尔·梅希亚·巴列霍的这部小说被誉为美洲大陆的《圣经》，包括了土著人祖先的法律、哲学思想、神话寓言故事以及对死亡的认识：即人们不可能活两回，认识死亡就是无视死亡。小说中的土著人将神分为很多种，他们有善有恶，关于他们的神话传说也穿插在小说中。对于这段时期的描写，作家加入了那瓦特人的诗歌、舞蹈，以及瓜拉尼妇女唱的摇篮曲等民间文化传统。他还详尽描写了那时候的土著人所掌握的各种工具、农业知识以及先进的文明。然而好景不长，征服者带着欺骗与邪恶来到了这块土地，迫使土著人躲藏起来。这里小说引用的是危地马拉人的经历，他们先在荒漠中停留下来，每当夜晚降临，到处充满了死亡的威胁，恶劣的自然环境以及凶猛的野兽使那里危机四伏。

这是一部描写土著人的史诗，一部血泪史，一部美洲大陆的故事。在游历了众多有土著人口的国家后，作者更关心他们的生存状态。在发现美洲大陆五百年之后，这些生活在拉美的土著居民究竟过得怎样，这始终是这片土地上的重要话题。在拉美大陆并存的三个种族：欧洲人、土著人以及非洲人，他们之间相互融合，产生了一种新的却并不完美的人群。他们带有三种乡愁、三种无归宿感以及三种矛盾体。在这部小说中我们看到了拉美大陆的现实，这种融合就像是勾兑而成的鸡尾酒，集喜悦、悲伤、矛盾于一体。

---

① 马努埃尔·梅希亚·巴列霍(Manuel Mejía Vallejo，1923～1998)，哥伦比亚作家、记者。主要作品有《遥远的死亡》(*Las muertes ajenas*，1979)、《世界依旧运转》(*Y el mundo sigue andando*，1984)、《你脚步的阴影》(*La sombra de tu paso*，1987)和《两棵棕榈树的房子》(*La casa de las dos palmas*，1988)等。

恒久的历史、变换的视角

赫尔曼·埃斯皮诺萨(Germán Espinosa)[①]是哥伦比亚当代文坛不能不提的一位高产作家,一生中创作了几十部小说、诗集、散文等。在他年轻时就出版了第一部诗集,后从家乡来到了哥伦比亚首都波哥大,开始做记者、教师以及编辑工作。他擅长写历史小说和宗教题材的作品,小说除了大量的历史事实,也包括作家精心的构思与再创作,在这过程中展现出作家深厚的研究基础和丰富的想象力。

《皇冠织工》(*La tejedora de coronas*)是他1982年发表的小说,这部小说的主人公名叫赫诺韦娃·阿尔科赛尔,出生于1680年,她是个美丽动人的卡塔赫纳姑娘,小说以她在各地的游历为线索,从18世纪初卡塔赫纳地区被法国人占领时主人公的生活讲起,写到她游历欧洲国家如西班牙、巴黎以及最后到达梵蒂冈受到教皇的接见。作者详尽描写了赫诺韦娃·阿尔科赛尔所游历的各个地方。通过欧洲的巴黎折射出卡塔赫纳这个小说中的中心城市所经历的时代变迁。尽管现在的卡塔赫纳已经和赫尔曼·埃斯皮诺萨小说中的城市大相径庭,然而我们还是能依稀看到它在18世纪时的影子。这是一部描写卡塔赫纳历史的小说,更是一部反映拉丁美洲受思想启蒙运动影响的小说。作者创造了这个人物形象,试图通过她来表现18世纪发生在宗主国与殖民地之间的重大历史事件,以及殖民统治带给拉丁美洲的各种冲突,包括文化和历史的冲突。在描写殖民者的残暴统治的同时,也描写了这片新大陆在新文化的侵入之后所面临的抉择。新科技、新发明的涌入也带给新大陆以巨大的冲击。

通过这部小说我们能够看到拉美新大陆的现状究竟有着怎样的历史背景。小说中所描写的历史事件对当今的拉美大陆有着深远的影响,仿佛是对现实的一种预言。小说通过虚构的人物和亦真亦幻的历史背景,运用历史的、真实生动的语言为我们勾勒出了那个时代加勒比海地区发生的陵谷变迁和历史沿革。这是赫尔曼·埃斯皮诺萨最成功的一部小说,被翻译成多种文字在拉美国家以及欧洲出版。联合国教科文组织认为这是一部很有代表性的作品,小说译成法语时取书名为《卡塔赫纳人》,其在法国引起的轰动比在哥伦比亚更大。

---

① 赫尔曼·埃斯皮诺萨(Germán Espinosa,1938～2007),哥伦比亚作家。主要作品有《贝林达·鄂斯纳的悲剧》(*La tragedia de Belinda Elsner*,1991)、《蛇怪的眼睛》(*Los ojos del basilisco*,1992)、《灌木林中的雨》(*La lluvia en el rastrojo*,1994)、《间奏歌曲》(*Canciones interludiales*,1995)和《黑色纸牌》(*El naipe negro*,1998)等。

作家于1990年发表了另一部小说《来自新大陆的交响乐》(*Sinfonía desde el Nuevo Mundo*),作品试图通过一个法国青年军人和拉丁美洲独立运动的领袖西蒙·玻利瓦尔的故事,展示欧洲与美洲文化、政治、经济的相互碰撞与融合。与加西亚·马尔克斯笔下的《迷宫中的将军》不同,赫尔曼·埃斯皮诺萨更关注独立运动对于人们思想的冲击。小说的中心人物维克多·瑞恩·冯特尼尔曾是雅各宾派,后来成了拿破仑军队的上尉。1815年随部队到达加勒比海地区,从那一刻起,他的人生命运就与拉丁美洲独立战争的领袖西蒙·玻利瓦尔连在了一起。真实的历史与文学虚构的结合,铸就了这个年轻人的命运。主人公从法国大革命和拿破仑时期汲取了新的理念、梦想、政治主张和宏伟计划,并在西蒙·玻利瓦尔身上看到实现自己的自由意志与共和国梦想的希望。两人的相遇也使他看到了自己的未来。小说从拿破仑的滑铁卢大败讲起,因这个历史事件更激起了年轻人将理想转投到其他地方的想法。最终是拉美大陆的加勒比地区深深吸引了这个法国人,他将自己的命运与这片还在混乱中的、但却充满梦想的土地联系在一起。

作者通过他的作品表达出美洲大陆与欧洲大陆的碰撞是两块土地彼此发现,互相影响的过程,而不单纯是以宗主国为了自己的经济、政治以及文化利益扩张的过程。这是赫尔曼·埃斯皮诺萨的作品中比较独特的一部,它既是一部小说,又是为电影准备的脚本。这样的创作形式是一种新的尝试,小说结合了历史事件、个人冒险经历以及电影情节等多种元素,围绕西蒙·玻利瓦尔与法国青年的故事情节依时间顺序展开。在阅读过程中,我们可以很明显地感觉到电影场景般的切换,让人仿佛看到一幕幕的电影画面。

赫尔曼·埃斯皮诺萨的第三部历史小说,是发表于1992年的《蛇怪的眼睛》(*Los ojos del basilisco*),作品讲述了1849年何塞·伊拉里奥·洛佩兹参加总统竞选的历史。这段时期哥伦比亚刚刚获得独立,政治的混乱使无政府主义滋生蔓延。小说的情节就是在这样的历史大背景下展开的,反映了手工业者的反抗、主张自由贸易者的商人与传统手工业者的纷争等。主角洛佩兹在与对手经过一番激烈的斗争后,由议会选为共和国总统。那时候自由贸易的经济模式已经初步形成,然而哥伦比亚还处于比较封闭的状态,大多数手工业者害怕由此带来的竞争,因此极力保护自己的权利,而代表这些保守派利益的洛佩兹,因得到了大多数手工业者的支持而登上了总统宝座。然而他上任后并没有如所承诺的那样对自由贸易主义进行限制,这激起了部分手工业者的不满,他们组织了武装起义企图推翻他的政权。

小说讲述了两种政治经济主张的冲突，而作者在书中并没有对他们进行比较，也没有做出评判，从而使这部历史小说类同于一般的历史文献。除了表现政治主张的分歧，书中还大量描写了市井生活、人们日常琐碎的故事等。爱情也是其中的一个主题，埃罗斯与波利斯两个人的爱情故事贯穿始终。有史料表明，19世纪的拉丁美洲小说情色描写是十分重要的内容，作者赫尔曼·埃斯皮诺萨似乎也是用这样的主题来还原当时的真实背景。在神话传说中，蛇怪是一种巨型怪兽，它的眼神能杀人。小说题目中的蛇怪映射的是这个国家的人民，他们的眼睛在关注着整个社会，他们既是社会的见证者也是社会的评价者。这些眼睛如同子弹一样能够横扫一切社会的不公。

有评论认为，这部小说并不像在讲述历史故事，而是将小说写成了一部电视连续剧，其中不乏吸引人的激情描述，以及一次次的冒险经历。也有评论认为作家通过大量的史实，用小说的形式记录了真实的历史事件。作家精心安排历史故事，将史实和文学虚构结合，使读者在阅读的过程中不仅能够丰富历史知识，更能够感受到文学创作的魅力。

对宗教的批判与思考

对于宗教的批判在加西亚·马尔克斯的作品中早有体现，《爱情和其他魔鬼》中的小女孩儿被修道院囚禁并被认定为魔鬼附身而遭受了非人的折磨，当时宗教势力的强大以及人们思想的蒙昧通过小女孩儿的遭遇真实而严酷地表现了出来。而爱情的描述也是对宗教的一种抗争，是对自由、美好的向往。尽管故事以悲剧收场，但却表现了作家对于宗教的不满与尖锐的批判。

赫尔曼·埃斯皮诺萨也是一位擅长宗教题材的小说作家，除了对历史的钟爱，他对于宗教也进行深入的研究和思考。发表于1987年的《鱼的符号》(*El signo del pez*)就是一部宗教主题的小说。故事发生在公元1世纪，也就是基督教经过演变，由犹太教发展成一种新的宗教信仰并逐渐传播开来的时候。在基督教中“鱼”指的是信仰宗教的人们，对初生婴儿的洗礼就是对这个概念的最好解释，人们像鱼一样生活在水中，教徒不能脱离基督教，就像鱼离开了水就无法生存。书的题目充分代表了小说的宗教主题，小说的内容围绕着基督教在发展初期所遇到的种种艰辛展开。对于作者来说，这种宗教信仰是传统的犹太教和多种哲学思想结合的产物。作者运用自己对犹太—天主教以及希腊—拉丁文化的丰富知识，根据《新约全书》中的故事加之作者丰富的想象力，重写了历史中著名传教士保罗·德塔索

(Paulo de Tarso)在公元1世纪为基督教的传播所奉献的一生。

小说不仅语言优美,还有精心设计的叙事结构,全书分为四个部分。传教士保罗·德塔索的传奇经历是主线,这四个部分并没有固定的主题,也没有严格的时间顺序。第一部分以主人公受到罗马法庭的指控,被判死罪开始,尽管死刑到故事的结束都没有执行。之后的部分描写的是他被关在监狱中,开始回忆自己的生活,这些回忆也构成小说的主体部分。小说以《新约全书》中的宗教故事为蓝本,回忆了耶稣的降生与复活,以及犹太教如何经过变化,融入各种哲学理论而演变为基督教。这些故事虽然是通过传教士的回忆展现出来,但实际上是赫尔曼·埃斯皮诺萨对《新约全书》的重构,历史由作者通过文学创作重新展现在读者面前。在这部小说创作中,作者展现出了自己在宗教研究中所积累的丰富知识,他以散文般的文字描绘了带有强烈文化、宗教、历史色彩的优美故事。

相对于加西亚·马尔克斯的作品,赫尔曼·埃斯皮诺萨在《鱼的符号》这部小说中强调了对基督教历史的重构,也表达了人们对基督教不断的追寻与探索,以及在人们心中所挥之不去的对宗教的评判与质疑。这种质疑从作家儿时就存在着,在他的书中也充分体现了出来。对于一个刚刚出世的孩子,从他降生就决定他的宗教信仰,可耶稣是否是每个人心中唯一的神,每个人是否在唯一的神的指引下取得成功或是遭受失败,这是无法预知的。这部宗教小说并没有试图给读者一个绝对的答案,作者虽然涉及到了人们对于宗教信仰的一些疑虑,但是并没有深入进行剖析,因为作者也无法给出一个明确的结论。

《面对大海的修道院的消息》(*Noticias de un convento frente al mar*)是作者的一部短篇小说集,包含了15个故事。这些故事虽然没有明显的连续性,但是都有着共同的特点,就是作者在其中编织着神奇的世界。在短篇小说集中,与书名同名的第一篇故事,讲述的是一个年轻女孩在修道院中的往事。

那是1905年的7月,一位17岁的少女被囚禁在一座面朝大海的修道院中。距离此处不远是个依然受卡门教派管辖且能清晰听到修道院钟声的地方,一位海边妓院的女主人回忆起了她年轻时在修道院的故事,小说就这样开始了。故事跟随老太太的记忆回到了70年前。这里描述了女同性恋的故事,一位名叫埃尔加的玻利维亚修女,每个夜晚都去和与她相爱的修女幽会。新来的修女们禁不住欲望的诱惑频频有出轨的行为。尽管有着极其严格的监视以及修道院的院规,但情欲性爱成了漫漫长夜的慰藉。这些有违教规的事情一直在继续,直到一位负责清理床单的修女尼古拉萨觉察到了这些隐情，于是她开始加强了夜间的守护，连续四个昼夜监视新来的修女们的卧室，为了阻止她们去和心爱的人相会，这样的劳累以及努力导致了她最终疲劳而死。当时一位年轻的医生为了照顾尼古拉萨修女来到了修道院。这个年轻人在错误的时刻来到那里，很快人们就在修道院钟楼的角落里发现了他，他赤裸着身体，看着一个同样裸体的修女，用尽自己所有的力气敲打修道院的钟，那时的他因为寒冷和恐惧不断地发抖。正是这钟声的回音，在 70 年后又萦绕在海边的一所妓院中，唤起它的女主人对曾在修道院的高墙里所度过的青少年时期的回忆。就是这么一种欲望，多年后依旧留存在老妇人的记忆中，那最鲜活的记忆，是其年轻时对于情欲的渴望，是在那个阴森寒冷的高墙大院中，最强烈的一种欲望。当小说又回到了老人所生活的现实中时，似乎年轻时候对于自由的渴望，对于美好生活的向往都烟消云散，留在现实中的是生活中的无奈与对现状的妥协。

短篇小说集中的其他故事也多以宗教题材为题，描述那些违背宗教教义的故事。事实上，作品的内容都是现实生活中的人们脑海中留存的某种记忆，因为有了这些记忆，或者被唤醒了的回忆，让这些故事反映了现代人的真实状况：他们在现实中挣扎，在回忆中生存。

暴力与猖獗的毒品交易

哥伦比亚是一个充满暴力的国度。有关暴力的主题就像是墨西哥文学中内战是不变的主题一样恒久不变。从 20 世纪初的“千日战争”、20 年代的香蕉工人罢工主题到中期的政治斗争，暴力始终是文学的一条主线。而进入到了“文学爆炸”后，哥伦比亚小说中的暴力更集中体现在贩毒主题上。

在众多与毒品有关的作品中，作家的视角各不相同，如古斯塔沃·阿尔瓦雷斯·加尔德阿萨瓦尔（Gustavo Álvarez Gardeazábal，1945～）[①]，他的小说以暴力题材为主，关注社会的边缘人物。他 1970 年曾撰写论文《哥伦比亚的暴力小说》（*Las novelas de la violencia en Colombia*）。1986 年发表的小说《神灵》（*El divino*），讲述了大毒枭毛里西奥·金特罗衣锦还乡的故事。在成为独霸一方且家财万贯的毒品大亨之后，因为对家乡的思念之情，他带着荣耀和施恩的心情回到了家乡，此外还有一个目的就是寻找迷失的

① 古斯塔沃·阿尔瓦雷斯·加尔德阿萨瓦尔（Gustavo Álvarez Gardeazábal，1945～），哥伦比亚作家、政治家。他的主要作品有《傻子和佛》（*La Boba y el Buda*，1972）、《笨蛋的集市》（*El bazar de los idiotas*，1974）、《冗长的演说》（*Perorata*，1997）、《希望的俘虏》（*Prisionero de la esperanza*，2000）、《叫做考卡山谷的国家》（*Se llamaba un país vallecaucano*，2001）和《天堂指挥官》（*Comandante paraíso*，2002）等。

自我。在通过非法手段聚敛财富之后,他内心极度空虚,希望在自己的家乡能够找到朋友,获得信任。然而对于他的到来人们的看法不尽相同。小说中描写了贩毒分子的种种恐怖行为:建立游击队、绑架他人、欺压百姓。在他们之中没有公平民主可言,只有绝对的权威。事实上他的回归意味着失落、沮丧和自我否定。小说中的毛里西奥回家乡参加一年一度的庆祝神灵的节日,而小说中的"神灵"同时也暗指他本人,题目一语双关。故事中部分内容是通过对话和内心独白等方式表现的,显示了作者叙述风格的变化,同时这种叙述方式也使读者对于故事的理解产生不同的效果,给读者阅读提供了更多的想象空间。这是一部关于哥伦比亚社会历史的小说,主题就是哥伦比亚猖獗的毒品交易。这个社会问题也肆虐整个拉美大陆。借助这样的主题,作者想表达出哥伦比亚人民所经受的暴力危机。

谈到有关哥伦比亚猖獗的毒品题材,就不能不提到费尔南多·巴列霍(Fernando Vallejo)[①]1994年的小说《杀手的圣母》(*La virgen de los sicarios*)。因为作品对天主教教会尖锐的批评,以及对社会道德沦丧和形式主义的抨击,使他成为文坛上一个颇具争议的人物。《杀手的圣母》一经发表就得到了评论界的广泛好评。小说讲述的是麦德林猖獗的毒品交易所带来的种种暴力事件。这也是一部带有半自传体性质的小说,作家化身成了小说中的一个同性恋老人费尔南多,在流亡国外多年之后回到了自己的祖国寻找年轻的伙伴,这也是他等待死亡的过程。他找到了一个叫做亚力克西斯的年轻人,这个孩子像很多年轻小伙子一样为了钱而成为了杀手。费尔南多从此走进了亚力克西斯的世界,也走进了这个城市最黑暗的角落。亚力克西斯生活简单,喜欢听广播看电视,常出没于麦德林贫困的街区里各个帮派的争斗中,他生活中最多的经历就是他所犯下的谋杀案。作家在描写这些凶杀场面的时候显得十分冷酷,那些对细节的描述,传递给读者阴森恐惧的感觉。整部小说的基调也是被死亡所包围,充满了绝望。两个男人的关系不仅仅是在性方面,一个是富有的老头,可以成为亚力克西斯的物质支柱,而年轻人可以充当费尔南多在麦德林的向导,实际上他成为了费尔南多的保镖。年轻人总是枪不离手,这样的生存方式也让老人很快了解并适应了在麦德林用枪来说话的事实。然而在他的记忆中,却还是麦德林曾经美丽、宁静的风景。

---

① 费尔南多·巴列霍(Fernando Vallejo,1942~),哥伦比亚作家、生物学家。作品曾获得多种奖项,2003年获罗慕洛·加列戈斯文学奖。主要作品还有1999年出版的一本包括他前期五部作品的合集《时间的河流》(*El río del tiempo*)。

小说的题目似乎也是一种讽刺，在这些杀手中有一种习俗，就是他们对圣母玛利亚十分的虔诚，因为圣母是他们的守护神，亚历克西斯就总是带着圣母的画像。他们祈求在每一次暗杀的时候都能枪法准确，然而这些杀手却都死在了其他杀手的枪下。每天都有和他们一样的人在他们的枪下死去，或是他们倒在别人的枪下。最终亚力克西斯也逃脱不了这样的命运，而老男人也只能孤单地等待死亡的到来。

阅读这部小说就像是走进一个个陷阱，让读者不能自拔，直到终点。小说是对哥伦比亚也是对整个拉美大陆的抨击，作家认为国家已经死亡。事实上，小说的主角已经不是故事中的同性恋男人，也不是亚力克西斯，而是真实的麦德林。它是哥伦比亚的第二大城市，这里四面环山，被誉为地铁之城、鲜花之城。这里有古老的街道、教堂，而这些却都成了小说中最具讽刺意味的描述，因为一提到这个城市，人们会自然联想到猖獗的毒品交易、血腥的谋杀和绑架。这里最大的毒枭拥有能够和政府对抗的犯罪组织，他们雇佣大量的杀手制造各种恐怖活动。每天都有人被杀害，而凶手大多都能够逍遥法外，恐怖的犯罪组织和政治的腐败让这座城市处于一种无政府主义的状态。小说还被拍成了同名电影，拍摄过程中也受到了贩毒组织的威胁。

加西亚·马尔克斯在1996年也发表了一部有关毒品暴力的小说《绑架的消息》，小说中作家并不着重描写绑架本身的恐怖、毒贩的残忍，而是更注重刻画人物的心理：被绑架者的恐惧心理、他们家属的焦急和担忧，还包括绑架者的内心冲突等。这样的心理刻画更能体现暴力带来的危害，也更能传达给读者身临其境的感受，引起读者对哥伦比亚暴力犯罪的思考。

阿尔伯特·杜克·洛佩兹(Alberto Duque López)①1995年发表的小说《穆丽叶，我的挚爱》(*Muriel, mi amor*)也是对哥伦比亚的社会暴力的抨击。这部作品更带有新小说的色彩，作家用夸张的故事和反讽的手法讲述了普通人在暴力社会中的无奈与孤独。故事开始讲述的是在一个黎明的港口，一个身材肥胖的保镖回忆起他和穆丽叶的生活，而此时他所保护的五个人都被杀害了，他唯一的出路就是结束自己的生命以谢罪。这种倒叙的写作方式使读者欲罢不能，因为他们希望能够了解更多的隐情。保镖看着飞来飞去的海鸥，来来往往运送石油的船只，同时回忆着那五个被他保护的人。他亲眼看着法国大使死了，一个老奶奶死了，一个瘫痪的孩子也死了，

---

① 阿尔伯特·杜克·洛佩兹(Alberto Duque López, 1936～)，哥伦比亚作家及影评家。主要作品有长篇小说《镜中鱼》(*El pez en el espejo*, 1984)和《亚历杭德拉》(*Alejandra*, 1988)等。

而这个孩子的死也是让他最感心痛的。保镖贪吃导致他的肥胖，他也喜欢读侦探小说，但他和城市里其他人一样是孤独的。一次偶然的相遇，他爱上了在剧院门口排队的女人穆丽叶，他们开始在这个充满暴力的地方相依为命。从那时候起，穆丽叶和他的职业就成了他生活的全部。在城市间跟踪他的被保护人时，就好像在触碰穆丽叶的身体，而保护他们就如同在照顾自己的女人一样。对于那个坐在轮椅上的瘫痪小孩儿，他是那么地喜欢，把他当成自己的儿子。而当他们一个个死去时，仿佛是穆丽叶和他自己也已经死亡，小说的情节就在爱与死亡中起伏跌宕。城市是故事发展的空间，作者笔下的城市如同迷宫般复杂，而对城市的描写与故事情节相互呼应。电影般的描述方式让小说的叙述与视觉效果联系在一起，尤其是在讲述犯罪经过的时候，读者似乎在大屏幕上看到了人物的真实活动。这部小说看似警匪故事的情节，却并非一部侦探小说，因为作家的目的并不是要告诉读者事情的真相。小说没有对这些谋杀的原因进行调查，而是强调每一起谋杀之后主人公成为受害者的那种痛苦，作家更注重探索人物的内心世界。

阿尔伯特·杜克·洛佩兹的小说代表了一个国家的伤痛与暴力的色彩，这就是哥伦比亚，生活在这里是残酷的。有些评论把作品称作“黑色小说”，因为它描写的是暴力。但是阿尔伯特·杜克·洛佩兹的作品不是流行小说，也不是侦探故事，这部作品具有更值得关注的东西，具有更加深刻的思考与评判。

人类生存的抗争

我们前面分析了阿尔瓦罗·穆蒂斯一系列以马科洛尔为主人公的小说，人物漂泊的经历、没有归宿和目标的生活方式已经为我们展示了作家眼中当今人类面临的真实现状。冒险是活着的证明，自由成为爱情的代名词，欲望是生活中的枷锁和陷阱，唯有童年是人们心中最珍贵的天堂。《瞭望员马科洛尔的事业与烦恼》看似一个个冒险故事，实际表现了作家对于人类生存现状的担忧。而对人类生存面临的种种危机，哥伦比亚的作家以及拉丁美洲大陆的众多作家不断在作品中提及，这似乎也是当今世界文学的一个发展趋势。

马努埃尔·梅希亚·巴列霍 1988 年发表的小说《两棵棕榈树的房子》(*La casa de las dos palmas*)像一部神话故事，阅读伊始就给人以神秘莫测的感觉。小说讲述的是埃雷罗一家的事，他们居住在一个寒冷的地方，那里寒风刺骨、河流湍急。这个家族遭受到了某种诅咒，而这个诅咒不断影响他们的生活并且决定着这个家族的命运，谁也不知道究竟这个诅咒到底是什么。但是读者却和故事中的人物一样，面临着厄运接二连三的到来。胡安是第一位家族中的人物，他发现了珍贵的矿藏。他的厄运在于没有和自己爱的女人结婚，自己死于麻风病，而他发现那矿藏的储量也十分可怜。艾佛伦·埃雷罗是家中的另一个人物，他的出生就是为了要重建“两棵棕榈树的房子”。作者除了对人物本身的描写，还借助大自然中的花草树木来形容人们的性格。小说的叙事时而舒缓，时而急促，作家描述的场景让读者在纷繁复杂中又能找到自然清新的感觉。同时作者也描述了人物炽热的灵魂，对于那个混沌世界的描述也用尽了笔墨。

这是一部文学色彩强烈的作品，故事中的每一个情节，都能够抓住读者的心。这也是一部十分细腻的小说，展现出了作者在创作中的智慧，对于人物形象的描绘，作家用了最精准的语言，通过细微的动作和表情来表现他笔下人物的性格特征。有评论说这部小说是梅希亚·巴列霍最好的一部作品，作家用了15年的时间才全部完成。该小说获得1989年的第四届加列戈斯文学奖。在这部以乡村为背景的小说中，我们看到了人物对暴力的抗争，对生活中的各种负面因素的对应。作者编织了一幅人类生存的画面，讲述着究竟什么是生命、死亡，什么是爱情、艺术和激情，以及人们对自由的渴望和他们的孤独感。这一切情感都表现在作者描述的这个家族的成员中，尽管生活充满恐惧，但是故事中的人物却能够勇敢面对。这个家族的故事足以激起读者对人类生存状况深层次的思考，启发人们如何面对快乐与不幸。

拉法埃尔·温贝托·莫雷诺一杜兰是哥伦比亚当代重要的作家之一。1993年发表长篇小说《常胜的绅士》(*El caballero de la invicta*)，在这部作品中，读者看到的是一副破败的景象：故事中的人物精神上以及肉体上的颓败，城市生活的颓败，社会的颓败。小说是以一个无所不知的叙述者的身份出现的，作者并没有刻意掩饰他的主人公的身份、声音以及他的视角。这是一个受过良好教育的人，不乏幽默感，喜欢讽刺和挖苦；他有敏锐的洞察力，精通多门语言，玩世不恭，而且还是个好色之徒。这样的特征正适合做这部书的叙事者，以阐释这样一个颓败的世界。在他的叙述中夹杂了很多主题之外的奇闻异事，也打乱了故事的时间顺序。有时还会断断续续地被来自小说中人物的思考打断，这样的叙事手法可以自由加入不同的观点和想法，让作品更有深意。

小说的情节是围绕中心人物阿图罗·曼里克·阿维兰展开的，他是科学家也是教师，已经到了垂死的边缘，这是在他60多岁的时候患梗塞所造成的结果。恶劣的健康状况，让他加紧了对自己过去生活的回忆。这些回忆为读者重构了他一生的故事。他是做细胞研究的，把他人生中最美好的时光都奉献给了科学事业。他的研究方向就是试图找到使人能够抵抗衰老，远离死亡的方法。然而在实验室里的日子，他远离家人，也得不到家人的理解，成为脱离了社会的人。他人生中最值得回忆的事情，是和他的女学生安赫拉的一段私情，然而这段对他来说无比炽热的爱情因被他的妻子发现而中断了。当他几乎将自己的全部奉献给了实验室，后又瘫痪在家的时候，他突然明白了，他的实验、细胞、显微镜以及那些被拿来做实验的小老鼠正是他的痛苦所在，这些东西剥夺了他的真实世界，他找寻不到真实的自己。主人公的自述告诉我们，人类在生活中实际是在找寻迷失的自己，然而找寻总是以失败告终。小说带有强烈的悲观主义情绪，人物对自己的命运充满了绝望。作者辛辣的笔触使我们看到的是哥伦比亚社会中人们对于生活的无助与迷茫。小说充满了人物的感情生活的描写，而肉体交换成为彼此交流的唯一的方式，对于乱情的描写也凸显了人们对于生活的不确定感。

《流亡的陷阱》(*Las trampas del exilio*，1992)是奥斯卡·科亚索(Óscar Collazos)①的作品。小说的主人公哈克沃是拉美犹太后裔，他是大学老师也是精神病学专家，常撰写关于流亡题材的文章，并且做这方面的讲座。他是个不讨人喜欢的人，自私且喜欢卖弄学问，生活在自己的世界里。小说以第一人称写成，类似心灵的独白。然而故事中还经常出现“您”这个称谓，让读者知道在小说中还存在一个和读者不同的对话者。小说的开始似乎有些枯燥无味，一个人一动不动地透过大玻璃窗看着街道上的两个男人在一起激烈厮打，冲突引来了无数人驻足观看。随着故事的发展我们才知道他就是主人公哈克沃。之后故事又转到了他的公寓，听到隔壁一对夫妻不停争吵，大声指责，那时哈克沃心里在思念苏珊娜·哈拉。由于感到无助和绝望，哈克沃无法将自己的肉体和意识分离开来，小说进入了他的内心独白中，这样的内心独白也贯穿于小说始终。他总是纠缠在自己的噩梦中，无论是睡熟还是在清醒的时候都无法摆脱那些梦魇，深陷其中无法自拔。这些段落叙事节奏缓慢，但是语言优美，颇能吸引读者。哈克沃和贝蒂娜·罗伊格的偶然相遇真正让我们开始了解小说的主人公。他们两个人开始约会并一起散步，然而贝蒂娜事实上是苏珊娜的母亲。苏珊娜这个人物我们尽管在小说中了解很少，但却是贯穿故事的一个重要线索。她的童年十

① 奥斯卡·科亚索(Óscar Collazos，1942～)，哥伦比亚小说家、剧作家。他的主要作品有《所有或一无所有》(*Todo o nada*，1979)、《就像离奇的火》(*Tal como el fuego fatuo*，1986)、《逃跑》(*Fugas*，1988)、《年轻人，可怜的情人》(*Jóvenes, pobres amantes*，1997)、《流亡与罪过》(*El exilio y la culpa*，2002)和《怨恨》(*Rencor*，2006)等。

分凄凉，父亲虐待她，母亲是个酒鬼，在她很小的时候抛弃了她。之后她成为了哈克沃的情人，而多少年后她的母亲又和哈克沃走到了一起。苏珊娜那时候和他住在一起，我们几乎不了解她，只知道她从事和革命有关的秘密工作。

书中充满了侦探小说的元素，作者通过创作把人性的恐惧、黑暗、脆弱的一面一点点地剖析出来。小说与家庭暴力、人性心理创伤紧密联系，虽然哈克沃自己是个精神科医生，他自身却遭受着严重的心理问题的困扰，噩梦、恐惧伴随着他，从这部小说中我们能够看到脆弱的、内心充满问题和不断挣扎的人类现实生活。作家擅长用哥伦比亚当地的人和事创作，而他的作品不仅展现了哥伦比亚的社会现状，也代表了作家对于哥伦比亚存在的社会问题的担忧。

《天使的舞步》(*Pavana del ángel*)是哥伦比亚作家罗伯特·布尔戈斯·坎特(Roberto Burgos Cantor)①在1995年发表的长篇小说，作品主要以卡塔赫纳地区的人们的日常生活为素材，同时还带有当地特有的黑人文化元素，这部作品如作家以往的作品一样，表现出了人与人之间交往的不安、情感的脆弱以及心中的空虚感。故事中的人物颓废地生活着，他们心中梦想的天堂逐渐消亡。小说一共分为十四章，其中七章着力讲述生活在卡塔赫纳的人们精神的空虚，他们自觉已经被上帝抛弃。内容主要描述主人公依波利托每天往返于位于市中心的办公室和坐落于海岸边的医院之间的痛苦旅程，这是他的岳父强迫他做的。这样的日子他觉得无比空虚，小说也不断重复着这样的氛围，主人公说生活已经让他无法忍受。在每天开始这段旅程的时候，依波利托的眼中还能看到一个美好的城市，那里有宽阔的街道、美丽的庭院以及熟悉的面孔，而随着路程的延伸，他开始感到窒息，似乎嗅到了一种可怖的味道，城市被淹没其中，而此时他的记忆深处还隐约保留着他幻想着的、已经遗失了的儿时的天堂。小说的另外七章描述的是人们在理想化了的卡塔赫纳重构了一个已经遗失了的童年时期的天堂，那是依波利托和其他的人们记忆中的童年生活。在那个世界中孩子们都是平等的，没有任何恐惧。在这部分中，作家引用了一些儿童时期所熟悉的事物做比喻。比如火车，它成了怀旧的象征，铁道可以通向世界的任何地方，而在车厢里仿佛一切都能尽收眼底。庭院也是孩子们最喜爱的地方，那是他们尽

---

① 罗伯特·布尔戈斯·坎特(Roberto Burgos Cantor，1948～)，哥伦比亚小说家、外交官。主要作品有《鸽子飞翔》(*El vuelo de la paloma*，1992)和《记忆的木棉》(*La ceiba de la memoria*，2007)等。2009年获“美洲之家文学奖”(Casa de las Américas)。

情玩耍无忧无虑的生活的见证。只有这些回忆,才能让依波利托这样的成人能够有继续生活的勇气,只有在迷失的童年中他们才能找到自我的存在。

小说中有成人和儿童两种视角,儿童的视角经常会侵入到成人的意识中,把对童年幸福生活的回忆带到现实生活中来。有时候成人的视角也会将自己现在的痛苦生活追溯到儿时的幸福中。这两种视角的转换构成了小说的叙事节奏,正契合了小说的题目,犹如一种缓慢的舞步一样。《天使的舞步》中所谓舞步指的就是在16世纪欧洲十分盛行的一种舞蹈。两种视角的转换也仿佛是善良天使与邪恶魔鬼之间的互换。在这部小说中作者通过生活在卡塔赫纳的人对于童年的回忆以及无法忘却的天堂,与现实中的卡塔赫纳进行对比。通过这样的描述,展现了这个地区所受到的现代化的冲击,以及人们因这种冲击所引起的内心世界的冲突。似乎人们还无法适应如此快的节奏和如此复杂的变迁,只能生活在编织的、虚构的童年世界中。

赫尔曼·埃斯皮诺萨2000年发表的《小鸟的歌谣》(*La balada del pajarillo*)也是一部描写都市生活中人们所经历的心理危机的小说。故事中的主要人物之一布劳略·森达莱斯是著名的艺术评论家,也是殖民时期绘画的修复家。他经常在专业杂志上发表艺术评论,但有时会表现得有些偏激。而普里米蒂沃·德拉戈是一位画家,他的长相酷似忧郁的吸血鬼。他的妻子玛贝尔·奥赛洛让森达莱斯神魂颠倒,她给了他爱情,之后又厌倦了他。布劳略一次在梦中梦到有小溪流过的大草原上的一只小白鹿,以及一幅圣女安帕罗的画。他认为这是某种预示,从那时起他就被普里米蒂沃·德拉戈的妻子玛贝尔·奥赛洛的美丽所倾倒,因为从她的身上看到了一种超自然的美。然而当他轻易得到了玛贝尔时,似乎也看到了他们的未来。多少个夜晚普里米蒂沃在寒冷、阴霾中等待着他的妻子,然而此时此刻她却和另外一个人约会。当他向老天哭喊的时候,两个人却旁若无人地相爱着,这一切都是对他的嘲讽。当一次布劳略询问玛贝尔有多爱他的时候,她却留给了他一张白纸,从此之后,再没有人见过玛贝尔。布劳略去找普里米蒂沃,后者并没有表示出任何怀疑态度,只是说他妻子回西班牙了。布劳略不相信他的话,从那时起他就开始策划报复的阴谋,他认为是普里米蒂沃把玛贝尔杀死了。一天他在普里米蒂沃家里看到了一幅画,上面有一只被红色的砖头砸死的小鸟。在加泰罗尼亚语中,奥赛洛的意思就是小鸟。他被一种无法摆脱的妄想、偏执所困扰,开始放纵自己。寻花问柳、酗酒吸毒,最终走向了彻底的毁灭。然而他没有忘记报复普里米蒂沃,他雇人谋害了他,因为他始终认为是普里米蒂沃让自己的女神玛贝尔离他远去的。

这部小说展现了作家在音乐、绘画、文学以及诗歌方面的天分,这些元素构成了故事的叙事风格。表面看这是个爱情故事，每个人都在爱情中挣扎。但作者更想表达的是人们的精神处于悬崖边缘的一种生存状态，故事中普里米蒂沃因为妻子的背叛而无法释怀，他的画作也表现出了内心的阴郁、空虚和无聊；布劳略则受到了偏执和狂躁症的煎熬，最终走向了自我毁灭。从这个角度看，小说关注的是现代社会人们遇到的精神危机，这种折磨比任何身体的疾病都更可怕，它会使人们落入无尽的深渊。

女性作家的崛起

在男性作家一统天下的局面下，哥伦比亚的女性作家也有不少作品引起了评论界的关注。她们更多关注女性在社会生活中遇到的问题，面临来自男性和社会的压力，同时对自己的命运不断进行抗争。埃莉萨·穆希卡(Elisa Mujica，1918～2003)1984 年发表的小说《云中波哥大》(*Bogotá en las nubes*)，试图通过一个女孩子的故事，来表现哥伦比亚的社会变迁。女主人公在生活中失去了动力，对生活丧失了信心，而她遭遇的种种磨难从侧面反映出波哥大的社会政治背景，以及自由党和保守党之间的冲突给这座城市造成的梦魇。这是一部通过女性的声音来表现暴力的小说。作品展示了女性角色所遇到的困苦，她们努力寻求自己的一席之地的艰难，表现出哥伦比亚妇女争取社会地位所面临的窘境。然而小说也突出了她们努力改变自己的命运，敢于冲破传统观念束缚的勇气。

她于 1987 年出版的短篇小说集《影像商店》(*La tienda de imágenes*)，讲述了不同的人群多样的孤独状况。作者利用这些小故事，揭露社会中人们遇到的问题，通过他们不同的逃避方式探究他们内心深处的恐惧，而这些问题又代表了现实生活中人们普遍遇到的困扰。这样一位活跃在哥伦比亚文坛的女作家，曾获得了众多奖项，她优雅纯净的语言、精美细致的创作风格，使她成为哥伦比亚作家中注重文学艺术价值的楷模。

阿尔瓦·露西娅·安赫尔(Alba Lucía Ángel)①是 20 世纪哥伦比亚重要女作家，同时也是学者、文学及电影评论家。1975 年发表的《斑点雌石鸡曾坐在它的绿色柠檬树上》(*Estaba la pájara pinta sentada en su verde limón*)是她最著名的一部小说，作品主要讲述哥伦比亚 20 世纪 50 年代末发生的一起政治暴力事件。在创作过程中，她采访了很多当年经历过此事

---

① 阿尔瓦·露西娅·安赫尔(Alba Lucía Ángel，1939～)，哥伦比亚女作家。1966 年发表的第一部小说《冬天的向日葵》(*Los girasoles en invierno*)，获哥伦比亚埃索奖(El premio Esso)，1972 年发表了另一部小说《两次阿莉西亚》(*Dos veces Alicia*)。

件的当事人。这部作品获哥伦比亚杂志《阅历》颁发的奖项。她后来的作品以女性寻求自我解放为主题。1982年发表的小说《夫人》(*Misiá señora*)反映的是六七十年代女权主义思潮传入拉丁美洲,从而对当地的女性解放运动所带来的影响。小说通过其人物形象,向人们展示了当今社会女性努力寻求自我认同的过程,以及女性在男权主导的社会中寻求自我解放的艰难历程。小说是一部实验性的作品,作者将虚构与社会现实结合在一起。小说的结尾表现出了女性在争取自由解放过程中的懦弱无力,同时也反映了社会现实中男权主义的残酷。

作者在1984年出版的小说《走南闯北的女人》(*Las andariegas*)中,融合了小说、散文以及诗歌的特征,着重描写了女性不断寻找自我价值的认同,以及这个过程中所体现出来的一种不屈不挠的精神。在男权社会中,在男性地位处于绝对优势的社会背景下,女性通过各种各样的方式,不断为自己争取更加平等的社会地位。与作者之前的作品不同,这部小说没有过多强调女性在当今社会中的受害者形象,而是将注意力集中在她们的奋斗过程。小说中除了塑造了现代女性形象,也对拉丁美洲独立运动前的女性形象进行了描述。小说中的女性人物对男权在社会中占主导的地位提出了挑战。作为女性作家,在描写女性题材的时候,她能够充分体会女性的心理和感受,表现出了细腻的特征。她对于女性解放的关注和女性自我身份认同的追寻,也为女权运动提供了支持。在这部作品中,作者通过这样一个人物展现给我们当今社会的女性生存现状,故事不断在重复,其中的女性形象也表现出了她们在斗争中的艰难现状,而与残酷的事实相比,她们的斗争就显得更加可贵。

另一位哥伦比亚女作家凡尼·布伊特拉戈(Fanny Buitrago)①属于20世纪60年代的虚无主义运动中的一员。她十分善于描写女性题材,并有自己独特的视角以及创新的思路。写于1993年的《蜜糖女士》(*Señora de la miel*)是一部灰姑娘式的童话故事,作者在创作过程中,将真实与虚幻结合在一起,通过幽默、反讽等多种叙述方法,以及类似寓言故事的表达方式,描写了人类生活中出现的偶遇、重逢、失落、生命与死亡等现象,展现了人类对于生活真谛不断探寻的过程。1989年发表的短篇小说集《把我们从万恶中解脱出来吧!》(*¡Líbranos de todo mal!*),以哥伦比亚为背景,主要描写了

① 凡尼·布伊特拉戈(Fanny Buitrago,1943～),哥伦比亚女作家。1963年以《众神们令人讨厌的夏天》(*El hostigante verano de los dioses*)在哥伦比亚文学界崭露头角,第二年又发表了短篇小说集《金色的距离》(*Las distancias doradas*)。在她的作品中对于爱情的描写非常的突出,通常会带有和梦境有关的魔幻氛围。

那里的城市生活。作家笔下的城市就好像是儿时玩耍的哈哈镜一样，从镜中看到的是一幅幅扭曲、夸张的画面。小说中哥伦比亚是个混乱的地方，充满暴力冲突、滥用权力和消除异己等现象，然而人们对于这样的社会现实却表现得无动于衷、漠不关心。小说着重描写了人们的资本主义价值观、统治者的腐败以及人们脆弱的内心。小说的内容如同题目一样，作家向人们发出呼唤，希望人们面对社会的暴力行动起来，不要再选择沉默，唯有这样才能够把我们从万恶的深渊中解救出来。作家笔下的故事也真实地反映了人们无法在迷失中找到自我，面对残酷的社会现实，只能无奈地选择沉默的社会现状。

纵观哥伦比亚文学的发展，从"文学爆炸"以加西亚·马尔克斯为代表的一代大师横空出世，到"文学爆炸"后涌现出来的众多在拉美乃至世界享有盛誉的一代新人，哥伦比亚的叙事文学正不断走向多元化的道路。而她又始终带着特有的内容：神奇、暴力、贩毒的主题。20 世纪 70 年代众多作家或者经历了流亡的遭遇，或者身处缺乏自由民主的哥伦比亚，只得将更多优秀作品拿到国外发表。莫雷诺—杜兰把这段时期的文学称作"游牧文学"。而哥伦比亚文学在国外发表的成就也使著名文学评论家安赫尔·拉莫斯感慨颇多，他说最好的哥伦比亚文学可以在巴塞罗那、巴黎、墨西哥、美国、伦敦、阿根廷等地找到①。

在哥伦比亚叙事文学不断发展的过程中，值得欣慰的是加西亚·马尔克斯 1982 年获得诺贝尔文学奖之后，并没有出现效仿他的写作手法、叙事主题的浪潮，而是打开了哥伦比亚叙事文学多样化和多元化的道路。年轻的作家、小说家，也因为这个契机而得到了更多与出版商合作的机会，为新的文学形式开辟了一条更宽广的出路。这些青年一代的作家们更愿意选择超越魔幻现实主义，脱离"马孔多主义"的束缚，把视角从大自然与美洲生活中的魔幻，转向了当今世界以及芸芸众生的日常生活。这种转换更多体现在作家开始描写城市生活，哥伦比亚的那些大城市如波哥大、麦德林、加利和其他沿海城市都成为作家宠爱的题材。他们开始从对神奇的关注转向了对人们生活中不断产生的问题的关注，他们笔下城市的形象也成了混乱的、罪恶的或是邪恶的象征。而对于"马孔多主义"的超越不仅仅表现在城市主题上，还体现在作家对新的写作手法的追求上。一些现代主义、后现代主义

---

① Delgado, Camacho y Manuel, José, 2008: "La narrativa colombiana contemporánea: magia, violencia y narcotráfico", *Historia de la Literatura Hispanoamericana*, Madrid, Cátedra, vol. III, p. 314.

的写作方式,如戏仿、元小说、互文、碎片等手法不断出现在文学作品中。

20 世纪最后 20 年的哥伦比亚叙事文学也表现出了特有的活力,以致某些评论家把这一时期涌现出的年轻作家的作品称为"迷你文学爆炸"①。年轻一代作家并未继承"文学爆炸"时期大师们的衣钵,而是以自身的经历和传统进行创作。他们的作品也得到了出版界的认可,从而促进了作家职业化的进程。他们的作品题材广泛,手法多样,难以笼统地归结为何种风格、什么主义。

哥伦比亚文学中暴力依旧是不变的内容,只是有了不同的表现方式。政治暴力、政府军和毒枭的对抗、毒品交易以及非法的洗钱活动,甚至是贩毒集团雇佣的职业杀手都可以成为这一时期小说的主题。而无论以什么形式出现,暴力已经成为哥伦比亚人民生活的一个亘古不变的话题。它可以来自于毒品交易,也来自于日常生活,可以是有组织的犯罪,也包括各种军事组织、准军事组织和游击队、黑社会组织之间的冲突。多少年来哥伦比亚作家都不吝惜笔墨记录下他们眼中的各种暴力,不断用虚构演绎着哥伦比亚社会的真实,就像诗人威廉·奥斯皮纳所说的:"暴力的道路交叉丛生。"②暴力看似哥伦比亚自身的问题,但实则其阴影遍及整个拉美大陆乃至世界各地,虽然以不尽相同的方式表现出来。

透过哥伦比亚文学的缩影,我们看到的是作家更多开始关注人类的生存问题,包括人类经历的自己制造的暴力、流血冲突以及内部争斗,还包括处在高度发达的社会中人类面临的各种心理问题。当世界走到了新的千年,人类将会面对或是正在面对怎样的处境,哥伦比亚作家正在书写他们的疑虑与思考。

参考文献

1. AAVV, 1993: *Semana de autor: Alvaro Mutis*, Madrid, Ediciones de Cultura Hispánica.

2. AAVV, 2002: *Summa de Maqroll el Gaviero*, primera edición en la biblioteca Premios Cervantes.

3. Delgado, Camacho y Manuel, José, 2008: "La narrativa colombiana contemporánea: magia, violencia y narcotráfico" en *Historia de la Literatura Hispanoamericana III*, Madrid, Cátedra.

---

① Delgado, Camacho y Manuel, José, 2008: "La narrativa colombiana contemporánea: magia, violencia y narcotráfico", *Historia de la Literatura Hispanoamericana*, Madrid, Cátedra, vol. III, p. 315.

② 同上, p. 316。

4. Cobo-Borda, Juan Gustavo, 1989: *Alvaro Mutis*, Bogotá, Procultura.

5. Estébanez Calderón, Demetrio, 1996: *Diccionario de términos literario*, Madrid, Alianza Editorial.

6. Gámez, Pablo. "12 preguntas para un Cervantes llamado Alvaro Mutis", http://www.librusa.com/entrevista_mutis.htm.

7. García Aguilar, Eduardo, 2000: *Celebraciones y otros fantasmas, Una biografía intelectual de Alvaro Mutis*, Barcelona, Casiopea.

8. Gullón, Ricardo, 1993: *Diccionario de literatura española e hispanoamericana*, Madrid, Alianza.

9. Cachero, Martínez y María, José, 1995: *Diccionario de escritores célebres*, Madrid, Espasa Calpe.

10. Mutis, Alvaro, 2001: *Empresas y tribulaciones de Maqroll el Gaviero*, Madrid, Alfaguara.

——1986: *La Nieve del Almirante.*

——1988: *Llona llega con la lluvia.*

——1988: *La última escala del tramp steamer.*

——1989: *Un bel mori.*

——1990: *Amirbar.*

——1990: *Abdul Bashur, soñador de navíos.*

——1993: *Tríptico de mar y tierra.*

11. Mutis, Alvaro, 1997: *Contextos para Maqroll*, Tarragona, IGITUR.

12. Mutis, Alvaro, 1997: *Diario de Lecumberri*, México, Alfaguara.

13. Mutis, Alvaro, 2000: *De lecturas y algo del mundo (1943～1997)*, Barcelona, Seix Barral.

14. Mutis, Alvaro, 2001: *Caminos y encuentros de Maqroll el Gaviero*, Barcelona, Laus Deo.

15. Navarro Durán, Rosa, 2000: *Enciclopedia de escritores en lengua castellana*, Barcelona, Editorial Planeta.

16. Pineda Botero, Alvaro, 2005: *Estudios críticos sobre la novela colombiana 1990～2004*, Medellín, Fondo Editorial Universidad EAFIT.

17. Siemens, William L, 2002: *Las huellas de lo trascendental, La obra de Alvaro Mutis*, Traducción de Mario A. Zamudio Vega, México, Fondo de Cultura Económica.

18. Volkening, Ernesto, 1988: *El mundo ancho y ajeno de Alvaro Mutis, Tras las rutas de Maqroll el Gaviero 1981～1988*, Bogotá, Proates.

19. 〔哥伦比亚〕阿尔瓦罗·穆蒂斯:《将军峰》,李德明译,《世界文学》,1994年第2期。

20. 〔哥伦比亚〕阿尔瓦罗·穆蒂斯:《阿劳卡依玛山庄——步入圣地的大家穆蒂斯小说选》,李德明译,昆明,云南人民出版社,1997年,第一版。

21. 〔哥伦比亚〕阿尔瓦罗·穆蒂斯:《诗三首》,郑书九译,《世界文学》,1994年第2期。

22.〔哥伦比亚〕萨尔迪瓦尔·达索:《回归本源——加西亚·马尔克斯传》,卞双城、胡真才译,北京,外国文学出版社,2001 年,第一版。

23.程锡麟:《碎片是我信任的唯一形式——谈唐纳德·巴塞尔姆的创作》,《外国文学》,2001 年第 3 期。

24.李德恩:《拉美文学流派的嬗变与趋势》,上海,上海译文出版社,1996 年,第一版。

25.柳鸣九主编:《从现代主义到后现代主义》,北京,中国社会科学出版,1994 年,第一版。

26.〔德国〕斯特劳斯:《模糊的碎片》,王歌译,《外国文学》,2003 年第 2 期。

27.滕威:《堂吉诃德的元小说性》,《外国文学研究》,2003 年第 1 期。

28.吴其尧:《一个按传统方式造反的人》——约翰·巴斯及其《曾经沧海:一出漂浮的歌剧》,《外国文学》,2001 年第 4 期。

29.吴晓东:《从卡夫卡到昆德拉:20 世纪的小说和小说家》,北京,三联书店,2003 年,第一版。

30.杨荫隆主编:《西方文学理论大辞典》,长春,吉林文史出版社,1994 年,第一版。

31.赵德明:《拉丁美洲小说》,昆明,云南人民出版社,2003 年,第一版。

32.〔哥伦比亚〕加西亚·马尔克斯:《加西亚·马尔克斯中短篇小说集》,赵德明、刘瑛等译,上海,上海译文出版社,1982 年,第一版。

33.赵德明、赵振江、孙成敖、段若川:《拉丁美洲文学史》,北京,北京大学出版社,2001 年,第一版。

34.〔哥伦比亚〕加西亚·马尔克斯:《两百年的孤独——加西亚·马尔克斯谈创作》,朱景冬等译,昆明,云南人民出版社,1997 年,第一版。

第三章　在叙事中多角度地审视历史

——“文学爆炸”后秘鲁小说视角研究

毛　频

一直以来，说到秘鲁文学，提到的总是马里奥·巴尔加斯·略萨、阿尔弗雷多·布里塞·埃切尼克、马努埃尔·斯科尔萨（Manuel Scorza）和胡利奥·拉蒙·里贝罗（Julio Ramón Ribeyro），这几位作家在国际上享有盛誉。梳理拉丁美洲“文学爆炸”之后秘鲁文学的脉络，我们看到除了上面提到的几位作家之外，还有很多作家在秘鲁叙事文学发展史上留下了足迹，他们从自己所处的社会现实出发，多角度地审视秘鲁的历史，共同铸造了现代秘鲁叙事文学的多样性。

一、“文学爆炸”后秘鲁叙事文学综述

20世纪70年代：秘鲁叙事文学低迷发展，坚持文学为社会斗争服务

进入20世纪70年代，阿根廷和智利建立起右派独裁政权，而反对独裁统治的情绪及斗争渐渐蔓延到拉丁美洲的其他国家。与此同时，石油危机引发的经济衰退席卷了拉丁美洲各国。“文学爆炸”时期的叙事文学欣欣向荣的局面也随着这一时代的到来而告一段落。

如果按照阿索林（Azorín）在定义“98年一代”①时提出的划分一代作家的标准，将70年代的秘鲁叙事文学作家划定为类似于“98年一代”的群体，那么他们的相似之处更多地表现在思想意识方面，这一点在这一时期的作

① 阿索林（Azorín，1873～1967），西班牙散文家、杂文随笔作家和修辞学家，在西班牙及西语国家影响深远。1913年，他第一个使用“98年一代”这一名称，他认为这一代文学作家的出身和所受的教育相似，处于同一个政治变革和思想影响时期，在哲学和美学上所持的观点接近，而且他们的崛起是与1898年西班牙战败这一特定的历史时代相关联的，因此可以将他们划入一个群体。

品中得到反映。古巴革命依然强烈地影响着拉丁美洲各国的知识分子，秘鲁的知识分子渴求一场马克思主义的社会革命，他们积极支持古巴革命。应该指出的是，在20世纪70年代，秘鲁作家普遍积极投入社会改革，对文学创作多有疏忽。这个时期的秘鲁文学中少有标新立异的作为，文学活动主要是作为社会斗争的工具。其中以马克思列宁主义为指导思想的名叫“讲述”(Narración)的文学团体具有代表意义，它的领导人是米格尔·古铁雷斯·科雷亚(Miguel Gutiérrez Correa，1940～)和奥斯瓦尔多·雷伊诺索(Oswaldo Reynoso)。后者表现尤为突出，他的作品给这个团体设定了思想方针，此外，他对同时期秘鲁文学叙述技巧进行了广泛的实验和创新并且吸收了一些新颖的叙述策略。“讲述”还出版了一个同名的杂志。最初文学团体的成员将它命名为“水”，希望以此纪念阿格达斯(José M. Arguedas，1911～1969)和他在作品中表现的社会上存在的种种紧张关系，由此也能看出“讲述”所遵循的参与社会斗争的宗旨。

古铁雷斯于1940年出生于皮乌拉(Piura)，圣马科斯国立大学文学专业毕业，毕业论文题目是《〈所有的血〉中的结构和思想》。在70年代之前和之后都有重要作品问世，代表作有《离去的老蜥蜴》(*El viejo saurio se retira*，1969)、《时间暴力》(*La violencia del tiempo*，1991)、《天堂巴别城》(*Babel，el paraíso*，1993)、《秘密权力》(*Poderes secretos*，1995)和《没有终点的世界》(*El mundo sin Xúchitl*，2001)等。他的作品在叙述结构方面受到威廉·福克纳和詹姆斯·乔伊斯的影响。另外，古铁雷斯常常将自己的社会理想融入小说中，作品因而呈现波澜壮阔的场面，具有史诗般的气势。奥斯瓦尔多·雷伊诺索于1931年出生于阿雷基帕，他是胡利奥·拉蒙·里贝罗和马里奥·巴尔加斯·略萨的同代人。1955年他以诗集《恶魔》(*Luzbel*)步入文坛，但是他真正的成就是在叙事文学领域。于1961年出版的短篇小说集《纯真的人儿》(*Los inocentes*)是20世纪秘鲁文学中最早将都市青年人的语言注入小说的尝试。除了语言方面的创新之外，小说还深入探索了青少年的思想动态。作品中不乏针对街道青少年生活的不留情面的刻画，曾经在批评界引起轩然大波。这部作品在70年代依然属于最受欢迎的书籍之列。发表于1970年的小说《金龟子和人》(*El escarabajo y el hombre*)流露出鲜明的共产主义思想。之后，奥斯瓦尔多·雷伊诺索经历了20年的沉寂，直到90年代初才再有新作问世①。与后来的现实主义作家不同的是，

① 20世纪90年代至今，雷伊诺索发表的主要叙事文学作品有《寻找阿拉丁》(*En busca de Aladino*，1993)、《不死的宦官》(*Los eunucos inmortales*，1995)、《快感》(*El goce de la piel*，2005)和《三站地》(*Las tres estaciones*，2006)等。

雷伊诺索从来不回避用社会边缘人的语言来思考与描述秘鲁社会和文化的方方面面。在他的作品中，问题少年、囚犯、同性恋者等各种人群的语言被刻画得栩栩如生，对文学创作的美学和道德思考在文字中得到了统一。这一特点在他后期的创作中依然保持并且更有发展。

文学为社会斗争服务，在文学中寻找政治目的实现，这种对文学的态度及立场在70年代的文学创作中占主流地位。马努埃尔·斯科尔萨(1928～1983)于1945年进入圣马科斯国立大学，学习期间积极参加政治活动。20岁的时候被流放到海外，艰辛的流亡岁月在他身上留下了不可磨灭的印记，痛苦绝望的记忆凝铸成他第一部诗集《诅咒》(*Las imprecaciones*,1955)中的具有强烈震撼力的诗句。随后又发表了《告别》(*Los adioses*,1959～1960)、《醒悟的魔术师》(*Desengaños del mago*,1961)、《一位绅士的安魂曲》(*Réquiem para un gentil hombre*,1962)、《爬行动物的华尔兹》(*El vals de los reptiles*,1970)、《未完成的诗》(*Poesía incompleta*,1970)等几部诗作和诗集《爱情诗选集》(*Poesía amorosa Antología*,1963)。1968年，秘鲁中部山区农民斗争如火如荼，斯科尔萨因为参加一场土著居民的政治运动而参与其中，并因此再度流亡海外。1970年迁居巴黎，在叙事文学中找到宣泄对秘鲁社会理念的途径，并在70年代至80年代初期创作了被称作《沉默的战争》(*La guerra silenciosa*)的五部系列小说：《兰卡斯的鼓声》(*Redoble por Rancas*, 1970)、《看不见的加拉邦波》(*Garambombo, el Invisible*, 1972)、《失眠的骑士》(*El jinete insomne*,1976)、《闪电之墓》(*La tumba del relámpago*,1978)以及《静止的舞蹈》(*La danza inmóvil*,1983)。《沉默的战争》已经被译为40多种语言，是20世纪流传最广的秘鲁文学作品之一。1983年11月28日清晨，斯科尔萨乘坐的波音747在马德里巴拉哈斯机场着陆前一分钟坠毁，秘鲁从此失去了一个20世纪伟大的诗人和叙事文学作家。

在《沉默的战争》五部作品里，斯科尔萨将社会现实主义与诗意的玄妙想象相融合，叙述了1956年到1963年之间，土著居民与美国“帕斯科山”采矿公司和地方首领间的斗争。斯科尔萨曾经参加过这些战争，在《沉默的战争》系列小说中，他通过对亲身经历的回忆，控诉了土著居民所遭受的惨无人道的剥削和压迫。在这个系列的第一部小说《兰卡斯的鼓声》的前言里，作者这样写道：“此书真实记录了一场孤立无援的战争。……作者是小说家，更是一个见证人。”斯科尔萨不是一个单纯的见证人，他通过自己的作品实现了创作的政治目的，这种情况在一般作者身上并不常见。《兰卡斯的鼓声》讲述的是生活中真实人物埃克多·查贡的故事，他是小说的主人公，并以其真实姓名出现。在《兰卡斯的鼓声》发表之后,小说的主人公即生活中的真实人物埃克多·查贡得以告别牢狱生活,这在很大程度上得益于作品在读者之间引起的巨大反响。此外,时任秘鲁共和国总统的莫拉莱斯·贝穆德斯将军(Morales Bermúdez)于1977年亲临兰卡斯重申他对土地改革的支持。在说到这件事的时候,斯科尔萨肯定地说道:"这是因为有《兰卡斯的鼓声》的缘故。"①

在《沉默的战争》系列作品中,斯科尔萨对土著主义文学传统进行了改革。首先,通过描写土著居民和以"帕斯科山"采矿公司为代表的美国资本主义之间的斗争扩大了安第斯山地区土著主义文学的表现范围。之前,除了阿格达斯在《所有的血》(*Todas las sangres*,1964)中展示了土著居民与跨国公司之间的斗争之外,安第斯山地区土著主义文学一直局限于表现土著居民和酋长之间的对抗冲突。其次,一改土著主义文学传统的沉重的叙述格调,用讽刺幽默的手法嘲讽和控诉强权者的行径。斯科尔萨的独到之处在于他将"文学爆炸"时期的"新小说"的技巧手法用于土著主义文学的创作中。巴尔加斯·略萨的《城市与狗》和《绿房子》以及墨西哥作家卡洛斯·富恩特斯的《阿尔特米奥·克鲁斯之死》中的非直线的片断叙述,以及加西亚·马尔克斯在《百年孤独》中使用的魔幻现实主义表现手法,都成为斯科尔萨用以革新土著主义小说的手段,他从土著居民神话般的视角展开叙述,以此给安第斯山地区土著主义小说注入神话般的色彩。

斯科尔萨认为"征服战争给安第斯山区的土著居民留下了深深的伤痕,他们被历史抛弃,新的现实威胁他们的生存,他们只有在神话传说中寻找庇护。神话传说将土著居民重新放入历史中,因为神话传说创造了另外一个历史,它仿佛一面盾牌,保护土著居民不要走向疯狂之路"。② 在五部小说中,作者无一例外地选择了同时讲述两个甚至更多的故事,将不同故事的章节交错开来,排列顺序也不遵循时间先后。通过将叙述片断化,斯科尔萨试图表现一种非线形的、可循环的时间,他认为这种时间观正是安第斯山地区土著居民的神话宇宙观的特点。在这个意义上,叙述结构本身就产生一种"神话"的效果。斯科尔萨在叙述过程中穿插了一些安第斯山地区流传的神话传说,此外,他还采用魔幻现实主义的手法创作神话故事,这些神话更多地是为叙事内容服务,而不是为叙事结构服务。这些神话一方面表现了安

---

① Peralta, Elda, 1981: "Liberar lo imaginario: entrevista a Manuel Scorza", *Plural*, 10. 114, p. 28.

② Osorio, Manuel, 1984: "Conversación con Manuel Scorza: América Latina, los fantasmas de la historia", *Plural*, 151, p. 58.

第斯山地区土著居民对于地方强权势力和外国矿业公司的神话视角，另一方面也表现了他们对于自己的反抗势力领导者的神话视角。在第一种情况下，神话视角起到“异化”作用，或者说，造成一种错误的意识，妨碍土著人清楚认识所受到的剥削。在第二种情况下，神话因素成为土著人抵抗和逃脱的有效武器。这样，通过魔幻现实的神话表现的土著文化也就获得了多层含义。

在《沉默的战争》中，神话传说是土著文化的同义词，土著文化被赋予传奇的色彩。传说和历史的对抗，即土著文化和西方文明的交锋，是斯科尔萨这一系列作品的关键。《沉默的战争》的文学价值在很大程度上在于前四部作品中，传说和历史的未果的对抗。在《闪电之墓》中，作者倒向了西方现代文明，给这场交锋画上了句号。现在看来，斯科尔萨的结论不免过于仓促，因为在近几十年的土著人运动中，比如墨西哥恰帕斯的萨帕塔党人的起义、危地马拉的玛雅运动以及安第斯山地区的土著人起义，一如作者在前四部作品中刻画的那样，神话和历史，土著文化和西方现代文明共存并且相互斗争。不同的是在这些斗争中，土著居民书写了他们自己的历史。

这个时期出色的小说有阿尔弗雷多·布里塞·埃切尼克的《朱利乌斯的世界》(*Un mundo para Julius*，1970，关于这部小说后文将有专门介绍)。“文学爆炸”时期的代表作家马里奥·巴尔加斯·略萨继续其鞭笞秘鲁社会现实的路线，然而在文学批评界看来，发表于1973年的《潘达雷昂上尉与劳军女郎》以及1977年的《胡利娅姨妈与作家》两部小说，虽然在作品的叙事结构和讽刺意味上各有特色，但都已无法与作家“爆炸时期”的代表作《绿房子》或者《酒吧长谈》相提并论了。

20世纪80年代：秘鲁叙事文学视角多元化

20世纪80年代，悲观失望情绪笼罩着秘鲁。人们不再满怀希望地期待共产主义革命的到来，古巴革命之后秘鲁知识分子20年来的共产主义革命理想此时已经成为了一个乌托邦。1983年，“图帕克·阿马鲁革命运动组织”(Movimiento Revolucionario Tupac Amaru)作为武装斗争的另一支力量崭露头角。这一组织同“光辉道路”派(Sendero Luminoso)之间的漫长战争成为80年代秘鲁社会的一大特点。此外，经济危机、恐怖主义暴力事件频繁发生、社会秩序混乱以及生活条件恶化成为普遍的社会问题，这些情况在人口集中的利马尤为严重。

面对理想的破灭和不安定的生活，很多作家心灰意冷。以叛逆诗歌和边缘诗歌为特点的克洛阿卡(Kloaka)运动就是产生于这个时代。与此同时在秘鲁也发展起一种精雕细琢的文雅诗歌,代表人物是爱德华多·奇里诺斯(Eduardo Chirinos)。此外秘鲁最早的女性主义诗歌也是在这个时代出现的,以卡门·奥列(Carmen Ollé)和罗西奥·西尔瓦·桑提斯特万(Rocío Silva Santisteban)为代表。如今蜚声西语文坛的阿隆索·奎托(Alonso Cueto)在80年代崭露头角,发表了几部短篇小说集。进入新世纪之后作品屡次获得文学奖的豪尔赫·爱德华多·贝纳维德斯(Jorge Eduardo Benavides,1964~)于1989年发表了第一部短篇小说集《故事本及其他故事》(*Cuentario y otros relatos*),并于当年获得了每两年举行一次的科佩短篇小说奖(Bienal de cuentos COPE)的第二名。他的作品以城市现实主义为基调,以反映20世纪80年代的利马城市生活为立足点,从这一角度看,贝纳维德斯的作品与90年代的秘鲁叙事文学更加接近。贝纳维德斯的短篇小说和长篇小说风格存在明显差别,他的短篇小说常常有古怪神奇的想象,作家本人也多次表示在短篇小说创作方面深受阿根廷作家胡利奥·科塔萨尔的影响。贝纳维德斯十分重视小说的叙事技巧,他对福克纳、奥内蒂、巴尔加斯·略萨和莫利纳的写作技巧都有研究并且注意吸收各人的技巧精华。在他的作品里,不同人物的故事相互叠加,秘鲁社会的弊病因此得到多角度、高强度的凸现。

20世纪最后十年,贝纳维德斯居住在西班牙的特内里菲城(Tenerife),其间没有小说出版。新世纪初发表了两部小说:《无用的年月》(*Los años inútiles*,2002)、《那一年我们分了手》(*El año que rompí contigo*,2003)和短篇小说集《莫尔加那的夜晚》(*La noche de Morgana*,2005)。《无用的年月》以阿兰·加西亚政府统治末期的秘鲁社会状况为背景,反映了20世纪80年代秘鲁经历的严重经济危机、恐怖主义暴力威胁以及政府的腐败堕落和无能。

80年代秘鲁文学的另一特点是安第斯山地区的作家开始发表作品。经过12年的军政府统治时期,到1980年前后,秘鲁再次面临重新选择发展道路。这一时期出现了"光辉道路"派的政治运动。经过几十年的向城市移民、土地改革和地主制度的没落,安第斯山地区发生了根本的变化。这一时期还出现了推动乡村文学(escritores provincianos)发展的基础设施。"雨点出版人"(Lluvia Editores)成立于1978年,是一家专门出版外省作者作品的出版社。一些由大公司资助的文学奖也使当代作者的作品得到大众的承认成为可能。80年代和90年代最主要的叙事文学奖是秘鲁石油公司(Petroperú)赞助的两年一度的"科佩短篇小说比赛奖"(Premio Copé de Cuento)和由利马新闻周刊《面具》(*Caretas*)赞助的一年一度的"千字文奖"

(El cuento de las mil palabras)。前者开始于1979年,后者开始于1982年。于1976年在华努科(Huánuco)创办了以秘鲁安第斯山地区古代文明遗址命名的《阔托什》(*Kotosh*)杂志的马里奥·马尔帕蒂达(Mario Malpartida)、安德雷斯·克劳德(Andrés Cloud)和萨姆埃尔·卡尔迪奇(Samuel Cárdich)等人在80年代开始发表小说。库斯科(Cusco)的三位作家路易斯·涅托·德格雷戈里(Luis Nieto Degregori,1955～)、恩里克·罗萨斯·帕拉维西诺(Enrique Rosas Paravicino)、马里奥·格瓦拉·帕雷德斯(Mario Guevara Paredes)在同地区的其他作家中脱颖而出,他们在1991年创办了《七条蛇》(*Siete Culebras*)杂志。在普诺、阿雷基帕等其他地区也有类似的作家合作开展文学创作的活动。对安第斯山地区的作家流派划分,有土著主义文学、新土著主义文学和安第斯山地区文学等不同的判断,到目前还没有定论,我们暂且把他们称作秘鲁安第斯山地区作家群。他们是各种文学竞赛的积极参与者,他们的作品一般是通过"雨点出版人"出版,其发行方式常常不正规,有时就是赠书给读者阅读。这个群体的作者大多是世代生活在安第斯山地区的土著居民的后裔,他们的作品倾向于表现处于从属和边缘地位的前哥伦布时期的美洲文化。从80年代到现在,秘鲁安第斯山地区作家群的叙事文学作品的中心主题是政治暴力。在秘鲁,表现这一主题的最早的作品出现在1986年,发表过这一主题叙事作品的作家们在1980年的平均年龄是29岁,发表第一部政治暴力题材的作品时的平均年龄是39岁。34%的政治暴力主题的叙事文学是由出生在1945年至1959年之间的作家创作的。关于这一主题的48%的短篇小说和29%的长篇小说出自秘鲁安第斯山地区作家群。这些数字表明,这个作家群的作品集中表现的是个人在80年代动荡的社会现实中的生存经验,以及个人对亲历历史的反思和解读。他们的作品表现出对土著主义和现实主义叙事文学风格的继承,同时在写作技巧和作品题材方面又有超越。

任何一个经历过20世纪80年代的秘鲁人都不会忘记那个充斥政治暴力的年代,它就像西班牙1898年战争、墨西哥革命和古巴革命一样,在自己的文化史上留下深刻的烙印,并且从对历史的理解角度将一代人联系起来。从1986年开始出现最初的关于秘鲁政治暴力的文学作品到2000年,有60位作家写过这一题材的一百多篇短篇小说和三十多部长篇小说。这些作家很多都是80年代出现繁荣的安第斯山文学的代表作家。"雨点出版人"至少给敢于触及这一主题的20%的作家出版过一部作品,另外一些出版社,比如白色象牙(Colmillo Blanco)、库斯科市政府(Municipalidad del Cusco)和蓝蝇(Mosca Azul),在80年代每家出版社均出过三到四本类似的作品。

值得一提的是，这类题材的作品都是小出版社出版，大出版社不愿接受这类作品。80年代科佩奖的获奖作品中有五部是阐释政治暴力主题的，其中两部是获得第一名奖励的作品：丹特·卡斯特罗·阿拉斯科（Dante Castro Arrasco，1959～）的《痛苦的时限》（*El tiempo del dolor*，1987）和海梅·潘蒂戈索·蒙特斯（Jaime Pantigozo Montes）的《雕鸮的歌声》（*El canto del tuco*，1994）。另外三部是获得第二名奖项的作品：恩里克·罗萨斯·帕拉维西诺（Enrique Rosas Paravicino）的《在闪电的边缘》（*Al filo del rayo*，1985）、瓦尔特·文托西利亚（Walter Ventosilla）的《陷阱》（*Trampa tendida*，1992）和塞恩·索里利亚（Zein Zorrilla）的《阉牛》（*Castrando al buey*，1985）。在千字文比赛中夺冠的五部作品有两部是关于政治暴力主题的：奥斯卡·科尔查多·卢西奥（Oscar Colchado Lucio，1947～）的《向哈那科·帕查进发》（*Hacia el Janaq Pacha*，1987）和瓦尔特·文托西利亚的《在峡谷》（*En la quebrada*，1987）。

20世纪90年代：秘鲁叙事文学视角"城市化"

20世纪90年代初，在藤森当选秘鲁总统之后不久，秘鲁全国陷入暴力的重重包围之中。在发生的暴力事件中，很多是激进组织造成的。"光辉道路"派频繁制造恐怖袭击事件，此外，"图帕克·阿马鲁革命运动组织"的活动也很激烈。面对这种状况，藤森政府采取了以暴制暴的措施，在限制"光辉道路"派和"图帕克·阿马鲁革命运动组织"等地下恐怖组织的同时，也增加了社会不稳定因素。在藤森总统第一任期内，秘鲁政府按照国际货币基金组织的建议实行了物价重建，当时被称作"休克疗法"（Shock）。这一措施建立在一系列极端经济政策基础上，它虽然克服了80年代以来严重的通货膨胀，却带来了极其严重的负面影响。从1995年开始了藤森的第二个总统任期，在此期间恐怖主义再次抬头，而且愈演愈烈。从1992年起，就出现揭露藤森政府腐败的投诉。在藤森第二个总统任期，抗议的呼声更加高涨。2000年藤森第三次参加总统竞选之后，他在总统选举中的营私舞弊和在前两届总统任期内的腐败被公之于众。面对政治丑闻和国内动荡的政治局势，藤森在2000年9月13日借文莱亚太经合组织峰会的机会逃到日本。同年11月，瓦伦廷·帕尼亚瓜·科拉萨奥（Valentín Paniagua Corazao）当选为代总统。至此，秘鲁90年代的政治风云激变以藤森的政治流亡而告结束。

在上述的社会背景下，20世纪90年代，秘鲁文学个性化色彩加重，这个时期作家已经不会基于某种政治倾向而形成某种文学团体。他们强调作品的美学价值而不单纯塑造一种承诺文学。在几十年创作生涯里不断推陈出新的巴尔加斯·略萨在这十年里的几部作品很能说明问题,我们在后面会有更详细的分析。戏剧领域代表作家是恩里克·马维拉(Enrique Mávila)和玛丽亚娜·德·阿尔索斯(Mariana de Althaus),两者的特点都是在作品中融合了当代戏剧的不同趋势。在诗歌方面,从20世纪70年代以来一直默默无闻的何塞·瓦塔纳贝(José Watanabe)确定了自己在秘鲁诗歌领域的地位,他的作品低调,并不涉及任何争议,也不带政治色彩。

这个时期的叙事文学大多以城市生活为主要背景,主角是游离于社会边缘的年轻人。作品常以同性恋、毒品、堕落等为题材的海梅·拜力(Jaime Bayly,1965～)是90年代秘鲁小说的代表人物。海梅·拜力自1994年发表第一部小说《不要告诉别人》(*No se lo digas a nadie*)以来即因其作品的反传统性而备受评论界的关注。《不要告诉别人》是一部具有颠覆意义的作品,小说展现的同性恋题材在拉丁美洲文学评论界引起争论,很多批评家认为该作品“轻浮”、“缺乏文学性”而坚决抵制该书的出版与发行。随后,海梅·拜力又相继发表了《昨日黄花不可追》(*Fue ayer y no me acuerdo*,1995)、《夜色贞洁》(*La noche es virgen*,1997)、《我爱妈咪》(*Yo amo a mi mami*,1999)、《昔日友人》(*Los amigos que perdí*,2000)、《我哥哥的女人》(*La mujer de mi hermano*,2002)、《飓风与你同名》(*El huracán lleva tu nombre*,2004)和《突现的天使》(*Y de repente,un Angel*,2005)等七部小说。其中《突现的天使》是2005年西班牙行星文学奖(Premio Planeta)的入围作品。拜力同时是记者和节目主持人。发表于1996年的《“快报”的最后时光》(*Los últimos días de La Prensa*)是他多年记者生涯的见证。在他主持的名叫“狙击手”的节目中,拜力以相当大胆的态度采访秘鲁政界人士和总统候选人。

拜力的作品多取材于当前社会,并且具有自传性质,被公认为是秘鲁畅销书的代表作家。对此拜力的解释是“要忠实于自己的生活”。在前面列举的作品中,《我哥哥的女人》是唯一一部写于秘鲁首都利马的作品,虽然小说的情节并没有明确指出是发生在哪座城市。“之前的作品没有一部是写于利马的,虽然故事都是发生在这里”,“在利马写作是一件很艰苦的工作,因为这座城市充满了暴力,让人难以容身。”作者曾经不乏讽刺地指出:“这种形势激发了他的创造力和想象力。”①在这部小说里,拜力用幽默讽刺的笔

① Sigüenza,Carmen,2006:“Bayly presentó su nueva novela en España”,*Correo* 12 de marzo.

触刻画了一个女性人物，描述了一个觉得生活索然无味的女性在快感和责任感之间的摇摆。小说的主要人物有三个：银行家的妻子、银行家和他的父亲。银行家终日忙于生意，对自己的妻子疏于照顾，女主人公不满足精神贫乏的物质生活，最终投入了自己的公公——一个风流倜傥的画家——的怀抱。这本来是一个老套的三角恋情故事，但是作者却赋予它创新的意义。作者通过多角度的叙述，展示了人与人之间的多种不同关系，发掘出人的感情张力。按照作家自己的话说，“这本来是一个复仇故事，但是也是一个爱情故事，其中透露出宽容的价值，宽容也是一种爱，是不计前嫌、牺牲一点点所谓的自尊而保全和谐关系的方式。”[①]小说里的人物从来不会说出心里话，所有的人都生活在一个物欲主宰的虚伪世界里。作者在三个主要人物之间交叉叙述，但是最着力的是女主人公的内心世界，她的焦虑、欲望和种种心理活动。一位男性作家能把女性人物的心理表现得如此精准到位，确实令人叹服。

伊万·丹尼尔·苔伊斯·卫莱斯（Iván Daniel Thays Vélez，1968～）善于用抒情散文的格调刻画隐秘的内心世界，在幽默的笔触后面让人体会到一丝淡淡的惆怅。代表作品有《弗兰西丝·法默的照片》（*Los retratos de France Farmer*，1992）、《狩猎》（*Escena de caza*，1995）、《心灵旅行》（*El viaje interior*，1999）和《空虚的学问》（*La disciplina de vanidad*，2000）等。

帕特里西娅·德索萨（Patricia de Souza）于1964年生于阿亚库乔的科拉科拉城。在利马长大，18岁开始学习新闻专业，之后去巴黎学习政治。在去加利福尼亚旅行的时候创作了第一部小说《当夜晚来临之时》（*Cuando llegue la noche*，1995）。随后又相继发表了《潘神的谎言》（*La mentira de un fauno*，1999），《乌苏拉最后的身体》（*El último cuerpo de Úrsula*，2000），《斯塔巴特·玛特尔》（*Stabat Mater*，2001）和《城里的艾莱克特拉》（*Electra en la ciudad*，2006）。

70年代的代表作家米格尔·古铁雷斯和奥斯瓦尔多·雷伊诺索在90年代又有新作发表，即前者的《时间暴力》（*La violencia del tiempo*，1991）和后者的《寻找阿拉丁》（*En busca de Aladino*，1993）。21世纪初，雷伊诺索继续把自《纯真的人儿》以来标志性的题材发扬光大，在其作品中诠释青年人群中的性道德问题。发表于2005年的《皮肤的快感》（*El goce de la piel*）从小说美学角度来看，作者似乎是在为放荡不羁的街头语言寻找一种

① Sigüenza, Carmen, 2006: “Bayly presentó su nueva novela en España”, *Correo* 12 de marzo.

诗学标准。另外，作者在这部篇幅不大的小说中包罗万象，试图描写社会的众生百态。作品中人物众多，而且来自社会不同阶层。主人公之一马尔特贯穿于全书五个章节中，却以不同身份出现。时而是意大利移民后代，时而是街区不良少年，时而是山区迁往城市人家的 20 岁的儿子，时而又成了无政府的公团领导人之子。无论是从语言还是从结构方面看，《皮肤的快感》都证明了雷伊诺索在把握青年人群道德题材方面的精湛技巧。

重新审视历史，是进入 21 世纪以来秘鲁叙事文学的一个很重要的题材。阿隆索·奎托的《蓝色时刻》(*Hora azul*，2005)和圣地亚哥·隆卡格里奥洛(Santiago Roncagliolo)的《红色四月》(*Abril rojo*，2006)都是以此作为主题展开叙述的。《蓝色时刻》讲述的是年轻有为的律师奥马切偶然发现他的父亲在担任"光辉道路"派海军军官职务期间曾经爱上过一个女囚犯。为了调查事情的真相，他深入到很多之前不曾想象的地方，并了解到很多以为是不可能的战争和历史事实。作者在《秘闻的史诗》一文中提到在创作此书的过程中，他曾特地去阿亚库乔、旺达和瓦曼加等地考察，并且真切地感受到"幸存者沉浸在悲痛中不能自拔，似乎时刻都想将世界引爆"。① 按照作者自己的话说，《蓝色时刻》揭示了很多秘鲁家庭刻意掩饰的、不愿告人的秘密。每个人、每个人群、每个家庭、每个社会团体，都在下意识地保留一些秘密，似乎只有这样才能让生活继续。可是这些秘密却周期性地暴露出来，成为个人或者群体的阴暗面。"这部小说的一大任务就是要使这些被遗忘的、阴暗的区域重新展现在我们面前，永久地暴露出来。"②作品中对"真相委员会"的叙述激发了人们的思考：有多少人应该被处死，世界才能更加安全？应该限制多少自由，人类才能更加自由？这个问题对于很多国家来说都有现实意义。

其他作家和作品有奥斯卡·马尔卡(Óscar Malca，1958～)的《街道尽头》(*Al final de la calle*，1993)，塞尔希奥·加拉萨·普恩特(Sergio Galazar Puente，1976～)的三部短篇小说集《猎羊人》(*Matacabros*，1996)、《地狱是个好地方》(*El infierno es un buen lugar*，1997)和《女人都贪吃》(*Todas las mujeres son galgos*，1999)，马努埃尔·里洛(Manuel Rilo，1971～)的《交通缓解措施》(*Contra el tráfico*，1997)，以及劳尔·托拉·佩德拉格利奥(Raúl Tola Pedraglio，1975～)的《乌鸦之夜》(*Noche de cuervos*，1998)。上面提到的这些作家虽然年龄和生活经历各不相同，但是作品的主

---

① Sigüenza, Carmen:"Bayly presentó su nueva novela en España", *Correo* 12 de marzo.

② 同上。

题和传达的思想却如出一辙，即对世纪末秘鲁社会，特别是利马等大城市的道德沦丧、犯罪猖獗等现实的揭露和担忧。

“在很长时间里，秘鲁文学都是孤立的，从文学质量上来看，相对于哥伦比亚、阿根廷和墨西哥，秘鲁文学没有受到相应的重视。”①结合 20 世纪 90 年代以来秘鲁作家在国际上获得的荣誉与褒奖，圣地亚哥·隆卡格里奥洛的断言显得有点主观。除了巴尔加斯·略萨和阿尔弗雷多·布里塞·埃切尼克获得的各项文学殊荣外，90 年代以来特别是进入 21 世纪之后，西班牙的文学桂冠似乎特别眷顾秘鲁的叙事文学作家。2005 年埃拉尔德文学奖(Premio Herralde)颁发给阿隆索·奎托的《蓝色时刻》，同一奖项于 1997 年颁发给《夜色贞洁》的作者海梅·拜力，拜力的小说《突现的天使》在 2006 年进入行星奖的角逐。同年阿隆索·奎托获得阿纳格拉玛奖(Premio Anagrama)。女作家特雷莎·鲁伊斯·罗萨斯(Teresa Ruiz Rosas)以《乐谱记录员》(*El copista*)于 1994 年获得埃拉尔德奖的第二名。年轻的圣地亚哥·隆卡格里奥洛的《红色四月》于 2006 年捧回西班牙旺泉出版社图书奖。《红色四月》同样取材于 20 世纪后二十年秘鲁的政治暴力史，谈到这部小说的时候，作者本人表示：“正视秘鲁经历的暴力史就是正视我们身上魔鬼的那一面……我希望通过这部小说提醒我的同胞们照照镜子，想想我们为自己的错误付出了多少鲜血的代价。”②

此前提及的巴尔加斯·略萨、阿尔弗雷多·布里塞·埃切尼克和圣地亚哥·隆卡格里奥洛不仅代表着秘鲁文学在国际上的成就，还代表了秘鲁甚至是拉丁美洲很多国家的作家中一个很普遍的现象，即作家向海外移民或者自我流放，并且在海外从事文学创作的现象。这应该就是布里塞·埃切尼克所说的“陌生化”效果，“离开秘鲁是为了更好地理解它”。除了欧洲，美国是秘鲁作家较多选择的目的地。2005 年在美国纽约霍斯托什学院(Hostos Community College)的拉美作家研究所出版了《Hostos 观察》杂志第三期《美国的秘鲁作家》(1970～2005)专刊。刊登了 70 多位秘鲁作家的作品，包括诗歌、小说、评论和报道。这些作家曾在美国居住多年或者依然居住在美国。这些作品反映了在全球化趋势和信息时代中近 40 年来秘鲁文学的一个很重要的方面：这到底是一种新的宗主国文学还是坚持延续下来的秘鲁民族文学？这个问题的答案不是确定的。在所选这些作品的字

① Jarque, Fietta, 2006: “Entrevista a Santiago Roncagliolo: Mi literatura se ha españolizado al vivir aquí”, *El País*, 15 de abril.

② Sotomayor, Carlos M, 2006: “Entrevista a Santiago Roncagliolo”, *Correo*, 12 de marzo.

里行间流露出淡淡的感伤，作品的叙述角度和不时能感受到的秘鲁的遣词造句的特点展示了拉丁美洲的一种独特的世界观。这些都是与作家生活的美国社会完全不同的，从不同程度上反映了两种文化或剧烈或和缓的碰撞。

二、代表作家及其叙事视角研究

在拉丁美洲“文学爆炸”之后，秘鲁的叙事文学作者从不同的角度审视评价秘鲁的历史和现实。下面我们选取其中三位具有代表性的作家具体分析他们作品中的视角。巴尔加斯·略萨是拉丁美洲“文学爆炸”时期的代表作家之一，半个世纪的文学创作在西班牙语文学史上留下了不可磨灭的足迹。布里塞·埃切尼克是“文学爆炸”之后的代表作家之一。这两位似乎已经成为秘鲁文学的标志，之后的作家一旦被评论家看好，在写作手法、叙事视角、叙事语言等方面有独到之处，就会被冠之以两人的“继承人”或者“接班人”的称号。出生于 1975 年的圣地亚哥·隆卡格里奥洛便是获此评价的新生代作家之一，他是西班牙旺泉小说奖的最年轻的获得者，在秘鲁年轻一代小说家中占有十分突出的地位。

马里奥·巴尔加斯·略萨

马里奥·巴尔加斯·略萨是秘鲁叙事文学的杰出代表。他是拉丁美洲“文学爆炸”的一员主将，进入 20 世纪 70 年代后直到现在仍然不断有作品问世。他是一位富有激情的多产作家、西班牙语世界著名的政治评论家、文学评论家、杂文家和人权研究者，西班牙皇家语言学院成员。他年轻时做过记者，在 20 世纪 90 年代曾参加过秘鲁的总统竞选。由于他在文学创作上的成就，于 1976 年当选为国际笔会主席，这是第三世界作家第一次担任这一职务。此外，他还担任秘鲁语言科学院院士、伊比利亚世界合作学会理事会理事，是剑桥大学等世界著名大学的客座教授。多样的生活经历成就了巴尔加斯·略萨叙事作品的庞大体系，他的作品总是铺陈多条叙事线索，从不同角度折射多样的社会生活。

马里奥·巴尔加斯·略萨及其主要作品

巴尔加斯·略萨 1936 年 3 月 28 日出生于秘鲁的阿雷基帕市(Arequipa)的一个中产阶级家庭。他的父亲埃内斯托·巴尔加斯·马尔多纳多是广播电台的技师，母亲名叫朵拉·略萨·乌雷塔。在巴尔加斯·略萨出生之前，父亲因为与母亲关系不和而离家出走，从此杳无音信，直到 1947 年年初才又回到家中。巴尔加斯·略萨和父亲的关系不好，父子的矛盾和冲突直到父亲去世都没有化解。在巴尔加斯·略萨的几部长篇小说里，例如《城市与狗》、《胡利娅姨妈与作家》等，读者都可以看到父子矛盾和冲突的反映。巴尔加斯·略萨的童年是在玻利维亚的科查邦巴（Cochabamba）度过的，并在科查邦巴的拉萨列学校接受了启蒙教育。因为他的外公在布斯塔曼特·伊·里维罗（Bustamante y Rivero）执政时期谋到了一份公职，全家人迁回秘鲁的皮乌拉城（Piura）。父亲回来之后，巴尔加斯·略萨和父母一起回到了利马。

1950 年，巴尔加斯·略萨迫于父命进入莱昂西奥·普拉多军校学习。军校的刻板而艰苦的生活，使少年时代的他看到了秘鲁社会的黑暗和军队里的腐败丑恶现象。在军校里，法国超现实主义诗人恺撒·莫洛成为他的老师，他爱上了历史和文学，并且开始尝试写作。完成于 1962 年的《城市与狗》就是根据这一段亲身经历写成的。

1952 年夏天，巴尔加斯·略萨离开莱昂西奥·普拉多军校，回到皮乌拉继续中学学业，同时在《工业报》做兼职记者。在这期间，他的剧本《印加王的逃遁》（*La huída del Inca*）被搬上舞台并且获得成功。这一成功进一步坚定了巴尔加斯·略萨终生从事文学创作的决心。在皮乌拉的生活成为他后来文学创作的丰富源泉；皮乌拉在他作品中出现的频率颇多。1953 年，在马努埃尔·A. 奥德里亚（Manuel A. Odría，1894～1974，1948～1956 在位）政府期间，巴尔加斯·略萨考入秘鲁著名的圣马科斯国立大学。大学期间，他参加了反对独裁统治，支持社会主义和共产主义的政治活动。与进步同学一起讨论秘鲁的独裁统治，研究苏联和中国革命胜利后的巨大变化，参加秘鲁共产党的外围组织，学习《共产党宣言》、《法兰西内战》、《反杜林论》和列宁的《怎么办？》，办革命小报，组织声援电车工人的罢课活动。而这些后来都成为他创作《酒吧长谈》的素材。

1955 年，巴尔加斯·略萨不顾全家人的反对，和一位舅妈的妹妹胡利娅·乌尔奇迪（Julia Urquidi）结婚。这一段婚姻没有持续很长时间。发表于 1977 年的《胡利娅姨妈与作家》单数各章就记述了两人恋爱和结婚的经过。1958 年巴尔加斯·略萨在马德里大学获得文学博士学位。1959 年发表短篇小说集《首领们》（*Los Jefes*），获得莱奥波尔多·阿里亚斯奖（Premio Leopoldo Arias）。之后定居巴黎。在巴黎他一面写作，一面工作，并大量阅读和研究法国文学，深受福楼拜和萨特以及骑士小说的影响。在巴黎期间还结识了许多拉美作家，如科塔萨尔、卡彭铁尔等，巴尔加斯·略萨自己坦率地承认在创作中受到这些作家的影响。

1960年巴尔加斯·略萨开始创作以母校莱昂西奥·普拉多军校为背景，反映军校士官生黑暗生活的长篇小说《城市与狗》。该书于1962年获得西班牙“简明丛书”文学奖，作者也从此一举成名。

1965年巴尔加斯·略萨和外甥女帕特里西娅结婚。之后迁居欧洲，在巴黎、伦敦和巴塞罗那居住。1974年回到秘鲁做电视新闻工作，负责政治节目“巴别塔”。20世纪80年代，他更加积极地参与政治，如果之前这种参与更多地是文人墨客式的摇旗呐喊，此时已成为一种真正的身体力行。与同时代的大多数知识分子不同的是，他支持右派的自由主义思想。1984年他的第7部长篇小说《狂人玛依塔》(*Historia de Mayta*)问世。该作讽刺和揭露了极左的“城市游击中心主义”思潮。拉美文学评论界因此有人批评巴尔加斯·略萨的文学倾向在“向右转”。1986年发表的《谁是杀人犯?》(*¿Quién mató a Palomino Molero?*)进一步证明了他针砭时弊的立场。小说中人物身处的环境充满偏见、曲解、不平等、暴力和犯罪行为，实为秘鲁社会现实的真实写照。小说的结尾处真相更加模糊，作者借此暗示在秘鲁试图寻找真相和公平是不可能的。1987年，巴尔加斯·略萨参加了反对政府将银行国有化的示威，后来在抗议活动的基础上又带头搞起了民主阵线的发起工作。接着，参加了1989年的总统竞选和次年的第二轮竞选。竞选失败后，他又返回欧洲，继续从事文学创作和教学工作。他先后在伦敦、洛杉矶和马德里居住。1993年，巴尔加斯·略萨被当时执政的西班牙社会工人党政府接纳为西班牙公民，但同时保留了秘鲁国籍。他在1994年获得西班牙塞万提斯文学奖这一西班牙语文学的最高奖项。

在1990年秘鲁总统选举之后，巴尔加斯·略萨在一次采访中这样评价秘鲁：“秘鲁是一个具有巨大潜在财富的国家，秘鲁人民饱经沧桑、忍辱负重，他们可悲地挥霍自己的资源，这一切今天看起来让人痛心。秘鲁人民选择了贫穷、落后而且甘愿受一个执著维护秘鲁现状的政治阶层的领导，这一点让我十分难过。”他同时意味深长地表示：“一个时期结束了，我的同胞将我还给了文学。我重新获得了自由。”①正如巴尔加斯·略萨自己表示的“总统竞选让我对我的祖国有更深的认同感”，在他之后的作品中，对政治的关注和戏仿表现得更加直接和深刻。他在继续关注着政治，只是不再参加竞选，而是以一名作家的身份，以一个知识分子的身份更加冷静地关注着秘鲁社会。

---

① Cruz, Juan, 1990: “Mario Vargas Llosa: Creo que he recobrado mi libertad”, *El País*, 19 de junio.

马里奥·巴尔加斯·略萨的全景视角

全景小说和集中现实小说

巴尔加斯·略萨在对加西亚·马尔克斯的《百年孤独》的研究中,针对全景小说提出三个评判标准。

1. 文学虚构在生动性、广阔性和复杂性方面足以和现实生活相媲美,以假乱真。

2. 小说具有多重性,这一多重性表现在诸如传统和现代、地方特色和普遍现象、想象和现实等自相矛盾的因素上。

3. 全景小说将现实和想象比照,用想象去表现和否定现实,以此来描写整体现实。

在同一篇文章里,巴尔加斯·略萨提到两种类型的小说:全景小说(novela total)和集中现实小说(novela totalitaria)。全景小说试图囊括现实世界的方方面面,揭露各个隐蔽的角落。全景小说的代表作家是塞万提斯、巴尔扎克和托尔斯泰。巴尔加斯·略萨认为,全景小说的作家不是为凸显某一社会或者某种革命而写作的,相反,社会和革命是从属于小说家的写作意图的。集中现实小说将现实生活的某一方面放大,强调现实世界的某一具体方面而牺牲其他方面。小说的人物和事件缺乏意义,主人公往往迷失于混乱的世界里,作品没有整体上的协调感。集中现实小说的代表作家有卡夫卡、萨特和阿兰·罗伯—格里耶(Alain Robbe-Grillet)。巴尔加斯·略萨把全景小说作为自己小说创作的标准,创新出不同的表现手法和叙事技巧,他认为理想的小说应包罗全部现实,并如同现实世界一般永不枯竭。他所说的现实包括客观现实和主观现实,外部现实和内部现实;他所追求的小说希望能向读者展示现实世界最易忽视的细节,同时具有玄幻、历史、军事、社会、言情、心理小说的特点,具有和现实世界一样的多重性。

按照巴尔加斯·略萨的以上阐述,他在20世纪60年代和70年代创作的小说,不论从内容上还是从形式上都符合整体小说的标准。小说具有鲜明的现实主义特点,每部小说都试图概括现实生活的各个层面,作者不在作品里直接表达自己的观点,而是在小说中极尽详细之能事反映微观世界,以此影射客观现实的世界。从形式上看,小说中虚构的世界被置于一个过去、现在和将来的完整的历史过程中;而从内容上看,小说叙述的是一个封闭的世界,是一个从产生到消亡的完整故事,这里所说的"完整"是指小说试图包揽虚构世界的各个角落的现实和各个阶层人物的生活;小说的叙述语言和叙述结构对于小说内容来说是不可替代的。就这样,小说的形式、内容及语言与结构三者之间相辅相成。而从80年代开始,巴尔加斯·略萨小说主题的倾向性更加突出，小说中常有作者对具体问题的观点和判断。小说更多具有集中现实小说的特点。此时，巴尔加斯·略萨的整体小说理念不是通过某一部小说，而是通过多部小说共同实现的。他的各部小说从不同方面反映了秘鲁乃至拉丁美洲社会不同时期的社会现实、不同阶层人物的生活，有些作品更是通过对真实历史事件的戏仿而介入拉丁美洲的历史，从整体上构成对秘鲁及拉丁美洲现代社会的隐喻。

小说引导读者在客观现实与虚构现实之间，在个别现象和普遍现象之间往复，并以此引导读者逐渐发现小说描述的整体现实。小说描述的整体现实具有两个层面：客观现实层面，即社会和历史方面的内容，包括个人、家庭和社会群体诸方面；主观想象层面，即虚构现实的内容，包括神话传说、玄妙神奇、奇思妙想等内容。

马里奥·巴尔加斯·略萨的整体小说如何通过视角得以实现

视角的变化和配合是巴尔加斯·略萨创造整体小说的重要手段，他试图通过小说的出场人物和作品叙事结构来实现他的创作意图。巴尔加斯·略萨在 20 世纪 70 年代之前和 70 年代之后的创作是有很大差别的。他在 60 年代的代表作：《城市与狗》(1962)、《绿房子》(1966)、《酒吧长谈》(1969)，在“文学爆炸”中占有重要位置。这三部作品体现的小说风格被评论家定义为“结构现实主义”。结构现实主义反映在叙事视角上的特点是作品里有多个叙事视角，这些视角被赋予不同的叙事时间和叙事空间，彼此独立而又相互联系。以《绿房子》为例，从一座妓院的兴衰史，概括了自 20 世纪 20 年代以来整个秘鲁北部(从沿海沙漠地区到亚马逊河流域的森林地区)长达 40 年的社会生活。全书由五条叙事线索构成：1. 孤女鲍妮法西亚的故事，发生在森林地区的圣玛丽亚·德·聂瓦镇。2. 伏屋的故事，发生在森林地区。3. 安塞尔莫和绿房子的兴衰史，故事发生在皮乌拉。4. 土著人胡姆的反抗，故事发生在森林地区。5. 四个地痞无赖的故事，发生在皮乌拉，其中以利杜马最为重要。从全书的结构上看，小说由四个部分和一个尾声组成。每个部分由一个“序言”和若干章组成，每章又包括若干个场景。作者把上述五个故事切割为小块，然后打破时空顺序把这些情节的小块巧妙地安排到各个场景中去。随着情节的推进，这些小块之间的联系渐渐彰显；而随着这些小块超越章节的限制建立起内在的时空联系，五个故事也彼此交错起来；交错的故事使原本平行的五条叙事线索最终汇聚在一起。

进入 70 年代以后，巴尔加斯·略萨的小说创作发生了明显改变。单从叙事视角来看，有对以前手法的传承、创新，甚至颠覆。明显的特征是“结构现实主义”逐渐发展成“整体现实主义”。纵观 20 世纪 70 年代以来巴尔加斯·略萨的小说创作,他的整体小说的叙事视角在结构上有以下两种情况。

第一种:第三人称全知叙述者的"摄像机"的视角和多个人物视角相结合,并试图包容"整体现实",这成为巴尔加斯·略萨小说在叙事视角上的显著特点。在作品里同时铺垫多条叙述线索似乎是他从小说《城市与狗》以来始终采用的叙事结构。作家试图通过同时展开的多条叙述线索尽可能多地捕捉现实。与多条线索相一致,作品里有更多的叙述视角,而与这些叙述视角相对应的人物往往在身份、地位、意识形态、时间和空间等方面有很大差异。因此,当小说的叙述在多个视角之间不断转换跳跃时,小说虚构世界的范畴也在不断扩大。此外,在巴尔加斯·略萨的小说里总有一个全知的第三人称叙述视角。

众所周知,一个作家选择怎样的叙述视角都是为其作品的主题服务的。巴尔加斯·略萨的"整体现实主义"小说中,总会出现一个无处不在的全能叙述者,聚焦小说虚构世界的各个角落。第三人称叙述者在各条线索之间自由驰骋,洞察人物的内心,但却不出现在叙述里。他就如同一个摄影师,其存在是通过对摄影镜头的控制显露出来的。叙述在多个视角之间切换,对话和叙述、想象和现实、过去和现在、此处和彼处常常交错在一起,使读者难以察觉,因为文本中没有任何文字或者符号标识,视角的转换是通过第三人称全知叙述视角的聚焦转换实现的。在《天堂在另外那个街角》(*El paraíso en la otra esquina*,2003)里,第三人称全知叙述视角无所不知的特点十分鲜明。小说共22章,双数各章讲述法国印象主义绘画大师保罗·高更的艺术生涯,尤其是描述了他在南太平洋塔西堤岛的那段生活。单数各章讲述保罗·高更的外祖母,女权主义者弗洛拉·特里斯坦的故事。这两个人物生活时代没有交叉,生活经历和行为方式都相去甚远,但都是各自时代坚持独立思考和精神自由的先驱者,都有一致的建立人间天堂的奋斗目标,并且都为了实现心目中的天堂不惜付出生命的代价。在不同的章节里第三人称全知叙述视角对祖孙二人的故事交叉聚焦,在两个故事里、在主要人物的行为和内心两个层面自由切换,将不同的时间和空间,客观现实和主观现实联系在一起。这样小说的主题意义又获得了历史的深度。

第二种:通过对话、新闻报道、书信等叙事外话语手段实现视角的转化。这些手段在《潘达雷昂上尉与劳军女郎》里的使用集中而且颇具典型性。《潘达雷昂上尉与劳军女郎》的情节大致如下:陆军总部交给潘达雷昂·潘托哈上尉一项机密任务。原来,边境地区屡次发生士兵强奸妇女事件,为此总部要潘达雷昂上尉扮作商人到亚马逊地区第五军区所在地依基托斯秘密组织军中流动妓院"服务队"。潘达雷昂上尉积极工作,成绩斐然,然而社会舆论起来谴责这一伤风败俗的举动，“服务队”的活动被公开揭露。在一次劳军途中，一名被称为“巴西女郎”的妓女惨遭歹徒杀害。潘达雷昂上尉念其旧好，悲愤交加，穿起军装为其送葬，暴露了军人身份，一时舆论哗然。军部急于销赃灭迹，一面解散“服务队”，一面召回潘达雷昂上尉并发配至北部高寒地区。潘达雷昂上尉成了丑闻的替罪羊，劳军女郎们则被将军和神甫据为情妇。

这部作品可以说是作者通过一个不严肃的题材对军事当局的腐败这一重大社会政治问题进行的一次严肃的批判。在全书十章中，六章是由公私信函、请示报告、电台评论、报纸摘要、来往公文、梦境记录(即潘达雷昂·潘托哈的三处梦境描述)构成。第三人称视角承担的叙述任务浓缩到十分有限的程度，集中在另外四章中。在这四章中对话部分又在篇幅上占有绝对优势，这种对话具有浓缩空间和时间，并且推进故事情节进展的作用。换言之，叙事外话语部分地承担了传统意义上的叙述任务，第三人称叙述者的视角以上面提到的直观手段实现。例如，潘达雷昂·潘托哈上尉接受上级指示携全家到依基托斯执行任务，第三人称叙述者没有对依基托斯做具体介绍，依基托斯腐化、堕落的面貌是通过潘达雷昂上尉的妻子波奇给自己的妹妹的书信展示给读者的。通过减少第三人称叙述，加大非传统叙述成分，使叙述的客观性得以加强。用客观严肃、煞有介事的叙事手法展示组织劳军“服务队”这一龌龊的主题，凸现了作品讽刺和批判腐败的军事当局的创作意图。

《潘达雷昂上尉与劳军女郎》是对军队腐败堕落这一重大社会政治问题的深刻揭露，它集中反映社会某一具体现实。与作者之前的作品不同的是，《潘达雷昂上尉与劳军女郎》仅仅铺设了两条叙事线索：一条线索是潘达雷昂·潘托哈受陆军总部派遣，到亚马逊地区第五军区所在地依基托斯秘密组织军中流动妓院；另一线索是宗教组织“方舟兄弟会”宣扬世界末日即将来临，蛊惑人心，制造社会动乱。第二条线索通过第一条线索中的人物的对话、书信往来和军事报告交代出来，它对第一条线索的依附关系拓宽了第一条线索展示的故事背景，同时为揭露军方腐败增添了更多的证据，起到加强第一叙事线索的作用。

自 20 世纪 70 年代以来，巴尔加斯·略萨整体小说的叙事视角在内容上有以下七种情况。

1. 现实主义视角

在真实的基础上进行艺术虚构是巴尔加斯·略萨在各个时期的文学创作中始终坚持的一条路线。

巴尔加斯·略萨说过:“一个作家的作品会不断地从他日益丰富的生活体验中汲取养分。”作家本人的成长经历是不平坦的,我们可以通过他的作品看到,他在不同时期创作的小说同样动态地展示了他审视生命和历史的视角。作家认为文学是历史的后记,文学创作就是在文字间塑造现实中无法实现的理想。小说可以制造真实的谎言,作家通过文学创作投下了很多秘密炸药。[①]任何对文学的热爱都来源于他对现实的“叛逆”。巴尔加斯·略萨是“职业作家”概念的坚决拥护者,他认为任何对文学的热爱都来源于“叛逆”,对于现实生活和现实世界不满,渴望取而代之以另一种生活和另一个世界。文学是人类创造的与不幸作斗争的最好武器。巴尔加斯·略萨对脱离生活的“纯粹的虚构”持反对态度,他认为“小说家的才能不是天生的,是一个长期过程的结果,是通过执著和艰苦的练习养成的”[②]。巴尔加斯·略萨的特殊成长经历以及他所亲身经历和目睹的事情,后来都以某种形式走进了他的小说。

巴尔加斯·略萨的作品之所以能够吸引世界各地的读者,首先是由于作品的强烈现实感。以现实为基础,从个人经历出发是他始终恪守的小说创作原则。面对西方世界第二次世界大战以来一直占上风的非理性文艺思潮,巴尔加斯·略萨始终坚持现实主义创作观,把矛头指向几个世纪以来奴役拉美大陆的旧的传统观念。专制独裁和无视人性的军人统治是他笔下揭露和抨击的一个重要对象,也是《城市与狗》、《酒吧长谈》、《潘达雷昂上尉与劳军女郎》和《谁是杀人犯?》等多部长篇小说的主题。

现实生活是巴尔加斯·略萨小说素材的重要来源,他的很多小说具有自传体性质,比如《胡利娅姨妈与作家》就是在作者亲身经历的基础上创作出来的,记录了他生命中第一段刻骨铭心的爱情。对个人经历进行艺术虚构,批评的叙述口气使真实和虚构难以分辨,这也成为巴尔加斯·略萨在叙事文学创作的突破口。

2. 历史视角

历史视角是巴尔加斯·略萨的小说创作的灵感源泉。他的作品常使人联想起具体的历史场景,有时甚至就是某个时代的艺术再现。《世界末日之战》、《公羊的节日》(*La Fiesta del Chivo*,2000)和《天堂在另外那个街角》都是取材于历史事件或者历史人物的。完成于1998年的《公羊的节日》再

---

① 参见 Vargas Llosa, Mario, 1980:“La literatura es la contracarátula de la historia”, *El País*, día 8 de mayo。

② 同上。

现了多米尼加共和国前独裁者拉法埃尔·莱昂尼达斯·特鲁希略(Rafael Leónidas Trujillo)的专制统治。特鲁希略曾对三百多万多米尼加人施行了极端残酷的暴政,在他 30 多年(1930～1961)的独裁统治下,整个国家变成了人间地狱。巴尔加斯·略萨以女主人公乌拉妮娅为叙事主线,再现了拉丁美洲血腥的独裁统治。乌拉妮娅是特鲁希略独裁时期的参议院主席、人称"智囊"的阿古斯丁·卡布拉尔的女儿,她在父亲失宠后不得不背井离乡,在教会学校修女们的帮助下到美国生活。30 年后她重回祖国,面对已痴呆的父亲,在与姑母和堂姐妹的谈话中,回首往事,说出了埋藏心底的秘密,揭露了特鲁希略那令人毛骨悚然的腐败统治和累累罪恶。

揭露和控诉独裁的主题不是《山羊的节日》的首创,巴列—因克兰(Valle-Inclán)的《暴君班德拉斯》(*Tirano Banderas*)、米格尔·安赫尔·阿斯图里亚斯的《总统先生》、罗亚·巴斯托斯的《我,至高无上者》和加西亚·马尔克斯的《家长的没落》都是反独裁小说。而与这些作品相比,《山羊的节日》的独特之处,在于它是从独裁者的心理刻画、独裁统治的受害者以及独裁者被暗杀给人们带来的毁灭性的结果这三个叙事角度展开的。

小说三条叙事线索齐头并进:一条是乌拉妮娅的回忆,另一条是健康和权力都濒于崩溃的独裁者特鲁希略,第三条是刺杀特鲁希略小组的四位成员。三条线索的叙事空间都发生在圣多明哥,但是时间相差 30 年。第一条线索是对"现在"的叙述,时间是 1992 年,与之并列的是第三人称的叙述者对发生在 1961 年的刺杀特鲁希略行动和特鲁希略生命最后时日的描述。三条主线索各自又派生出很多枝蔓,使叙述超越既定的时间和空间界限。小说的叙述以历史为背景展开,穿插了丰富的人物心理描写和倒叙,在虚构里再现了一个真实的历史时代。

在《绿房子》和《酒吧长谈》里,作者试图通过不同的线索展示尽可能多的现实;而在《山羊的节日》里,情况发生了变化,作者设置的不同线索实际上都是针对同一对象的集中叙述:特鲁希略惨绝人寰的独裁统治。无论是独裁者本人,还是他的追随者,抑或暗杀行动的合谋者,最终都集中到独裁统治这一主题上。特鲁希略的权力使每个追随者丑恶的灵魂暴露无遗。他们为特鲁希略赴汤蹈火,为了完成使命违背恪守的道德原则,而最后都成为独裁政权的牺牲品。例如,约翰尼·阿贝斯成为特鲁希略的首席顾问,负责从事审讯和暗杀独裁政权反对者任务的军事情报局。亨利·奇里诺斯嗜酒如命,却是一个业绩辉煌的大律师,最后被特鲁希略收买成为法律顾问。独裁政权使所有人都丧失尊严,独裁者、拥护者、反对者和无辜的群众无一幸免。由此可以看出作者选择叙述视角时的良苦用心。

3. 意识形态视角

巴尔加斯·略萨关心政治，而他的思想倾向也在逐渐发生变化。这种变化反映在他的小说创作里，因此他的小说的政治倾向也在发生着变化。这一点在其小说的叙事视角上表现得尤为显著。早期的巴尔加斯·略萨支持共产主义思想，曾经是卡斯特罗领导的古巴革命的拥护者，但是在70年代因为政治思想上的分歧和诺贝尔奖得主加西亚·马尔克斯反目成仇，逐渐右倾，90年代曾作为右派候选人与藤森竞选总统败北。后来有人认为在小说《世界末日之战》里的人物身上仿佛看到了藤森的影子。对军方腐败的抨击贯穿于他各时期作品中。1983年，七名记者以及他们的向导在调查军方杀害起义者事件时被杀害。在当时的秘鲁总统费尔南多·贝拉翁德·特利(Fernando Belaúnde Terry)的指派下，巴尔加斯·略萨组织了一个调查团前往乌楚拉卡伊(Uchuraccay)就地查究这一血案，但最后得出的结论却备受争议。在《城市与狗》中表现出的是年轻人的自由主义思想。在《酒吧长谈》里流露出明显的支持工人运动的共产主义倾向。在《世界末日之战》中，巴尔加斯·略萨控诉政府对农民起义的残酷镇压，同时也可以看出作者对无政府主义者的同情，表明了他认为无政府主义在拉丁美洲行不通的这一立场。《狂人玛伊塔》实际上是对极左思潮的批评。

4. 广阔的地域视角

很多评论家认为略萨的作品是“全视角小说”(novela totalizadora)，具有代表性的作品是《世界末日之战》。在2005年5月24日到5月27日在西班牙马德里美洲之家召开的第一届秘鲁叙事文学国际会议上，巴尔加斯·略萨说：“看待一个具体问题的独到的视角对一个作家而言是至关重要的，一个作者只有打破地域界限的时候才能称作一个真正意义上的作家。”在他看来“文学是和局限的地域观念相对立的，这不是说从地方特点出发，就写不出含义广大、富有创造力的文学作品”。① 巴尔加斯·略萨在这次会议上作的报告中对20世纪50年代利马贫瘠的文化和文学状况做了一个描述，他说当代秘鲁年轻作家与那时的作家是很不同的：“那时的作家首先要确定是做一个贴近民生的作家，还是一个不食人间烟火的作家，要确定文学是否要为社会利益服务。”②

巴尔加斯·略萨的作品涉及的地域范围很广，以《坏女孩的恶作剧》

① “Novelistas peruanos se reúnen en Madrid con motivo del I Congreso Internacional de Narrativa Peruana”, *El País*, 24 de abril de 2005.

② 同上。

(*Travesuras de la niña mala*,2006)为例,这部小说讲述的是年轻的里卡多实现在巴黎生活的经历,但是与初恋情人的重逢改变了他的生活,本已明朗的前程重新陷入虚无缥缈之中。在这部小说里,通过对主人公的行踪叙述将利马、伦敦、巴黎、东京和马德里不同的空间集中在一起。小说的人物和情节都是杜撰的,但是人物活动和情节发展的环境却是作者亲身经历的。当然,这些城市已经不是小说里描写的那般模样,巴尔加斯·略萨把它们定格在20世纪的60年代,流露出对往昔岁月淡淡的感伤情怀。

5. 土著文化视角

1959年,墨西哥和秘鲁的几位人类学家准备前往亚马逊地区进行考察,巴尔加斯·略萨应邀参加。此次考察对于后来他的文学创作产生了巨大影响。《绿房子》、《潘达雷昂上尉与劳军女郎》和《部落发言人》都是以亚马逊地区为原始素材的。1993年巴尔加斯·略萨在《水中鱼》里这样写道:"我看到了秘鲁原始大森林,看到不少风土人情,听到许多有趣的故事。后来这些故事成为我的三部长篇小说的原始素材。……这次考察还以令人难忘的方式使我了解到:对一些秘鲁人来说,社会的不公正现象已经达到了极端野蛮和无法无天的程度。在后来的岁月里,这一切总是成千上万次地回到我的脑海里,成为我取之不尽的创作源泉。"①

6. 文学和艺术视角

在作品里穿插其他形式的艺术作品,包括小说、绘画、雕塑等构成巴尔加斯·略萨的叙事视角的又一特点。据不完全统计,小说《情爱笔记》(*Los cuadernos de don Rigoberto*,1997)中引用的艺术家、文学家、哲学家的思想言论和故事多达140余处,而引用的目的是为了更好地"想象"。小说的主线是:利戈贝托是保险公司经理,他饱读诗书,性情特别。他无法原谅妻子卢克莱西娅与他和前妻的儿子阿尔丰索之间的暧昧关系,将她逐出家门,却兀自陷入了更大的痛苦。于是,儿子以他不失天真的机敏穿针引线,使父亲和继母破镜重圆。与这条主线通篇交错的是利戈贝托在卢克莱西娅离去之后为了慰藉寂寞而写的日记。在此,思念和饥渴共存,嫉妒和纵欲并举。叙述和日记相互交织,真实和虚构常常难以辨别,让人联想起《狂人玛依塔》里的结构处理方式。《情爱笔记》所要表现的是:情爱是基础,文化领域中的各种礼仪、虚构和幻想将爱情扩大到一个不同的范畴。《情爱笔记》主要是利用文学和艺术这两个手段使主人公利戈贝托建造起他幻想和虚构的精神家

---

① 〔西班牙/秘鲁〕马里奥·巴尔加斯·略萨:《水中鱼》,赵德明译,时代文艺出版社,1996年,第一版,第15页。

园。出现在利戈贝托生活中的书籍、约会、音乐、图画和思想，不是令人眼花缭乱的智力和情感游戏，而是一种富有生命力的理性展示，赋予他抵御不幸，缓解身体和消解灵魂上的种种欲望的力量。作为一家保险公司的经理，他的生活是平庸、单调和乏味的，对利戈贝托来说，艺术和文化是人性体验和生活的一部分，是一种像食物和空气一样必不可少的东西。

《情爱笔记》与1988年发表的一部中篇小说《继母颂》的故事情节有联系。《继母颂》讲的是：保险公司的经理利戈贝托给13岁的儿子阿尔丰索找来一位继母，名叫卢克莱西娅。而阿尔丰索精灵古怪，他利用继母想建立起良好的家庭气氛的愿望，不断地发展和深化两人的关系。终于有一天，这个少年偷吃了“禁果”，与继母卢克莱西娅发生了性关系。奇怪的是：事情发生后，阿尔丰索竟然用作文和提问的方式，把这个“绝密”情况透露给父亲。利戈贝托盛怒之下把妻子赶出家门。作为小说辅助线索，书中引证了不少古典神话，试图为阿尔丰索的性萌动做辩解。

值得注意的是，在这两部作品里全然不见作者一贯利用文学抨击社会弊端的笔墨。而是一反常态，写起性爱文学，但问题却不止于性。巴尔加斯·略萨暂时放下现实主义视角与冷战的结束、传统意识形态的消解有关，也和他自己思想意识的变化以及竞选总统败北等一系列遭际有关，于是忽然放弃了用文学改变“时代和社会”的初衷，开始了丰富的想象和性爱的游戏。

在《坏女孩的恶作剧》里，作者也通过里卡多的翻译工作引入多位作家及其相关作品；通过玛尔塞拉的雕塑家的职业引入多位艺术家的版画等诸多造型艺术品，里卡多和玛尔塞拉的交谈中提到了更多的艺术作品。虽然这些艺术品并没有进入小说的情节，但却成为小说叙述语言的一部分，不仅增加了小说背景文化的角度，而且加强了小说情节的张力。

7. 人文关注视角

进入21世纪以来，巴尔加斯·略萨的人文关注更加明显，甚至上升为作品的主题。以《山羊的节日》为例，小说里充斥的阶级斗争、暴力、人物间的怨恨、野心等，最后都在作品流露出的人文主义关注中消失殆尽。在谴责权力歪曲人的本性的同时，作者认为良知和感情是唯一摆脱其控制的领域。值得一提的是，《山羊的节日》中对乌拉妮娅女性心理的描写，将尚未成年就经受心灵打击的女性心理刻画得惟妙惟肖，在一个男性作家身上确属罕见。

大凡人文主义者都强调人的尊严、尊重人类生活中的美好价值。在巴尔加斯·略萨心目中，人类生活中的美好价值或美好生活的品质主要有四点：理想、真情、审美的享受和知识。

多部集中现实小说中的现实共同折射出秘鲁乃至拉丁美洲社会一百年的历史。应该指出，不是巴尔加斯·略萨的每一部小说都是整体小说，《继母颂》和《情爱笔记》按照作者的划分应该归于集中现实小说。然而，所有作品从不同侧面反映现实的小说涵盖了秘鲁甚至拉丁美洲社会的方方面面，涉及到对现代人人性的关注，它们共同构成一部整体小说。

布里塞·埃切尼克

布里塞·埃切尼克是秘鲁当代著名作家，也是拉丁美洲作品被翻译成其他文字最多的作家之一。他诙谐的叙事风格和独特的叙事角度被文学评论界认为是独有的、不可模仿的。布里塞·埃切尼克的小说故事性强，情节迂回曲折，富有启发性，读他的作品仿佛倾听一段娓娓道来的往事，抑或至亲好友间的窃窃私语。作者曾说他不是一个小说家，而是一个讲故事的人。布里塞·埃切尼克小说的魅力在于诚挚朴实的文笔和自然流露的真情，能在不知不觉中拉近读者和人物的距离。美国文学翻译家乔治·拉巴萨认为布里塞·埃切尼克是秘鲁最优秀的作家，他的第一部小说《朱利乌斯的世界》是拉丁美洲叙事文学的杰作。

布里塞·埃切尼克及其主要作品

1939 年 2 月 19 日，布里塞·埃切尼克出生于秘鲁首都利马的一个上层社会家庭，19 世纪曾祖父辈中出过一位秘鲁共和国时期的总统。布里塞·埃切尼克在一座名叫圣洁心灵（Colegio Inmaculado Corazón）的教会学校接受启蒙教育，之后进入首都的英国寄宿学校巴勃罗中学学习。母亲是一位文学爱好者，尤其喜爱普鲁斯特的作品，在她的启发下，布里塞·埃切尼克从小就开始阅读普鲁斯特、科塔萨尔、海明威、菲茨杰拉德和 J. D. 塞林格等人的作品。这些作家的写作风格对他日后的创作产生了巨大的影响。中学毕业之后在圣马科斯国立大学学习法律和文学，并最终获得法律学士学位和文学博士学位。1964 年他离开秘鲁旅居欧洲，开始了小说创作生涯。先后在巴黎南泰尔大学、索邦大学、万森大学、蒙彼利埃大学和美国的耶鲁大学和德克萨斯州立大学教授拉丁美洲文学。其间在巴黎索邦大学研究法国古典与当代文学并且获得博士学位。1975 年获得美国古根海姆基金会提供的奖学金，去美国考察并从事文学创作。1984 年起在西班牙首都马德里定居。布里塞·埃切尼克多次在作品中表示，国外的经历充实了他的人生体验和文学创作。和拉美很多作家不同的是，布里塞·埃切尼克是自己选择离开祖国的。按照他自己的话说，"他们将我从很多酒吧赶走，但不是从我的国家赶出去。"①在国外生活的经历连同身处异地的复杂感受

① Bryce Echenique, Alfredo, 1998: "Mi humor tolerante es una incitación a la paz", *El País*, 6 de agosto.

在他的叙事作品中反复出现，作家个体的心路历程赋予小说中的人物视角以动态发展的连续性。

在旅欧期间，布里塞·埃切尼克创作了多个短篇小说以记录这段时期的见闻。这些作品于1968年以《关闭的园子》（*Huerto cerrado*）为题结集出版，并于同年赢得了"美洲之家"小说竞赛的提名奖，其中《与吉米同在帕拉卡斯》（*Con Jimmy, en Paracas*）等短篇已经展示出其聚焦利马上层社会的儿童和少年生活的独特叙事视角。这一叙事角度在1970年问世的《朱利乌斯的世界》中得到淋漓尽致的发挥，这一作品也因对利马上层资产阶级生活的逼真和全面的描写而被认为是作者最具代表性的小说之一。作品中的叙述者对于所叙述内容驾轻就熟，却又若即若离，冷静客观地再现和批判上层资产阶级浮华生活表面下深藏的空虚和危机。《朱利乌斯的世界》于1972年获得了秘鲁国家文学奖（Premio Nacional de Literatura de Perú），并赢得"秘鲁最佳小说"的称号。

在随后的作品中，布里塞·埃切尼克秉持其年轻主人公的视角，将幽默讽刺又不失真诚平和的叙述风格发扬光大，同时不断推陈出新。1974年第二部短篇小说集《幸福！哈哈哈！》（*! Felicidad! ! Ja, ja, ja!* ）出版，书中各短篇和《关闭的园子》后来被收入出版于1979年的《短篇小说全集》①。《短篇小说全集》收录作者发表于1964～1974年间所有的短篇小说。出版于1977年的第二部长篇小说《圣佩德罗·巴尔布埃纳眼中的感情，他曾经放荡不羁，从未说过"不"》（*La Pasión según San Pedro Balbuena, que fue tantas veces Pedro, y que nunca pudo negar a nadie*）是一部取材于亲身经历又不乏大胆艺术想象的情爱小说，讲述了一个秘鲁青年旅居欧洲时的坎坷遭遇，其幽默讽刺的风格在标题中即可窥见一斑。因为标题过长，常简称为《放荡不羁的佩德罗》（*Tantas veces Pedro*）。佩德罗·巴尔布埃纳在街上看见一个女人的画像，由此疯狂地迷恋上了画中的人物，给她取名为卡洛尔，并且相信去巴黎留学的时候一定会遇见她，在巴黎他遇见了苏菲，便断定她就是卡洛尔。作者在这部小说的创作中看到了未来写作的方向，因而认为它是自己最喜欢的一部作品。

发表于1981年的《马丁·罗马纳的夸张生活》（*La vida exagerada de Martín Romaña*）和发表于1985年的《谈论奥克塔维娅·德·加第斯的男人》（*El hombre que hablaba de Octavia de Cádiz*），讲述的是前后相继的两

① 1979年，布里塞·埃切尼克于1964年至1974年十年间创作的短篇小说结集出版时，马德里的版本名为 *Cuentos completos*，利马出版的版本名为 *Todos los cuentos*。

个故事，因为主人公坐在一把“伏尔泰”式的扶手椅上，在一蓝一红两本记事本上分别创作了小说，这两部小说因此合称为《“伏尔泰”椅集》（*Cuaderno de navegación en un sillón Voltaire*）。小说中人物在大城市的悲喜交加的荒诞经历背后似乎总能看到作者的影子。《马丁·罗马纳的夸张生活》通过展现理想与现实之间让人始料未及的距离，反映了到欧洲寻梦的一代拉丁美洲年轻人的现实状况。出身于秘鲁上层社会的年轻人马丁·罗马纳来到巴黎追寻作家梦，结果却意外地发现自己苦心创作的小说写的竟是自己和其他生活在这座“所有的钢筋水泥都已熔化的光明之城”的拉丁美洲移民的生活。马丁·罗马纳是作品中让人记忆深刻的一个人物。在巴黎追寻了十年文学梦之后，他陷入思乡和孤独的情感危机。他历经离别到相聚再到离别，怀抱作家梦到放弃理想再到重走写作之路，其中的关键就是奥克塔维娅。这个于虚构中存在的女性是他释解痛苦的慰藉和灵感勃发的动力，于是就有了《谈论奥克塔维娅·德·加第斯的男人》的起因。在这本小说中，马丁·罗马纳已经是南泰尔大学的教师，因为口吃，常常带着录好的磁带讲课。奥克塔维娅在姐姐弗萝伦斯的谈论中迷恋上了这位有点疯狂的老师，她与三个分别在巴黎、米兰和里斯本的情人决裂，到南泰尔大学做马丁·罗马纳的学生。接下来发生的爱情故事便成了马丁·罗马纳红色记事本里的传奇。马丁·罗马纳的叙述视角是幽默讽刺的，赋予叙述以调侃的意味，但也表明了一种认识和展现现实的方式。

1988 年，小说《菲利佩·加里略的最后一次搬迁》（*La última mudanza de Felipe Carrillo*）出版，讲述的是一个秘鲁建筑师和一个寡妇之间的恋情。在 1990 年出版的中篇小说集《两位太太谈天说地》中，作者试图用新的方式审视过去，表达对逝去年华的眷恋。小说集由三个中篇组成：《两位太太谈天说地》（*Dos señoras conversan*）、《沙漠之蛙》（*Un sapo en el desierto*）和《大爷们就是如此》（*Los grandes hombres son así*）。其主题为时间解读现实，得出的结论就是“毁坏、成熟和消解神话”。1995 年出版的《四月里别等我》（*No me esperen en abril*）是一本关于友情、爱情、死亡和人与人之间的信任和忠诚的小说，以第三人称讲述了英国移民的后裔马依戈·斯特恩的生活。主人公马依戈从少年到老年的经历隐喻了秘鲁半个世纪的历史变迁。1997 年发表的《巴黎的悲伤的向导》（*Guía Triste de París*）标志埃切尼克重新回到短篇小说的创作领域。发表于 1997 年的《夜间的罪犯》（*Reo de Noctunidad*）讲述的是一位忍受着失眠症困扰的大学教授爱上了一个女银行抢劫犯的故事，该作品获得了 1998 年西班牙全国叙事文学奖（Premio Nacional de Narrativa）。在《塔尔桑的扁桃体炎》（*La Amigdalitis de*

Tarzán,1999)一书中,作家戏仿书信体小说的叙述方式,表现女主人公和她身为流行音乐歌手的男友之间的爱情故事,以及两人各自混乱的生活环境和悲欢离合。2002年《爱之伊甸》(*El huerto de mi amada*)获得了当年的行星文学奖。在作品中,埃切尼克以幽默讽刺的叙事语言讲述了20世纪50年代,一对"不般配"的情人之间的爱情故事。17岁的富家子弟卡洛斯·阿莱格雷是个懵懂却不失真诚的快乐少年,与年长近一倍的、富有寡居的娜塔丽娅·德拉雷阿的相识改变了他的生活轨迹。两人的恋情在利马上层社会引起轩然大波,为了躲避社会舆论和来自各个方面的压力,卡洛斯不顾社会道德规范的约束,搬到娜塔丽娅位于利马郊区的别墅里,并将其称为"爱之伊甸"。在这里,两人过着激情洋溢的奢华生活,使出浑身解数以实现自己不为世道所容的爱情理想。在这部小说里,布里塞·埃切尼克再次通过一个少年的视角回溯了久违的利马上层社会。发表于2007年的《潘丘·马拉姆比奥的倒霉工程》(*Las obras infames de Pancho Marambio*)是布里塞·埃切尼克的最新作品:55岁的萨尔瓦多·布埃纳文图拉出身豪门,是个事业有成的律师。一日他突发奇想要改变自己的生活,于是离开秘鲁,丢下事业和家庭,来到巴塞罗那定居。然而负责新居装修的潘丘·马拉姆比奥却将他在巴塞罗那的生活变成了一场噩梦。

除了小说之外,布里塞·埃切尼克还创作了多部评论文集和回忆录。出版于1977年的《关于好运和其他》(*A vuelo de buen cubero y otras crónicas*)以报告文学的形式记录了他于1975年在美国各地考察的经历和在巴黎等地的生活,反映出他对美国新报业观点的认同和对美国南部地区的看法。他从20世纪90年代开始创作回忆录,1993年第一部回忆录《生活许可证》(*Permiso para vivir*)问世,2005年第二部回忆录《感觉许可证》出版。母亲对他文学创作的影响,大学法学专业对他选择文学道路的影响,对拉美"文学爆炸"作家群的理解,阔别祖国几十年后重新回归祖国,以及藤森政府时期秘鲁的现实,全都被写进了回忆录。按照作者的说法,他的回忆录是一部反观记忆的书,融汇了回忆录、私人日记和自传三种体裁,记述了自己熟稔的事件、人物和地区,贯穿始末的讽刺语调似乎包含着对自己记忆的质疑。

布里塞·埃切尼克的叙事文学作品常常让人联想起《堂吉诃德》,其中缘由不是情节的相似,而是基于文字流畅的塞万提斯式的幽默。在他身上,幽默是一种存在方式,也是对待现实的一种态度,他说"首先要嘲笑自己,才能去认识世界"。① 幽默讽刺中包含对他人的理解、深藏内心的悲伤和对秘

① Bryce Echenique, Alfredo, 1998: "Mi humor tolerante es una incitación a la paz", *El País*, 6 de agosto.

鲁的感悟。他在巴黎、蒙彼利埃、马德里和欧洲其他地方创作的小说从来没有偏离“秘鲁”这一主题，作品中静静流淌着追忆往事和感伤怀旧情绪，显露出远走他乡而失去故乡的游子挥之不去的愁绪。从这一矛盾情感立场出发，布里塞·埃切尼克身在秘鲁之外却对秘鲁有更深刻的认识，他通过幽默讽刺的叙述，竭尽揶揄和挖苦之能事，寄托对秘鲁往昔生活的怀念和对秘鲁未来的希望。作者善于使用幽默讽刺手法，由于他感到极度的不安和痛苦，于是将这种感情输送到一个喜剧人物身上，这个人物的本我同时带上了悲剧性和喜剧性，这样也就具有了幽默性。在他的笔下，幽默是悲剧因素和喜剧因素的辩证结合，更是处理现实的一种方法，本来严肃的话题在回忆中再现时便带上了人物调侃的语气。以戏谑的态度对待痛苦主题，这是作者笔下的年轻主人公们面对痛苦的态度。布里塞·埃切尼克借以实现其幽默风格的不仅采用鞭辟入里的语言手法，更有包揽多方的叙事视角。

《朱利乌斯的世界》的儿童视角

在“爆炸”文学余波犹存的20世纪70年代的拉美文坛，布里塞·埃切尼克的小说《朱利乌斯的世界》已引起各个国家评论界的广泛关注，它引起的巨大轰动决不是偶然。评论界从小说的自传因素、意识流手法的使用以及作品中呈现出的塞万提斯、普鲁斯特、海明威等经典作家的影响等角度对它进行研究。布里塞·埃切尼克的作品对叙述角度很讲究，这部小说就很具代表性。作品中的儿童视角不仅在创作手法上具有独到之处，而且是理解作家创作意图的关键。

在叙事学中，一般意义上的“儿童”视角指的是借助于孩子的眼光或口吻来讲述故事。亨利·詹姆斯说过：“小孩子虽然说不清道不明，但其感觉、眼光和理解力远比他们所能用词汇表达得更丰富、更敏锐、更深邃。”①在世界文学中，布里塞·埃切尼克远不是第一个在小说中使用儿童视角的作家，但他赋予儿童视角以新意，并依此成功地展示并发掘了一个广阔而复杂的世界。

小说叙述了出生于秘鲁上层社会的孩子朱利乌斯人生第一个十年的成长经历。小说一开头就交代出朱利乌斯的生存空间由两部分组成：一是上层社会的家庭，一是社会下层人的世界。小说通过记述小主人公在这两个不同的世界中的生活体验，展现了对成人世界抱有种种美好想法的童心是如何渐渐被扭曲，而最终陷入失望孤独的空洞之中。朱利乌斯渴望关爱，但他在家庭中的情感生活却颇多坎坷：父亲在他不到5岁的时候就去世了；母

---

① 〔美国〕亨利·詹姆斯：《小说的艺术：亨利·詹姆斯文论选》，朱雯等译，上海，上海译文出版社，2001年，第一版，第32页。

亲沉湎于个人享受消遣而对儿子的照顾和教育置之不理；两个哥哥瞧不起他并排斥他；面对他单纯的天性继父却采取了欺骗和虚伪的手段；唯一对他呵护有加的姐姐在他不到5岁的时候就离开了人世。

小朱利乌斯是在家中佣人们的关爱下成长起来的。这一切使他在他所属的阶级中渐渐边缘化。他从情感上认同生活在下层的人们，并更乐于接受他们的价值观，但可悲的是在这个世界，他也不能完全融入其中。与下层人的情感认同并不能改变在他内心根深蒂固的阶级意识，相反地，他们平庸的生活在他的心灵深处留下了记忆的创伤。在下层人世界中，朱利乌斯同样是一个边缘人物。成人世界在朱利乌斯的心中植入无数的矛盾。在扑朔迷离的现实中，他的童心从迷惑走向迷失；在理想与现实的强烈反差面前，童年的伊甸园不堪一击。

小说结尾时，朱利乌斯幼年时的奶妈维尔玛重归朱利乌斯的世界，而这却在现实生活中给小主人公致命的打击。维尔玛在幼年的朱利乌斯心里占有重要的位置，但在他4岁时奶妈突然离开并且从此音信杳无，给朱利乌斯的童年留下了挥之不去的阴影。11岁生日那天，这一疑团在儿时厨娘的一席话中解开：他当作母亲尊重的奶妈因为和长兄有不正当关系而被继父赶出家门，之后为生活所迫沦落风尘。朱利乌斯童年仅剩的希望骤然破灭，他也从此告别童真年代而踏上成年世界的痛苦征途。“在巨大的松懈与入夜袭上心头的困倦之间，残存一个空洞，无边、幽深、黑暗……朱利乌斯无能为力，只能充之以一声哭泣，漫长、寂寞、迷惑。”至此，小说开头时天真活泼的孩子不见了，取而代之的是一个被扭曲的迷失的童心，在黑暗中苦苦挣扎。作者以这样一个开放式的结尾似乎在启发读者思考：扭曲的童心能从失望孤独的空穴中走出来吗？

作者在这部长篇小说中，选择了一个天真无邪的孩子做主人公。朱利乌斯的儿童视角无论是在内容上还是在结构上都在小说中居于主导地位。作者试图以儿童视角涵盖长篇小说所可能拥有的地域、民俗与社会历史的容量，以儿童有限的经历和视域以及单纯的思维能力去再现一个广阔而复杂的外部世界，以个体的童年成长的历史去展示一个“家族史”乃至“社会史”。然而，这种相对宏大的追求显然是儿童视角所不可能完全胜任的。因此，小说的叙事便呈现出一种内在的矛盾，具体表现为在儿童视角的旁边始终有一个成年叙述者存在。成年叙述者的声音穿越儿童视角的时空，对它进行调节和校正但并不违背。这一切都表明作者在选择儿童视角时的匠心独具。

布里塞·埃切尼克在《朱利乌斯的世界》的写作中，始终保留一个既看懂又看不太懂的独特视点，即朱利乌斯的眼睛和朱利乌斯的心灵。朱利乌斯的儿童视角是沟通儿童世界和现实世界的关键，他的生存方式和观察方法既是稚气的，又是自觉的，既是坚定的，又是未定型的。朱利乌斯是一个正在慢慢成长的孩子，也是一个正在跋涉途中的探索者，他的未来走向使我们从小说悲剧性渐浓的结尾里“跳”出来，重归作者的幽默讽刺的超脱角度，评判和观察拉美社会，探索拉美文化的未来。

小说开篇引用的德国民谚“胡安孩提时没有学会的东西，长大了也不会懂得”，似乎是对朱利乌斯童年生活的总结。在小说里，朱利乌斯努力地认识外部世界，最终还是失望地告别了童年，他的悲哀在成年之前就已经形成。这一悖论让我们又回到小说的题目“Un mundo para Julius”。考虑到西班牙语前置词“para”在不同的上下文里可以表达不同的意思，标题可以有两种理解。一是“朱利乌斯眼中的世界”；一是“为朱利乌斯准备的世界”。题目的语义双关，不仅决定了作品多重的叙述角度，而且也奠定了贯穿全文的幽默讽刺基调，以及从中流露出来的消极被动的情绪和悲观主义。

对于朱利乌斯来说，外部世界的破坏力在于它在现实和孩子的理想世界之间产生的强烈反差。面对这种反差，朱利乌斯在理想世界中寻找保护，结果理想世界的不现实却更强烈地暴露出来。他在真实和不真实之间来回摇摆，当这种矛盾超出了他作为一个孩子的承受力的时候，也就是一个童心彻底被扭曲的时候，他的童年时期也就结束了。小说的结尾描绘的朱利乌斯的反应已经不像是一个孩童的表现，在他身上，我们看到一个孤独的行路人，在孤独迷惑中痛苦地挣扎。需要指出的是，这个行路人在小说结束之后继续前行，但前途不得而知。朱利乌斯的儿童视角的另一个重要意义就在于，它似乎总是存在于布里塞·埃切尼克的长篇小说中，并伴随人物的变化和成长。

布里塞·埃切尼克自下而上的观察角度

在布里塞·埃切尼克的叙事文学创作中，选择一个年轻的主人公，并且以他的视角作为主要叙事角度，朱利乌斯并不是一个特例。从 1970 年的《朱利乌斯的世界》到 2007 年的《潘丘·马拉姆比奥的倒霉工程》，可以看到作者先后创作的 12 部长篇小说中，年轻人的叙事角度占有绝对的优势。其中，《朱利乌斯的世界》、《放荡不羁的佩德罗》、《马丁·罗马纳的夸张生活》、《谈论奥克塔维娅·德·加第斯的男人》、《菲利佩·加里略的最后一次搬迁》、《四月里别等我》和《爱之伊甸》这七部小说选择的都是少年或者青年主人公。尤其值得注意的是这些人物并不是孤立地存在于相应的作品中，相反，在这些主人公身上读者总能感觉到前后相继的联系，似乎朱利乌斯的影子总在似有似无中闪现。那么这个穿越不同的作品而总是存在于读者想象中的儿童视角说明了什么呢？

《“伏尔泰”椅集》里的马丁·罗马纳仿佛是已经成年的朱利乌斯，他看到的同样是一个让人沮丧的世界。小说是以马丁·罗马纳的第一人称叙述的，这个年轻的叙事视角与朱利乌斯的视角相比体现出更多的现代小说的叙事技巧，当叙述者将布里塞·埃切尼克介绍给读者的时候，小说传统的叙事线索被打破，小说因此获得元小说的特点。在《马丁·罗马纳的夸张生活》中，马丁·罗马纳酷爱文学，是海明威的忠实读者。1964 年刚刚成年的马丁·罗马纳告别祖国，放下养尊处优的生活，只身来到巴黎追寻作家梦。但是，海明威笔下的充满魅力的光明之城了无踪迹，他看到的是一个满目疮痍、道德沦丧的巴黎。马丁·罗马纳和一个腼腆的女孩伊内斯结了婚，却发现妻子不是一个虔诚的天主教徒，而是一个激进的马克思主义者。马丁·罗马纳在伊内斯的蛊惑下加入了一个极左派的政党，在这个政党中他的任务是写一部反映秘鲁渔业辛迪加的小说。又过了几年，就在马丁·罗马纳在巴黎生活了十年之后，他开始在他的蓝皮本上构思小说。他坐在自己的“伏尔泰”式扶手椅中回溯往事，随着思绪和想象逐一放开，往昔生活渐渐丰满起来。马丁·罗马纳怀抱成为作家的热望，最后写作却成了他生存下去的唯一出路与寄托。唯有记下十年异乡的生活经历，他才能得到一丝喘息的机会。这些经历包括在 1968 年 5 月的革命中他在巴黎的所见所闻，他和伊内斯的聚散离合，以及他的怯懦、犹豫和踌躇，最终如何遭到了伊内斯的抛弃，在一次海难中他如何丢失了所有的藏书，他对于塞萨尔·巴列霍(César Vallejo)①和海明威的着迷以及对巴黎幻想的破灭。这就是他的“蓝色航海日记”，他本想创作的英雄史诗，结果却记下了他和像他一样在巴黎流浪的拉美同胞的辛酸记忆。在小说的末尾，马丁·罗马纳陷入深深的苦痛中，他所虚构的奥克塔维娅是他唯一的安慰，他因此开始“红色航海日记”的创作。作为题记引用的索尔·胡安娜·德·拉·克鲁斯(Sor Juana Inés de la Cruz，1648～1695)②的诗句“倘若我语无伦次/仿佛身处迷雾/惟有那真爱的宠儿/能解我的谵语”似乎是作者设定的隐喻，预示着小说主人公注定要陷入茫然的命运。这种茫然的状态是寻梦的马丁·罗马纳少年视角不可能觉悟到的，只有坎坎坷坷、一路走来的马丁·罗马纳的成人视角才能明白。在小说十年的时间跨度中，成年主人公的视角和少年主人公的视角相

① 塞萨尔·巴列霍(César Vallejo，1892～1938)，秘鲁诗人和小说家，被认为是 20 世纪最伟大的诗歌革新者之一。

② 索尔·胡安娜·德·拉·克鲁斯(Sor Juana Inés de la Cruz，1648～1695)，墨西哥女诗人，被誉为“第十个缪斯”和“美洲的凤凰”，代表作《初梦》(*El sueño*)。

互交错，少年主人公的经历通过成年主人公的视角再现，同一人物不同时期的视角相互补充，拓展了小说叙事视角的广度和深度。

《四月里别等我》中的马依戈从一出场就好似从那个伤心夜晚走来的12岁少年，他随后50年的经历如同朱利乌斯的后续人生。小说从一开头读来就仿佛是在续写《朱利乌斯的世界》："又是那漫长、沉寂、没有答案的哭泣。又一夜辗转难眠。""生活在这样的城市，每天迎来这样的清晨，怎么能做一个快乐的少年？"确实，不论是年少轻狂，还是垂垂老矣，马依戈都是不快乐的。马依戈十几岁的时候就已经与众不同，"在他那样的年纪，他就总是看见事物的严重性，每当日出和日暮的时候，这种沉重感就会更加强烈。"他从小就被崇尚男权和黩武的社会认为是异端，他被"家长协会"认定是"恶魔"而开除出学校。父母将他送入全南美洲最昂贵的英国学校寄宿，就在他入学前夕，他认识了特蕾·蔓丝妮并痴迷地爱上了她。因为这所英国寄宿学校是四月开学，四月就成了这对订立了海誓山盟的恋人的分离时节。马依戈和朱利乌斯一样，都是不成熟的象征，是不想长大的人物。朱利乌斯不愿走出童年，而马依戈总是生活在三月。马依戈是个性格丰满的人物，他深爱着特蕾·蔓丝妮，对朋友有情有义，童年时他调皮捣蛋，成年后他及时行乐，麻木不仁。一方面他性格古怪，另一方面他又有着高尚的情操。他是长大了的朱利乌斯，以成年人的经历继续演绎着童年朱利乌斯的痛苦和哀愁。

布里塞·埃切尼克的小说常常以青少年作为主人公，他的学生时代的学校、老师和同学在作品中得到艺术再现，成为秘鲁社会，特别是已没落的上层社会的缩影。就连作者本人似乎也在朱利乌斯、马丁·罗马纳和马依戈身上若隐若现。作品中，朱利乌斯观察成人世界；马丁·罗马纳观察移民欧洲的拉美同胞的世界；马依戈观察着随他一起成长的同龄人世界。而在现实中，布里塞·埃切尼克也在观察他的世界："我是秘鲁社会的'观察员'，我是个不受欢迎的家伙，我从未能和我的同胞们对话，他们常常嘲笑我，好像我说着别国的语言，但是我依然去我常去的地方，还去那些咖啡馆，还去那些酒吧，就这样聆听在我周围展开的谈话，那些熟悉的腔调，真是棒极了……"①对拉丁美洲社会的种种观察和对拉丁美洲社会的过去、现在和将来的思考，连同他耳熟能详的口语表达风格，这一切作者正是通过他的年轻主人公的视角传递出来的。

---

① Bryce Echenique, Alfredo, 1985: "Confesiones sobre el arte de vivir y escribir novelas", *Cuadernos Latinoamericanos* 417, mayo.

布里塞·埃切尼克在他的叙事文学作品中经常选择儿童或者正在成长中的青年作为小说的主人公,并且以他们的视角作为小说叙事的主要视角,这在以塑造孤独、绝望的成年主人公为主流的20世纪拉丁美洲叙事文学领域似乎显得“另类”。但是深究起来,作者的这种视角设置也不乏道理。不论是《地道》(*El túnel*)[①]塑造的小资产阶级知识分子代表胡安·巴布罗·卡尔特尔抑或是《阿尔特米奥·克鲁斯之死》中的昔日显赫的墨西哥革命时期的军官阿尔特米奥·克鲁斯,都是深陷精神痛苦而不能自拔的成年人。他们都是拉美社会的共时性的写照。与此相对照,布里塞·埃切尼克似乎在他的多部小说里“反其道而行之”,将个体从儿童到少年直至成年的生命经历娓娓道来。他的年轻主人公承受着与那些成年主人公一样的孤独和痛苦。《放荡不羁的佩德罗》中的佩德罗、《“伏尔泰”椅集》中的马丁·罗马纳以及《四月里别等我》中的马依戈,这些人物置身于社会却与之没有认同感,他们的悲伤不仅仅来源于外部世界,外部世界与内心憧憬的失衡是他们精神痛苦的主要原因。他们不堪内外压力,渐渐游离于所处的社会阶层之外,成为名副其实的边缘人。在不同的作品中,作者为他们安排了不同的名字,但每个主人公遭受的孤独、困惑和痛苦却如出一辙,好似同一个人身处前后相继的生命阶段。正是通过这些人物之间隐含的连续性,布里塞·埃切尼克通过他的不同作品构建了一种动态的视角。这一动态视角穿越不同的故事情节和时间空间,刻画出在不断异化的社会里,现代人的复杂而扭曲的心理。布里塞·埃切尼克小说里的青年主人公们实际上就是对拉丁美洲社会现实的历时性再现。

这不禁让人联想起中国近代思想家梁启超在《少年中国说》里关于年轻一代关乎国家前途的一番论述:“少年智则国智,少年富则国富,少年强则国强,少年独立则国独立,少年自由则国自由,少年进步则国进步,少年胜于欧洲,则国胜于欧洲,少年雄于地球,则国雄于地球。”如果少年都是如同布里塞·埃切尼克作品中的青年主人公一样悲伤、失衡、迷惑,那么寄希望于他们的社会又将何去何从?布里塞·埃切尼克的作品似乎总有着“感时花溅泪”的无奈叹息,然而,作者正是在悠悠的感伤中诠释着他那宏大社会叙事主题。

圣地亚哥·隆卡格里奥洛

圣地亚哥·隆卡格里奥洛是秘鲁新生代作家的代表性人物之一,被评

---

① 《地道》(*El túnel*,1948)是阿根廷作家萨瓦托(Ernesto Sábato)的作品,被认为是拉丁美洲心理现实主义的代表作。

论界喻为巴尔加斯·略萨和布里塞·埃切尼克文学事业以及两者在拉丁美洲的文学地位的继承人。我们认为,不论他的作品在评论界看来与巴尔加斯·略萨和布里塞·埃切尼克有怎样的相似,他作为新生代作家的经历决定了他的作品不同于前辈作家的特点。

圣地亚哥·隆卡格里奥洛及其主要作品

圣地亚哥·隆卡格里奥洛生于秘鲁首都利马。两岁时,他的父亲,政治评论家拉斐尔·隆卡格里奥洛,遭到秘鲁军政府的流放,全家流亡到墨西哥,于是他在墨西哥度过了童年。回到利马后在圣洁心灵教会学校(Colegio Inmaculado Corazón)接受启蒙教育,后在秘鲁天主教大学(Pontificia Universidad Católica del Perú)学习语言和文学。圣地亚哥·隆卡格里奥洛从小就对文学表现出强烈的爱好。他的早期文学创作包括几部儿童文学作品和一部剧作《你的朋友永远够格》(*Tus amigos nunca te harían daño*, 1999)。《你的朋友永远够格》展现的是六位朋友的告别聚会,以年轻人的视角展示了堕胎、毒品、爱情、友情等敏感主题,现实中年轻人的生活状况、需求、梦想和生活态度似乎都能在小说的人物身上一一对号入座。这部剧作已在南美洲八个国家演出,并被选入《秘鲁戏剧选集》(*Dramaturgia Peruana*)[1],是一部诙趣而又发人深省的作品。需要指出的是,隆卡格里奥洛的文学才能更多地体现在叙事文学领域。

自2000年起,隆卡格里奥洛迁往西班牙,为生活所迫,他做过小时工和代人写作的"捉刀人"。目前定居巴塞罗那,是西班牙《国家报》和多家西班牙语美洲国家日报的特约作者。与此同时,其文学创作也进入蓬勃发展阶段。发表于2006年的《红色四月》于当年获得西班牙旺泉小说奖,隆卡格里奥洛也因此成为这一奖项最年轻的获得者。评论界认为《红色四月》代表了作家迄今为止最高的文学成就。关于这部作品我们在后面将做具体的介绍。

隆卡格里奥洛其他叙事文学作品有小说《鳄鱼王子》(*El príncipe de los caimanes*, 2002)、《廉耻心》(*Pudor*, 2005)和《一位夫人的回忆录》(*Memorias de una dama*, 2009);儿童文学作品《莫斯塔克之战》(*La Guerra de Mostark*, 2001)和《恋爱中的小龙鲁戈尔》(*Rugor, el dragón enamorado*, 2008)以及短篇小说集《成长是一件痛苦的差事》(*Crecer es un oficio*

① 秘鲁剧作家何塞·卡斯特罗·乌里奥斯特(José Castro Urioste)和罗伯托·安赫莱斯(Roberto Ángeles)于1999年至2001年编著了《秘鲁戏剧选集》(*Dramaturgia Peruana*),共两册,收录了20部秘鲁戏剧新作,其作者多为20世纪50年代之后出生的年轻剧作家。

triste,2003)。

《鳄鱼王子》讲述的是在亚马逊河流域探险的故事,小说取材于作者友人的真实经历,其中又加入作者丰富的想象和艺术构思。作品通过对看似性格完全不同的两个人物的心理刻画,将读者引向关于自由和死亡意义的深刻的思考。《鳄鱼王子》是隆卡格里奥的第一部长篇小说,与《廉耻心》和《红色四月》相比,作家此时的叙事风格和技巧尚显青涩和稚嫩。

在《廉耻心》中,作者展开了一次深入秘鲁现代人内心的探险。作者本人这样评价这部小说:"《廉耻心》讲的是我们连最亲近的人都不会透露的隐私、欲望和恐惧,讲的是我们如何保守自己的秘密。故事里的主人公包括一个垂死的男人、一个收到色情匿名信的女人、一个看见死尸的男孩、一只发情的猫以及其他诸如此类的角色。正如很多家庭一样,所有这些人物都彼此孤独地生活在一起,家庭和情感常处于冲突中。有时我觉得这本书是一个悲伤恐怖的故事,有时我又觉得它是一个喜剧,其实讲的就是家庭和情感的共同之处。"①《廉耻心》选择 20 世纪 80 年代生活在利马的一个普通中产阶级家庭作为观察对象,这一家人不过是被"家庭"这一称谓无力地联系在一起的陌路人,他们是社会上芸芸众生的缩影。虽然所有的人都生活在同一个空间里,但实际上彼此孤立,每个人的内心世界都不为他人所知。作者深入人物的内心,通过展现不同人物所面临的不同问题,发掘孤独的不同侧面。《廉耻心》通过讲述个人的内心冲突和个人与他人之间的冲突,揭露普通中产阶级家庭的隐秘和窘迫的生活境遇,以其有限的叙事空间折射出深陷危机之中的秘鲁社会的全景,为读者展示出一幅 20 世纪 80 年代秘鲁社会的图景。

在《一位夫人的回忆录》中,隆卡格里奥洛展开了新的叙事技巧的探索,对传统意义上的旅行笔记、回忆录、历史小说、成长小说和流浪小说的叙事模式进行戏仿,将不同风格的叙事语言熔于一炉。小说由两条叙事主线构成,一条采用第一人称视角,讲述一个年轻的秘鲁人在马德里追寻作家梦的故事,男主人公身上时时折射出作者自己的影子。另一条采用第三人称全知视角,讲述的是老妇人迪安娜·米内蒂的故事。迪安娜·米内蒂来自于加勒比海地区某国的一个上等家族,在家道中落之后流亡欧洲。迪安娜需要寻找一个能将她的过往书写下来的作家,而"我"正迫切需要经济资助以实现自己的理想。种种机缘巧合使两人在巴黎相遇,最终成就了小说本身,作品的"元小说"特点由此产生。作者借迪安娜·米内蒂的回忆,再现了多

① 参见 http://www.tiramillas.net/libros/resenas/resenas050209/roncagliolo.html。

米尼加共和国的特鲁希略和古巴的巴蒂斯塔的独裁统治犯下的罪孽，揭露了经济寡头与独裁势力相互勾结，共同控制国家的经济命脉，以及因此而为国家和普通民众造成的灾难。迪安娜的回忆在通过年轻的“我”的语言再现于文字时，便带上了现代人对历史的理解和评判。

《成长是一件痛苦的差事》包括十个短篇小说，中心主题是告别少年时光向成年人的过渡，时间都选择在80年代末，地点是饱受暴力摧残，经济濒于崩溃的利马。小说将读者引进不同的利马家庭，展示他们生活里的各种状况：不负责任的父亲、被虐待的母亲、沉默的怯懦者等等。小说里的人物不论社会地位如何，生活都面临种种问题，如成长、恋爱、学习、享受等。小说设置的场景虽然普通，结局却常常出人意料，每篇作品都能激起读者悲伤和愤怒的情绪。

隆卡格里奥洛的作品从语言上来看，没有表现出明显的地区特点。但是自从作家来到西班牙之后，作品中开始使用一些在西班牙使用，而在秘鲁不使用的词汇，这一点在《红色四月》中表现得很明显。

纵观作者自1999年到2008年的十年创作历程，我们看到，从《你的朋友永远够格》到《一位夫人的回忆录》，作家的叙事风格逐渐走向成熟，年轻的作者不断寻求创新和超越，其中既有摒弃也有坚持。作为新生代作家，隆卡格里奥洛的作品中不乏反传统的时尚因素，然而，使他的小说从同时代年轻作家的创作中脱颖而出的还是其流露于字里行间的对人本质的探索和对秘鲁历史的思考。他从当下出发审视人心，展现现代人的生活实况，回溯秘鲁的历史。他的视角有对传统价值观的秉持，同时也充分表达了年轻一代知识分子对生命、社会和历史的思考。下面我们将以《红色四月》为例，分析其作品中的现代人的回溯视角。

圣地亚哥·隆卡格里奥洛作品中的现代人的回溯视角

“秘鲁他妈的什么时候倒的霉？”巴尔加斯·略萨在《酒吧长谈》中通过人物之口提出的问题困扰了整整一代作家。然而，秘鲁新生代的作家似乎已经不再对这一问题关心，或者说，对秘鲁的国家命运他们依然保持着一种担忧，但已经不像他们前辈作家那样，对这一问题的思考和忧虑贯穿于作品的始末。从这一角度说，隆卡格里奥洛的《红色四月》在他的同代作家的作品中仿佛是一个“另类”。

2006年，在授予《红色四月》旺泉小说奖时，评委会这样评价道：“它就像一部悬念片，自始至终隐含着恐怖和死亡的危险。”[1]《红色四月》逼真地

① Sotomayor, Carlos M, 2006: “Entrevista a Santiago Roncagliolo”, *Correo*, 12 de marzo.

描摹了几乎将秘鲁夷为平地的恐怖主义的滔天罪行。故事发生在2000年，经过多年的流血战争和军事压制，秘鲁共产党的游击队“光辉道路”派似乎已经销声匿迹。然而这一年的复活节，阿亚库乔地区的助理检察员菲利柯斯·查卡尔塔纳·萨尔迪瓦尔接手了一系列的谋杀案件，这些案件的血腥程度让他想起80年代初同样始于这个地区的政治暴力事件。菲利柯斯·查卡尔塔纳怀疑这些死亡事件表明“光辉道路”派的恐怖主义活动在安第斯山地区又一次死灰复燃。随着调查的深入，他见到了地方民兵的高层领导，并且亲眼目睹“光辉道路”派的散兵游勇触目惊心的杀戮痕迹。不知不觉中他已经被卷入到连环杀戮中。查卡尔塔纳不愿意面对现实，甚至不愿意看到身边发生的事情。他人为地将自己置于一种失明的状态。小说的结尾，查卡尔塔纳和卡利翁在一个黑屋子里的对峙场面从电影手法的角度增强了讽刺效果：在黑暗中，子弹可以从任何方向射出来，虽然当事人就在其中却无从察觉。作者以此影射秘鲁人对于现状的盲目无知。

检察官目睹的一切是任何人都不愿意看到的：莫名其妙的死亡、罪不可赦却逍遥法外的凶手、不断牵连无辜人群的疯狂理由。初步调查所得的蛛丝马迹暴露出案件的复杂性和隐藏在其后的令人毛骨悚然的真相。谋杀似乎同时和复活节的基督教仪式、印第安人古老的图腾仪式、政府当局的政治仪式和理论倾向以及“光辉道路”派的政治活动和歪理邪说存在千丝万缕的联系。然而所有的这些仪式虽然称谓不同，所鼓吹的理论不同，其所谓的救赎手段都是死亡和杀戮。在小说中，作者以浓墨重彩展现血腥的杀戮场面，力图赋予小说叙事以电影画面的震撼效果。

小说里的杀人凶手从阿亚库乔的复活节仪式，以及西班牙塞维利亚的复活节仪式中获取灵感，利用宗教仪式献祭牺牲的方式屠杀不幸落入他们手中的俘虏。病态的心理、宗教的狂热、嗜杀成性的暴力行为使复活节这一传统节日成为一场噩梦，从而暴露出其固有的含混性。作者利用复活节仪式表现的宗教狂热，将其与“光辉道路”派的游击队员肆无忌惮的暴力活动和扭曲的心理相结合，以此确定了作品勾画的地狱概貌。

20世纪80年代，“光辉道路”派和政府军在秘鲁安第斯山区展开激战，在屠杀无辜百姓和散布恐怖情绪方面，双方并无差别。双方幸存的士兵或者军事头目都仿佛是嗜血狂魔，他们在安第斯山区毫无顾忌地屠杀一切生灵以满足自己对鲜血的饥渴。作者将故事情节设置在阿亚库乔是有深刻寓意的。阿亚库乔不仅是“光辉道路”派的血腥杀戮的发源地，而且在印加人的古老语言克丘亚语中的本意是“死亡之角”。

小说的叙述采用第三人称全知视角，叙述者的语言平实朴素，穿插于叙述中的法律专业术语、传单里的混乱的语句、官方报告和特定人物的对话里的官僚式语言使小说的语言富于变化，贴近小说所反映的社会历史主题。旺泉小说奖评审委员会强调《红色四月》的获奖理由在于“以真诚自然的语言叙述，而没有丝毫文学的造作”，这是从语言层面对作品的肯定。

小说出版之后，作者曾经接受西班牙《国家报》记者的采访，在谈到创作动机时，作者说写这部小说是为了改变人们的历史成见，但是首先是纠正个人对历史的看法①。1999年至2000年，隆卡格里奥洛在秘鲁人权办公室工作。当时正是藤森执政的末期，恐怖主义的阴影已经蔓延开来，但是国家恐怖主义的危险还没有出现。在人民辩护所(Defensoría del Pueblo)，隆卡格里奥洛和他的同事们在监狱里开展调查，研究“失踪者”的情况。随着对“失踪者”遭受的酷刑越来越多的了解，调查者们逐渐陷入深深的恐惧之中。“这种恐惧之前没有察觉到它的存在，也没有人讲出它的存在，而之后有人试图否认它的存在，直到鲜活的事实摆在眼前，让人们除了面对现实之外再没有别的选择。”②作者坦言“我清楚地了解到‘光辉道路’派犯下的暴行，但是这无异于正视以我的名义，以民主的名义犯下的恐怖行径”。③ 这一段经历后来就成为《红色四月》中检察员菲利柯斯·查卡尔塔纳·萨尔迪瓦尔的经历。

当人们觉得自己受到了伤害时，就滋生了仇恨。人们杀人，是因为觉得自己是受害者，政府军和“光辉道路”派游击队的情况都是这样。自己人去杀人就是英雄，他人去杀人就是罪犯。在小说里作家试图表现一个现实：所有的人因为受害也去杀人。任何一种追求和平的形式都包含着某种不公正。在南非、爱尔兰和秘鲁，和平可以谈判，这意味着杀人者可以逍遥法外。在作家看来，“这是一种很难解释清楚的问题。”④战争年代会产生一种谋杀者的社会，屠杀是唯一生存下去的方式。此时死亡不仅有实用价值，而且成为一种庆祝仪式。在作者看来，大规模实行的恐怖主义需要实行者有一种根深蒂固的信念，这种信念能解释他自己以及他人的死亡。基地组织信仰宗教，如西班牙的“埃塔”组织在十年之内杀害了三万五千人，但是与“光辉道路”派相比，可谓小巫见大巫。作者通过小说表达自己对现实的看法，作

① Jarque, Fietta, 2006: “Entrevista a Santiago Roncagliolo: Mi literatura se ha españolizado al vivir aquí”, *El País*, 15 de abril.

② 同上。

③ 同上。

④ 同上。

品的现实意义和时代意义因此得到加强。

隆卡格里奥洛从小就经历过流放、独裁、恐怖主义、移民等等的境遇。在亲身经历80年代和90年代的困难岁月之后，他站在现在的立场从局内人的角度，重新审视过去20年秘鲁的历史和秘鲁人的心路历程。但是作为新生代的作者，他在表现这些同样是前辈作家关注的题材时，采用的手法无疑是更加现代的。

1. 以侦探小说的方式去讲述事实真相，揭露了政治冲突但似乎又不带有任何意识形态倾向。这可能是涉及杀戮，涉及流血的最婉转的讲述方式。

面对一个已经结案的案件，官方的结案陈述不能让侦探信服，于是侦探不顾当局的反对，不惜一切代价追根求源，重新调查，终于查得水落石出。这是传统侦探小说的经典情节，《红色四月》中同样有很多传统侦探小说的因素。但是《红色四月》与传统硬汉侦探小说的根本区别在于对侦探形象的处理上，以一个"反英雄"形象代替了传统的"英雄"形象。小说里的侦探，检察官菲利柯斯·查卡尔塔纳不同于达谢尔·哈米特(Dashiell Hammett)笔下的山姆·史培德①或者雷蒙德·钱德勒(Raymond Chandler)笔下的菲利普·马洛②，他不是铮铮铁骨的硬汉，只是个卑微的地区助理检察官，是一个对他人、对自己都无所求的普通人。他的身上看不见理想主义的痕迹，也没有为了追求真理而挑战既定秩序的勇气和觉悟；对于上级，他只是个唯唯诺诺的顺从下属。小说中这样描述他面对上级指派任务时的表现："他张开嘴，强作自信地应道：'是！长官！'"这一简单描述十分传神地刻画出菲利柯斯·查卡尔塔纳懦弱的个性。然而，正是这么一个既无能又无超常智慧的人卷入了一个官方已经宣布结案，但仍存在巨大疑团的案件中，并因此不得不单枪匹马、使尽全身解数应对狰狞恐怖的真相。

在小说的开始，菲利柯斯·查卡尔塔纳仿佛不是一个真实的人物，他与潜伏在身边的暴力似乎分属不同的世界，他的天真单纯几乎到了令人同情的地步，他对法律条文机械地全盘执行，对上级指示的言听计从已经到了无以复加的程度。但是，一连串的错综复杂、血腥的罪案逐渐将这个人物拉回到现实中，他开始融入他身处的暴力环境，甚至暴露出潜意识里的暴力和阴郁凄楚的一面。他每天和早已不在人世的母亲对话，向她倾诉内心的困惑

---

① 美国硬汉侦探小说代表作家达谢尔·哈米特的《马耳他之鹰》(*The Maltese Falcon*，1930)里的侦探，被认为是硬汉侦探的经典形象。

② 美国硬汉侦探小说代表作家雷蒙德·钱德勒(Raymond Chandler，1888～1959)在《长眠不醒》(*The Big Sleep*，1939)、《漫长的告别》(*The Long Goodbye*，1953)等系列小说中创作的经典硬汉侦探形象。

和抑郁,以及终日发生在身边的死亡。至此,他已和生活在阿亚库乔的其他人一样真实而正常。

卡利翁少校指挥军队疯狂镇压恐怖主义者,以维护和平之名组织了无数次血腥的屠杀,在阿亚库乔地区,他的名字就是"魔鬼"的同义词。他完全置身于现实之外,眼中只有鲜血和成堆的尸体。他让菲利柯斯·查卡尔塔纳清楚认识到杀戮、暴力和死亡就是他们生活于其中的现实,同时,自己也从"嗜血狂魔"的心理强迫中走出,成为血色现实中的真实人物。

小说营造的就是一个鲜血和死亡无处不在的恐怖主义的景象。通过菲利柯斯·查卡尔塔纳的故事,作者对席卷秘鲁几十年的暴力进行了强有力的道德批判,在这个意义上,小说本身就是一个人文主义的控诉。正如前文所说,作者的创作初衷是探究在恐怖主义最猖獗的年代里秘鲁人民的生活状况,然而小说行文中看不见直接批判控诉的只言片语,换言之,作者的做法是反其道而行,正如鲁迅先生所说的揭其疮疤,直现那淋漓的鲜血。

《红色四月》是隆卡格里奥洛创作的第三部长篇小说,与前两部相比,已经可以明显感受到作者的叙事技巧正日趋成熟。日常生活语言在小说里的艺术再现、构造精巧的对话、人物之间针锋相对的质问和反驳、充满真情实感的场景描写等都在真实自然中透露出作者对现实生活的关注和对小说叙事风格的精心打造。小说的结构与小说的主题相得益彰,作品开篇叙事节奏和缓,然而随着故事情节的展开,叙事节奏由紧凑变为紧张,将读者带进扣人心弦的场景中。小说充满悬念,然而悬念的提出和最终的真相大白,虽然要求读者紧紧跟随作者的叙述,但其过程却符合严格的逻辑推理,因而是真实可信的。换言之,作品需要读者参与的同时对读者的要求又恰到好处,从这个意义上可以说隆卡格里奥洛在《红色四月》里铺展的悬疑故事不仅真实可信,而且是精彩而引人入胜的,他在《红色四月》里表现出一流侦探小说家对故事情节的把握能力。

《红色四月》中反映的社会现实和利用侦探小说以及恐怖因素处理主题的方法,在现在的西班牙语美洲文学里具有普遍性。例如,萨尔瓦多作家奥拉西奥·卡斯特利亚诺斯·莫亚(Horacio Castellanos Moya,1957～)在《与蛇共舞》(*Baile con serpientes*,1996)和《人们手中的武器》(*El arma en el hombre*,2001)中,以及危地马拉作家弗朗兹·加利奇(Franz Galich)①在《马那瓜:萨尔萨之城》(*Managua salsa city*,1999)中都采用了侦探小说的

---

① 弗朗兹·加利奇(Franz Galich,1951～2007),危地马拉作家,他的小说《马那瓜:萨尔萨之城》(*Managua salsa city*,1999)真实地反映了尼加拉瓜桑地诺政府与反对派之间的内战给国家和人民带来的毁灭性的后果。

结构描写了充斥着恐惧和血腥暴力的日常生活。

2.从大众艺术中汲取营养，多方面开拓小说叙事表达的途径。

首先，电影艺术对隆卡格里奥洛小说的影响是很明显的。他很自然地以视觉的笔触写作，这与作家同时也从事话剧剧本创作的经历不无关系。与20世纪90年代很多实验文学不同的是，隆卡格里奥洛的小说更多地追求视听效果，而不是纯文学效果。在《红色四月》中，作者选用黑帮电影的画面来处理政治主题，以描述恐怖主义、游击战争丧心病狂的一面。作者对暴力和犯罪采用自然主义式的描写，旨在表现出恐怖和死亡是阿亚库乔的流通货币，甚至是生活于其中的人们的存在方式。在2006年3月接受秘鲁《邮报》采访时，隆卡格里奥洛表示：“我是读着那些已经不再讲述故事的小说长大的：乔伊斯的小说、卡夫雷拉·因方特的《三只悲虎》以及福克纳的一些作品。而我的兴趣却在于讲故事，我喜欢融入故事，和他人生活在另一些场景而忘记我本身的生活。从这个角度说，我的叙事文学作品参照的是以讲故事见长的电影。”[①]在他的作品中，读者经常能感受到一个电影爱好者的视角。在同一次采访中，谈到《红色四月》，隆卡格里奥洛说：“如果你是电影爱好者，这部小说会不时地让你联想起不同的电影画面。”在这方面，小说中菲利柯斯·查卡尔塔纳和已故母亲的每日对话无疑是对电影《精神病人》相关情节的模仿。

斟酌有度的震撼视听的因素和对悬疑电影的借鉴确保了《红色四月》畅销小说的地位和市场，同时也显示出隆卡格里奥洛所代表的新一代作家在小说理念和叙事风格方面的倾向。将电影等因素引入叙事，使其与叙事的其他环节协调配合的同时，又保持其自身的独立性和特色，是隆卡格里奥洛这一代作家与前辈作家对大众艺术形式运用的不同之处。

其次，隆卡格里奥洛的作品存在多重所指，作品的人物和场景常常激发读者的想象力，让读者联想起其他作品中的人物和情节。《红色四月》中菲利柯斯·查卡尔塔纳让人联想起陀思妥耶夫斯基的小说《罪与罚》里的拉斯柯尔尼科夫的困厄的人性以及卡夫卡的《审判》里的永远等不到公正的人物K。小说里的人物和故事与其他作品的人物和故事间的联系扩大了作品的张力，使读者对作品的理解因为有所参照而更加全面和具体。

再次，宗教节日和印第安人的传说也是作者创作灵感的来源。在这部作品中作者用来渲染恐怖气氛的手法之一是刻画宗教场景。作者从阿亚库乔的复活节获得灵感，在小说里重现了复活节阴森凄惨的场面：整个城市沉

---

① Sotomayor, Carlos M, 2006: “Entrevista a Santiago Roncagliolo”, *Correo*, 12 de marzo.

浸在无尽的黑暗中，只有蜡烛照明，人们高举耶稣的沾满鲜血、覆盖着鲜花的塑像游行。作家从复活节的庆典中悟出新的含义：不仅仅庆祝死亡，而且也庆祝死亡所蕴含的再生。这一点和安第斯山地区很多传说有关，比如"印加力"的传说（克丘亚语，意为印加王的回归）。而这些传说正是印第安人对待死亡的态度，是他们的世界观中赋予死亡的积极的一面。

3. 以幽默和揶揄来处理历史和现实的重大主题。

首先，《红色四月》表现的是藤森统治时期政府军和"光辉道路"派游击队之间的战争。在谈到创作动机时，作者说一直想写一部小说，反映当死亡已成为生命的唯一形式时，世界将是什么模样。① 无论"政治暴力"还是"死亡"都不是一个轻松的话题，然而，作者对主题的处理并不是沉重的道德说教或是辛酸的历史清算，侦探小说的叙事形式本身就是对这一主题的传统处理方式的一大颠覆。需要指出的是，隆卡格里奥洛对侦探小说的兴趣并不在于通过"黑色小说"的推理和悬念等因素进行叙事实验或者体验。尼加拉瓜作家塞尔希奥·拉米雷斯（Sergio Ramírez Mercado，1942～）②认为《红色四月》反映了作者"在历史的黑镜子里审视过去"的愿望，"其悲壮痛苦的心情在小说的情节中得到真切的流露"。作者选用惊悚侦探小说的形式，既可以通过悬念和紧凑的情节增强故事的吸引力，同时也为秘鲁 80 年代充满政治暴力和恐怖主义猖獗的社会现实找到了合适的文学表达形式。

其次，在这部充满血腥、神秘和恐惧的侦探小说中，主人公喜剧式的上场从一开头就紧紧扣住读者的心弦。小说的主人公检察员菲利柯斯·查卡尔塔纳·萨尔迪瓦尔的经历是对秘鲁历史的戏仿。他从未做过任何善事，亦未做过任何恶事，他从未做过检察院的各项规章制度上没有明文规定的事情。然而，正是这样一个平庸无能的侦探接手了一系列复杂的凶杀案，并要回到他的故乡——人称"死亡之角"的阿亚库乔去，在那里他就要认识恐怖主义及其各种表现形式。然而，对于法律和规定，恐怖主义却是全然不知的，这便决定了主人公悲剧性的遭遇。

菲利柯斯·查卡尔塔纳这一人物形象的塑造对小说的政治主题的揭示具有重要意义。查卡尔塔纳检察官从本质上说是个循规蹈矩、性格懦弱的官僚，他恪守法律和各项规章制度，执行上司的指示不敢有丝毫懈怠。他天真地相信在"理想的共和国"里，法律和制度都是为伸张正义而设立的，然

① Sotomayor, Carlos M, 2006: "Entrevista a Santiago Roncagliolo", *Correo*, 12 de marzo.

② 塞尔希奥·拉米雷斯（Sergio Ramírez Mercado，1942～），尼加拉瓜著名作家、知识分子和政治家，1985 年至 1990 年担任尼加拉瓜副总统一职。

而，在他调查谋杀案的过程中，他被卷入腐败的浊流中，和“理想的共和国”的当权者一样饰演“犯罪”和“执法”的双重人格。小说的末尾，菲利柯斯·查卡尔塔纳似乎认清了“理想的共和国”的当权者凌驾于法律之上的丑恶嘴脸，并亲身体会到所谓的法律不过是裹着“公正”外壳的最可耻的腐败，至此，这一人物“双重人格”中的良知战胜了邪恶。菲利柯斯·查卡尔塔纳的调查过程折射出一个真相：当权者监守自盗、滥用职权是导致秘鲁社会几十年国家权力失控，人民饱受社会和政治暴力摧残的根本原因。作者选择如此智力平平、浑浑噩噩的检察官形象，似乎在隐喻暴力肆虐，而所谓的维护公正的执法界却尸位素餐、懵然不知。与菲利柯斯·查卡尔塔纳同时调查案件的还有政府军的一个近乎愚蠢并有心理强迫症的少校，以及警察局的一个不讲原则、自作聪明的上校。这一侦探群体的构成似乎已经暗示了案件的调查结果，作者的这一安排无疑是对秘鲁社会“公正”和“司法”的无力和虚伪的辛辣讽刺和强烈抗议。

最后，小说的政治批判色彩也是很明显的，通过对警察局和政府军上层的描写，作者辛辣地讽刺了拉丁美洲所谓的政治家们“鸵鸟式的”自欺欺人的政治方式，以及伪善的面具下掩藏的残忍本质。在一次训话中，警察局的一名高官对查卡尔塔纳严辞命令道：“谨奉上级指令，在我国没有恐怖主义！”而在调查凶案过程中，查卡尔塔纳在给上级的报告中使用委婉语这样写道：“为了使囚犯更好地协助调查，我们采用了新的审理方案：反绑双手束于背部，在囚犯手腕部缚上绳索，悬空挂于屋顶，直至疼痛感促使他决定坦白罪行。”作者讽刺幽默的叙事风格在这里得到淋漓尽致的发挥。

在政治讽刺和历史思考之外，《红色四月》的主题同样包含对人性的探索，只是此时作者将人性放在极度恐惧的环境里，而这一极端的环境是通过对秘鲁 80 年代和 90 年代的历史的纪实性描写实现的，这样小说所表现的扭曲的、病态的人性就扩展到了历史的纬度。隆卡格里奥洛的作品常常提醒人们审视内心，在作者看来，文学的任务就是展示一些人们不想看到的自身的东西。他希望文学作品是一面透视镜，在呈现事物的时候，冷不丁地提醒观者：“这便是你！”在《廉耻心》中，作者的重点是人和家庭；在《红色四月》中，关注的重点转为人的另一种存在方式：社会，而不仅局限为秘鲁社会。

正如前文所说，真实自然的叙事风格和精心设计的叙事结构并不是《红色四月》的全部，使这部作品成为文学批评界公认的杰作，归根结底还是它承载的深刻的主题，它聚焦的是在特定国家和特定时期里的特定的人性，叙事风格和结构则是作者为了突现这一主题而设置的载体。秘鲁恐怖主义组织“光辉道路”派惨绝人寰的暴行使秘鲁几十年内民不聊生，然而，对于暴力的回应却是迫于恐惧压力下的全社会的沉默。小说里的人物不是为了履行作者对情节的某个安排而生硬虚构的，他们都是秘鲁现代人的真实写照，他们所面临的问题也是秘鲁人在特定的历史时期曾亲身经历的“绝境”。小说里所有人物的行为动机都是恐惧，在恐惧的驱使下，他们或有所隐瞒、或试图忘却、或在担心害怕中惶惶不可终日。作者真实地揭露了面对恐惧人的内心活动，不留情面地剖析了人性中最隐秘甚至猥琐的一面。

在侦探小说和悬疑小说紧张的情节基础上，隆卡格里奥洛以幽默讽刺的笔调和坦然自若的叙事风格构筑起对暴力的道德批判。与此同时，作品流露出对死亡的拒绝。小说完成了自己的使命，即从反传统的，近乎反社会学的角度挖掘在秘鲁的恐怖主义最猖獗的年代，秘鲁人民的生活状态。也正是这样，更凸显出小说的可读性。乔治·卢卡契说过小说的本质就是社会消费的产品，隆卡格里奥洛以及其他新生代的叙事文学作家似乎在践行小说的这一本质。然而，他们并没有因此而放弃小说诞生时就秉持的原则，它也是小说作为文学类型而产生的根本原因，即对人类本身的关注、担忧和理解。《红色四月》里展现的不同社会派别之间意识形态的对立、不同社会群体之间的文化冲撞和个人在社会里的多重人格是现代秘鲁社会，或者广而言之，现代拉丁美洲社会最具典型性的社会现象和问题。侦探小说的叙事结构和穿插于小说情节中的恐怖因素无疑可以刺激阅读兴趣，但与此同时，也有效地暴露了现代社会里最令人发指的犯罪和暴行，揭露了所谓“现代理想社会”的谎言和欺骗。

最后，有必要指出，《红色四月》反映了秘鲁作家对秘鲁的政治暴力史的关注，然这一主题并不是隆卡格里奥洛的首创。米格尔·古铁雷斯·科雷亚、奥斯卡·科尔查多·卢西奥、路易斯·涅托·德格雷戈里和丹特·卡斯特罗·阿拉斯科在作品中早就论及。隆卡格里奥洛作品的独特之处在于它反映了秘鲁青年一代知识分子基于个人成长经历对秘鲁历史的深刻反思。20世纪80年代，秘鲁经历着其国家历史上最血腥的时刻，而圣地亚哥·隆卡格里奥洛和与他同代的年轻人从与死亡和分离相伴渐渐走向成熟。回顾成长的岁月，他们发现渐渐模糊的童年和少年时光里，印象最深刻的竟是穿越了时间而依然鲜活的对恐惧和暴力的记忆。

人类已迈入新世纪，而国际上的暴力战争却愈演愈烈，这一现实赋予这一文学主题以时代意义。人们都在自问：“暴力斗争将把人类引向何处？为了拯救生命，我们要杀害多少生命？以自由的名义我们要扼杀多少人的自由？为了构筑和平我们要以多少鲜血为代价？”

参考文献

1. Angeles Caballero, Cesar A., 2003: *El cholo en la literatura peruana (el cholismo literario)*, Lima, Editorial San Marcos.

2. Beltran Peña, José, 1992: *Literatura peruana del fin del mundo (1990 ~ siglo XXI)*, Lima, Ediciones amantes del país.

3. Bendezú, Edmundo, 1986: *La otra literatura peruana*, México, Fondo de Cultura Económica.

4. Cornejo Polar, Antonio y Cornejo Polar, Jorge, 2000: *Literatura peruana siglo XVI a siglo XX*, Lima, Latinoamericana Editores.

5. Daniel Balderston, Mike Gonzalez, 2004: *Encyclopedia of Latin American and Caribbean literature, 1900 ~ 2003*, London, Taylor & Francis.

6. Departamento Académico de Literatura, 1989: *"La Generación del 50" en la literatura peruana del siglo XX*, Lima, Universidad Nacional de Educación Enrique Guzmán y Valle.

7. Echenique, Alfredo Bryce, 1995: *El hombre que hablaba de Octavia de Cádiz*, Barcelona, Anagrama.

8. Echenique, Alfredo Bryce, 1999: *La vida exagerada de Martín Romaña*, Barcelona, Plaza & Janés Editores.

9. Echenique, Alfredo Bryce, 2000: *Un mundo para Julius*, Madrid, Cátedra.

10. Echenique, Alfredo Bryce, 2001: *No me esperen en abril*, Barcelona, Anagrama.

11. Escajadillo, Tomás G., 1994: *La narrativa indigenista peruana*, Lima, Amaru Editores.

12. Fernández Melendez, Walter, 2008: *Literatura iberoamericana y peruana*, Lima, San Marcos.

13. Fernández, Teodosio; Millares Martín, Selena y Becerra, Eduardo, 1995: *Historia de la literatura hispanoamericana*, Madrid, Universitas, D. L..

14. Figueredo, D. H. (ed.), 2005: *Encyclopedia of Caribbean Literature*, New York, Greenwood Pub Group.

15. García-Bedoya Maguiña, Carlos, 2004: *Para una periodización de la literatura peruana*, Lima, Universidad Nacional Mayor de San Marcos.

16. Goic, Cedomil, 1988: *Historia y crítica de la literatura hispanoamericana*, Barcelona, Critica, D. L..

17. González Echevarria, Roberto y Pupo-Walker, Enrique, (eds.), 2006: *Historia de la literatura hispanoamericana III*, Madrid, Gredos.

18. Gutierrez Girardot, Rafael, 1989: *Temas y problemas de una historia social de la literatura hispanoamericana*, Bogotá, Cave Canem.

19. Higgins, James, 2006: *Historia de la literatura peruana*, Lima, Universidad Ricardo Palma.

20. Huamán Cabrera, Félix y Abad Mendieta, Carmela, 2003: *Historia de la litera-*

tura peruana, Lima, San Marcos.

21. Huaman, Miguel Angel, 2005: *Siete estudios de interpretación de la literatura peruana*, Lima, Universidad Mayor de San Marcos.

22. Kohut, Karl; Saravia, José Morales y Rose, Sonia V. (eds.), 1998: *Literatura peruana hoy: crisis y creación*, Frankfurt am Main, Vervuert; Madrid, Iberoamericana.

23. Oviedo, José Miguel, 2001: *Historia de la literatura hispanoamericana IV*, Madrid, Alianza.

24. Pedraza Jimenez, Felipe B.; Rodriguez Caceres, Milagros, 2006: *Historia esencial de la literatura española e hispanoamericana*, Madrid, Edaf.

25. Roncagliolo, Santiago, 2006: *Abril rojo*, Barcelona, Alfaguara.

26. Roncagliolo, Santiago, 2006: *El príncipe de los caimanes*, Barcelona, Seix Barral.

27. Roncagliolo, Santiago, 2007: *Jet Lag*, Barcelona, Alfaguara.

28. Ruz, Robert, 2005: *Contemporary Peruvian Narrative and Popular Culture: Jaime Bayly, Ivan Thays and Jorge Eduardo Benavides*, Woodbridge, Tamesis.

29. Tenorio Requejo, Nestor, 2006: *El Grupo Narración en la literatura peruana: materiales básicos para un estudio crítico*, Lima, Arteidea.

30. Toro Montalvo, César, 1991: *Historia de la literatura peruana*, Lima, San Marcos.

31. Toro Montalvo, César, 1996: *Historia de la literatura peruana*, Lima, A. F. A. Editores.

32. Toro Montalvo, César, 1996: *Manual de literatura peruana*, Lima, A. F. A. Editores.

33. Toro Montalvo, César, 2004: *Diccionario general de la letras peruanas historia de la literatura peruana*, Lima, San Marcos.

34. Valero, Juan, 2003: *Lima en la tradición literaria del Perú: de la leyenda urbana a la disolución del mito*, Lleida, Edicions de la Universitat de Lleida.

35. Vargas Llosa, Mario, 2004: *Obras completas I Narraciones y novelas (1959～1967)*, Barcelona, Círculo de Lectores.

36. Vargas Llosa, Mario, 2005: *Obras completas II Novelas (1969～1977)*, Barcelona, Círculo de lectores.

37. Vargas Llosa, Mario, 2005: *Obras completas III Novelas y teatro (1981～1986)*, Barcelona, Círculo de Lectores.

38. Vargas Llosa, Mario, 2006: *Obras completas VI Ensayos literarios I*, Barcelona, Círculo de Lectores.

39. 〔奥地利〕弗洛伊德:《弗洛伊德论美文选》,张晚民、陈伟奇译,北京,知识出版社,1987年,第一版。

40. 〔美国〕亨利·詹姆斯:《小说的艺术:亨利·詹姆斯文论选》,朱雯等译,上海,上海译文出版社,2001年,第一版。

41. 金开诚:《文艺心理学概论》,北京,北京大学出版社,1999年,第一版。

42. 〔比利时〕J. M. 布洛克曼:《结构主义》,李幼蒸译,北京,中国人民大学出版社,2003年,第一版。

43. 李裴:《小说结构与审美》,贵阳,贵州人民出版社,2003年,第一版。

44. 〔西班牙/秘鲁〕马里奥·巴尔加斯·略萨:《水中鱼》,赵德明译,长春,时代文艺出版社,1996年,第一版。

45. 〔西班牙/秘鲁〕马里奥·巴尔加斯·略萨:《酒吧长谈》,孙家孟译,长春,时代文艺出版社,1996年,第一版。

46. 〔西班牙/秘鲁〕马里奥·巴尔加斯·略萨:《绿房子》,孙家孟译,长春,时代文艺出版社,1996年,第一版。

47. 徐岱:《批评美学——艺术诠释的逻辑与范式》,上海,学林出版社,2003年,第一版。

第四章　大众文化构建的文学新空间

——"转折期"作家普伊格及阿根廷小说发展趋势

楼　宇

20世纪70年代中期，百花齐放的拉丁美洲"文学爆炸"逐渐进入"爆炸后文学"时期，拉美文学也呈现出多元化发展趋势。翻开林林总总的文学史，阿根廷作家马努埃尔·普伊格的名字总是频频出现在这一过渡时期。普伊格的创作不仅丰富了这一时期文学的多元色彩，更是对近三十年阿根廷文学，乃至拉丁美洲文学产生了深远影响。

一、普伊格：来自电影世界的作家

普伊格1932年出生于布宜诺斯艾利斯省的比耶加斯将军镇（General Villegas），1990年在墨西哥古埃纳瓦卡（Cuernavaca）辞世。主要作品有长篇小说《丽塔·海华丝的背叛》（*La traición de Rita Hayworth*，1968）、《红唇》（1969）、《布宜诺斯艾利斯事件》（1973）、《蜘蛛女之吻》、《天使的阴阜》（*Pubis angelical*，1979）、《永远诅咒读此书者》（*Maldición eterna a quien lea estas páginas*，1980）、《情爱之血》（*Sangre de amor correspondido*，1982）及《里约入夜时》（*Cae la noche tropical*，1988）；话剧剧本《蜘蛛女之吻》（1983）和《星幕之下》（*Bajo un manto de estrellas*，1983）等，以及电影脚本《乡下人的面孔》（*La cara de villano*，1985）和《蒂华纳记忆》（*Recuerdos de Tijuana*，1985）等。此外，由他担任编剧并拍成电影的作品有《红唇》（1974，获西班牙圣塞瓦斯蒂安电影节最佳剧本奖）和《没有界限的地方》（1978，改编自智利作家何塞·多诺索的同名小说，获圣塞瓦斯蒂安电影节最佳剧本奖）等。辞世后不久，散文集《葛丽泰·嘉宝的眼睛》（*Los ojos de Greta Garbo*，1990）出版，收录了多篇他用意大利语撰写的有关电影的文章。

普伊格的故乡是一个偏远而闭塞的小镇，为消磨时间，来自首都的母亲经常带他去看电影。因此,普伊格自幼就与电影结下了不解之缘。在一次访谈中,他坦言:“我看的第一部电影是《科学怪人的新娘》(*Bride of Frankenstein*)[①]……当时我四岁,从那一刻起,电影就成了我的至爱,成了我童年时代的精神食粮……对我而言,电影中的虚构才是现实,‘我的现实’,唯一的现实。”[②] 1950 年,这个怀着电影梦的年轻人进入布宜诺斯艾利斯大学,就读于建筑系,后转入文哲系。1956 年普伊格获得罗马电影实验中心的奖学金,前往意大利攻读电影导演专业。“阿根廷已在身后,我要去寻找我那遗失的好莱坞。”[③]但是,这条异国寻影路并非像他期待的那样一帆风顺。一边是新现实主义盛行的意大利电影,一边是没落的好莱坞电影,这让他感到一种前所未有的失落。一年后,他去了巴黎,1958 年又转到伦敦,在那里完成了他用英文撰写的第一部剧本。之后一直辗转于阿根廷、罗马、纽约等地,创作了一些剧本,也参与过一些影片的制作。但是,这些经历不但没有让他进入电影圈,反而使他渐渐认识到,他并不适合从事电影摄制这一行业,进而转向纯粹的剧本创作。

多年后,在谈起这次“转向”时,普伊格说道:“我喜欢电影叙事的节奏、情节的分配和对情感的操控,但后来我发现,与电影相比,文学创作可以带给我更多的自由和空间。当我发现文学的好处后我决定不再涉足电影,因为那不属于我。我喜欢书写所带来的乐趣。”[④]就这样,“出生在电影院……出生在一座造梦的屋子里”[⑤]的普伊格开始“叛离”那个令他痴迷的大银幕,走入由文字营造的新空间。

普伊格的小说创作可分为三个时期,第一个时期为 20 世纪三四十年代的“巴耶霍斯上校镇时期”,代表作为《丽塔·海华丝的背叛》和《红唇》,主要以作者的故乡和童年记忆为创作素材,带有浓郁的自传色彩。

《丽塔·海华丝的背叛》以位于潘帕斯草原的僻远小镇巴耶霍斯上校镇为背景,讲述了一个小男孩托托的故事。托托从小受母亲影响,爱上了电影。他多愁善感,处处逃避现实,只愿藏匿于电影的虚构世界中。电影、好莱坞明星、广播连续小说、歌曲等大众文化是作品中人物谈论的主要话题。

---

① 《科学怪人的新娘》(*Bride of Frankenstein*),又译《弗兰肯斯坦的新娘》,詹姆斯·怀勒(James Whale)导演,美国,1935 年出品。

② Romero, Julia, 2006: *Puig por Puig. Imágenes de un escritor*, Madrid/Frankfurt, Iberoamericana/ Vervuert, p. 59~60.

③ 同上,p. 63。

④ García-Ramos, Juan Manuel (coordinador), 1991: *La semana de Autor: Manuel Puig*, Madrid, Ediciones de Cultura Hispánica, p. 89~90.

⑤ Cabrera Infante, Guillermo, 2001: “El estilo Puig: Sueños de cine, historias de novela”, *Clarín*, 7 de enero de 2001.

小说书名就来自托托与父亲关于由海华丝主演的电影《碧血黄沙》(*Blood and Sand*)①的对话。不论是主人公托托或巴耶霍斯上校镇的名字②,还是小说中描绘的小镇生活,都带有明显的自传色彩。普伊格本人也多次提到:"托托就是我自己。"

小说叙事手法新颖独特。全书分为十六章,每章皆可看作一个独立的故事,内容涵盖日常对话、内心独白、日记、书信等。传统的叙事者消失在人物的声音和斑驳的文本中,通过类似电影剪辑的方法,普伊格将这些零散的内容串起,展示了一幅阿根廷 20 世纪三四十年代中产阶层的生活画卷。乌拉圭著名文学批评家莫内加尔(Emir Rodríguez Monegal,1921～1985)这样说道:"在普伊格这本令人着迷的书中,最重要的就是那连续不断的言语,它不仅是叙述的载体,更是叙述本身。"③

《红唇》讲述的故事依然发生在巴耶霍斯上校镇。这次,普伊格借用广播连续小说的形式,叙述几对情侣间缠绵悱恻的爱情故事。每章几乎均以阿尔弗雷多·莱·佩拉(Alfredo Le Pera)④的情歌开篇,使这部小说就像是一首曲调忧伤的探戈,交织着久远的爱的回忆和如今的惆怅。同时,通过人物的感情纠葛,普伊格也对阿根廷中产阶级的虚伪、当时流行的双重道德标准及大男子主义进行了辛辣的批判。

发表于 1973 年的《布宜诺斯艾利斯事件》开启了普伊格创作的第二阶段,在这一阶段,作家告别了 20 世纪三四十年代的巴耶霍斯上校镇,将目光聚焦于阿根廷的残酷现实。《布宜诺斯艾利斯事件》的主人公也不再是小城镇中过着闭塞生活的中产阶级,而是大城市的知识分子。小说主人公莱奥是有名的艺术批评家,而格拉迪丝则是深受美国艺术影响的造型艺术家。虽然小说的副标题是"侦探小说",并以格拉迪丝的失踪拉开序幕,但书中既没有明确的犯罪事实,也没有一个真正的侦探。正如莫内加尔所言:"这不是严格意义上的侦探小说。因为它缺少一个最基本的要素,即小说的中心不是在调查真相上,而是聚焦于主人公的幻想、梦境以及混乱的思维上。"⑤

---

① 《碧血黄沙》(*Blood and Sand*),鲁宾·马莫利安(Rouben Mamoulian)根据西班牙作家维森特·布拉斯科·伊巴涅斯的小说《血与沙》改编的电影,美国,1941 年出品。

② 普伊格的家人叫他为"科科"(Coco);巴耶霍斯上校镇与普伊格的故乡比耶加斯将军镇名称相仿。

③ Rodríguez Monegal,Emir,1976:"Tradición y renovación",en César Fernández Moreno(coord.),*América Latina en su literatura*,México,Siglo XXI,p. 139～166.

④ 阿尔弗雷多·莱·佩拉(Alfredo Le Pera,1900～1935),阿根廷著名作词家。被誉为"探戈歌王"的卡洛斯·加德尔(Carlos Gardel)的许多脍炙人口的歌曲都出自他的笔下。

⑤ Rodríguez Monegal, Emir, 1976:"Narradores de esta América", en César Fernández Moreno(coord.),*América Latina en su literatura*,México,Siglo XXI,p. 173.

的确如此，对人物内心世界和梦境的大量描写构成了小说的特色之一。

小说叙事时间非常短，讲述的是莱奥生命中最后两天发生的事情，即1969年5月21日到23日。这一重要时间透露了小说背景，即发生于1969年5月的阿根廷“科尔多瓦事件”。当时，科尔多瓦省的学生和工人发起一场大规模的反对翁加尼亚(Juan Carlos Onganía)独裁政府的运动，军队实施了血腥的镇压。此后，阿根廷右翼恐怖活动兴起，绑架和暗杀进步人士的事件屡屡发生。普伊格通过电影闪回的手法，讲述了主人公的种种经历，通过对个体所遭受的性压抑及性虐待的描写，揭示了阿根廷这个社会机体所遭受的暴力与伤害。

由于小说中露骨的性描写和对政治的影射，该书被阿根廷当局查封，并被列入禁书黑名单。普伊格的兄弟卡洛斯还接到“三A党”①的恐吓电话。普伊格不得不离开阿根廷，开始流亡生涯。先后旅居墨西哥、美国和巴西等国，直至1990年在墨西哥辞世，他再也没有重返故土。

流亡使普伊格摆脱了独裁政府的高压管制，获得了创作自由。1976年发表的《蜘蛛女之吻》延续了《布宜诺斯艾利斯事件》开启的创作主题，即“研究阿根廷的错误，政治的错误、性的错误”。②这是普伊格最具代表性、影响最大的作品。此外还被改编为话剧、电影和歌舞剧等③，以其独特的魅力征服了无数读者和观众，成为一部名副其实的“多栖”经典。

小说在阿根廷某所监狱的一间牢房展开，因猥亵男童罪入狱的莫利纳是个情感细腻、女人气十足的同性恋，而他的狱友瓦伦丁则是一个满怀革命抱负的青年。为打发苦闷的监狱时光，莫利纳向瓦伦丁讲起了他看过的电影。叙事就在一个又一个精彩纷呈、扣人心弦的电影故事里展开。莫利纳和瓦伦丁除了讨论电影，偶尔也会说些他们自己的事，甚至还会探讨男女地位、婚姻制度、政治倾向等问题。但在这看似轻松的谈话背后却隐藏着一个巨大的阴谋：狱方故意将他们二人安排在同一间牢房，并向莫利纳承诺，如果他能从瓦伦丁那儿套取到有关革命组织的情报，便可提前获释，与母亲团聚。随着时间的推移，莫利纳却对瓦伦丁暗生情愫，对监狱长的命令阳奉阴

---

① “三A党”(Triple A)，20世纪70年代阿根廷地下秘密组织，极右反共产主义联盟。

② Corbatta, Jorgelina, 1983: “Encuentros con Manuel Puig”, en *Revista Iberoamericana*, Nº 123～124, abril de 1983.

③ 1985年导演艾克多·爱德华多·巴本科(Héctor Eduardo Babenco)将小说搬上银幕。威廉·赫特(William Hurt)凭借在片中的出色演绎摘取了奥斯卡影帝殊荣。1993年，音乐剧大师弗列德·艾伯(Fred Ebb)又将《蜘蛛女之吻》带入百老汇。这部歌舞剧获得多项“托尼奖”(Tony Awards，美国戏剧表演的最高荣誉奖)提名，并最终赢得七项大奖，包括最佳音乐剧，最佳男女演员，最佳脚本，最佳音乐等重要奖项。

违,并与之周旋,竭力争取延长和瓦伦丁共处的机会。但离别的一刻终究到来,莫利纳变得非常伤感,而瓦伦丁对他的感情也起了变化。在黑暗的囚室中,他们拥抱在一起,发生了性关系。出狱后,莫利纳前去和瓦伦丁所属的组织接头,警方跟踪而至,在一片混乱中莫利纳被打死。小说结尾,狱中的瓦伦丁在注射了吗啡后陷入混乱的思维,出现了各种各样的幻象。他的"梦境"像是一部他自己编导的电影,糅合了许多莫利纳之前给他讲的电影故事中的影像。最后,他和他心爱的恋人玛尔塔/莫利纳/蜘蛛女一起,来到了一个美丽的海岛……"这个梦虽短,却是幸福的。"(p. 287)[①]

1979 年出版的《天使的阴阜》将叙述一分为二,一是在现实层面展开的故事:安娜身患绝症,在远离故乡阿根廷的墨西哥城接受治疗,她曾经的情人、庇隆党人波希前来探望。他们谈起了一系列有关阿根廷独裁、知识分子遭迫害、绑架、女权运动等事件。二是在心理层面:安娜驰骋于虚构的世界,其想象之旅始于 20 世纪 30 年代的中欧,然后转到好莱坞,最后甚至漫游到未来的科幻世界。在现实中伤痕累累的安娜不得不在心理层面去寻找希望和出路,去重建"另外一些安娜",如那个二战期间被纳粹囚禁的演员安玛,或生活在未来社会代码为"W218"的性工作者。安娜和普伊格笔下的其他主人公一样,都试图在电影中寻找身份认同,但安娜比他们走得更远,在她的"遐想"中,她不仅和好莱坞女影星所扮演的角色身份认同,还附身于演员本身,去经历她们银幕之中和银幕之外的生活。在《天使的阴阜》中,奇异曼妙的意识流与冷峻残酷的现实交替出现,一虚一实都反映了相同的主题:失落的爱情、不幸的婚姻、孤独、背叛、流亡、压迫等。总之,依旧是性和政治的主题。

1980 年,《永远诅咒读此书者》出版。故事发生在纽约,来自阿根廷的达米雷斯是一个性格古怪的老头,莱瑞则是负责照顾他的当地人。每天,莱瑞都会推着轮椅,带达米雷斯在附近的街区走走。在日复一日的散步中,他们都试图了解对方,进入对方的内心,同时又对自己过去的经历缄口不提。他们的关系如同纽约的天气一样寒冷而变化无常。随着时间的推移,两人之间发生了变化,交流也开始深入。原来,达米雷斯是流亡的政治犯,而莱瑞则是笃信马克思主义的激进分子。普伊格以往作品中频频出现的电影、大众文化、女性形象等元素在这部小说中销声匿迹,只剩下两个经历迥异的男人,探讨着政治、流亡、信仰、家庭等问题。《永远诅咒读此书者》是普伊格对阿根廷政治以及自己流亡生涯的文学思索。

---

① 本文所用的《蜘蛛女之吻》一书中的引言,全部出自 Seix Barral 出版社 2006 年版,为笔者自译,引言后加原著页码,下同。

1982年问世的《情爱之血》以里约热内卢为背景,开启了普伊格文学创作的最后一个阶段,即"巴西时期",这一阶段的作品集中反映了作者流亡巴西时期的生活。作者在《情爱之血》中构建了一个封闭的叙事空间,主人公何塞马尔徜徉于记忆的长廊,纯真的金色年华和甜蜜美好的初恋与现实生活构成了鲜明对比。整部小说像是一问一答式的对话,又如同一篇自问自答式的内心独白。何塞马尔的原型是一个当地的泥瓦匠,小伙子风趣的言谈引起了作者的极大兴趣,他用录音机把那些生动的葡萄牙语录了下来。小说最初以葡萄牙语写成,字里行间保留了语言本身独有的韵律和美感。普伊格试图通过掩藏在言语背后的真实与谎言,探究巴西社会底层人民快乐的源头。从某种程度上讲,《情爱之血》可以看作是普伊格以文学的形式向这个热情好客、活力四射的国度奉上的一部致敬之作。作品于1986年获意大利"最佳外国小说奖"。

1988年发表的《里约入夜时》是普伊格发表的最后一部小说。每当夜幕低垂,已近耄耋之年的露西和妮蒂娅姐妹俩就开始聊天。她们常常忆起在阿根廷的生活,久远的童年、曾经的爱恋,还有那些亲人都仿佛历历在目。西尔维娅是她们的邻居,因政治问题而离开阿根廷。两姐妹常谈起她,将她同电影中的女主角作比较,试图找出适合她的出路。同时,通过谈电影、聊女主角,露西和妮蒂娅也对她们自己的人生与现实有了更为清晰的认识。她们通过对话在里约热内卢这个异乡构建起一种别样的生活。

整部小说笔调忧伤,字里行间浸满了对往昔的追忆与对故乡的怀念。里约的夜幕低垂,让人联想起时间流逝,生命垂暮,以及老年人的孤独。1990年,在一次访谈中,记者安赫尔·比瓦斯(Ángel Vivas)问普伊格:"这种对暮年的关注是否体现了您个人内心的一些忧虑?"普伊格答道:"不。我的确已不年轻,但离80岁还远着呢。"[①]孰料,不久后这位阿根廷作家猝然离世,年仅58岁,令人扼腕。

二、普伊格:源自大众文化的文学革新者

一般而言,作家都会从他人的文学作品中汲取养分,对普伊格而言,这个养分就是以电影为首的大众文化。正如他本人所言:"我不是从什么文学

---

① Vivas, Ángel, 1990: "Manuel Puig, de viva voz", *Época*, Madrid.

传统来的，我是从电影来的，从听广播、读连载小说、看米特罗[①]的歌舞剧来的。”[②]巴尔加斯·略萨也曾揭秘：“在我认识的作家中，对文学最不感兴趣的要数普伊格。”[③]普伊格在巴西时，有位曾去拜访过他的阿根廷作家发现他家里有几千部电影，却只有极少量的书，而且，其中有相当一部分还是他自己写的或翻译的书。

纵观普伊格的八部叙事作品，电影、好莱坞明星、波莱罗[④]、探戈、广播连续小说等大众文化元素深深融入了他的文学创作，使其作品与众不同，风格独具。因此，普伊格便成为从“文学爆炸”到“爆炸后文学”这一过渡时期独树一帜、离经叛道的拉美作家之一。在20世纪六七十年代，主导阿根廷文坛的是一种承袭博尔赫斯的“阳春白雪”式的文学风格，故普伊格这样带着浓郁大众文化气息的文坛新风在文学界掀起了轩然大波，一时间褒贬之声四起，他也成为继博尔赫斯和科塔萨尔之后最受关注、也是最具争议的阿根廷作家。[⑤]

“倒普派”声势浩大。早在《丽塔·海华丝的背叛》参加西班牙“简明丛书奖”(Premio Biblioteca Breve)评选时，就有评委质疑：“这到底是一部小说还是一种来自电影世界的副产品？”[⑥]《红唇》在参加某奖项角逐时也有类似遭遇，当时作为评委之一的乌拉圭著名作家奥内蒂认为，普伊格抄袭了大量大众文化的东西，以至于无法分辨哪些才是属于他自己的创作。[⑦] 连文学巨擘博尔赫斯也参与了这场论争，在接受《新闻周刊》的访谈中他毫不客气地把《红唇》比喻成化妆品牌“蜜丝佛陀(Max Factor)”。[⑧] 巴尔加斯·略萨也曾撰文评论，认为普伊格是电影人而不是作家，批判他的小说形式大过内容，“和伟大的电影不同，那些伟大的文学作品不是用影像创造出来的，而

---

① 米特罗(La Metro)，米特罗电影制片公司。1924年美国洛氏公司的老板M.洛把该公司所属的米特罗影片公司和高尔温影片公司、L. B.梅耶制片公司合并，组成米高梅电影制片公司[MGM(Metro-Goldwyn-Mayer)]。

② Sosnowski, Saúl, 1973: “Manuel Puig, entrevista”, *Hispánica*, Nº 3.

③ Vargas Llosa, Mario, 2001: “Manuel Puig: Disparen sobre el novelista”, *Clarín*, 7 de enero de 2001.

④ 波莱罗(Bolero)，盛行于拉美的一种音乐。

⑤ 参见 Speranza, Graciela, 2003: *Manuel Puig, después del fin de la literatura*, Grupo Editorial Norma, Buenos Aires, p. 32。

⑥ García-Ramos, Juan Manuel(coordinador), *La semana de Autor: Manuel Puig*, p. 45.

⑦ 参见 Puig, Manuel, 2002: *El beso de la mujer araña* (edición crítica), Madrid, Barcelona, etc., ALLCA XX, p. 469。

⑧ 蜜丝佛陀(Max Factor)，著名化妆品牌。参见 Cabrera Infante, Guillermo, “El estilo Puig: Sueños de cine, historias de novela”, *Clarín*, 7 de enero de 2001.

是用文字铸就的。”①

文学批评家安赫拉·德耶皮亚内(Ángela Dellepiane)在1972年撰写的《阿根廷文学十年》(*Diez años de literatura argentina*)中,没有收入普伊格当时已出版的《丽塔·海华丝的背叛》和《红唇》两部作品。在脚注里,她对此做了一个解释,“诚然,他的书可读性强、感人、诙谐,小说结构也很新颖,但这与我们所说的文学创作还相差甚远。”②

当“倒普派”对其作品的文学性提出质疑时,“挺普派”则认为“普伊格无疑是阿根廷小说的革新者。其作品将传统教条置于一边,对社会中的条条框框、资产阶级精神和高雅、金钱等持批判态度。其作品介于传统与革新、保守与创新、大众文化与精英文化等之间”。③ 智利作家何塞·多诺索在提到“文学爆炸”末期涌现的新一代作家时,更是称普伊格为“这群人中间最杰出的一个”。④

那么,普伊格的作品究竟是“化妆品”还是“小说精品”呢?我们试图通过对《蜘蛛女之吻》的分析,进入普伊格用大众文化构筑的文学新空间,一窥这位离经叛道者的文学实验。

对话体写作:叙事者的缺席

自福楼拜试图在小说中消除作者的痕迹开始,现代小说就慢慢摒弃了“全知全能”视角的叙事者。亨利·詹姆斯(Henry James)⑤也将小说艺术戏剧化作为其理论的一个核心理念。他提倡最大限度地降低小说家叙述的声音,同时加大故事与叙述之间的距离,使“故事”自我上演,增加小说的戏剧性,实现小说艺术的独立性。他还主张小说家应尽量采用人物视角,客观地展示处于人物“观察下的现实”,使事物在人物意识屏幕上得到最丰富的投射,“以最经济的手段创造最大限度的戏剧张力”,使小说成为展示“意识的戏剧”。⑥

---

① Vargas Llosa, Mario, “Manuel Puig: Disparen sobre el novelista”, *Clarín*, domingo 7 de enero de 2001.

② Campos, René Alberto, 1985: *Espejos: La textura cinemática en La traición de Rita Hayworth*, Madrid, Ed. Pliegos, p. 17.

③ Spiller, Roland (ed.), 1995: *Cultura del Río de la Plata (1973～1995). Transgresión e intercambio*, Frankfurt, Varvuert, p. 174.

④ 〔智利〕何塞·多诺索:《文学“爆炸”亲历记》,段若川译,昆明,云南人民出版社,1993年,第一版,第84页。

⑤ 亨利·詹姆斯(Henry James, 1843～1916),最重要的现代小说批评家之一。

⑥ 申丹、韩加明、王丽亚:《英美小说叙事理论研究》,北京,北京大学出版社,2005年,第一版,第119页。

根据叙事学理论，使叙事者"隐退"的常用方式之一就是增加人物对话，压缩叙述因素。在文本中，对话所占的比例越大，展示的成分就越大，讲述的成分就越小。① 而使叙事者最终缺席的一种类型就是所谓"速记式"的作品。这类作品的特征是：叙事者似乎是不加修饰和改变地把人物对话原原本本地记录下来，我们几乎感觉不到叙述中介的存在。②

运用人物对话是普伊格小说创作的重要手法。从他的第一部小说开始，谙熟脚本创作的普伊格就对这种手法青睐有加。何塞·米格尔·奥维多(José Miguel Oviedo，1936～)③曾这样评论《丽塔·海华丝的背叛》中对话的运用："实际上，普伊格的小说不是由普伊格写出来的，而是直接由他笔下的人物说出来的。我们应该听，就像听一盘磁带那样。"④奥内蒂在读了普伊格的几本小说后也说："我知道了他笔下的人物是如何说话的，但是，我不知道普伊格是如何写作的，对他的风格我一无所知。"⑤

《蜘蛛女之吻》是普伊格对话体实践的典型代表。翻开小说第一页，我们就被通篇的对话震慑住了。全书共十六章，除第八章和第十五章外，全由无作者干预的人物对话构成。书中的对话分为几种不同形式：第一种是莫利纳和瓦伦丁之间以及最后一章瓦伦丁和护士之间的对话，对话全部用破折号开始，如对方没有回答，则用省略号表示，读者需根据谈话内容去判断说话者⑥；第二种是第八章、第十一章和第十四章莫利纳和监狱长及士官间的对话，对话前标明"监狱长"、"罪犯"、"士官"等；第三种是电话录音，第十四章中的电话只有监狱长的声音，通话另一方的声音没有出现⑦。

诚然，对话体小说并非普伊格的创造。但是，在一般的对话体小说中，总会出现一些叙事者转述的声音，如穿插在对话中的"某某说"以及对场景及人物衣着动作等的描写。"如果把小说同电影和戏剧加以比较，就会发现人物话语的不同表达形式是小说艺术的专利。在电影和戏剧中，观众直接听到人物的原话；而在小说中，人物的话语则需由处于另一时空中的叙事者

① 罗钢：《叙事学导论》，昆明，云南人民出版社，1994 年，第一版，第 202 页。

② 同上，第 219 页。

③ 何塞·米格尔·奥维多(José Miguel Oviedo，1934～)，秘鲁著名文学批评家。发表了大量有关拉美文学的著作和文章，是当代最主要的批评家之一。

④ 参见何塞·米格尔·奥维多：《普伊格：录音带里的城镇》，秘鲁，《商报》，1969 年 5 月 2 日。

⑤ 参见 Speranza，Graciela，*Manuel Puig，después del fin de la literatura*，p. 13.

⑥ 如小说第 185 页："—把信给我。—你要信干嘛？—我要你给我，莫利纳。—给。—……—你在做什么？"

⑦ 如小说第 249 页："监狱长：你好，小姐，请帮我转长官……谢谢！……您好！您那儿有什么进展吗？我这儿没什么新情况。……是的，我给您电话正是为了此事。"

转述给读者。”①而在《蜘蛛女之吻》中，普伊格无疑是把转述的“专利”彻底抛弃了，他向我们呈现的是一种纯对话体的剧本式写作，是一部名副其实的“录音带”小说。我们看到的，是叙事者的“缺席”，“偷懒的”普伊格将话语权赋予了人物，让人物自己去讲述和描绘一切。

通过这样一串又一串的对话，读者和人物间的距离消失了。读者一直在听着这些声音，通过对话去构建场景，想象人物行动。我们知道，对话体小说是一种摄像式、录音式的外聚焦模式，很难展示人物的内心，这可以说是此类小说的局限。所以，纯对话体小说并不多见。作者通常采用对话与描述相结合的形式，单独描写人物的心理活动。那么，普伊格是如何处理这一问题的呢？让我们来看两个片段。

片段一：

> — *一个欧洲女人，一个聪明的女人，一个美丽的女人，一个有教养的女人（……）②一个因说了不该说的话而被人扇了耳光并遭到责骂的姑娘，一个被人玩弄后又被抛弃的姑娘，一个被血管里流淌着杀人犯的血的残忍主人剥削的姑娘……*
>
> — 你在梦里大喊大叫。
>
> — 是吗？……
>
> — 就是，都把我吵醒了。
>
> — 请原谅。（第128～133页）

片段二：

> — 对不起，你接着讲。
>
> — 好吧。那姑娘问了黑人女佣一些问题，比如说，他晚上去哪儿过夜了（……）③他们已经在床上躺下了，但是，好像有什么东西把他们吵醒了，慢慢地，他们听清是从远处传来的咚咚声，一声比一声响。她在发抖，身上一阵寒栗。你觉得好点了吗？*护士夜间查房，体温和脉搏正常，白色的护士帽，白色的袜子，向病人道晚安。*

---

① 申丹：《叙事学与小说文体学研究》，北京，北京大学出版社，2007年版，第287页。

② 此处省略了数千字的引文。由该一字线引出的这句话占了近五页的篇幅。

③ 此处省略了大量引文。由该一字线引出的这句话占了近两页的篇幅。

— 好一点了……但我有点跟不上你。*无止境的夜晚，冷冰冰的夜晚，无止境的思考，冷冰冰的思考，尖尖的碎玻璃。*

— 那我就不讲了。*一本正经的护士，高而挺括的护士帽，淡淡的微笑带着点嘲讽。*

— 别，真的，你分散一下我的注意力我会感觉好些，你接着讲吧。*漫长的夜晚，冰冷的夜晚，潮湿的墙壁长满青苔，布满树瘤般的霉菌，受伤的拳头*（第172～174页）。

我们可以看到，普伊格采用的方法是让叙事者在形式上“消失”，先是用大量的“直接内心独白”[①]使人物的内心世界完全袒露在读者面前，然后运用斜体的方式把这些意识流或大段的内心独白以对话的形式呈现（如片段一），或直接穿插到对话中去（如片段二）。片段一引用的是病中的瓦伦丁在听电影故事时，联想到自身经历，从而引发的大段意识流，通篇未使用一个句号，全是接连不断的短句，将他跳跃的思维、被压抑的复杂情感、精神上所受的折磨等心理活动表现得淋漓尽致。而且，这种用短句及排比式的短语营造出的急迫感也与瓦伦丁身体的疼痛以及内心的情感震荡暗合。而片段二中直接穿插到对话中的那些短暂的心理活动，则向我们展现了伴随电影故事和谈话人物所产生的那捉摸不定、纷乱飘忽的回忆和思维的片段。

普伊格通过这种类似文字旁白或电影蒙太奇的方式，让人物的内心活动实现了“自我呈现”。而且，这种将人物的意识活动和外部言语呈现到同一个平面上的做法既保留了对话的流畅性和叙述的节奏感，也突破了“对话体”小说的局限性。西班牙作家、文学批评家佩雷·希姆费雷尔（Pere Gimferrer）指出，在普伊格所处的那个时代，不论是在阿根廷，还是在拉美，或是在西班牙，包括其他国家，普伊格的创新都是独一无二的，他的作品至少有两大特点，作家声音的消失及人物声音的主导。[②]

---

① 这一说法由美国文论家罗伯特·汉弗莱提出。“直接内心独白是这样一种独白，在描写这样的独白时，既无作者介入其中，也无假设的听众，……它可以将意识直接展示给读者，而无需作者作为中介来向读者说这说那；也就是说，作者连同他的那些‘他说’、‘他想’之类的引导性词句和他的那些解释性论述都从书页中消失或近于消失了。应当强调的是，这种独白没有假设的听众，也就是说，在某一场景中小说中的人物并不同任何人说话，而且他也不是在向读者说话（譬如像舞台独白者那样）。总而言之，这种独白的表现形式是将人物的内心彻底敞开。”参见〔美国〕罗伯特·汉弗莱：《现代小说中的意识流》，程爱民、王正文译，长沙，湖南人民出版社，1987年，第一版，第32页。

② 参见 García-Ramos, Juan Manuel (coordinador), *La semana de Autor: Manuel Puig*, pp. 19～20。

亨利·詹姆斯的追随者珀西·卢伯克(Percy Lubbock,1879～1965)①曾提出,“只有当小说家们认为故事应该被呈现、自我上演的时候,小说艺术才算真正开始。”②从这个层面讲,普伊格的这种叙事者缺席的对话体写作尝试,非但没有像一些批评家认为的那样削弱了作品的文学性,相反丰富了叙述技巧,符合现代小说的发展趋势。

波普式拼贴:多层次结构

在“文学爆炸”时期,作家们对小说结构的探索各辟蹊径。如加西亚·马尔克斯《百年孤独》中的“环形结构”、古巴作家卡彭铁尔《追击》(*El acoso*,1956)中的“音乐结构”、阿根廷作家科塔萨尔《跳房子》的“掷石游戏结构”、巴尔加斯·略萨《绿房子》中的“平行结构”等,可谓是五花八门。普伊格在《蜘蛛女之吻》中精心设计的结构也是这场“叙事结构秀”中的一朵奇葩。

首先,我们分析小说的内部结构。《蜘蛛女之吻》的故事基本是在一个封闭的空间,一间囚室里展开的,主要人物是莫利纳和瓦伦丁,出场人物寥寥数人。叙事主线可概括为:为从瓦伦丁口中套取地下革命组织的情报,莫利纳试图通过讲述电影故事与室友拉近距离。但随着时间的推移,两人产生了感情。最终,莫利纳不但背叛了警方,而且还铤而走险替瓦伦丁传送情报,结果牺牲了自己。从这一层面看,这是一部情节简单明了的作品。整部小说,就像是莫利纳和瓦伦丁在囚室上演的一出独幕剧。

“单一场面在读者阅读过程中的被接纳,实际上是以时间的一定长度为前提的,就是说,它在一个相对不长的时间中,是可以被接受的,而时间长度一旦变得很长,场面却还死死地固定为一处,那将会使阅读陷入一种不可容忍的沉闷。”③那么,在这部篇幅近三百页、时间跨度达二十多天的长篇小说中,普伊格是如何让台下的观众——即他的读者——忍受这个没有外延的囚室的沉闷,并饶有兴趣地读完这样一个交织着阴谋、爱情、背叛与死亡的故事呢?他的秘密武器就是电影。

从第一部小说开始,电影这种重要的大众文化元素就融入了普伊格的文学世界。在《蜘蛛女之吻》中,电影的运用更占有举足轻重的地位。由莫利纳讲述的六部电影就像是开在沉闷舞台上的六扇天窗,作为几个叙事短篇穿插在主线上,既丰富了小说内容,又拓展了叙事的时空结构。这种长篇

① 珀西·卢伯克(Percy Lubbock,1879～1965),英国著名小说理论家。

② 申丹、韩加明、王丽亚:“戏剧化理论的阐释与确立——卢伯克”,《英美小说叙事理论研究》,北京,北京大学出版社,2005年,第一版,第132页。

③ 曹文轩:《小说门》,北京,作家出版社,2002年,第一版,第177页。

加短篇的结构形态可追溯到早期的“框形故事”,《天方夜谭》、薄伽丘的《十日谈》和乔叟的《坎特伯雷故事集》中的故事均属此类。① 此外,这一结构形式在西班牙语文学上也有悠久的历史。塞万提斯在《堂吉诃德》中就曾运用过这样的技巧,他将“一部小说插入另一部小说,创造了一种意识到它本身、意识到它的想象力、意识到它的形式的小说”。②我们将目光转向拉丁美洲,也可以发现类似的作品,如巴尔加斯·略萨的《胡利娅姨妈与作家》。这种结构被称为“框架结构”、“耗散结构”③或“中国套盒”④。

在《蜘蛛女之吻》中,这六个电影故事并非简单地嵌入、堆砌到叙事的主文本当中,在普伊格的精心编排下,承担着多种叙事功能。这些电影不仅打破了小说封闭的叙事环境、丰富了原本单薄的主线、增强了可读性、趣味性,还是推动情节发展的重要角色。除了在主线上加入六个电影故事的内部框架结构外,《蜘蛛女之吻》的外部结构也非常有特色,即小说中出现的大量脚注。在《蜘蛛女之吻》中,沉寂在页边的脚注不再是寥寥几字,而是洋洋万言。插入主文本的脚注占了相当篇幅,一跃成为具有多重叙述功能的次文本。

小说共有九处脚注,分布于第三章和第十一章之间。除第二个脚注是对“纳粹”题材电影故事的补充外,其余八处全是与同性恋有关的心理学、病理学内容。在此,我们将着重分析心理学部分的脚注。穿插在对话主文本中的脚注的分布情况如下:⑤

脚　注	分　布　情　况
脚注 A	第三章　第 66～68 页
脚注(电影)	第四章　第 88～94 页
脚注 B	第五章　第 102～103 页
脚注 C	第六章　第 133～135 页
脚注 D	第七章　第 141～143 页
脚注 E	第八章　第 154～155 页
脚注 F	第九章　第 168～171 页
脚注 G	第十章　第 199～200 页
脚注 H	第十一章　第 209～211 页

① 参见〔美国〕M. H. 艾布拉姆斯:《欧美文学术语辞典》,朱金鹏、朱荔译,北京,北京大学出版社,2009 年,第一版,第 327～328 页。

② 吕同六主编:《20 世纪世界小说理论经典》(下卷),北京,华夏出版社,1995 年,第一版,第 607 页。

③ 陈众议:《拉美当代小说流派》,北京,社会科学文献出版社,1995 年,第一版,第 138 页。

④ Vargas Llosa, Mario, 1997: *Cartas a un joven novelista*, Barcelona, Planeta, p. 117.

⑤ 为便于分析,我们只对涉及同性恋知识的脚注进行编号。

八个脚注共涉及二十多位作者[1]的论述、三十余篇相关的研究类文章。内容涵盖同性恋的成因、儿童期对性别取向养成的重要性、社会对同性恋的偏见与排斥、同性恋群体在父权社会的边缘地位、性解放与社会变革的关系等方面。

在20世纪70年代，虽然对同性恋的研究及社会对待同性恋者的态度都取得了历史性的进展，但同性恋仍属社会禁忌话题，普通人对同性恋知之甚少。当普伊格决定将莫利纳这样一个人物写入《蜘蛛女之吻》一书时，也曾陷入困惑："对于一个对同性恋成因一无所知的读者来说，怎么让他面对一个同性恋主人公呢？"[2]作者坦言："'我要怎么把这些东西放入监狱呢？''瓦伦丁可以有这方面的书吗？'不能。'如果让他们讨论这个问题，让他读点相关的东西呢？'这些书实在是很难弄到，因为直到最近几年才出现，且是英文的。而且，也非成书的出版物，不是瓦伦丁感兴趣的东西，更不可能出现在监狱里，那是与两位主人公完全绝缘的东西。'我该怎么加入小说里呢？'最后，我想到了一个解决办法，就是以完全独立的脚注形式放在小说里。"[3]

于是，普伊格把这本精心筛选和编排的同性恋知识"扫盲宣传册"拆成单页，以脚注的形式贴到以对话体为主的主文本中。我们不妨来看一下他是如何展开"扫盲"工作的：当莫利纳向瓦伦丁讲起他爱慕的餐厅侍者时，瓦伦丁希望他能和他多说说，因为"我对有你这种倾向的人知之甚少"。(p. 66)在这里，作者插入了脚注A：英国研究员D. J.温斯特对流行的同性恋成因的三大生理因素进行分析和批驳，认为同性恋的形成与激素分泌水平、两性人及遗传因素无关。这段内容，从生理学入手，向和瓦伦丁一样对同性恋一无所知但又心存好奇的读者介绍了有关知识，接受了第一场同性恋问题的"扫盲教育"。

脚注B出现的上下文是：病中的莫利纳希望瓦伦丁陪他聊天，给他讲个电影，但遭到拒绝，因为瓦伦丁要看政治书。脚注继续引用温斯特的文章，对社会上普遍流传的几种有关同性恋成因的说法(道德败坏说、引诱论和性别隔离环境论)一一进行驳斥。排除了几种对同性恋的误读和偏见，并引出弗洛伊德的"力比多"理论。

脚注C引用弗洛伊德、安娜·弗洛伊德等人的相关理论，认为儿童期的力比多与人的性取向有很大联系，并提及"俄狄浦斯情结"等。这个脚注

---

① 既有弗洛伊德、诺曼·O.布朗、马尔库塞那样的大家，也有一些名气不大的心理学研究者。

② Romero, Julia, *Puig por Puig. Imágenes de un escritor*, p. 222.

③ 同上，pp. 222～223。

出现在瓦伦丁听完有关“革命青年”的电影后陷入混乱的梦境，将个人经历和电影故事交织在一起。这不但解释了电影中提及的乱伦倾向，更有力印证了瓦伦丁内心对母亲那种复杂且隐秘的情感，还对他之后接受莫利纳的同性之爱做了心理上的铺垫。同时，也让读者联想到莫利纳的恋母情结以及之前两人对母亲的谈论。

脚注D出现的背景是：莫利纳哼起一首波莱罗《我的信》，瓦伦丁受到触动，陷入对前女友玛尔塔的回忆。这个脚注延续了脚注C的内容，提到儿童如果和母亲认同就容易导致同性恋。恋母情结、自恋情结以及儿童肛门期的一些行为都易引发同性恋。这个脚注不但让读者更加理解了具有女性特质的莫利纳，同时也对慢慢开始流露出感性一面的瓦伦丁做出思考。

脚注E是非常重要的一个转折点。在一步步揭示了同性恋的成因后，普伊格引入弗洛伊德的“性压抑”理论，指出在父权社会中，女性处于被压迫地位，所以性压抑一般来自于强制和专横的父亲。此外，还提及赫伯特·马尔库塞（Herbert Marcuse）①《爱欲与文明》中相关的性解放理论。这个脚注加在监狱长所说的一句话上，读者很容易将莫利纳所处的被压制地位和监狱长所代表的国家机器、强权社会等联系起来。

脚注F出现在莫利纳照料病中的瓦伦丁，继续引用弗洛伊德、诺曼·O.布朗（Norman Oliver Brown）②、马尔库塞等心理学家对性压抑、升华、性解放的论述，以及性解放与社会变革的关系等观点。

脚注G出现在瓦伦丁因不堪莫利纳对他的无微照顾和无尽付出而情绪失控后，向莫利纳道歉，请求原谅，伤心的莫利纳则选择了沉默。在这段对话中，属于莫利纳的部分出现的省略号多达十多处。脚注的内容提到与酗酒者、坐过牢的人等相比，同性恋者遭受到更多的社会排斥。还提到男性与女性不同的社会地位、同性恋者与社会的关系等。从另一个侧面揭示了莫利纳沉默背后的辛酸和痛苦。

最后一个脚注H出现在瓦伦丁在得知莫利纳即将获释后心乱如麻，无心再听电影故事之时。大段引用了《性与革命》一书中的观点，突出和母亲认同的男同性恋在男权社会中被排斥在阶级解放运动等政治行为之外，以及性解放与革命的关系等。

通过上面的分析，我们可以发现，这些作者精心策划的脚注，就像是莫

① 赫伯特·马尔库塞（Herbert Marcuse，1898～1979），德裔美籍人，著名哲学家和社会理论家，法兰克福学派重要代表人物。

② 诺曼·O.布朗（Norman Oliver Brown，1913～2002），美国著名思想家和心理学家。

利纳和瓦伦丁在舞台演出时适时响起的“画外音”,不但让读者对同性恋有一个基本的认识,而且使读者更好地接近人物、认识人物,进而理解人物的所思所想,所作所为。

如果说《蜘蛛女之吻》的内文本是莫利纳和瓦伦丁的对话,那么这个外文本则是作者与读者之间的一种对话,是一种台上与台下的互动交流。如果说对话体写作使叙事者得以“隐退”、“缺席”,那么这些心理学脚注则让叙事者“现身”。脚注中那些严谨的科学理论不但为莫利纳和瓦伦丁的感情发展提供了有力的心理学依据,更为重要的是,它还流露了一直隐藏着的作者观点。在之前的分析中,我们曾提到普伊格极少在小说中使用描述和评论的“特权”,这些特权好像全部被作者抛弃了。但事实果真如此吗?

普伊格在谈及脚注时,说到大部分内容都是他参照心理学家的文章总结归纳而成,但其中一篇是他杜撰的,即脚注 H。[①] 他通过小说中阿奈莉·塔贝这位女博士的文章《性与革命》表达了自己的观点:未来的男同性恋者在摒弃了专制的父亲的缺点后,又迫切地需要得到另一种行为方式的认同,于是,便“学会”和母亲一样逆来顺受……男同性恋者的特点是顺从和保守……他们不惜让自己这种排除在社会之外的状况长期保持下去;同性恋者被排除在阶级解放运动之外,一般地说,也被排除在整个政治行为之外……后来成立的同性恋解放阵线可视为对此的一种尝试。

值得一提的是,这个脚注出现在莫利纳和瓦伦丁互诉衷肠、互相示爱之后。而且,随后瓦伦丁和莫利纳就发生了性关系。作为通篇最后一个脚注,既象征着同性恋知识扫盲的结束,也暗示了莫利纳和瓦伦丁的命运。在此,普伊格强调了莫利纳之所以会在心理上成为一个“女人”、在性格上趋于顺从、在面对社会问题时选择逃避,和他在儿童时期选择了与母亲认同有着密切关系。而他最后的英勇行为——不论是出于对电影中女主角的认同,还是出于对瓦伦丁的爱——都可视作他对政治活动的一次参与,对革命的一次实践。通过这样的方式,莫利纳改变了被动屈从的地位,主动向专制的父权社会发起挑战,完成了边缘群体的反抗。另一方面,将性和革命联系在一起,也使我们联想起瓦伦丁的行为。对他来说,偷食被社会视作禁忌、道德堕落的同性恋的禁果,无疑是他反抗强权社会的一种特殊方式,同性性行为成了他反抗专制的某种途径。此外,“性与革命”正是普伊格在《蜘蛛女之吻》这部小说中试图揭露的两大主题,这一点将在下文展开分析。

这个杜撰的脚注的出现,使小说中由脚注构成的次文本与对话体主文本

---

① 参见 Romero, Julia, *Puig por Puig. Imágenes de un escritor*, p. 222。

之间的关系更为紧密。一贯喜欢借人物去分析问题、表达观点的普伊格[1]不仅通过这个脚注阐述了他对同性恋及社会问题的看法，而且也把这个"缺席"的叙事者对文本的操控暴露无遗。同时，由心理学脚注构成的科学、社会学的语言与主文本的口语、电影语言在小说中形成了两种截然不同的语体，加大了普伊格的文学实践性。

在小说中杂糅进多种文体是现代小说中的特有技法，也是后现代主义文学对传统、经典、价值，以及一切固有形式的解构和颠覆。[2] 普伊格采用的是一种波普(Pop)艺术中广泛使用的"拼贴术"。在《蜘蛛女之吻》中，普伊格无疑将这一波普拼贴术发挥到了极致。大量的对话及脚注、公文、跟踪报告、食品清单等形式各异的文本被作者巧妙地裁剪、拼贴在一起，使小说的叙事结构由单层变为多层，平面变为立体，进入多层次的叙述空间，如一幅形式纷杂、层次繁多、色彩斑斓的后现代拼贴画，令人目不暇接，眼花缭乱。

电影元素：情节之网

普伊格是一位来自电影世界的作家。电影既是他的精神食粮、心灵庇佑，更是构成其文学创作的标志性元素。嵌入主文本的六个电影故事不仅打破了小说封闭的叙事环境、丰富了原本单薄的主线，还承担着多种叙事功能，是推动情节发展的"特殊动力"。

通过对话体写作，普伊格实现了外叙事者或文本叙事者[3]的隐退甚至消失，莫利纳和瓦伦丁则成了内叙事者[4]。也就是说，作者退场后的小说变成了舞台，故事完全由莫利纳和瓦伦丁去表演、去呈现。莫利纳多愁善感，喜欢沉溺于电影的虚构世界。先是由于肩负"特殊使命"，后来是因为对瓦伦丁暗生情愫，那些看似信手拈来的电影，实际上却是莫利纳精心编织的"诱捕之网"。电影不仅是莫利纳和瓦伦丁沟通的媒介，还是莫利纳征服瓦伦丁的武器，更是帮助他们认识自己并改变自己的神秘力量。我们将通过对这六个故事的分析，探讨这张由莫利纳编织的"诱捕之网"。

要想从瓦伦丁口中窃取情报，就必须接近他，和这个革命者建立一种友

---

① 普伊格曾坦言，他写小说就是想把一些他无法理解的问题甩给人物，试图通过这样一个"第三者"去看清问题，去解决他自身面临的一些困境。参见 Corbatta，Jorgelina，"Encuentros con Manuel Puig"，en Revista Iberoamericana，Nº 123～124，abril de 1983，pp. 591～620.

② 参见祖国颂：《叙事的诗学》，合肥，安徽大学出版社，2003 年，第一版，第 323 页。

③ 有关"外叙事者"参见胡亚敏：《叙事学》，武汉，华中师范大学出版社，1998 年，第一版，第 42～44 页。有关"文本叙事者"参见祖国颂：《叙事的诗学》，第 20～22 页。

④ "内叙事者指故事内讲故事的人，换句话说，故事中的人物变成了叙事者。"参见胡亚敏：《叙事学》，第 43 页。

好的关系。于是，莫利纳讲起了电影。第一个是改编自贾克斯·徒尼尔(Jacques Tourneur)①1942年拍摄的恐怖片《豹人》(*Cat People*)。五官酷似猫脸的美丽画家伊莱娜和建筑师男友在餐馆遇见一个她的同乡，那女人的长相也酷似猫脸。伊莱娜十分害怕，因为在她的家乡流传着一个骇人传说：很久以前，大雪封锁了村庄，一个带着一只豹子的魔鬼说可以为大家带来食物，但必须用一个女人做交换。一个女人献身之后，生下一个长着猫脸的女儿。传说中的豹女并未绝种，她们平时与常人无异，但一旦与男人接吻就会变成可怕的豹子。伊莱娜和建筑师结了婚，却不敢有亲密行为，因为她怕自己也会变成一只金钱豹。后来发生的一些事情使伊莱娜觉得丈夫已不再爱她，于是她投入了一个心理医生的怀抱。但是亲吻的时候，她突然变成了一只金钱豹，向医生扑去。

跌宕起伏的情节和莫利纳绘声绘色的讲述很快就吸引了瓦伦丁。电影成了他们每日熄灯后的必修课。这部“金钱豹女人”电影中隐含的被压抑的欲望、对诱惑的抗拒以及浓郁的性诱惑与恐怖的氛围，奠定了《蜘蛛女之吻》整部小说的基调。通过对电影的讨论，莫利纳间接了解到室友对性、欲望、男女地位的看法，还发现了瓦伦丁隐隐约约的恋母情结。起初，莫利纳不敢忘记他的使命，常不失时机地想从瓦伦丁那里探听情况，而瓦伦丁也有意无意地避而不答。但后来，莫利纳对瓦伦丁渐渐产生了好感，淡忘了自己的特殊任务。

莫利纳讲述的第二部电影发生于二战时期纳粹统治下的巴黎。“马基组织”(Maquis)②找到美丽的法国歌女莱妮，要她窃取德军情报。一边是自己的祖国，一边是她的情人德军高官魏纳，莱妮陷入了痛苦的抉择。莱妮受邀去柏林参拍电影《命运》，期间观看了一部宣扬纳粹功绩的片子。莱妮被深深打动，回国后，以告诉“马基组织”德军军火库所在地为诱饵，提出与他们最高领导人见面的要求。是日，魏纳派人尾随其后，欲直捣黄龙。殊不知“马基组织”早有察觉，甩掉了跟踪。接见莱妮的神秘领导人居然就是魏纳家的总管。莱妮久等魏纳不来，于是决定牺牲自己，引诱总管。趁其不备，抓起一把餐叉将总管刺死。逃离时，莱妮不幸中枪，匆匆赶到的魏纳把奄奄一息的爱人抱在怀里，深深地吻她。

瓦伦丁认为这是一部彻头彻尾的纳粹宣传片。而莫利纳则让他抛开政

① 贾克斯·徒尼尔(Jacques Tourneur，1904～1977)，法裔美国导演。

② 马基组织(Maquis)，又译“丛林组织”。法国著名反法西斯组织，1943年左右由法共成员杜蒙创立。

治因素，单从爱情的角度去看这部电影。两人因此发生争论。瓦伦丁是一个充满政治理想的革命者，对他来说，电影故事只是晚上熄灯后、无法阅读政治书籍时用来消遣的东西。他认为莫利纳过度沉溺于电影世界，“用这种方式逃避现实就像吸毒，会无法自拔的。”并提醒莫利纳：“你的现实，我是说你的现实，不光是这个牢房。如果你读点什么，学点什么，你就可以超越这里。”(P. 85)但是，对于感性的莫利纳来说，电影是他的全部。他是一个生活在电影世界、电影现实中的人，而对政治问题、社会问题，他既不关心也不想知道。这恰恰是瓦伦丁所无法理解的。于是，这部电影的一部分是莫利纳在瓦伦丁入睡后，在心里给自己讲述的，在书中，这一部分以脚注的形式出现。

在这一阶段，瓦伦丁和莫利纳还处于理性和感性两个完全不同的世界，瓦伦丁潜心政治、哲学的书籍，孜孜不倦，而莫利纳则对电影故事津津乐道。在小说中，书籍和电影构成了一组对立的关系，分别象征着属于精英文化的知识与属于大众文化的通俗元素。于是，当瓦伦丁捧着书本时，莫利纳则默默地在心里回想起一部发生在森林中的浪漫爱情片。

《林中小屋》改编自约翰·克伦威尔(John Cromwell)①1945 年执导的影片《小屋之恋》(*The Enchanted Cottage*)。长相丑陋却心地善良的女佣悉心照顾一个在二战中负伤毁容的年轻人。最后，小伙子被女佣打动，决定与她一起生活。新婚之夜，在柔和的烛光中奇迹发生了：小伙子脸上可怕的伤疤消失了，而女佣也变得非常美丽。欣喜若狂的小伙子写信告诉父母，但闻讯前来的父母见到的却是另一番景象：小伙子的伤疤依旧，他的妻子也并不美丽。年轻夫妇陷入了疑惑与痛苦之中，那道骇人的伤疤和镜中丑陋的容颜残酷地摧毁了他们的幸福甜蜜。直到一位盲人朋友为他们解开心结。盲人说，相爱的人其实和盲人一样，看见的不是真实的躯体，而是彼此的心灵。之前，因为他们深深相爱，所以在对方眼中都是完美的。真正创造奇迹的，是爱情。于是，在这个林中小屋，小伙子摘下妻子的婚戒，在窗玻璃上刻下他们的名字，他们幸福地亲吻着。

《林中小屋》是莫利纳对自己讲述的电影，通过丑陋的女佣和年轻人的浪漫爱情，揭示了莫利纳对瓦伦丁的爱慕之情，以及他内心的自卑与胆怯。同时，也流露出他对美好爱情的向往，他希望最后瓦伦丁可以像电影中那个年轻人一样，能够超越伦理道德的禁忌，看到他美好的心灵，并接受自己的爱。

第四部电影是莫利纳特意为病中的瓦伦丁讲述的。故事的主人公是一个满怀革命抱负的拉美青年，正在巴黎攻读政治哲学，与一个年长于他的少

---

① 约翰·克伦威尔(John Cromwell，1887～1979)，美国导演。

妇坠入爱河。后来，青年离开巴黎去营救被游击队绑架的父亲，结果发生混战，父亲中弹身亡。面对从巴黎赶来的恋人，小伙子不得不在爱情和革命事业间做出痛苦抉择，最后决定留在游击队。伤心的恋人只好独自回了欧洲。最终，小伙子和母亲生活在一起。

这部电影莫利纳讲得粗枝大叶，混乱模糊，一反之前他对电影情节事无巨细的描绘。但这个“革命青年”的故事无疑是他精心设计的蜘蛛网圈套中的重要一环。通过“革命青年”这一人物，莫利纳试图唤醒瓦伦丁对他个人经历的回顾与思索，帮助瓦伦丁面对其内心深处的困惑，诱导他去思考、去分析、去认识那个隐藏在心底深处的真实自我。听着电影的瓦伦丁迷迷糊糊地睡着了，在零乱的、片段的梦境中，瓦伦丁的人生经历和电影故事交织在一起，展露了他对政治信仰的动摇、对革命事业的怀疑以及对前女友玛尔塔的爱恋等思绪。尤其是梦魇中混乱出现的恋母及“弑母”意识流，充分揭示了瓦伦丁对母亲那种复杂而特殊的情感。

莫利纳还适时哼起一首忧伤的波莱罗，这使瓦伦丁再次陷入了对玛尔塔的想念。瓦伦丁说，他们是因政治理想分歧而分开的。他还对莫利纳袒露，其实他挚爱的还是玛尔塔，并不是他现在的女友，那个同为革命者的女孩。而且，在骨子里，他和玛尔塔是一类人，其实他并不想成为什么革命烈士。

瓦伦丁正一步步地陷入莫利纳编织的网中，与此同时，莫利纳对瓦伦丁的感情也在加深，对肩负的使命也逐渐淡漠。如当瓦伦丁要对他谈及他的革命女友时，莫利纳则立即打断，说对瓦伦丁的政治问题及其秘密一概不感兴趣。

在电影和波莱罗的双重攻势下，感性世界正逐渐入侵瓦伦丁的理性世界。莫利纳乘胜追击，讲起了一部改编自雅克·图尔奈执导的《与僵尸同行》(*I Walked with a Zombie*)的电影。那是一部扣人心弦的恐怖片，讲述发生在一个种植园的骇人故事。电影故事中的“索比人”(即活着的僵尸，活死人)、暴力、杀戮、压制及恐怖气氛进一步感染了病中的瓦伦丁，使他联想起革命运动中的种种危险以及对酷刑的恐惧。而伴随着这部电影的，是来自莫利纳无微不至的照顾。最终，深受感动的瓦伦丁对莫利纳产生了异样的感觉，他对莫利纳说，从某种角度讲，这间囚室就像一个孤岛，远离一切压迫和斗争，反倒可以随心所欲地做一些事情。他说：“我不知道你有没有懂我的意思……这儿只有我们俩，而我们的关系，怎么和你说呢？我们可以根据自己的意愿去设定我们的关系，因为我们之间不受任何人的制约。”(p. 206)莫利纳也表达了他对瓦伦丁的爱慕。

当瓦伦丁得知莫利纳即将离开后，百感交集，心乱如麻。离愁别绪充满了整个囚室，黑暗中，瓦伦丁和莫利纳拥抱在一起，并发生了性关系。自此，瓦伦丁终于落入莫利纳的网中。只不过，莫利纳原先编织的是一张阴谋之网，即从瓦伦丁口中套得情报以获得假释。但最终，阴谋之网成了一张情爱之网，被擒获的不光是瓦伦丁，还有他自己。此时的莫利纳完全背叛了监狱长，彻底抛弃了那项“特殊使命”。

伴着离别的伤感，莫利纳讲起一个类似茶花女般凄美动人的故事。美丽的歌女与一名记者相爱，为和记者在一起，她不仅离开了爱她的富豪，过上颠沛流离的生活，甚至出卖肉体去救治病重的爱人。最后，在海边，历经磨难的恋人再度重逢，奄奄一息的记者向爱人说起了他为她写的歌词：“每当我肝肠寸断，我就想起了你；每当我幸福愉悦，我就想起了你；当我凝视别的双眸，当我亲吻别的红唇，当我闻到别的香水味，我就想起了你……我不曾想到你会令我如此痴迷，我不曾料到你会偷走我心。所以，我的挚爱，不论是近在咫尺还是天涯相隔，我都时刻挂念着你，不论是漫漫黑夜还是晃晃白昼，你都如音乐萦绕我心。”(p. 261～262)就这样，年轻人在爱人的怀里离开了人世。夕阳西下，歌女像梦游般漫步在长满棕榈树的海边。

莫利纳通过这个伤感的故事，尤其是那一首悱恻的情歌，向瓦伦丁表达了他深深的依恋与不舍。离别时刻即将到来，莫利纳请求瓦伦丁在分别那天吻他一下，并问瓦伦丁，想到要吻他会不会心有抵触。瓦伦丁说，可能会有些害怕，会担心莫利纳会像豹女那样，被人吻了之后会变成一只金钱豹。瓦伦丁对莫利纳说：“你不是豹女……你是蜘蛛女，用网擒获男人。”

这部电影不仅渲染了瓦伦丁和莫利纳的离愁别绪，更是暗示了两人最终的结局。歌女为爱人所做的一切，感染了莫利纳，使他改变了主意，决定像歌女那样勇敢地为爱人去做任何事情，于是接受了瓦伦丁交给他的与革命组织接头的任务。

通过上面的分析，我们可以看出《蜘蛛女之吻》中的六部电影，不是作为单纯谈话内容的电影，也不是简单拼贴在文本中的电影故事，而是推动情节发展的缜密蛛丝。另一方面，电影故事和人物经历的影射也将电影层面和现实层面紧密地交织在一起。关于这一点，将在下文分析。这张网，既是莫利纳捕获瓦伦丁的情感之网，也是普伊格捕获读者的情节之网。

莫利纳和瓦伦丁：边缘的声音

作者热衷于研究阿根廷的“过失”或“错误”，其中，政治的错误和性的错误一直是普伊格小说创作的主题之一，独裁、镇压、流亡等现实题材及以女性、同性恋等边缘群体为主的主人公贯穿其创作的始末。在上文我们也已提到，性与革命是《蜘蛛女之吻》这部小说描写的主题。在此，我们试图通过对小说人物莫利纳和瓦伦丁的分析，探究普伊格是如何揭露这个国家在性及政治方面所犯下的“错误”。

我们首先来看一下普伊格在《蜘蛛女之吻》中对处于边缘的女性、同性恋等群体的关注。普伊格不仅通过瓦伦丁这一人物，表达了对男女平等、男权社会中的女性压制等问题的看法，更是将莫利纳这样一个同性恋者作为主人公。这在那个年代的拉丁美洲可谓惊世骇俗之举，虽然之前有些作品也曾涉及同性恋①，但没有哪部作品像《蜘蛛女之吻》这样把同性恋者作为主人公，不但讲述了一段轰轰烈烈的同性之恋，而且还在小说中引入大量有关同性恋的知识。《蜘蛛女之吻》成为第一部将叙事美学和科学理论完美结合的同性恋题材小说。拉美研究同性恋文学的著名批评家丹尼尔·巴尔德斯东(Daniel Balderston)和何塞·基罗加(José Quiroga)认为，“在反映男性同性恋的作品中，具有划时代意义的当属马努埃尔·普伊格的《蜘蛛女之吻》。”②

在小说中，莫利纳是传统“女性气质”③的代言人，他生活在电影构造的现实中，沉迷于那些罗曼蒂克的电影梦，也渴望可以像电影中的女主角一样去经历刻骨铭心的爱情。这个“男人身、女人心”的同性恋者，除了母亲外，他自我认同时所参照的“他者”几乎都来自电影世界。莫利纳与那些来自他讲述的电影中的女性形象之间有着千丝万缕的联系，这些不同类型的女性人物可以帮助我们更好地认识莫利纳。

莫利纳和大多数传统女性一样，认为女人就应该是贤妻良母，而男人就应该霸道一些，可以对女人呼来唤去。《林中小屋》中的女佣是莫利纳心向往之的女性类型，即心甘情愿处于屈从和被动地位，“希望和一个男人结婚，和他白头到老”，“假如某个男人……是我丈夫，那他就该是那个发号施令的人，只有那样他才会感觉舒服。这是非常自然的事，因为他……是家里的男人。”(p. 246)

“豹女”是“女人/魔鬼”的代表，既散发着充满诱惑的野性美，又象征着具有侵犯性和危险的爱。让伊莱娜备受困惑的“吻”，是性与欲望的象征。“豹女”身上所体现的对性的恐惧、被压抑的欲望和对传统的反叛，都与莫利纳的情况暗合。他的同性恋倾向与正统观念相违，被社会排斥并受到压制。

---

① 如何塞·莱萨马·利马(José Lezama Lima)的《天堂》(*Paradiso*,1966)、科塔萨尔的《马努埃尔之书》(*Libro de Manuel*,1973)、何塞·多诺索的《没有边界的地方》等作品。

② Daniel Balderston y José Quiroga,2005: *Sexualidades en disputa*:*homosexualidades*,*literatura y medios de comunicación en América Latina*,Buenos Aires,Libros del Rojas,p. 13.

③ 陆扬主编:《文化研究概论》,上海,复旦大学出版社,2008年,第一版,第98页。

他是和豹女一样的“女人/魔鬼”，是善于捕获男人的蜘蛛女人。他先被瓦伦丁吸引，然后又诱惑了瓦伦丁。于瓦伦丁而言，“蜘蛛女”莫利纳代表的就是一种禁忌的爱、危险的爱，同时又是充满诱惑的爱。

“纳粹电影”中的莱妮代表了一种“好女人/坏女人”类型。一方面她是间谍，另一方面她又是一个对爱情忠贞不渝的女人。莱妮是勇敢的、无畏的，通过最后的勇敢行为，她打破了女性的屈从地位，甚至参与到本属于男人的社会行为中。莱妮的故事和莫利纳的故事构成一组明显的镜像关系：纳粹统治/阿根廷独裁政府、莱妮的间谍身份/莫利纳的“线人”身份、“马基组织”分子—莱妮—德国军官之间的关系/监狱长—莫利纳—瓦伦丁之间的关系、莱妮为爱背叛自己的祖国/莫利纳为爱背叛自己的处世原则、莱妮的牺牲/莫利纳的丧命。

最后一部电影中的歌女是和莱妮相似的角色。她本是一个柔弱女子，但为了追寻真爱，不畏强权，勇敢和富商抗争。最后为照顾病重的男友，甚至沦落风尘。歌女成为一个主动者，像男人那样去保护爱人。这个故事和整部小说也构成了镜像关系。莫利纳原本受到监狱长的控制，但因为和瓦伦丁的爱情，他背叛了监狱长。面对生病的室友瓦伦丁，他主动照顾他，而且还利用监狱长的关系给他弄来食物。最后，莫利纳从歌女身上找到了爱的勇气和力量，发现了爱的伟大和意义。于是决定像歌女和莱妮那样勇敢行动，为了爱情，放弃一切，甚至自己的生命。

小说中的另一人物瓦伦丁则代表与莫利纳对立的“男性气质”。在西班牙语中，莫利纳(Molina)的首字母恰好和女性(Mujer)的首字母一致；而瓦伦丁(Valentín)的首字母和男性(Varón)的首字母相同。因此，莫利纳和瓦伦丁的名字似乎也暗示了这种象征。另一方面，“Valentín”和意指“勇敢、勇猛”的单词“Valentía”同源。瓦伦丁的性格无疑带有多重性。一方面，他具有男子汉的气魄，但同时，他又不是一个传统观念上的男子，因为他对女性充满了尊重，而不是大男子主义。面对莫利纳男尊女卑、夫唱妇随的观点，瓦伦丁多次反驳他说：“不对，家里的男人和女人应该是平起平坐的。否则，就是剥削。”(p. 246)在对待和莫利纳的关系上，他也认为他们之间应该平等相待，要莫利纳不要在他面前贬低自己。离别之际，他还不忘规劝莫利纳：“你得答应我一件事……你得让人们尊重你，不能允许任何人伤害你，更不允许有人剥削你，因为谁也没有权利去剥削他人……答应我，不让任何人作践你自己。”(p. 265)除此之外，在莫利纳的影响下，瓦伦丁原本充满理性思维的“铁石心肠”也多了一些柔情的东西，不再觉得电影、歌曲、情绪化、眼泪、软弱是属于女人的专利。而且，瓦伦丁甚至从《革命青年》那部电影中加深了对自己的认识。

值得一提的是，小说中存在着一系列二元对立：同性恋者莫利纳/革命者瓦伦丁；电影和波莱罗代表的感性世界/书本所象征的理性世界；电影构建的非现实/监狱残酷的现实；爱情与理想/政治与抱负。需要强调的是，通过电影这样一个媒介，由莫利纳和瓦伦丁所分别代表的对立、冲突的世界，渐渐开始相互影响、相互渗透，甚至在小说结尾出现了一种逆向发展：莫利纳这样一个具有女性特质、生活在感性世界里的人，为了爱情，最终参与到了革命活动中去；而瓦伦丁，那样一个曾经排斥电影世界、只在夜里无法看书时才听电影故事以打发时间的人，最后却糅合莫利纳曾讲述过的电影故事，为他自己，也为莫利纳，编写了一部属于他们自己的电影。

莫利纳从最初的将现实电影化、感性化，到最后将电影现实化、实践化。他曾经是一个阿根廷残酷现实的逃避者，蜷缩在电影的世界里做他的爱情梦。而现在，在瓦伦丁的影响下，他不再是个简单的讲述者，而是主动地选择了像电影女主角那样，勇敢地面对现实，为了爱情，参与到改变社会的政治活动中，最后牺牲了性命。而瓦伦丁，最后则将现实电影化了。隐藏在他内心深处的感性、柔情被莫利纳唤醒。小说结尾在他的意识流中，现实已远去，他彻底进入了一个电影般的世界。在那里，在长满棕榈树的海边，他和玛尔塔，和胸口系着一件男式衬衣的女人，或是他的蜘蛛女，将永远幸福地生活在一起。

20 世纪 70 年代之前，阿根廷文学中的女性人物基本都是处于男性审视下、符合男性审美的形象，处于边缘地位。而普伊格却独树一帜，在他的作品中，女性人物和具有女性气质的男性人物占了大多数。在《蜘蛛女之吻》中除了上文分析的人物外，还提到了瓦伦丁的两个女友。一个是高举女权主义、性革命大旗的玛尔塔，另一个则是和瓦伦丁一样受到马克思主义的影响、投身于革命浪潮的女青年。这两个现实中的女性有别于电影世界中的女性形象，代表了受女权主义及革命思想影响的新女性，从一个侧面反映了阿根廷经历的社会变革以及女性意识的觉醒。

在《蜘蛛女之吻》中，通过莫利纳和瓦伦丁这两个人物，普伊格试图构建一种平等的、和平的、理想化的男女关系。他既反对大男子主义，也不完全赞成过激的女权主义思想。他认为，男人和女人应该发挥各自的特质，以达到一种和谐与平衡。值得一提的是，莫利纳不仅是边缘群体的代言人，更是边缘文化的代言人。普伊格曾说过：“我对那些曾经受到压制的人抱有一种认同感。所以，我对 40 年代的女性有认同感，对在 40 年代被忽视的文化类型有认同感，因为‘文化’压制了大众文化，难道不是吗？我不是说大众文化更为丰富多彩，但是，总该有它的一席之地。我很想知道莱・佩拉的歌词那么美，却为何不能在文学中提及或引用呢？的确，这首先是一个认同的问题。我认为亚文化的境遇和男权社会中的女性地位有些相似：人们享受它，但却不尊重它。”①

阿根廷作家、文学批评家皮格利亚（Ricardo Piglia，1940）曾指出：“普伊格创作的重要主题就是包法利主义。”②包法利主义源自福楼拜笔下的包法利夫人，由法国哲学家儒勒・德・戈吉耶（Jules de Gaultier）最先提出，指“人所具有的把自己设想成另一个样子的能力”。也就是说，像包法利夫人那样沉溺于对生活和爱情的幻想中，整天做着白日梦。普伊格笔下的人物，大多都是这样的“包法利夫人 ”。莫利纳像是长大后的托托，而普伊格，则是现实中的莫利纳，一个包法利夫人式的作家。普伊格曾对阿根廷作家托马斯・埃洛伊・马丁内斯（Tomás Eloy Martínez，1934～2010）坦言：“我是一个痛苦的女人。我本该是个女人……我的梦想是拥有纯美的爱情，但是你看，我注定要卷入那些不美的爱情中去。”③和莫利纳一样，普伊格也幻想拥有一段电影般纯美的爱，他曾多次表示，同性之恋和异性之恋一样，都是正常的、自然的。真正重要的，是爱的存在，也就是说，不论是男人和女人之间的爱，还是发生在男人和男人、女人和女人之间的同性爱，只要是爱，就是美好的、值得尊敬的。

因此，《蜘蛛女之吻》中体现的对边缘群体、边缘文化的关注，无疑与普伊格的个人经历有着密切联系。作家曾多次提到，他试图通过自己的文学创作去思考一些问题，通过自己笔下的人物去探究一些问题。作为一个同性恋者，普伊格受到的更多的是歧视和排斥；作为一个来自大众文化世界的作家，他的创作在很长一段时间不被认可，但是性取向和文学创作上的双重边缘身份，却使普伊格可以从特殊的角度去审视男女地位、同性恋者地位以及正统文化与亚文化之间的关系。

诚然，大众文化元素在普伊格的创作中占有重要地位，但他并非完全生活在电影的世界中，并非真的“躲进小楼成一统，管他冬夏与春秋”。无论在《蜘蛛女之吻》，还是在他的其他几部小说，如《天使的阴阜》及《永远诅咒读此书者》中，作者或直接或间接、或明喻或影射，都对阿根廷的独裁做了不同

---

① García-Ramos，Juan Manuel（coordinador），*La semana de Autor*：*Manuel Puig*，p. 41.

② Piglia，Ricardo，1993：“Manuel Puig y la magia del relato”，en *La Argentina en pedazos*，Ediciones La Urraca.

③ Eloy Martínez，Tomás，1997：“Manuel Puig：La muerte no es un adiós”，*La Nación*，14 de septiembre de 1997.

程度的揭示与思考。

在《蜘蛛女之吻》中，除了通过莫利纳这样一个边缘人物，对“性的错误”进行揭露外，普伊格还对阿根廷“政治的错误”进行了批判。在小说中，作家巧妙地将政治主题隐藏于情节之后，用一个个电影故事“遮掩”了当时统治阿根廷的白色恐怖。通过莫利纳和瓦伦丁两个小人物的经历间接描绘了70年代的阿根廷，表达了他对政治与革命的独到看法。

莫利纳和瓦伦丁代表了社会中被压制的阶层，一个受到性的压制，另一个则是政治压制。两个受到不同压制的人，在监狱这样一个封闭的空间相遇了。监狱在这部小说中具有非常重要的象征意义。一方面，它是国家机器的象征，是最具压制力的地方，象征着笼罩在整个阿根廷社会的阴森恐怖的气氛。监狱长的阴谋、对莫利纳的威逼利诱、为逼供故意在犯人食物中投毒，这一切都反映了军政府的残酷与暴虐。小说中唯一对监狱外部天气的描写生动地概括了当时那种密不透风的高压政策：“外头的夜晚会是什么样的？/谁知道呢，莫利纳，今天不冷，很潮湿。所以应该是多云吧，可能是云层很低的那种，映着街上的灯光。/是啊，应该是这样的一个晚上。/街道应该湿漉漉的，特别是石子路面，虽然没下过雨，尽头笼罩着一点儿薄雾。”(p.237)阿根廷当时的现实就是这样，阴冷潮湿、乌云密布、前途渺茫。

但在另一方面，封闭的监狱却又成为唯一“没有压制”的地方，是最“自由”的地方。这样的悖论就体现在莫利纳和瓦伦丁身上。他们因触犯了“正统”——莫利纳因“性禁忌”、瓦伦丁因“思想禁忌”——而受到独裁政府的压制，被关押入狱，剥夺了人身自由。但同时，监狱又是一个与世隔绝的地方，那间小小的牢房就像是高压政策下的真空带，一个与社会暂时绝缘的桃花源。他们恰恰在那里“获得了自由”。对于莫利纳来说，那里没有社会习俗和道德的禁忌，没有歧视；对于瓦伦丁来说，他可以看政治书籍，可以和莫利纳随意地说话，谈电影、话人生、议社会、贬时政。

在写作《蜘蛛女之吻》前，普伊格曾采访了许多被政府关押过的革命者，做了大量笔记。显然，瓦伦丁的原型就来自这些受到独裁政府压迫的年轻人。但值得注意的是，普伊格塑造的这个革命者，并不是一个坚定的马克思主义者，他对革命事业持有怀疑态度。而且，在莫利纳的影响下，他不仅变得敏感多情，还和莫利纳发生了同性关系。这似乎是对革命者、对英雄模式的一种“颠覆”。在瓦伦丁最后的“梦”中，前女友玛尔塔和莫利纳的形象模糊地混杂在一起，那个“胸口系着一件男式衬衣”的蜘蛛女代表瓦伦丁的双重“背叛”，玛尔塔代表的是他对革命信仰的不确定，莫利纳则代表了他性取向的模糊性。这一切均暗示了他在政治和性取向上的模糊不坚定的立场。

通过瓦伦丁这个人物，普伊格塑造了一个反抗压迫、不畏强暴的革命者，同时也展示了阿根廷青年一代在社会变革中的迷茫和困惑。《蜘蛛女之吻》中所传递的信息也是普伊格对阿根廷现实的一种观察和思考。

《蜘蛛女之吻》是20世纪六七十年代阿根廷社会现状、拉丁美洲女权运动、同性恋运动在阿根廷文学上的重要体现，更是普伊格对研究“阿根廷政治的错误，性的错误”的最好实践。

三、普伊格的文学创作对近三十年阿根廷文学的影响

“文学爆炸”时期的作家对小说结构、叙事视角、语言、题材等方面进行了各种各样的探索和实践，涌现了大量风格独特、形式新颖的作品。普伊格也承袭了这一探索精神，运用大众文化等诸多元素对小说创作进行了大胆的尝试和革新。佩雷·希姆费雷尔认为，马努埃尔·普伊格作品的创作特色在于其独创性，他的创作有别于同时代的任何文学。甚至可以说，有别于所有的文学创作。[①]

纵观以《蜘蛛女之吻》为代表的普伊格的文学创作，我们可以将之视为一场处于边缘的亚文化向正统的精英文化发起的挑战。普伊格从文学的外部找到了大众文化这种革新力量，向“阳春白雪”一统天下的阿根廷文坛贡献了一曲“下里巴人”。诚然，在博尔赫斯和科塔萨尔之后的阿根廷文学里，没有再出现那样统领天下的作家，而是呈多极化的发展趋势；各种风格、流派都在不同作家的作品中有所体现、有所发展。但是，普伊格无疑是在“文学爆炸”和“爆炸后文学”这一过渡期涌现的对阿根廷文学贡献最大的作家之一，对近三十年来阿根廷的叙事文学，甚至拉美文学产生了巨大影响。

从20世纪70年代后期开始，拉美小说创作呈现出一个新的趋势，即作家开始迎合读者口味和出版市场的营销策划，降低文学实践性，回归小说情节。另一方面，随着电视、因特网、报刊等大众传媒的影响剧增，大众文化元素大量进入文学领域。拉丁美洲著名文学批评家费尔南多·阿因萨（Fernando Aínsa，1937～）在谈到拉丁美洲叙事文学新趋势时指出：“电影、戏剧、电视剧、甚至马戏表演、科里多音乐[②]、探戈和波莱罗、莎莎舞[③]和恰恰舞[④]、足

---

① García-Ramos，Juan Manuel（coordinador），*La semana de Autor*：*Manuel Puig*，p. 19.

② 科里多（música de corridos），墨西哥一种音乐。

③ 莎莎舞（salsa），一种拉美流行的舞蹈。

④ 恰恰舞（chá-chá-chá），一种拉美流行的舞蹈。

球、自行车以至网球等体育运动都对文学创作提供了题材。”①

普伊格无疑是这一潮流的先行者与实践者。马丁·普列托(Martín Prieto)在《阿根廷文学简史》中指出,当代阿根廷作家无不受到博尔赫斯的影响,如皮格利亚、胡安·何塞·萨埃尔(Juan José Saer,1937～2005)等,他们的创作都无法脱离博尔赫斯文学这一大背景。② 但普伊格却是一个例外。如果说博尔赫斯的创作素材来自于他的图书馆,那么普伊格则无疑来自于另一个“图书馆”,只不过里面存放的不是书,而是好莱坞电影、探戈、波莱罗、连载小说等大众文化的东西。因此,普伊格可谓是最早大张旗鼓地将大众文化元素引入文学这个“高雅殿堂”的作家之一。他在阿根廷开启了另外一个有别于博尔赫斯的创作潮流。

电影、探戈等大众文化元素的涌入

作为大众文化的重要代表,电影依旧频频出现在阿根廷叙事文学中,如何塞·巴勃罗·费因曼(José Pablo Feinmann,1943～)的长篇小说《梵高的罪行》(*Los crímenes de Van Gogh*,1994)。酷爱悬疑大师希区柯克的电影迷费尔南多试图通过写一个剧本改变平凡的人生。他深知好莱坞卖座电影都离不开性与犯罪两大元素,于是以此展开创作。但在写作过程中他却失去了对自己的控制,“我的想象天马行空,无法控制,它不仅创造了虚构,甚至造成了现实。”不久,出现了几起凶杀案,犯罪嫌疑人都使用了“梵高”这个名字。政府派人追查凶手,化名“梵高”的费尔南多最终落网。

作品中的电影元素无处不在,这不仅体现在人物身上,许多情节也来自电影片段。作家通过文学展现了电影的无穷魅力。同时,小说充满了对 20 世纪 90 年代阿根廷社会的嘲讽,书中警察、记者、电视人等人物的名字可以与一些社会名流对上号。费尔南多是阿根廷青年一代的象征,他们沉溺于大众文化营造的虚幻中,崇尚享乐主义,对政治漠不关心,对梅内姆领导下的阿根廷感到失望,但又不准备身体力行去改变社会现状。“梵高”杀人后割下死者的耳朵,意喻他试图以这样的行为唤起社会的注意,他需要有人来聆听。费因曼通过这样一个看似荒诞的故事,真实记录了 90 年代初期阿根廷社会的变化以及青年一代的空虚与迷惘。

在 1999 年布宜诺斯艾利斯国际书展上,马尔塞洛·比尔马赫尔(Marcelo Birmajer,1966～)、塞西丽娅·斯佩林(Cecilia Szperling,1969～)、巴

---

① Aínsa,Fernando,1997:“Raíces populares y cultura de masas en la nueva narrativa hispanoamericana”,*Anales de Literatura Hispanoamericana*,p. 77.

② 参见 Prieto,Martín,2006:*Breve historia de la literatura argentina*,Buenos Aires,Taurus,pp. 412～413。

勃罗·德桑蒂斯(Pablo de Santis,1963～)、迭戈·帕斯科夫斯基(Diego Paszkowski,1966～)和佩德罗·迈拉尔(Pedro Mairal,1970～)五位当时年龄在29岁至36岁之间的年轻作家,就书展宣言“第一届书展时我们还不识字,而现在已是作家”说起,畅所欲言,发表了对书展、文学作品以及近些年阿根廷文学创作的看法。1998年阿根廷《民族报》“年度最佳小说奖”得主帕斯科夫斯基宣称:“我们都是博尔赫斯的孩子。”相反,同年获《号角报》“最佳小说奖”的迈拉尔则坦言大众文化对新生代作家的影响:“我们是看着电视长大的。”两种截然不同的观点代表了近些年阿根廷文坛的发展趋势。同时,也说明20世纪70年代引发的阿根廷文坛“阳春白雪”与“下里巴人”之争,距偃旗息鼓之日还为时尚早。

“看着电视长大”的作家迈拉尔在《与莎布丽娜·洛弗共度良宵》(*Una noche con Sabrina Love*,1998)中,就讲述了一个由电视节目引发的故事:17岁的丹尼尔居住在阿根廷一个偏远的村镇,观看由莎布丽娜·洛弗主持的色情电视秀是他平淡生活的唯一消遣。一次,他在一场电视抽奖中成为幸运观众,赢得与莎布丽娜共度一夜的机会。为了这份特殊奖赏,他一路搭车前往首都,经历了各种意想不到的奇遇:如被几个士兵袭击,被建筑工人收留等。丹尼尔的布宜诺斯艾利斯之行,是一个少年的成长历程,象征着一个青涩少年被磨砺为一个男人的成长之路。阿根廷作家巴勃罗·因贝里(Pablo Ingberg,1960～)认为,“小说的叙事架构完美,语言简洁明了,新闻式的风格占主导地位,而其最具文学性的特征在于对事件细致入微的观察,所有事件均自我呈现,毫无追加的评论及空洞无物的夸夸其谈。总而言之,这是一部引人入胜的小说,如果说作品非常符合当下市场(出版社)所期待的话题及形式,那么它也是以超乎寻常的完美做到了这一点。”①小说的艺术特色主要体现在对话体的运用和散文般的叙事节奏,以及对公路小说的戏仿和电影及电视语言的运用上,颇具阿根廷作家奥斯瓦尔多·索里亚诺②的文风。小说获当年阿根廷首届《号角报》“最佳小说奖”,理由是其“贯

---

① Ingberg, Pablo, 1998:“Una narración bien construida: *Una noche con Sabrina Love* por Pedro Mairal”, *La Nación*, 27 de diciembre de 1998.

② 索里亚诺(1943～1997)的主要作品有长篇小说《悲伤、孤独及终点》(*Triste, solitario y final*, 1973)、《再没有悲伤也没有遗忘》(*No habrá más penas ni olvido*, 1983)、《冬天的营房》(*Cuarteles de invierno*, 1983)、《艺术家、疯子及罪犯》(*Artistas, locos y criminales*, 1984)、《叛乱者、幻想家及逃亡者》(*Rebeldes, soñadores y fugitivos*, 1988)、《狮子臣服于您的脚下》(*A sus plantas rendido un león*, 1988)、《你即将成为一个影子》(*Una sombra ya pronto serás*, 1990)、《幸福年代的故事》(*Cuentos de los años felices*, 1993)和《没有影子的时间》(*La hora sin sombra*, 1995)等。

穿全书的清新文风,令人耳目一新的情节,精准的观察及幽默感”。

另一方面,在近三十年的阿根廷叙事文学创作中,萦绕在普伊格小说中的探戈及波莱罗也频频响起。探戈是佩德罗·奥加姆比德(Pedro Orgambide,1929～2003)创作舞台上的主角。只不过,和普伊格的遭遇相似,他发表于20世纪70年代的《与探戈及科里多音乐有关的故事》(*Historia con tangos y corridos*)并未引起很大反响,作家本人在1998年发表的《探戈故事》(*Cuentos con tangos*)中不无嘲讽地说道:“现在他们都来找我了,因为如今探戈成了时尚。”

另一位与探戈紧密相连的作家要数奥斯瓦尔多·索里亚诺。托马斯·埃洛伊·马丁内斯在一篇缅怀这位作家的文章中曾写道:“奥斯瓦尔多·索里亚诺是这半个世纪最优秀的作家之一。他是一个伟大的作家,如阿尔特,如科塔萨尔,创立了自己的语言,建立了自己的想象王国。”[①]除了字里行间透出的黑色幽默外,大众文化是构成索里亚诺“想象王国”的主要元素。如在《悲伤、孤独及终点》中,就出现了许多影星,如卓别林、简·方达、约翰·韦恩、劳雷尔和哈代等。本文主要关注索里亚诺小说中的探戈元素。

小说《再没有悲伤也没有遗忘》讲述了一场发生在小镇科洛尼亚贝拉的庇隆党人内部斗争,即左派与右派、老一代庇隆党与新一代庇隆党之争。伊格纳西奥是一位传统的庇隆党人,对他而言,成为庇隆党的一员是件如呼吸般自然的事,“这与政治毫无干系,仅与生活有关”。所以,他理直气壮地说:“我一直都是庇隆党,可我从没卷到政治里去。”小说塑造了多位夸张的漫画式人物,黑色幽默比比皆是。但在这出看似荒唐的讽刺剧背后,却隐藏着一股凝重的悲伤。庇隆的逝世造成了阿根廷人心中的一个空缺,这也是发生在小镇的冲突的根源所在。作者以夸张的手法和写实的内容,将批判的笔锋直接指向庇隆主义;但与此同时,小说亦庄亦谐,寓教于乐,加之思想深刻,语言隽永,读来意味深长。小说书名取自阿根廷著名歌手卡洛斯·加德尔的名曲《我亲爱的布宜诺斯艾利斯》,歌中唱道:“我亲爱的布宜诺斯艾利斯/当我回去看望你时/再没有悲伤也没有遗忘。”这首忧伤的探戈曲像是小说的背景乐,不仅是作家创作小说时的内心写照——表达了他对祖国的深厚感情,更体现了作家对庇隆主义以及那个动荡年代的思索。

作者的另一部小说《你即将成为一个影子》是这样开始的:“我从未像现在这样,口袋里一个子儿也没有,什么都不能买,也没什么可拿去卖的。”[②]司机把火车弃置荒野,于是作为乘客之一的“我”,一位流亡欧洲多年

① Martínez, Tomás Eloy, 1997:“Como Arlt y Cortázar”, *Página 12*, 30 de enero de 1997.

② Soriano, Osvaldo, 2003: *Una sombra ya pronto serás*, Barcelona, Seix Barral.

后刚刚归国的工程师开始了一次特殊的“旅行”。他在荒凉的潘帕斯草原上，走过一个又一个同样荒凉的村庄，寻找着车站。一路上，他遇到了形形色色的人：有假冒成意大利人靠坑蒙拐骗混饭吃的前马戏团老板，靠给人读信来换取食物的占卜者，落魄的前银行家，还有开着一辆破车向着并不存在的观众表演交响乐的乐队成员们。这些人物与主人公一次次地重逢，又一次次地别离。最后，“我”发现，草原就像是一个令人窒息的迷宫，不论你怎么走还是在原地。这场旅行是一个周而复始的圆圈，是一场没有出路的寻找。作品是一个关于阿根廷的隐喻，如小说开头“弃置的列车”就预示了随后发生的新自由主义改革、大规模实行私有化及铁路运输的萎缩等巨变；残缺的年历和停滞的钟表则抹去了时间的痕迹，而消失的路标则扰乱了人物前行的方向。于是，不论是时间还是空间，都成了一个没有尽头也没有终点的圆。在这个隐喻中，阿根廷既无处不在，亦无处可寻。不论是荒凉的潘帕斯草原，还是沿途的村庄，抑或人物的衣着，都破败不堪。书名“你即将成为一个影子”源自脍炙人口的探戈名曲《小路》，它既是主人公失败人生的写照——“他不过是个打那儿经过的影子罢了”，也预示了阿根廷的民族命运，小说中的阿根廷只不过是曾经的那个阿根廷的影子而已。作者用大量笔墨详尽描写的那些破旧不堪的交通工具是生产瘫痪、社会停滞的象征，而没有界限的城镇，则喻示了全球化形势下消失的国界线。这种循环往复的旅行是对经历了失败与挫折的阿根廷的暗喻，同时也影射了 70 年代阿根廷人乌托邦梦想的幻灭。

如果说电影、探戈、电视元素已属较传统的大众文化元素，那么足球题材无疑是叙事文学中的一个新兴符号。阿根廷这样一个足球大国的作家们，无疑已将足球从绿茵场“踢进”了文学创作之门。1997 年出版的《阿根廷足球故事》(*Cuentos de fútbol argentino*)就收录了多则出自阿根廷当代文坛的重量级人物的短篇小说。索里亚诺、路易莎・巴伦苏埃拉、吉列尔莫・萨科曼诺(Guillermo Saccomanno，1948～)、马塞洛・科恩(Marcelo Cohen，1951～)等作家对这一题材贡献了风格迥异的关注与热情。安东尼奥・德尔马塞托(Antonio del Masetto，1938～)的小说《下面有几个家伙》(*Hay unos tipos abajo*，1998)，则将 1978 年在阿根廷举办的世界杯足球赛作为反映当时独裁政府的大背景，开赛在即的决赛和充满压制与恐怖的氛围形成了一种强烈的对比。

侦探小说等亚文学体裁的创作潮流

文学批评家弗朗西斯卡・诺盖罗尔(Francisca Noguerol)指出，大众文化元素在文学中的不断介入导致了一些曾被认为是次要的亚文学体裁的复兴,如新侦探小说、科幻小说及言情小说。[①] 在阿根廷文学中,侦探小说成了近三十年叙事文学创作的重要类型之一。

阿根廷文学不乏侦探小说传统,早在20世纪40年代,博尔赫斯和比奥伊·卡萨雷斯(Bioy Casares,1914～1999)就曾合编侦探小说集。从1969年至1975年,皮格利亚又陆续推出“黑色小说”系列(Serie Negra),向阿根廷读者引介了多部由美国及法国作家创作的黑色小说经典。70年代,侦探小说开始进入一个繁盛期,许多作家都借侦探题材影射阿根廷独裁政府的残暴与犯下的滔天罪行,如普伊格的小说《布宜诺斯艾利斯事件》和《天使的阴阜》等。在此,我们可以试分析阿根廷当代文坛翘楚萨埃尔所创作的几部侦探小说。

萨埃尔1937年出生,从60年代就开始文学创作,但直到80年代才被大众真正认识,进而被推崇为阿根廷最重要的作家之一。皮格利亚认为,“把萨埃尔称作当代阿根廷最优秀的作家的说法与他的作品极不相称,确切地说,在用各种语言书写的当代作家中,他也是最优秀的之一,这样说可能才最精准。”[②]萨埃尔著作颇丰[③],马丁·普列托认为,萨埃尔兼具博尔赫斯的哲思、非现实风格和奥蒂兹的象征手法。相同的人物和地点频繁出现在萨埃尔的作品中,使这些小说环环相扣,相互映照,形成一个庞大的系列。象征着阿根廷的“地区”构成这一系列的主要叙事空间,作家站在遥望拉普拉塔河的巴黎,却用独具风格的笔触记录了有关他的祖国阿根廷的现实与虚构。[④] 侦探小说是他创作中常见的类型。

发表于1980年的小说《没有谁、没有什么、从来没有》讲述了这样一则故事:接连出现的马匹杀戮事件扰乱了生活在河边的居民们。于是,不同的人物从不同角度出发,不厌其烦地对马匹杀戮事件做出不同的表述。围绕罪行展开的回忆与假设成了日日重复的事。不确定,不安,惶恐,甚至恐惧,

---

① Barrera, Trinidad(coordinadora), 2008: *Historia de la literatura hispanoamericana*, *Tomo III*, *Siglo XX*, Madrid, Cátedra, p. 168.

② Saer, Juan José, 2002: *La pesquisa*, Barcelona, Muchnik Editores, S. A..

③ 萨埃尔的主要作品有短篇小说集《地区》(*En la zona*,1960)和《地方》(*Lugar*,2000)等,长篇小说《伤疤》(*Cicatrices*,1969)、《没有谁、没有什么、从来没有》(*Nadie nada nunca*,1980)、《继子》(*El entenado*,1983)、《注释》(*Glosa*,1985)、《那一次》(*La ocasión*,1986,获西班牙“纳达尔”文学奖)、《不可磨灭》(*Lo imborrable*,1992)、《追踪》(*La pesquisa*,1994)和《云》(*Las nubes*,1997)等,以及散文集《无岸之河》(*El río sin orillas*,1991)、《虚构的概念》(*El concepto de ficción*,1997)及《叙事—对象》(*La narración—objeto*,1999)等。

④ Prieto, Martín, *Breve historia de la literatura argentina*, pp. 415～416.

如一股暗流隐藏在生活的表象之下。小说的情节设计成侦探小说形式，但对现实的影射是显而易见的，如杀马疑犯的名字和1976年发动政变上台的阿根廷独裁者同名，都叫“魏地拉”，而一匹匹被杀戮的马则暗喻军政府时期被杀害的人们。整部小说节奏舒缓、文笔细腻而抒情。小说中的梦境与潜意识带有明显的弗洛伊德的印记，而诗意的语言则赋予小说一种特殊的韵味。叙事在现在与过去、传说与历史、情欲与政治、悬念与思索之间展开，如流水般涌来，又如流水般退去。正如阿根廷著名批评家贝亚特丽兹·萨洛(Beatriz Sarlo)所言，萨埃尔写小说如同写诗一般。①

发表于1994年的《追踪》的主人公皮琼，曾多次出现在萨埃尔之前的作品中。阔别故乡20年后，从巴黎回来的皮琼向朋友们讲起一桩离奇的连环杀人案，凶手的对象均为老妇人。小说分成两条主线，一条是对巴黎谋杀案的叙述，警察如何展开对凶手的追踪；一条则是皮琼在家乡的经历，他们发现了一份神秘的手稿，而皮琼的兄弟在阿根廷的“恐怖与暴力”年代突然失踪。类似英国作家史蒂文森的《化身博士》(*Dr. Jekyll y Mr. Hyde*)，《追踪》也展现了两个截然不同的世界，一个是光明的善良世界，一个是阴暗的邪恶世界。小说主要情节虽然依照侦探小说的套路设计，但发展到最后却掺入大量精神分析元素，将一切变得迷雾重重，扑朔迷离。

令人目眩的故事情节、对理性的深度思索、罪行与疯狂，使《追踪》成为一部出色的侦探小说。文学批评家豪尔赫莉娜·科尔瓦塔(Jorgelina Corbatta)认为，“《追踪》试图通过一种文学体裁，即以案件为中心的侦探小说，以及一种精准的方法，即以潜意识为基础的精神分析学，来透析处于特定历史时期的复杂现实。”②谋杀案既是引发死亡、暴力及毁灭的人类非理性的象征，同时也是对“肮脏战争”的暗喻。

阿根廷另一位重要作家，门波·希亚迪内利凭《记忆的宗教裁判所》荣获1993年“罗慕洛·加列戈斯文学奖”。他于1983年发表的交织着情色与恐怖的侦探小说《炽月》讲述了一个“洛丽塔”式的故事。拉米罗结束留法生活，回到故乡查科省不久，认识了父亲朋友13岁的女儿阿拉塞丽，旋即陷入了一场始料未及的疯狂爱恋。查科省令人窒息的闷热空气里，充满了少女诱人的青春气息与他内心无法抑制的情欲。但罪恶与恐惧、追捕与逃亡也接踵而来，命运将拉米罗引向了一条不归路。小说中那无处不在的黑夜，那

---

① Sarlo, Beatriz, 2005: "Juan José Saer: de la voz al recuerdo", *La Nación*, 19 de junio de 2005.

② Corbatta, Jorgelina, 1999: *Narrativas de la Guerra Sucia en Argentina*, Buenos Aires, Corregidor, p. 93.

轮见证了这段迷情的炽月,尤其是弥漫于字里行间的恐惧和不祥的死亡气息,与阿根廷独裁时期这一大背景相互映衬,演绎了一个惊心动魄的故事。

《炽月》摒弃了传统的现实主义及魔幻现实主义的用法,带有某些黑色小说的色彩,交织着纳博科夫的欲望与情色、陀思妥耶夫斯基的内疚与负罪感及卡夫卡的恐惧与痛苦。小说如一场无法摆脱的谵妄狂乱的梦魇,搅动了爱恨情仇的丝丝缕缕以及人性最黑暗处的边角旮旯。小说的封底选取了这样两段书评:"这是一部完全出人意料的作品,在这里一切你所料想的将要发生的事情,都不会发生。""只有像希亚迪内利这样的文学大师才能驾驭这样一个棘手的主题。"墨西哥著名作家胡安·鲁尔福对作者也评价颇高:"他那伟大的才华,使他可以将痛苦的事变成一种以乐观积极的屈从态度去潜心创作文学。"[①]《炽月》发表于希亚迪内利流亡墨西哥时期,获墨西哥"国家小说奖"。

阿根廷年轻一代的作家承袭并发扬了侦探小说这一类型。出生于1966年的迭戈·帕斯科夫斯基就凭借其处女作《关于一桩谋杀案的论文》(*Tesis sobre un homicidio*,1999)获得阿根廷《民族报》年度最佳小说奖,一跃成为阿根廷新生代作家的领军人物之一。小说讲述了这样一个故事:23岁的保尔在巴黎以优异成绩获律师资格后,回到布宜诺斯艾利斯,师从著名法学家罗伯特继续深造。罗伯特事业成功但家庭生活失败,对司法的信任是他人生唯一的寄托。而保尔则认为司法并不能带来公平、正义,是一场彻底的失败,因为,犯下滔天大罪但逍遥法外者并不鲜见。才智超群的保尔自认无所不能,惟有对美国影星朱丽叶特·刘易斯的痴迷让他无法控制,在爱恨之中备受煎熬。一个长相酷似朱丽叶特的女孩在学校被残忍杀害,谋杀案天衣无缝,毫无蛛丝马迹可寻。罗伯特是唯一知道凶手的人,但他平生第一次一筹莫展,无法将凶手绳之以法。罗伯特和保尔的这场斗智斗勇的拉锯战直至小说结尾才见分晓。

1999年6月20日《号角报》发表的书评《罪与罚》写道:"在某次报道中,帕斯科夫斯基坦言胡安·何塞·萨埃尔是他最钦佩的作家之一。帕斯科夫斯基的创作与萨埃尔的创作确有紧密联系。然而,这绝非纯粹照搬,绝非依样画葫芦。基于萨埃尔循环往复、拖沓绵延、引人入胜的节奏,帕斯科夫斯基创造了属于他自己的节奏,这一结果令人振奋。"托马斯·埃洛伊·马丁内斯则认为,帕斯科夫斯基的作品标志着新一轮阿根廷小说的复兴,

---

① Giardinelli, Mempo, 2000: *Luna caliente*, Quito, Editorial El Conejo.

《关于一桩谋杀案的论文》"语言极具特色，小说叙事始终扣人心弦。对熟悉创作的人来说，作者的用心与苛求臻美显而易见。难能可贵的是，读者对此却不会有所察觉"。①

另一位年轻作家吉列尔莫·马丁内斯(Guillermo Martínez，1962～)是一位"文理兼长"的奇才。善于将文学艺术、理性推理、逻辑思维、科学知识等熔于一炉，创造出一个色彩斑斓、风格独具的文学世界。他高超的叙事技巧及非凡的语言天赋，像数学般简洁的文风，体现了他本人提出的"数学美学"概念。他的作品已被翻译为三十多种文字，获得众多奖项。

1989 年发表的短篇小说《无边地狱》(*Infierno Grande*)通过杂货店店员"我"的视角，讲述了一个发生在旧桥镇的故事。一个外乡人的到来打破了小镇的平静生活，很快，坊间开始流传他和理发店老板娘的风流韵事。一天，他俩突然消失的消息让旧桥镇炸开了锅。虽然理发店老板说老板娘是进城去照顾病重的父亲，但人们认定他们私奔了，甚至还有传言，说是店老板杀害了这对偷情男女。于是，一位好事的寡妇着了魔似的拿着铁铲在镇里东挖西掘，试图找出他们的尸体。一天，果真发现了尸体，于是人们开始疯狂地挖掘，但结果却让人震惊：他们发现的不是两具尸体，而是无数具尸体。警察闻讯赶来，命令人们将尸体重新掩埋，不准和任何人提及此事。几天之后，老板娘回来了，而那个外乡人，却再也没人敢提起。小说叙事流畅，层层递进，当读者确信是老板杀害了外乡人和老板娘时，情节却峰回路转，给人一个意料之外的结局；作品同时也影射了那个如地狱般黑暗的军政府统治时期。

阿根廷作家巴勃罗·德桑蒂斯认为，这部小说集无疑是作者叙事才能的集中展示，"预言了我们之后在吉列尔莫·马丁内斯的小说中所见到的一切优点：大胆的情节设计、理智的冒险及想象的精准。"西班牙作家胡安·马尔塞(Juan Marsé，1933～)说道："在我游历过的诸多地狱中，吉列尔莫·马丁内斯的《无边地狱》是我最喜欢的之一。书中故事无一例外地展现了一位高超的叙事者，他那充满魅力、令人拍案叫绝的声音。"西班牙《改革 16》评论说，这部出人意料的短篇小说集不仅证明了阿根廷新一代叙事文学的蓬勃生机，更是阿根廷新一代文学记忆沿承与批评精神的明证。作品获阿根廷"艺术基金会奖"。

吉列尔莫·马丁内斯于 2003 年发表的另一部小说《牛津迷案》则讲述了一个在牛津大学深造的阿根廷数学系留学生的离奇经历。他刚到牛津不

---

① http://www.paszkowski.com.ar/narrat02a.html.

久就卷入了一宗谋杀案:他的房东老太太在家中被杀。与他同时赶到现场的是牛津大学数理逻辑学泰斗塞尔登教授,因为有人在他的信箱里塞了一张纸条,上面画着一个圆圈,并写着:"序列的第一个",接二连三的人被不露痕迹地杀害,每次案发前后,塞尔登教授周围总会出现一个奇怪的符号。种种迹象表明,凶手是在通过连环杀人,向塞尔登发起数理逻辑挑战。吉列尔莫·马丁内斯将毕达哥拉斯学派、哥德尔定理、费马大定理等数学知识与犯罪推理巧妙融合,写成了《牛津迷案》这样一部短小精悍又回味无穷的推理小说。《牛津迷案》获"行星文学奖",被西班牙《世界报》誉为"近年来最出色的推理小说"。英国《泰晤士报》认为这部小说"证明了吉列尔莫·马丁内斯是当今阿根廷新生代作家中最独特的一个。他的行文具有自然的优雅,他的情节设置充分体现出应该如何构思一部长篇小说的经典模式"。①

阿根廷近三十年叙事文学的发展趋势与普伊格引入的大众文学元素有密不可分的关系。虽然至今仍有人认为普伊格的作品是"kitsch"②,是"camp"③,但有越来越多的批评家和作家重新认识并肯定了普伊格的文学地位。秘鲁作家布里塞·埃切尼克认为,从他的第一部小说开始,直到最后一部作品,普伊格向我们展示了他与惯常文学传统的背离,一步比一步明确,一步比一步坚定。而且,他向我们展示了他与亚文学样式越来越紧密的联系。④ 皮格利亚也说道:"普伊格比先锋派走得更远,他证明了叙事技巧的革新和实践与通俗体裁并不相悖。"⑤

同性恋题材禁忌的突破

在反映男性同性恋的作品中,《蜘蛛女之吻》具有划时代的意义,掀开了阿根廷乃至拉丁美洲同性恋题材创作的新篇章。阿根廷作家奥斯瓦尔多·巴桑(Osvaldo Bazán,1963～)的《最美的音乐》(*La más maravillosa música*,2002)就直接受到了《蜘蛛女之吻》的影响。巴桑坦言,《最美的音乐》源自一个对70年代同性恋军人的调查项目。小说再现了这些同性恋军人在不同政治团体中的活动,而当时同性恋解放阵线的口号也常出现在小说中:"我们不是臭婊子,不是瘾君子;我们是FAL自动步枪,我们是阿根廷

① 〔阿根廷〕吉列尔莫·马丁内斯:《牛津谜案》,马科星译,北京,人民文学出版社,2008年,第一版,封底。

② 指低级庸俗的无真正艺术价值的作品或品味不高的伤感作品。

③ 指装模作样,忸怩作态,也有脂粉气、搞同性恋的意思。

④ 参见 Carrillo,Juan Francisco,2000:"Puig y Rebeyro,a la sombra del *boom*:Bryce",*Gaceta Universitaria de la Universidad de Guadalajara*, 31 de enero de 2000。

⑤ Piglia,Ricardo,"Manuel Puig y la magia del relato",en *La Argentina en pedazos*.

革命武装力量，我们是蒙托内罗斯成员。"①鲁文就是这样一个同性恋革命者。他的革命志向和与埃克托的恋情让他备受煎熬。在姐姐的施压和阻挠下，在听完1974年6月12日庇隆在五月广场的最后演讲后，鲁文忍痛和埃克托分手，加入军队。小说的书名就取自庇隆的演说："在我耳边萦绕的最美的音乐……就是阿根廷人民的话语。"时隔多年，已在国外电影界小有成就的埃克托回到阿根廷，想拍摄一部以他和鲁文的爱恋为蓝本的电影。他遇见了一个和鲁文长得很像的小伙子马蒂亚斯，想让他出演鲁文一角。马蒂亚斯虽然穿戴90年代流行的朋克服饰，但每次看到他，埃克托就会想起鲁文。最后，他和马蒂亚斯发生了性关系。而小说的叙事者，虽未明言，却暗示马蒂亚斯很可能是鲁文的孩子。在《最美的音乐》中，不论是主人公，还是历史背景，都与普伊格的《蜘蛛女之吻》一脉相承。如果说普伊格讲述的是一个发生在监狱里的故事，那么巴桑所讲述的，则是发生在监狱外的一段同性恋军人和电影爱好者的爱情。

巴桑对同性恋题材的挖掘并未止步于此，他还撰写了阿根廷第一部完整介绍同性恋的书：《阿根廷同性恋史：从美洲征服期到21世纪》(*Historia de la homosexualidad en la Argentina. De la Conquista de América al siglo XXI*，2004)。虽然这不是一部文学作品，但可以从一个侧面反映出同性恋已不再是禁忌的题材。

在拉丁美洲同性恋文学史上，和《蜘蛛女之吻》一样占有举足轻重地位的是由阿根廷女作家西尔维娅·莫略伊(Sylvia Molloy，1938～)于1981年发表的长篇小说《咫尺即藩篱》(*En breve cárcel*)。作品以细腻的笔触讲述了一段发生在贝拉、雷娜塔和主人公"她"三个女人之间的爱恋故事。久远的童年往事、私密的家族记忆、父亲的阴影、混杂的情感经历以及她现在与贝拉和雷娜塔交往的点点滴滴，都以文字的形式藏匿在主人公的日记本中。"她"不停书写，陷入这个文字与回忆构筑的藩篱之中，穿梭在过去与现在、真实与想象之间，试图通过日记去寻找另一个"她"，去描画另一种生活。当贝拉发现"她"在写她们之间的事时，平静的生活顿时波澜四起。最后，"她"决定离开，前往异国他乡。在机场，"她"取出日记本，把那一页页的生命故事撕成碎片。《咫尺即藩篱》是拉美文学中第一部真正意义上的女同性恋题材小说，是第一部把女人之间的三角恋当作叙事中心的小说。

---

① 原文为"No somos putos，no somos faloperos; somos FAL，FAR y Montoneros."FAL是法语"Fusil Automatique Léger"的缩写，指"轻型自动步枪"，FAL是世界上著名步枪之一；FAR是西班牙语"Fuerzas Armadas Revolucionarias"的缩写，指"阿根廷革命武装力量"；"蒙托内罗斯"是一个亲左翼庇隆党的组织，活跃于20世纪70年代。

2000年发表的《欲望故事：28部阿根廷当代小说中的同性恋情欲》(*Historia de un deseo：El erotismo homosexual en 28 relatos argentinos contemporáneos*)无疑是阿根廷当代同性恋文学中一部重要的作品集。该书由莱奥波尔多·布里苏埃拉(Leopoldo Brizuela，1963～)任主编，他在序言中提到："收录的这些故事中，同性之欲均以某种特殊形式出现，或是推动情节发展的主动力，或为第二手资料，或仅充当背景，甚至可能是作品本身未用与性有关的专业词汇言明的隐藏在某种行为背后的秘密。"[①]其中一则埃克托·比安西奥蒂(Héctor Bianciotti，1930～2012)的《透视的忧伤》(*De la melancolía de las perspectivas*)，用细腻的笔触描写了一位作家和一位画家间的同性之恋。书中写道："透视是种数学般精准的感觉……不，透视是涌向过去的时间……透视是对过往的暗喻……年轻人轻声说道：'透视是一种忧伤。'"布里苏埃拉认为，这则故事具有王尔德式的唯美，人物将他们的生命当作一件艺术品去雕琢，通过对美的爱与追求为同性之恋正名。[②]

丹尼尔·巴尔德斯东指出，《欲望故事》是近几年拉丁美洲最为重要的同性恋题材小说选集之一。[③]阿根廷作家、文学批评家古迪尼奥·奇弗(Gudiño Kiefer，1935～2002)则认为，这部选集的出现体现了社会对同性恋这一问题看法的转变，以及文学对这一题材处理手法的变化。从之前的只字不提，到后来充满美学意味的隐晦含蓄、闪烁其词，直至对其完全接受，甚至还可以毫无禁忌地对不久前还被认作是淫秽放荡的情景肆意描写。[④] 在《欲望故事》的封底写着这样的评论："莱奥波尔多·布里苏埃拉将这部选集打造成一部'战争史诗'，一部关于秘密的历史，一场有关伟绩的传言，它充斥着权威背后的窃窃私语、瞬息的呼喊以及长时间的寂静。"[⑤]

除了叙事文学，在阿根廷诗歌创作领域也涌现了大量同性恋题材作品，最突出的为迪安娜·贝列西(Diana Bellessi，1946～)和内斯托尔·佩隆格尔(Néstor Perlongher，1949～1992)的作品。而阿根廷批评家阿德里安·梅洛(Adrián Melo)在2008年出版的《另类情爱故事》(*Otras historias de*

---

① Brizuela，Leopoldo，2000：*Historia de un deseo：El erotismo homosexual en 28 relatos argentinos contemporáneos*，Buenos Aires，Planeta.

② Brizuela，Leopoldo，*Historia de un deseo：El erotismo homosexual en 28 relatos argentinos contemporáneos*.

③ Balderston，Daniel，2004：*El deseo，enorme cicatriz luminosa. Ensayos sobre homosexualidades latinoamericanas*，Rosario，Beatriz Viterbo Editora，p. 166.

④ Kiefer，Gudiño，2000："Entre susurros y censura"，*La Nación*，2 de agosto de 2000.

⑤ Brizuela，Leopoldo，*Historia de un deseo：El erotismo homosexual en 28 relatos argentinos contemporáneos*.

amor)中，则对阿根廷电影中的同性恋做了一个详细的梳理，在此不做赘述。总而言之，在《蜘蛛女之吻》发表后的这三十多年，同性恋已不再成为一个无人敢触及的禁忌题材。

“反独裁小说”与“流亡文学”

自20世纪50年代中期庇隆被迫流亡国外开始，阿根廷就进入了一个政变不断的社会动荡时期。军人和文人交替执政，政府更迭愈加频繁。1976年，军人又一次发动政变，魏地拉(Jorge Videla)上台，阿根廷进入史称“肮脏战争”的独裁统治时期。1982年的马尔维纳斯岛战争失利，更是激化了阿根廷国内的各种矛盾。直至1983年阿方辛(Raul Ricardo Alfonsín)被选为总统，阿根廷才终于进入民主宪政阶段。

“肮脏战争”无疑是阿根廷当代史中最为黑暗、最为沉痛的一页。专制、暴力、迫害、酷刑、死亡、失踪、流亡等构成了阿根廷人心中无法回避的创伤。著名作家埃内斯托·萨瓦托曾这样形容这个时期：“如果基督生活在1979年的布宜诺斯艾利斯，他会怎么做？他一定会去贫民窟和养不活孩子的穷人们站在一起。结果会怎么样？他一定也会被武装力量劫持，也会被带到透不出叫声的魔窟，遭受非刑。”①军政府提出要“重组国家”，“消灭颠覆分子”，把军事独裁的恐怖手段推到了登峰造极的地步。在这一时期，约有20万人失踪，在当时颇有影响的作家鲁道夫·瓦尔希(Rodolfo Walsh，1927～1977)和亚罗尔多·孔蒂(Haroldo Conti，1925～1976)等也在“失踪”人员之列。反映“肮脏战争”、揭露独裁政府的暴行无疑成了近三十年，尤其是20世纪末阿根廷文学创作的又一主流。

文学批评家卡尔·科胡特(Kal Kohut)指出，阿根廷独裁文学可分为三个时期：第一时期略早于“肮脏战争”，第二时期伴随着整个独裁，而第三时期则指独裁结束之后。他认为，在初期独裁文学中，科塔萨尔的《马努埃尔之书》(1973)、萨瓦托的《灭绝者阿瓦东》(*Abaddón，el Exterminador*，1974)和《蜘蛛女之吻》是小说领域中最具代表性的作品，可视作“独裁文学”的先声。②

对阿根廷独裁、暴力、流亡等现实问题的揭露是普伊格创作的另一条主线。他的多部小说曾因敏感的政治影射而遭禁，他本人也于1976年独裁统

---

① 盛力：《阿根廷文学》，北京，外语教学与研究出版社，1999年，第一版，第205页。

② Kohut，Kal(ed.)，1996：*Literatura del Río de la Plata hoy：De las utopías al desencanto*，Frankfurt-Madrid，Varvuert Verlag/ Iberoamericana，pp. 13～14.

治开始前就走上了流亡之路。"肮脏战争"时期,大批阿根廷人流亡国外,丹尼尔·莫亚诺(Daniel Moyano,1930～1992)、大卫·比尼亚斯(David Viñas,1929～2011)、萨埃尔、索里亚诺、路易莎·巴伦苏埃拉等知名作家均在长长的流亡名单中。而流亡在外的作家们,拥有相对轻松自由的创作环境,远离故土的他们纷纷在作品中记录、揭露、控诉独裁政府的肮脏罪行。

揭露阿根廷政府的压制与暴力是贯穿路易莎·巴伦苏埃拉文学创作的重要主题。短篇小说集《更换武器》(*Cambio de armas*,1982)是巴伦苏埃拉流亡美国期间发表的作品,收录了《第四种版本》(*Cuarta versión*)、《"凶手"这个词》(*La palabra asesino*)、《在夜里,我是你的马儿》(*De noche soy tu caballo*)、《拒绝的仪式》(*Ceremonias de rechazo*)及《更换武器》五则故事。作品延续了作者的创作主线,女性、性及政治是突出的主题。一方面,作者通过形形色色的人物经历,用情感细腻的笔触展现了女性面对现实、爱情、情欲的困惑以及处于压制地位的女性向男权中心发起的抗争;另一方面,作者勇敢地触及独裁时期的禁区,记录了失踪、绑架、酷刑等不能遗忘的残酷现实,揭露了"肮脏战争"的种种暴行。小说集讲述了在政治与性压制体系下无法言说的事情。集子里一个个看似谈情说爱的故事,实际上是对社会现实的控诉。性曾是一个禁忌,但在当时的阿根廷,最禁忌的话题是政治与压制,因此,作者的"书写身体"不仅是性解放的一种途径,更是政治解放的一种途径。

巴伦苏埃拉次年发表的小说《蜥蜴尾巴》(*Cola de lagartija*)是阿根廷"反独裁小说"的又一力作。小说糅合历史与虚构两种元素,刻画了一个以何塞·洛佩斯·雷加为原型的人物。历史上的洛佩斯·雷加是阿根廷正义党领导人之一,一度成为阿根廷政界实权人物。曾组织阿根廷反共联盟"三A党",后因遭到党内其他政治势力的激烈反对,于1975年流亡国外。小说对这个人物作了漫画式描写,称他为"巫师",认为他是"肮脏战争"时期大量暴行的始作俑者。书中的巫师是一个类似雌雄同体的双性人,他对暴力顶礼膜拜,杀戮、酷刑无所不为,他甚至预言"血流成河之后将迎来二十年的和平"。小说叙事打破现实与虚构的界限,连作者本人也成为书中一个人物,书中的"巴伦苏埃拉"为巫师作传,但最后她决定以停止写作的方式"杀死"巫师。作者试图以此表明,如果现实可以影响文学创作,那么文学创作也能影响现实……语言是一种强有力的工具,它可以创造现实。巫师是阿根廷特殊时期独裁统治的象征,她试图用文字去再现"肮脏战争"时期笼罩阿根廷社会的恐怖气氛,探究形成独裁体制的深层原因,进而用文字消解这种强权。所以她说:"我们总是试着去看清面具,而面具就是巫师。我们希望可以通过打碎面具去击败那些躲在面具后面的人。”小说的另一特点是，文本中时而会出现文字残缺和排印空白，可解读为作家“自我审查”而删去的内容，反映了阿根廷作家们在“肮脏战争”时期所经受的考验：是真实地描写现实，还是屈从独裁政府的高压写一些违心之作。同时，这些残漏的文本也是独裁时期失踪人员的象征。

另一位以揭示独裁为创作主题的作家是萨埃尔，在之前的分析中曾提到他借侦探小说的外壳去揭露阿根廷军政府的残暴与罪行。在一次访谈中，流亡法国的萨埃尔坦言，“巴黎像是圣菲(Santa Fe)①的郊区，这么说不是因为圣菲更重要，而是因为，从我作为作家的角度来看，中心显然不是巴黎。”随后，萨埃尔分别用“这里”和“那里”指代阿根廷和法国，进一步谈到，“《追踪》开篇第一个词是‘那里’。也就是说，我的作品是从‘那里’写给‘这里’的，而不是从‘这里’写给‘那里’的。”②的确如此，萨埃尔和许多流亡作家一样，虽身处异乡，心系的却还是那片故土。

在《不可磨灭》(*Lo imborrable*，1992)中，小说将时间倒流至80年代初的军政府时期，通过主人公托马蒂斯及其朋友的经历，再现了那个充满暴力、杀戮、失踪、绑架与死亡的阿根廷，真实展现了那些留在国内的作家、被迫流亡的作家、“官方作家”等形形色色的“文化工作者们”在特殊时期的痛苦挣扎与艰难抉择，他们或苟且偷生，或奋起反抗，或流亡逃避，或崩溃癫狂，都试图在高压与黑暗中寻找各自的出路。小说带有浓郁的黑色幽默色彩，字里行间可读出对社会的嘲讽与抨击，人物名字也充满戏谑意味。从性的角度出发去表现酷刑、压制等社会现象也是小说的一大特点。

在谈到这部小说所展现的阿根廷历史时，作者说：“……故事发生在冬天……几乎总是在晚上。人物完全封闭在自己的世界里，因为这就是生活在那类社会残酷压制时期的人们的感受。我对独裁没有任何夏天的记忆，全是冬季。夜间或傍晚的宵禁、广播或电视里的新闻报道，这就是独裁时期的氛围。”阿根廷文学批评家豪尔赫莉娜·科尔瓦塔则认为，萨埃尔在这部小说中囊括了那些年所有的恐怖暴力行径，作家借“不可磨灭”这一书名表达出那烙在躯体和集体记忆上的印记或伤痕是无法抹去的，“肮脏战争”时期及其之前的庇隆主义时期的社会政治现实无处不在，它存活在民族记忆与民众的普遍信念中，体现在语言、价值体系与人们的生活观念中。那些补

---

① 圣菲(Santa Fe)，阿根廷的一个省城，萨埃尔的故乡。

② Gasquet，Axel，2004：*La literatura expatriada：conversaciones con escritores argentinos de París*，Santa Fe(Argentina)，Ediciones UNL，pp. 63～64.

偿形式,如经济上的富足、日渐国际化的生活模式、通过电视或旅游等某些形式实现的对现实的短暂逃离,或是所谓的“阿根廷精神”的回归,都无法抹煞那个黑暗年代的恐怖行径。

与这些流亡作家的创作不同,在独裁政府时期选择留在国内的阿根廷作家大多处于“自我审查”状态,创作的东西不得不受制于独裁政府严格的文化审查。在作品中他们得包装、隐藏自己的真实想法。豪尔赫·阿西斯(Jorge Asís,1946～)1980年发表的《基尔梅斯花园被盗的花朵》(*Flores robadas en los jardines de Quilmes*)即是其中代表。

小说通过主人公鲁道夫和萨玛塔之间的故事,展示了处于军政府统治下阿根廷年轻一代的迷茫和困惑。主人公鲁道夫内心的矛盾、彷徨、挣扎和对现实的那种模棱两可的态度,激起了读者的共鸣。但与此同时,小说也引发了极大争议。有些人认为阿西斯对政府持一种不置可否的态度,是个投机分子。小说把过去描绘成充斥着谎言与欺骗的时代,而当下却是充满幸福与和谐,这种对当时社会的赞扬明显是投军政府所好。而鲁道夫的价值观以及他最后的选择,也是对政府的迎合谄媚。另一派则认为阿西斯作品的特色就在于暗讽。他将自己伪装,但伪装的目的是为了“安全地”针砭时弊。最后选择离开阿根廷的萨玛塔,作为鲁道夫的对立面,从某种意义上实现了“鲁道夫们”无法实现的愿望:“毫无疑问,我们这些留在这里的人都想走,对那些离开的人,我们很羡慕。”小说是当年阿根廷文坛一部重要的作品,代表了独裁时期留在国内的作家们的创作风格。

新生代作家路易斯·古斯曼(Luis Gusmán,1944～)的小说《在六月的心脏》(*En el corazón de junio*,1983)则通过一个奇特的故事对独裁进行了揭露。西戈拉加离奇死亡后,心脏被移植到弗洛雷斯体内。但是那继续跳动的心脏却像一个魔障,使重获新生的弗洛雷斯心神不定,惶恐不安。为治疗失眠,他开始发疯地阅读《黑暗的心》、《简单的心》、《脆弱的心》等文学名著。而与此同时,维尔科克却在翻译乔伊斯的小说《芬尼根守夜人》时猝死,身边是多部与“心脏”有关的书籍。就这样,叙事者如蜘蛛一般,开始编织一张有关文学、心脏、暴力、命运与死亡的神秘蛛网。

非线性的叙述,看似杂乱无章却又隐秘关联的片段,加上萦绕文字间的晦涩主题,如同一个令人窒息的梦魇。作品像是一首被黑暗笼罩的散文诗,没有一个形象具有一成不变的意义,而是同时传递出无数种可能性。尽管如此,在这充满象征与晦涩意象的森林迷宫里,有一样东西却清晰可见,即一座连接两个阿根廷历史上最血腥暴力的时间之桥:一边是五月广场的爆炸事件,一边是1976年军政府独裁统治下的压制。书中多次提及的6月16日这个位于6月中心的日子是解读这首基调黑暗的散文诗的密码:一个是发生五月广场爆炸事件的1955年6月16日，一个是乔伊斯《尤利西斯》中提到的“布鲁姆日”6月16日。“布鲁姆”这个和爆炸声极其相似的词，与飞机、桥梁、河流等意象在小说中重复出现，透露出小说所要表达的主题。正如书中写道：“我知道很多人一定会问起亲人的尸体。那人好像总是重复着相同的话：‘我看见水，很多水。水把一切都掩盖了。’但是来的人仍坚持问着：尸体在哪里？尸体在哪里？”①。本书也是作者对独裁政府的一次勇敢的追问与控诉。小说获得以20世纪初法国“天才作家”鲍里斯·维安命名的文学奖。

女作家玛蒂尔德·桑切斯（Matilde Sánchez，1958～）发表于1993年的小说《码头》（*El Dock*）以细腻内敛的笔触对独裁恐怖进行了揭示。在参加一次对位于“码头”的军事基地的袭击中，女主人公儿时的伙伴波莉不幸丧生，她的儿子莱奥成为孤儿。女主人公承担起照顾莱奥的任务，带他逃往乌拉圭。叙事就在女主人公的过去与现在两个层面交织展开，她试图恢复已被遗忘的记忆，而对过去的发现又使她更清楚地审视当下。记忆的重建和与莱奥的亲密相处使她的病体得以康复，而作为新一代的莱奥，也在乌拉圭走向成熟。

小说背景是阿根廷独裁时期，但对独裁恐怖的描写不是直接的，而是从人物内心出发，通过他们的视角去感受。小说除了开始时的激战外，没有涉及到其他血腥暴力场面，但却始终让人感觉到军政府的追踪、笼罩在人们心头的恐惧以及整个社会的高压气氛等。主人公带病的躯体象征了支离破碎的生活和满目疮痍的阿根廷社会。逃亡乌拉圭也充满了寓意，“他们偷渡过河，就好像是启动了‘排气阀’，可以把他们从累积的高压中释放出来，”②乌拉圭这个彼岸给阿根廷逃亡者带来了新的希望。而且，对于莱奥来说，这次航行不是从恨而是从温暖的爱开始的，他最终克服了沟通障碍，在女主人公那里找到了新的母爱。

鲜明对立的语言风格是这部作品的特色之一。小说第一部分，作者用客观冷静的报刊式语言讲述了发生在“码头”的暴力事件及波莉的死亡。第二部分则风格陡变，用细腻的笔触剖析了人物内心的孤独困惑，展现了女主人公和莱奥两代人之间的沟通与理解。这是一段关于流亡与孤独的故事。玛蒂尔德·桑切斯用女性独有的笔触描写了女性在阿根廷特殊历史时期的

---

① Gusmán, Luis, 1983: *En el corazón de junio*, Buenos Aires, Sudamericana, p. 124.

② Bonato, Rolando Javier, 2005: “Otro cruce por el Río de la Plata: persecución y utopía en tres novelas de fin de siglo”, en *Actas del I° Congreso Regional del Instituto Internacionalde de Li-te-ratura Iberoamericana*, Universidad Nacional de Rosario de Argentina.

所作所为、所思所感。

从80年代开始，除了主题鲜明、以揭露"肮脏战争"为主的"反独裁文学"外，在文学创作领域还涌现了大量反映阿根廷现实、反思阿根廷历史及展望阿根廷未来的作品。作家们用虚构、用想象去讲述、再现、重构阿根廷的历史、现实与未来，体现了阿根廷作家的社会责任感。

世纪之交的拉丁美洲已完全进入全球化时代，拉美文学也已渐渐告别马孔多(Macondo)，迎来"McOndo"[①]的全新世界。文学批评家弗朗西斯卡·诺盖罗尔指出，近些年拉美作家分为两大阵营，即"新传统派"(grupo de neotradicionalistas)与"实验派"(grupo de experimentales)。[②]在阿根廷，也呈现出两种截然不同的发展趋势，一派是以文学杂志《巴别塔》(Babel)为中心的作家群，他们推崇德国文学、高雅文化与元小说；另一派则是以阿根廷行星出版社(Planeta)为中心的作家群，他们崇尚美国文学，拥护大众文化，创作受到了大众传媒，尤其是新闻和电影的影响，可谓阿根廷的"McOndo"一族。

"行星派"代表作家之一罗德里戈·弗雷桑(Rodrigo Fresán，1963～)认为，新生代作家的创作与大众文化脱不开干系，而这与普伊格的影响密不可分。[③]评论界更是将当今阿根廷文坛发展的趋势归纳为："后博尔赫斯派"和"后普伊格派"或"后POP派"。马丁·普列托指出，正如在20世纪60年代，作家们自问在博尔赫斯之后如何才能用一种更为完美的文学语言去创作一样，新世纪"00年"一代的作家们也面对相同境况，只不过普伊格第一次被摆到了舞台的中心。[④]

---

① 1996年，智利作家阿尔贝托·福盖特(Alberto Fuguet)和塞尔希奥·戈麦兹(Sergio Gómez)将加西亚·马尔克斯笔下的"马孔多"(Macondo)一词去掉一个字母"a"，提出了一个名叫"McOndo"的全新世界："我们的'McOndo'之国幅员更为辽阔，人口密度更大，污染严重，到处是高速公路、地铁、电视传输线，住宅区星罗棋布。在'McOndo'，有麦当劳(McDonalds)、'苹果'公司的电脑Mac、共同治理(condominios)，还有为洗钱建造的五星级酒店以及大型购物商场。"在他们选编的小说集中，贴在拉美新一代作家身上的标签不再是魔幻现实主义，而是"虚拟现实主义"(realismo virtual)。电影、电视、流行音乐、CD、电玩游戏、广告、毒品、同性恋、艾滋病等内容频频出现在年轻作家的创作中。参见Fuguet, Alberto y Gómez, Sergio(eds.), *McOndo*, Santiago de Chile: Grijalbo Mondadori, 1996一书的序言部分。

② "新传统派"深受美国文学、口头语及大众文化传媒的影响，而"实验派"则推崇欧洲文化，强调科学语言的运用，致力于元小说创作。参见Barrera, Trinidad(coordinadora), 2008: *Historia de la literatura hispanoamericana*, *Tomo III*, *Siglo XX*. Madrid: Cátedra, p. 176.

③ 参见Corral, Wilfrido, 2005: "Y tus padres también: testamento de los nuevos narradores hispanoamericanos", en *Cuadernos Hispanoamericanos*, Nº 663, septiembre de 2005。

④ 参见Martín, Prieto, 2006: "Narradores argentinos después de Manuel Puig", *Clarín*, 11 de noviembre de 2006。

普伊格曾对埃洛伊·马丁内斯说过:"他们认为我是一本转瞬即逝的畅销书,而不是一个作家……30 年前,罗伯特·阿尔特也遇到类似情况,而当年他的那些掘墓者正是如今颂扬他的人。"①时间是最好的评判者,在普伊格逝世 20 周年之际,不论是阿根廷的"行星派",还是席卷拉丁美洲的"McOndo"之风,都证明了普伊格在阿根廷乃至拉丁美洲文学史上的重要地位。

参考文献

1. Aínsa, Fernando, 1999: "Raíces populares y cultura de masas en la nueva narrativa hispanoamericana", *Anales de Literatura Hispanoamericana*.

2. Alcalá, May Lorenzo, 2006: "La generación de escritores del 70 contra la dictadura", *Cuadernos Hispanoamericanos*, núm. 667.

3. Amícola, José, 2001: "Puig, los nombres y el geneticismo", *Revista de crítica literaria latinoamericana*, núm. 54.

4. Amícola, José y Speranza, Graciela (compiladores), 1998: *Encuentro Internacional Manuel Puig*, Rosario, Beatriz Viterbo Editora.

5. Barrera, Trinidad (coordinadora), 2008: *Historia de la literatura hispanoamericana, Tomo III, Siglo XX*, Madrid, Cátedra.

6. Cabrera Infante, Guillermo, 2001: "El estilo Puig: Sueños de cine, historias de novela", *Clarín*, 7 de enero de 2001.

7. Corbatta, Jorgelina, 1999: *Narrativas de la Guerra Sucia en Argentina*, Buenos Aires, Ediciones Corregidor.

8. Corral, Wilfrido, 2005: "Y tus padres también: testamento de los nuevos narradores hispanoamericanos", *Cuadernos Hispanoamericanos*, núm. 663.

9. Balderston, Daniel y Quiroga, José, 2005: *Sexualidades en disputa: homosexualidades, literatura y medios de comunicación en América Latina*, Buenos Aires, Libros del Rojas.

10. Eloy Martínez, Tomás, 1997: "Manuel Puig: La muerte no es un adiós", *La Nación*, 14 de septiembre de 1997.

11. Fabry, Genevieve, 1998: *Personaje y lectura en cinco novelas de Manuel Puig*, Frankfurt-Madrid, Varvuert Verlag/ Iberoamericana.

12. García-Ramos, Juan Manuel, 1982: *La narrativa de Manuel Puig*, La Laguana, Secretariado de Publicaciones de la Universidad de La Laguana.

13. García-Ramos, Juan Manuel (coordinador), 1991: *La semana de Autor: Manuel Puig*, Madrid, Ediciones de Cultura Hispánica.

---

① Eloy Martínez, Tomás: "Manuel Puig: La muerte no es un adiós", *La Nación*, 14 de septiembre de 1997.

14. Gargatagli, Marieta, 2004: Cine y oralidad femenina en Manuel Puig, *Cuadernos Hispanoamericanos*, *núm.* 644.

15. Giordano, Alberto, 2001: *Manuel Puig: La conversación infinita*, Rosario, Beatriz Viterbo Editora.

16. Hernández de López, Ana María (ed.), 1996: *Narrativa hispanoamericana contemporánea: entre la vanguardia y el postboom*, Madrid, Editorial Pliegos.

17. Kohut, Kal (ed.), 1996: *Literatura del Río de la Plata hoy: De las utopías al desencanto*, Frankfurt-Madrid, Varvuert Verlag/ Iberoamericana.

18. Kohut, Kal (ed.), 1997: *La invención del pasado: la novela histórica en el marco de la posmodernidad*, Frankfurt-Madrid, Varvuert Verlag/ Iberoamericana.

19. Levine, Suzanne Jill, 2002: *Manuel Puig y la mujer araña*, traducción del inglés por Elvio E. Gandolfo, Barcelona, Seix Barral.

20. Maristany, José Javier, 1999: *Narraciones peligrosas: Resistencia y adhesión en las novelas del Proceso*, Buenos Aires, Editorial Biblos.

21. Martí-Peña, Guadalupe, 1997: *Manuel Puig ante la crítica: Bibliografía analítica y comentada (1968～1996)*, Frankfurt-Madrid, Varvuert Verlag/Iberoamericana.

22. Mattalia, Sonia, 2008: *La ley y el crimen: usos del relato policial en la narrativa argentina* (1880～2000), Frankfurt-Madrid, Varvuert Verlag/ Iberoamericana.

23. Pajetta, Giovanna, 1986: Manuel Puig: cine y sexualidad, *Crisis*, núm. 41.

24. Piglia, Ricardo, 1993: Manuel Puig y la magia del relato, en *La Argentina en pedazos*. Ediciones La Urraca.

25. Prieto, Martín, 2006: Narradores argentinos después de Manuel Puig, *Clarín*, 11 de noviembre de 2006.

26. Prieto, Martín, 2006: *Breve historia de la literatura argentina*, Buenos Aires, Taurus.

27. Puig, Manuel, 2002: *El beso de la mujer araña (edición crítica)*, Madrid, Barcelona, etc., ALLCA XX.

28. Puig, Manuel, 2006: *El beso de la mujer araña*, Barcelona, Seix Barral.

29. Punte, María José, 2007: *Estrategias de supervivencia: tres décadas de peronismo y literatura*, Buenos Aires, Corregidor.

30. Roffé, Reina, 2003: El enigma de lo femenino, *Cuadernos Hispanoamericanos*, núm. 634.

31. Romero, Julia, 2006: *Puig por Puig. Imágenes de un escritor*, Frankfurt Madrid, Varvuert Verlag/ Iberoamericana.

32. Ruiz, Laura, 2005: *Voces ásperas: las narrativas argentinas de los 90*, Buenos Aires, Editorial Biblos.

33. Speranza, Graciela, 2000: "Una visión diferente de Manuel Puig: La sonrisa de un enigma", *Clarín*, domingo 2 de julio de 2000.

34. Speranza, Graciela, 2003: *Manuel Puig, después del fin de la literatura*, Buenos Aires, Grupo Editorial Norma.

35. Spiller, Roland, 1993: "*La novela argentina de los años 80*", Frankfurt, Varvuert.

36. Spiller, Roland (ed.), 1995: "*Cultura del Río de la Plata (1973～1995)*", *Transgresión e intercambio*, Frankfurt, Varvuert.

37. Vargas Llosa, Mario, 2001: "Manuel Puig: Disparen sobre el novelista", *Clarín*, domingo 7 de enero de 2001.

38. 曹文轩:《小说门》,北京,作家出版社,2002 年,第一版。

39. 陈众议:《拉美当代小说流派》,北京,社会科学文献出版社,1995 年,第一版。

40. 陈众议:《论普伊格的无主题小说》,《当代外国文学》,2004 年 1 月。

41. 罗钢:《叙事学导论》,昆明,云南人民出版社,1994 年,第一版。

42. 申丹:《叙事学与小说文体学研究》,北京,北京大学出版社,2007 年版。

43. 盛力:《阿根廷文学》,北京,外语教学与研究出版社,1999 年,第一版。

44. 宋晓平:《阿根廷》,北京,社会科学文献出版社,2005 年,第一版。

45. 王钦峰:《后现代主义小说论略》,北京,中国社会科学出版社,2001 年,第一版。

第五章　墨西哥革命:不变的主题

——“文学爆炸”后墨西哥女性小说研究

王　钰

一提到女性文学,人们便自然而然地会想到简·奥斯丁的《理智与情感》、《傲慢与偏见》,或是夏洛蒂·勃朗特的《简·爱》。前者作品中一系列不完美的女性形象及其遭遇,后者笔下女主人公的反叛和对独立人格的追求,都给我们留下了深刻印象。这些女性人物性格鲜明,或许不够成熟和完美,却真实可信;她们充满激情与幻想,其大胆反抗和坚持不懈的精神令人钦佩。可以说,简·奥斯丁和夏洛蒂·勃朗特是19世纪以来,西方尤其是英国所涌现出的一批以女性为主题写作的女性作家中具有里程碑意义的两位。

而当我们将视线从欧洲转向拉丁美洲时,就会发现在这片经历了三百多年殖民统治,继而又遭受了长期军阀混战、军事独裁统治下的美洲大陆,历来的文学史中很少提及女性作家的姓氏及其作品。相比而言,比较著名的女作家如墨西哥女诗人索尔·胡安娜·德·拉·克鲁斯修女和智利女诗人加芙列拉·米斯特拉尔(Gabriela Mistral,1889～1957)等,也只能算是凤毛麟角。毕竟,近代西方女性文学的发展与妇女解放运动的历史形影相伴,更与现代社会的民主潮流息息相关。而在这方面,不论是妇女解放运动还是民主进程,在拉美的推进都经历了一段漫长的艰难历程。

进入20世纪,随着西方资本主义世界陷入严重的经济危机,西方文坛上应运而生的现代派文学表现出逃避现实的风格。而在拉美文坛,则是一派完全相反的景象。拉美小说在沉寂、积淀了数百年之后,终于等到了崛起和繁荣的时机。20世纪60年代至70年代初,拉美文学异军突起,其作品面对现实,将写作题材的本土化和写作手法的现代性相结合,一批作家作品因此在世界上赢得了很高声誉。尤其是魔幻现实主义文学的出现,更是以其独树一帜的风格震惊了世界。这一时期拉美小说发展势头迅猛,被称为拉丁美洲的“文学爆炸”时期。

在“文学爆炸”后,拉美小说在20世纪70年代后又经历了一次被人们称作“文学爆炸”后的文学变革。它虽然不像60年代的“文学爆炸”时期那样石破天惊,轰动世界文坛,却也有声有色地开辟了一片新天地。

在此时期,随着女权主义在世界范围内的影响日益壮大,拉美的女性文学迅速崛起。女性作家的作品层出不穷,许多作品一经推出就引起文学批评界以及广大读者的关注与好评,一批新生代女作家也为人们所熟知。女性文学作为一支充满活力的文学力量,正在拉美文坛发挥越来越大的影响,其作品无论从深度上还是影响上堪与男性作家的作品相媲美。而此时当我们再次提到女性文学,我们的视野已经不仅仅局限于以女性自身为主体的文学作品,而是把女性文学放入一个宏观的历史文化语境中进行思考,因此它也包含了具有历史背景的重要特征。

例如在墨西哥,这个拥有悠久历史和文化传统的国家,女性文学的发展就带有明显的本土特点。20世纪七八十年代的墨西哥知名女作家不胜枚举,老一代作家包括埃莱娜·加罗(Elena Garro,1920～1998)、埃莱娜·波尼亚托夫斯卡等,她们在五六十年代就已声名显赫,之后又不断有新作品问世。新生代女作家也人才辈出,其中比较重要的包括劳拉·埃斯基韦尔、安赫莱斯·马斯特雷塔、玛丽亚·路易莎·普加和西尔维亚·莫利纳等,她们既写小说,也创作剧本或发表文学评论,在继承前人传统的基础上,不断推陈出新,创作了一些颇具影响力的作品。

或许是受到墨西哥革命小说的潜移默化的影响,抑或是作家敏感地察觉到女性地位与社会变革的关系,这些墨西哥女作家的笔触锁定在女性自身的多舛命途上,而主人公的生活背景则大都与墨西哥革命有着千丝万缕的联系。她们从女性的角度对革命的发生发展所给予的关注,一方面是对革命的重新审视,重新思考社会变革给民众带来的影响;另一方面也标志着女作家的文学眼光从关注女性自身的“小世界”[①],转而投射到社会生活的“大世界”。这不能不引起我们的关注。

回溯20世纪的拉丁美洲,众多文学流派百花齐放、异彩纷呈,它们持续的时间长短不一,虽不能说昙花一现,但一般超不过30年。就连轰动一时的“爆炸文学”中的各种文学主义、流派也有其盛极而衰的时候。然而以墨西哥革命为题材的小说却是个特例。从20世纪初出现至今,这一题材已延续了一个世纪,仍经久不衰。当然,在这一百年间对于革命的关注角度也随

---

① 中国作家张抗抗于1985年在西柏林举行的国际女作家会议上的发言《我们需要两个世界》中提出,“女作家的文学眼光既应观照女性自身的‘小世界’,同时也应投射到社会生活的‘大世界’……成熟的女性文学应同时面向‘两个世界’”。参见《新华文摘》,2004年第3期。

着时代的变迁而不断发生着变化。为什么这一题材能够得到众多女性作家们的青睐呢？我们可以先对墨西哥革命小说的产生和发展作一下回顾。

一、墨西哥革命小说

通常我们理解的革命小说是指以墨西哥革命时期的人民起义和军事斗争为题材的小说，也包括一些纪录由革命而带来的社会变革和政治运动的叙事文学作品。在时间概念划分上，有观点认为可以简单地参考墨西哥革命的起止年代(1910～1920)，这包含了革命的十年战争阶段；也有的文学史家认为如果更全面地评价革命小说，其时间跨度应更为宽泛。因为墨西哥革命小说既包括反映墨西哥革命发生的背景的小说，也包括反映革命对社会影响的小说，因此应包括革命之前和之后，最早可以追溯到1900年左右。

墨西哥独裁者波菲里奥·迪亚斯(Porfirio Diaz)实行了长达30余年的统治，百姓民不聊生，终于揭竿而起，于1910年10月举行了起义。作为资产阶级革命家的代表马德罗(Francisco I. Madero)最先举事，在广大受压迫阶级的响应下，革命烈火迅速席卷全国。在北方，奥罗斯科(Pascual Orosco)和潘乔·维亚(Pancho Villa)率领农民军袭击政府军队；在南方，埃米利亚诺·萨帕塔(Emiliano Zapata)领导农民进行武装斗争。终于在1911年推翻了迪亚斯的统治，马德罗当上了临时总统。

马德罗就任总统后，没有兑现土地归还农民的诺言，反而解除农民游击队武装，宽大前独裁政权的支持者，因而引起人民不满。陆军部长韦尔塔(Adolfo de la Huerta)于1913年趁乱发动军事政变，推翻临时政府，马德罗被捕并遭暗杀。①事件导致舆论哗然，从南到北，墨西哥各地人民纷纷掀起反对韦尔塔的斗争，新的革命浪潮风起云涌。在北方，农民领袖潘乔·维亚的革命队伍迅速壮大，卡兰萨(Venustiano Carranza)和奥夫雷贡将军(Alvaro Obregón)也先后率部起义；在南方，印第安人出身的萨帕塔高擎土地革命的大旗②。南北两面形成夹击之势，再加上有工人罢工和宪政主义者的配合，1914年7月韦尔塔被迫下台。

平民百姓都以为军人政府垮台了，就可以盼来安宁与希望。然而事与愿违，壮大起来的各派武装力量相互混战，全国再度陷入战乱之中，百姓生

① 参见《历史上的今天》，《人民日报》，2003年8月1日，第2.0版。
② 陈众议：《20世纪墨西哥文学史》，青岛，青岛出版社，1998年，第一版，第27～28页。

灵涂炭。最终，1916 年宪政主义者卡兰萨以其军事优势击败农民军，夺取政权，就任总统。同年 12 月，在广大民众的压力下，卡兰萨召开了全国立宪会议。虽然战争烽烟并没有完全消退，但 1917 年 2 月 5 日通过并颁布的新宪法，标志着墨西哥 1910～1917 年资产阶级民主革命的结束。[①]

20 世纪初的墨西哥革命不论对于本国，还是对于整个拉丁美洲大陆来说都是最重要的历史事件之一，在世界范围内也产生了相当的影响。因此，在之后的数十年间，以墨西哥革命为题材的小说不断涌现，形成了"墨西哥革命小说"这一独特的文学题材，它进入了不同的流派并且跨越了 20 世纪不同的文学时期。

墨西哥革命小说

革命小说是指有关墨西哥革命、以群众起义或军事政变引起的政治事件和社会时局变化为题材的文学作品。墨西哥著名的文学评论家和历史学家卡斯特罗·雷亚尔(Castro Leal, Antonio)认为，谈及墨西哥革命小说，必然要提到马里亚诺·阿苏埃拉(Mariano Azuela, 1873～1952)，正是他的小说《在底层的人们》(*Los de abajo*, 1916)开启了墨西哥革命小说的先河[②]。

阿苏埃拉是 20 世纪上半叶墨西哥最杰出的小说家之一。他早在独裁者波菲里奥·迪亚斯统治期间就开始写作。墨西哥革命爆发后，阿苏埃拉先后参加了资产阶级代表马德罗和农民领袖潘乔·维亚的革命部队。1916 年，就在如火如荼的战争进程中，他创作并发表了中篇小说《在底层的人们》。

阿苏埃拉以现实主义的文风描写了革命的迅速发展以及著名进程中的种种暴力事件，在墨西哥开创了文学纪录武装革命的先河。作者在革命纪事工作的基础上，有选择地对人物角色进行艺术加工，成功地塑造出个性鲜明的革命队伍的群体形象，真实地呈现出处于激烈变革时期的墨西哥社会原貌。书中的人物都是地地道道的农民，他们缺少军事装备，也没有明确的斗争目标，但他们揭竿而起，义无反顾地走上了革命的道路。小说通过大量生动的人物对话，展现了一个个鲜活的农民革命军的形象以及他们在军营和战场上的真实生活，为读者提供了墨西哥革命斗争的第一手资料。《在底层的人们》一经问世，就引起文学界的广泛关注，并被看作墨西哥大革命时期的经典之作。小说发表 30 年后的 1949 年获得墨西哥国家文学奖。

---

① 《历史上的今天》，《人民日报》，2003 年 8 月 1 日，第 2.0 版。

② Castro Leal, Antonio, 1960: *La novela de la Revolución Mexicana*, España, Aguilar, p. 17.

墨西哥革命小说在其发展的第一阶段，多以历史纪实体小说为主。作品大多侧重事件本身的描写，以时间发展为线索，基本建构在人物对话的基础上，使用典型的平民百姓的语言，风格朴实无华，文字通俗易懂。

与马里亚诺·阿苏埃拉同时期的小说家中，以革命战争为创作题材的作家还有马丁·路易斯·古斯曼（Martín Luis Guzmán，1887～1976），他的作品《潘乔·维亚的回忆录》（*Memorias de Pancho Villa*，1940）堪称革命小说的代表作品。在这部小说中，作者以墨西哥革命英雄潘乔·维亚的口吻，通过极富个性化的语言叙述了英雄一生经历的众多革命逸事。全文简明易懂，表现出作者洞察事物本质的敏锐观察力。他的小说为后人了解墨西哥革命中最富传奇色彩和戏剧性阶段的状况提供了大量翔实的资料。

此外，毛里西奥·马格达莱诺（Mauricio Magdaleno，1906～1986）的作品也重现了墨西哥革命的历史画卷。其中，发表于 1937 年的小说《光辉》（*Resplandor*），反映出革命家上台前后的态度反差。在事业开始阶段，他们个个怀揣解救百姓于水火的抱负，然而一旦掌握了权力，他们就忘记了当初的诺言，只顾谋求地位和名利，而把当初帮他们上台的穷苦大众抛到脑后。马格达莱诺在描写革命年代的墨西哥社会状况的同时，也运用丰富的语言，生动地描写了一幅壮阔的自然景观，使读者在感受到强烈的现实主义风格的同时，也为他细致的观察力和描述功底而折服。

上面提到的这三部小说，马里亚诺·阿苏埃拉的《在底层的人们》、马丁·路易斯·古斯曼的《潘乔·维亚的回忆录》和毛里西奥·马格达莱诺的《光辉》，可以说是革命小说中最有代表性的作品。它们全面地反映了墨西哥革命，三部小说结合在一起，就形成了一幅记述革命发生、发展及结局的完整画卷。

当然，革命小说的代表作家不仅仅是前面提到的三位，还有很多作家从不同角度创作了战争题材的作品。尽管他们的叙事主旨都是记述革命时期的具体事件，然而每部作品都有其不同的切入角度和评判标准，并以各自不同的方式把读者带入其描写的战争年代的生动场景之中。

经历了连年不断的战乱和墨西哥大革命后，全国上下一派萧条。曾经亲历那段历史的人大都有着相同或相似的苦难记忆，他们的家人亲友，或是失踪或是莫名地被杀害，因此我们不难理解革命小说在某种程度上都有着自传体风格。当然，根据各自经历的不同，每位作家还会做出不同的描述和诠释。

作家格雷戈里奥·洛佩斯·依·富恩特斯（Gregorio López y Fuentes，

1895～1966)在1934年发表的小说《我的将军》(*Mi General*),和作家何塞·鲁文·罗梅罗(José Rubén Romero,1890～1952)在1938年发表的小说《皮托·佩雷斯无用的一生》(*La vida inútil de Pito Pérez*)中,都不谋而合地采用了传统的人物自传体形式,更多地聚焦下层百姓,把他们作为主人公来描写。这些民众曾经是革命的发起者、参与者,也是中坚力量,最终他们却不幸地成为了革命的牺牲品。

革命小说自诞生起就有着强大的生命力,在革命结束后的很长一段时间,仍然有不少作品以革命为题材或背景。这其中耳熟能详的包括阿古斯丁·亚涅斯(Agustín Yánez,1904～1980)的《山雨欲来》(*Al filo del agua*,1947)、胡安·鲁尔福的《佩德罗·巴拉莫》以及卡洛斯·富恩特斯的《最明净的地区》和《阿尔特米奥·克鲁斯之死》等。这些作家都从不同的侧面尝试探讨、阐释革命的起因和发展过程,但是他们用更多笔触去探索革命的悲剧性结局,以及它背后的深层结构的社会原因。

可以说,革命小说不仅是墨西哥文学史上,也是拉美文学史上的一次广泛、深刻的文学运动。它的重要意义在于其广泛的社会参与度以及与人民群众的密切联系。它是属于社会革命阶层的文学流派,其代表作品毫无例外地贴近劳动人民的生活,并忠实地再现了革命的原貌。革命作家来自群众,自然也站在人民的一边。他们比以往的作家更能体察民情,因此他们的作品更能被人们广泛理解和接受。

墨西哥革命后的状况

从1910年墨西哥革命爆发,到1917年颁布民主宪法,宣布国名为墨西哥合众国,标志着资产阶级民主革命基本完成。在这期间,广大民众不但没有真正享受到自由民主,反而经历了多年的军阀混战。为夺取国家政权,全国大大小小的军阀之间进行着无休止的流血战争。可以说1910年墨西哥革命爆发后的连年内战在很大程度上破坏了社会的正常秩序,几乎完全摧毁了墨西哥的农业经济,使得墨西哥整个社会经济处于崩溃的边缘。

1910年至1917年的墨西哥革命,虽然推翻了原有的推行自由主义经济和独裁主义政治的迪亚斯政权。但是新成立的中央政权相对软弱,各地区地理环境相对封闭,加之军阀割据,这种局面孕育出一种被称为"考迪罗主义"[①]的变种政体,并呈愈演愈烈之势。自1857年墨西哥独立以来,全国各

---

① 参见陈浩:《略谈墨西哥的一党体制——读曾昭耀〈政治稳定与现代化〉之后的一些思考》,2005年,北大史学论坛 http://www.hist.pku.edu.cn/club/index.asp。

地都存在大大小小的被称作“考迪罗”(caudillo,西班牙语意为“豪绅”)的地方豪强。他们有自己据以立足的地盘和社会基础,与中央政府和其他军阀存在严重冲突,动辄发动军事叛乱,以武力争夺政权,考迪罗主义成为国家稳定的一大毒瘤。其主要危害是对当时尚不稳定的新生政权形成巨大威胁。

在这种背景下,历史发展的必然趋势需要建立一种相对集权的一党执政体制。于是在1929年,应运而生了一个全国性的政党——国民革命党,即后来连续执政长达71年之久的革命制度党的前身。

起初的国民革命党还只是一个地方“考迪罗”和地方党派的联盟,它排斥工农组织的参与。之后的20世纪30年代,世界范围内发生了经济大危机,墨西哥国内的工农运动再次风起云涌,加上地方“考迪罗”又借机把控制工农组织作为自己的政治筹码。在1938年3月,国民革命党解散后在原先的基础上成立了新的政党——墨西哥革命党①,把包括工人农民在内的广大民众吸收进来,纳入官方体制。

之后的40年代,在卡马乔总统(Camacho)的执政期内(1940～1946),政府取消了军人执政,确立了稳定的文人政府(卡马乔本人就是墨西哥历史上担任总统职务的最后一位将军)。这也标志着墨西哥历史上军人参政时代的彻底结束。同时,随着资产阶级力量不断壮大,墨西哥革命党的性质也逐步由原来的以工农为主要依靠对象的各革命阶层联盟,变成了以中产阶级为核心、以职业政治家为骨干的联盟,并在1946年易名为革命制度党。

20世纪五六十年代,墨西哥社会在革命制度党的强势统治下形成了“卡西克”②控制网络,其作用在于压制村社农民的利益要求和反抗,控制他们的选票,为革命制度党提供政治支持,以维护其统治的长期稳定。这种体制使得村社农民的政治力量被削弱,导致了农村民主制度严重扭曲。

从20世纪70年代开始,墨西哥经济出现了衰退;80年代政局动荡,社会动乱此起彼伏;到了90年代,更是爆发了金融危机和恰帕斯州农民起义。在每个历史阶段,面对一系列的政治、经济危机,忧国忧民的作家们都会反思其生成原因,而女性作家也在用其细致、敏感的头脑进行着思考。

---

① 参见刘德威:《墨西哥革命制度党的历史兴衰》,《当代世界研究》,2005年12月31日,参见中国社会科学院网站 http://myy.cass.cn/file/2005123116553.html。

② “卡西克”,意即酋长或部落长,这在墨西哥很典型,墨西哥既存在地区性的卡西克,也存在国家范围的卡西克。国家政治的稳定同卡西克有很大关系,因为每个卡西克(下达命令,并依靠这些命令)统治国家交给他们的某个地区。

她们中有些人对墨西哥革命进行了回顾和反思，认为很大程度上正是因为革命进行得不够彻底，才阻碍了革命后的社会转型和发展，而这也成为后来各种危机形成的最主要成因。这些深刻的认识表明女性作家们的视野已从个人的“小世界”转向社会的“大世界”，参与社会的程度更加深入广泛；同时反映出墨西哥革命在社会各个层面，包括文学界都产生了举足轻重的影响，具有十分重要的意义。

二、女性文学

女性文学作品从广义上讲，泛指女性作家创作的文学；但从严格意义上讲，则是指以改变男女不平等为宏旨、具有鲜明女性意识、表现女性真实自我并从女性视角观察社会的文学。

作为女权主义运动的产物，当代西方女性文学(或“妇女文学”)这一提法在20世纪二三十年代就已出现，其发展与20世纪妇女解放运动的历史始终相伴，与现代社会的民主潮流息息相关，而且它也包含了这一历史背景之下女性文学的重要特征。

女权主义理论发端于20世纪初的西方，具有鲜明的意识形态色彩，为了表示对男性话语的反抗，她们选择“爱情”、“婚姻”、“家庭”为主题，因为这三个主题不仅是父权制压迫的主要领域，还是社会权力活动的中心。对女权主义理论发展产生重大影响的三位理论家是：法国的波伏娃(Simone de Beauvoir)，代表作是《第二性》(*Le Deuxieme Sexe*，1949)、英国的伍尔夫(Virginia Woolf)，代表作是《一间自己的房间》(*A Room of One's Own*，1929)和美国的贝蒂·弗里丹(Betty Friedan)，代表作是《女性的奥秘》(*The Feminine Mystique*，1963)。①

进入20世纪，女性作家的视角更是从以“爱情”、“婚姻”、“家庭”为主题的“小世界”，拓展到了家庭、社会、事业的“大世界”。通过作品表现男权社会对女性的全面压制和再造。这些作家中具有代表性的有美国著名女作家苏珊·桑塔格(Susan Sontag)、英国当代“第一畅销小说家”乔安娜·特罗洛普(Joanna Trollope)和获普利策文学奖的美国女作家裘帕·拉希莉(Jhumpa Lahiri)等。

---

① 闫立、宋中华：《西方女权主义理论和女性文学的双重书写》，《光明日报》，2005年12月27日。

拉丁美洲及墨西哥的女性文学

在拉丁美洲，随着女权运动的高涨，独立的意识和社会参与意识的增强，妇女追求与男性享有同等教育权和政治权，使得她们更多地通过文学作品阐释自己的观点，因此她们逐渐地进入人们关注的视野。不过，拉美女性文学的发展相对欧洲、北美略显滞后，因为从地域特点而言，拉美大陆向来是一片男权主义思想根深蒂固的土地，因此女权主义要想发展和女性作家得到话语权的机会很难。另一方面，“爆炸文学”及其前后期的文学运动和思潮在世界文学史上具有划时代的意义。相比之下，女性文学的影响自然无法企及，纵然出现了获 1945 年诺贝尔文学奖的智利女诗人加芙列拉·米斯特拉尔和智利小说家伊莎贝尔·阿连德那样出众的女作家，也只属于个别现象。而且，阿连德还要被冠上“穿裙子的加西亚·马尔克斯”的称号。

众所周知，哥伦比亚作家加西亚·马尔克斯及其《百年孤独》对文学界的重要意义不止在于他获得了诺贝尔文学奖，更主要的是因为其作品中运用的魔幻现实主义的写作手法，开创了一代文风之先河，使得拉美文学大爆炸的冲击波达到了顶峰。在众多深受加西亚·马尔克斯影响的作家中，伊莎贝尔·阿连德就是一个很好的例子。作为当时作家群体中少有的女性，她的早年作品中有诸多魔幻现实主义因素，因此被某些出版商冠以“穿裙子的加西亚·马尔克斯”的称号，并因此很快成名。

她的成名作品《幽灵之家》（又译为《灵魂的庄园》）与《百年孤独》完全是两个不同的故事。《百年孤独》写的是布恩迪亚家族七代人的兴衰史，而《幽灵之家》则是一个记录了一家四代女人命运的故事。在故事中作家表达了女性独立意识的觉醒，对于拉美女性文学的发展，以及女作家争取话语权有着重要的意义。

或许是因为两个故事发生时间比较接近，又都发生在拉美这块充满神奇色彩的土地上，或许因为故事情节中都有幽灵显现，并伴随许多令人不可思议的事件发生，阿连德的这个称号很快被文学界接受，并传开沿用至今。

关于她的成功，就连秘鲁作家巴尔加斯·略萨也曾表示过不解：“在一个以男子气概闻名于世的大陆，像伊莎贝尔这样的女艺术家居然能脱颖而出，似乎真的有点奇怪。”[①]由此我们也可以看出，在魔幻现实主义旗帜下的

---

① 转引自刘习良：《妙在有意无意之间》（译后记），《幽灵之家》，刘习良、笋季英译，南京，译林出版社，2007 年，第一版，第 402 页。

拉丁美洲,少有女作家成名,伊莎贝尔·阿连德可说是个例外。[①]

正是在这种地域特点和时代划分的映衬下,拉丁美洲的女性文学在很长一段时间内对文学的发展以及对社会的影响有限。到了20世纪70年代,辉煌的拉美文学"爆炸时期"已经过去,女权思潮在整个大陆悄然兴起。在哥斯达黎加女作家维多利亚·欧亨尼亚·乌尔瓦诺(Victoria Eugenia Urbano,1926~1984)的积极倡导下,拉美文坛第一个地区性的"西班牙语美洲妇女文学协会"宣告成立,并于1974年出版了第一本《美洲女性文学选集》,此后多次再版。七八十年代以来,一批女性作家在文坛脱颖而出,佳作迭现,她们当中有波多黎各的罗莎里奥·菲雷(Rosario Ferré,1938~)、阿根廷的玛尔塔·特拉瓦(Marta Traba,1930~1983)和西尔维娜·奥坎波·阿吉雷(Silvina Ocampo Aguirre,1903~1993)、智利的伊莎贝尔·阿连德等。女性文学作品以其新颖的视角、细腻的写作手法、通俗易懂的叙述风格引起文学批评界的重视,以及越来越多读者的喜爱和欢迎。女性文学的崛起,成为当今拉美文坛中令人瞩目的文学现象。

回顾拉美近年来的女性文学,关注她们作品的读者不难发现,女性文学作品大多是描写女性边缘化的生活经历,写作内容明显受到时代背景或个人生活环境和经历的影响。有些作品更是以第一人称着笔,带有明显的人物传记体风格。

其次,尽管女性作家们的写作初衷是以改变男女不平等为宗旨,然而在实际操作时写作手法上却大多受父权社会的文学体制的限制。情节安排多带有悲剧色彩,文字间流露出悲观和无望的情绪。因此,如果与文学爆炸时期的文学形式、结构的变革和突破相比,女性文学作品写作手法相对传统、缺乏创新。然而,女性作家们有意运用通俗的叙述语言,造成平民化文学的印象,这也使得她们的作品远离了曲高和寡的寂寞境地,从而走进众多平民百姓的视野。

具体到墨西哥的女性文学,早在20世纪初期就活跃在文坛的代表人物有内耶·坎波贝略(Nellie Campobello,1900~1986)、埃莱娜·加罗、罗莎里奥·卡斯特利亚诺斯(Rosario Castellanos,1925~1974)和埃莱娜·波尼亚托夫斯卡等。

进入到七八十年代,更是有新生代女作家加盟:玛丽亚·路易莎·普加、西尔维亚·莫利纳、波里扬达·多梅克(Brianda Domecq,1942~)、卡

---

① 董之林:《女性主义批评——并不奢侈的今日话题》,《中国女性文化》,北京,中国文联出版社,2001年9月版,第85页。

门·博略萨、安赫莱斯·马斯特雷塔和劳拉·埃斯基韦尔，她们大多出生于四五十年代，在70年代末80年代初开始发表作品，在墨西哥乃至拉美文坛崭露头角。

这一时期墨西哥女性文学在创作上很有特色，总体上呈现出多元性特点，主要表现在四个方面：

题材领域更加宽泛

20世纪七八十年代女性作家的作品与传统女性文学的题材有明显不同。以往作品一般以女性的婚姻、爱情、家庭生活为中心，大多通过家庭日常琐事来反映社会风貌，较少描写重大社会问题。而新一代的女作家则较多地将笔触伸向社会，担当起文人的社会责任，增加了几分忧国忧民的爱国情怀和人文主义立场；而女性所特有的细腻情感与人生经验，又使这些作品带有丰富而鲜明的个性。如安赫莱斯·马斯特雷塔的《撕裂我的生活》(*Arráncame la vida*，1985)就不再拘泥于女性自身生活的狭小范围，而是重新审视墨西哥大革命，重新思考社会变革给民众带来的影响。

又比如，记者出身的埃莱娜·波尼亚托夫斯卡经常发表对时政的看法，她的小说《直到见不到你，我的耶稣》(1969)描写了一位出身卑微的洗衣女工参军亲历墨西哥革命的经历。她的另一部作品《特拉台洛尔科之夜》(1971)以席卷西方世界的墨西哥1968年学潮为背景，用新闻报道式的逼真描写了震惊世界的特拉台洛尔科血案。① 在1980年发表的《沉默的强大》(*Fuerte es el silencio*)一书中，波尼亚托夫斯卡又将笔触对准进步学生的母亲，她们的儿子大多因参与学生运动被捕入狱或莫名失踪，于是愤怒的母亲们在市中心的大教堂里进行绝食抗议。小说出版的同时还附带了多张记录相应历史事件背景的照片，为作品增加了有力的纪实佐证。

---

① 1968年10月2日，就在墨西哥奥运会举办前十天，数千名墨西哥大学生走上街头，手举标语，高呼口号，要求政府放宽对民主制度的限制。为避免这次游行影响奥运会的举办，墨西哥政府命令军队和警察阻止游行。但是出人意料的是随后发生了一场惨绝人寰的大屠杀，造成数百名学生被打伤，一千多名学生被捕，墨西哥政府继而起诉并审判了被捕的学生领袖。事后，为了推脱责任，墨西哥政府宣布说，之所以发生这样的惨剧，是因为学生们携带了武器，并且抢先对前来制止游行的军队开火而造成的。但是显然，墨西哥政府是大屠杀的真正罪魁祸首。那次屠杀给整整一代墨西哥人心灵上留下了难以磨灭的伤痛。埃切维里亚在1970年当选墨西哥总统。上台之前他在1968年时负责墨西哥内政安全，但是他否认自己与1968年大屠杀有直接联系，但是有资料表明，当时的政府高官都对大屠杀的内幕了如指掌。波尼亚托夫斯卡的作品《特拉台洛尔科之夜》反映的正是这段历史。参见 http://www. zjol. com. cn/gb/node2/node138665/node140704/userobject15ai1888378. html。

由此我们不难看出，以马斯特雷塔、波尼亚托夫斯卡为代表的女性不仅是作家，更以自己的作品成为记录历史并反映历史的社会学家。

深入挖掘精神层面

女性文学在墨西哥发展到20世纪七八十年代，除了深入揭露男权社会中因性别歧视给女性带来的影响外，还更多地探索了社会不同阶层的女性所面临的问题和困惑。如马斯特雷塔的小说《撕裂我的生活》和劳拉·埃斯基韦尔的小说《沸腾》（1989，又译为《恰似水之于巧克力》或《巧克力情人》），这些作品关注的是社会中上层女性如何面对婚姻、家庭、事业、个性化和性解放等问题，而波尼亚托夫斯卡的作品《直到见不到你，我的耶稣》和《沉默的强大》则真实地反映出下层劳动妇女的艰难生存状态。

除此之外，女性作家还把她们的视角延伸到男性世界，而不再局限于某一个弱势社会阶层或弱势性别的生活。如波尼亚托夫斯卡发表于1996年的小说《改革路》（*Paseo de la Reforma*）的主人公阿什比·埃格伯特就是一名出身于墨西哥上层社会的男性。由于一场意外事故，阿什比亲身体验了墨西哥下层百姓的生活经历，并结识了一名思想激进的女社会活动家，使他最终学会以一种批判的眼光去审视自己的阶级。读者通过阿什比的经历可以看到，一个以封闭自我为特征的墨西哥人在清醒认识到自身的缺憾与不足以后，如何从束缚自己的桎梏中挣脱出来，开始追寻新的生活。

卡门·博略萨1991年的作品《他们是牛，我们是猪》（*Son vacas, somos puercos*），讲述的是17世纪活跃在加勒比海岸的海盗生活。作家在作品中首次尝试以女性的视角来看待和讲述男人统治的海盗世界发生的故事。她通过主人公斯内克向读者介绍了严酷的海盗生存法则、海盗对遵从基督教义及法律的"羔羊"们的蔑视和他们想要建立一个乌托邦王国的理想，反映出海盗们人性的一面，但同时也对他们"以暴制暴"的行为进行了批判。

自我体验趋于多样化

20世纪七八十年代以来的墨西哥女性文学，对性的描写更加宽容，女作家也更加大胆地展现女性的欲望与最真实的自我。如劳拉·埃斯基韦尔在小说《沸腾》中，通过对一系列菜单的介绍巧妙地烘托气氛，把男女主人公对爱情的不懈追求和最终的结合描写得有声有色。马斯特雷塔的《大眼睛的女人们》(*Mujeres de ojos grandes*,1990)汇集了36位女性的故事,描写了父女情、母女情、手足情以及婚外恋等,在抨击大男子主义的同时,从一个个微不足道的、琐碎的生活体验中着力挖掘女性的自我意识。

同时,女作家们还利用她们特有的细腻情感,在作品中着力刻画女性在不同年龄段的生理及心理体验。如卡门·博略萨曾创作一套以童年为主题的三部曲:《最好还是消失》(*Mejor desaparece*,1987)、《往事》(*Antes*,1989)和《三十年》(*Treinta años*,1999),这些作品在很大程度上带有自传体风格,对儿童充满孤独、恐惧而又无助的心理状况进行了深入挖掘和描写。《撕裂我的生活》则通过主人公卡塔丽娜的回忆,描绘了她从一个14岁的农家单纯少女,到嫁给政客后变成上层社会少妇的成长和成熟过程。

努力寻找民族根源

20世纪八九十年代,随着西方多元文化向拉美地区逐步渗透,当地民族传统文化正面临一场传承的危机。墨西哥女作家在关注女性问题和社会现实题材的同时,重拾民族历史意识,努力回顾和反思历史,寻找民族的根源。如新生代作家卡门·博略萨1992发表的小说《哭泣,不可忍受的小说》(*Llanto,novelas imposibles*),作家以极其丰富的想象力,重新赋予墨西哥被殖民时期历史上的重要人物、最后一位阿兹特克酋长蒙特祖马二世以新的生命,让他轮回到20世纪的现代墨西哥社会。通过酋长在游历现代墨西哥社会后与三个女人之间展开的历史对话,回顾了西班牙征服墨西哥的历史,同时表达了对两种文化融合过程中民族传统被渐渐遗忘的无限感慨,对民族传统该如何继承的问题展开新的思考。在她的另一部小说《人间天堂》(*Cielos de la tierra*,1997)中,作家站在世纪末对人类历史又进行了一次回顾与展望。通过两篇手稿在三个时空传承的故事,博略萨为读者勾画出一幅人类历史毁灭的画面,借以警示人类在现代文明发展的同时,不要忘却历史。

20世纪后半叶,在拉美以女权主义为思想支撑点的女性文学方兴未艾。其主要特点是从女性的视角叙述故事,描述宏观世界,表现女性内心世界。作品多以刻画女性形象为其中心任务,力图表现女性自主独立的精神,把女性放在社会生活的中心位置。而在这个意义上讲,上面列举的几位女作家的小说应该被看作是女性文学反映社会生活的代表作。为此,我们特意选取以下三位作家的代表作品加以论述,期望通过作品来解读墨西哥女性文学的一些共同特点。

三、聚焦墨西哥革命的女性作家及其代表作品

代表作之一：波尼亚托夫斯卡的《直到见不到你，我的耶稣》(*Hasta no verte, Jesús mío*, 1969)

记者出身的埃莱娜·波尼亚托夫斯卡是墨西哥当代最具影响力的女作家之一。1932 年 5 月 19 日生于巴黎，并在那里度过了自己的童年时代。父亲是流亡法国的波兰末代王储，母亲是墨西哥人。第二次世界大战期间，她随家人到墨西哥定居，之后加入墨西哥国籍。在墨西哥和美国接受教育后，成为一名职业新闻记者。

她在很长一段时间内为多家报纸和杂志撰稿，由于职业的原因，她接触并采访了大量下层社会的普通百姓和劳动妇女，所作的访谈和报道也大都关注民众的生活疾苦，传达下层百姓的心声。在她把记者工作和文学创作结合以后，很多采访资料变成了小说的写作素材，因此她的不少作品带有明显的报告文学特点。其作品充满智慧，同时又深刻地反映了社会各个阶层的生活现状，尤其是社会底层百姓经历的贫穷、暴力和不公。

值得特别推介的作品是《直到见不到你，我的耶稣》，这是她发表的第一部实证体小说。小说的成型归功于作家对一位洗衣女工长达数月的采访。主人公原名叫何塞菲娜，讲起话来铿锵有力，且充满人生哲理。波尼亚托夫斯卡被这名女工曲折的人生经历深深打动，访谈之后便将这些谈话记录改写成了纪实体小说《直到见不到你，我的耶稣》。书中描写一个名叫赫苏萨的女性的故事：她出身贫寒，参加过墨西哥革命，甚至成为革命军的军官，她的父亲和丈夫先后战死沙场。孤身一人的赫苏萨却在革命成功后穷困潦倒，靠为他人打工维持生活。

波尼亚托夫斯卡曾说她很幸运能够从事记者职业，因为通过采访工作她从众多的文学大师那里学到了不少东西。例如，她是在富恩特斯发表了小说《最明净的地区》后第一个采访作者的记者。后来，她又陆续采访了阿方索·雷耶斯(Alfonso Reyes，1889～1959)、奥克塔维奥·帕斯(Octavio Paz，1914～1998)、胡安·鲁尔福等当代墨西哥著名作家。

波尼亚托夫斯卡是一位多产作家，她的作品既有报告文学和人物访谈，也有小说、短篇小说、诗歌和散文。她的早期成名作短篇小说集《利露丝·基库斯》(*Lilus Kikus*，1954)，充分展现出她的创作才华。之后她又陆续发

表了多部作品，主要有《一切从周日开始》(*Todo empezó el domingo*, 1963)、《特拉台洛尔科之夜》、《直到见不到你，我的耶稣》、《你夜晚来》(*De noche vienes*, 1979)、《七号星期天》(*Domingo siete*, 1982)、《生活，你有负于我》(*¡Ay Vida, no me mereces!*, 1985)、《百合花》(*La flor de Lis*, 1988)、《蒂纳·莫多蒂的一生》(*Vida de Tina Modotti*, 1992)和《天空的皮肤》(*La piel del cielo*, 2001)等。她的作品被翻译成多种语言，受到众多国家读者的欢迎。

除此之外，她还制作过关于索尔·胡安娜·伊内斯·德·拉·克鲁斯修女的电影短片。她去过很多久负盛名的学校，如牛津大学、剑桥大学等，并以讲师或访问教授身份在哈佛大学、普林斯顿大学、耶鲁大学等校教授文学和新闻专业课程，并参与研讨会和发表文章。

在她获得的众多奖项中有1979年的墨西哥国家记者奖，这是该奖头一次颁给一位女性。她还在1971年和1992年两度荣膺马萨特兰文学奖(Premio Mazatrán)(墨西哥国家级重要文学奖项)，1997年在哥伦比亚获国际普罗阿尔特斯(Proartes)奖，在智利获加芙列拉·米斯特拉尔奖。2001年，她又荣获西班牙旺泉小说奖，2007年获罗慕洛·加列戈斯文学奖。

但是当她因小说《特拉台洛尔科之夜》一书被授予墨西哥哈维尔·维亚乌鲁迪亚文学奖(Premio Xavier Villaurrutia)时，她却拒绝领奖。因为当时正值埃切维里亚当选墨西哥总统之际，此人曾在1968年的大屠杀时负责政府内政安全事务。而《特拉台洛尔科之夜》正是以1968年学潮为背景，通过逼真的描写再现了震惊世界的特拉台洛尔科血案的真相始末。“小说以大量原始资料和对当事人的采访为基础，力求‘准确客观’，获得了文学、女人对于政权的历史性的胜利。”①

波尼亚托夫斯卡于1980年又出版了一部纪实风格的小说《沉默的强大》。该作品如新闻报道般地记录了墨西哥社会的边缘人群的生活状态。作家善于从女性视角出发，将着眼点落在社会底层劳动妇女的痛苦生活状态上。其中“城市天使”(*Ángeles de la ciudad*)一章如实记录了一批城市盲流的辛酸生活；而在“关于一场绝食抗议的日记”中(*Diario de una huelga de hambre*)，她再次触及了敏感的话题——1968年的学生运动。

我国文学评论家陈众议先生在《20世纪墨西哥文学史》中说，《沉默的强大》“有一种穷尽城市劳动妇女痛苦的欲求和气魄。尽管作品显得有些杂乱，但人物与人物、事件与事件的串联也还有规律可循。波尼亚托夫斯卡用

① 陈众议：《20世纪墨西哥文学史》，第168页。

一双洞察一切的眼睛,把那些拖儿带小的盲流、那些沿街卖糖的老妇、那些倦态满面的童工、那些四处流浪的女孩、那些痛失儿子的母亲、那些唯唯诺诺的女佣、那些忍辱负重的秘书等等,尽收笔下”。

评论界认为,《特拉台洛尔科之夜》和《沉默的强大》中流露出波尼亚托夫斯卡的共产主义思想,因此她也被称为“红色女皇”。

波尼亚托夫斯卡笔下的女性人物形象多是出身卑微,如《直到见不到你,我的耶稣》中的赫苏萨;或是内心力量强大的女性,如《亲爱的迪埃戈,吉拉拥抱你》(*Querido Diego, te abraza Quiela*, 1978)中的女画家安琪琳娜、《蒂纳·莫多蒂的一生》中的蒂纳和《七只小羊》(*Las siete cabritas*, 2000)中的芙里达·卡洛(Frida Kahlo)。有评论家认为,“作者给予她们以极大的同情,使她们在有限的空间里获得无限的张力:用她们的痛苦、她们鲜活的形象向社会、向世人讨一份公道。”①

《直到见不到你,我的耶稣》这部作品女性主义色彩比较浓重,重点关注下层社会和劳动妇女的生存状态,同时又继承了传统的西班牙流浪汉小说式的写作风格。作家曾经表示,赫苏萨是她最费心刻画的一个人物。果然,小说在1969年出版后就引起广泛关注,获得了来自评论界以及读者的充分肯定,连续再版十多次后,读者遍布拉美各国以及美国南部,好评如潮,成为墨西哥历史上最受欢迎的小说之一。凭借这部小说,作者在1971年获得了墨西哥国家级重要文学奖项马萨特兰文学奖。

这部小说之所以引起了广大读者的共鸣,在于作者在墨西哥革命的历史背景下,成功地塑造了赫苏萨这个社会底层的人物形象。通过审视主人公的一生经历,我们不难了解墨西哥革命的发展脉络,以及整个社会底层劳动妇女的生活状态。

小说以第一人称叙述方式贯穿始终,女主人公赫苏萨讲述了自己一生悲惨的命运。她出身贫寒,从小丧母,与父亲相依为命。墨西哥革命爆发后,她的哥哥和父亲相继参军,把她留给养母照管。赫苏萨在养母的打骂声中一天天长大。童年经历太多磨难,她终于离家外出,靠做女佣维持生计。

年轻的赫苏萨决意参军,加入了卡兰萨将军的革命队伍。在15岁时她嫁给了一个军官。但她的丈夫是一个残酷无情的人,这注定婚后的生活带给她身心上双重的折磨。赫苏萨随着革命队伍走遍全国,其间她的父亲和丈夫先后战死沙场。

孤身一人的赫苏萨在战后穷困无助,像儿时一样不得不为生计发愁。

① 陈众议:《20世纪墨西哥文学史》,第168页。

她被迫做遍了社会底层的各种杂活，以维持生计。这一时期她的生活艰难贫穷，但她还是虔诚地信仰上帝，对耶稣的降福寄予了无限希望。

小说结尾处描写的赫苏萨已历经沧桑，步入老年。当她回首往事，讲述自己一生的坎坷经历时显得身心疲惫。她说：“但愿上帝在天有灵，我已历经沧桑。我一定是命中注定来世上受苦的。过去的经历有着太多的痛苦，连我自己都不清楚我怎么还能活到今天。”

人物特点

作为实证主义小说的代表作，小说符合这类文学作品的基本条件。第一，作品有一个或多个真实人物形象。波尼亚托夫斯卡在《直到见不到你，我的耶稣》中塑造的女主人公形象在真实生活中确有其人，她是一个来自社会底层的洗衣女工。作家与她进行了长时间的促膝交谈，之后在录音和笔记的基础上，以她为原型塑造了文中的赫苏萨形象，记述了她坎坷的一生。

第二，实证主义小说中的文学形象通常又需要超越人物原型。虽然大多采用第一人称叙述方式，但是在主人公的声音中或多或少地会有作家本人观点留下的痕迹。也就是说，主人公的形象是作家用来表达自己观点的一种媒介。

波尼亚托夫斯卡曾在她的散文《赫苏萨的生与死》中，这样描述她的主人公：“赫苏萨已瘦小枯干，她的生命随着时光渐渐逝去……岁月流逝压驼了她的背，她的眼里布满血丝，眼神充满疲惫，眼睛干涩没有水分，通红的眼袋成了她脸上最突出最醒目的部分。”①

赫苏萨的衰老是时间造成的，更是生活的艰辛造成的。她在一生中遭受了双重压迫：一方面，身处社会下层，她受到社会统治阶层的压迫；另一方面，身为妇女，她还要受到男权社会的种种压制。这就是说，不论是社会经济地位还是性别地位，她都处于社会的底层或边缘地带。

毫无疑问，作者笔下的赫苏萨处于社会的最底层，她的经济地位决定了她一生要经历来自上层阶级的压迫和歧视。而作家也正想通过赫苏萨的经历来说明在墨西哥这样一个典型的男权主义社会中，妇女居于从属地位，因此主人公一直生活在男权统治的阴影之下。她所遇到的一系列问题正是众多穷苦劳动妇女面对的普遍问题。

---

① Poniatowska, Elena, 1994: “Vida y muerte de Jesusa”, en *Luz y luna, las lunitas*, México, ERA, p. 37.

但是,作家笔下的赫苏萨又是一个与墨西哥传统女性形象截然不同的文学形象。尽管她处于极端的贫困之中,但是她并不消极,也不驯服,她不向生活低头,而是生活独立,不依赖男人的支持,靠自己的双手养活自己。在墨西哥这样的社会中,她的行为与这个社会对女性的要求格格不入。她的反抗精神让我们看到了在男权主义的社会环境下,女性的另外一种艰难而独立的生存方式。这正好表达了波尼亚托夫斯卡所要主张的女权主义思想。

反讽的写作手法以及与墨西哥革命的联系

波尼亚托夫斯卡在小说中试图从主人公赫苏萨——一个下层妇女的角度来诠释墨西哥革命及当时的社会现实。她在谈到为什么选赫苏萨作为女主人公时说:"我写《直到见不到你,我的耶稣》的主要原因就是为了刻画赫苏萨这个角色。她为人正直,生活积极,充满了骄傲,她令我发现原来墨西哥历史也可以从一个女人的视角来讲述。"①

在《直到见不到你,我的耶稣》中,凡是与革命相关的话题,都是由赫苏萨的对话和她的回忆构成的。这些内容大多来自作家与洗衣女工采访的谈话记录,并在此基础上加工而成。而这也正符合了实证主义小说的第三个特点,即原型人物的叙述构成作品的主要素材。

正是因为赫苏萨既是墨西哥革命的参与者也是战后社会变革的经历者,因此她的故事为我们审视墨西哥革命以及革命后的历史提供了一个崭新的视角,使我们得以从另一个侧面了解墨西哥革命及革命后的社会变革给广大穷苦人民所带来的影响。赫苏萨自身的性格和反叛精神造就了她的艰难处境,使她最终生活在贫困和孤独之中,而革命和社会变革也未能给她的生活带来任何转机。女主人公一生的经历是她个人的悲剧,同时也是墨西哥成千上万和她境遇相似的穷苦女性的共同悲剧。

纵观通篇小说,作家在多处运用了反讽的写作手法,这也构成小说的主要特点之一。我们在阅读中不难发觉,墨西哥革命的主要目的是要打破原有的不公正的社会秩序,然而这样的美好理想在赫苏萨的叙述中却丝毫没有体现。当谈到她唯一尊重和崇拜的农民革命领袖萨帕塔时,赫苏萨对萨帕塔的阿亚拉革命纲领②却只字未提。这一细节提醒读者,主人公毕竟出身贫寒,像她这样的文盲、对革命的政治纲领无从了解,那些曾经参与墨西

---

① García Flores, Margarita, 1969: "Diálogo EP *Hasta no verte, Jésus mío*", Hojas de Cultura, Suplementario de la Revista de UNAM, México, N°. 14, 2 de oct, p. 14.

② 阿亚拉革命纲领(Plan de Ayala),于1911年11月25日由萨帕塔(Zapata)提出,主旨在于分田地和继续革命战争。

哥革命的劳苦大众对革命目标是盲目的、没有什么概念的。

另一方面，赫苏萨也从未期望过从这场革命中得到任何好处，或改变自己的贫穷境地。她亲身参与过革命斗争，对当时革命局面有过切身经历。在她眼中，参与革命的人都是为了个人私利而相互争斗。"当军人卡兰萨派占上风时，所有的人都支持他，甚至原来是萨帕塔派的人也纷纷倒戈，转变立场。革命就是这样，今天是这一派的，明天也可能洗心革面，成为另一派的。谁有地盘就跟谁走，谁更强大就跟谁走。"①

小说中写到的士兵在革命不同阶段随意倒戈，而那些革命领袖就更糟糕了。赫苏萨给他们的评价是一连串的批评，批评的对象中甚至也包括了正史中的"革命英雄"，如潘乔·维亚将军、奥夫雷贡将军和卡兰萨将军。这些革命领袖在她看来没一个好人，只有萨帕塔例外，因为她相信他"不像其他人那样一心向往当权做总统"。②

在赫苏萨看来，革命只是使少数人发财致富，而对于广大参与革命的百姓来说，却是一场没有意义的战争。革命的发展已偏离了原来的方向，如果说革命原本是有利于穷人的，它最终却变成了一场让无数穷人丧命的无益战争。正如后人分析的那样："随着社会阶级力量的消长，墨西哥革命党的性质也逐步由原来的以工农为主要依靠对象的各革命阶级联盟，变成了以中产阶级为核心、以职业政治家为骨干的联盟。"③女主人公的看法也正是作家的观点，在她看来，为这场革命付出了巨大牺牲的广大人民一无所获，他们依旧生活在水深火热之中。赫苏萨悲惨的一生，就是广大下层民众生活的真实写照。

从赫苏萨的叙述中我们可以看到这样的话语："从未见到这样就把人抓来，也不组织就推上战场。不管是年少的年老的，缺胳膊少腿的，能出动的所有人都起义了……他们像是大群的牲口一样被赶上战场送死，刚学会打枪就被射死。"④凡是被卷入革命的穷苦百姓都事与愿违地成了牺牲品。这样的结果与百姓参与革命的初衷形成鲜明对照，让读者不难体会到作家黑色幽默和反讽手法的用意。

除了上面的例子，作家运用反讽手法最突出的一个例子，可以算是赫苏萨在讲述墨西哥革命年代时对总统卡德纳斯(Lázaro Cardenas)的相关描述。众所周知，在有关墨西哥历史的官方记载中，卡德纳斯是墨西哥历史上

① Poniatowska, Elena, 1969: *Hasta no verte, Jesús mío*, México, ERA, p. 71.

② 同上，p. 75。

③ 曾昭耀：《政治稳定与现代化》，北京，东方出版社，1996年，第一版，第54页。

④ 同上，p. 92。

首位把土地分给穷人的总统。此外,他还大胆地提出了没收外国石油资产并实行国有控制的建议。然而,在赫苏萨的叙述中,卡德纳斯却是把穷人赶出家园,让百姓无家可归的强权代表。

至于卡德纳斯拿出土地以安置无家可归的贫民的举措,在赫苏萨看来也具有讽刺意味:因为许多人不得不为重建家园而去美国打工挣钱,这就加剧了墨西哥对美国的附属和依赖关系。另外,卡德纳斯的新政使得一部分穷人获得了土地,而他们日后逐渐从原来的贫民群体中脱离出来,赫苏萨认为这也不利于人民的团结,并加剧了革命民众内部的分化。

在赫苏萨眼中,墨西哥革命中和革命后的诸多革命领袖并不像官方历史记载的那样,是神坛上的功臣和英雄,而是致使国力日渐衰退、百姓生灵涂炭的罪人。通过主人公的如此叙述,我们不难看出作家本人对墨西哥革命在一定程度上是持怀疑和否定态度的。

从某种意义上讲,作家的这种看法也不无道理。因为早在小说发表的两年前,1968 年的特拉台洛尔科血案导致墨西哥国内经历了一场政治危机。危机之后,墨西哥文坛也经历了一次转型,作家们开始更加关注国内社会、政治方面存在的问题和弊端。墨西哥著名诗人、散文家奥克塔维奥·帕斯因为抗议政府在特拉台洛尔科广场上对示威青年施予的暴行,辞去了已任职六年的墨西哥驻印度大使的官职;同时,此前长期受到一党专制制度压制而沉寂多时的一些声音和言论开始活跃起来。如著名作家路易斯·斯波塔(Luis Spota,1925～1985)的创作风格一改以往逃避现实的风格,笔触直指墨西哥统治者的为官不仁。他花费时间四处了解情况,走访了不少被害人家属。随后以此为素材写下的作品不仅揭露了大量鲜为人知的历史材料,而且明确指出了权力对于当权者的至高无上的作用。为了权力,他们可以撕去一切伪装,原形毕露地举起屠刀,血染广场。原先由文学精英组成的保守派论坛,由于不满政府对学生运动的疯狂镇压,也逐渐开始引入一些代表百姓阶层的观点。这反映在文学作品中,塑造出的人物也就出现了多元化的特点。

正是在这一背景下,波尼亚托夫斯卡以她独特的平民视角和女性主义视角,反映了社会边缘群体的声音。在她的众多作品中,有三部作品与 1968 年政治危机和文坛的转向有着密切联系,直接反映了百姓的声音。它们是前面提到过的《特拉台洛尔科之夜》和《沉默的强大》,另一部就是《直到见不到你,我的耶稣》。

主人公赫苏萨以革命亲历者的身份和她苦难的一生揭露了战争的残酷,反映了大革命过程中揭竿而起的百姓的悲惨命运以及政治力量更迭带给他们的伤害。在当时大多数女作家的注意力仍停留在反映女性个人生存问题和家庭冲突问题的环境下，波尼亚托夫斯卡能以对社会大背景的关注作为写作重点，把革命作为其创作题材，不能不说是她的一大贡献，并填补了拉美女性小说在这方面的空白。

可以说，在《直到见不到你，我的耶稣》中，赫苏萨的声音就是广义上的人民大众的声音，也是被压迫阶层的声音。由于作家成功地塑造了赫苏萨这个人物形象，使得更多读者在习惯于革命小说英雄史诗般的风格之后，从这部小说中又了解到了革命的另一面，即革命带来的诸多弊端，以及革命后不容乐观的社会现实。这使得这部实证体小说在其自身的文学价值之外，又兼具更多的社会价值。

《直到见不到你，我的耶稣》作为传记类小说的典范，被列为墨西哥大学文学专业课本选篇，同时也被评论界看作是墨西哥现代文学作品中具有代表意义的一部，因为它为丰富墨西哥革命文学做出了贡献，有助于我们更全面地认识墨西哥革命，以及革命文学的价值。

代表作之二：安赫莱斯·马斯特雷塔的《撕裂我的生活》
（*Arráncame la vida*，1985）

安赫莱斯·马斯特雷塔是墨西哥当代著名女作家，她的处女作《撕裂我的生活》1985年在墨西哥出版，当年就荣膺马萨特兰文学奖，在社会上引起巨大反响。这也使她继该文学奖之前的得主，如奥克塔维奥·帕斯、胡安·鲁尔福、埃莱娜·波尼亚托夫斯卡等之后成为读者和评论界关注的焦点。随后，她又相继发表的作品有《大眼睛的女人们》(1990)、《自由港》(*Puerto libre*，1993)、《爱之痛》(*Mal de amores*，1997)、《我的永恒无人可及》(*Ninguna eternidad como la mía*，1999)、《狮子的天空》(*El cielo de los leones*，2003)以及《丈夫们》(*Maridos*，2007)等，并凭借小说《爱之痛》获得罗慕洛·加列戈斯文学奖，这是拉丁美洲最高文学奖，也是该奖项历史上第一次颁给一位女性作家。

关于自己的身世，马斯特雷塔很少提及。在多次采访中，人们只知道她出生在距墨西哥城不远的普埃布拉州(Puebla)，在那里度过了她生命中的前20年。关于她的家人，人们常常听她提到父亲。虽然父亲在她21岁那年就去世了，然而父亲的形象以及她对父亲的回忆却在她的作品中频频出现。

马斯特雷塔的父亲是一个意大利外交官的后裔，在普埃布拉州长大。14岁时，父亲随家人回到意大利。20年后，他再次回到墨西哥，结婚并定居在普埃布拉州。马斯特雷塔说父亲常向当地报纸投稿，马斯特雷塔认为自己正是受了父亲的熏陶才走上了写作的道路。

大学阶段，马斯特雷塔就读于墨西哥国立自治大学新闻专业。父亲去世后，她当了记者，为多家报纸和杂志撰稿。她的第一份工作是在杂志社找到的，主要做文化专访。这段时期，她也在其他杂志上撰写专栏。1974年，马斯特雷塔获得了一笔由墨西哥作家协会颁发的奖学金，在协会组织的活动中她结识了胡安·鲁尔福等著名作家，也正是这段经历让她知道了写作不仅是一种文字游戏，也意味着一项纪律和一种煎熬。从那时起她开始在脑海中构架自己的小说。她的第一部小说酝酿了整整八年时间，直到有一家出版社愿意提前支付给她六个月的薪水，以保障她专心写书。最终六个月的时间延长为一年，使她得以在1985年发表了小说《撕裂我的生活》，并获得极大成功。

马斯特雷塔在1975年至1977年间，担任地区文化传播学会的会长，之后又在1978年至1982年间出任博物馆馆长，她同时还兼任《枢纽》杂志的出版委员。她的丈夫、作家埃克托·阿吉拉尔·卡敏(Héctor Aguilar Camín，1946～)也曾在1983年至1995年间在同一家杂志社任主编。现在，马斯特雷塔仍然与《枢纽》杂志有着良好的合作，并开辟了一个名为“自由港”的专栏。除此之外，她还偶尔为德国的《世界报》和西班牙的《国家报》等撰稿。

马斯特雷塔发表的作品虽然不多，但其作品大都极富女性智慧，反映出不同女性的内在价值观，文中显露出的女性意识成为其创作的一个显著特征。

《撕裂我的生活》是迄今为止安赫莱斯·马斯特雷塔的第一部叙事体小说。从1985年出版至今，已被翻译成多种语言，可以说不仅在墨西哥，而是在整个西班牙语文坛都取得了巨大成功。在作品问世多年后的2008年，小说经改编后被墨西哥著名导演搬上银幕。影片在前期拍摄和后期制作上共耗资650万美元，是迄今为止墨西哥电影史上投资成本最高的一部电影。该片于2009年由墨西哥电影艺术科学院推选参与角逐当年奥斯卡电影节的最佳外语片奖。虽然最终无缘奖杯，却还是创造了前所未有的票房奇迹。影评界认为影片取得成功的原因除了其精良的制作外，在很大程度上还应该归功于其引人入胜的故事情节。脚本的改编忠实原作，为人们还原了一段有关墨西哥大革命的真实历史画卷。

《撕裂我的生活》之所以能够吸引众多读者、观众和评论界的广泛关注，成功的背后可能有多方面的因素，而每个人都会有自己对它的解读。

小说的书名《撕裂我的生活》，取自一曲墨西哥著名的波莱罗式情歌的歌名。故事讲述的是一位女性的人生经历：农家女孩卡塔丽娜 16 岁时在一家咖啡店门口偶遇名叫安德烈斯的将军。将军对她一见钟情，于是上门求婚。之后在将军的邀请下，卡塔丽娜未经父母同意单独和他去海滩游玩，尚不知世事的卡塔丽娜与安德烈斯发生了性关系。事后卡塔丽娜带着对男女之事的困惑不解去询问安德烈斯，而安德烈斯只把她看作是可以任意摆布的附属品而不予理睬。于是她向算命的吉卜赛女郎询问其中奥妙，并从那里了解到女性身体的特殊之处。

在卡塔丽娜父亲的认可之后，两人办理结婚登记手续并举行了简单的婚礼。卡塔丽娜没有想到她会如此仓促地结婚，更没想到她之前企盼在众人簇拥下举办教堂婚礼的美丽梦想就这样无情地破灭了。随着对将军为人的了解逐步加深，卡塔丽娜感到非常失望。因为在安德烈斯眼里，妻子的地位就是恪守本分的家庭主妇，除了对丈夫言听计从外，不能有自己的独立思想和观点。卡塔丽娜只能在孤独中打发时间，终日无所事事。

不久，卡塔丽娜怀孕了，并生下第一个女儿贝拉尼亚。但是整个怀孕过程却让她倍感痛苦，因为她觉得自己又胖又丑，整日形只影单，心情郁闷，百无聊赖。另外，虽然卡塔丽娜在婚后还可以经常回娘家团聚，但父亲的去世对她来说是个沉重的打击，而她却无法在丈夫那里得到任何安慰。

婚后不久，将军决定承担所有他在婚前与其他女人生下的私生子女的抚养义务，并让卡塔丽娜把他们带在身边照顾他们的生活。在一次选举前夕，为了给将军拉选票，全家人还一同去普埃布拉州作游说宣传活动。最终安德烈斯在选举中获胜，登上了州长宝座。但是他以权谋私，贪污腐败，同时还对那些和他持不同政见的人搞迫害暗杀。而卡塔丽娜则要负责组织各种公益福利活动，给将军披上伪善的外衣。

安德烈斯就任州长后，卡塔丽娜跟随丈夫搬到首都墨西哥城，在离开亲密的女伴到了陌生的环境后，她感觉比以往更加孤独。为此安德烈斯特意安排她做自己的私人秘书，让她每日跟随自己到市政厅上班。这也使卡塔丽娜有机会亲眼目睹了丈夫在工作中残酷的一面。

一日，卡塔丽娜路过美术馆时听到优美的音乐，并在那里邂逅了气质高雅的左翼音乐家卡洛斯。两人展开一段短暂而刻骨铭心的爱情故事。然而好景不长，安德烈斯为她的情人捏造了不实罪名，并派人暗中杀害了卡洛斯。关于音乐家的死因，夫妻二人心照不宣。虽然他们的婚姻没有就此破裂，但卡塔丽娜从此一直生活在悲伤和恐惧的心理阴影下。每当她追忆起逝去爱人的音容笑貌，就会对丈夫的所作所为感到越来越失望。

随着时间的流逝，安德烈斯变得衰老疲惫。当他最终躺在病榻上请求妻子的原谅,感谢她一直以来的陪伴,并称赞她的聪明智慧的时候,将军表达了他对卡塔丽娜的钦佩和他难得一见的温情一面。在安德烈斯的葬礼上,卡塔丽娜带上所有的子女参加,却没有掉一滴眼泪。可当她回忆起卡洛斯被害而忍痛咽下的眼泪时,却在大雨中失声恸哭。丈夫的死使得卡塔丽娜最终获得了自由,不必再遭受身心的双重压抑。她开始计划着未来的新生活。

人物特点

《撕裂我的生活》在人物塑造上也有独到之处。作为小说女主人公的卡塔丽娜,同时也是小说的叙事者。所有故事都是围绕她展开的,这种让女性作为主人公兼叙事者的人物处理方式在墨西哥叙事体小说中鲜有先例。通过主人公卡塔丽娜的回忆,读者了解了一个年轻天真的农家少女成长成熟的过程。她虽然一直生活在丈夫的阴影下,但最终还是转变成拥有独立思维和勇于实现自我的社会新女性。卡塔丽娜代表了那个时代的一个叛逆形象,表现了在强大的夫权面前的执著和对独立自由的勇敢追求。作家把卡塔丽娜放在故事的中心位置,用相当多的笔墨来刻画这个上层社会里的新女性形象。在卡塔丽娜形象的塑造中,作者既注意揭示她不屈服于婚姻造成的生活困境,而大胆去追求幸福生活的倔强性格,同时也着力表现她在同左翼音乐家的恋情中坚持真爱、追求自由的新女性性格。

评论界把作家的这部小说看作是一部富有女性主义色彩的作品,原因主要有两个层面:一方面,作家有多年在女性杂志和作家协会的工作经历,因而了解到很多女性的遭遇。出于作家的社会责任感,她在小说中刻画了包括主人公在内的多个女性形象,并通过她们各自不同的生活经历,表现出墨西哥女性所处的不公正的境遇。大量女性人物的出现表明了作者在文学写作上的女性主义立场。

墨西哥是一个男权至上的社会,正如墨西哥著名诗人、诺贝尔文学奖获得者奥克塔维奥·帕斯所言:“墨西哥人从来都把女性看作是一种工具,不是表达男性的意愿,就是表达法律、社会和道德的意愿……”[①]这样一部女性题材的作品发表本身就具有极强的象征意义。《撕裂我的生活》表达了作家的一种愿望,即描述一些女性在墨西哥革命后的生活经历,并与读者分享。在表达女性自主愿望的同时,作家还向读者展现了这些女性在现实中所处的封闭的生活空间。这部小说不仅是墨西哥革命后女性生存状况的真

① Paz, Octavio, 1950:“Máscaras mexicanas”, *El laberinto de la soledad*, México, FCE, p. 61.

实写照，也是作者以她对女性命运和心灵在沉重的历史积淀中的独特体验，在作品中彰显了女性对生存的欲望和理解。

另一方面，卡塔丽娜从一个14岁的单纯少女，到嫁给政客后变成上层社会的年轻少妇，她的生活境遇改变了，但是却完全成为丈夫的附庸。不幸的是她的丈夫又是个依靠革命发家的军阀，专门从事各种政治交易和暗杀活动。卡塔丽娜在既受到他的保护又被他压制的处境下，在婚姻生活中扮演着不同的角色，从一名天真无邪任人摆布的懵懂少女，变成与丈夫同流合污的傀儡。而她在家庭与社会角色转换时内心也经历了一系列强烈的冲突。由于无法认同自己在夫权制社会里所处的附属地位，卡塔丽娜试图改变它，与一名带有进步倾向的音乐指挥家产生了婚外恋。恋情被丈夫发现后不久情人惨遭暗杀。她倍感恐惧，精神几近崩溃，从此把一切欲望都压抑在沉默中，直到丈夫死后才最终从压抑的婚姻中得到解脱。

作品通过对卡塔丽娜模糊的道德立场的写实主义的描述，不仅反映出她个人的矛盾处境，也通过对女性自身弱点的反省及其受到的社会环境的限制，表现出女性在边缘处境下无力改变现实社会以及自身境遇的现状。故事结尾处以丈夫的死作为女主人公获得独立和自由的开端，揭示了女性追求独立身份的企盼在现实生活中不过是乌托邦式的幻想。

对照的写作手法以及与墨西哥革命的联系

除了在人物描写上的特点，这部小说在叙事方法上也别有新意。作品具有双重吸引力：首先是卡塔丽娜这个人物的吸引力。她作为一个潜在的女权主义代言人，代表了那个时代的一批女性。她们像卡塔丽娜一样经历过身体与心智的双重压迫，因此女主人公的经历在许多女性读者那里很容易找到共鸣。

作者为小说的女主人公赋予了双重性格，使卡塔丽娜内心世界的矛盾显露得更加突出。她的丈夫安德烈斯作为政治权力的代言人，是独裁体制的代表。当丈夫的言行出现在卡塔丽娜的回忆中时，沉默就成为强加给女性的一种无奈的表现，这一对照手法的应用为小说建构了鲜明的戏剧冲突，成为贯穿作品始终的一个主题。

作品的另一特点就是对与女主人公形成鲜明对照的丈夫安德烈斯的描写。卡塔丽娜从妻子的角度讲述了丈夫安德烈斯将军的政治生涯，表现了他的腐败、残暴和对政权的操纵。作家以其独特的女性视角向读者揭示了矛盾重重的男权制、独裁主义以及大男子主义，而这些特点都在安德烈斯这个人物身上得到体现。

与妻子的单纯和不谙世事形成鲜明对比的是，丈夫安德烈斯在革命战争中野心勃勃并且冷酷无情；他在战后投机取巧，唯利是图，不惜一切代价去达到个人目的。在捞取政治资本初期他把自己打扮成平民政治家，等到大权在握后就露出了背信弃义的丑恶面目。最终，他成了举足轻重的大资本家，这也象征着墨西哥革命期间的确有一批投机分子借机大发横财。而为这场革命付出了巨大牺牲的广大民众却一无所获，挣扎在水深火热之中。

读者通过书中卡塔丽娜的回忆，从一个侧面了解了安德烈斯等靠投机政治而发家的军阀，看到政权集中在少数特权阶层手中，任何人都不能阻碍他们掌控政权的野心。为了达到目的，他们不惜使用各种手段：虚伪、背叛、暗杀和相互揭露。通过这部小说，作家将读者重新带回到墨西哥革命年代。作者向我们表明了与《直到见不到你，我的耶稣》相同的主题：革命没给人民带来利益，他们仍生活在与革命前一样的境况中，而投机者却青云直上，成为革命的获益者。

对于那些熟悉墨西哥历史的读者来说，安德烈斯的形象很可能会触及他们历史记忆中的敏感点。因为作家在小说的不同章节中多次插入对历史背景的描写，也提及多个真实历史中的重要人物，如革命中农民起义军的领袖潘乔·维亚和萨帕塔。而对于那些不谙历史的读者来说，通过小说中虚构的军阀形象，如安德烈斯和坎波斯将军等，则形象地揭露出一个充满腐败和弊端的黑暗社会。

小说通过对一个身处上层社会的女人边缘化的生活经历的描写，折射出墨西哥革命期间军权、政权的更迭，以及革命后的资产阶级上层社会的生活环境。从女性的角度出发，揭示了当时的社会环境，同时也探索了新环境下女性改变传统生存方式的可能。

而所有这些都应该归功于安赫莱斯·马斯特雷塔的叙述。小说把爱情、婚姻、家庭作为一种构成人生命运的叙事对象，综合了历史题材的严肃背景和表面看似简单的叙事处理方式。这种有机组合使作品抛弃了19世纪女性小说的唯美、浪漫的风格，而是运用简约的叙事风格、生活化的语言以及信手拈来的幽默感，以满足读者阅读的乐趣；同时也对历史、对墨西哥那段尚不久远的过去进行了回顾。小说由小及大、从家庭到社会，向读者展示了一个墨西哥革命后的全景式历史画卷，延续和发展了墨西哥革命小说题材，而与墨西哥革命的关联也使这部作品增添了厚重的历史感。

在《撕裂我的生活》推出后，马斯特雷塔对墨西哥革命的关注并未止步。她于1997年发表了另一部备受关注的小说《爱之痛》。故事发生在墨西哥革命时期的动荡年代，女主人公埃米利亚出生在一个开放自由的家庭。当她还只是个牙牙学语的婴儿时，就因为光着屁股坐在便盆上的形象让小男孩丹尼尔“一见钟情”。但是长大后的丹尼尔却变得令人难以捉摸，他在墨西哥革命期间频发的暴动中出没，是个不折不扣的冒险家。他热衷革命的那股执著劲头使得埃米利亚疯狂地爱着他。长大后，亭亭玉立的埃米利亚又吸引了安东尼奥，后者是一个试图在内战连年、叛乱四起的年代中寻求和平生活的医生。而这段恋情却最终因政治暴动的阻隔而终结。故事讲述了女主人公的两段爱情经历，时间贯穿墨西哥革命前夕一直到革命终结，描述了女性对爱的诉求。作家让女主人公同时爱上两个男人，这样的女性形象挣脱了传统道德观念的羁绊。另一方面，两位男主人公的身份也各自代表了墨西哥革命中政治势力的变迁。百年来墨西哥的历史在经历了多次暴力冲突与政治颠覆的磨难之后，依旧难得重建安宁的家园。然而在这种环境下生存的男男女女却已经重新构建了他们各自情感和欲求的新的价值观。

《爱之痛》一经问世，广受好评，并荣膺当年的罗慕洛·加列戈斯文学奖。在此之前，该奖的获奖者包括费尔南多·德尔帕索、哈维尔·马丽亚斯(Javier Marías，1951～)、卡洛斯·富恩特斯以及巴尔加斯·略萨等拉丁美洲文学大家。获得这一重要奖项充分证明了安赫莱斯·马斯特雷塔驾驭叙事题材的能力以及批评界对她的肯定与赞赏。

代表作之三：劳拉·埃斯基韦尔的《沸腾》
(*Como agua para chocolate*，1989)

劳拉·埃斯基韦尔是墨西哥当代著名的小说家及电影编剧。1950 年 9 月 30 日生于墨西哥城一个信奉天主教的中产阶级家庭。早年从事儿童戏剧的创作和研究。1979 年至 1980 年，为墨西哥电视台的文化频道制作少年儿童节目。1983 年，参加创办了由多个儿童艺术工作室构成的、附属国家公共教育部的永恒创作中心并任技术指导，从事教育和戏剧创作及研究，特别是儿童戏剧的创作与研究工作。

在同一时期她开始涉足电影市场，1985 年写的电影脚本《奇多·古安·金色玉米饼》(*Chido，one，el taco de oro*)，由她的丈夫、墨西哥著名导演阿方索·阿雷奥(Alfonso Arau，1932～)搬上银幕，获得墨西哥电影和影视艺术学院最佳编剧奖的提名。1987 年，她撰写的儿童剧本《科利塔斯岛之行》(*Viaje a la isla de Kolitas*)获得广泛好评，在首都墨西哥城连续上演长达一年之久。

不过真正使埃斯基韦尔声名鹊起的作品，还是她 1989 年发表的第一部小说《沸腾》。小说以其独特的风格，征服了广大读者和评论界，一问世就迅速受到媒体的青睐，引起极大反响。作品先后被翻译成 40 多种语言，全球销量逾 500 万册。

1992 年，小说经她本人改编成同名电影剧本，再次由她的丈夫执导完成电影摄制工作。或许是墨西哥这一仙人掌国度的魔幻氛围吸引了众多观众的眼球，抑或是这个爱情故事异乎寻常的叙事风格，电影上映之后反响空前，不仅在本国和拉美各国掀起观看热潮，而且在电影业高度发达的美国也获得了场场爆满的佳绩，甚至跻身当年最为卖座的影片之列，创造了当时外语片的最高票房纪录。影片不仅在墨西哥国内囊括了当年电影奖的所有奖项，在美国、英国和日本等地也是连获国际性大奖。

在之后的 10 余年间，埃斯基韦尔的创作热情有增无减，相继出版了《爱情法则》(*La ley del amor*，1995)、《内心深处的美味》(*Íntimas suculencias*，1998)、《激情之书》(*El libro de las emociones*，2000)、《像渴望的那么迅速》(*Tan veloz como el deseo*，2001)和《玛琳切》(*Malinche*，2006)等作品。1989 年，劳拉·埃斯基韦尔出版第一部长篇小说《沸腾》。小说以多姿多彩的厨艺展示、缠绵而悲壮的爱情故事和怪诞离奇的魔幻情节赢得文学批评界的广泛好评和广大读者的青睐。《沸腾》获得的巨大成功，也使作家名声大振。作品除了在评论界赢得广泛赞誉，在图书市场上也引起大量读者争相购买。小说在墨西哥曾连续高居畅销书排行榜榜首长达两年之久；在阿根廷连续九次再版；在美国销量超过了 200 万册，并夺得了 1994 年美国青年图书馆服务协会年度图书大奖(Winner of ALSA Best Books for Young Adults)。

故事发生在墨西哥革命时期的一个边境城市，没落庄园主家族的母亲埃莱娜丧夫后和三个女儿一同生活。按照家族的传统习俗，她要求家中的小女儿蒂塔为她养老送终，侍候她一辈子而不能出嫁。尽管传统习俗的影响根深蒂固，家规森严，但还是不能阻碍年轻美貌的蒂塔和村里的小伙佩德罗两人相互爱慕。佩德罗上门求婚，却被独断专行的母亲埃莱娜严词拒绝。更出乎两个恋人意料的是，母亲竟然提出要把大女儿罗莎乌拉许配给佩德罗。

为了能够接近心上人，心有不甘的佩德罗违心地答应了和大姐的这门婚事，入赘搬进庄园，同时依旧难以割舍对蒂塔的爱慕。在后来的日子里，由于有母亲的严厉监控，佩德罗和蒂塔虽每日相见，却难得有机会互诉衷肠。于是心灵手巧、烧得一手好菜的蒂塔，把她对恋人的满腔热情发挥在女人的三尺厨房里，融入一日三餐的菜肴中，用无声的语言传递自己的喜怒哀乐。同时也通过魔幻般的美食魅力，牢牢地锁住了佩德罗的心。

佩德罗也从对美食的视觉、味觉和嗅觉享受中全方位地体会到蒂塔对他的浓情爱意，并每每在家人面前对菜肴大加赞赏。同为一家人的便利为两人提供了频繁接触的机会，两人不顾道德藩篱屡屡亲近，以致发生了男女间最亲密的关系。对此大姐罗莎乌拉看在眼中，气在心里，她视妹妹为眼中钉，多次与之争吵但也无济于事。终于她心力交瘁，在抑郁中罹患怪病死去。

眼见母亲的专横造成本该相亲相爱的姐妹间手足相残，让家人成了社会陋习的牺牲品，家里的二女儿赫特鲁迪丝发誓远离母亲管束，她的言行举止以及衣着穿戴俨然一个桀骜不驯的男孩。她在兵荒马乱中赤身裸体被起义军掳走，后以女中豪杰的气概晋升为将军，风风光光地回家探望。

蒂塔将佩德罗与姐姐罗莎乌拉所生之子视为己出，百般呵护。当孩子不幸夭折后，蒂塔第一次面对专断的母亲表示了失去孩子的愤怒。而母亲在观察到佩德罗和蒂塔两人的感情藕断丝连后，不但没有对自己一手酿成的悲剧感到愧疚，反而把怨气都撒在蒂塔身上，对她一再违抗命令的行为大发雷霆，重重地责罚了她。身心受到摧残的蒂塔遇到善良的美国医生相救，并把她带回家治疗。在医生的悉心照料下，蒂塔的身体逐渐康复。而被蒂塔的美貌和善良所吸引，医生也爱上了她，并向她求婚。为了答谢医生的救命之恩，并有感于医生的真情流露，蒂塔答应嫁给他。于是两人约定，等医生回美国将喜讯告之家人后结婚。

在一次起义军军人私闯民宅引发的冲突中，母亲为了捍卫亲人和财产，持枪面对起义军，结果不幸被子弹击伤，不久死去。佩德罗再次出现在蒂塔的生活中。由于姐姐和母亲的先后去世，一直束缚蒂塔和佩德罗的道德禁锢已经解除，于是在佩德罗的苦苦哀求下，蒂塔难舍多年的感情，做出了放弃医生而选择佩德罗的决定。医生也只好遗憾地退出。

没有了家庭的障碍，蒂塔与佩德罗二人终于盼到了有情人终成眷属的一天。但谁也没想到，命运竟是如此地捉弄人。在热闹隆重的婚礼过后，二人本可尽情享受爱情带来的欢乐，但积蓄多年的情欲却使他们的身体迸发出熊熊烈火，旺盛的爱情之火点燃了整个庄园，而一生挚爱的情侣在烈火中得到了永生。庄园的一切都化为灰烬，留下的只有蒂塔写的一本菜谱代代相传。

人物特点

《沸腾》是墨西哥女性文学的又一力作，是一部表现女性的作品。书中主要人物大多是女性,每个人物都性格特点鲜明,活脱脱地跃然纸上。而小说中的男性则显得软弱有余而阳刚不足,他们的出现多是围绕女性展开的。家族中包括母亲和女儿在内共有四个主要的女性形象。每个人都代表着一类女性群体。

母亲埃莱娜是专制统治的代表,是家族权力维护者和森严家规的执行者。她为了维护家族的名誉,禁止小女儿结婚,剥夺了她为人妻为人母的幸福,也一手酿成了姊妹二人的悲剧。她对女儿采取压制手段,是社会传统势力的代言人,即使她死后还一再显灵对蒂塔施展威力。因此,母女关系成了小说的主要冲突之一,而母女之间的冲突也象征着传统势力与受压制的女性之间的冲突。实际上,母亲是一个具有双重性格的女性,在她强悍专横的性格背后,却掩盖着她的爱情悲剧,她也曾经为了追求幸福饱受社会舆论的压力。而同样是她最终扼杀了小女儿的爱情,并且逼迫大女儿走上无爱情的婚姻之路。

作为家中最小的女儿,蒂塔自幼在厨房长大,由于耳濡目染,能做一手好菜。她纯真、善良、勤劳,代表了墨西哥女性的传统美德。但她却被家族传统剥夺了恋爱生子的权利,受到来自父权社会传统势力的压制。如同那个时代的广大传统女性一样,蒂塔经历了社会上的诸多不公正对待。虽然被陈规陋习所禁锢,但是她仍然可以在厨房里施展本领,凭借自己烹饪的菜肴打破了母亲不准她接近佩德罗的限制,以无声的方式表达自己的喜怒哀乐。因此从某种意义上讲,蒂塔也代表了女性的反抗精神。

大姐罗莎乌拉的形象则同蒂塔形成鲜明的对照。她生性软弱,奉母亲埃莱娜之命和妹妹蒂塔的恋人佩德罗结了婚。虽然仰仗着母亲的支持,但是她面对丈夫与蒂塔的亲近和暧昧却无能为力,只能独自忍受,最后在抑郁中患病而死。可以说她的形象就是那些逆来顺受的弱势女性群体的代表。

与两姊妹的坚忍和软弱相比,二女儿赫特鲁迪丝完全是另一类女性。她的性格桀骜不驯,人生经历也是非同寻常。她在兵荒马乱中被起义军掳走,虽出身没落的庄园主家庭,却一度落入妓院。但是她凭着不屈不挠的精神,加入了起义军队伍,在经历了大起大落后,终于晋升为将军,以胜利者姿态荣归故里。她的形象在当时的社会环境中虽然不具有广泛的代表意义,但作家把她看作反映女性独立精神和自强不息精神的一面旗帜,在她身上倾注了对未来美好远景的希望。

“厨房文学”与魔幻现实主义

埃斯基韦尔不仅在女性形象的塑造上进行了生动的刻画,同时也在故事情节的安排上充分发挥了女性的特长。小说的题目《沸腾》本身就具有双重含义:它来源于墨西哥一种饮料的冲焙方法,即用滚烫的沸水冲入巧克力粉中,使之迅速融化而得到浓郁美味的巧克力饮料。而作品则借用它来形容一对青年男女激情炽热的爱情,因此也有翻译者将书名译成《恰似水之于巧克力》或《浓情巧克力》。

另一方面,包括题目在内,作品中烹调、菜谱等内容占有大量的篇幅。小说在结构上分成12章,分别对应一年中的12个月。每章开头都列出一个菜谱,用12道菜谱来串联整部作品。其中每一道菜肴的制作过程,都和主人公蒂塔的命运和情感发展历程有着密切关系,从而为小说营造出浓郁的厨房氛围。也正是厨房这个属于女性的封闭空间,赋予了她魔幻般的力量,陪伴她从默默忍受到不懈抗争,最终以美食的魔力征服爱人的心,也征服了读者的心。

在埃斯基韦尔看来,厨房中的女性拥有魔术师般的超人能力,因此她们制作的菜肴能产生神奇的效果。这也给《沸腾》抹上了浓厚的魔幻色彩,令小说更加引人入胜,更具可读性。书中这样的例子不胜枚举,从蒂塔的出生到死亡,她周围发生的事件无不充满魔幻色彩。

在蒂塔出生时,母亲无法抑制激动的心情,泪水流满厨房的桌子和地板。日后泪水经蒸发晒成盐粒,扫起来装进口袋,竟然重达五公斤。

在姐姐的婚礼上,掺杂了蒂塔泪水的糕饼让所有食客顿生怀念之情,更有人呕吐不止,污物汇流成河,把新娘罗莎乌拉冲出好几米远。喜庆的结婚场面在悲情的泪水中狼狈收场。

在蒂塔用爱心给佩德罗炖制的鹌鹑中,玫瑰花瓣的加入引得食客胃里翻江倒海,心中放纵的欲念油然而生;巧克力饮料因由爱人精心制作也变得美味无比;用辣椒煨制的火鸡令人食后精神亢奋,即使平日少言寡语的人也会变得欢乐健谈、喜悦之情溢于言表;神奇的牛尾汤可以治疗忧郁症,核桃和辣椒配出的酱料能够使人情欲爆发;就连烹调时锅碗瓢盆发出的声音也能让心有灵犀的恋人产生心灵的共鸣。

这些场景在中国读者看来有种似曾相识的感觉。不论是对美食的色、香、味的描写,还是食物的神奇效果,仿佛都和中国医食同源的古老文化有不谋而合之处。笔者以中国美食文化的博大精深去理解墨西哥饮食文化,不禁为文化的共通之处而感叹。

然而小说的魔幻色彩不只限于食物。随着季节的变化与烹饪内容的更迭,围绕蒂塔展开的情节使小说更富传奇色彩。例如赫特鲁迪丝在吃了蒂塔准备的食物后,因浑身发热去洗澡冲凉,然而她身上散发的热气却把浴室房的木板烤着了,以至她赤身裸体地跑出来在原野上狂奔。

蒂塔在看到姐姐和佩德罗的孩子因没有母乳喂养快要饿死时,竟然出于本能的母爱流出了处女乳汁哺育外甥。而姐姐在怀第二个孩子时胎儿竟在母腹中哭泣并造成流产。

母亲埃莱娜死后,因不满蒂塔对爱情的执著坚持,其幽灵经常徘徊在庄园内外,甚至在蒂塔结婚的当天还出现在她面前,对她严厉指责;而蒂塔为自己婚礼亲手编织的陪嫁床单在婚车后拖出一公里,覆盖了足足三公顷土地;佩德罗和蒂塔结婚当晚,因激情过度引发身体起火自燃,火花点燃床单,波及整个房屋,犹如积蓄已久的火山,喷发出的石头和灰烬,形成了五彩缤纷的烟花,一直持续了一星期。

诸如此类的场面扑朔迷离,荒诞离奇而又引人入胜。书中既有人物和食物之间发生的超自然关系,又有种种不可思议的故事场景,不由得使人联想到《百年孤独》中许多令人难以置信的魔幻场景。难怪《沸腾》出版后,因女作家对魔幻现实主义表现手法的大胆应用和继承,曾被文学评论家誉为"美食版的《百年孤独》"。

我们不能不感叹风靡一时的魔幻现实主义的巨大影响。魔幻现实主义是在 20 世纪五六十年代在拉美文学爆炸中异军突起的文学流派,其代表作家和作品有:危地马拉作家阿斯图里亚斯的小说《总统先生》,古巴作家卡彭铁尔的《这个世界的王国》,墨西哥作家胡安·鲁尔福的小说《佩德罗·帕拉莫》,而哥伦比亚作家加西亚·马尔克斯的小说《百年孤独》成为这一文学流派巅峰之作。

"判断一部文学作品是否为魔幻现实主义小说,不仅要看它是否具有魔幻现实主义的特征,而且还要看它是否有反映现实的功能,如果一部作品失去对现实、对人的命运、对人的价值的关注,这样的作品很可能是神话故事或志怪小说。"①而埃斯基韦尔运用魔幻现实主义手法的目的正是要借助魔幻世界的神奇力量来折射现实社会,渲染和突出客观社会环境对人的主观感受产生的影响效果。这其中既体现了作家的人文关怀之情,也体现了作家对社会状况的关注。

与墨西哥革命的关系

《沸腾》讲述的爱情故事委婉动人,主人公蒂塔为了追求自由而纯真的爱情,付出了一生的代价,结局令人感叹。尽管小说所有的情节都围绕爱情

① 李德恩:《拉美文学流派的嬗变与趋势》,上海,上海译文出版社,1996 年,第一版,第 127 页。

主题和厨房这一空间发展，但不能简单地把该作品归类为“厨房文学”或“厨房小说”，因为作者显然没有把小说仅仅局限于情爱和美食的主题上，而是为故事情节的发生、发展提供了更为广阔的历史舞台。

小说中故事发生的时间跨度从1908年至1932年，这一时期正逢墨西哥革命和革命后。主人公蒂塔出生于墨西哥一个没落的贵族家庭，她因家族习俗而被剥夺了爱的权利，却始终在通过食物这一无声的语言向爱人传达心意，向母亲埃莱娜所代表的传统观念做着无声的抗争。作者通过这种人物关系的安排方式表达了她对不幸的年轻人寄予的深切同情，同时也无情地抨击了墨西哥革命时期社会上残存的扼杀人性的封建习俗。透过主人公蒂塔对爱情的不懈追求，我们可以看到当时的墨西哥女性为争取她们的权利所做的抗争，也目睹了作为没落贵族家庭象征的陈旧封建礼教体制由腐朽衰败到最终灭亡，以至退出历史舞台的全过程。

如果蒂塔的形象代表着革命中需要帮助的弱势群体，作者对她寄托了无限同情，那么与之形成鲜明对比的是她的二姐赫特鲁迪丝。作家把这一人物形象塑造成具有反叛精神的另类女性，在她身上倾注了对人民革命力量的美好憧憬。她桀骜不驯的性格，她在兵荒马乱中身处绝境却仍然不甘堕落和自强不息的精神，以及她投身起义队伍后在革命大潮中脱颖而出的豪迈气概，都使我们在同情之余平添了几分钦佩与敬重。她的境遇仿佛是墨西哥平民革命者的写照，作者也把她当作墨西哥革命中的独立精神和革新精神的一面旗帜去弘扬。

除了蒂塔和赫特鲁迪丝的象征意义外，小说中还有一次直接提到墨西哥革命对这个家族命运的影响。一天，家里的庄园遭到起义军的抢劫，母亲埃莱娜为了捍卫家族财产和家人的安全，勇敢地持枪面对起义军，却不幸被子弹击伤，伤势严重导致不久后死去。这暴露出起义军队伍纪律涣散的现象，从一个侧面展示了墨西哥革命的缺憾和不彻底性，并对革命造成的长期社会动荡给无辜百姓带来的灾难提出了间接批评。

小说给读者留下了广阔的回味空间，书中不仅描述了个人与家庭的关系，也展示了家庭与社会的关系。读者可以从主人公的个人命运看到所有墨西哥女性群体的命运，也可以通过主人公的个体经历了解妇女在家庭中的地位，以及在男尊女卑的墨西哥社会中所处的地位。可以说，小说不仅是一部女性文学的力作，也是一部深受墨西哥革命影响的文学作品。无论是在生动的人物刻画上，还是在奇异的小说构建方式上，抑或是特殊的时代背景上，它都给人们留下了深刻印象，神奇地再现了宏大革命背景下的普通墨西哥人的生活。

小说宛如一道色香味俱全的墨西哥大餐,以其独特的魅力让人久久难以忘怀。难怪《沸腾》从出版至今已过去了近 20 年,而每当提起劳拉·埃斯基韦尔,人们首先想到的总还是她的这部名著。

四、女性文学中的墨西哥革命

在上述三部作品中我们不难看出,三位女作家都在试图从不同的角度来全方位地解读墨西哥革命。把这三部作品放在一起,不禁让我们思考这样一个问题:为什么三位女作家会不约而同地选择墨西哥革命作为她们小说的背景?她们的选择是否可以说明发生在 20 世纪初的墨西哥革命在这个国家民众的个人记忆中留下了深刻印记?

毋庸置疑,墨西哥革命的深远意义不仅仅在于它是一场在社会制度和体制上具有时代意义的变革,而且在思想领域和文化领域方面,它的影响也远不止表现在本国文学界孕育出一个革命文学流派。它在墨西哥几代文人的心里都留下了深深的烙印,这其中当然也包括女性作家。从这个意义上讲,在涉及革命题材方面,三部作品的确有许多共同点:

（一）墨西哥革命作为作品的叙述背景:《直到见不到你,我的耶稣》描写了如火如荼的战争年代;《撕裂我的生活》揭露了依靠革命发家的军阀和政客的政治交易;《沸腾》则反映了墨西哥革命时期一个庄园主家族的没落史。

（二）作家对于革命多持有批判态度,或是暴露革命给社会发展带来的弊端:在《直到见不到你,我的耶稣》中提到的土地和财富的分配不公以及对劳动者的剥削;在《撕裂我的生活》中提到的政治腐败和否定民主;在《沸腾》中提到的文化的停滞。

（三）多角度、多层次诠释墨西哥革命:三部小说中的女主人公既有革命的参与者(《直到见不到你,我的耶稣》中的赫苏萨),也有革命领导阶层的代表(《撕裂我的生活》中的卡塔丽娜),还有革命背景下的普通百姓(《沸腾》中的蒂塔一家)。她们代表的社会阶层既有贫苦的受压迫阶层,也包括靠战争发家的新兴资本家阶层以及没落庄园主家庭的中产阶层。通过这三部作品,读者可以了解墨西哥革命不同阶段的发展状况,以及各阶段中受压迫民众所经受的不幸境遇,同时也能真切地感受到女主人公所代表的女性群体所面临的不公正的待遇，以及她们在社会各个领域遇到的强权势力的专横和霸道。

（四）以女性化视角解读墨西哥革命：女作家们有别于传统的革命文学流派作家，她们并没有对革命斗争进行直接的描绘，而是独辟蹊径，从女性的视角通过不同的侧面多方位地解读墨西哥革命。

女性视角的介入对这些小说叙事及修辞美学的影响是显而易见的。小说最突出的特点是选择女性作为主人公兼叙述者，不论是《直到见不到你，我的耶稣》中的赫苏萨，还是《撕裂我的生活》中的卡塔丽娜，她们的回忆都是故事发展的主线索，引导读者随着主人公的视角关注其自身命运的发展和历史的走向。在男性主宰的社会环境中，她们没有多少话语权。在革命背景的映衬下，其女性身份更加显得微不足道。

例如，《直到见不到你，我的耶稣》中的赫苏萨从小丧母，长大后参加革命却因战争失去了亲人，年老后无依无靠仍然在社会底层挣扎度日。小说道出了女人是天生的弱者这一现实。再如《撕裂我的生活》，卡塔丽娜在嫁给安德烈斯将军后，生活上虽然衣食无忧，但小到做饭带孩子，大到与他人交往都在丈夫的控制下，只能按照男人的摆布痛苦地生活着。同样在《沸腾》中，相恋的男友因家庭的阻挠与姐姐结了婚，生活在同一个屋檐下的蒂塔只能通过一道道美味菜肴来表达她的感情。而姐姐赫特鲁迪丝在婚姻失败后，变成了一个残忍的母亲，她要让自己的女儿也成为陈旧陋习的牺牲品。这些都是女性文学革新对文化的一种反思与反叛。

另外，这些女作家也不再像传统文学作品中那样仅仅局限于“书写自我”，描述女性的个体生活；她们同时还“书写男性”，反映男权主导社会的不公平。例如，《直到见不到你，我的耶稣》中赫苏萨的丈夫是个残酷无情的革命军军官；《撕裂我的生活》中的安德烈斯是个依靠革命发家的军阀兼政客；《沸腾》中的佩德罗一方面执著于对女主人公蒂塔的爱情，另一方面又不敢违抗传统陋习的禁锢。从女性文学批评的角度看，这一改变颠覆了传统文化观念中以男性为主体审视和评价社会的观念，张扬了女性对美好、健康、摒弃功利、重视生命本体的美好爱情的追求。

但是，女作家们的声音一旦表达出来，就仿佛是积聚已久的火山喷发，向我们展示了一种女性确认自身价值和社会价值的努力。从这个意义上讲，三部小说都带有积极向上的因素，表达了作者的一种追求与理想。

综上所述，不论作品涉及墨西哥革命的哪个阶段，主人公出身哪个阶层，与革命有着怎样的关联，女作家们都试图借助对墨西哥革命年代以及革命后女性社会地位的描写，表达女性对男权社会不公以及革命不彻底的批评态度。如果说墨西哥革命小说从各个方面尝试探讨和诠释革命的起因、发展过程和结果,那么女性文学的作家们则以女性的视角对革命增加了新的诠释。而与此同时,墨西哥革命也对女性文学的发展、改善女性社会地位和女性独立运动起到了巨大的推动作用。

五、关注社会现实的墨西哥女作家及其作品

上述三位女作家不约而同地聚焦墨西哥革命,一方面充分证明了革命题材对墨西哥文坛的影响持久且深远;另一方面也体现出墨西哥女性文学对社会题材的关注。

在墨西哥文坛上,还活跃着一批关注社会题材的重要女作家,她们凭借自己坚持不懈的努力,日益受到广大读者的重视和关注,其中较有代表性的包括玛丽亚·路易莎·门多萨、玛丽亚·路易莎·普加、卡门·博略萨等。

玛丽亚·路易莎·门多萨 1930 年出生,当过记者,曾做过新闻和舞台剧的老师,后在政府机关供职。曾连续两次获得墨西哥国家记者奖,2001 年获得墨西哥国家小说奖和作家奖。1971 年,她发表了第一部小说《和他、和我、和我们三人》(*Con él, conmigo, con nosotros tres*)。第二部小说《离别》(*De ausencia*, 1974),具有自传色彩,是作家在写作手法上的一次大胆突破。其他主要作品还有《公证人的狗》(*El perro de la escribana*, 1980),短篇小说《飞翔的纸眼》(*Ojos de papel volando*, 1985)、《大海之日》(*El día del mar*, 1985)和《全身》(*De cuerpo entero*, 1991)等。成名作《和他、和我、和我们三人》,是一部取材于生活的现实主义小说,叙述了墨西哥 1968 年学生运动的始末及震惊世界的特拉台洛尔科之夜。作品中的纪实部分所占比例虽然不大,但取材于真人真事。例如在 1968 年的 10 月 2 日那天的惨案中丧命的青年学生胡安的家人和另外两个有同样遭遇的家庭,都是那场屠杀血案的受害者。多年以后,他们再次相遇,不得不说是命运的安排。因为在特拉台洛尔科至今保留着古印第安金字塔遗址,所以作家在作品的后半部分有意地将政府屠杀学生的惨案发生地——特拉台洛尔科神秘化,讲述的一系列传奇故事令人迁思古印第安时期的血祭。既包括发生血案的特拉台洛尔科的三文化广场,也有古印第安人的金字塔。故事情节的发展跨越了多个叙事空间和时代。

玛丽亚·路易莎·普加 1944 年生于墨西哥城,2004 年去世。一生从事新闻和文学创作工作。曾先后为包括英国的《经济时报》等多家有广泛影

响力的报纸和杂志撰稿。1996 年,普加组建了第一个通过网络授课的文学工作室,这在墨西哥系首开先河。同年,她被授予胡安·路易斯·德·阿拉尔孔文学奖(Premio Juan Ruiz de Alarcón),以表彰其为文学事业所做出的贡献。她的主要作品有长篇小说《仇恨的多种可能性》(*Las posibilidades del odio*,1978)、《当空气是蓝色的时候》(*Cuando el aire es azul*,1980)、《惊惧或危险》(*Pánico o peligro*,1983)、《沉默的方式》(*La forma del silencio*,1987)、《安东妮娅》(*Antonia*,1989)、《湖水有理》(*Las razones del lago*,1992)、《起始仪式》(*La ceremonia de iniciación*,1994)、《寡妇》(*La viuda*,1994)、《王后》(*La reina*,1995)和《杜撰城市》(*Inventar ciudades*,1997)等,短篇小说集《静止的太阳》(*Inmóvil sol secreto*,1979)、《突发事件集》(*Accidentes*,1981)和《企图》(*Intentos*,1987)等以及文学评论《乌戈·X·委拉斯开兹的陶艺:当烤炉高产时》(*La cerámica de Hugo X. Velásquez: Cuando rinde el horno*,1983)和《语言的足迹》(*Itinerario de palabras*,1987)等。

普加早年曾移居欧洲,之后的 10 年期间她到过许多国家。后因经济拮据和个人感情问题而去了非洲的肯尼亚,并在首都内罗毕生活了一段时间,她在那里深刻地感受到这个国家的落后。这段生活经历促使普加反思墨西哥的落后原因,于是她写下了第一部小说《仇恨的多种可能性》。作品以一个生活在内罗毕的英裔血统的白人青年的视角讲述了殖民地各阶层人群的不同生存状况,如实地描述了在这个落后的第三世界国家存在的种种不公和腐败。《仇恨的多种可能性》于 1978 年出版,在评论界引起巨大的反响,获得 1983 年墨西哥哈维尔·维亚乌鲁迪亚文学奖。评论界一致认为该作品充满异域特色,叙事风格流畅简练。

卡门·博略萨,诗人、小说家、剧作家,被认为是拉美文学"爆炸后的新一代"和拉美后现代主义的代表作家之一。16 岁开始尝试创作诗歌,曾在多所大学任访问学者,先后旅居德国和美国。早年丧母的经历给她心灵造成巨大伤害,这在 1987 年发表的第一部自传体小说《最好还是消失》(*Mejor desaparece*,1987)中有明显体现,之后陆续发表了类似题材的《往事》(*Antes*,1989)和《三十年》(*Treinta años*,1999)。三部小说构成了一套以童年生活为主题的三部曲。

此后,博略萨开始尝试历史和政治题材小说的创作,发表的作品有长篇小说《他们是牛,我们是猪》(*Son vacas, somos puercos*,1991)、《哭泣,不可忍受的小说》(*Llanto, novelas imposible*,1992)和《人间天堂》(*Cielos de la tierra*,1997)。另有反映女性的自我意识和对历史重新审视的作品,表现出了女性化和民族化的视角,凸现其对女性命运和殖民地重建的忧虑和思索,如长篇小说《奇女》(*La milagrosa*,1993)、《沉睡》(*Duerme*,1994)等。此外,作家还有更多更广泛题材的作品问世,如《女王飞身下马》(*De un salto descabalga la reina*,2002)、《勒班托的另一只手臂》(*La otra mano de Lepanto*,2005)、《完美的小说》(*La novela perfecta*,2006)、《巴黎的委拉斯开兹》(*El Velázquez de París*,2007)以及《浪漫主义者的阴谋》(*El complot de los Románticos*,2009)等。通过前后期创作主题的对比,我们不难发现,博略萨已从初期对女性自身命运的关注,逐步向更广阔的历史和社会题材转变。除了小说,她还发表了诗集《野女人》(*La salvaja*,1988)、《蝠鲼的跳跃》(*Salto de Mantarraya*,2002)和戏剧《我对事件的说法》(*Mi versión de los hechos*,1987)等。曾获 1989 年墨西哥哈维尔・维亚乌鲁迪亚文学奖等。

1993 年出版的长篇小说《奇女》(*La milagrosa*)被认为是 20 世纪 90 年代墨西哥政治社会现状的象征。小说中的女主人公奇女埃莱娜是居住在首都墨西哥城的一位具有超凡能力的神奇女子,她经常身着白衣,替人作法解难,并且因为法术高明而被认为是圣女显灵。有一次,埃莱娜帮助一群纺织工人反抗工会,由一具尸体引发的命案调查牵连到埃莱娜。于是,工会就派了一个私家侦探监视埃莱娜的行踪,却在无意间揭开了一个更为令人震惊的政坛黑幕。原来在墨西哥总统大选时期,总统候选人费利佩・莫拉莱斯在竞选期间为了稳操胜券曾贿赂奇女为其作法,并且果然获得极高人气,最终如愿当选。但是在小说的结局,莫拉莱斯不仅自己一命呜呼,还留给了国家一个贫富分化严重、社会秩序混乱的烂摊子。小说以其引人入胜的情节安排和充满黑色幽默与讽刺的写作手法,使得一部以政治为题材的作品令人读来耳目一新。同时,作者也借圣女显灵的话题对墨西哥当时盛行的巫医神教等迷信现象进行了抨击,深刻地揭露了墨西哥政坛的黑幕与官场的腐败。

1994 年发表长篇历史小说《沉睡》是博略萨小说创作进入成熟期后的又一力作。故事讲述了一名法国女子在殖民地的冒险经历。女主人公格拉达出身低微,却性格独立。在一次装扮成海盗去墨西哥的冒险商旅中,由于她的特殊身份及女扮男装的打扮,被当成涉嫌谋反的马德基萨伯爵的替罪羊抓了起来,并被判处绞刑。之后,她被善良的印第安人救下,身体里被注入了印第安神水,成为一名有着不死之躯的印第安女人格拉达。后来,她爱上了充满理想主义精神的彼得罗伯爵,却在暴露身份后被总督追捕,不得不与爱人一起逃离墨西哥。虽然他们最后逃过了追捕,但格拉达却因为神水的作用，在灵魂上已同墨西哥融为一体，最终她因远离国土而陷入了沉睡不醒的状态。

博略萨在这部小说中将殖民地的历史事实和想象中的印第安神话传说融为一体，在传奇中叙述历史。通过女主人公在"新大陆"的历险，以及她一路上随不同境遇而变换的不同身份，表达了作家对于女性命运和殖民地命运的思索。作家在书中延续了其一贯的女性化视角，并且突破了传统的女性主题。她通过采用历史事实与想象相结合的形式，将对女性命运的思考和对殖民历史的反思紧密结合起来。因此，许多评论家把《沉睡》归为"新历史小说"或"历史传奇"。

通过以上的分析我们不难看出，无论是埃莱娜·波尼亚托夫斯卡、安赫莱斯·马斯特雷塔、劳拉·埃斯基韦尔对墨西哥革命的解读，还是玛丽亚·路易莎·门多莎、玛丽亚·路易莎·普加、卡门·博略萨对历史的反思和对社会现实的抨击，女作家们都从女性独特的视角出发，将对妇女命运的思索与对墨西哥社会的审视结合起来，试图通过自己的文学创作，找到破解社会弊病的良药。这不能不引起我们的关注，而这也正是我们诠释墨西哥女性文学中革命小说及社会现实题材小说的最大感触。

20世纪七八十年代以来，墨西哥女性作家创作的兴起和繁荣，宣告了属于女性写作的成熟与本土女性主义文学的建立。它已从对传统革命小说和"爆炸文学"的继承与创新中突起，从文化的边缘状态向中心处渗透；在新的文化格局重建的过渡时期中，有声有色地占据自己独特的一席之地。我们有理由相信，随着女性世界的不断发展，墨西哥女性文学园地必然会涌现出更多更优秀的、具有社会代表性的作品来。

参考文献

1. Boullosa, Carmen, 1991: *Son vacas, somos puercos*, México, Era.

2. Boullosa, Carmen, 1992: *Llantos, novelas imposibles*, México, Era.

3. Boullosa, Carmen, 1993: *La milagrosa*, México, Era.

4. Boullosa, Carmen, 1994: *Duerme*, Madrid, Alfaguara.

5. Boullosa, Carmen, 1997: *Cielos de la tierra*, Madrid, Alfaguara.

6. Carballo, Emmanuel, 2005: *Protagonistas de la literatura mexicana*, México, Alfaguara.

7. Castro Leal, Antonio, 1960: *La novela de la Revolución Mexicana*, España, Aguilar.

8. De Beer, Gabriella, 1999: *Escritoras Mexicanas Contemporáneas: Cinco Voces*, México, FCE.

9. Domenella, Ana Rosa, 2005: "Escritora, historia y género en veinte años de novela

mexicana escrita por mujeres", en *Novela mexicana reciente : aproximaciones críticas*, México, Ed. Eón.

10. Esquivel, Laula, 1989: *Como agua para chocolate*, México, Planeta.

11. Esquivel, Laula, 1995: *La ley del amor*, México, Ed. Grijalbo.

12. Esquivel, Laula, 1998: *Íntimas suculencias*, México, Ed. Sudamericana.

13. Fernández, Teodosio; Millares, Selena y Becerra, Eduardo(eds.), 1995: *Historia de la Literatura Hispanoamericana*, Madrid, Ed. Universitas.

14. García Flores, Margarita, 1969: "Diálogo EP *Hasta no verte, Jésus mío*", en *Hojas de Cultura*. (*Suplementario de la Revista de UNAM*), núm. 14, 2. de oct, México, UNAM.

15. Mastretta, Ángeles, 1988: *Arráncame la vida*, México, Océano.

16. Mastretta, Ángeles, 1990: *Mujeres de ojos grandes*, México, Seix Barral.

17. Mastretta, Ángeles, 1993: *Puerto Libre*, México, Cal y Arena.

18. Mastretta, Ángeles, 1997: *Mal de amores*, México, Alfaguara.

19. Mendoza, María Luisa, 1971: *Con él, conmigo, con nosotros tres*, México, Ed. Joaquín Mortiz.

20. Kohut, Karl(ed.), 1995: *Literatura Mexicana Hoy*, Madrid, Ed. Vervuert.

21. Olivares, Cecilia, 1997: *Glosario de Términos de Crítica Literaria Feminista*, México, El Colegio de México.

22. Paz, Octavio, 1950: *El laberinto de la soledad*, México, FCE.

23. Poniatowska, Elena, 1969: *Hasta no verte, Jesús mío*, México, Era.

24. Poniatowska, Elena, 1971: *La noche de Tlatelolco*, México, Era.

25. Poniatowska, Elena, 1980: *Fuerte es el silencio*, México, Era.

26. Poniatowska, Elena, 1994: "Vida y muerte de Jesusa", en *Luz y luna, las lunitas*, México, Era.

27. Poniatowska, Elena, 1996: *Paseo de la Reforma*, Barcelona, Ed. Plaza&Janés.

28. Puga, María Luisa, 1978: *Las posibilidades del odio*, México, Ed. Siglo Veintiuno.

29. Shaw, Donald L., 1999: *Nueva Narrativa Hispanoamericana*, Madrid, Cátedra.

30. 陈浩:《略谈墨西哥的一党体制——读曾昭耀〈政治稳定与现代化〉之后的一些思考》,北京史学论坛网站:http://www.hist.pku.edu.cn/club/index.asp。

31. 陈众议:《20世纪墨西哥文学史》,青岛,青岛出版社,1998年,第一版。

32. 董之林:《女性主义批评——并不奢侈的今日话题》,《中国女性文化》,2001年2期。

33. 高波:《墨西哥现代村社制度——现代化进程中的农民与国家》,北京,北京大学世界史博士论文,2000年。

34. 李德恩:《拉美文学流派的嬗变与趋势》,上海,上海译文出版社,1996年,第一版。

35. 刘德威:《墨西哥革命制度党的历史兴衰》,《当代世界研究》,2005年12月31日,中国社会科学院网站 http://myy.cass.cn/file/2005123116553.html。

36. 刘德威:《墨西哥革命制度党的历史兴衰》,《当代世界社会主义问题》,2000年1期。

37. 谭融:《墨西哥革命制度党的兴衰及给我们的启示》,《南开学报》(哲学社会科学版),2005 年 4 期。

38. 王晓英:《当代西方女性文学的发展》,《中华读书报》,2005 年 8 月 8 日。

39. 徐世澄:《连续执政 71 年的墨西哥革命制度党缘何下野》,《拉丁美洲研究》,2001 年 5 期。

40. 徐世澄:《世纪之交墨西哥政治制度的变化》,《江苏行政学院学报》,2003 年 1 期。

41. 闫立、宋中华:《西方女权主义理论和女性文学的双重书写》,《光明日报》,2005 年 12 月 27 日。

42. 曾昭耀:《政治稳定与现代化》,北京,东方出版社,1996 年,第一版。

43. 张抗抗:《我们需要两个世界》,北京,《新华文摘》,2004 年 3 期。

第六章　反独裁与流亡文学题材的传承与创新

——“文学爆炸”后智利小说发展新趋势

李放、郑雯、陶东[1]

反独裁、反寡头是拉美叙事文学的重要题材之一。反独裁小说随拉美历史上众多的“考迪罗”(caudillo)[2]、“猩猩派”(gorila)[3]和军人政权的产生而产生[4]。

18世纪末至19世纪初，拉美大部分地区爆发独立战争。1826年，除古巴外，整个西属美洲全部获得独立。由于当时拉美资产阶级力量还很薄弱，工业资产阶级尚未形成，殖民地统治时期的封建大地产制得以保存并继续扩大，代表保守势力的教会依然强大，在政治上出现了一批被称为“考迪罗”的军事独裁者。

考迪罗最早产生于19世纪初拉美独立战争时期，大多为推翻殖民统治、争取国家独立做出过贡献。独立后，虽然部分考迪罗在人民压力下做出一些改革，但由于其在经济上依靠大地产、大庄园主，在政治上依靠军人专政来维持其政治统治，对外则投靠外国势力，对内残酷镇压人民反抗，在拉美各国独立后逐渐取代宗主国成为拉丁美洲最反动的势力，阻碍了拉美经济的发展。比较典型的代表人物有阿根廷的罗萨斯(Juan Manuel Ortiz de Rosas)[5]、墨西哥的阿古斯汀·德伊图尔维德(Agustín de Iturbide)[6]、巴拉

---

① 本文由三位作者共同完成：第一节由李放撰写，第二节及结语由郑雯撰写，第三节由陶东撰写。

② 源自西班牙语的caudillo，意为“军事独裁者”、“首领”、“头目”等。

③ “猩猩派”(gorila)，意为凶暴的大猩猩。

④ 陈众议：《七十年代拉丁美洲三部重要的反独裁小说》，《外国文学动态》，北京，世界文学出版社，1983年第11期。

⑤ 罗萨斯(Juan Manuel Ortiz de Rosas，1793～1877)，阿根廷军事、政治领导人。自1829年至1852年统治阿根廷。是拉丁美洲第一个臭名昭著的考迪罗主义独裁统治者。

⑥ 阿古斯丁·德伊图尔维德(Agustín de Iturbide，1783～1824)，1822年成为墨西哥帝国皇帝，称阿古斯丁一世。1823年流亡，1824年被枪决。

圭的何塞·加斯帕尔·罗德里格斯·德弗朗西亚(José Gaspar Rodríguez de Francia)①等。因此19世纪的拉美文学理所当然要将考迪罗写进作品之中。

一、拉丁美洲反独裁小说的由来

拉美反独裁小说最早起源于阿根廷。阿根廷共和国位于南美洲南部,16世纪初沦为西班牙的殖民地,1810年爆发"五月革命",1816年宣告独立,建立了共和国。19世纪20年代,在独立民族国家的形成过程中,地主资产阶级政权内部产生严重的政治分歧,出现了两个政治集团:反映新兴资产阶级利益的"集权派"和代表封建地主阶级和教会等土地所有者的"联邦派"。1820年两派的斗争达到高峰,致使阿根廷政局动荡,国家长期处于分裂和内战状态。1829年布宜诺斯艾利斯省武装部队司令罗萨斯在联邦派的支持下上台执政,建立了阿根廷历史上最残酷的独裁统治,时间长达二十年之久。他依靠大地主和教会的反动势力,镇压一切反对派,屠杀印第安人;在对外政策上采取冒险行动,对邻国发动战争。

阿根廷人民开展了广泛的反对罗萨斯暴政的运动。这是拉丁美洲历史上第一次大规模的民主主义运动。这一运动对阿根廷的民族文学产生了重大影响,涌现出了一批优秀作家,创作出了拉美最早的以反独裁政权为主题的作品。这个时期代表性作家有:埃斯特万·埃切维里亚(Esteban Echeverría)②、多明戈·福斯蒂诺·萨米恩托(Domingo Faustino Sarmiento)③和何塞·马莫尔(José Mármol)④。

---

① 何塞·加斯帕尔·罗德里盖斯·德弗朗西亚(José Gaspar Rodríguez de Francia,1766~1840),巴拉圭独立运动领袖、独裁者。自1814年至1840年统治巴拉圭。

② 埃斯特万·埃切维里亚(Esteban Echeverría,1805~1851),19世纪上半期阿根廷浪漫主义诗人和小说家。主要作品有长诗《埃尔维拉,又名拉普拉塔河的新娘》(*Elvira o la novia del Plata*,1832)、诗集《慰安集》(*Los consuelos*,1834)、《诗韵集》(*Rimas*,1837)和短篇小说《屠场》(*El matadero*,1840)等。

③ 多明戈·福斯蒂诺·萨米恩托(Domingo Faustino Sarmiento,1811~1888),阿根廷总统(1868~1874)、政治家、作家和教育家。主要文学作品有小说《法昆多,又名文明与野蛮》(*Facundo o Civilización y Barbarie*,1845)、自传体作品《欧洲、非洲和美洲之行》(*Viajes por África,Europa y América*,1849)和《外省回忆》(*Recuerdos de provincia*,1850)等。

④ 何塞·马莫尔(José Mármol,1817~1871),阿根廷浪漫主义诗人、小说家和剧作家。主要文学作品有剧作《诗人》(*El poeta*,1847)、诗集《和声》(*Armonías*,1851)、长篇小说《阿玛利亚》(*Amalia*,1855)等。

拉丁美洲浪漫主义文学先驱埃斯特万·埃切维里亚早在1840年就发表了著名的短篇小说《屠场》。该小说也是拉美文学史上第一篇真正的短篇小说①。作者以讽刺、象征、影射等写作手法将拉美著名的考迪罗——罗萨斯独裁政权的狰狞面目刻画得淋漓尽致。小说中的屠场不仅是狭义的普通屠场，而且也是罗萨斯的特务组织“马萨卡”或暗杀团的集会地，屠夫则是罗萨斯分子；遭受屠杀的不是牲畜，而是广大人民。这部作品虽然篇幅不长，但在拉美文学史上占据了十分重要的位置。

开拉美反独裁小说先河的多明戈·福斯蒂诺·萨米恩托于1845年出版了小说《法昆多，又名文明与野蛮》②。该小说是作者流亡智利期间所写。作品以里奥哈省和塔马尔加省的封建军阀胡安·法昆多·基罗加为原型。全书共分三部分：第一部分为引言，分析了阿根廷的地理分布、社会结构和各阶层状况并阐明了选取法昆多为题的原因以及野蛮的确切含义；第二部分描写胡安·法昆多·基罗加的生平；第三部分借助大量材料，抨击罗萨斯的反动统治和暴行，号召人民将其推翻。小说的副标题：文明与野蛮，是贯穿全书的基本思想。作者把罗萨斯的暴政称为野蛮，认为是社会文明和进步的桎梏。该小说是了解当时阿根廷社会的一部重要文献。作者通过剖析胡安·法昆多·基罗加这个军事寡头，探求19世纪上半期阿根廷军阀割据、内战频仍的根源，揭露和抨击了罗萨斯独裁统治，同时也为后来的作家指出了文学创作的新方向，即：要面对社会现实，反映所处时代的社会矛盾和人民群众的斗争。

何塞·马莫尔于1855年发表的小说《阿玛利亚》，同样以罗萨斯的恐怖统治为背景，讲述了一对青年的爱情悲剧。作者在描绘城市美丽风景的同时渲染恐怖气氛，旨在揭露罗萨斯政权的罪恶，并剖析爱情悲剧的普遍意义。

以上三部作品均表现出了作者鲜明的立场，鞭挞了罗萨斯暴政。19世纪下半叶，除阿根廷作家外，乌拉圭、秘鲁、委内瑞拉和危地马拉等国的作家也发表了不少反独裁小说。

自19世纪末，英美等帝国主义向拉美国家扩张，为了便于渗透、掠夺和控制，扶植反动军人及其代理人上台执政，出现了所谓的“猩猩派”军政权。该军政权代表大资产阶级和大地主阶级的利益，对内残酷镇压进步力量，对外投靠帝国主义。猩猩派独裁者的代表人物有委内瑞拉的胡安·维森特·

① 朱景冬、孙成傲：《拉丁美洲小说史》，天津，百花文艺出版社，2004年，第一版，第36页。

② “Novela del dictador”，http://es.wikipedia.org/wiki/Novela_del_dictador.

戈麦斯(Juan Vicente Gómez)[①]、古巴的赫拉尔多·马查多(Gerardo Machado)[②]、秘鲁的奥斯卡·贝纳维德斯(Oscar R. Benavides)[③]等。反独裁斗争依然是拉丁美洲人民的历史任务。

这一时期问世的反独裁小说继承了19世纪文学革命性的特点。作家以其撰写的文章为武器抨击专制。相对艺术性来说,作品更强调政治性。小说的情节简洁并带有预言性。独裁者的人物描写常是象征性的,性格刻画着笔不多且通常运用夸张的手法。抨击独裁的方式较简单,通常运用二分法,将所有的矛盾冲突归结为好和坏[④],如同萨米恩托在《法昆多,又名文明与野蛮》小说中将矛盾归结为文明和野蛮一样。这一时期代表性的作家及其作品有委内瑞拉作家鲁菲诺·布兰科·丰博纳(Rufino Blanco Fombona)[⑤]的《铁人》、厄瓜多尔作家赫拉尔多·加列戈斯(Gerardo Gallegos)[⑥]的《主人的拳头》、秘鲁作家曼努埃尔·贝多亚(Manuel Bedoya)[⑦]的《食人的暴君》以及多米尼加作家安德烈斯·雷克纳(Andrés Requena)[⑧]的《无十字架的墓地》等。

1967年诺贝尔文学奖获得者危地马拉作家阿斯图里亚斯的《总统先生》是同期反独裁小说中,思想性和艺术性较强的一部作品。作家以1898年至1920年间危地马拉的独裁者埃斯特拉达·卡布雷拉为原型,成功地塑造了一个拉丁美洲专制暴君的典型形象。作家没有只局限于谴责独裁者的个人罪行,而是高度概括并揭露了独裁统治产生的政治及社会根源,即反动

---

① 胡安·维森特·戈麦斯(Juan Vicente Gómez,1857~1935),委内瑞拉前独裁者。1908年至1915年,1922年至1929年,1931年至1935年统治委内瑞拉。

② 赫拉尔多·马查多(Gerardo Machado,1871~1939),古巴前独裁者。1925年至1933年统治古巴。

③ 奥斯卡·贝纳维德斯(Oscar R. Benavides,1876~1945),秘鲁军事和政治领导人。1914年至1915年,1933年至1939年统治秘鲁。

④ Palomares Salas, Claudio, 2007: "Aquellas maravillosas dictaduras: realism mágico y subversión en *El otoño del Patriarca*", Mc Gill Universidad, http://fis.ucalgary.ca/ACH/Congreso_abierto/2007/Palomares.htm.

⑤ 鲁菲诺·布兰科·丰博纳(Rufino Blanco Fombona,1874~1944),委内瑞拉作家和政治家。主要文学作品有长篇小说《铁人》(*El hombre de hierro*,1907)、《金人》(*El hombre de oro*,1915)、《美女与野兽》(*La bella y la fiera*,1931)等。

⑥ 赫拉尔多·加列戈斯(Gerardo Gallegos,1905~1986),厄瓜多尔记者和作家。主要作品有报告文学《主人的拳头》(*El Puño del amo*,1936)和《海地巫师》(*El embrujo de Haití*,1937)等。

⑦ 曼努埃尔·贝多亚(Manuel Bedoya,1889~1941),秘鲁作家。主要作品有长篇小说《长兄》(*El hermano mayor*,1908)和《食人的暴君》(*El tirano bebevidas*,1939)等。

⑧ 安德烈斯·雷克纳(Andrés Requena,1908~1952),多米尼加作家、记者和外交家。主要作品有长篇小说《大地的仇敌》(*Los enemigos de la tierra*,1936)和《无十字架的墓地》(*Cementerio sin cruces*,1946)等。

的社会制度、帝国主义的侵略与干涉以及千百年流传下来的宗教意识和宿命论思想影响①。在艺术方面，作者借鉴了超现实主义和印第安神话中的某些表现手法，赋予了人们熟悉的反独裁主题以奇妙的神话意境，神话、幻觉、梦境和现实水乳交融，形成了自己独特的创作风格。小说中虽然未将魔幻与现实相结合的手法全面地运用到创作中，但为后人发展魔幻现实主义的创作手法提供了宝贵的经验。

需要提到的是《暴君班德拉斯》的作者巴列—因克兰（Ramón María del Valle-Inclán）②。虽然他是西班牙作家，但其小说讲述了19世纪在拉丁美洲太平洋沿岸，由桑托斯·班德拉斯将军统治着的共和国发生的一场推翻独裁者的革命。作者运用巴洛克式的手法，构建了一个残忍、恐怖的独裁统治环境，并通过艺术形象而非直接的语言抨击、揭露独裁政权、反映人民的苦难。这部作品是艺术性较高的反独裁小说③，在拉美文学史上占有独特的地位，对西班牙美洲后来出现的此类小说产生了重要影响。

以上两部小说在一定程度上克服了这个时期同类作品所存在的某些通病。但小说所塑造的独裁者还不是个性典型的主人公，对人物内心世界的描写着笔不多，从本质上揭露不够，这与当时拉丁美洲的政治社会现实分不开。

20世纪60年代中期，拉美社会矛盾激化，又一次出现了军人执政的高潮。从1964年巴西发生军事政变开始，玻利维亚、阿根廷、秘鲁、巴拿马、厄瓜多尔、智利和乌拉圭等国相继发生军事政变。其中号称"南美瑞士"的乌拉圭以及有民主传统的智利两国的军事政变，在拉美特别是在智利产生了重大的影响④。1973年智利发生政变后，大量进步作家被迫流亡国外，由此催生了智利流亡文学。

70年代开始，拉美出现了一股民主化潮流。旧殖民体系瓦解、民族经济发展、民族民主运动高涨。考迪罗和猩猩派赖以存在的基础已经丧失。许多国家当政的军人"还政于民"，维持军人统治的只剩下智利、巴拉圭等几个国家。70年代拉美的反独裁小说就是在这样的背景下产生，并且进入了

---

① 赵德明、赵振江、孙成敖：《拉丁美洲文学史》，北京，北京大学出版社，1989年，第一版，第329页。

② 巴列—因克兰（Ramón María del Valle-Inclán，1866～1936），西班牙小说家、剧作家和诗人。主要作品有诗集《神奇传说的芳香》（*Aromas de leyenda*，1907）、剧作《波西米亚之光》（*Luces de Bohemia*，1920）和小说《暴君班德拉斯》（*Tirano Banderas*，1926）等。

③ 徐玉明选编：《幽香的番石榴——拉美书话》，南昌，江西教育出版社，1999年，第一版，第8页。

④ 徐世澄：《拉丁美洲政治》，北京，中国社会科学出版社，2006年，第一版，第287页。

一个新的发展阶段。作品中的独裁者从次要人物上升为主要人物，作家开始比较细致地描写独裁者复杂的人物性格及丰富的内心世界，使其成为个性鲜明的主人公。为此，国外有评论家将70年代以前的反独裁小说称为“独裁小说”(novela de dictadura)，把70年代以后的称为“独裁者小说”(novela de dictador)①。为便于理解与表述，我们将这类作品统称为“反独裁小说”。

70年代出现的反独裁小说中思想性、艺术性较强的有四部，即：古巴作家阿莱霍·卡彭铁尔的《方法的根源》，巴拉圭作家罗亚·巴斯托斯的《我，至高无上者》、哥伦比亚作家加西亚·马尔克斯的《家长的没落》和委内瑞拉作家乌斯拉尔·彼特里的《悼亡仪式》。

这四部作品不同于60年代多数拉美作家拘泥于探索创作技巧而忽视思想性的弊病，而是更深刻地揭露了拉丁美洲的专制制度，塑造了生动的艺术形象。作品中所刻画的人物不全是当代拉丁美洲的独裁者，卡彭铁尔的首席执行官是20世纪初的猩猩派人物、罗亚·巴斯托斯的至高无上者是统治巴拉圭26年之久的弗朗西亚博士、加西亚·马尔克斯的家长是根据20世纪中叶的独裁者塑造的、乌斯拉尔·彼特里小说的主人公佩拉埃斯是委内瑞拉的独裁统治者戈麦斯的化身。但是小说都打上了70年代的烙印，抨击现代的军人政权，并对拉美现实进行新的探索。与60年代的魔幻现实主义作品不同的是，在这些作品中原始神话的色彩明显减弱，表现手法趋于荒诞夸张。

80年代，拉丁美洲国家的民主化进程迈出了坚实的步伐，专制统治难以为继。然而拉丁美洲的旧的传统势力仍根深蒂固，严重阻碍了拉丁美洲国家发展。这时，又有一批作品问世，它们继续抨击专制与腐朽。其中有代表性的作品是智利女作家伊莎贝尔·阿连德的小说《幽灵之家》。

伊莎贝尔·阿连德与《幽灵之家》

智利女作家伊莎贝尔·阿连德无疑是拉丁美洲历史上与独裁关联最大的作家之一。她1942年生于秘鲁首都利马，父亲托马斯·阿连德(智利民选总统萨尔瓦多·阿连德的弟弟)曾是智利驻利马的外交官。1945年父母离异后，随母亲及两位兄弟回到智利，住在外祖父家。她的童年深受外祖母神秘主义思想和外祖父正直坚定性格的影响，这些在其第一部长篇小说《幽

① Palomares Salas, Claudio: “Aquellas maravillosas dictaduras: realism mágico y subversión en *El otoño del Patriarca*”, p. 3.

灵之家》中有明显的体现①。她从小受到多方面的良好教育，尤其对文学表现出浓厚的兴趣。后来，母亲与一名外交官再婚。在她成长的道路上，继父起着重要的作用。继父借外交工作之便，带着他们母子四人，游历了拉丁美洲、欧洲、中东等国家。这极大地开阔了伊莎贝尔的眼界，影响了其后的文学创作。从17岁起，开始从事新闻工作，广泛接触拉美国家的社会各界，深入调查了解许多现实问题。这段记者生涯对她日后的文学创作影响极为深刻。

1970年，伊莎贝尔·阿连德的伯父——社会党领袖萨尔瓦多·阿连德(Salvador Allende)②当选为智利共和国总统。就任后成立人民团结阵线政府并进行一系列的民主改革。这些改革措施削弱和打击了帝国主义和本国大地主、大资产阶级的势力，使智利在经济上更加独立。在执政初期，经济曾出现过繁荣景象。但是由于未考虑具体国情，改革进行得过急过快、打击面过宽，树敌过多，严重影响了国家经济，致使1973年通货膨胀加剧，市场商品匮乏，劳动者实际生活水平下降。国内外反动势力的破坏以及国内各阶层人民的不满情绪的扩大，使政局日益动荡。1973年9月11日，陆军司令奥古斯托·皮诺切特(Augusto Pinochet Ugarte)③指挥军队和警察发动政变行动，之后在智利建立起军人政权，自30年代起的文人执政历史中断。

1973年的政变是伊莎贝尔·阿连德人生最大的转折点。阿连德总统英勇牺牲的精神成为她创作第一部长篇小说的灵感源泉。1975年伊莎贝尔·阿连德被迫举家流亡委内瑞拉。居住在陌生的国度，对故土深深的眷恋以及个人的切身体验促使她从事文学创作。

1981年，当伊莎贝尔·阿连德得知留在智利年逾百岁的外祖父将不久于人世时，便决定写一封长信，以记载外祖父在人世间留下的足迹。她用一年的时间写出了一部三十余万言的“家书”。可惜老人未能读到这份异乎寻常的“家书”。阿连德几经周折才于1982年将其公开发表。这就是后来畅销

---

① 赵德明：《走向二十一世纪的拉丁美洲小说(二)》，《中华读书报》，2001年12月20日，参见http://www.cReader.com。

② 萨尔瓦多·阿连德(Salvador Allende，1908～1973)，生于智利瓦尔帕莱索的一个中产阶级家庭。1933年，参与创建智利社会党。曾作为社会党和人民阵线的候选人参加1952、1958、1964年的总统竞选，均遭失败。1970年作为人民团结阵线的候选人再次竞选总统获胜，同年11月就任总统。1970年至1973年执政。1973年9月11日，皮诺切特领导智利军队发动了针对阿连德的军事政变。阿连德在政变中遇难。

③ 奥古斯托·皮诺切特·乌加尔特(Augusto Pinochet Ugarte，1915～2006)，1973年至1990年为智利军事独裁首脑。在任内进行资本主义的新自由主义经济改革，同时在全国实行戒严和宵禁，终止宪法，解散议会，禁止政党活动，限制集会和新闻自由，迫害不同政见者，使成千上万的智利人被迫流亡国外。

欧美的《幽灵之家》。作者以小说“替那些被迫缄默的人发出了第一声呐喊”。

小说发表的同一年，哥伦比亚作家加西亚·马尔克斯获得了诺贝尔文学奖，拉美文学大爆炸的冲击波达到了顶峰，魔幻现实主义的光环耀眼得无以复加，阿连德作为这一阵营中少有的女性，被冠以“穿裙子的加西亚·马尔克斯”的美誉。美国《芝加哥论坛报》称《幽灵之家》为“二次大战后世界文坛最优秀的小说之一”①。小说的出版奠定了伊莎贝尔②的文学地位，使她成为拉美“爆炸后文学”中成绩斐然的女作家。2004年她获选美国文学艺术院院士。2010年获智利国家文学奖。

《幽灵之家》这部小说，是作者伊莎贝尔·阿连德以其家族历史为原型，以埃斯特万·特鲁埃瓦一家的兴衰变化为中心线索，讲述了特鲁埃瓦、瓦列、加西亚三个家族四代人之间的近一个世纪的恩怨纠葛。

家道中落的男主人公埃斯特万·特鲁埃瓦在首都一家公证处当一名书记员，和姐姐菲鲁拉共同养活年迈多病的母亲。一天，他偶遇名门望族赛维罗·德尔·瓦列之女俏姑娘罗莎，对其一见钟情。为了能和她体面完婚，埃斯特万·特鲁埃瓦只身到北方开采金矿，两年之后终于攒下一大笔钱。就在此时，获悉未婚妻罗莎误饮毒酒，身遭不测。他悲痛万分，赶回首都为其送葬。

随后前往父亲留下的“三星庄园”。当他到达时，庄园里一片破败景象。在佩德罗·加西亚第二的协助下，经过十年的努力，将其发展为当地的“模范庄园”。随着事业的发展，埃斯特万成为地方一霸，他飞扬跋扈，欺压百姓，蹂躏妇女，甚至连佩德罗·加西亚第二的妹妹潘恰·加西亚也未能幸免。此外，他还结识了当地的妓女特兰希托·索托，并赠其50比索，帮助她去首都谋生。

遵从母亲临终遗言，埃斯特万·特鲁埃瓦向瓦列夫妇的小女儿克拉腊求婚。婚后，克拉腊生下一个女儿和一对孪生兄弟，分别取名为布兰卡、海梅和尼古拉斯。埃斯特万在家庭生活中成为说一不二的专制家长，并开始涉足政界，与克拉腊之间产生隔阂并日益加深。

一年夏天，全家到三星庄园避暑，布兰卡和佩德罗·加西亚第二的儿子

---

① Coddou, Marcelo, 1986: *Los libros tienen sus propios espíritus*, México, Universidad Veracruzana, p. 463.

② 伊莎贝尔·阿连德是位多产作家。主要作品有小说《幽灵之家》(1982)、《爱情与阴影》(*De amor y de sombra*, 1984)和《埃娃·卢娜》(*Eva Luna*, 1987)，回忆录《帕乌拉》(*Paula*, 1994)，童话故事三部曲《野兽之城》(*La ciudad de las bestias*, 2002)、《金龙的王国》(*El reino del dragón de oro*, 2003)和《矮人的森林》(*El bosque de los pigmeos*, 2004)以及自传《我虚构的国家》(*Mi país inventado*, 2003)等。

佩德罗·加西亚第三相识，渐渐萌生爱情。但埃斯特万坚决反对他们交往。此时，发生了一场大地震，人员死伤无数。被倒塌的房屋压的骨断筋折的埃斯特万幸亏佩德罗·加西亚第二的父亲老佩德罗·加西亚用土法医治才死里逃生。一个名叫让·德·萨蒂尼的"法国伯爵"将布兰卡和佩德罗·加西亚第三幽会的秘密告诉了埃斯特万，他盛怒之下打了妻子和女儿，还用斧头蛮横地砍断了佩德罗·加西亚第三的三个手指。克拉腊在丈夫对她动粗之后，不再与其说话。布兰卡怀孕迹象日益明显。为了遮掩家丑，埃斯特万强令女儿嫁给"法国伯爵"，并让他们到北方一个荒凉省份生活。"伯爵"走私文物，倒卖干尸，还是个性变态者。布兰卡忍无可忍，逃回首都，刚进家门就生下女儿阿尔芭。

儿子海梅从医学系毕业，和社会党交往密切，结识了该党的总统候选人。另一子尼古拉斯终日游荡，异想天开，后被父亲送往国外。阿尔芭 7 岁那年，外祖母克拉腊去世，特鲁埃瓦家族陷入混乱之中。阿尔芭 18 岁上了大学，认识了激进革命青年米格尔，出于对他的爱，开始参加学生运动。

社会党联合其他左派力量在大选中获胜。右派势力制造经济恐慌以打击左翼政府，并试图用和平手段推翻合法政府。阴谋未能奏效，军人遂发动了军事政变。政变中，总统壮烈牺牲，海梅和一些总统的追随者被军方逮捕，受尽酷刑后惨遭杀害。军事政变后，军人上台自己执政，未将政权交给支持政变的大资本家、大庄园主手中。埃斯特万得知海梅遇害后，借助朋友的帮助将佩德罗·加西亚第三和布兰卡送往北欧。

政变后，阿尔芭竭力救助受迫害的人，还把家中藏匿的武器提供给已成为游击队领导人的米格尔。一天警察闯入埃斯特万家，当他的面抓走了阿尔芭。阿尔芭在狱中受尽折磨，特别是一个名叫埃斯特万·加西亚的上校对其百般羞辱。原来他就是埃斯特万在庄园诱奸的民女潘恰·加西亚生下的私生子。他借政变成功之机，在阿尔芭身上公报私仇。埃斯特万竭尽全力搭救阿尔芭，却处处碰壁。在曾经得到他资助并和当局保持微妙关系的妓女特兰希托·索托的帮忙下，阿尔芭才得以获释。

阿尔芭获救后，回到家中。找到外祖母克拉腊的记事本，在外祖父埃斯特万的帮助下，整理家族的历史。最后埃斯特万在外孙女的怀抱中与世长辞。

《幽灵之家》的实证主义叙事风格

实证主义小说的特点可以概括为：第一，故事发生在特定的历史背景下，个人经历须置于社会变迁之中；第二，小说的叙述者多为第一人称，可以是主人公或是所叙述事件的见证者；第三，叙述者通常代表社会中被压迫者，并是社会、政治、经济变化的觉悟者；第四，借助一些历史人物、历史事件、文献、谈话、录音、书信等资料以加强作品的真实性；第五，故事中人物的切身经历，既有利于故事的真实性，同时有利于构建叙述者和读者之间的可信度。①

小说《幽灵之家》中，作者未指明故事所发生的国家，但读者不难发现，叠加在小说特鲁埃瓦家族上面加速集结的历史重负、道德重负及因果重负正是伊莎贝尔·阿连德一直避讳的“智利”一词的浓缩物。小说反映了智利从20世纪初至1973年为止70年左右的历史，可划分为四个时期，即：早期、“幽灵时代”、“混乱时期”和“真理时刻”。② 读者可以清晰地看到拉美及智利历史上的矿业开发、农业振兴、自由党和保守党之间的党派斗争、遍及全国的经济危机、灾难性的地震和海啸、学生运动、社会党在大选中获胜、土地改革、右派制造的社会经济混乱以及军人发动的军事政变、民选总统的遇难和专制统治的建立等历史背景。

小说中安排了“两个叙述者”，以第一人称和第三人称轮流交替的写法来表现他们对过去的回忆、眷恋和反思。从小说开始直至第十四章都以第三人称进行叙述，只在小说的尾声才采用第一人称。第三人称的叙事者是埃斯特万的外孙女阿尔芭。她依据外祖母克拉腊留下的记载了50年家族和社会历史变迁的“记事本”，以及她本人在军事政变前后的所见所闻和亲身经历，按照时间顺序客观地讲述事实经过。在小说的最后两章，详尽地讲述了阿尔芭被捕入狱后，在监狱和女犯集中营里亲眼所见和亲身经受的凌辱和酷刑，使读者对智利的这段历史有了更为深刻的认识，同时也拉近了读者与小说人物之间的距离。我们在阿尔芭的身上仿佛看到了作者的影子。伊莎贝尔·阿连德正是通过这一人物去观察和分析智利现实，并超越国家与小家之痛去探求故国和拉美大陆的未来。

另一叙述者是小说的男主人公埃斯特万·特鲁埃瓦，小说中插入了其十几段内心独白。埃斯特万以第一人称的方式回顾自己的一生，作为当事人不断剖白心迹，补充过往的事实，对自己的行为和动机做出解释或辩解。

两个叙述者皆是以“过来人”的口气回顾以往，夹叙后来的事实，使“过去”、“现在”和“过去的未来”融为一体，充分运用了西班牙语动词时态的多

① Skolodowska, Elzbieta, 1992: *Testimonio hispanoamericano : historia, teoría, poética*, Nueva York, Peter Lang Publishing, p. 11.

② 〔智利〕伊莎贝尔·阿连德：《幽灵之家》，刘习良、笋季英译，北京，北京十月文艺出版社，第一版，1991年。本节的引文皆出自该版本。

种变化，使人物和情节的叙述更加生动鲜活。

小说直接描写了1973年智利发生的军事政变，其中的当事人虽然被刻意地隐去了姓名，而仅以“总统同志”和“将军”相称，但读者可以轻易地发现，“总统同志”是以社会党领袖萨尔瓦多·阿连德为原型，“将军”则是以智利军事独裁者奥古斯托·皮诺切特将军为原型。

小说中，“总统同志”被塑造为一个平易近人、公而忘私、为事业孜孜不倦的国家元首形象。作者讲述了其力图扭转乾坤、最终以身殉职的人生历程，同时也描绘了他在强大的右派势力进攻面前力不从心、决策失误、连人带事业同遭毁灭的悲惨结局①。小说的第十三章，总统通过广播，向全国表明他拒绝流亡的决定：“现在，我向将要受到迫害的人们讲几句话，我要告诉你们，我不会辞职，我要用生命报答人民的忠诚。我永远和你们在一起。我对祖国的前途充满信心。一定会有人闯过眼下这个时刻，壮丽的林荫大道会很快开通，让自由人通过，去建设美好的社会。人民万岁！劳动者万岁！这是我最后的几句话。我相信，我不会白白牺牲。”②小说中“总统”的告别词取材于阿连德总统在1973年9月11日通过麦哲伦电台发表的最后讲话③。历史材料的借鉴增加了故事的可信度以及作品的真实性。作家对“总统”拒绝流亡、坚持战死的悲怆场面的描写使读者感受到了一种超越了文字的挚爱和崇敬。

小说中另外一些被隐去姓名的真实人物有：蜚声国际文坛的民族“诗人”为智利诺贝尔文学奖得主、诗人巴勃罗·聂鲁达；温厚善良的民间歌手佩德罗·加西亚第三暗指智利颇负盛名的民间艺人维克托·哈拉；慷慨激昂的革命青年米格尔即智利左派革命运动的缔造者米格尔·恩里克斯。

《幽灵之家》一书中所贯彻的实证主义的叙事风格使其所呈现的史实突出了其客观性。作者对事件和人物保持了清晰的认识，爱憎分明，但同时并未局限于个人的好恶，评论之处亦有理有据，自然得体。

《幽灵之家》的魔幻现实主义色彩

魔幻现实主义是一种文学叙事技巧。1925年德国文艺评论家弗朗茨·罗(Frank Roh)在其发表的一部评论后期表现派绘画的专著《魔幻现

---

① 〔智利〕伊莎贝尔·阿连德：《幽灵之家》，第3页。

② 同上，第374页。

③ Allende, Salvador, 1973: “Última alocución de Salvador Allende”, http://es.wikisource.org/wiki/%C3%9Altima_alocuci%C3%B3n_de_Salvador_Allende.

实主义，后期表现派，当前欧洲绘画的若干问题》中首先使用了这个名词①。1948年委内瑞拉小说家兼文学评论家乌斯拉尔·彼特里在《委内瑞拉文学与人》一文中首次把“魔幻现实”这个术语运用到西班牙美洲文学评论中。此后古巴作家卡彭铁尔从小说创作的角度，第一次阐述了关于“神奇的现实”的观点。20世纪60年代，拉美小说创作中魔幻现实主义形成热潮，加西亚·马尔克斯的《百年孤独》成为魔幻现实主义鼎盛时期的经典著作。②

魔幻现实主义文学在体裁上以小说为主，基本特征为：第一，用魔幻的手法反映拉美的社会现实生活；第二，魔幻现实主义创作原则是“变现实为幻想而不失其真实”；第三，“魔幻”表现手法的成功运用。首先，这种“魔幻”性带有浓厚的拉美本土色彩；其次，这种“魔幻”性还深受西方现代主义诸多表现手法的影响，如象征、怪诞和意识流手法等。③

伊莎贝尔·阿连德师承加西亚·马尔克斯，在《幽灵之家》中运用了魔幻现实主义手法。主要表现在埃斯特万的妻子克拉腊这个人物上面。

克拉腊从小就有神奇的力量，能凭意念遥控和移动物体，这种本领随着她的年龄增长而增长。待到后来，她可以站在远处，不用掀开钢琴就能弹奏自己喜欢的曲子。④ 她善于圆梦，这种本领是与生俱来的。她背着家人给许多人圆梦，知道身上长出一对天鹅翅膀在塔顶上飞是什么意思；被急流冲走的乘船人听到美人鱼用寡妇的声音唱歌是什么意思；后背连在一起的双胞胎每人拿着一把剑是什么意思。⑤ 她有未卜先知的本领，她预告了教父的死期，提前感到了地震的信息，向警察局预告了杀人凶手的行踪。克拉腊很爱自己漂亮的大姐罗莎。在罗莎遭不测之祸前，她已预知家中大祸临头，但她不知是谁，以何种方式遭难。克拉腊因为罗莎的死而自责不已，沉默了9年，直到埃斯特万向她求婚时，她才张口预言自己要结婚了，家人大吃一惊。她生前可以看到鬼魂，死后还可以通过巫女三姐妹与家人沟通。在军事政变发生前夕，通过尚存人间的路易莎·默拉女巫捎口信给阿尔芭，让其去大洋对岸避难。在家人最艰难的时刻，其灵魂还可回到亲人身边，保佑他们的平安。政变后，阿尔芭被捕被关进牢房，一心求死之时，外祖母克拉腊现身，鼓励她勇敢地活下去。

---

① 朱景东：《魔幻现实主义，“神奇的现实”与超现实主义》，《世界文学的奇葩》，北京，旅游教育出版社，1989年12月，第一版，第130页。

② 段若川：《关于魔幻现实主义的几个问题》，《外国文学动态》，1998年第5期，第25页。

③ 朱景东：《魔幻现实主义，“神奇的现实”与超现实主义》，《世界文学的奇葩》，第130页。

④ 〔智利〕伊莎贝尔·阿连德：《幽灵之家》，第79页。

⑤ 同上，第78页。

另一个女性人物是埃斯特万的姐姐菲鲁拉。为了家族的生存她倾其所有，鼎力相助，她逆来顺受，心灵饱受折磨，且终生未嫁。菲鲁拉与弟媳克拉腊的情谊很深。她去世时，其灵魂出现在克拉腊面前报丧。克拉腊凭借收到的信息找到了她。

以上采用的魔幻现实主义的典型手法是基于克里奥约，即在美洲的土生白人的宗教、迷信，甚至对巫术笃信的基础之上的。①

和克拉腊一样，老佩德罗·加西亚也是一个十分神奇的人物。当三星庄园蚂蚁成灾，埃斯特万想尽办法，包括请治虫专家也无济于事时，年迈的佩德罗用咒语和谆谆劝诱赶走了蚁群。此外，他用身体能测试地下是否有水源，用魔法和草药治愈了因地震导致房屋倒塌而被砸伤的主人埃斯特万。与以上两位女性人物不同，老佩德罗·加西亚的魔幻色彩更多基于拉美土著居民的文化传统，即印第安人的民族文化和神话传说之上的。

拉丁美洲文学评论家把《幽灵之家》誉之为继《百年孤独》之后的魔幻现实主义的又一部力作。作者娴熟地运用魔幻现实主义的写作技巧，把幻想与现实交织，把荒诞不经与极为真实的生活细节交织，给故事情节蒙上了一层神奇的魔幻色彩。这集中表现在塑造老佩德罗·加西亚，特别是克拉腊的人物形象上。

克拉腊是特鲁埃瓦家族的主心骨，其个人的命运和整个家族的命运紧密结合在一起。如同她的名字语义为“明亮”一样，她确实如一道划过阴霾的阳光照亮了整个埃斯特万家族的道路。克拉腊的死是更替到来的标志性事件。当她带走了幽灵之后，故事就从“幽灵时代”更替到“混乱时代”，整个埃斯特万家族就陷入了衰落和颓败，被重大历史事件的洪流和政治风暴一点点吞没。至此，叙事就退出了虚幻，和现实逐渐合一了。

《幽灵之家》的人物形象

创造典型环境和塑造典型人物，而不流于脸谱化和简单化，是阿连德小说创作在当今强手如林的拉美文坛获得成功的重要原因。在小说中，作者成功地塑造了贯穿全文的核心人物埃斯特万·特鲁埃瓦，一个拉丁美洲社会环境造就的典型形象。

埃斯特万为能体面地迎娶心爱的姑娘罗莎，抛下母亲和姐姐，不畏艰难险阻，在荒无人烟的北方沙漠开采金矿。然而罗莎误饮右派政党为她父亲

---

① 段若川：《安第斯山上的神鹰——诺贝尔奖与魔幻现实主义》，武汉，武汉出版社，2000年，第一版，第224页。

准备的毒酒而亡,使埃斯特万失去了奋斗的目标继而性格大变,温柔宽厚从此与他无缘。罗莎之死是小说中恐怖暗杀的第一例,标志着与埃斯特万以及他所代表的政治权力相关的暴力及恐怖事件的开始,同时也揭示了20世纪初叶智利保守党人和自由党人之间尖锐的斗争。

在罗莎葬礼之后,埃斯特万振兴了他父亲留下的三星庄园,并通过迎娶名门望族的小姐罗莎之妹克拉腊提升了自己的社会地位。随着事业的发展,他变得越来越专横暴戾,在家庭生活中他刚愎自用,成为一个专制家长。埃斯特万认为妇女的职责仅限于家庭之内,即生儿育女,料理家务。如果她们参政,势必制造混乱和破坏秩序。因此他极力阻止克拉腊向庄园的农妇灌输男女平等的观念,并以责罚相威胁。

他的阶级观念和门第观念根深蒂固。得知女儿布兰卡与庄园的雇工佩德罗·加西亚第三相爱时,他失去了理智,打了女儿和妻子,并用斧头砍断了佩德罗·加西亚第三的手指。为了遮盖"家丑",强迫已怀孕的女儿嫁给"法国伯爵"以替外孙找个姓氏。潘恰·加西亚是埃斯特万在庄园所诱奸的众多妇女之一。埃斯特万禁止潘恰的孩子用其姓,只允许用其名,以此确保其家族血统纯正。

在建设庄园的同时,埃斯特万良心泯灭,心如铁石。为了维护既得利益,他崇尚"大棒"、"枪杆子"、"强有力的政府",镇压雇工反抗,反对社会进步。他从三星庄园的大地主逐渐成为保守党参议员,在政治上日趋保守,成为"无可争议的右派领袖"①。

由社会党和其他左派党联合组成的人民联盟在大选获胜后,埃斯特万放弃了在法律许可的范围内整垮政府的想法,策划以种种阴谋手段把民选总统赶下台。他看似与人民为敌,实际上他只是一种价值观的代表,誓死捍卫他赖以发迹和生存的价值观。

政变之后,政局的发展并未像他期待的那样。夺权后,军方并未把政府交给支持政变的右派政治家,却自己上台执政,推行恐怖独裁统治。特鲁埃瓦家族的命运与国家的政治风云紧密相连。埃斯特万最后变成了政治斗争的牺牲品,其家人也沦为军事政变的受害者:大儿子海梅惨遭政变军队虐杀,女儿布兰卡被迫流亡国外,外孙女身陷囹圄。

埃斯特万在确信海梅遇害之后,开始思索其行为,平生第一次承认自己犯了错误并用"暴政"来形容军政府的统治。在布兰卡的再三恳求之下,他最终违背自己的意志,通过私人关系将女儿和加西亚第三送出国。离别的

---

① 〔智利〕伊莎贝尔·阿连德:《幽灵之家》,第347页。

时候，暴躁倔强的埃斯特万和加西亚两人拥抱在一起，冰释前嫌。此时作者笔下的特鲁埃瓦变得令人同情。虽然整个智利社会还笼罩在白色恐怖之中，但是故事却闪烁出一种人性的光芒；似乎一切都得到了和解，一辈子的恶斗，到头来终究输给了无所不能的爱情的力量。

《幽灵之家》中，人物刻画最饱满的无疑是埃斯特万·特鲁埃瓦。这个人物以作者伊莎贝尔·阿连德的外祖父为原型。作者以满含深情的笔墨写出特鲁埃瓦这个人物所经历的近一个世纪的沧桑，描写了他如何亲手开创了一个世纪，又如何亲眼目睹自己的那个时代的彻底终结。埃斯特万粗暴专制，但却是个意志坚定、勤劳勇敢的创业者。作者详尽地描述了他对爱情的执著追求，对罗莎姑娘的仰慕之情，对妻子克拉腊的眷恋之情以及对外孙女阿尔芭的舐犊之情。小说中的人物个个善恶分明，唯有特鲁埃瓦一辈子作恶，晚年终于因爱迷途知返而获得拯救，得到宽恕，最后在外孙女阿尔芭的怀抱中逝去。

作为一位女性作家，阿连德对笔下的女性人物，似乎有着特殊的偏爱。在《幽灵之家》中她塑造了二十多位妇女形象，她们已经不再是“男性文学的附体”，而是成为“叙述的主要冲击与推动力量和向家长专制、社会偏见、政治独裁及压迫发起挑战的女性力量”①。

作者着重刻画了四代女性，她们构成整个故事的轴心：曾外祖母妮维娅、外祖母克拉腊、母亲布兰卡和女儿阿尔芭。女主人公们明丽而响亮的名字，语义相关，均有“光亮”之意，而且渐次鲜明，真切地反映了她们的自身作为和在社会历史演变过程中的作用。

曾外祖母的名字妮维娅意为“白雪”，即象征黑夜的凄冷和黎明前的光亮。她是女权运动的代表人物，通过自己的言行争取女性和男性享受同等权利。妮维娅代表了智利20世纪初的进步女性，预示着女性开始觉醒。

外祖母克拉腊的名字意为“光亮”，象征新一天的开始。受母亲妮维娅的影响，从孩提时代起克拉腊就显现出社会参与意识。尽管她年幼不谙世事，但仍能察觉出母亲所推崇的女权主义口号的空洞性。目睹庄园雇工的艰辛生活，她明白了自己所担负的使命，并放弃了宣传政治言论的想法，转而教授他们具体的生活技能，以求改善其基本生活状况。在培养儿女们爱心的同时植入“平等”、“公平”的理念，使他们摒弃了阶级偏见和门第观念。在小说中克拉腊是唯一可以控制特鲁埃瓦的人物。无论其生活和死亡均依

---

① Coddou, Marcelo, 1988: *Para leer a Isabel Allende: introducción de La casa de los espíritus*, Chile, Concepción, Ed. LAR.

据她本人的意愿。她将身边发生的事情一一记录于“记事本”，以防止淹没在遗忘的迷雾中，并试图认清事物的真实面目。“记事本”中不仅记载了半个世纪的家史，还揭示了穷苦大众与众多女性所遭受的压迫，为后来阿尔芭撰写家族史提供了重要素材和依据。克拉腊这个人物向我们展示了女性自我认识的发展过程。

布兰卡的名字意为“白色”。其温柔的外表下掩藏着倔强的性格。她与父亲的雇工加西亚第三的刻骨铭心之恋使其成为家族中第一位单身母亲，其行为与拉丁美洲盛行的大男子主义格格不入。虽然孤独艰辛，但意志坚定，最终获得父亲的理解。布兰卡的形象说明女性已经认识到了自身在社会历史中的作用。

阿尔芭意为“黎明”，即预示着为家族和拉美大陆带来光明和希望。阿尔芭是布兰卡与佩德罗·加西亚第三的女儿。她同外祖母克拉腊有许多共同之处，都怀有一颗善良的心，热情积极地周济身边的穷人，帮助那些无家可归的人。

克拉腊的去世使埃斯特万家的大门对外界敞开，阿尔芭也投身到政治运动中，尽管最初只是出于对米格尔的爱恋。军事政变后，为保护她的革命者恋人，阿尔芭被军政府逮捕，在狱中受尽百般折磨，特别是埃斯特万·加西亚上校对她尤其狠毒。在她一心求死之时，外祖母克拉腊的灵魂现身并鼓励她勇敢地活下去，还建议她用思想写作。遵从克拉腊的建议，阿尔芭学会了在心里默默书写。通过写作，她战胜了恐惧，开始进行自我认识。并在监狱中其他革命女性的帮助下，逐渐成长起来。离开监狱时，虽然阿尔芭的身体受到摧残，但她的革命信念更为坚定。

阿尔芭回到家中，在外祖父埃斯特万的协助下，依据克拉腊当年的通灵笔记，按照时间顺序撰写家族的历史。最初，阿尔芭抱着对像加西亚上校那样罪有应得的人施加报复的想法，然而她逐渐意识到报复只能延续难以挽回的恶性循环的仇恨，她的使命不是延续仇恨，而是等待美好时光的到来。阿尔芭这种不计家族积怨，所展现的大爱胸怀提升了整部作品的精神品质，使之成为一部史诗般的作品。阿尔芭的人物形象代表女性开始采取行动，在社会中发挥自己的作用。正如这四代女性的名字象征着逐渐天亮的过程一样，她们则代表了拉美前仆后继的四个时代的妇女形象。

小说的许多女性人物都描摹得各臻其妙。虽然她们性格不同，特点各异，甚至有着自己的缺点或怪癖，但是她们都有先人后己的善良品德和敢作敢为的超人胆识。因此作者在小说的尾声中饱含深情地写下了这样一段话："……我们国家有些妇女十分克己，讲求实际……她们家里收养别人遗弃的孤儿，收留穷得叮当响的亲戚，收留任何一个需要母亲、姐妹或婶母的人。她们是许多陌生人生活的中心支柱……我觉得，我面前的这位妇女和她们是一样的。我对她说，她帮了我的忙，担了很大危险。她只是笑了笑。这时我恍然大悟，加西亚上校之流的日子屈指可数了，因为他们没能摧垮这些妇女的精神。"①女作家的这段肺腑之言是对拉丁美洲广大妇女的一曲赞歌。

《幽灵之家》是作家伊莎贝尔·阿连德以自己家族故事为背景，以魔幻为切入点和载体，巧妙地将魔幻和现实糅合在一起，使历史通过文学的虚构变得更为真实。小说的前半部作者运用了魔幻现实主义的写作手法，后半部，特别是写到军事政变和政变后白色恐怖下的流血事件和真切经历时，则使用了新闻纪实体。独裁成为了主导小说后半部的主要内容。如果撇去小说里那些魔幻色彩，我们可以看到，这部小说就是一部对皮诺切特发动军事政变前后智利人的生存状态的一部回忆录，我们从中能感受到智利人民在独裁与民主之间的抗争。②

二、智利反独裁小说题材的嬗变

显而易见，智利现当代以独裁为主题的小说始于 1973 年的军事政变。民选总统萨尔瓦多·阿连德被暴力推翻，皮诺切特领导的军政府开始了长达 17 年之久的独裁统治。智利与其他拉美国家不同，此前鲜有军政府当政。而皮诺切特上台伊始，就开始了对反对派以及持不同政见者的残酷镇压。上千人遭到杀害，独裁统治令成千上万的智利人流亡国外。而在智利国内，军政府对出版物进行严格审查，任何报刊、杂志以及文学作品出版都要经过军政府批准，以确定其中未含有反政府、危害"国家安全"的内容。流亡海外的作家在国外发表的作品，也不能在智利国内流传。尽管如此，智利作家还是不断用文字记录着独裁统治在智利社会中造成的影响。除了伊莎贝尔·阿连德的《幽灵之家》外，很多作家也都选择以独裁统治为题材进行创作。他们从诸多方面控诉军政府的专制统治，进而揭露独裁统治对智利

① 〔智利〕伊莎贝尔·阿连德：《幽灵之家》，第 347 页。

② 伯樵·阿苏勒，拉丁美洲文学地图，http://book.douban.com/review/1341771/。

造成的深重灾难。

反独裁小说题材的多样性

由于军政府的高压政策,以及严苛的出版审查制度,很多描写独裁或是影射独裁统治的作品在智利难以发表,但依然涌现出很多反映专制独裁的小说。阿列尔·多夫曼(Ariel Dorfman)[①]1981年发表的长篇小说《寡妇们》(*Viudas*)就是这样一部作品。流亡美国多年后,作家最终写出了这部控诉独裁统治,揭露政府秘密杀害成千上万反对派的罪行。因为小说的内容明显影射了独裁统治,作品未能在智利出版。

故事发生在一个叫卡马丘的村子,当地所有的男人都失踪了,仅剩的男丁是一个还不会说话的男孩儿和苏菲亚14岁的孙子亚力克西斯。一群妇女看到河里漂来一具尸体,尽管面容已无法辨认,但苏菲亚认定那是她失踪很久的父亲。她向当局请求埋葬自己的亲人,然而当局没有答应她的要求,也不承认尸体是她父亲,因为官方担心人们会知道是军队杀死全村的男人。很快河里又发现了其他尸体,苏菲亚从中认出了她的丈夫和儿子。她坚持认领尸体,这成为其他妇女的榜样,她们同样要求埋葬自己的亲人。当局逮捕了亚力克西斯借以要挟苏菲亚,让她不要再鼓动其他妇女,否则让她的孙子也永远消失。军队甚至向她开枪,然而苏菲亚并没有屈服。故事中无论是消失的男人还是留守的女人都成了英雄。男人们实际上是缺席的,只知道他们曾经存在过,留下的是漂来的已面目全非的尸体。显然他们遭受过酷刑,身份也无法确认。女人怀着期望等待家人归来,这种等待的坚持也是一种反抗,是她们幸存在这样的社会中唯一抗争的方式。

另一位智利作家恩里克·拉福卡德(Enrique Lafourcade)[②]1982年发表的长篇小说《永别了,元首》(*Adiós al Führer*),是一部描写希特勒末日情景的传记式作品。作家在大量历史资料的基础上,思绪驰骋于自己的想象中,创作了这部亦悲亦喜、亦真亦幻的作品。小说将历史人物和智利的政治现实结合在一起,暗喻智利所经受的独裁统治。小说从希特勒的厨师马丁·伯曼的视角进行叙述,叙事语气朴实亲密,同时带有讽刺幽默的韵味,

---

① 阿列尔·多夫曼(Ariel Dorfman,1942～),小说家、散文家、诗人、剧作家。生于布宜诺斯艾利斯,在美国度过童年,1967年加入智利国籍。智利军事政变后流亡到法国和美国,是维护智利人权运动的积极分子。

② 恩里克·拉福卡德(Enrique Lafourcade,1927～),小说家、评论家、记者。1950年出版第一部长篇小说《卡琳的书》(*El libro de Kareen*),成为"50年一代"中的一员。之后开始对文学产生了强烈的批判精神,成为一位颇具争议的辛辣的批评家。

细致入微地描述了希特勒面对死亡的恐惧和绝望。随着战争的失败，希特勒和他的挚友们用酒精麻醉自己，试图掩盖他们的恐惧，等待死亡的到来。故事中不断出现希特勒关于过去和即将垮掉的政权的自言自语，甚至将希特勒的形象转换到智利的圣地亚哥。希特勒打算在那里恢复法西斯运动以重新获得权力，而此时的智利已经出现了一个现代法西斯政权奥托，这激怒了希特勒，他交代给自己团队的任务就是要除掉这个人。小说的结局富有喜剧性和荒诞的色彩，而这些情节只是希特勒混乱的自言自语中所讲述的幻境而已。

恩里克·拉福卡德 1984 年发表了另一部长篇小说《大坏蛋》(*El gran taimado*)，作者在前言中称，将小说献给他流亡在外的兄弟加斯东·拉福卡德，以及所有不能在智利生活及死去的智利人。小说在开头提示，这只是一本小说，一个虚构的故事，书中的智利、圣地亚哥、统治者、政治制度、事件、环境及人物都是想象的产物。并且宣称，小说中人物的残暴并非专属智利，因为智利是一个有着司法传统和人文传统的国家，小说中的事件以及人物与历史或现实如有雷同纯属巧合。作者竭力表白，他只是创作一部关于恐怖、爱情和悲伤的故事，目的是让和平与生命的光辉能够战胜暴力和死亡。但很显然，作品就是对智利皮诺切特军事独裁统治的尖锐揭露和讽刺。这部小说是智利那一时期少有甚至是唯一在出版前经过审查的小说，但出版之后却遭到当局的严厉追查，迫使作家不得不逃亡阿根廷，小说也被禁售。小说成为智利国内被复制传抄最多的作品之一，可见其在人们心中的分量。有作家评论说，敢于如此真实描述皮诺切特的人，恐怕只有恩里克·拉福卡德。多年后，作家认为这本书并不是一部优秀作品，在皮诺切特统治时期，他的内心充满了仇恨与激愤，而现在他对此感到懊悔。他说永远不要带着怒气写作，到 2100 年关于皮诺切特可以写出更多东西，但不是现在。

除了对智利独裁统治的影射，一些作家也把相同的主题延伸到整个拉美大陆，如弗朗西斯科·里瓦斯(Francisco Rivas)①1981 年发表的长篇小说《曼西尼报告》(*El informe Mancini*)，记述了被称作“覆盖陆地”的一项军事行动，故事的主人公赫苏斯·曼西尼是研究军事行动报告的人。“覆盖陆地”计划和发生在拉丁美洲国家 20 世纪 70 年代至 80 年代时期的“飞鹰计划”十分相似，该计划是美国和拉美一些独裁政权勾结，利用情报机构，迫

---

①　弗朗西斯科·里瓦斯(Francisco Rivas，1943～)，小说家。曾从事医生职业，1976 年由于政治原因被迫离开医院，开始文学创作。在智利独裁统治期间，以弗朗西斯科·西蒙为笔名发表作品。

害反对独裁政府的左派人士的一项秘密计划。小说由片段式的情节和众多人物的叙述交错进行，讲述了自杀的军人、冒险逃脱的士兵以及威胁要炸掉矿区的工会领袖的故事，还包括军队高层如何化解智利人民试图掀起推翻皮诺切特政府的内战等情节。以上的种种事件与曼西尼的报告构成小说的主要内容。小说出版后遭到军政府审查并被列为禁书，当局认为，小说超越了虚构的界限，对国家政治体制构成威胁。在艺术手法上，作者运用了现代与传统兼容的写作方式，有写实，也有虚构，有清晰明确的思维，也有模糊混乱的概念，是作者对新创作形式的尝试。小说当时只能在墨西哥、哥伦比亚和阿根廷出版，直到 1986 年智利当局解除新闻出版审查制度后，作者才得以用真名在国内出版。

弗朗西斯科·里瓦斯 1984 年发表了另一篇长篇小说《拉丁美洲的秘密机构》(*Los mapas secretos de América Latina*)，主人公是一位出版家，他收到朋友包蒂斯塔·布埃诺的手稿，该书稿记录了独裁统治下的秘密组织“玛帕”的内幕。他决定将其出版，却受到了各种各样的威胁，包括爆炸、暗杀、逮捕、查封出版社等。尽管合伙人加斯帕尔救了他，却因此不能揭露“玛帕”组织的阴谋。这是一部集压迫剥夺、独裁统治以及经济危机多方面内容于一体的作品。作家没有说明事发的具体背景与时间，但在写作中不断显示事发的城市实际以圣地亚哥为参照，时间是在一位将军即将下台之际。小说中的“玛帕”组织代表了军政府，该政权期望能够永久维系自己的统治，而实际它只是一个平庸的破坏国家经济的政府。这个组织不断壮大，成为潜伏的政治机器，甚至威胁到独裁统治本身。这样的描述是作家对智利的独裁统治以及经济和政治危机的真实反映。小说中的“玛帕”在西班牙语中是地图的意思，这样的秘密组织不仅存在于智利，也遍布拉丁美洲各国，因此本书的意义也远大于对当时智利时局的解析。作者使用多种写作技巧，努力把虚构还原成真实，或者把智利存在的现实带入另一个抽象的世界，脱离历史和地理的范畴，传导到整个拉丁美洲。

何塞·多诺索 1986 年发表的长篇小说《绝望》(*La desesperanza*)则讲述了流亡海外的智利知识分子，在经历了多年的等待与期盼，重归故里时所看到的国家破败的景象。故事主人公马纽戈·维拉是位歌唱家，因为和进步党派有牵连，流亡国外。十年后他决定和七岁的儿子回到祖国智利，并期待开始新生活。但是智利的一切都让他觉得不适应，许多事物让他感到既熟悉又陌生。他参加了诗人聂鲁达的遗孀举办的晚会，见到了老朋友，沉浸在怀旧的情绪中。晚会后，他约从前的女友在圣地亚哥的大街上漫步，短短一晚经历了一连串的事件，因为宵禁他和女友不得不在街上过夜，这让他亲身体会了独裁统治下的恐怖生活。他打算离开智利，但一位被警方看守的老朋友的离奇死亡使他改变了主意，他决定留下来和政府抗争。最终，聂鲁达遗孀的死亡代表了人民对军政府抗争的结果。小说展现了独裁统治下智利政治、经济、社会面貌产生的巨大改变。带着怀旧情绪回国的流亡人士，看到政治成了社会生活的关键角色，成为压迫人民的工具。作品以智利首都圣地亚哥为背景，主人公阔别十年后回来所看到的情景是：圣地亚哥已物是人非。

另一位作家费尔南多·赫雷斯(Fernando Jerez)①1986年发表的长篇小说《与阁下的一天》(*Un día con Su Excelencia*)，则为独裁者勾勒了他最终的下场。主人公努涅斯是个垂垂老矣的独裁者，内心极度空虚，只关心自己的健康，因为外界有很多关于他健康的猜测和谣言。他的话题总是围绕着对骨痛的抱怨，他靠流食维持生命，晒着冬日那点微弱的阳光。作品中运用了大量的历史事件、人物回忆和作者的想象。作者虽然没有指明独裁者的国籍，但是故事显然喻指智利。小说中的历史事件，如炸弹使总统府变成废墟，一位总统在浓烟中壮烈牺牲，一位新的领导人在废墟中攫取了政权等，实际上影射了皮诺切特通过军事政变，最终登上历史舞台的过程。故事的结局是独裁者倒在政府办公室厚厚的地毯上，无人知晓他是自然死亡还是被投毒致死。独裁者晚年凄惨的生活与其往昔辉煌的独裁统治形成鲜明对比。谁让人民历经水深火热的生活，他的最后结局也必然是凄凉悲惨的，这就是作者的结论。小说为智利独裁统治者皮诺切特预先设计了他的结局，而事实也最终验证了这一预见的正确性。双手沾满鲜血的刽子手只能在自己的办公室里渐渐老去，在寂寞孤独中等待死亡的到来。

1973年之后，智利作家发表了很多反映独裁的小说，这些作品尽管不能直接描写专制的独裁统治，但作家也以尖锐的讽刺影射了复杂的时局；虽不能直接对独裁统治进行批判和抨击，作品中也能读出专制带给这个国家和人民的伤痛。显而易见，军政府对于出版物严格的审查极度限制了智利作家创作的自由。除了这些以不同视角描写独裁统治的小说，这期间智利叙事文学也出现了更多新的尝试，不少作家开始用新的叙事手法，如解构、碎片、元小说等方法写作，新小说在智利悄然兴起。大部分新小说虽然没有直接描写智利的独裁统治，但从不同的侧面反映出独裁统治给智利带来的

① 费尔南多·赫雷斯(Fernando Jerez，1937～)，小说家。属智利文学“新生代”作家，1984年获“圣地亚哥城市文学奖”，作品被译成德语、保加利亚语、意大利语、英语、法语和荷兰语等多种文字。

阴影，也成为作家全新的宣泄方式。

独裁统治下的新小说

当智利小说家不断以反映独裁统治作为创作题材的同时，另一些作家开始新的尝试，他们更加注重小说的叙事手法，为智利的小说创作注入新的元素。智利女作家迪亚梅拉·埃尔蒂特(Diamela Eltit)成为新小说创作的代表性人物。她 1949 年生于圣地亚哥，大学时期学习文学。文学创作以小说和散文为主，其小说有别于传统小说，故事多以社会边缘人物为主，题材多样，包括性爱、淫乱等方面。20 世纪 80 年代的智利文坛处在尴尬的境地，作家因为出版审查而不得不以迂回曲折的方式出版自己的作品。这一代作家被称作“87 年一代”，他们活跃于军政府之后的民主政府时期，在创作上不断寻找新的文学视角。埃尔蒂特在新文学时期提出了新的理论、美学和政治主张。

迪亚梅拉·埃尔蒂特 1983 年发表了首部长篇小说《破落美洲》(*Lumpérica*)，作品以一位生活在社会边缘的女性在黑夜中的视角为主线，运用多种语言和叙事手段，描绘了一个闭塞、边缘而又明亮的世界。所谓“明亮”只是这个世界蕴藏的一种发光的而又悲惨的意识，这种意识贯穿小说始终。作品打破传统叙事的概念，故事中出现大量碎片、空白以及无关联的断句。作家试图通过这样的方式和视角揭开人类生存条件中令人恐惧迷茫的一幕。小说如同话剧场景，序幕缓缓拉开，作家交代着场次，然而无序的片段又与背景相悖，真实与虚构、谎言与真话交织在一起，给阅读与理解带来很大难度。从某些章节中可以看出，女主人公带有作家的影子，那是作家在无序世界中的投影。发表于 1986 年的长篇小说《为了祖国》(*Por la patria*)，塑造了科娅这样一个争取自由、反对压迫的新人物形象。社会的压迫来自多个方面，和科娅住在同一个街区的居民常受到警察的侵犯和骚扰，科娅的父亲就是被迫害致死的。小说中平民聚集的街区成为智利社会的一个缩影，人们把那里当成自己的领地，谁也不愿意离开。小说中的另一种压迫则表现为男人对女人的束缚，即胡安的角色，他和科娅相爱，然而他是秘密警察，是她的敌人。胡安对科娅来说就像是男性力量编织的一张网，罩住她使她不能动弹。作品着力描绘了统治阶级对边缘人群的欺压和漠视，并且涉及了土著人问题及乱伦关系等边缘化主题，反映了军政府执政后期智利社会生活的一个侧面。小说的语言带有实验性，很多土著语言和现代语言交织在一起，形成一些混乱的片段。叙事节奏也是叙事文学和诗歌的结合，段落如同诗歌一样分散。

迪亚梅拉·埃尔蒂特1988年发表了长篇小说《第四世界》(*El cuarto mundo*)，主人公是一对双胞胎兄妹，故事在他们和家人中展开，内容涉及父母和子女的关系、家庭私生活、乱伦、梦想和愿望等。本书与作家的另一部小说《为了祖国》有相似之处，但是这部小说更注重描写家庭生活、家庭角色以及对性的认同。叙事方法延续了作家的一贯风格，没有事先预设布局结构，而是让作品自由地延展。小说题目具有双重含义，一方面指在人们心中存在的一个阴暗世界，这个世界是社会及文化背景赋予每个人特有的空间；另一层意思是相对于被称作第三世界的拉美大陆，第四世界则更加落后。从对语言的应用，以及作家在小说中对写作过程的揭示可以看出，这部小说带有元小说的特征。这样的写作方式渲染了智利特定历史时期社会的恐怖氛围，同时也反映出了智利在军事独裁时期所存在的社会危机。

1989年发表的《我的父亲》(*El padre mío*)，是一部实证主义历史小说，作家称她是在1983年认识主人公"我的父亲"的，而她开始对社会边缘人群的采访早在1980年就开始了，在遇到主人公之前作家已经遍访了智利的贫民窟。她是在一位摄影师的陪同下采访主人公的，小说出版时一套录像带也同时面世，记录了作家的采访过程。"我的父亲"是主人公的绰号，他住在圣地亚哥郊区，通过对他的采访，作者展现出了智利所遭受的政治和经济危机。主人公是个精神分裂症患者，经历了各种磨难，他实际上代表了智利社会中持不同政见者所遭受的迫害。"我的父亲"曾和统治阶层有着千丝万缕的联系，他遭受过迫害，逃脱过暗杀。他生活在一个强权统治的社会，那里暴力横行，人们过着朝不保夕的生活，所有这一切都通过主人公那些无规律可循的、看似荒诞不经的内心独白展示出来。作家把对主人公的三次访问用"谈话"作为题目，因此叙事的语言是口语化的，表现出叙述者和采访者的交流，包括小说中人物与读者的交流。作家的创作带有新先锋派以及后现代主义的风格，在智利当局对言论自由严加限制的年代，作家往往通过一些新的写作方式表达自己的政见。

智利另一位新小说的代表人物罗贝托·波拉尼奥，是享有国际声誉的知名作家。他在小说上的创新主要集中在题材上，他的侦探小说十分出众。侦探小说常常又被称作黑色小说，虽然故事内容倾向描写侦探情节，却更多反映了社会现实。20世纪80年代，侦探小说在智利尚不流行，出版商也把这类小说边缘化。而随着新小说的诞生，侦探小说开始逐步进入大众的视线，它的悄然兴起反映出作家对表现智利边缘化的社会现实和人们真实生存状况的渴望。

波拉尼奥1998年发表的《荒野侦探》(*Los detectives salvajes*)，是一部

将侦探故事的悬疑与哲学思考结合在一起的小说。阿图罗·贝拉诺和尤利西斯·利马是两位侦探，他们负责侦查神秘女作家塞萨雷阿·蒂娜汉罗的踪迹，后者在墨西哥革命后不久失踪了。这样的追踪和侦探旅程以及后续事件持续达20年之久。故事众多的地点和人物交织在一起，不同的见证者纷纷为读者提供信息，读者比故事中的任何人物都要掌握更全面的资料，然而总会留有缺失和疑问。在阅读的过程中，读者不仅期待最终的结局，还不断寻找没有得到的线索。小说中的次要人物也在不断给主要人物提供信息，但读者不能确定其真实性，每次只是无限接近却又无法达到心存疑虑的那片阴影，即便将所有片段汇集起来，也仍然无法得到确定的答案。在阅读的过程中，读者实际已经变成了一位侦探，探寻故事背后的奥秘。作者对人物的塑造非常成功，对语言的运用则比较粗俗放肆。这部近600页的小说有着多重的结构，不同的故事和人物穿插在一起，构成了一副副拼贴画和情节片段。断断续续的故事由不同的声音、时间和空间构成，主要人物互相衬托，又在他人的声音中互相否定。故事情节给小说创造了一种模糊不清的氛围。小说是开放的，读者无法知道故事的全部真相。这种不确定性正是作家对生活的思考，他认为没有真实的存在，也没有绝对的事情，一切都可以质疑。

波拉尼奥1996年发表的《美洲纳粹文学》(*La literatura nazi en América*)，更是作家想象力的爆发。作品模仿文学评论教程和辞典的形式，记载了美洲大陆撰写纳粹文学的作家和作品，以及作家的生平和作品评论。实际上这些作家和作品纯属子虚乌有。然而作者通过巧妙的写作手法，运用文学批评的典型特征和语言，将其与拉丁美洲文学中真实故事的戏仿结合在一起，让人觉得这些材料真实可信。在虚构纳粹文学作家的生平及其作品时，作者加入大量真实的文化、政治及历史事件，使其创造的诗人和小说家身边发生的事情都有据可依。他们与人们熟悉的那些公众人物和历史事件有着紧密的联系，而作者也像有真实人物可作参照一样刻画这些虚构的人物。作品把所述纳粹文学作家根据他们之间的关系、作品的类别或是依照世界观的相似进行了分类。别出心裁的主题，精细巧妙的构思和煞有介事的记述，使它成为智利当代文学中又一部标新立异的作品。

从20世纪80年代末开始，智利的出版界开始活跃起来，人们似乎已经在等待独裁政府消亡的过程中摩拳擦掌。这一时期的文学作品具有更强烈的个人色彩，小说的题材也不拘泥于某一种形式，而是趋于多样化，新小说开始蓬勃发展。1990年皮诺切特下台，智利开始了从独裁到民主的过渡时期。而这一时期并不是人们想象的那样可以一蹴而就，人们经历着不安、彷徨与怀疑。这些社会现象也反映在了文学作品中，智利的小说创作也开始了一段过渡时期。

艰难的过渡时期

20 世纪 80 年代末是智利独裁统治气数将尽之时。1989 年，智利举行总统大选，基督教民主党候选人帕特里西奥·艾尔文（Patricio Aylwin）获胜，于次年接替皮诺切特出任总统。皮诺切特卸任后，仍保留军队总司令的职务至 1998 年。根据 1980 年宪法规定，他还可以在智利参议院保留一个终身参议员席位。或许因为受到独裁迫害太深，智利民众对新政府持怀疑观望态度，人们小心翼翼地迎接新的时代。新上台的执政党的软弱以及对独裁势力的屈服与妥协，影响着智利的民主化进程。这时期文学创作也表现出怀疑、忧虑的特征，作家们依然在创作反映独裁的作品，同时也表现过渡时期智利人民渴望改变却又惶恐不安的矛盾心理。

博洛迪亚·泰特尔鲍姆（Volodia Teitelboim）①1988 年发表的长篇小说《在禁锢之国》（*En el país prohibido*），讲述了作家 1987 年秘密潜回祖国智利的一段经历。那时的智利依旧处于军事独裁政府统治下，但已是军事政权气数将尽之时，作家返回智利组织共产党活动，并于 1989 年被选举为智利共产党总书记。书中除了对这段秘密经历的描述外，还用大量笔墨对智利的历史、国情和自然风貌进行了描述和回顾。其中一些章节记录了作家深刻的思考和对时政辛辣的抨击。作家在国内逗留期间，智利发生了五名共产党青年神秘失踪事件，人们的抗议活动此起彼伏。然而这些鲜为人知的事件在该书发表的时候全部被删除，直到 1998 年西班牙出版社再版此书时才还原了那些未曾公开的内容。面对该书的艰难出版过程，给人留下的思考是：彼时的环境到今日究竟改变了多少？倒台的军政府给现在的政治、经济、文化以及人们的思想和意识究竟留下了多少创伤与阴影？

吉列尔莫·布兰科（Guillermo Blanco）②1989 年发表长篇历史小说《干净衬衫》（*Camisa limpia*），是以犹太外科医生弗朗西斯科·马尔多纳多·

---

① 博洛迪亚·泰特尔鲍姆（Volodia Teitelboim，1916～2008），小说家、律师、政治家。1940 年与其他智利共产党人士一同遭迫害流亡海外。曾任圣地亚哥市参议员，1973 年皮诺切特军事政变后又遭流放，在莫斯科主持“倾听智利”（Escucha Chile）的广播节目。1989 年被选为智利共产党总书记。擅长为拉丁美洲文坛上的著名作家撰写传记，其中包括豪尔赫·路易斯·博尔赫斯、维多夫罗、巴勃罗·聂鲁达以及加夫列拉·米斯特拉尔。2002 年获“智利国家文学奖”。

② 吉列尔莫·布兰科（Guillermo Blanco，1926～2010），小说家、记者。一生致力于文学创作，具有独特的批判精神和幽默感，坚持作家对社会的使命和责任感。在文学创作的同时，撰写了大量有关社会文化和时事述评的政论文章，1999 年被授予“国家新闻奖”。

德席尔瓦(1592～1639)的生平为基础创作的,故事情节中引用了历史文献对这位医生的记载。他于17世纪20年代曾居住在智利的康塞普西翁,是犹太教信徒。当时的拉丁美洲宗教法庭对异教徒表现出残酷的态度,强迫他皈依天主教,却遭到拒绝。为此他被宗教法庭关押在利马,13年后的1639年被判处火刑。小说主要表现了那个时期拉丁美洲社会对宗教信仰的强制态度,并对统治者残酷迫害异教徒的丑恶行径进行了深刻的揭露。作品以生动的语言记述了布兰科医生在各个不同时期所遭受到的痛苦以及他内心的彷徨与无助,这不仅体现了作者对于语言的娴熟驾驭,还能让读者在历史的回忆中不断思考自己对这一历史事件的看法和结论。这是一部借古喻今的新历史小说,是作家掩饰其对当时智利社会政治制度批判的一种手段。小说出版时正值智利从独裁统治向民主化社会转型的过渡阶段,那是一个充满矛盾的时期,智利人民还要经过漫长的道路才能到达所期望的彼岸。作家希望通过这部作品唤起人们反独裁争自由的斗争意识,并提醒人们,斗争将是复杂而曲折的。

阿曼多·乌里韦(Armando Uribe)①1998年发表《给帕特里西奥·艾尔文的公开信》(*Carta abierta a Patricio Aylwin*),是一部书信体小说。帕特里西奥·艾尔文是智利前总统,智利基督教民主党创始人,代表党内的温和派。在智利经历17年军政府统治后的1989年,帕特里西奥·艾尔文当选为智利总统,他的当选是智利政府与反对党之间妥协的结果,也标志着智利民主化进程的开始。然而这是一个艰难时期,军政府的影响依旧,新政府缺乏与军政府彻底决裂的勇气,表现出软弱和妥协的一面。书中对民主政府面对军事独裁的妥协进行了尖锐批评,表达了作家对执政者的不满。作者在大量详实史料的基础上,发挥自己的想象,对前总统的思想性格、生活起居以及如何处理日常事务,均作了详尽的描述。作为深受皮诺切特政府迫害的知识分子、外交官和政治家,作者以自己的亲身经历以及对政治的敏锐观察力,将军政府独裁统治之后这一特定时期的智利现实表现出来,同时也真实记录了国家在过渡时期所遇到的困难和走过的艰辛道路。

何塞·罗德里格斯·埃利松多(José Rodríguez Elizondo)②1996年发

---

① 阿曼多·乌里韦(Armando Uribe,1933～),诗人、散文家、翻译家。生于圣地亚哥,大学期间学习法律,后在多所大学的法律系任教授。智利语言学院院士,西班牙皇家语言学院通讯院士。1971年受萨尔瓦多·阿连德政府的任命,派驻中国大使。2004年获“智利国家文学奖”。

② 何塞·罗德里格斯·埃利松多(José Rodríguez Elizondo,1936～),小说家、律师、外交官、记者。智利军事政变后流亡国外,曾在民主德国、秘鲁、西班牙等地居住。20世纪90年代担任过艾尔文政府驻以色列大使。

表的长篇小说《伊尼亚奇的激情》(*La pasión de Iñaki*),讲述了主人公伊尼亚奇和萨拉之间一段悲伤的、充满戏剧性的爱情故事。伊尼亚奇是精神病专家,刚刚和妻子离婚,有一个已成年的女儿,他秘密为皮诺切特的军政府做情报工作。萨拉是一名美国记者,是托洛茨基组织成员,激进的共产主义拥护者,并且访问过多个社会主义国家。两个不同世界和阵营的人走到了一起,他们有各自特殊的身份与不同的任务,存在着矛盾冲突和迥异的内心世界。他们 1978 年第一次在西德见面后保持了 10 年通信联系,两人的爱情故事通过书信的方式缓缓展开,感情在信件中慢慢流淌。小说以主人公的四次相遇为主线:第一次的柏林相遇引出他们的通信史,而后的几次相聚都使爱情不断升华,最后一次相遇也是小说的结局,那是一个悲伤的、令人意想不到的结尾。萨拉的故事值得写成一本小说,而她正是故事的撰写者,她的回忆构成了小说中的小说。故事的时代背景设定在智利 1988 年举行公民投票至 1989 年选举总统期间。全民公决的结果导致军政府下台和艾尔文政府的执政,这个时期智利的政治生活充满不确定性。智利人民对专制统治已经习以为常,并采取了容忍的态度,而对新的民主制度表现出不信任感,这一切都体现到主人公的日常生活以及他们的思想中。作品真实地反映了智利过渡时期民众的躁动不安和犹豫彷徨。

卡洛斯·塞尔达(Carlos Cerda)①1996 年发表的长篇小说《一栋空房子》(*Una casa vacía*),反映出独裁统治后智利经历过渡时期人们彷徨不安的心理。主人公塞莉娅和马努埃尔是一对夫妻,出身智利的上层社会,女方父亲把一栋房子赠予他们。而安德烈斯在军事政变前是这所房子的主人,政变后他被迫离开祖国,舍弃了他度过童年和青少年时期的老屋。这不仅是一幢房子,更是他情感和心灵的寄托,失去了房子也就失去了安全感和归宿感。在多年流亡归国后,他心中始终惦念着这所房子,自然也成为马努埃尔夫妇重新启用房子聚会时的重要宾客。塞莉娅的父亲将房子赠予他们,就是为了挽救他们的婚姻。塞莉娅花了很大心思重新整修房子,因为它是新生活的象征。被邀请参加聚会的还有胡利娅,她在军政府时期失去了丈夫,现在致力于为那些受迫害的人伸张正义。一位受到迫害的女性给胡利娅描述了她遭受折磨的那所房子,而马努埃尔夫妇的房子正是军政府的秘密机关用来拷问犯人的地方。不寒而栗的感觉油然而生,而房子发出的奇

① 卡洛斯·塞尔达(Carlos Cerda,1942～2001),小说家、剧作家。智利发生军事政变后流亡东柏林,在那里从事教学工作。20 世纪 80 年代中期回到祖国并开始文学创作活动,是智利新小说创作的重要代表作家之一,在戏剧创作和改编上也卓有成就。

怪声响如同冤魂的呻吟。小说中的房子具有强烈的象征意义,它既是普通人生活的家,又是整个智利的象征,它所经历的一切正是智利历史的一瞥。从1973年之前的幸福生活到屋子被军政府用来折磨犯人,再到独裁统治结束,构成智利历史的一段插曲。当人们开始新生活的时候,又被曾经遭受的痛苦所侵扰。伤痛难以平复,噩梦无法驱除,就像房子曾经历的肮脏历史无法抹去一样,它也为新的生活蒙上一层阴影。

三、斯卡尔梅达的历史意识与社会意识

"文学爆炸"后十年的拉美文坛一直处于低迷徘徊局面,笼罩在"爆炸"现象的阴影之下,无论是作家的知名度还是作品的影响力都迟迟不能重现往日的辉煌。于是"爆炸后文学"的复兴历史地落在了新一代拉美作家身上。他们在传承和创新中探索新的创作思路和写作风格。智利作家安东尼奥·斯卡尔梅达是拉丁美洲"文学爆炸"之后至今仍活跃在文坛上的一位重要作家。我们试图结合这位智利作家的流亡经历来分析其主要作品中的历史意识和社会意识。

"流亡"主题与拉美文学有着不解之缘——它不仅有地理层面迁移的含义,更意味着政治、文化放逐的悲世情结。它被符号化为一个20世纪动荡时代的文学母题,是思想家、政治家和文学家关注的焦点。不管是回忆过去,还是记录当下,流亡者一方面流露出对过去的思念,另一方面又抨击造成这种物质和精神隔离的根源,充满着对回归故土的渴求。

秘鲁作家巴尔加斯·略萨曾经这样描述流亡者:这群特殊的移民"从世界上存在着饥饿、失业、压迫和暴力的各个地方秘密地越过和平、繁荣、富有国家的边界,这种做法无疑是违法的,但他们是在行使一种天然的、合乎道义的、任何法规或条例都休想扼杀的权利:生活、生存、摆脱遍布半个地球的让人民遭受地狱般苦难的野蛮政府的权利"。① 智利作家安东尼奥·斯卡尔梅达的一段流亡经历就记录在他的作品中,但他没有把文学的放大镜投向个体流亡的苦难经历,而是通过平实的叙述还原历史、社会的本来面目。

斯卡尔梅达于1940年11月7日生于智利北部港口城市安托法卡斯达,曾就读于首都圣地亚哥的智利师范学院和纽约哥伦比亚大学,学习哲学

① 〔西班牙/秘鲁〕巴尔加斯·略萨:《散文三篇》,朱景东译,北京,世界文学杂志社,2001年,第一版,第289页。

和文学。毕业后在智利大学教授拉丁美洲现代文学课程。流亡期间在德国电影学院教授电影编剧课。他曾在欧洲和美国多所大学担任拉美文学课客座教授。

斯卡尔梅达9岁开始文学习作，对文学的阅读兴趣也很广泛。尽管深受拉美文学的传统感染，但对他产生真正影响的却是欧美文学的经典巨著，如但丁、莎士比亚、惠特曼、阿瑟·米勒、贝克特等文学巨匠的作品。丰富的人生经历为他提供了大量的写作题材，而深厚的文化功底则成就了他的叙事文学创作。其主要作品有短篇小说集《瓦房顶上的裸体人》(*Desnudo en el tejado*，1969)、中篇小说《我梦见雪在燃烧》(1975)、短篇小说《什么都没发生》(1980)、长篇小说《起义》(*La insurrección*，1982，后改编为同名电影)、《炙热的耐心》(*Ardiente paciencia*，1985，后改编为意大利电影《邮差》，并获得奥斯卡五项提名奖)、《爱的速度》(*Macht ball*，1989)、《诗人的婚礼》(*La boda del poeta*，1999)、《长号手的女孩》(*La chica del trombón*，2001)和《胜利之舞》(*El baile de la victoria*，2003，获西班牙"行星"文学奖)等。

流亡作家：回忆并记录着

流亡作家惟有在文学和艺术创作中得以自救，每一部流亡者的文学作品都是一个重建的精神家园。对作家而言，流亡是一种孤独的状态，而文学叙述成为他们的生活方式和精神寄托。对文学作品而言，它们获得新的生命，成为历史的补遗。

有着流亡经历的斯卡尔梅达的写作体现了一种社会责任感：关注社会的各个阶层，不停留或局限于身边；他关注政治，但政治对他而言，既不是执政党的立场也不是反对党的态度，而是超越二者之上的人类良知的体现。他认为，只有在写作时保持一颗平常心，对人生和生命进行更宏大的思考，才能写出传世之作。流亡作家的另一种特质是历史的责任感，在创作方面表现出一种共同情怀，即追溯历史的情怀。比如说，智利女作家伊莎贝尔·阿连德长期旅居美国，同样有着对过去无法割舍的情结，如她所述："我是一个永恒的流浪者，记忆像我的衣服碎片一样丢在路上。我的书产生于一种企图，希望恢复失去的一切。正在消逝的世界——过去的世界、回忆的世界、家族的世界，也是我已抛在身后、但又唯恐失去的世界。"①

---

① 〔智利〕伊莎贝尔·阿连德：《幽灵之家》，刘习良、笋季英译，南京，译林出版社，2011年，第二版，封底。

20世纪70年代初，在社会和历史变革裹挟之中的智利圣地亚哥迎来了短暂的“自由、民主、多元”的社会主义阶段，文人也在自由的创作空间中憧憬“文学爆炸”后的新时代。1970年阿连德政府的成立，是继1959年古巴革命胜利后发生的重大历史事件。然而进入1972年后，公有体制的尝试和国家计划调控遭遇危机。1973年9月起，以皮诺切特为首的右翼势力建立的独裁政权，在政治上施行恐怖高压政策，导致成千上万的进步人士遇害或失踪。

智利国内文坛笼罩在严格的文学审查制度的阴影下。同情联合政府的斯卡尔梅达受到独裁政府的迫害，被迫放弃了政府部门的文化工作。他先是流亡阿根廷，随后转移到德国生活和进行创作，并加入了谴责智利政变当局破坏民主、践踏人权、镇压人民、迫害进步人士罪行的运动。在智利以外，流亡作家对皮诺切特恶行的声讨很快形成一股强大的势力，智利叙事文学的创作中心也转移到海外。

流亡的主体：精神的放逐与回归

在德国长达15年的流亡岁月里，斯卡尔梅达忍受着与祖国隔离的悲痛，也不可避免地遭遇精神放逐的困境——身边所有的一切都被德国文化和德语所包围。尽管有了文学创作的自由，但很难在异国他乡得到认同。回忆起初到柏林时的情景，他蹩脚的德语曾遭到他人嘲笑，因沟通困难时常受到冷遇。流亡初期，斯卡尔梅达经历过移民生活中最艰辛、最底层的生活，尽管经济上十分拮据，但他在精神上却一直保持着独立。

在坚持用母语创作的同时，斯卡尔梅达重新审视自己经历的过去，并试图理解周围的一切，学着用一种清晰和戏剧性的形式去写作，而不是采用模糊神秘的笔调。正是这种回归现实主义的写作风格为他的作品赢得更长久的生命力，他从正面揭露皮诺切特独裁政权的暴行也使世界读者看清了历史的真面目。

对于这段流亡经历，斯卡尔梅达将它记录在数年后发表的一个中篇小说中。1980年出版的《什么都没发生》借助一个14岁的少年卢乔之口，讲述一个流亡德国的普通智利家庭的生活。这些懵懂的少年、儿童，逐渐开始接受移民国家的新生活，和父母们分享新生活的快乐，又分担着忧愁，同时夹杂着对居住国各种新鲜事物的强烈好奇和对未来的美好憧憬。经济地位的低下和家庭生活的拮据难免使他们在同伴面前感到窘迫，卢乔和他的弟弟是柏林街头唯一裤子打补丁的人。但卢乔却从不看低自己的尊严，不能忍受汉斯对其女友索菲亚的嘲弄。他毫不犹豫地打倒了汉斯，并且瞒着家人独自接受长他几岁的米切尔的挑战。在这场实力悬殊的搏斗中，卢乔身上体现的勇敢精神最终赢得了米切尔的尊重。

斯卡尔梅达通过这部小说表达了与独裁政府斗争的意志。正如小说中所讲的，“阿连德不是独自一人，很多同志牺牲在他的身边”，其他人仍在继续战斗。小说结尾提到，和卢乔成为朋友的米切尔参加了智利委员会的广场集会，意味着在德国生存的智利人已经得到异国他乡人民的支持。

在寻求国际社会支持的同时，斯卡尔梅达也寄希望智利国内人民团结起来反抗独裁。《起义》是作者文学生涯中的一部重要作品，它取材于尼加拉瓜人民对抗独裁统治的真实历史事件。故事的主要情节是这样的：20 世纪 30 年代至 40 年代，尼加拉瓜人民处于阿纳斯塔西奥·索莫萨王朝的统治之下。小说中莱昂城的市民，与独裁者斗智斗勇，展开了抗争，并取得了最后的胜利。作者通过不同人物的不同经历向我们展开叙述，让读者看清尼加拉瓜独裁统治者以高压和卑劣的手段掩盖其虚弱，对人民进行百般折磨的本质。然而，并不拥有先进武器的善良人民，除了具有战胜敌人的勇气，还有对正义事业的忠诚、机智的头脑和无穷的智慧。他们创造了一套特有的、行之有效的斗争方法，例如在市民之间用暗号传送秘密。他们采用消防队员想出的计谋，在民房之间穿墙凿壁，秘密铺设了一条长长的与消防车相连的帆布管子通道，管子内注满汽油，一直通向敌人指挥部，把敌人困在红色火焰中。还有一些男人秘密地在游击队参加战斗。胜利从来是要付出昂贵代价的，小说中母亲失去了唯一的儿子，女游击队员失去了昔日朝夕相处的男友，姑娘失去了准备献给心爱之人的贞洁……但小说的结尾是，莱昂城沉浸在胜利的气氛中，恋人双双在清新的水流下沐浴。

莱昂小城的全体民众是这场胜利战争的英雄。小说表达了作者坚信人民的斗争必将战胜反动的独裁统治者，并且极大地激励和鼓舞了战斗中的同志。这部作品问世后立即引起人们的热切关注。由于政治上的原因，作品先以德文发表，继而被译成丹麦文、荷兰文、俄文、瑞典文，最后以西班牙文的形式出版发行。《起义》的问世奠定了斯卡尔梅达在拉美文坛上的重要位置。

流亡的视角：城市社会的手术灯

流亡可以使写作枯竭，也会使写作旺盛。枯竭的原因是由于时间和空间的距离感而造成，特别是空间的改变加剧时间的远逝。然而，对斯卡尔梅达而言，流亡海外使他拓展了写作的题材、形式和方法，扩大了精神视野，丰富了他的写作视角。

谈到距离感,诺贝尔文学奖获得者奈保尔曾经说过:"只有对你经历过的东西有了距离之后,你才能看得更清楚。对自己的经历越是保持超然的距离,创作出来的东西才会越好。这是一种伟大的距离,有了这种距离,你才能对你的经历进行不仅是地理、历史意义上的,更是感情、美学意义上的沉淀和升华。不然的话,以你有限的视域要给出某种宽广的展望,那么你的创作只能是描绘性的。"①

1975 年斯卡尔梅达在西班牙巴塞罗那出版了小说《我梦见雪在燃烧》。从创作意图上说,作者试图阐释,1973 年的那场军事政变不是一个单纯的左右两派斗争的事件,促成政变结果的是整个环境,凶手则是整个社会。对于那场作者亲身经历的智利政变,作品以锐利的笔触记录下政变前后首都圣地亚哥各个社会阶层的遭遇,可以称作圣地亚哥社会的手术灯。

作品以三条叙事线索交叉并行,将历史、社会事件和个人遭遇融入主人公的对话、回忆和轶事片断当中。足球运动员阿杜罗和街头艺人佩格尼奥先生一起从南方的一个小港来到圣地亚哥这座大城市,在居住的公寓结识了一群充满政治激情的无产阶级青年,包括阿杜罗喜爱的女孩苏珊娜。阿杜罗是一位个人主义意识膨胀、但有天赋的足球运动员。他希望通过个人努力实现他的愿望,既能在足球场赢得人们的喝彩,又能在情感上得到苏珊娜的垂青。结果他失败了,虽然在足球场取得一定的成功,但他始终无法真正得到苏珊娜的爱情。佩格尼奥先生的命运更凄惨,他和合伙人安赫尔苦心培育的斗鸡在一次比赛中输掉了所有的希望。捉襟见肘的他们为了躲避债主的追讨而四处逃亡,最终难免遭受皮肉之苦。他们二人的悲剧其实不在于此,而在于已经边缘化的人们从未得到社会的关注。公寓中无产者(苏珊娜、格尔多、内格罗、马里等)从未停止过对社会问题的争论。争论中隐含着圣地亚哥正在发生的一系列重大历史事件。作者认为,正是这些青年的志愿行动和积极参与,才有可能把智利从那场民主危机中解救出来。

当代读者对于历史文本的解读,总带着今天的时代烙印。根据西方体验美学理论,一个文本是作家的一种体验,解读一个文本就是体验作家的体验,体验作家体验过的世界,是一种体验的体验。对于没有亲身体验过作家所描述的历史环境的读者来说,原本残忍的东西也有可能变得模糊,原本的意义也有可能消解得无影无踪。因此文本需要通过透彻、全面的手术灯视角去发现、去阐释那场"智利政变"。而读者通过细致的阅读将文本从静

① 石海峻:《奈保尔:失望的理想主义者》,《环球时报》,北京,2002 年 10 月 10 日,第十五版。

态的物质符号中还原出一幅幅生动的景象，并自觉地将自己的立场与小说中人物的命运联系起来，这样文本的意义才能在读者的解读体验中得以体现。

流亡的符号：成长三部曲

在斯卡尔梅达的许多作品中反复强调成长的经历：被压抑的少年生活、被外部世界排斥的失落感、所进行的抗争。这与作者本身的经历或许有关。身为克罗地亚人的后裔，斯卡尔梅达是第三代拉美移民。与父辈一样，他没有摆脱颠沛流离的命运。尽管他出生在智利，但很小便随全家迁至阿根廷的布宜诺斯艾利斯。在陌生城市生存的困苦，颠沛流离的艰辛一直伴随着他阴郁的童年生活。他青少年时代心灵的成长可以分为三个阶段：疑惑、转变、觉悟。在《我梦见雪在燃烧》里，作者展示出他对于成长经验的细致观察，并融入到了主人公阿杜罗成长的三段经历。

疑惑：小说中稚嫩的阿杜罗出生于贫穷的南方小港，内心深处有着深刻的贫民意识。他没有明确的是非观念，在政治倾向上既不左也不右；但他有着简单的个人奋斗目标：赢得足球场上的一切胜利，从而赢得意中人苏珊娜。对物欲的向往和虚荣心的满足促使阿杜罗逐步转变。他对自己才华横溢的球技表演充满着优越感，他预感自己会获得成功，并且这一天越来越迫近。然而，在整个社会发展没有推进的前提下，阿杜罗难以单独实现个人幸福。他的梦想在动荡的年代不断被残酷的现实冲刷。他性格中既有高傲敏感的特质，又有离群自卑的弱点。这些特征在他的现实生活中被逐步放大，性格的不成熟最终迫使他付出了代价。

造成阿杜罗个人奋斗失败的悲剧根源在于孤独，而没有爱是造成孤独的主要原因，成千上万的阿杜罗们生活在孤独的状况下：对他人缺乏关怀和同情，也不愿接受他人的关心。实际上，阿杜罗对真挚爱情的理解不够透彻，对苏珊娜的追求源于强烈的占有欲。他只想把苏珊娜变为自己的附属品，却从不尊重她的想法和主张。这种不平等的爱情一开始就不成功，因为他们相互之间缺乏基本的信任和理解。

转变：故事的主旨其实不是爱情，而在于运用回忆穿插展示主人公的末世情结，以及智利在告别民主社会那一刻的历史沧桑感。阿杜罗的故事不仅仅是个性化的表达，而是对一群青年成长经历记录的融会。阿杜罗成长于经济萧条和政治运动不断的特殊历史时期，他虽出身贫寒，有些自卑，但不乏理想与追求。与其他激进青年相比，他没有太多的历史沉重感。在当时特殊的历史舞台上，胆小懦弱的性格容易将他的理想与追求淹没。

在无情的现实下，形形色色的人走在寻找希望的道路上。每个人的结局，在表面上看，也许有点悲剧色彩，但在每个人身上表现出来的失败都是不一样的。有些人彻底失败了（如佩格尼奥先生），有些人带着希望继续着他们的事业（如转入地下斗争的格尔多和公寓里剩下的青年）。这个城市的人们都为求生而苦苦挣扎。政变发生后，公寓作为聚会的中心，临时的家园不复存在。故事眼看就要结束，每个人都走得很匆忙，结尾在预料之中，仿佛在暴力压迫下，一切都烟消云散。然而，突然发生的一切耐人寻味，现实教育下的阿杜罗也悄悄发生了转变。

这种变化看似突然，实际上是一个积累的过程。阿杜罗从事不关己高高挂起到忍无可忍奋起抗争的态度转变，是现实中亲历的每个事件对他的触动造成的结果。这里发生的大多数事件对他的影响都比较轻微，但有两个方面的影响最终决定了其人生的转变。其一，生存环境受到严酷挑战。阿杜罗事业的转折是迫不得已的，其从事的职业足球不能继续，公寓时常受到右翼军人的搜查，队友们也被一个个带走，或者在游行示威中失踪或牺牲。阿杜罗再不能对眼前的暴行熟视无睹，需要站出来与伙伴们一同战斗。其二，爱情经历屡屡受挫。阿杜罗与他追求的苏珊娜信仰不同，阿杜罗奉行个人主义至上，对政治斗争不感兴趣，而苏珊娜支持阿连德的左翼联合政府，并且充满政治激情。两人观点经常发生激烈碰撞，因而阿杜罗与苏珊娜的相处总是磕磕绊绊，充满矛盾。

觉悟：斯卡尔梅达把圣地亚哥这片土地的命运一直寄托在那些敢爱敢恨的爱国青年身上。正是他们构成了许多重大的历史细节：阿连德领导的人民联盟在大选中的获胜，左派庆祝胜利的盛大节日活动，右派颠覆政权所犯下的滔天罪行（卡车司机罢工、袭击陆军总参谋长普拉茨的行动、杀害青年工人何塞·里卡多·阿乌马达的罪行）、各界人士为纪念大选胜利三周年而举行的九月四日大游行等。

阿杜罗和其他年轻人在尽情释放自己的能量和活力的同时，也对生活艰难、社会残酷的现实表现出忧虑。对他们来说，世事的变故如同一场突然结束的噩梦，醒来之后发现现实中的一切都遭到破坏。正是这场失败告诫人们要团结起来，以面对惨淡的现实世界。作者暗喻个人主义的意义丧失，获得胜利需要依靠凝聚在一起的民众力量，只要有信念，就有希望；只有参与，通过集体的胜利才能实现个人价值。希望并不是幻想，而是体现在具体的行动上。作者把创造历史，改变命运的希望寄托在小说中的无数像阿杜罗这样的青年，以及一个团结向上、充满兄弟情谊、共同战斗的集体身上。只有投身于那个不分彼此、热情洋溢的人群当中，才能共同对抗眼前的残酷现实；只有实现了全体人民的胜利，才能找到展现个人才华的舞台，真正完成个人的心愿和实现抱负。

阿杜罗需要直面命运的安排，适应一个新的社会身份，在余生中创造新的传奇。在尽其所能之后，便可以安心地等待命运的揭晓。斯卡尔梅达创作这部小说的社会意义正在于此。根据小说结尾房东马努埃尔的回忆，主人公阿杜罗的结局有了交代：因参加左派诗人聂鲁达的葬礼而被短暂拘留，随后回到家乡。阿杜罗的这个结局安排虽未给读者带来惊喜，却隐含着作者深切的希望。

流亡的转折：耐心的回报

对于多数流亡作家而言，他们始终梦想有一天能回到祖国的怀抱。1990年皮诺切特下台后，斯卡尔梅达回到了阔别15年的祖国，并在首都圣地亚哥定居。他创办了电视节目“书秀”，并亲自担任主持人，被人们亲切地称为“书先生”。斯卡尔梅达长久耐心的等待终于得到了回报，而这份耐心，正如他的一部作品名所说，是“炙热”的。

1983年，斯卡尔梅达创作了小说《炙热的耐心》。这部作品是为了纪念智利诗人、诺贝尔文学奖获得者巴勃罗·聂鲁达逝世十周年而作，他还倡议智利的每位作家均以聂鲁达为题材创作一部作品。聂鲁达曾是斯卡尔梅达的导师和朋友，引导当时的年轻文学爱好者走上文学创作的道路。在斯卡尔梅达的心目中，聂鲁达不仅是一位伟大的诗人，也是他政治和生活的指引者。当智利的军人政变把这位爱好和平、民主的诗人置于死地时，斯卡尔梅达的心灵受到了深深的震撼。

小说《炙热的耐心》发表后好评如潮，被译成多种文字，还被选作欧洲和拉美很多国家大、中学校的教科书内容。作者还以小说为蓝本，亲自将其改编成电影剧本，易名为《邮差》，由意大利著名导演迈克尔·雷德福执导，意大利著名喜剧演员马西莫·特洛伊西担任主要角色。电影在世界几个重要的电影节获奖，特别是获得奥斯卡五项提名奖、一项最佳原创音乐奖后，小说更是在很多国家一版再版。作者本人也承认他“迟迟不能从这部作品的巨大成功中走出来”。

《炙热的耐心》是作家成熟的重要标志，也是其创作生涯的里程碑。小说情节如下：青年渔民马里奥偶然得到一份邮递员的差事，但他的用户只有一个，就是在黑岛拥有一套别墅的著名诗人聂鲁达。马里奥和这唯一的用户建立了深厚的友谊。马里奥只读过几年的书，却是一块可以雕琢的璞玉。在诗人的启发下，他痴迷般地热爱上诗歌。诗人用通俗的比喻和极其幽默的语言对他进行诗歌的启蒙，使他对高雅的诗歌渐渐领悟。在聂鲁达爱情诗歌的熏陶下，马里奥以充满诗意的纯情爱上了在小酒馆工作的美丽姑娘比阿特丽丝，他用聂鲁达的爱情诗歌频频向姑娘献殷勤，赢得了姑娘的芳心。正当一对青年人对未来充满憧憬之时，婚事遭到姑娘母亲的强烈反对，她认为小伙子“除了手指上的指甲和脚趾上的脚气外一无所有”。马里奥求助于聂鲁达，诗人用聪明的“比喻”和这位姑娘的母亲展开一场唇枪舌剑，使有情人终成眷属。诗人聂鲁达亲自参加了他们的婚礼。

在智利阿连德大选胜利后，聂鲁达受命赴法国担任大使。一天，马里奥平生第一次收到了一封信和一只小录音机，这是诗人寄自法国的。诗人想念家乡，他请求马里奥为他录下黑岛的风声、鸟鸣、浪涛和自家清脆的风铃声。忠诚于友谊的马里奥尽心尽力为诗人做了这一切，并连同自己的诗歌习作一起寄给了诗人。1971 年，聂鲁达获诺贝尔文学奖，马里奥和他的乡亲们一道收听了聂鲁达领奖时发表的演说。1973 年，智利发动军事政变，已经回国在黑岛居住的聂鲁达遭到政变当局的控制和迫害。马里奥冒着生命危险，绕道海边来到聂鲁达的家中，在诗人的病床前，把其他国家发来的声援诗人的电报背给他听。诗人什么也没回答，他请求马里奥搀扶着他往朝向大海的窗口走去，他要再看看太阳，看看大海。

聂鲁达逝世后，马里奥遭到军政府逮捕。若干年后，马里奥发表的诗歌获奖，诗坛上又增添了一名年轻的诗人。小说和改编的电影相继问世后，虽然很多人都知道这是一个虚构的美丽故事，但在不同场合，人们禁不住还是要问，聂鲁达的邮递员在哪里？

作家成功的另一因素就是用精心选择的珍珠般的词汇串联全书，这也是很多院校选择这部小说作为教材内容的原因。读者从马里奥和聂鲁达的对话、马里奥用朗诵诗歌的方式追求自己的恋人、聂鲁达与马里奥未来岳母的舌战中，都可以领略到作者用形象化的语言表达复杂的思维和概念时的独具匠心。有人称斯卡尔梅达的作品使用的是魔幻般的语言，反复揣摩会越读越有味道。在《炙热的耐心》一书中，作家把聂鲁达的许多诗句，或者说聂鲁达式的许多诗句，巧妙地按情节需要穿插在书中，与作家本人富有文采的语言珠联璧合，相得益彰。斯卡尔梅达极其热爱和崇拜诗人聂鲁达，他认为，诗歌能使世界沸腾，诗歌是使人们理解世界魅力的最好方式。在《炙热的耐心》中，作者用诗歌使两个对立的、意味着两个极点的世界，即诗人的艺术家世界和邮递员的平凡世界，不但有了联系，而且还将延续发展下去。

在《炙热的耐心》中，除了生动和形象化的语言之外，另一极其重要和显而易见的手法就是幽默和嘲讽。斯卡尔梅达用嘲讽的手法无情地打击敌人，也善意地讽刺他所热爱的主人公们。作者坦言："嘲讽"是我的文学作品中不可或缺的东西，无论是嘲讽他人还是自我嘲讽，它使故事中的一些提法、话语、情节能够保持和读者形成一种共谋关系的状态，"嘲讽"也避免了作者主观、武断、强加于人的口气。他还真诚地告诫我们："作为作家，很好地使用这一文学手法，是我追求的理想，也是我喜欢采用的一种手法，通过它，我们竭力从'压力'中解脱。"①在《炙热的耐心》中，作者巧妙地安排了动人的情节，把诗歌、柔情和嘲讽有机地结合在一起，创作了一个有深厚生活基础的美丽故事。改编的电影放映后，在意大利街头的年轻人的 T 恤衫上写有电影中主人公所说的一句话："诗歌属于使用它的人而不是创作它的人。"

流亡的终结：回归的思考

从斯卡尔梅达流亡时期的作品来看，阴郁、惨痛的政变事件一直是其创作的主线，以致回到祖国后他不愿再谈及这一题材，而在文坛沉寂十年，被称为"不写字的作家"。

1999 年斯卡尔梅达终于向读者奉献了他的新作《诗人的婚礼》。小说先在西班牙发表，后在智利出版，拉美文坛再次掀起斯卡尔梅达热。这是一部以移民为题材的小说。故事发生在第一次世界大战爆发前亚得里亚海一个名叫赫玛的小岛上，小岛隶属奥匈帝国。岛上生活着一家人：父亲何塞·柯贝达、长子雷依诺、次子埃斯特万，两代人都主张从奥匈帝国中独立出去。诗人埃斯特万和岛上最漂亮的女子深深相爱，他们最终走进了婚姻的殿堂。一名盲目听信帝国命令的"将军"，带领士兵破坏了新婚家庭的生活，并用武力征服了整个小岛。新郎乘坐的船只被俘，新娘爱上了别人，兄弟二人走上了移民流亡的道路。作者的这部长篇小说于 2000 年 5 月获智利阿尔达索尔奖，在西班牙连续 6 个月高居畅销书榜首，并被译成英文、意大利文、德文、法文、葡萄牙文和土耳其文。2001 年，《诗人的婚礼》的姊妹篇《长号手的女孩》如约而至。《长号手的女孩》中的主人公埃斯特万·柯贝达流亡到智利的安托法卡斯达。一天，从欧洲来了一个长号手，他把一个两岁的女孩交到埃斯特万手中，说是他的孙女。尽管诗人对此持疑惑的态度，但最终还是接受了她，于是女孩在他身边度过了童年和青少年时代，他们之间的亲密联系远远超过了血缘的关系。

---

① 李红琴：《安东尼奥·斯卡尔梅达其人其作》，《外国文学》，北京，外语教学与研究出版社，2003 年，第一版。

这两部作品中依然可以见到作家鲜明的标记——流亡的主题。尽管斯卡尔梅达回到祖国的怀抱已长达10年之久，但他并没有忘记智利过去的那段历史，同时也开始梳理在德国的流亡经历。唯有不同的是，此处的流亡不仅是怀旧，在写作上死抱着过去的那些熟悉材料不放，而是用“新的眼界，新的思索，新的距离”来结束流亡状态。

如果说《诗人的婚礼》中关于埃斯特万·柯贝达那段流亡经历的叙述没有结束，那么《长号手的女孩》中女孩的到来则赋予他新的归宿感。流亡心态中对母国的精神依恋是一种美学上的恋母情结，失去祖国即失去母亲，也就是萨依德所说的“孤儿”心态；移民心态则割断了这种情结，投入到移居国并把移居国当作继母。

精神流亡者在自己的国家也会有“流亡”的感觉，我们可以此解释斯卡尔梅达回到祖国后的那种“流亡”感，他时常忍不住流露出依恋与怀旧，流露出奋不顾身地去捍卫过去体制的冲动。作者对智利的记忆还停留在20世纪70年代初，以致15年后回到祖国怀抱后感觉有些陌生。一方面，皮诺切特已经下台，他失去了口诛笔伐的对象，而他原先捍卫的民主思想和体制已随着阿连德的牺牲而深埋地下。另一方面，眼前这座城市和这个国家已不同于阿连德政府时期，民主体制和经济建设均取得长足发展。作者用了10年时间重新审视这个他曾经生活和成长的地方，观察眼前的景物以收集新的写作素材。实际上，他真正放下包袱、摆脱这种流亡状态也体现在对过去精神束缚的超越，对新思想新体制的接受态度。作品在描写个体感受时不局限于个体经验，对历史和现状作宏观的思考，才会有深度和力度，才会具有生命力。

“流亡”不是拉美叙事文学独特和唯一的创作视角，但在一定程度上突出了以智利为代表的政治动荡国家的特殊历史印迹。流亡是作家的一种状态，也是作品的一种主题。每一个流亡故事都隐藏一段辛酸的历史，通过作家的笔尖反映在读者的面前。读者在细细品味关于“流亡”的一部部优秀作品的同时，对特定国家、特殊历史的关注也被逐步唤醒，从而实现了作家创作的初衷。

斯卡尔梅达之所以能被称为拉丁美洲“文学爆炸”后叙事文学的典型作家，在于他作品的生命力。作者创作的一个重要的精神向度，即不只是关注现实的苦难，更关注人类心灵的疾患。他并没有忽视作品中人物的命运，而是自觉地参与进去。对现实主义的执著，对社会和历史的责任感，使他的作品成为不可小觑的独特存在，也代表了新一代拉美作家的认知方式、价值判断和审美取向。

结 语

在人们的记忆中，1973 年 9 月 11 日军事政变前的智利曾是一个文化繁荣的国家。年轻人可以在墙上涂鸦，哼唱最流行的歌曲；音乐、舞蹈、电影和戏剧艺术蓬勃发展；诗歌、小说以及新的文学形式层出不穷。智利的出版物不受任何限制，出版市场繁荣，人们可以读到国内外各类畅销图书，智利本土作家也面对读者对于文学创作需求的挑战。然而，军事政变后智利社会骤变，人们的生活也随之发生了巨大且迅速的变化，精神文化生活遭到禁锢，文学创作被要求服务于军政府独裁统治的需要。

军事政变后，很多作家背井离乡流亡海外，有些人是因为言论触犯了军事当局而被迫流亡，更有一批自觉选择精神流亡的作家或知识分子，他们不堪军政府对智利人民实施的精神压迫，无法忍受失去言论的自由，主动选择"自我流亡"以寻找更自由的创作空间。那些留在国内的作家，创作受到极大限制。那一时期独裁政府对智利文化生活造成的伤害，被称作"文化大停电"，其影响至今依然能显现出来。流亡和时局的变化使智利作家的创作变得越来越私密和独立，他们很难有机会表达集体的思想与意志。在文学创作的形式上出现了大量短篇小说，故事短小且内容迥异，凸显了在出版审查夹缝中生存的作家们的无奈。①

独裁时期的文学创作队伍也出现了分歧，一批作家认为自己肩负着历史的使命，致力于纪实文学、见证文学的创作。虽然在智利国内发表批判时局的文章几乎不可能，他们仍然通过各种方式遮掩其主题，运用比喻、暗喻等手法进行隐晦的表达；另有一批年轻的作家，则把精力更多集中在写作手法的创新上，因此涌现出很多具有后现代特征的小说。这些作品在内容、时间和空间上表现出了碎片性、解构性等特征，其内容在一定程度上也反映了智利的社会现实。20 世纪 80 年代末智利独裁统治行将解体，已经进入到从独裁统治到民主政权的过渡时期，人们渴望自由，期待正常的社会秩序。各类文化生活开始朝着新的方向发展，文学创作日渐活跃。然而毕竟在多年的军政府统治下，这一时期的政治主张趋于温和与保守，人们带着怀疑的目光注视着民主政府。

实际上，1973 年的军事政变让智利的小说创作愈发国际化。此前智利的诗歌创作引领潮流，拥有一批家喻户晓的诗人，如巴勃罗·聂鲁达，加夫

① Lulo C, Mario, 2009: "La novela de la dictadura en Chile", *Alpha* [online], n. 29, pp. 41～54.

列拉·米斯特拉尔、文森特·维多夫罗等。随着大批作家和知识分子流亡海外,智利的叙事文学开始在国外流传,流亡文学也发展起来。这些作家除了进行文学创作外,还创立杂志和出版社,目的在于保留智利文学、文化传统,在海外控诉智利的独裁统治。他们创作的内容虽然多围绕智利的社会生活,也着眼于当地人的阅读需求。很多智利作家既用西班牙语也用当地语言写作。由于流亡作家不可能在智利国内发表作品,因此可以说智利文学从独裁开始的1973年到1990年初基本是在国外发展起来的。流亡海外的"文学爆炸"时期的作家何塞·多诺索,"爆炸"后的女作家伊莎贝尔·阿连德、安东尼奥·斯卡尔梅达,以及50、60年一代作家,如恩里克·拉福卡德、豪尔赫·爱德华兹等依然笔耕不辍,他们的创作带动了流亡文学的发展。

流亡永远是带着创伤的,它是人类最悲惨的命运之一。但流亡状态对知识分子的成长又是弥足珍贵的,是其日后创作的一笔财富,没有带着伤痛的经历,就会缺少发人深省的文字。很多作家带着流亡留下的伤痕创作,但创作的主题永远是流亡带给他们的痛苦,这种痛苦远远超过幸福。流亡海外的无论是畅销作家还是文化工作者,都对智利国内真实政治局势的揭露做出了巨大贡献。世界上重要城市都有智利的流亡作家的存在,他们加入到控诉皮诺切特独裁统治的阵营中,呼唤智利人民团结起来,反抗专制。因为他们的大部分作品在海外发表,智利作家开始具有国际影响,智利文学也享有了国际声誉。

独裁时期以及之后的智利文坛还活跃着一批新生代作家,如迪亚梅拉·埃尔蒂特、罗贝托·波拉尼奥、路易斯·塞普尔维达、玛塞拉·赛拉诺(Marcela Serrano)①、卡洛斯·弗兰斯(Carlos Franz)②,他们在20岁左右时经历了军事政变,文学创作多始于30岁以后。军事政变发生前,他们过

---

① 玛塞拉·赛拉诺(Marcela Serrano,1951～),小说家。出身文学世家。智利发生军事政变后,流亡到罗马。1977年返回祖国后,积极投身政治活动,致力于推动妇女运动的发展。主要作品有长篇小说《我们如此相爱》、《为了不让你忘记我》(*Para que no me olvides*,1993)、《我过往的生活》(*Antigua vida mía*,1995)、《悲伤女人的住所》(*El albergue de las mujeres tristes*,1997)和《我们的孤独女士》(*Nuestra señora de la soledad*,1999)等。

② 卡洛斯·弗兰斯(Carlos Franz,1959～),小说家。生在日内瓦,母亲是话剧演员,父亲是外交官。就读过智利大学法律系,曾为剑桥大学特邀教师。他的作品题材多样,在进行文学创作的同时,还为报纸和杂志撰稿。1990年发表第一部长篇小说《圣地亚哥零号》(*Santiago cero*)获拉丁美洲文化协会颁发的第四届长篇小说奖的一等奖(Primer Premio en el Cuarto Concurso Latinoamericano de Novela CICLA)。1996年发表第二部长篇小说《曾是天堂的地方》(*El lugar donde estuvo el paraíso*)入围西班牙行星出版社阿根廷分社颁发的年度"行星奖"(Premio Planeta Argentina)。

着那时候年轻人享有的生活，阅读“文学爆炸”时期作家的畅销小说，热衷于电影艺术，参加音乐会、展览、讲座和各种文化沙龙。然而从政变那天开始，监禁、追踪、流亡、审查成了生活的代名词。他们本该享有的美妙时期戛然而止，梦想烟消云散。这些作家成为独裁统治的亲历者，他们遭受过痛苦、恐惧和压迫；另一方面，他们也是这段历史的见证者。90 年代后，独裁统治结束，开始了智利文学创作的繁荣时期，在国外出现了安东尼奥·斯卡尔梅达、伊莎贝尔·阿连德、路易斯·塞普尔维达，罗贝托·波拉尼奥、阿列尔·多夫曼等智利作家作品的畅销现象。那些重返祖国的智利作家也带回了新的文化元素，然而对于这些流亡国外多年的作家以及他们在国外发表的作品，智利国内接受程度不尽相同。谈及智利的反独裁文学，在那段特定的历史时期，没有哪位作家能够在社会如此动荡和经历重大创伤的时候，不去揭露社会的伤疤。何塞·多诺索曾说，那时候作家的脑海里已经失去了自由。①

20 世纪末、21 世纪初的智利，虽然独裁的阴影留在了每个人的心里，但更多作家已经从受禁锢的思维中解脱出来，不再把独裁与流亡作为最重要的创作题材。作品中开始出现反对全球化、反对帝国主义、声援土著居民、维护和平、保护环境以及倡导文化自主等主题。虽然人们期待的描写智利独裁统治的鸿篇巨制始终没有出现，但智利文学出现的多元化及多样化的趋势是令人欣喜的，人们有理由期待智利的叙事文学出现新的发展。

参考文献

1. AA. VV. ,1983：*Del cuerpo a las palabras：la narrativa de Antonio Skármeta*，Madrid，Literatura Americana Reunida.

2. Allende，Isabel，1999：*La casa de los espíritus*，Barcelona，Plaza y Janés Editores.

3. Becerra，Eduardo，1995："La narrativa contemporánea：sueño y despertar de América"，en *Historia de la literatura hispanoamericana*，Madrid，Ed. Universitas.

4. Coddou，Marcelo，1986：*Los libros tienen sus propios espíritus*，México，Universidad Veracruzana.

5. Coddou，Marcelo，1988：*Para leer a Isabel Allende：introducción de La casa de los espíritus*，Lar，Concepción.

6. Cortés，Hugo Rolando，1991："La generación literaria de *1950*"，*El Mercurio*，12 de ago de 1991.

7. Díaz Eterovic，Ramón，2001："Una mirada desde la narrativa policial"，Cormorán，

① Schulz Cruz，Bernard，1994："Jorge Edwards：Las novelas escritas bajo la dictadura"，*Actas Irvine-92*，Vol. 4，(Encuentros y desencuentros de culturas：siglos XIX y XX)，pp. 243～250.

Santiago,[s. n.],1969～1970(Santiago,Universitaria) 8 nos. ,no. 2.

8. Godoy Gallardo, Eduardo, 1991: *La generación del 50 en Chile. Historia de un movimiento literario*, Chile, La Noria.

9. Kohut, Karl y Morales Saravia, José, 2002: *Literatura chilena hoy: La difícil transición*, Madrid, Frankfurt/Main.

10. Lemaitre, Monique, 1990: *Skármeta, una narrativa de la liberación*, Santiago, Ed. Peguen.

11. Lulo C, Mario, 2009: "La novela de la dictadura en Chile". Alpha [online], n. 29.

12. Palomares Salas, Claudio, "Aquellas maravillosas dictaduras: realismo mágico y subversión en *El otoño del Patriarca*", Mc Gill Universidad.

13. Piña, Juan Andrés, 1996: "Andanzas de una generación", Mensaje, Santiago, [s. n.], 1951-(Santiago, Salesianos) v. , no. 4, nov.

14. Schulz Cruz, Bernard, 1994: "Jorge Edwards: Las novelas escritas bajo la dictadura", *Actas Irvine-92*, Vol. 4.

15. Skármeta, Antonio, 1969: *Desnudo en el tejado*, Buenos Aires, Editorial Sudamericana.

—— 1973: *Tiro libre*, Buenos Aires, Siglo Veintiuno Argentina Editores.

—— 1981: *Soñé que la nieve ardía*, Madrid, Literatura Americana Reunida.

—— 1985: *Ardiente paciencia*, Buenos Aires, Editorial Sudamericana.

—— 1985: *No pasó nada y otros relatos*, Santiago, Ed. Pehuèn.

—— 1987: *The insurrection*, USA, Ediciones del Norte.

—— 1989: *Macht ball*, Santiago, Ed. Peguen.

—— 1996: *Uno a uno*, Santiago, Ed. Peguen.

—— 1997: *La velocidad del amor*, Barcelona, Plaza & Janés Editores, S. A.

—— 1999: *La boda del poeta*, Barcelona, Plaza & Janés Editores, S. A.

—— 2001: *La chica del trombón*, Barcelona, Plaza & Janés Editores, S. A.

—— 2003: *El baile de la victoria*, Barcelona, Editorial Planeta.

16. Skolodowska, Elzbieta, 1992: *Testimonio hispanoamericano: historia, teoría, poética*, Nueva York.

17. Timothy F, Weiss, 1992: *On the margins, the art of exile in V. S.* Naipaul, USA, University of Massachusetts Press.

18. Valle Aparicio, José Eliseo, 2005: *Siete novelas para una historia*, Valencia, Tirant Lo Blanch.

19. 〔西班牙/秘鲁〕巴尔加斯·略萨:《散文三篇》,朱景东译,北京,世界文学杂志社,2001年,第一版。

20. 〔丹麦〕勃兰兑斯:《十九世纪文学主流》,张道真译,北京,人民文学出版社,1981年,第一版。

21. 陈众议:《七十年代拉丁美洲三部重要的反独裁小说》,《外国文学动态》,1983年第11期。

22. 段若川:《关于魔幻现实主义的几个问题》,《外国文学动态》,1998年第5期,第一版。

23. 段若川:《安第斯山上的神鹰——诺贝尔奖与魔幻现实主义》,武汉,武汉出版社,2000 年,第一版。

24. 康慨:《伊莎贝尔·阿连德:穿裙子的马尔克斯》,《南方都市报》,2007 年 5 月,第一版。

25. 李春辉、苏振兴、徐世澄:《拉丁美洲史稿》,北京,商务印书馆,1993 年,第一版。

26. 李红琴:《安东尼奥·斯卡尔梅达其人其作》,《外国文学》,北京,外语教学与研究出版社,2003 年,第一版。

27. 刘建军:《20 世纪西方文学》,北京,高等教育出版社,2006 年,第一版。

28. 王守仁:《谈 20 世纪的现实主义》,《外国文学评论》,北京,中国社会科学研究院外国文学研究所,1998 年,第一版。

29. 徐世澄:《拉丁美洲政治》,北京,中国社会科学出版社,2006 年,第一版。

30. 徐玉明选编:《幽香的番石榴——拉美书话》,南昌,江西教育出版社,1999 年,第一版。

31. 〔德国〕伊赛尔:《阅读活动:审美反应理论》,北京,中国人民大学出版社,1988 年,第一版。

32. 〔智利〕伊莎贝尔·阿连德:《幽灵之家》,刘习良、笋季英译,北京,北京十月文艺出版社,1991 年,第一版;南京,译林出版社,2011 年,第二版。

33. 赵德明:《20 世纪拉丁美洲小说》,北京,北京大学出版社,2002 年,第一版。

34. 赵德明、赵振江、孙成敖:《拉丁美洲文学史》,北京,北京大学出版社,1989 年,第一版。

35. 朱景冬、孙成傲:《拉丁美洲小说史》,天津,百花文艺出版社,2004 年,第一版。

36. 赵德明:《走向二十一世纪的拉丁美洲小说(二)》,《中华读书报》,2001 年 12 月 20 日。

第七章　蒙特罗索的幽默与危地马拉小说

——“文学爆炸”后危地马拉叙事文学走向

范　玲

一、幽默与拉丁美洲爆炸后文学

“幽默”这个词起源于古希腊医师希波克拉底的“体液理论”。这位古代医学的创立者认为人体具备多血质、胆汁质、抑郁质、黏液质等四种体液，分别是某些疾病产生的原因，也决定着人的性情。到文艺复兴时期，这种理论被17世纪的英国剧作家本·琼生运用到文学作品中，他在自己的喜剧作品里借用这一古老的医学理论来塑造不同的“典型形象”，这可说是“幽默”与“喜剧性”的初次结合①。那时的幽默一般是揭示生活中的丑行或是人物的缺点而加以嘲笑。

1605年，塞万提斯在《堂吉诃德》中就用“胆汁质”的若干特质描写了这位想入非非的拉曼却的绅士。有人认为，《堂吉诃德》是西班牙文学史上幽默的巅峰之作，突出表现为戏仿和嘲笑，以及一种“精致的幽默感”的使用，而这种幽默感来自于作者的睿智和讽刺，混合着作者对作品中人物的同情与理解。

1984年版的《皇家语言学院西班牙语词典》，“humor”词条中首次出现了“humorismo”的义项，幽默一词开始获得其现代美学上的意义，“现代意义上的幽默被理解为一种美学和文学表达的范畴或方式……”②。1992年出版的第21版《西班牙语皇家语言学院西班牙语辞典》中，幽默是这样定义

---

① Estebanez Calderón, Demetrio, 1996: *Diccionario de Términos Literarios*, Madrid, Alianza Editorial, S. A. p. 533.

② 同上，p. 535。

的："以睿智的、嘲弄的、表面上轻松疏远的态度来判断、面对和解释情境的方式。有时与喜剧性、辛辣和讽刺密切相关，但又不彼此混淆；可在对话、文学或者任何形式的交流和表达中表现出来。"①

幽默被以不同的方式来理解：在笑话和漫画中它是娱乐性的；但幽默更深的意义在于其更为"严肃"、"文学"甚至"痛苦"的一面，因为幽默常常需要面对残酷的现实并做出自己的反应。因此，"幽默是一种倾向于喜剧性的态度，它屈从于理想与现实之间永恒的、不可调和的冲突。因此最好的办法是面对世界的丑恶发笑，把那当作是理想的畸变。幽默是站在幽默主体的位置，在同情和移情的层面上发挥作用，使他能够俯视日常生活中的矛盾"②。这样看来，幽默无力改变这个世界，但通过幽默可以获得一种优越感。幽默的态度也是一种保护机制，藉此拒绝忍受痛苦，从而在真实的生活面前保持自己的尊严，获得愉悦。

而同时，幽默也是一个很难界定的术语。路易吉·皮兰德娄（Luigi Pirandello）③说，幽默的概念不能被科学地定义，因为其特征性和持久性要素非常少，还常常是否定性的，其可变的要素又非常之多。④ 从狭义上说，它可以出现在一则笑话里；而在广义上来说，幽默渗透进其他一些修辞手法中，比如讽刺、反讽、黑色幽默、戏仿、荒诞等，深入文学的每一个角落，同时具有不同的色彩。意大利诗人恩里科·南希奥尼（Enrico Nencioni）⑤认为"幽默"一词与"浪漫主义"一样是被滥用最多的一个词。对大多数人来说，幽默作家就是使人发笑的人，这种效果可以通过喜剧性、嘲弄、讽刺、荒诞等来实现；漫画化、喜剧、讽刺诗文、双关妙语等也可以被称为幽默。⑥

虽然幽默在拉美文学史中从来没有成为一种独立的文学流派，被公认以幽默为其作品主要特点的作家也为数不多，但从幽默的广义范畴来看，由于幽默在文学中的巨大力量，无论是文学爆炸时期还是其前后，拉丁美洲文

---

① Real Academia Española, 1992: *Diccionario de la Lengua Española* (*Real Academia Española*), 21ª ed, Madrid, Editorial Espasa Calpe, S. A., p. 1133.

② Weidauer, Friendemann; Lareau, Alan y Morris-Keitel, Helen: "The politics of Laughter: Problems of Humor and Satire in the FRG Today", en Grimm, Reinhold y Hermand, Jost, eds, 1991: *Laughter Unlimited. Essays on Humor, Satire, and the Comic*, Madison, The University of Wisconsin Press, p. 56.

③ 路易吉·皮兰德娄（Luigi Pirandello，1867～1936），意大利剧作家、小说家、诗人，1934 年诺贝尔文学奖获得者。

④ Pirandello, Luigi, 1994: *El humorismo* (Traducción de Enzo Aloisi), Buenos Aires, Editorial Leviatan, p. 28.

⑤ 恩里科·南希奥尼（Enrico Nencioni，1837～1896），意大利诗人。

⑥ 参见 Pirandello, Luigi: *El humorismo*, p. 29。

学中从不缺少幽默的因素，讽刺、黑色幽默、戏仿等都是它的呈现形式。

20世纪五十年代到六七十年代，拉丁美洲多个国家出现由军人掌控的独裁政府，如阿根廷、智利、危地马拉、乌拉圭、秘鲁等国，其间美国资本的利益在拉丁美洲得到了迅速扩张。20世纪的最后30年，拉美各国政治、经济、社会经历了一系列变化，西方社会在工业时代面临的各种困惑也影响到拉丁美洲，加之新的艺术潮流如后现代主义的影响，拉美作家们在不断寻找“自我定位”的创作过程中，有时也会以幽默作为“曲笔”在文学中诠释生活。

唐纳德·肖(Donald L. Shaw)在他关于拉丁美洲爆炸后文学的书中提到，门波·希亚迪内利认为，发端于1968年美国在越南的失败、拉丁美洲社会革命的挫败和所谓“乌托邦之死”的爆炸后文学不是一个“乐观”的运动，爆炸后文学的特点之一就是反叛和痛苦，其写作背负着沉重的挫败、痛苦、愤怒和忧伤。此外与文学爆炸相比，爆炸后文学打上了流亡生活、幽默和更大程度的政治印记，使用更加易于读者阅读的技巧，凸现大众传媒的影响，出现了一批重要的女性作家，此外，还一定程度的偏向于讨论令人不快的主题。①

内尔森·冈萨雷斯·奥尔特加(Nelson González-Ortega)认为1967年到1999年之间的拉美小说出现了文学批评话语、城市音乐话语、边缘人群话语、犯罪话语以及后现代话语，他指出，其中后现代文学的特点包括元语言(metalenguaje)、文本的自省(autorreflexividad)、互文性等特点，以及片段性与整体性、连续性与不连续性、边缘化与欧洲中心主义等一系列对立的出现，此外还通过幽默对旧有文本进行再加工，表现形式有反讽、戏仿、滑稽等。②

他们二人都提到了幽默成为拉丁美洲爆炸后文学的特征之一。拉丁美洲文学爆炸的领军人物之一、秘鲁作家马里奥·巴尔加斯·略萨于1973年发表的作品《潘达雷昂上尉与劳军女郎》就借助黑色幽默对军队的腐败进行讽刺。

孙家孟在中译本《潘达雷昂上尉与劳军女郎》的前言中说，该书是“通过一个不严肃的情节(组织‘性服务队’)对一个重大的社会政治问题(军事当局的腐败)进行的一次严肃的批判。作者表面上一本正经，引用大量的文献

---

① L. Shaw, Donald, 1998: *The Post-Boom in Spanish American Fiction*, New York, State University of New York, p. 12.

② González-Ortega, Nelson, 1999: “La novela latinoamericana de fines del siglo XX 1967～1997: hacia una tipología de sus discursos”, en *Moderna Språk* Vol XCIII 2, pp. 203～228, http://folk.uio.no/nelson/nr8.pdf.

(包括请示报告、来往公文、公私函件、通知、电台评论、录音采访、新闻报道、社论等等),把潘托哈上尉塑造成一个具有献身精神、一丝不苟地完成上级交给的任务的军官,而这任务又是组织'性服务队',所以读者读起来不禁捧腹大笑,在笑声中对军界的腐败堕落、昏庸无耻进行了无情的鞭笞……"①

不过在我们看来,读者读了这篇小说未必会捧腹大笑,因为这种幽默是那种令人啼笑皆非的黑色幽默。在一次访谈中谈到写作这部小说的初衷时,巴尔加斯·略萨提到灵感源自一个真实的事件:在丛林地区旅行时,他曾发现那里的边防军人接待劳军女郎,而这引起了当地男性居民的妒忌。加上作者曾在军事学院学习过,对军队的思维方式和机制有所了解,就此推想这种"服务"大概也是像军队里的其他东西一样是由"严格的官僚机构"所组织的,由此诞生了潘达雷昂上尉这个领命之人。②

巴尔加斯·略萨说:"这部小说让我发现文学中的幽默,因为开始我本想严肃地写这部小说,但我发现这是不可能的,因为这个故事本身就是令人难以置信的,没人能够接受它。因此我发现有些故事就只能以欢快的心境来讲述。"③

二、蒙特罗索的幽默与讽刺

危地马拉作家奥古斯托·蒙特罗索(Augusto Monterroso,1921～2003)是少数被评论家认为以幽默作为其主要特点的拉美作家,他的幽默不仅在他的每个独立作品中得到体现,而且已经内化为作家的创作风格。蒙特罗索是20世纪拉丁美洲最重要、最有特色的短篇小说家、寓言家和散文家之一。1996年获胡安·鲁尔福奖,1997年获米格尔·安赫尔·阿斯图里亚斯国家文学奖,2000年获阿斯图里亚斯亲王文学奖。

蒙特罗索虽生活在拉丁美洲的"文学爆炸"时代,但从未到过"爆炸"的风口浪尖,他甚至不认为自己属于"文学爆炸作家"④。虽然如此,他的创作

---

① 〔西班牙/秘鲁〕马里奥·巴尔加斯·略萨:《潘达雷昂上尉与劳军女郎》,孙家孟译,长春,时代文艺出版社,1996年,第一版,第2页。

② Vargas Llosa, Mario y A. Setti, Ricardo, 1988: "Fragmentos del libro 'Diálogo con Vargas Llosa' por Ricardo A. Setti", en *Sololiteratura*, http://www.sololiteratura.com/var/vargaspantaleon.htm.

③ 同上。

④ Noguerol Jiménez, Francisca, 1995: *La trampa en la sonrisa: Sátira en la narrativa de Augusto Monterroso*, Salamanca, Universidad de Sevilla, p. 39.

生涯从文学爆炸时期一直延续到"爆炸后"文学时期,后者以他1978年发表的中篇小说《其余就是沉默》为代表。

蒙特罗索经历坎坷,未能完成小学学业,却靠博览群书自学成材。1940年开始发表短篇小说,作品收入1959年出版的《作品全集及其他短篇小说》中。当时的危地马拉知识青年公开与豪尔赫·乌比科(Jorge Ubico)的军事独裁和美国的干涉作斗争,1944年蒙特罗索也为此被迫流亡墨西哥,并在那里居住到1953年。此间作为1944年上台的新的危地马拉文人政府任命的外交官,他一直在墨西哥和玻利维亚之间奔波。直到1954年军人政权再次控制危地马拉政府,他才辞去公职来到智利,在那里充当著名诗人、诺贝尔文学奖得主聂鲁达的私人秘书。1956年他回到墨西哥定居,直至2003年去世。

蒙特罗索主要作品有短篇小说集《作品全集及其他短篇小说》(1959)及《永恒的运动》(1972),寓言集《黑绵羊及其他寓言》(1969),中篇小说《其余就是沉默——爱德华多·托雷斯生平及作品》(1978),访谈录《情节中心之旅》(1981),散文集《神奇的语言》(1983)、《字母e》(1987)、《寻找金子的人》(1993)、《母牛》(1998)和《西班牙美洲的飞鸟》(2002)等。蒙特罗索在不同的文学体裁中都颇有建树,特别是短篇小说和新寓言。在创作生涯的最后几年他又投入到散文的写作中并认为这是一种能够以自由且自然的方式表达思想的写作形式。

在蒙特罗索的作品中,《黑绵羊及其他寓言》曾是最受批评界关注的作品,此外流传最广的是《作品全集及其他短篇小说》及《其余就是沉默》①。"批评家们强调了蒙特罗索作品的三个主要特点:他对简洁文字的偏爱,他的幽默感以及对于语言的卓越运用。认为他的创作随时间的推移,从最初那些尖刻的嘲讽发展为后期作品的平静、忧伤的喜剧风格,并认为纯正的散文是他叙事文学中的关键要素。"②

幽默在蒙特罗索的作品中具有举足轻重的地位。阿斯图里亚斯亲王文学奖的评委褒奖了他的"塞万提斯式的忧郁的幽默感"。对于蒙特罗索来说,文学是严肃的,但他却不愿意在创作中采取那种"一本正经"的态度。在他的作品中,即使是一个悲伤的故事或者对于人类生存问题的严肃思考,读者都可以看到幽默的身影。

---

① Noguerol Jiménez, Francisca, 1995: *La trampa en la sonrisa: Sátira en la narrativa de Augusto Monterroso*. pp. 44~45.

② 同上,p. 43。

在蒙特罗索的一些短篇小说如《泰勒先生》和《第一夫人》中，幽默与死亡和荒诞的主题结合，变成了黑色幽默。蒙特罗索尖锐地讽刺了拉丁美洲国家的政治黑暗和人民困苦的生活状态。独裁政府的卖国行径和西方资本主义在拉美的新殖民主义使这块大陆充满了荒诞和破败。我们在作品中看到荒诞可笑，但作者的目的并非引读者发笑，而是让我们思考作品反映出的现实的悲哀。

短篇小说《泰勒先生》写于1954年，蒙特罗索说它"直指美帝国主义和联合果品公司在危地马拉的所作所为，它们颠覆了我为之工作的雅各布·阿本斯的革命政府，《泰勒先生》就是我对这一事件的回应……"。①

故事讲述了一个穷困潦倒的美国人泰勒先生来到亚马逊地区，意外地发现了一条生财之道，就是向美国出口当地的微缩人头。他说服当地政府采取对内镇压，对外发动战争的措施以保证微缩人头的供应，因此导致很多土著部落的灭绝。

在叙述中作者使用的是幽默、嘲讽的语气。当泰勒先生在雨林寻找果腹的食物时，偶然得到一颗"微缩人头"，"泰勒先生喜出望外，回到他的草棚里。当天晚上，他仰面躺在棕榈叶编成的破席子上，美滋滋地捧着那个得来的新鲜玩艺儿，翻来覆去地看了老大一阵子，只有周围那些恬不知耻的苍蝇交欢时发出的嗡嗡声不时打断他。泰勒先生的审美观极强，他一根儿一根儿地数着那颗人头的胡髭，看着那双眼睛。那眼睛里有那么一股讥讽的味道，微笑着好像对泰勒先生的赏识表示感谢。"②

陆续寄回美国的微缩人头逐渐引起了虚荣的收藏热潮。微缩人头的贸易无疑象征着在资本主义社会任何东西都可成为商品，以及资本为逐利无所不用其极的现实。泰勒先生"不仅获得了当局必要的出口许可，还有九十九年期的特许权"（这里不禁让人联想起美国对巴拿马运河所享有的九十九年的特许权），甚至成为总统的私人顾问。

为了保证微缩人头的供应，由控制武力的战士和钳制思想的巫师组成的政府发动了对邻近部落的战争，而文明社会支援的大炮让战争变成了大规模的屠杀。政府对内颁布了死刑制度，在公共卫生领域也采取了新的措施："将给危重病人二十四小时的时间以整理他们的遗嘱，然后就要去死。但倘若在这段时间内有幸将其疾病传染给家人，那么将根据被传染者的多

---

① Ruffinelli, Jorge, 1976: "La audacia cautelosa", en AAVV, 1999: *Viaje al centro de la fábula*, Madrid, Alfaguara, p. 36.

② 〔危地马拉〕奥古斯托·蒙特罗索：《泰勒先生》，郑书九译，《外国文学》，北京，北京外国语大学，1993年第6期，第57页。

寡决定其死期延长的时间,即每传染一人可再延长一个月的生存期。轻微病患者或仅仅身体不适者将受到国人的蔑视,在街上任何人均可当众唾骂他。而那些不治病的医生,在历史上第一次受到如此的重视,甚至出了几位诺贝尔奖候选人。死亡者不仅在本国,而且在更令人骄傲的整个美洲大陆均堪称最富爱国主义精神的楷模。"①

殡葬业等与微缩人头相关的贸易行业都得到了发展。部落繁荣了,国会的成员们骑上了公司送给他们的自行车。然而,这种自我毁灭式的贸易并不能持久,因为这个吃人的社会里消耗的是"人"的资源,必定导致人类的毁灭。人们开始"难以安然入睡,担心一觉醒来已被交付出口了"。② 当人力资源枯竭时,泰勒先生自己的微缩人头也被出口,直接寄到美国最开始从事这项贸易的舅父那里,而且他的人头还"带着孩童般的做作的微笑,好像在说:'对不起,对不起,我再也不干了'。"③

这是一种黑色幽默,是死亡、荒诞的狂欢,是幽默在文学领域极端的表现形式。

蒙特罗索的另一短篇小说《第一夫人》讲述的是小学生因饥饿而在学校昏倒,教育部长因此向总统求援,希望成立一个半官方的机构以解决"学校早餐"的问题,总统则"建议"教育部长与总统夫人谈谈。总统夫人表现出极大的兴趣与热情,表示可以在晚会上朗诵诗文以募得善款。她内心窃喜,因为终于有这样一个好机会可以大出风头了。对于自己的朗诵技巧以及在晚会上的表现,总统夫人非常自信、自得,并陶醉于此。她甚至想:"要是很快能再组织一次这样的活动、在一个更大的场地或者一个真正的剧院就好了,自己负责整个的表演……"④

活动结束后,她还想邀请教育部长和两三个朋友到家里喝一杯,以便"延续关于她的胜利的谈话",而且最好丈夫也在家,好听到这些话。教育部长有些尴尬地告诉她,整个活动只募得 7.5 美元,但是还不得不假作乐观地说,第一次已经不错了,这主要是因为缺乏宣传。但总统夫人却说,"我认为是由于场地太小了。"⑤她趁机大力推荐下次要找一个剧场,并表示自己非常愿意帮忙,要再捐出 100 比索。

---

① 〔危地马拉〕奥古斯托·蒙特罗索:《泰勒先生》,第 59 页。

② 同上,第 60 页。

③ 同上。

④ Monterroso, Augusto, 1990: "Primera dama", en Monterroso, Augusto, 1990: *Obras completas (y otros cuentos)*, México, D. F., Biblioteca Era., p. 49.

⑤ 同上。

作为一位对文学、对社会具有责任感的作家，蒙特罗索以幽默为武器讽刺社会的缺陷，并试图找到改善的方法。“在《作品全集及其他短篇小说》中，蒙特罗索文字的靶子主要是拉丁美洲的经济社会状况，而在后来的写作中，他把注意力转移到了人类本性的各个方面，包括人在精神生活、社会生活、学术生活中所犯的错误。”①在蒙特罗索看来，文人和作家的世界并非一个完美的世界，因此他的讽刺性幽默的对象常常是文人和作家的劣根性。

在早期作品《我是如何扔掉五百本书的》中，幽默成了讽刺的面具。当虚荣使人们认为藏书越多就越有智慧的时候，文人对于书的感情有时也变得不那么纯粹了。“书带来的乐趣开始退化成购买的癖好、向朋友或者认识的人炫耀所得到珍本的虚荣，”②却没有时间和心情“安静”地阅读了。

“随着时间流逝，他（主人公）在经济上越来越宽裕了（除非他是个真正不幸的理想主义者），去了更多的书店，很自然地变成了作家，他的书那么多以至于他不仅仅富有智慧，简直是个天才了。关于书的虚荣就是这样发生的。”③而这个所谓的“自然而然”地成为作家的过程，无疑是作者对这类想入非非者的讽刺。

另一方面，有些书本身也可能完全无益。“一般认为诗可以使灵魂丰富，小说至少可以带来消遣，如果乐观一些，社会学的书籍能为解决问题指路。可是静下心来，我发现绝大部分诗歌只会让丰富的灵魂变得贫瘠，小说只会让最快乐的人觉得无聊，而那些社会学书只会让神志清醒的人变得混乱。”④

因此主人公想要扔掉书，包括 50 本政治书、49 本社会学和经济方面的书，14 本世界文学，还有 86 本拉美文学和 37 本拉美文学批评的书等等，甚至还有“半本色情书”。但是如何处理这些无用的书又成了问题。表面看来最方便的是烧掉它们，但在院子里烧掉五百本书，如果被邻居和朋友发现会很难看也很奇怪，因为这社会“接受宗教法庭烧死人，但大多数人却会对焚书感到愤慨”。⑤

有人建议捐给公共图书馆，主人公又认为这种解决方式“太缺乏挑战性”，因为那些书在那里会跟在他家里或者其他任何地方一样没有用处。还

---

① Noguerol Jiménez，Francisca：*La trampa en la sonrisa：Sátira en la narrativa de Augusto Monterroso*，p. 65.

② Monterroso，Augusto，1991：*Movimiento perpetuo*，México，D. F.，Biblioteca Era.，p. 88.

③ 同上，p. 88～89。

④ Monterroso，Augusto：*Movimiento perpetuo*，México，pp. 89～90.

⑤ 同上，p. 91。

有一种方法就是一本本地将它们扔在垃圾箱里，但这种方法"配不上我，配不上那些书，也配不上垃圾箱"①。

最后一种选择就是送给朋友，但那些政治家和社会学家朋友都已经有了相关专业的书了，诗人"不愿意被他所认识的任何同时代的人的书污染"，而"那本色情书虽然撕去了法国插图，对任何人来说仍然是一个负担"。②作者还在文前引用他此后的一本书《其余就是沉默》中的主人公托雷斯的话："诗人：不要赠送你的书，自己销毁吧。"③

作者不厌其烦地描述主人公"无足轻重"的个人体验，就像镜子照出了文人和作家的世界，也就是作者自己所处的世界：他与其他人一样，有美德也有缺点。在寓言集《黑绵羊及其他寓言》中，有一篇《想做讽刺作家的猴子》，写的是一只猴子为了做讽刺作家，研究其他动物的生活习性，但最后因为怕得罪"朋友"，没有勇气讽刺而放弃了，转而写些神秘主义或者关于爱情的文字。文中说："最后，他列了一个人类弱点的长长的单子，但是却找不到炮弹攻击的目标，因为敌人都曾与他共赴宴席，那些缺点也都能在自己身上找到。"④

可以说，幽默是蒙特罗索讽刺的武器，成为作者批评和自我批评的保护机制。

三、蒙特罗索的幽默与游戏

在蒙特罗索的作品中，出现了经由"文学游戏"呈现的幽默。文学作品的叙事结构可以成为表达思想和情感的重要手段，而精心构造的叙事结构是蒙特罗索作品中幽默的组成部分。在短篇小说《永恒的运动》中，他借助视角转换、想象与现实的结合、叙事线条的解构，以及西班牙语动词的屈折变化等，创造了一种情节和结构上的游戏。

从这种形式层面上表现出来的幽默中，读者可以发现在文本中隐匿的东西，并由此得到阅读的愉悦。我们权且把它看作作者对纯文学的回归。在这类作品中，最重要的东西是作品的文学性。作者以一种"幽默"的态度对待文学，把文学看作叙事游戏。叙事文本有两个结构，一个是"事件"的结构，是按时间顺序发生的故事，是作者进行艺术创作的素材；另一个是叙事

---

① Monterroso，Augusto：*Movimiento perpetuo*，México，p. 91.

② 同上，p. 92。

③ 同上，p. 87。

④ Monterroso，Augusto，1990："El mono que quiso ser escritor satírico"，en Monterroso，Augusto 1990：*La oveja negra y demás fábulas*，México，D. F.，Biblioteca Era.，p. 15.

的结构，也就是作者为打动读者重新组织“素材”并将其呈现给读者。“文学的游戏”呈现在他的形式的幽默里，是作者追求作品文学性的表现。

《永恒的运动》是作者1972年出版的同名作品集中的一篇不到200行文字的短篇小说。作者运用西班牙语的动词时态、文学的意识流、叙事视角暗换等技巧，抹煞了意识与现实之间的界限，使读者在不知不觉中掉进了作者善意的“圈套”中。

故事以简单过去时和过去未完成时开始，两个朋友路易斯和胡安坐在海滩上喝酒，胡安回忆与妻子朱丽亚相识并一见钟情的经过，他认为即使一切都变了，朱丽亚也不会改变，她此时一定会在某个地方与人调情。此时朱丽亚到来，大家决定去跳舞。依照惯例，朱丽亚在和他们跳过几支舞之后，会像往常一样另外寻找乐趣。她这时只需要以特别的眼神望一望其他桌子上形单影只的客人，就会有年轻人过来请她跳舞，如果对方看到她是金发女郎时，就会跟她说英语。此时作者开始使用简单可能式描述他们的活动。朱丽亚则一边与年轻人跳舞，一边任由思绪飞扬，认为她的丈夫此时一定像往常一样，受着嫉妒的煎熬，喝得酩酊大醉。后来与朱丽亚跳舞的年轻人开车送他们回酒店，在车上朱丽亚仍在和年轻人调情，而丈夫则佯装醉酒。回到酒店后丈夫惩罚了妻子，面对责罚朱丽亚却快活得哭了。“按照习惯，她会转过身来迎接他，并且抽泣着，不是因为疼痛，也不是因为愤怒，而是感到十分快活，她为再一次与这个唯一占有过她的男人在一起而感到高兴，而她从来没有欺骗过他，也从未想过要欺骗他。”①

这时，故事以“‘可以请你跳舞吗？’那个当地小伙子用英语问。”（简单过去时）结束。而读者直到这时才会发现，从跳舞邀请的情节开始的一系列事件只是主人公的想象。朱丽亚对她的丈夫是忠实的，他们只是习惯了性虐待的游戏，也许他们认为这样会使他们的关系更富激情。

朱丽亚在答应年轻人的跳舞邀请之前，转向自己的丈夫征得同意，因为她“知道他总是不会拒绝”的。此处“知道”和“不会”是用过去未完成时表达，表示过去经常发生的行为。这就说明，虽然跳舞的情节只是想象，但类似的事情以前会常常发生。

西班牙语属屈折型语言，动词有时态、式、人称、语态的变化，有时一种变化又能表示多种含义，作者正是利用了西班牙语的这个特点构建了故事的叙事游戏。在这个叙事游戏中，意识与现实的界限消失了。在故事中，全

---

① 〔危地马拉〕奥古斯托·蒙特罗索：《永恒的运动》，郑书九译，《外国文学》，北京，北京外国语大学，1993年第6期，第62页。

能视角、内部视角和外部视角等叙事视角不断切换。故事中出现以第三人称表现的叙事者视角，还有三个主要人物的视角，而采用带有局限性的人物视角则是为了将故事进行“陌生化”处理，为叙事服务。

此外，故事的题目也参与了叙事游戏，《永恒的运动》带有寓意：在胡安和朱丽亚的生活中重复着自虐—受虐的循环；路易斯不断被问“你记起了吗？”，喝酒的动作也不断被重复。

1978年蒙特罗索发表了他创作的唯一一部中篇小说《其余就是沉默——爱德华多·托雷斯生平及作品》，小说集中体现了蒙特罗索式的在幽默中讽刺和游戏的特点，是文学游戏的狂欢。作品由开头的“墓志铭”和结尾的“附录”以及其他四个部分组成。第一部分由主人公的朋友、兄弟、秘书、妻子讲述托雷斯；第二部分收集了主人公的一部分作品，如“《堂吉诃德》的一个新版本”、“译者与叛徒”等，以及由此引发的争论文章；第三部分收入主人公透着诡谲幽默的一些格言、警句，按照字母顺序排列；第四部分收入同时代的两篇匿名文章，分析当时流传很广的一首讽刺诗，人们认为作者就是爱德华多·托雷斯。

这部小说的写作充满游戏感：文字的游戏、荒诞的互文、传记文体的戏仿、文人生活的漫画化、主人公文选的讽刺与幽默、拼贴画一般的“证据”、难以定论的主人公的人生、令人困惑的“真实”、作者与主人公共同参与其中的情节游戏。所有这些构成了一部爱德华多·托雷斯的“伪传记”，而这种写作方式与作者贯彻始终的幽默感是分不开的。蒙特罗索曾说过，“任何文学都不能离开幽默而生存”。①

戏仿是对人物某一特征漫画式的变形、对某种社会行为的讽刺、打破神话嘲弄的模仿，或者为获得喜剧效果对已存在的文本进行模仿。后者可以追溯到古希腊文学，而在西班牙语文学中最著名的例子就是塞万提斯的《堂吉诃德》对骑士文学的戏仿了。②

弗兰西斯卡·诺格罗尔(Francisca Noguerol Jiménez)认为，戏仿是蒙特罗索讽刺的最基本的技巧，在使用这一技巧时，它表现出对于文学传统的双重态度：呈现它、攻击它、并与之游戏。③ 在所有的戏仿形式中，蒙特罗索

---

① Peralta, Elda, 1981: "Que el autor desaparezca", en AAVV, 1999: *Viaje al centro de la fábula*, Madrid, Alfaguara, pp. 150～151.

② Estebanez Calderón, Demetrio, 1996: *Diccionario de Términos Literarios*, Madrid, Alianza Editorial, S. A., p. 808.

③ 参见 Noguerol Jiménez, Francisca: *La trampa en la sonrisa: Sátira en la narrativa de Augusto Monterroso*, p. 157。

偏向使用“讽刺式的模仿”，带着批评的目的模仿特定的文学形式和文学风格，并在这些喜剧性模仿中将这一文学形式的特点强调至漫画的程度。①

本书首先是对传记文学的戏仿。作者试图使读者相信，主人公确有其人，本书就是关于爱德华多·托雷斯生平及作品的介绍。而实际上我们看到，朋友、兄弟、秘书和妻子的叙述并未给读者提供足够的素材，来了解这位被称为“学者”的人。在有些人眼中，他可以为了保持思想的独立而拒绝权力；在他人口中，他却是除了读书对其他一无所知的人；他年轻的秘书只讲述了自己对一个女子的单恋；对着录音机口述的妻子也常常跑题。

作品选集和评论部分又是对其他文体的戏仿。选集部分里“《堂吉诃德》的一个新版本”和其后收录的反驳它的文章为我们再现了文人的论战。“《堂吉诃德》的一个新版本”发表在“1958 年 11 月 8 日《圣布拉斯先驱杂志文学副刊》”上②，但这是一本明显虚构的读物，尽管作者注明了发表的具体时间，并说小说作者蒙特罗索曾在 50 年代工作过的《墨西哥大学杂志》（1953～1965）转载了该文③。在这篇不到三页的文章中，托雷斯热情洋溢、引经据典地评论了这部名著，甚至还指出新版本中存在的一些“错误”。

《翻译与背叛》则戏仿了文学批评，谈论的是翻译中的问题：故意或由于粗心造成的对原文的“背叛”，和逐字逐句翻译与意译之间的两难命题。而托雷斯给出的解决方案是：能使用逐字逐句翻译的时候就逐字逐句翻译，意译也一样；根据主题、谐音或具体事件，需要哪种就使用哪种。④ 然而作为结论，托雷斯以自己翻译一位德国诗人作品的经历为例，出乎意料地用由短线和弧线组成三幅图画，表示原诗和以不同方式翻译的西班牙语译作之间声音和节奏的不同。

蒙特罗索公开承认：“托雷斯博士就是我，我们这样的人有很多：我们相信自己了解文学但事实并非如此，我们相信自己是个好的批评家但看不到这其中的混乱和愚蠢。我们确实都有那么一点‘托雷斯’”。⑤ “当（托雷斯）说‘蠢话’时，我们不知道这是自然流露还是对他在其他评论中读到的、看起

---

① 参见 Noguerol Jiménez，Francisca：*La trampa en la sonrisa：Sátira en la narrativa de Augusto Monterroso*，p. 158。

② Monterroso，Augusto，2003：*Lo demás es silencio*（*La vida y la obra de Eduardo Torres*），Madrid，Ediciones Cátedra，p. 123.

③ Sin Autor：“Augusto Monterroso，Cronología”，en *Centro Virtual Cervantes*，http://cvc.cervantes.es/actcult/monterroso/cronologia/1957_1972.htm.

④ Monterroso，Augusto：*Lo demás es silencio*（*La vida y la obra de Eduardo Torres*），p. 129.

⑤ Jaramillo，Ana María，1994：“Veneros de la memoria”，en AAVV，1999：*Viaje al centro de la fábula*，Madrid，Alfaguara，pp. 188～189.

来智慧的蠢话的戏仿，他有时候在'凤凰'酒馆说，这些书只是由失去威信的印刷品或者文人之间的'公共关系'所佐证，先生们在'诠释'诗歌时郑重其事说出的蠢话被在大学里教授，托雷斯的那些话却被当作笑话……"①

书中还收入了托雷斯名为《作家十诫》的文章，而我们自然会联想到《摩西十诫》。但是主人公收录了十二条"戒律"而不是十条，托雷斯将此文发表在《墨西哥文化》副刊上，并称，之所以收录十二条，是为了让读者能够"根据喜好选择"②。他劝诫作家："能用一百个词说的事情就用一百个词说，能用一个词说的就用一个词；但不要用中间项，也就是说，永远不要用五十个词说。"③前半句也许还称得上是建议，文章的长度要根据需要来定，后半句就完全是调侃了。作者写下这样的大白话大概缘于这样的理由："第十条，你要让读者总是在内心深处感觉到自己与你一样高明，或者更加高明。你要不时地努力做到事情确实如此，但要做到这点你必须比读者更聪明才行。"④

《托雷斯博士于1967年5月在圣布拉斯举行的全大陆作家大会上的讲话》模仿资料文献，文中按照字母顺序收录博士在大会上所说的一些话，这种方式一本正经但是好笑，而内容也是荒诞的。其中提到："为了切实保证思想的自由表达，从今天开始，男女作家都禁止滥用任何种类的避孕药，近年来很多文学怪胎（主要是小说、故事、散文和诗歌领域）都是由这种著名的外国风俗产生出来的。"⑤这里使用了西班牙语词语 concepción 的双重含义：思想和怀孕，但同根词 anticonceptivo 就只有避孕药的意思了。文中还说："为了保证作家们能够以恰当的方式表达他们的相异之处，各国卫生当局应当在那些最贫穷的作家家里安装专用风扇，最好安装在打字机或钢笔附近。"⑥西班牙语动词 ventilar 含有双重意思，一是使空气进入或者流动，二是公布、公开某件私事，但是它的名词 ventilador 却只有风扇、通风机、通风口的意思了。在以上两个例子中，作者显然也在借这种方式来讽喻20世纪中叶拉丁美洲作家的生存和创作状态。

作品的第三部分按照字母顺序收集了托雷斯说过的警句、名言、谚语和箴言，都是从他的对话、日记、笔记、书信和已发表的文章中摘录下来的，而

---

① Moreno-Durán, Rafael Humberto, 1982: "La insondable tontería humana", en AAVV, 1999: *Viaje al centro de la fábula*, Madrid, Alfaguara. p. 173.

② Monterroso, Augusto: *Lo demás es silencio*(*La vida y la obra de Eduardo Torres*), p. 138.

③ 同上，p. 136。

④ 同上，p. 137。

⑤ 同上，p. 145。

⑥ 同上。

这无疑是对名人语录、格言警句的戏仿。例如，关于友谊，他是这么说的："你有钱的时候门庭若市，朋友蜂拥而至，而在你没钱时门可罗雀，朋友就作鸟兽散（在凤凰酒馆对酒馆老板 A. R. 罗沙所言）。"①

像有些传记文学作品一样，本书也附上当时其他文人所作的关于主人公所经历的人或事的文章。第四部分"同时代的作品"探讨在圣布拉斯以传单形式广泛传播的一首讽刺诗《圣布拉斯之驴——但总另有其人》是否系托雷斯所作的问题。所附的两篇评论，一篇为匿名，一篇使用假名，都认为这是托雷斯的作品。用假名阿里瑞奥·古铁雷斯发表的那篇文章认为，这首自称为十四行诗的诗作显然不是十四行诗，因为它虽然有十四行诗句，然而诗的韵脚和音节数目都不符合十四行诗的规范。尽管如此，他仍然认为这是一种"至今未被认识、未被归类的全新的结构（为此我们应当祝贺那位匿名的作者呢），它有十四行诗句，大部分是八音节，两两押韵"②。这位作者"应该因发现了一种全新的文体受到称赞，这也使他有了某些阐释这种新文体的权力，诗歌里的这些不完美之处一定是某种新加入的修辞手法，来掩饰他们背后的大师之手"③。

互文与文字游戏也参与构建了作品的游戏感。互文性指的是在文本中以引文、影射、模仿或戏仿的方式出现其他文本的表达、主题和结构、文体或文学品种特征。影射是最简单的互文形式之一。但在这部小说中，有些影射是隐藏着的，需要借助读者的知识去发现，批评家们认为这部作品提供了"文人的和外行的双重阅读"④，蒙特罗索认可了这一点，并指出这部作品的意图是成为一部"可以被欣赏的叙事作品"⑤，不仅对于一般的读者，而且更适于那些"读了我读过的那些书的人"⑥。

此书的标题《其余就是沉默》，是莎士比亚名剧《哈姆雷特》的最后一句话，但是蒙特罗索故意将这句话说成是莎士比亚另一部剧品《暴风雨》中的话。我们知道，《暴风雨》和《哈姆雷特》中都有一个叔父篡位的故事。小说的主人公托雷斯在作品的最后一部分，即"结束语"中评论这部传记时指出

---

① Monterroso, Augusto: *Lo demás es silencio* (*La vida y la obra de Eduardo Torres*), p. 159。

② 同上，p. 186。

③ 同上。

④ Carminatti, Graciela, 1980: "La experiencia literaria no existe", en AAVV, 1999: *Viaje al centro de la fábula*, Madrid, Alfaguara, pp. 128～129.

⑤ Moreno-Durán, Rafael Humberto, 1982: "La insondable tontería humana", en AAVV, 1999: *Viaje al centro de la fábula*, Madrid, Alfaguara, p. 171.

⑥ 同上。

了这一点，认为作者这样做"无疑是为了迷惑"[①]。而蒙特罗索在一次访谈中戏说，有些批评家没有发现这一故意的错误，以至于"到最后托雷斯自己反而到处引用这个笑话，谈论普洛斯彼罗与哈姆雷特的相遇了"[②]。

在第一部分之前作者加入一个"墓志铭"，并称这是托雷斯生前所写："这里安息着爱德华多·托雷斯，在他的生命中，来到、看见、总是被战胜，不仅被自然，而且被敌方的舰队所战胜。"[③]墓志铭中偷换凯撒的名句"我来了、看见了、战胜了"，并提及了西班牙无敌舰队的历史。豪尔赫·鲁菲内利(Jorge Ruffinelli)认为这篇墓志铭是作者借戏仿堂吉诃德的墓志铭在向塞万提斯致敬[④]。在《小议〈圣布拉斯之驴——但总另有其人〉》中附有作者的名字，但小说的作者又在页末注释中说这个人使用的是精心设计的假名，在圣布拉斯的任何户口登记或教堂记录中都找不到这个名字。这个人试图分析那首所谓的十四行诗时，提到了鲁文·达里奥(Rubén Darío)[⑤]的一首十三行诗，是"在一个倒霉的时刻鲁文·达里奥偶然想到的，我说一个倒霉的时刻是因为也许他觉得时间太晚了，今晚写不完了……"[⑥]，而实际上那不是一首未完成的十四行诗，而是一首与十四行诗的结构和音节不同的诗作。

托雷斯还在《作家十诫》中讽刺地写到，作家应该"利用"牢狱和贫穷来完成高质量的写作，避免"像荷马一样睡觉，像拜伦一样平静地生活，像布鲁瓦挣那么多"[⑦]，而实际上，鲁菲内利告诉我们，贺拉斯在《诗艺》中说，荷马也有打盹的时候，意思就是，大作家也可能犯错误，诗人拜伦(1788～1824)有那么多风流韵事，法国作家莱昂·布鲁瓦(1846～1917)从事最低等的工作挣钱养活自己，最后死于疾病。

此外，在本书中，情节已经失去了传统上的重要地位，也无所谓开端、发展、高潮和结局。按照一般传记的写法，熟人的叙述应当帮助读者形成对传记主人公的印象，然而在本书中，读者看到的只有欲言又止的、断片的、自相矛盾的有关托雷斯的信息。

---

① Monterroso, Augusto: *Lo demás es silencio* (*La vida y la obra de Eduardo Torres*), p. 198.

② Rafael Humberto Moreno-Durán, "La insondable tontería humana". p. 170～171.

③ Monterroso, Augusto: *Lo demás es silencio* (*La vida y la obra de Eduardo Torres*), p. 57.

④ 同上，p. 57。堂吉诃德墓志铭是这样开始的："邈兮斯人，勇毅绝伦，不畏强暴，不恤丧身，谁谓痴愚，震世立勋，慷慨豪侠，超凡绝尘，一生惑幻，临殁见真。"见〔西班牙〕塞万提斯：《堂吉诃德》，杨绛译，北京，人民文学出版社，1995年，第二版，第526页。

⑤ 鲁文·达里奥(Rubén Darío，1867～1916)，尼加拉瓜诗人，拉丁美洲现代主义诗歌的代表人物。代表作《蓝》、《世俗的圣歌》和《生命与希望之歌》等。

⑥ Monterroso, Augusto: *Lo demás es silencio* (*La vida y la obra de Eduardo Torres*), p. 185.

⑦ 同上，p. 137。

"证言"第一篇的作者曾经做过托雷斯的私人秘书，但他使用了化名，只有在作者的脚注中我们才知道他的身份（值得一提的是，本书中脚注也参与到情节中来）；第二篇中，托雷斯兄弟的叙述保存并不完整，而被他在自杀前毁掉了部分；总在托雷斯的书房里偷看小说的年轻秘书卢西亚诺·萨莫拉的"回忆"中，很少提及主人公的生活，而用大部分篇幅倾诉自己对一个女孩的暗恋。

萨莫拉还是用片言只语给我们提供了关于托雷斯人格的一些线索："……托雷斯，过分出名的人物，在那个肮脏的村落里同时受到追捧和鄙弃。我有理由将他的优点和他的作品所受的赞誉列一个单子，他的作品与他本人一样出名，也同时受到赞美和谴责。只要说即使根据最被广泛认可的观点也无法确定博士在他的时代究竟算作一个爱说粗俗笑话的人、一个幽默家、一个智者还是一个傻瓜就够了，最有可能的是，每当他表现得像这四种人之一的时候，都有那么些其他三种人的影子。"①

萨莫拉说，托雷斯让他用打字机打出一些信件以便把原件烧掉，这些信暴露了博士和两个女人之间禁忌的肌肤之亲。这也许是托雷斯的兄弟不完整的手稿未曾说出的内容之一。而在萨莫拉看来，托雷斯夫人和她的邻居阿尔克塞夫人"在内心深处都喜欢另一位的丈夫而不是自己的配偶"②。

在托雷斯的妻子卡门题为"讲述一位丈夫总是很难"的叙述中，我们了解到她对于丈夫有一种复杂的感情。一方面，要忍受他一些癖好，比如对收藏书和对读书的过分热爱，丈夫的朋友、当然也包括年轻女作家的不断来访，因此她有时称自己的丈夫为"厚颜无耻的老家伙"③或是"老流氓"④；而另一方面，她说当丈夫胸口上放着一本书睡着，"梦中还带着他那连一只苍蝇也不会杀死的人那特有的微笑，说实话，这一时刻我觉得从没像现在这样爱他，并且容忍了他所有的毛病。"⑤

法国作家纪德说过："我希望事件永远不要直接由作者叙述，而更应该是从受这些事件影响的人物的角度陈述（从不同角度，多次展现）。我希望在他们陈述的故事中这些事件稍稍变形，给读者增加一种兴趣，让他们重组事实，故事要有他们的合作才能更好地显现出来。"⑥这种手法不少作家都

① Monterroso，Augusto：*Lo demás es silencio*（*La vida y la obra de Eduardo Torres*），p. 78.

② 同上，p. 82。

③ 同上，p. 117。

④ 同上，p. 118。

⑤ 同上。

⑥ 蒋承勇、项晓敏、李家宝主编：《20世纪欧美文学史》，武汉，武汉大学出版社，2007年，第一版，第57页。

曾经使用过，本书中蒙特罗索对人物的塑造方式与纪德的《伪币制造者》有异曲同工之妙。了解内情的人的叙述、作品选录、他人对于作品的评论、主人公对于自己"传记"的评论，这一切看似松散的素材实际指向一个中心，但要深入其中，尚需读者的一番心思。

蒙特罗索曾经说起自己要塑造"活"的人物："当我为创造一个人物而写作时，不管多么虚构，我总把他当作可能是我的邻居这样一个活生生的人来对待，我想理解他，试图看到他，我努力以最写实的方式来刻画他的内心冲突。如果这样我也不能将自己感动，我就不会将它付印。"①不过，托雷斯这个人物到底是真实的还是虚构的，读者却可能会时时心存疑虑。

显然，这本书具有"传记"的外壳，有着这种文体所应具备的要素：熟人的描述、作品选集、评论等。蒙特罗索亲自参与了这个"游戏"，在一次访谈中他说自己正忙于托雷斯的传记："调查进行得很慢，难度比我想象的大。到圣布拉斯的旅行又贵又累人，因为我对飞机子虚乌有的恐惧，我只能坐长途汽车、吉普车或骡车。不过这还不是最糟的，最糟的是调查的结果完全要看这位大师的脾气。脾气不好的时候，他老说些与他的生活完全无关的东西，我就知道这回是没办法得到一份资料、一个准确的日期了。"②

一次谈到创作本书的动机时，蒙特罗索宣称"是为了抢救省里一位文人的一系列文章，具体说就是圣布拉斯的托雷斯博士。找到他，与他熟悉要花些工夫"。③ 在一个关于他作品的研讨会上，蒙特罗索宣称，感觉自己是托雷斯的创造者，而创造他的目的，就是借托雷斯的笔为第一次读《堂吉诃德》的人写一篇书评。④

在"证言"和"同时代作品"两部分，作为各种资料的组织者，作者蒙特罗索在小说中若隐若现。例如，在托雷斯的妻子卡门的录音中，她在开头说："您突然让我给您说说托雷斯"⑤，还说"我听说他的兄弟也为您写了一些东西"⑥，并说他兄弟讲的那些事情有一些不是真的，并要求访问者不把这

① Jaramillo, Ana María, 1994: "Veneros de la memoria", en AAVV, 1999: *Viaje al centro de la fábula*, Madrid, Alfaguara, p. 190.

② García Flores, Margarita, 1969: "Fábulas inmoralistas", en AAVV, 1999: *Viaje al centro de la fábula*, Madrid, Alfaguara, p. 53.

③ Carminatti, Graciela: "La experiencia literaria no existe", p. 110.

④ Noguerol Jiménez, Francisca, 1996: "Los juegos literarios: *El Quijote* como hipotexto en la narrativa de Augusto Monterroso", en *El Cuento en Red*, http://cuentoenred.org/cer/numeros/no_7/pdfs/07CER_M08_noguerol.pdf.

⑤ Monterroso, Augusto: *Lo demás es silencio* (*La vida y la obra de Eduardo Torres*), p. 104.

⑥ 同上, p. 115。

些话传出去，虽然卡门提到的那部分在托雷斯兄弟的证言中并未出现。

此外，在一些访谈中，蒙特罗索也曾经引用托雷斯的话。例如："写作是很容易的。托雷斯说过，要把这件事情做好只需要智慧、敏感和一些经历，见过恰当的人，读过恰当的书。"①而他在其他场合也提及托雷斯未被收录的一篇题为"圣布拉斯谚语学"的文章，未收录的原因是"篇幅太长，解释性太强"②；他还说："托雷斯的妻子没有沉醉于丈夫的形象中，所以才能给我们提供一幅关于圣布拉斯文人生活的相当广泛甚至有点攻击性的画卷，就像托雷斯自己玩笑说的那样，是一个'诚实的批评者'。"③

涉及那首讽刺诗的两篇同时代人的文章，蒙特罗索以脚注的形式澄清："这确实是来源不明的同时代人的文章，华金·莫蒂斯出版社④在结束本书的印刷前夕收到的。"这也成为这篇文章的疑点之一。另一篇未署名的文章声称"有人"要他写这篇评论，但又不说出是谁。

署名托雷斯的"结束语"，是本书中最古怪的部分。因为托雷斯说，这是此类文体历史上第一次让传记主人公在书中加入自己的写作的内容。在文中他说认识蒙特罗索，而且已经很多年了，后者"有好开玩笑的名声，并且并不喜欢我"⑤。托雷斯说他本不想让蒙特罗索在《墨西哥大学杂志》上发表关于《堂吉诃德》的那篇文章，因为那本是他几年前所做毕业论文的一个片断，但他最终被说服做出让步，但未料想那篇文章还是引起了他本不想引起的论战。

最后，托雷斯给自己的"传记"下的结论是，他怀疑所有这一切会不会只是一个梦境。"……在我读到所有这一切的时候，我想我的生活、圣布拉斯、我的家人、朋友和敌人都只是一种梦而已，只剩下了这么一星半点儿。再读我自己文章的时候，有时我停下来，看看我的周围，想象我是否真的写下了这里收录的这些东西，或者思考我某一天是否真的说了那些话，还是他们说我说了。"⑥主人公的自白更使本书增加了虚幻感。

《关于动物和人》是托雷斯写的关于蒙特罗索 1969 年出版的一部现代寓言作品《黑绵羊和其他寓言》的一篇文章。根据文后的注释，此文 1971 年 8 月 22 日最先发表于《圣布拉斯先锋杂志》的文学副刊，后被同年 12 月 1

---

① Avilés Fabila，René，1975："El escritor contra la sociedad"，en AAVV，1999：*Viaje al centro de la fábula*，Madrid，Alfaguara，p. 79.

② Carminatti，Graciela："La experiencia literaria no existe"，p. 128.

③ Moreno-Durán，Rafael Humberto："La insondable tontería humana"，p. 172.

④ 1978 年出版本书的第一版。

⑤ Monterroso，Augusto：*Lo demás es silencio*（*La vida y la obra de Eduardo Torres*），p. 197.

⑥ 同上，p. 198。

日的《墨西哥文化》副刊《永远》第512期转载，而《其余就是沉默》发表于1978年。在《关于动物和人》中，托雷斯戏仿了批评界关于蒙特罗索作品经常议论的话题，比如出书速度缓慢(上一本《作品全集及其他短篇小说》是十年前出的)，文章短(有的寓言只有寥寥几行字)，或者关于借动物之口讽喻人类弱点的"现代寓言"等。而这些蒙特罗索在不同场合都曾经解释和回应过，他曾说过："任何严肃的作家都不相信批评，除非是褒扬自己反对别人的"，因为"批评影响和引导的是公众而不是作者"。①

主人公评论了作品和作者，这样一来，作品中的人物托雷斯被置于与作者蒙特罗索同等位置，或者说，不再有全知全能的作者进入到作品中来，成为人们研究的对象，但无论如何，托雷斯的笔还是握在蒙特罗索手中的。

艾尔达·佩拉尔塔(Elda Peralta)在一次访谈中向蒙特罗索提问说，有些敏锐的读者认为托雷斯比他的创造者更为具体、更易感知、更加真实，对此作者回应道："作者应当被他创造的人物消弭，为他们效劳。"②而传主托雷斯所说的一席话，更给我们提出了语言的不确定性和蒙特罗索的文学游戏问题。在这场游戏中，什么应当认真看待，什么又不必如此，也许是一个无解的问题。托雷斯称："……说到底，所有一切早晚都是要进垃圾堆的。如果有人有一天用这垃圾造出几页新纸，我相信这些纸下次能被用到不那么模棱两可，不那么虚假宽容，不那么无足轻重的地方。"③

错误的引用、对现实的戏仿、貌似客观但什么也未说出的证言、混杂着智慧和愚笨的作品，所有这些构成了这部非传统小说的特色。蒙特罗索说他的幽默"代表着对那种文学是严肃的这种念头的警觉"④。《其余就是沉默》里的文学游戏滥觞于蒙特罗索一贯的对于文学的"游戏"风格。正因为视文学如游戏，蒙特罗索才得以以一种睿智的、玩笑的、轻松的"陌生化"手法塑造他的作品，而这正是"幽默"所采取的态度。

不管使用黑色幽默、讽刺、戏仿，还是叙事游戏等手段，蒙特罗索一直以幽默为武器，嬉笑怒骂、针砭时弊、创造阅读享受，他对幽默的运用也不断发展进而臻于纯熟。这样的蒙特罗索也就具有了"世界性"的特征，他的创

---

① Avilés Fabila, René: "El escritor contra la sociedad", p. 77.

② Peralta, Elda, 1981: "Que el autor desaparezca", en AAVV, 1999: *Viaje al centro de la fábula*, Madrid, Alfaguara. p. 156.

③ Monterroso, Augusto: *Lo demás es silencio* (*La vida y la obra de Eduardo Torres*), p. 198.

④ Peralta, Elda: "Que el autor desaparezca", p. 150.

作展示了自“文学爆炸”以来危地马拉乃至拉丁美洲叙事文学发展的一个侧面。

四、多姿多彩的危地马拉“爆炸后”叙事文学

在中美洲国家中，危地马拉无疑拥有雄厚的叙事文学传统。1967年，危地马拉人米格尔·安赫尔·阿斯图里亚斯获得诺贝尔文学奖，他的作品《危地马拉传说》(*Leyendas de Guatemala*，1930)、《总统先生》、《玉米人》等为世人所熟知。危地马拉20世纪最重要的三位文学家——诗人及散文家路易斯·卡多萨·伊阿拉贡(Luis Cardoza y Aragón，1901～1992)、小说家奥古斯托·蒙特罗索以及剧作家卡洛斯·索洛萨诺(Carlos Solórzano，1922～)也为危地马拉带来了丰厚的文学财富。

然而，人们有一种印象，似乎在米格尔·安赫尔·阿斯图里亚斯之后，中美洲文学的新作就很少出现在读者的视野中了。弗兰西斯卡·诺格罗尔·希梅内斯分析认为，由于独裁、内战、革命以及外国干涉造成的普遍的社会动荡和政局变幻，20世纪后40年的中美洲文学成了“被遗忘的文学”。[①]因为不仅写作、出版、业界的交流受到限制，不少作家还投笔从戎参加战斗，更有一些作家在独裁统治下遭到杀害，比如《时间从西瓦尔巴开始》(*El tiempo principia en Xibalbá*，1985)的作者路易斯·德利昂(Luis de Lión，1940～1984?)就被杀。他的这部关于玛雅人的小说，早在1972年就获得克萨尔特南戈“赛诗会”中美洲小说奖，但直到作者去世后一年才得以出版。

在此背景下，蒙特罗索由于其颇具世界特点的文学创作，成为“文学爆炸”后为数不多的具有国际声誉的中美洲文学家，他的作品也展现了中美洲作家在20世纪下半叶所进行的内容与形式的创新。[②] 弗兰兹·加利奇(Franz Galich)将蒙特罗索的《其余就是沉默——爱德华多·托雷斯生平及作品》归于幽默小说之列，类似的还有1998年获得“马里奥·蒙蒂夫特·托莱多”小说奖的维克托·穆尼奥斯(Víctor Muñoz，1950～)的政治讽刺小说《我们想要一切》(*Todos queremos de todo*，1995)。在他看来，20世纪最后

---

① Noguerol Jiménez, Francisca: “La narrativa centroamericana. Augusto Monterroso”, en Barrera, Trinidad(coordinadora), 2008: *Historia de la Literatura Hispanoamericana* Tomo III Siglo XX, Madrid, Cátedra, p. 215.

② 同上。

30年的危地马拉小说创作呈现多样性的特征。①

这一时期的小说作品有相当部分涉及了政治暴力的主题，如马科·安东尼奥·弗洛雷斯(Marco Antonio Flores，1937～)、马里奥·罗伯托·莫拉莱斯(Mario Roberto Morales，1947～)、阿尔图罗·阿里亚斯(Arturo Arias，1950～)、丹特·利亚诺(Dante Liano，1948～)的相关作品。② 1976年，马科·安东尼奥·弗洛雷斯的小说《伙伴》(*Los compañeros*)的出版，被认为开启了危地马拉的"新小说"运动。《伙伴》将读者带离阿斯图里亚斯的神话世界，进入一个因1960年到1968年间的游击战争而变得粗暴、残忍的现实世界。③ 随后，马里奥·罗伯托·莫拉莱斯的《野蛮的魔鬼》(*Los demonios salvajes*，1978)、阿图罗·阿里亚斯的《爆炸之后》(*Después de las bombas*，1979)和埃德温·西富恩特斯(Edwin Cifuentes，1926～)的《人民与暴力》(*El pueblo y los atentados*，1979)相继出版，与拉丁美洲其他国家的"爆炸后文学"遥相呼应。

关于危地马拉"新小说"，马里奥·罗伯托·莫拉莱斯认为，尽管80年代的危地马拉小说大部分都将笔锋集中在武装斗争以及记录战争的恐怖和权力的滥用上，但危地马拉的"新小说"不仅是"游击战文学"或"承诺文学"，它的题材、情节更侧重展现武装暴力在人身上引起的情感变化和在城市中产阶级中引发的伦理危机。④ 他坚持认为："中美洲没有'文学爆炸'作家，而是文学爆炸审美的继承者，譬如'新小说'的作家们。"

马里奥·罗伯托·莫拉莱斯以为，在中美洲，是自己和危地马拉的马科·安东尼奥·弗洛雷斯，以及萨尔瓦多的曼利奥·阿尔盖塔(Manlio Argueta，1935～)等人开始了所谓的"新小说"运动。他们有着相似的实验方向，关注都市题材，常采用在政治、文化上边缘化的叙事视角。此后，阿图罗·阿里亚斯、埃德温·西富恩特斯、卡洛斯·雷内·加西亚·埃斯科巴等人于70年代末至80年代末出版的作品，更加丰富了小说创作的题材，使之不再局限于都市主题；在马里奥·罗伯托·莫拉莱斯的《金字塔的光辉》

---

① Galich，Franz："Notas para una cartografía de la novela guatemalteca de los últimos treinta años"，en Kuhot，Karl y Mackenbach，Werner，eds，2005：*Literaturas centroamericanas hoy. Desde la dolorosa cintura de América*，Madrid，Iberoamericana y Frankfurt/Main，Vervuert Verlag，p. 113.

② 同上。

③ 同上，p. 101。

④ Morales，Mario Roberto，2007："Continuidad de las rupturas(II)"，en *La insignia*，http://www.lainsignia.org/2007/octubre/dial_002.htm.

(*El esplendor de la pirámide*,1986)和《后方的天使》(*El ángel de la retaguardia*,1996)以及马科·安东尼奥·弗洛雷斯的《刀锋之上》(*En el filo*,1993)等八九十年代出版的小说作品中,作家们则重新关注武装斗争。①

马里奥·罗伯托·莫拉莱斯的小说《后方的天使》,以丰富的文献史料和电影资料为基础,再现了20世纪六七十年代危地马拉的青年文化和政治斗争:警察闯入一次学生葬礼,群众性的和平斗争由此转化为武装斗争,小说的名字就来自墓园中的大理石天使雕像。作品呈现了那个时代的各种文化元素,将摇滚乐、游击战争、中间阶级年轻人的理想主义和放荡不羁的波希米亚式生活等,与当时危地马拉的城市话语整合在一起,表现了游击战争运动初始阶段国家的复杂现实。作者于2007年获"米格尔·安赫尔·阿斯图里亚斯"国家文学奖(Premio Nacional de Literatura de Guatemala "Miguel Ángel Asturias")。

马科·安东尼奥·弗洛雷斯的《刀锋之上》是一部反英雄小说。游击队员"老虎"忽然被捕,在左翼组织内部引起了轩然大波。因为身为左翼军事组织的重要成员,"老虎"能否熬得住酷刑关系着很多人的安危,而他最终背叛了同伴,成了告密者和国家镇压反抗势力的有效工具。

1996年奥托涅尔·马丁内斯(Ottoniel Martínez,1953～)发表小说《浣熊的典礼》(*La ceremonia del mapache*,1996)。故事有两条平行的叙事线索,玛雅人迈姆的故事出现在双数章节中,他参加过抵抗运动,后被军队强行招募,身份被发现后受到刑讯逼供,诱使他招供出其他伙伴来。后来他设法逃脱,历尽艰难重新投入到抵抗运动中。作者以现实主义的笔触描写了主人公所受的折磨和逃跑途中的恐惧,玛雅传说中浣熊的故事则帮助他战胜恐惧和路途中的艰难险阻。另一位主人公塔马加斯是一个来自危地马拉海岸的混血儿,他的故事在单数章节中讲述,与迈姆的故事不交叉却遥相呼应。他是一个反英雄的形象,代表了另一个世界、讲另一种语言的人。对他的故事叙述受到福克纳的影响,借鉴了先锋派、魔幻现实主义和后现代主义的手法,比如通篇不用标点符号等。

两个故事各自发展,虽然看似独立但又相互联系,因为两个主人公生活在同一历史背景下的同一片土地上,都被挟裹在内战的洪流中。小说表现了全体危地马拉人民所遭受的战争的创伤,尤其反映了中下层土著人和混血种人以及普通士兵所受到的欺凌与压迫,作品同时也有纪实文学和作者

① Morales, Mario Roberto, 2007: "Continuidad de las rupturas(II)", en *La insignia*, http://www.lainsignia.org/2007/octubre/dial_002.htm.

自传的影子。

20 世纪最后 30 年的危地马拉叙事文学中还有一类"生存小说",比如阿多尔佛·门德斯·比德斯(Adolfo Méndez Vides,1956～)的《地下墓穴》(*Las catacumbas*,1987)和《城墙》(*Las murallas*,1998),以及卡洛斯·雷内·加西亚·埃斯科巴(Carlos René García Escobar,1948～)的《归乡情切》(*La llama del retorno*,1984)。[①] 小说《地下墓穴》描述两位主人公在一个叫做"地下墓穴"的酒馆里互相倾诉各自的遭遇。他们对现实问题毫不关心,只求一醉,以便能忘记一切,这是在军事独裁的高压统治下人们唯一的生存方式。

作品的片断性和互文的写作手法具有了拉丁美洲后现代文学的特征,语言精雕细琢,善用警句,具有新巴洛克主义的特点。作为在最严酷的岁月也未曾离开危地马拉的作家,他的作品深刻地表现了多年集权统治下,人们麻木疲惫的精神状态。该书于 1986 年获中美洲小说"新尼加拉瓜"奖。

同一作者的小说《城墙》讲述叙事者"我"和拉米罗两个人从危地马拉安提瓜移民来到"最大的后现代实验室之一"纽约的故事。他们想要改变自己的生活境遇,却找不到远离平庸和摆脱贫穷的方法,无法超越长时间的战争恐惧所带来的心理阴影,落入空虚与没有出路的境地。受大众传媒尤其是广播电视的影响,带着对所见到的美国人异国生活方式的艳羡,他们梦想着在美国改善自己的生活水平,继续做着前辈们未曾实现的"美国梦",拉米罗就是受到父亲的影响才决定移民的。但到达之后他们才发现,籍由电视电影和想象构建而成的城市在现实中消失了。最终拉米罗失明,不再踏出"我"的公寓,在生活上完全依赖于"我",可"我"终于厌倦了这种依附关系而逃离了公寓。

拉米罗的失明、未老先衰和对他人的依附,隐喻了多年的战争给人们的身心带来的严重后果。作者称小说的灵感来自他在 80 年代生活的危地马拉的真实体验,整部作品贯穿着悲观失望的气氛,人物大多数缺乏政治意识,没有明确的文化倾向,是八九十年代危地马拉社会、经济和文化动荡的一代。作品同时探讨了移民潮与美国大城市互相作用的社会现象。这部作品获得 1997 年的马里奥·蒙蒂夫特·托雷多小说奖。

《归乡情切》是加西亚·埃斯科巴的第一部小说。作品讲述一个危地马拉青年阿瑞尔为追寻自己的美国梦,通过非法移民来到美国后的生活。没

---

① Galich, Franz: "Notas para una cartografía de la novela guatemalteca de los últimos treinta años", p. 113.

有合法身份的他在美国陷入重重困境，深切感受到第三世界和美国文化的冲突。

后两部小说也可算作移民小说。移民问题总是文学关注的重要主题之一，特别是与美国为邻的拉美国家。由于对未知世界的渴望，或是迫于现实的需要和改善自己生存环境的愿望，不少拉美人选择以合法或者非法的方式来到美国，他们在移民国的生活必然成为拉丁美洲文学的重要题材之一。

值得一提的还有侦探小说，如丹特·利亚诺的《蒙塞拉特的那个人》(*El hombre de Montserrat*，1994)等。这部作品以侦探冒险小说的形式反映政治问题，讲述了危地马拉近代史上军队与游击队之间的冲突以及时有发生的暗杀和失踪事件。卡洛斯·加西亚中尉于上班途中在危地马拉城郊一个叫蒙塞拉特的地方看到一具尸体，好奇心驱使他想要前去探个究竟，结果却被警察撞见他在尸体旁边。对于加西亚来说，被交给秘密警察讯问绝不是一件愉快的事。对案件调查的叙述不是线性发展的，作者不时插入一些关于加西亚作为军人的生活状态和思维方式以及军队秘密调查员的工作生活情况的叙述，同时表现了游击队的斗争、土著人的生存状态、包括加西亚在内的军队的暴虐和缺乏人性，以及军人对战争的厌倦。加西亚生活在一个被欺骗、猜疑和腐败所包围的城市里，那里正义与非正义、好与坏之间的界限已经模糊，而他也并非一个正直的人。他就曾参与了军队对游击队的围剿。故事中犯罪嫌疑人正巧是他妻子的兄弟，于是他从秘密警察手中将其救出并借职务之便帮助他逃往国外，而自己则被送往丛林中的战争前线。在那里他毫无顾忌地命令手下消灭一个土著人村庄，将被送入丛林的挫败感宣泄到这些无辜百姓的身上。与传统侦探小说中的警察形象不同，加西亚是一个反英雄形象，乏味、笨拙、卑鄙而又残忍。作品通过加西亚中尉这个人物形象，对危地马拉城警察和军队秘密警察进行了十分辛辣的调侃和讽刺。

这一时期还涌现了一批历史小说和纪实文学。阿图罗·阿里亚斯的小说《火焰中的美洲豹》(*Jaguar en llamas*，1990)讲述的故事追溯到西班牙的收复失地运动和不同文化在西班牙的融合。16世纪早期，一个皈依天主教的犹太人、一个吉卜赛人以及一男一女两个阿拉伯人，为逃脱宗教迫害来到美洲新大陆并在此相遇，与当地人联合在一起参加了他们的斗争，先是同欧洲入侵者和机会主义者开展斗争，支持过中美洲联邦主义者，进而卷入当权者、垄断势力与穷人之间的对抗。

本书结构复杂，假借整理四人的手稿、历史学家的研究和其他历史资料，再现了他们的经历。不断使用互文、模仿、戏仿等手段，借用神话传说、神秘哲学和玛雅人的宇宙观,将历史事件和文学虚构结合在一起,解构并重建危地马拉历史,用戏仿的方式呈现了危地马拉自西班牙征服之前直到当代的历史,以被征服者的边缘化的视角颠覆了白人的"官方"历史。1990年《火焰中的美洲豹》获"安娜·西格斯"奖。

而在丹特·利亚诺的小说《圣安德烈的奥秘》(*El misterio de San Andrés*,1996)中,作者通过印第安人贝尼托和印欧混血人罗伯托的不同视角,讲述了1944年发生在圣安德烈的一次土著人起义。一个村庄的印第安人因不堪忍受土地被强占揭竿而起,却引来了更大的报复乃至遭到灭顶之灾。记者罗伯托采访了在军队的暴行下逃脱的印第安人贝尼托,文章却不被受官方控制的报纸采用,罗伯托虽然可以给予印第安人以同情,却感到再也无法相信他所属的那个阶层所讲述的历史了。作品反映了危地马拉这一历史时期印第安人和印欧混血人的生存斗争以及两种文化之间的冲突。在叙事结构上,章节与章节之间在两人的视角间不断切换,平行叙述,可两人的故事仅有极少的交汇,这也代表了两个世界互相割裂,缺乏联系与理解的状态。

马里奥·罗伯托·莫拉莱斯的长篇纪实小说《树下的先生们》(*Señores bajo los árboles*,1994)是作者根据从哥斯达黎加的中美洲人权委员会收集来的在20世纪80年代初危地马拉军队的镇压中幸存下来的印第安人的口述资料,在危地马拉工作过的美国人类学家和考古学家的田野工作报告以及自己翻译《危地马拉——暴力的果实》一书时获得的资料,并结合自己作为游击队员的亲身经历所创作的作品。小说以第一人称叙述了危地马拉军队为镇压国内反抗对游击运动活跃地区的印第安人实行坚壁清野政策所犯下的罪行,他们杀害老人、妇女和儿童,焚烧房屋、庄稼,屠宰牲畜,几乎把几百个印第安村落从地图上抹去,造成超过10万人死亡或失踪。作者造出"实证小说(testinovela)"一词来描述自己的作品,以区别于"证词(testimonio)"和"纪实小说(novela testimonial)",即根据证据资料进行构思的、集体创作的特殊的小说种类,是小说与纪实材料的混合体。在写作中作家扮演了不同声音以及他们故事的协调者和组织者的角色,但同时也从自己的观点出发提出一个整体的观念。作品在语言风格上保留了印第安幸存者们口语化并带有强烈感情的特点,以不同声音展示了危地马拉历史上印第安人一段痛苦的集体记忆。

此外,埃德温·西富恩特斯的《阿尔玛·西恩富埃戈斯的信息》(*El mensaje de Alma Cienfuegos*,1992)于1989年获墨西哥美术学会纪实文学奖。作品讲述一群人英勇反抗危地马拉独裁统治的故事,主人公的原型是作者之女。女主人公曾在欧洲受过良好教育，回国后致力于为被掠夺者争取自由的斗争，并一直以和平手段进行斗争，直到七八十年代卢卡斯·加西亚的独裁统治激化了与人民的矛盾，迫使她和伙伴们投身于彻底的革命。在生命的最后时刻，她与几名同伴在一座房子里顽强抵抗三个小时，在即将被攻陷之际，为了不落入敌人之手，宁愿将自己与房屋一同炸毁。

在危地马拉的军事独裁统治期间，20 多万人失去生命，更多的人被迫流亡国外，人民生活在贫困、饥饿、恐惧、歧视和死亡的阴影下。阿尔玛·西恩富埃戈斯是千千万万个在反对独裁统治的斗争中献出生命的斗士中的一位 。这部作品不仅是一位父亲对女儿的怀念，也是危地马拉在独裁统治期间悲剧的记录。

路易斯·卡多萨·伊阿拉贡的《河流——骑士小说集》(*El río. Novelas de caballería*，1996)是一部宏伟的自传体小说，作者带着哲学式的思考回忆了自己的一生，并以自己在西方生活的丰富经历，对西方与危地马拉的社会生活进行了对比，批评了本国的极权政治和对印第安人的剥削，同时也对一些普世性的问题进行分析和探讨。这部作品已不单是作者人生经历的记录，作者将个人记忆与集体记忆相结合，从而也成了时代生活的记录。作品在整个 20 世纪拉丁美洲文化大背景下叙述自己的人生历程，探讨和解读了 20 世纪拉丁美洲社会的主要关切，如墨西哥革命、古巴革命、壁画派、拉丁美洲的先锋派、危地马拉的民主时期等。作品融合想象与虚构，具有片断性的特点，颠覆了传统的自传文体。

这一时期也出现了“青春小说”、“革命小说”(主要描写 1944 年 10 月的革命)、“城市小说”等①。综上所述，拉丁美洲文学爆炸后危地马拉的叙事文学单从题材上粗略归类可以举出上述若干种，若考虑写作方式则将呈现更为复杂的图景，显而易见，试图甄别“文学爆炸”后危地马拉叙事文学的创作主流并非易事，各种风格、各种探索都各行其道，绽放自己独特的光彩。虽遭遇种种不利发展的困难，但小说这一文学形式在危地马拉远未沉沦，正如弗兰兹·加利奇所言，我们有理由相信危地马拉小说“已获得救赎”②。

---

① Galich, Franz: “Notas para una cartografía de la novela guatemalteca de los últimos treinta años”, en Kuhot, Karl y Mackenbach, Werner (editores) (2005): *Literaturas centroamericanas hoy. Desde la dolorosa cintura de América*. Madrid: Iberoamericana; Frankfurt/Main, Vervuert Verlag, p. 113.

② 同上，p. 114。

参考文献

1. AAVV,1999:*Viaje al centro de la fábula*,Madrid,Alfaguara.

2. Alarcos Llorach,Emilio,1999:*Gramática de la lengua española*,Madrid,Espasa Calpe,S. A.

3. Real Academia Española,1992:*Diccionario de la Lengua Española(Real Academia Española)*,21ª ed,Madrid,Editorial Espasa Calpe,S. A.

4. Barrera,Trinidad(coordinadora),2008:*Historia de la Literatura Hispanoamericana* Tomo III Siglo XX,Madrid,Cátedra.

5. Camurati,Mireya,1978:*La fábula en Hispanoamérica*,1ª ed,México,D. F. ,UNAM.

6. Durant,John y Miller,Jonathan Eds,1988:*Laughing Matters. A Serious Look at Humour*,NY,Longman Group UK Limited.

7. Eco,Umberto,2000:*Lector in Fabula*(Tra. Española por Ricardo Pochtar.),5ª ed,Barcelona,Editorial Lumen,S. A.

8. Erasto Cortés,Jaime,1979:*Dos siglos de cuento mexicano XIX y XX*,1ª ed,México,Promociones Editoriales Mexicanas.

9. Estebanez Calderón,Demetrio,1996:*Diccionario de Términos Literarios*,Madrid,Alianza Editorial,S. A.

10. Freud,Sigmund,1976:*Jokes and Their Relation to the Unconscious*(English translation by James Strachey),Harmondsworth,Penguin Books Ltd.

11. González-Ortega,Nelson,1999:"La novela latinoamericana de fines del siglo XX 1967～1997:hacia una tipología de sus discursos",en *Moderna Språk* Vol. XCIII 2,203～228,http://folk. uio. no/nelson/nr8. pdf.

12. Grimm,Reinhold y Hermand,Jost,Eds,1991:*Laughter Unlimited. Essays on Humor,Satire,and the Comic*,Madison,The University of Wisconsin Press.

13. H Corral,Wilfrido,1985:*Lector,sociedad y género en Monterroso*,México,Universidad Veracruzana.

14. H Corral,Will(recopilador),1995:*Refracción:Augusto Monterroso ante la crítica*,México,D. F. ,UNAM y Ediciones Era,S. A.

15. Heller,Joseph,1994:*Catch-22*,London,Vintage.

16. J. Verani,Hugo(recopilador),1996:*Narrativa vanguardista hispanoamericana*,México,D. F. ,UNAM.

17. Kuhot,Karl y Mackenbach,Werner,eds,2005:*Literaturas centroamericanas hoy. Desde la dolorosa cintura de América*,Madrid,Iberoamericana y Frankfurt/Main,Vervuert Verlag.

18. L. Shaw,Donald,1998:*The Post-Boom in Spanish American Fiction*,New York,State University of New York.

19. Martínez Cachero,José María(recopiladora),1995:*Diccionario de escritores célebres*,Madrid,Editorial Espasa Calpe,S. A.

20. M. González Cuevas, Oscar. (recopilador), 1988: *La literatura de Augusto Monterroso*, México, D. F., Universidad Autónoma Metropolitana.

21. Menton, Seymour, 1964: *El cuento hispanoamericano*, México, Fondo de Cultura Económica.

22. Monterroso, Augusto, 1986: *La letra e*, Madrid, Alfaguara.

——, 1990: *Obras completas (y otros cuentos)*, México, D. F., Biblioteca Era.

——, 1990: *La oveja negra y demás fábulas*, México, D. F., Biblioteca Era.

——, 1991: *Movimiento perpetuo*, México, D. F., Biblioteca Era.

——, 2003: *Lo demás es silencio (La vida y la obra de Eduardo Torres)*, Madrid, Ediciones Cátedra.

23. Morales, Mario Roberto, 2007: "Continuidad de las rupturas (II)", en *La insignia*, http://www.lainsignia.org/2007/octubre/dial_002.htm.

24. Noguerol Jiménez, Francisca, 1995: *La trampa en la sonrisa: Sátira en la narrativa de Augusto Monterroso*, Salamanca, Universidad de Sevilla.

25. Noguerol Jiménez, Francisca, 1996: "Los juegos literarios: *El Quijote* como hipotexto en la narrativa de Augusto Monterroso", en *El Cuento en Red*, http://cuentoenred.org/cer/numeros/no_7/pdfs/07CER_M08_noguerol.pdf.

26. Pirandello, Luigi, 1994: *El humorismo* (Traducción de Enzo Aloisi), Buenos Aires, Editorial Leviatan.

27. Rodríguez-Alcalá, Hugo, 1973: *Narrativa hispanoamericana*, Madrid, Editorial Gredos, S. A.

28. Seco, Manuel, 1980: *Gramática esencial del español*, Madrid, Aguilar.

29. Sin Autor: "Augusto Monterroso, Cronología", en *Centro Virtual Cervantes*, http://cvc.cervantes.es/actcult/monterroso/cronologia/1957_1972.htm.

30. Tomassini, Graciela: "Literatura y juego: *Movimiento perpetuo* de Augusto Monterroso", en *Cuento en Red*, http://www.cuentoenred.org/cer/numeros/no_3/pdf/no3_tomassini.pdf.

31. Vargas Llosa, Mario y A. Setti, Ricardo, 1988: "Fragmentos del libro 'Diálogo con Vargas Llosa' por Ricardo A. Setti", en *Sololiteratura*, http://www.sololiteratura.com/var/vargaspantaleon.htm.

32. 〔危地马拉〕奥古斯托·蒙特罗索:《泰勒先生》,郑书九译,《外国文学》,北京,北京外国语大学,1993年第6期。

33. 〔危地马拉〕奥古斯托·蒙特罗索:《永恒的运动》,郑书九译,《外国文学》,北京,北京外国语大学,1993年第6期。

34. 陈琨:《"黑色幽默",当代美国文学的奇观》,《外国文学动态》,北京,中国社会科学出版社,1979年第9期。

35. 董燕生:《西班牙语句法》,北京,外语教学与研究出版社,1998年,第一版。

36. 蒋承勇、项晓敏、李家宝主编:《20世纪欧美文学史》,武汉,武汉大学出版社,2007年,第一版。

37. 李春辉:《拉丁美洲史稿》上卷二,北京,商务印书馆,2001年,第一版。

38.〔西班牙/秘鲁〕马里奥·巴尔加斯·略萨:《潘达雷昂上尉与劳军女郎》,孙家孟译,长春,时代文艺出版社,1996 年,第一版。

39.〔西班牙〕塞万提斯:《堂吉诃德》,杨绛译,北京,人民文学出版社,1995 年,第二版。

40.王逢振:《黑色幽默和历史:六十年代初期的美国文学》,《外国文学动态》,北京,中国社会科学出版社,1979 年第 9 期。

41.郑书九:《奥古斯托·蒙特罗索其人》,《外国文学》,北京,北京外国语大学,1993 年第 6 期。

42.郑书九:《讽刺与幽默——奥古斯托·蒙特罗索作品》,《外国文学》,北京,北京外国语大学,1993 年第 6 期。

43.赵德明、赵振江、孙成敖、段若川编著:《拉丁美洲文学史》,北京,北京大学出版社,2001 年,第一版。

第八章　人类与自然关系的新解读

——“文学爆炸”后拉丁美洲生态小说研究

裴　迪

一、生态批评理论的定义及发展

1996年佐治亚大学出版了格罗费尔蒂和费罗姆主编的《生态批评读者:文学生态学的里程碑》一书,在引言中格罗费尔蒂给生态批评下了一个简单而又流传甚广的定义:“生态批评是对文学与自然环境关系的研究。”① 生态批评一方面从生态学角度出发,把自然看作一个相互关联的整体;另一方面从文学角度研究,把自然看作是各种语言结构的产物。广义的看法则认为,应当全面研究自然生态、社会生态、文化生态、精神生态与文学艺术之间的联系。因此,“生态批评”是由生态视野观察文学艺术的一种文艺理论批评,是文艺生态学批评或生态文学评论的简称。而“文艺生态学”或称“生态文艺学”,是指借用现代生态学观点,考察文学艺术与自然、社会以及人的精神状态的关系,是研究生态文艺与文艺生态现象的一种边缘性学科。生态文艺学也可以称为“生态诗学”(ecopoética 或 poética ecológica)是用生态学观点研究文艺现象的诗学,是探索人的诗化的生存状态的一种文艺理论。

1978年,威廉·鲁克特(William Rueckert)在其论文《文学与生态学:生态批评的实验》中首先使用了“生态批评”这一术语,提出“把生态学以及和生态学有关的概念运用到文学研究中去”②。1991年,英国利物浦大学教授乔纳森·贝特(Jonathan Bate)出版了他从生态学角度研究浪漫主义文学

① Glotfelty, Cheryll & Fromm, Harold, 1996: *The Ecocriticism Reader; Landmarks in Literary Ecology*, Athens, Georgia and London, University of Georgia, XVIII.

② Rueckert, William, 1978: “Literature and Ecology: An Experiment in Ecocriticism”, Iowa Review 9.1, pp. 71～86.

的专著《浪漫主义的生态学》。在这部书里，贝特也使用了生态批评这个术语，他称之为“文学的生态批评”(Literary ecocriticism)。有学者认为，这一著作的问世，标志着英国生态批评的开端。同年，现代语言学会举行研讨会，议题为“生态批评：文学研究的绿色化”。

1992 年，“文学与环境研究会”(The Association for the Study of Literature and Environment，简称 ASLE)，在美国内华达大学成立。该学会的宗旨是“促进人类和自然世界关系的文学思想与文学信息的交流”；“鼓励新的自然文学创作，推动传统的和创新的研究环境文学的学术方法以及跨学科的生态环境研究”。①

生态批评的主要特征是把生态学的概念应用到文学文本当中，同时通过文学加强人们的生态意识。成百上千的批评家正在这一跨学科研究领域努力工作，他们信奉生态学的前提是：一切事物都是有联系的。他们还把许多生态学的概念应用在生态文学研究之中，比如生长和能量、平衡和不平衡、共生和相互性以及可持续的或不可持续的利用能量和资源。他们使用这些生态学概念、理论去研究文本的目的就是要对人类中心主义、二元论、征服和统治自然观、欲望动力观、发展至上观、物质主义等思想进行批判，让读者能够意识到文本内外所反映出的严重环境问题；同时使读者意识到，生态平衡已被打破，动植物濒临灭绝，雨林面积不断缩小，人类自身的生存正面临着巨大的挑战。正如托马斯 · K. 迪恩②教授所认为的：在生态危机发生时，生态批评是帮助我们理解人与自然关系的唯一答案。在很大程度上，生态危机是人类与自然日渐疏远的结果，这不只是由于技术的滥用，还因为人类过分的利己主义；也就是说，人类那种习惯性的、不再考虑各种事物和因素之间联系的思维方式所造成的恶果。

文学的存在是为了在表现各种可能的现实时，去创造、发觉、教育、娱乐、陪伴和探究；传递价值，思考人性、生死及人类生存的意义。书籍因此就成为了作者与读者分享现实或虚构世界价值的最好媒介，它给年轻人指引方向，为他们树立学习的榜样。在读书的过程中，人们能静心思考、洗涤心灵、重新规划自己的精神家园。通过文学阅读与研究，生态批评试图让我们更接近大地，教会我们怎么更好地与自然相处。总之就是帮助人类重建与大地——母亲的联系，与我们生活的星球联系的更加紧密。这也就是生态

---

① Glotfelty, Cheryll & Fromm, Harold, *The Ecocriticism Reader*; *Landmarks in Literary Ecology*, XVIII.

② 参见 K. Dean, Thomas: “What is Eco—criticism?” http://www.asle.umn.edu/con/other_conf/wla/1994/dean.html。

批评最重要的目的所在。

生态批评理论还指出，文学作品、作者和生态圈之间的相互联系，把其意义延伸到了构成生命链的所有生物，同时给予所有生物同等的地位。以这一自然原则为出发点，生态批评揭露了那些人类中心主义者对被其称之为“他者”（包括自然、女性、少数族裔和其他边缘人群）的压迫。话语和权力都掌握在男性手里，并有科学和理性逻辑为其正名。这一逻辑使得人类能够随心所欲地掠夺和毁坏自然。生态批评在揭露人类“暴行”的同时，维护了“他者”的权益，给弱势者以话语权。

二、生态批评的主要流派

生态文学批评的主要倡导者和发起人切瑞尔·格罗费尔蒂指出：“如果说女权主义批评从性意识（gender-conscious）角度考察语言与文学的关系，马克思主义批评把生产、经济、阶级的意识纳入文本阅读，那么，生态文学批评是把以地球为中心的思想意识运用到文学研究中，探讨文学与自然环境之关系。”①

依照格罗费尔蒂的看法，生态批评的发展也经历了和女性主义差不多相一致的三个阶段。第一阶段，在一些经典的文学作品中找寻自然的形象（如同在女性主义作品中找出女性形象一样），确认一些固定的模式（如伊甸园、田园诗等）；第二阶段，把重点放在努力弘扬长期被忽视的描写自然或从自然角度来写作的一些边缘文本（在女性主义中，则是强调女性所写文章的重要性）；然后是奠定理论基础的阶段，主要关注与自然环境相关的人类文学建构（对女性来说是与其家长制环境有关）以及与深层生态主义与生态女性主义运动相关联的生态诗学。

生态文学批评的第三阶段试图创建一种生态诗学，通过强调生态系统的概念，加强生态文学批评的理论建设。生态批评发展到今天，在创建理论体系方面，已取得了不少成就，提出了许多有意义的思想。例如，“环境伦理说”（environmental ethics）或“环境哲学”（environmental philosophy），试图对人与自然环境之间的道德关系进行探讨；“非人类中心说”主张非人类存

① Glotfelty，Cheryll & Fromm，Harold：*The Ecocriticism Reader；Landmarks in Literary Ecology*，XVIII.

在物，如物种、生态系统等同样具有道德地位，指出人类对它们负有直接的义务；施韦策(Albert Schweitzer)的“敬畏生命论”和泰勒(Paul W. Taylor)的“生命中心论”(biocentrism)将道德关心的对象扩展到整个生命界，构筑了以“尊重自然”为终极道德观念的伦理学体系；克利考特(J Baird Callicott)的主观价值论和罗尔斯顿(Holmes Rolston)的客观价值论，特别是奈斯(Arne Naess)等人提出的“深层生态学”(deep ecology)都可被视为生态文学批评的理论基础。

劳伦斯·布伊尔在他的被誉为“生态批评里程碑”的著作《环境的想象：梭罗——自然书写和美国文化的构成》里[①]，关注了从人类中心主义和现代个人中心主义到生态中心主义的转变，并指出非人为的环境不是仅仅作为简单的背景框架，而是在某种意义上变为了作品的主人公。他还研究了人类的“地域归属感”问题，因为在很大程度上特定的地理位置与环境决定了人的行为方式和习惯。同时许多生态读本又把目光移向了“地点”这一概念，另外，描写“居所”(el oiko“生态学”这个词的词源学词根)的文章也是对这个决定着我们存在的不断发生异化的世界的回应。此外，在人与环境关系方面，布伊尔提出了“放弃美学”的概念，即一种“自愿简化的文学”。

另一位重要的生态批评家乔纳森·贝特认为家和居所的概念对人类来说是十分重要的，因为我们深知流离失所和异化意味着什么。在我们人类不断异化的同时，自然界中的其他生物还生活在生态系统里，生活在它们自己的家中。异化的人类只能到艺术中去找寻心灵的净化，在艺术这块流放地我们悲叹我们地球上居所的消失。

一些生态批评家又重新研究了田园诗的形式。比如特瑞·吉富德(Terry Gifford)在他的《绿色的声音》中提到了“后田园诗”(其中维吉尔传统式的静态的世界已被处于循环中的动态的自然所代替)。马克思主义批评家瑞蒙德·威廉姆斯(Raymond Williams)强调了千百年来在田园诗隐蔽下的社会不公正；但乔纳森·贝特认为，对于这种理想世界的表现是人类的内在需要，是面对由生态危机引起损伤时的一种劝诫和生存机制。同时也告诫我们应意识到环境破坏所造成的失落感。

总之，在批评家和读者面前可选择的研究方法是多种多样的。不论怎样，像布伊尔和贝特这些批评家的研究对未来的生态批评都是有力的推动。

---

① 参见 Buell, Lawrence, 1995: *The Environmental Imagination: Thoreau, Nature Writing, and the Formation of American Culture*, Combridge, Harvard University Press。

而在另一些国家，例如拉丁美洲的西班牙语国家，这一研究领域目前还几乎未被涉足，有着很大的研究与发展空间。

三、拉丁美洲的生态文学

受欧美生态文学创作和研究的影响，目前在拉丁美洲也出现了一些生态文学或是包含生态思想的作品。其中比较重要的有秘鲁作家巴尔加斯·略萨的《部落发言人》(*El hablador*，1987)、智利作家路易斯·塞普尔维达的中篇小说《读爱情故事的老人》和《世界尽头的世界》(*Mundo del fin del mundo*，1994)、墨西哥作家荷马·阿里德希斯的《太阳的传说》(*La leyenda de los soles*，1993)和《做爱时你在想着谁？》(*En quién piensas cuando haces el amor?*，1995)等等。这些作品成书的年份大都在 20 世纪拉丁美洲“文学爆炸”之后，而又以八九十年代居多。这与欧美生态运动兴起与发展的时间相差无几，可见拉美生态文学作品的创作或多或少受到了西方国家生态文学的影响，也可以说拉美生态文学的兴起是在世界范围生态文学蓬勃发展的带动下产生的。此外，拉美生态文学作品大量涌现的另一主要原因是：近年来经济的飞速发展造成了这一地区生态环境的不断恶化，一些敏锐的作家开始关注环境保护问题，并以此为主题创作出许多优秀作品来反映这一现实，让读者认识到目前日趋恶化的环境问题。

四、两位拉美生态批评的先驱

秘鲁政治家、思想家、批评家、散文家何塞·卡洛斯·马里亚特吉(José Carlos Mariátegui，1894～1930)早在 20 世纪上半叶就开始研究印第安人及其与土地、环境的关系问题。他的思想主要受到马克思主义和当时一些变革思潮的影响，并继承了古巴革命家兼作家何塞·马蒂(1853～1895)的美洲主义观点①，关注拉丁美洲人民生存状况，特别是印第安人的生存与发展问题。这些主要思想都汇集在了他去世前一年多出版的《秘鲁现状解析

---

① 马里亚特吉主要借用了何塞·马蒂《我们的美洲》(*Nuestra América*，1891)里对拉丁美洲的文化和种族的重新定义，即从过去认为的拉丁美洲是土生白人的美洲发展到认为它同样是混血人种和印第安人的美洲的观点。

七论》[①]之中。他在书中指出,印第安人很早就生活在美洲这块古老的土地上,并创造出了灿烂的文明;这里的土著居民一直从事农牧业生产,因此与周围环境的和谐相处对于他们来讲至关重要。他认为大地是孕育生命的母亲,应永远得到尊重、热爱和保护。对于印第安人来说,大地母亲不仅给予他们食物和各种物质资源,更重要的是孕育了人类自身,印第安人与其自然母亲就是这样和睦相处了数千年。这种对土地的崇拜,人生于尘而归于尘的原始宗教观与道德观深深地影响着印第安人的行为方式,成为他们能与自然和谐相处的重要原因,因此他们也拥有了最朴素的生态意识。例如在最早的印第安文学作品,危地马拉的基切人所写的《波波尔·乌》(*Popol Vul*)[②]中,就有关于万能的造物主创造人与万物的描写,记录了众神用白色和黄色的玉米棒造人,因而玉米对于玛雅人来讲具有非常神圣的意义。在该书的第二章中还描写了众神如何生活杂居在动物、植物之间,叙述人类祖先的日常生活及其如何与自然和平共处。

自 1492 年哥伦布发现新大陆之后,西班牙人对美洲的侵略和征服随之开始。一方面,西班牙及其他欧洲国家的殖民者对美洲的自然资源进行了无情的掠夺,导致自然资源的枯竭与环境的恶化。另一方面,他们将基督教人本主义思想强加给当地的土著人,迫使印第安人原有的世界观和信仰处于从属地位。这些思想潜移默化到土著人的道德观,把对自然界的掠夺也看成是理所应当的事。这些西方思想不仅包含了对特定社会人群的歧视,比如对土著人和非洲裔拉美人的歧视,还助长了一种错误地对待自然的方式。事实上,正因为接受了这些思想观念,拉丁美洲已经在复制欧洲对大自然的掠夺模式。

作为印第安人的坚定支持者,马里亚特吉还指出,要了解印第安人问题就必须把注意力放在土地问题上。很显然,他的思想主旨是要从马克思主义和社会学的角度来阐述秘鲁乃至整个拉丁美洲的社会现实。他希望人们融入到新型的现代社会中去,但同时又不能丢弃其本质属性。他支持印第安人加入到社会发展的进程中,维护他们对土地的所有权及其在社会中的代表地位。关于土地与印第安人问题的解决,他提议进行一次社会经济体

---

① 参见 Mariátegui, José Carlos, 2004: *Siete Ensayos de Interpretación de la Realidad Peruana*, Rosario-Sta. Fe, Argentina, Kolektivo Editorial "Último Recurso"。

② 《波波尔·乌》,按照印第安基切语可译为《告诫之书》或《公社之书》。它是危地马拉南部玛雅王国之一的基切人传说的汇编。书中讲述了世界的起源,文明的产生和自然界中发生的各种现象,因此也被称为"玛雅基切人的圣经"。

系的变革，并且从政治生态学的角度指出：旧的地主阶层还没有失去其统治地位。实际上，庄园主制度的存在维持了庄园制。

生态平衡的理论贯穿在马里亚特吉的思想体系中，对于他来讲，当代世界共存着两种思维——革命和倒退。因此他强调指出，一个新的时代要有新的精神与之相匹配。他的作品为拉丁美洲社会的生态解读提供了可能性，因为他主要思考的是现存社会制度的不公正，以及由此造成的在地理空间与自然环境上的不平衡。

另一位重要的秘鲁批评家豪尔赫·马尔克内(Jorge Marcone，1959～)现就职于美国新泽西州的罗格斯大学，他的科研和教学主要集中于西班牙和拉丁美洲国家文学作品里的环境现象。在《丛林热：拉丁美洲文学中幻灭的生态》[①]一文中，他首先对拉丁美洲是否存在真正意思上的生态文学进行了回应：整个 20 世纪，尤其是 60 年代以来，拉美作家已习惯于看到他们的文学作品反映着这一地区最重要的问题。但一旦触及到环境的变化、冲突、论战时，拉美文学的这一使命就明显弱化了。尽管我们可以利用生态主义人士所共知的坚定立场去对抗殖民主义和过度的现代化，或是利用它对自然环境的维护作为文化认同的源泉，但这些举动还不足以促成可持续发展的文化(即生态文化)的形成。这其中的一个广泛被使用的例证就是拉美文学中，亚马逊流域的热带雨林或是被比作“绿色的地狱”，或是被称为伊甸园、黄金谷、失落文明的自然新大陆，以及其他种种和伊甸园或弥赛亚有关的称谓。正是这些神秘又充满诱惑力的称谓吸引了一批又一批的探险家和殖民者，他们带着不同目的来到雨林，有的是来找寻迷失的王国或是黄金；有的是考古和探险；还有的是为了找寻人类的伊甸园。然而这一切最终都变为了对雨林的开发和破坏。为了经济利益，“文明”的人类正在一步步地征服“野蛮”的自然，从前可怖神秘的亚马逊热带雨林现在变成了人类的征服对象。因此这些不恰当的称谓无论是对亚马逊雨林的保护者还是破坏者来说，都是对雨林生态意义的错误理解和诠释，同时也有意无意地呼应了西方殖民主义者的话语。

尽管如此，马尔克内还是试图从生态学角度去解读“拉美丛林小说”，如奥拉西奥·基罗加的《密西昂奈斯人的故事》(*Los cuentos misioneros*)，何塞·欧斯塔西奥·里维拉的《旋涡》(*La vorágine*)，罗慕洛·加列戈斯的《卡纳伊马》(*Canaima*)，阿莱霍·卡彭铁尔的《消失的脚步》(*Los pasos perdidos*)以及巴尔加斯·略萨的《绿房子》(*La casa verde*)等。这些小说

---

① Marcone，Jorge，2007："Fiebre de la selva：ecología de la desilusión en la literatura hispanoamericana"，*Centro Cultural del BID*，p. 58.

之所以能成为丛林小说的代表作，或是由于丛林被描写为以上我们提到过的原始野蛮、有待人类去征服的各种形象，或是由于讲述了逃往原始自然的种种不幸遭遇，其主人公要么死在或是消失在丛林里，要么最后变成了疯子，要么穷困潦倒地回到了原来他们所摒弃的现代化城市。在这些情节中暗含了许多生态批评所涉及的主题：城市生活的堕落、人类回归自然找寻自我的本性、人类要用武力征服神秘可怖的自然、丛林生活方式对人的影响等等，正因为如此，我们可以说丛林小说不可避免地包含了环境批评的诸多因素，并在许多方面影响了拉丁美洲时下的文学创作。

此外，马尔克内还指出，作为一个文学和文化的研究者，对于拉美环境问题的研究他责无旁贷。他试图在环境研究和文化性别研究之间架起一座桥梁，也就是说他希望能通过对两者系统的研究找到一个切合点，从而使生态批评真正变为一门系统化、理论化的新型学科。为此他提出了以下的研究假设：

1. 试图在拉美文学史中找到与环境思想对应或是与其相近的概念；
2. 对拉丁美洲自然话语的文化研究中的所谓生态主义进行解构；
3. 拉美的环境主义运动和群众文化中环境主义意识的肤浅化；
4. 后殖民主义对文学和文化传统研究中涌现的生态批评的怀疑。

五、拉丁美洲的丛林小说

拉美丛林小说的起源要追溯到欧洲浪漫主义传入美洲大陆时期。浪漫主义使人们对自然的看法发生了转变，赋予了自然物以人的情感。这种状况在拉丁美洲19世纪文学中占了主导地位，并延续到了20世纪初期。

拉美人对其生活于其中的自然环境的认识是经过了几代人才慢慢地形成的。从面对美洲繁茂的自然惊诧不已的征服者，到为找寻传说中的“黄金国”宝藏而不得不面对各种丛林危险的探险者，再到赋予自然异域风情和田园风光的巴洛克诗人，都是以欧洲人的视角来审视美洲的自然：他们被那里的千奇百怪的物种，广袤无垠的土地，迥然不同的文化或是对黄金梦的寻找弄得头晕目眩。远离自己的宗主国，还不得不在这个自然界主宰的世界中不断斗争，拉丁美洲的居民逐渐形成了自己独特的风俗习惯和世界观，而其周围的自然环境对此发挥着重要作用。自然环境对拉美人性格的形成所起的作用开始并不为人们所关注，直到他们准备主宰自己的命运，并且在塑造独立个性的同时把自然看作是其自身的一部分时才被给予重视。在这一情感形成过程中，欧洲的浪漫主义思想无疑起到了至关重要的作用。这其中影响最大的浪漫主义作家当数法国的卢梭和夏多布里昂，“在文学领域人们广泛的共识是卢梭给予了自然感情的维度，而夏多布里昂最终帮助美洲人具有了本土印第安人及对周围环境的意识。”①

自然作为拉丁美洲不可分割的一部分不断出现在拉美文学作品里，并通过反映人与自然关系的浪漫主义经典作品得到了艺术上的完美体现。在丛林小说中，拉美作家把自然环境看作是不可或缺的艺术源泉，通过赋予其人的特质用它来反映拉美人的精神状态，并把它看成是决定人行为和性格的重要因素。为表达各种概念，拉美作家借助于许多浪漫主义的表现手段：夜晚或是黄昏的场景、阴郁的忧伤、天真爱情的田园、不可抵挡的无情命运；浪漫主义中经常出现的月亮和能预知吉凶的鸟；还有最重要的就是把自然环境作为主人公心灵的写照。但是在使用这些浪漫主义的意向和手法的同时，拉美作家要借此表现的是拉丁美洲的环境的独特性及其塑造出的独特民族性，也就是许多作家所找寻的美洲性。

从第一部拉丁美洲丛林小说豪尔赫·伊萨克斯的《玛丽亚》诞生之日起，丛林小说经历了一个不断发展变化的过程，以下我们简单分析一下三部有代表性的丛林小说：何塞·欧斯塔西奥·里维拉的《旋涡》，罗慕洛·加列戈斯的《卡纳伊马》以及巴尔加斯·略萨的《绿房子》。

哥伦比亚作家何塞·欧斯塔西奥·里维拉的《旋涡》可以被看成是丛林小说的代表作，那些对吞噬并消灭人类的充满敌意的热带雨林的叙述影响了其后许多丛林题材的小说。全书分为三部分：《草原》、《林莽》和《旋涡》，故事用第一人称叙述。富有幻想的青年诗人阿图罗·科瓦爱上一个叫阿莉西娅的姑娘，但是姑娘的父母对此坚决反对，并且买通法官和神父对他们进行迫害。他们双双趁着夜色逃离了首都波哥大，遁入了卡萨纳雷大草原，最后到了科瓦的朋友佛朗哥的庄园。在留居庄园期间，一个叫巴雷拉的横行不法的骗子来到庄园，趁科瓦和佛朗哥去农场的机会拐走了佛朗哥的女人格里塞尔达和科瓦的女朋友阿莉西娅，并放火焚烧了庄园。佛朗哥和科瓦回到庄园，见此情景不胜愤怒，决心深入丛林追捕仇人。他们闯进林莽，在印第安人部落里逗留了一段时期。后来遇到老割胶工人克莱门特·西尔瓦，听他诉说了其备受折磨、哀告无门的悲惨遭遇；还听到了另一个工人拉米罗讲述了他亲眼目睹的大屠杀，看到普通工人和土著居民遭受的种种天

① De León, Hazera Lidia, 1971: *La novela de la selva hispanoamericana*, Bogotá, Instituto Caro y Cuervo, p. 16.

灾人祸。科瓦和他的朋友知道割胶工们的不幸遭遇后，决计为工人们报仇。他们在橡胶园里耳闻目睹割胶工人的非人生活，愤怒地写信向哥伦比亚领事馆提出控告。最后他们经过一番艰苦跋涉，终于找到并杀死橡胶园工人的法国老板和骗子巴雷拉，救出了两个女人。但是科瓦和他的伙伴最终并没能逃出地狱般的丛林旋涡，他们“被林莽吞噬了”。

在这部小说中，人与自然的冲突贯穿始终：丛林本身的反叛性压倒了人类想要控制它的企图。正如墨西哥作家卡洛斯·富恩特斯所指出的：“在从高乔故事到《广漠的世界》的拉丁美洲小说中，自然只是销蚀意志、降低尊严和导致毁灭的敌人。她才是真正的主角，而并非那些被她的力量压倒的人们。”[①]《旋涡》是由许多被分割开的小故事组成的，丛林承担了作为背景并且具有人类特性的对立角色的双重作用，并与主人公阿图罗·科瓦展开了斗争。这里的热带雨林变成了作者浪漫主义观点的象征，丛林被拟人化并被赋予能毁灭人类的特征。作者把丛林比作了“绿色的监狱”，它最终吞噬掉了一切。大自然在人类看来是那么的可怕、阴森和神秘，而人在自然界面前又是那样的渺小无力。

委内瑞拉作家罗慕洛·加列戈斯的小说《卡纳伊马》中所描写的环境酷似《旋涡》，虽然作者把主要人物马尔克斯·巴尔加斯的活动场所设定在了委内瑞拉的圭亚那平原和奥里诺克河谷之间，但小说的主要角色仍然是丛林，人物依然处于从属地位。从第一页到最后一页，可怖的丛林总像巨人一样支配一切。无论是主要人物还是次要人物，都和丛林形成一定的从属关系。丛林决定着他们的爱憎、他们对财富和幸福的追求、他们最简单和最重要的行为，甚至掌控着他们的生死。在小说中，丛林变为了邪恶之神卡纳伊马的宫殿，在那里危机四伏并充满了毁灭性。主人公马尔克斯·巴尔加斯这个血性男儿，毫无畏惧地面对接二连三的对手，为的是最后能与邪恶的丛林之神卡纳伊马较量。显而易见，这里的丛林变为了邪恶的化身，拥有了邪恶的力量，是人类的对立面。马尔克斯·巴尔加斯和丛林之神卡纳伊马的上尉——暴风之神的较量也构成了整部小说的高潮。加列戈斯通过印第安神话，寓意了每天困扰着人类的各种各样的烦恼，尤其是人类想要战胜危及他们生存的毁灭力量。作者在美洲文化中找到了象征的灵感，在把这一世界性的主题介绍到拉丁美洲的同时也通过前哥伦布时期的神话赋予了这一古老主题以新意。此外，在自然与人类对立的主题之下，小说通过诗化的语言和象征意义促使我们对人类的宇宙和大地起源

① Fuentes, Carlos, 1969: *La nueva novela latinoamericana*, México, Joaquín Mortiz, p. 10.

有了更深刻的思考。

支配着人类的丛林同样出现在巴尔加斯·略萨的《绿房子》那被分割开来的空间结构中。但是在这部小说中，丛林渐渐失去了她在以前作品中的主角地位，她已不是直接作为人类的对立面而存在，而是成了围剿人类的恶势力的象征。在《绿房子》中，丛林象征性地用绿色表示，这同时也是女主人公博尼法西娅眼睛的颜色和妓院房屋涂成的颜色。丛林植物的绿色代表了当地的生机和肉欲。巴尔加斯·略萨在小说五个章节中的三章以丛林为背景：博尼法西娅和丛林小镇圣马利亚·德·涅瓦修女们的故事；走私犯富西亚在丛林的活动；以及印第安酋长胡姆在圣马利亚·德·涅瓦广场上的受刑。丛林的环境无时无刻不在影响着主人公们的行为方式，这点我们可以从两个主人公名字的更换看出来。博尼法西娅被卖到妓院后就改名为“丛林女人”，还有小说中的人物利图马原来在丛林小镇时是受人尊敬的军曹，可到了皮乌拉城后变为了无耻的流氓头子。这些改变表面看来是丛林对他们的影响，细看就会发现，作者试图通过这种描述表明，正是所谓的文明在蚕食着人的心灵，造成当地人的堕落，失去了他们纯真的天性。在这部作品中，尽管丛林对人的行为的决定作用有所削弱，但是丛林中的人们仍然受到她的影响。富西亚逃脱不了麻风病（当地的许多危险之一）；士兵在沼泽中行进，忍受着蚊虫叮咬；蚂蚁在蚕食着僵硬的尸体；恶劣的环境夺走了拉利塔的美貌；对橡胶的开发使印第安人成了牺牲品。

从上述丛林小说三部代表性作品中我们可以看到，在主题方面，占主导地位的是人类与无情而充满敌意的大自然的斗争。尽管在丛林小说中自然未被视为分析的中心命题，但在某种程度上为生态文学的出现和发展奠定了基础，同时我们也可借用当今生态批评理论对其进行生态视角的解读。这是因为生态文学中的一些常见的主题在广义的拉丁美洲丛林小说中我们都能找到（如田园诗、浪漫主义、人与自然等等题材）。可以说在拉美丛林小说中出现了生态主义文学的萌芽。正如我们前面提到过的生态文学是对自然与人关系的考察，其中包括了自然对人的影响，人对自然的征服、控制、改造、掠夺和摧残，人对自然的赞美和敬畏，人类重返自然以及重建与自然的和谐等命题。但我们会看到，这些丛林小说不是以生态系统的整体利益为出发点，而大都强调在人与自然的斗争中，自然力的强大，人类总是处于从属地位。因而我们还不能把拉美丛林小说称之为真正意义上的生态小说，但它与浪漫主义剪不断的联系以及对拉丁美洲生态小说的产生所起的铺垫作用使其成为了拉美文学乃至世界文学链条上的重要一环。

六、对拉美当代几部作品的生态解读

智利作家路易斯·塞普尔维达 1947 年出生在智利奥瓦耶。他自小喜欢旅行，到过智利和拉美的许多地方。作者受其祖父影响，阅读了儒勒·凡尔纳、杰克·伦敦、斯帝文森等知名小说家的作品，尤其是受到了智利作家弗朗西斯科·科洛阿内(Francisco Coloane)的影响。1969 年，年仅 20 岁的塞普尔维达凭借短篇小说集《佩德罗·纳迪埃记事》(*Crónicas de Pedro Nadie*)获得古巴美洲之家文学奖。1970 年参加人民团结阵线，支持萨尔瓦多·阿连德竞选总统。皮诺切特军事政变推翻阿连德政府后，塞普尔维达被捕入狱。两年半后，在国际特赦组织德国分部的帮助下被有条件释放，但不久再次被捕。之后，他以八年流亡国外代替了两年零八个月的牢狱之苦。在拉美许多国家流亡之后，他到了欧洲，长期居住于德国汉堡并继续文学创作。他被视为拉丁美洲生态文学的重要代表人物之一，他的作品大都把描绘人与自然的关系作为中心点：《读爱情故事的老人》是对人类野蛮破坏热带雨林的谴责；《世界尽头的世界》是对人类为经济利益捕杀鲸鱼的揭露；而《教海鸥飞翔的猫》(*Historia de una gaviota y del gato que le enseñó a volar*)则是给我们讲述了一个感人的生态童话。他的作品完全符合萨特所提出的“介入文学”的理论，充分关注人类生存的各种社会问题。塞普尔维达同时还是积极的环保运动者，其作品充分反映了他的生态思想和政治主张，使读者在阅读作品的过程中自发地形成了对生态环境的保护意识。

小说《读爱情故事的老人》是作者根据 1977 年流亡厄瓜多尔期间的所见所闻及部分亲身经历构思而成。主人公安东尼奥·何塞·玻利瓦尔是厄瓜多尔山区居民，被政府开发雨林的计划吸引，携妻子一同移民到了一个被称为田园(*El Idilio*)的亚马逊雨林中的小村镇。但严酷的生存环境使移民们无法适应，他的妻子也死于疟疾。此时，当地土著居民苏阿尔人出现并帮助他学会适应雨林生活。何塞·玻利瓦尔也生活在了苏阿尔人部落，成为他们中的一员，学会了在雨林中生存的技巧。以上内容都以回忆、倒叙的方式插入文本中，作品的叙事主线是：一天，苏阿尔人发现了一具白人淘金者的尸体，随之引来了主人公何塞·玻利瓦尔和镇长对其死因的不同推断，最后前者凭借丰富的丛林生活经验，认定是一只母豹咬死了那个白人。而死亡事件并未就此停止，许多人接二连三地死于母豹的爪下。后来人们才知道是因为那个白人杀死了母豹的幼崽并开枪打伤了公豹，母豹才对人类进行了无情的报复。最后，镇长组织了一支狩猎队进入雨林深处去猎杀母豹。但面对风险，胆怯的镇长知难而退，却责令已步入老年的主人公独自去搜寻母豹。老人与母豹斗智斗勇，在最后关头老人杀死了母豹。但他并没有胜利者的光荣与自豪，因为他清楚地意识到，这一切都起源于人类对雨林无节制的开发与破坏。此时，十分喜欢读爱情小说的老人，毅然扔掉猎枪，专心致志地读起小说来。或许像小说最后一句话所说的那样"……小说用如此美妙的语言讲述爱情，有时竟令人忘却了人类的野蛮"。①

小说《读爱情故事的老人》为我们展现了一个神奇而又陌生的热带雨林世界，以及在此背景下的西方人与土著人思想观念的冲突。小说的主人公安东尼奥·何塞·玻利瓦尔，一个白人拓荒者，承担了两种截然不同文化之间的桥梁作用。他在和当地土著苏阿尔人接触后，变成了一个"新人"，获得了重生；而在西方人眼中，这些印第安人是愚昧野蛮的种族。但是何塞·玻利瓦尔最终不仅适应了苏阿尔人的生活方式，还接受了他们的习俗和宗教信仰，并把这些视作应遵循的准则。借助小说，作者想要告诉我们的是：在某种情况下，人类能够超越自己；拉丁美洲荒蛮、自然、毫无拘束的生活对人的精神生活并不是有害的，恰恰相反，它在精神层面上对我们的帮助要比充满虚假和堕落的城市文明生活要大的多。

塞普尔维达通过对热带雨林村落"田园"并不令人愉快的描写，戳穿了西方传统特别是浪漫主义里的田园神话。"在浪漫主义者眼中，自然通常被描绘成花园、风景、村庄或是寓意了田园空间的土地（天堂般的伊甸园），构成了人类灵魂的自然居所。"②然而，人类正不知不觉地改变着生活方式，同时也扰乱了自然环境。在一些情况下人类能够理性地对待自然，但在多数情况下却导致了自然的破坏。随着各种经济利益渗透进亚马逊地区，"田园"不再是远离现代文明的孤寂村落，雨林作为地球上最后一块处女地也正在慢慢被吞噬。面对雨林中的生态危机，小说主人公承担起了保护自然环境和动植物的重任。当主人公知道不能够改变现实，想要忘记人类的野蛮时，他只得求助于爱情小说——"田园" 的替代品。只有以这种方式，他才能保持内心的平静和简朴的生活。

《读爱情故事的老人》这部小说所表达的并不是对西方价值观的全盘否定，要人们回归印第安人的古老信仰，而是要树立一种全新的、饱含智慧和

---

① Sepúlveda, Luis, 2004: *Un viejo que leía novelas de amor*, 63ª ed., Barcelona, Tusquets Editores, p. 137.

② Peters, Michael y Irwin, Ruth, 2002: "Canciones de la Tierra: Ecopoética, Heidegger y El Habitat", *Tópicos en la educación ambiental*, núm. 4, pp. 75～86.

尊重自然的观念。小说强调构成世界万物的各种元素急需达到和谐与平衡，使读者意识到日渐加剧的生态危机，而这种危机必将与人类的命运休戚相关。对此，阿根廷作家埃内斯托·萨瓦托有过一个绝妙的比喻："……没有人会在从监狱到断头台的囚车上睡去，但是，几乎我们所有人从襁褓到坟墓都是睡着的，或是没有完全的清醒。伟大文学的一个重要使命就在于：唤醒正在通向断头台的人们。"①

他的另一部生态主题小说《世界尽头的世界》则揭露了人类对鲸鱼肆无忌惮的捕杀。通过作家描绘的见闻、历险和传说，读者一步步地了解生活在智利南部海域中这些大型哺乳动物的命运以及西方殖民者对印第安人的屠杀。小说讲述了主人公在年少时受到梅尔维尔小说《白鲸》的感召，踏上了去往智利南方的探险之路。最后他在一艘捕鲸船上目睹了人类如何猎杀这些海洋巨物。多年后，应绿色和平组织的请求，主人公又一次踏上了通往智利最南端的旅程。这一次，他负责调查一艘神出鬼没的日本捕鲸船对这片海域的非法掠夺和破坏。这片海洋的保护者尼尔森船长回忆了他如何同日本捕鲸船进行斗争，以及最后鲸鱼和海豚如何帮助他击退了捕鲸船。

小说的主人公还包括环保卫士尼尔森船长和日本捕鲸船的船长古藤。后者把捕鲸作为自己终身的职业，把获取最大的经济利益作为动力。为了掩人耳目，他把自己的捕鲸船改头换面，让它像一艘幽灵船一般穿梭在世界各个大洋，进行非法捕鲸活动。而尼尔森船长则不遗余力地追踪和揭露古藤一伙人的无耻行径，并把这些信息透露给了远在欧洲的绿色和平组织。尼尔森一方面从父亲那里学习了丹麦人高超的航海技术，另一方面他也从奥亚人母亲那里得知了土著人如何被西方殖民者屠杀的历史。如果说捕鲸船及其船员可以被视为人类野蛮行为和人类中心主义代表的话，以尼尔森为代表的环保主义者们则代表了新的伦理价值观，他们认识到人类的破坏行为对自然万物造成的伤害，自发地形成对自然的保护意识。作者也通过作品内容给读者传递了环境保护已刻不容缓这一重要信息。

小说还间接地向读者讲述了土著人如何同各种动植物一起遭到了殖民者的杀戮。从尼尔森的叙述中，可以得知早期西方殖民者为了获得土地和其他财富如何惨无人道地杀害无辜的土著居民。在打着文明和进步的旗号进行屠杀时，他们在新大陆实施着野蛮的丛林法则。正如沃尔特·本杰明所说：所有的文明史都是一部野蛮史。在所谓的西方文明进程中，土著文化被看作是西方文化的对立面，更多时候成为了野蛮、危险和落后的代名词，

① Sábato, Ernesto, 1963: *El escritor y sus fantasmas*, Buenos Aires, Aguilar, p. 90.

需要被排除和毁灭。根据后殖民主义理论，殖民者把被殖民者看作是有别于西方殖民者的种群，作为“他者”而存在。同时作为权力工具，殖民者的目的就是要把被殖民者塑造成一个堕落的种族，以便为武力征服和建立管理体系提供口实。①

在秘鲁作家巴尔加斯·略萨众多的作品之中，《部落发言人》明显有别于他前期的创作。这部小说既没有《城市与狗》中为了隐藏线索而大量设计的紧张情节，也没有像在《绿房子》里那样故事和时间杂乱的交织；同时也没有《酒吧长谈》里过多的对话给人带来的头晕目眩；更没有《世界末日之战》中《圣经》里关于伟大、狂热和恐惧的令人着迷的传奇故事。《部落发言人》这部作品更多的是关注印第安人的生存及西方文明的介入给他们带来的影响和冲击。

作者用了近乎于线性的叙述方式，在小说中安排了两个平行的叙述者：其中一个就是作者本人，即西方“文明人”，而另一个是“部落发言人”，即在马奇昆卡印第安人部落间流动的传话人。两个叙述者清晰有序地出现在小说里，每人都占据相应的章节。两个人交替叙述故事。“文明人”叙述小说的第一、二、四、六、八章，剩下的三章（三、五、七）由马奇昆卡人讲述。白人叙述者讲述他的故事，但同时借助马奇昆卡印第安人的“发言人”；印第安叙述者在完全不知道另一个叙述者存在的情况下，讲述着他们部落的神话、习俗和信仰。可以说“文明的”叙述者在讲述马奇昆卡人的世界，而马奇昆卡人只生活在自己的世界里。

小说的第一章是由第一叙述者的回忆开始的，他在佛罗伦萨看了秘鲁马奇昆卡印第安人的展览。看到的许多实物照片（弓箭、石器、船桨和绘有几何图案的坛子），反映了印第安人的原始文化。其中一张照片里还出现了一位印第安部落“发言人”的形象，许多人围坐在他的周围仔细倾听。之后第一叙述者又回忆起他的儿时的伙伴萨乌尔·苏拉达斯，由于脸上的大片胎记被叫做“面具人”。“面具人”的父母都是白人，可他却渐渐迷上了印第安文化并与叙述者疏远。这其中还三次把叙述转到了印第安人的世界，印第安叙述者给我们讲述了众神的斗争，在他的故事里充满了异变、神话、征服和神奇的仪式等，以及对尚未被白人侵扰的雨林深处的描述。“文明人”还回忆了他去马奇昆卡印第安人部落的一次旅行经历，那一次他听到了部落“发言人”的故事，并把他的形象自然地与萨乌尔·苏拉达斯联系在一起。

---

① Bhabha, Homi K., 1994: *El lugar de la cultura*, Trad. César Aira, Buenos Aires, Manantial, p. 95.

小说以佛罗伦萨一个炎热的夜晚收尾，叙述者表示他会坚持继续倾听马奇昆卡部落的"发言人"的情况。

小说的第二章还表现了秘鲁社会各种文化的共存，比如基督教、犹太教和印第安部落的共处。表现文化的融合或是文化的冲突，比如印第安人捕鱼用的是原始的方式，而白人殖民者则使用炸药，他们还使用录音机、自来水笔和水上飞机等先进设备，这些都表明了印第安文化和工业文明的对立。白人殖民者在改变着雨林环境的同时，也影响到了当地印第安人的生活。这种文化融合的后果还表现在新的文化殖民主义的渗透、土著文化被侵蚀、西方化进程和市场经济的介入。正如白人叙述者所说的，这是让一个"还未被征服的世界、还处在石器时代的、宗教神秘文化的、还存在一夫多妻制和微缩人头的社会去面对工业文明的挑战"。如何实现现代化而又不失掉印第安文化的本质，也是小说提出的主题思想之一。正如阿根廷当代人类学家加西亚—坎克利尼（Néstor García-Canclini）所说：整个拉丁美洲只不过是在保护当地文化和接纳新生事物基础上的各种文化之间的斗争。

墨西哥小说家荷马·阿里德希斯（Homero Aridjis）的创作大致可以分为两类：以历史事件为背景的和以未来城市为主题的作品。在后一种类型的文章里，我们要提到的是《太阳的传说》（1993）和《做爱时你在想着谁？》（1995）。这两部小说的共同之处就是都表现了未来世界发生的生态危机和危机来临时带给人类的恐惧。

阿里德希斯对于墨西哥未来的担忧深深反映在小说《太阳的传说》之中。故事发生在公元2027年，小说开篇就是一片灰暗的景象，无法呼吸的空气，没有植物也没有水。原先被湖泊和河流围绕、水道纵横的城市已没有水源，快要干涸而死。没有树木遮蔽的林荫大道消失在灰蒙蒙的天际中。在原来的森林里，死去的植被每天被扔进垃圾箱，就像是绿色幽灵残破的衣裳。通过这些描写，作者让我们看到了墨西哥城不可思议的、黑暗可怖的未来景象，这时它已拥有了两千万的人口和数百万辆机动车，这里的时空已经混乱，充满着盲目的人群和凶悍的机器。作者把这些事件都安排在了一个遥远却又迫近的年代，也就是说他不是要我们去像旁观者一样阅读小说里发生的故事，或是关注那些假想的时空（乌托邦一样的世界），而是让我们走入那可怕的、并不遥远的未来，这实际上就是我们现在所处的环境。只是通过小说的描写，我们提前感受到了将要发生的这一切，而这一切每天都在我们身边发生着。

此外，小说中还出现了许多奇幻情节：主人公胡安·德·贡戈拉的穿墙走壁，克里斯托瓦尔在街角被枪射死后又站了起来，卡洛斯·德兹卡里波卡从他躺着的灰色棺材里坐了起来，还有被绑架的小女孩逃出了禁锢又消失在了别的地方。这些离奇的事件在历史上或是神话故事里都反复出现过，而现在出现在小说中，作者想要借此表现世界的毁灭及人类的末日情结。

荷马·阿里德希斯不仅凭借其文学创作而成为了20世纪末墨西哥最重要的作家之一，他还因环境激进主义而闻名。这一点在他的小说《做爱时你在想着谁?》中得到了很好的印证。作者同样是通过对2027年墨西哥城末日景象的描绘提醒人们，墨西哥正在经历着持续而又毫无控制的发展。小说中出现的蒙特祖马城(墨西哥城的化身)是一个大都市，一个技术高度发展、社会堕落以及随之而来生态危机使人们无法生活的城市。借助第一人称女性叙述者"我"(桑切斯)，作者描写并尖锐地抨击这个处于末日景象的恐怖城市。尽管小说以蒙特祖马城的毁灭为结尾，但阿里德希斯并不是要预言世界末日的到来，而是要宣告"第五个太阳时期"①的结束。依照阿兹特克人的神话，世界的形成和人类的产生可分为不断循环往复的五个阶段，也就是"五个太阳时期"。它们分别是土、空气、水、火和运动的时期。而人类的出现正是在这最后一个"运动的太阳"时期。人类的出现本身就包含了末日将至的信号，所以阿兹特克人想要通过向太阳神献祭来阻止末日的来临。作者正是借用这一神话传说向我们宣告了人类世界一个时期的终结和一个新世纪的开始。

在小说里，作者把蒙特祖马城描绘为一个嘈杂、堕落的迷宫：蒙特祖马城是个人群混杂的地方，在这里充满了罪恶、肮脏、贫穷、性和死亡。② 历史悠久的建筑被拆毁，取而代之的是用水泥、钢筋和玻璃建造成的摩天大楼。过度发展的城市被看作是技术进步的象征。事实上，蒙特祖马城已到处污染。例如叙述者"我"在路上走着，发现天空很美，这并不是由于天气晴朗空气清新所致，而是由污染了的空气形成的畸形的艳丽色彩："空气里充满芳香，这不是田野的芬芳，而是由不知名的物质结合在一起产生的。在金属颗粒和废气构成的海洋里，建筑物已不堪重负，每一天、每一小时都在变换着模样。"(p. 28)"我"还提到了飘浮在城市上空的黄色的云以及被污染了的河水(被叙述者称为"发散恶臭的水")。此外，一些河流被抽干用来在上面盖房，还有一些河流由于干旱少雨早已干涸。没有了水源，城市里也没有了生

---

① Bellini, Giuseppe, 1997: *Nueva historia de la literatura hispanoamericana*, Madrid, Editorial Castalia, p. 25.

② Aridjis, Homero, 1996: *¿En quién piensas cuando haces el amor?* México, D. F., Alfaguara, p. 27.

命的迹象。城市里已没有了绿色植物，只剩下墓地里几棵干枯的树木。人们不得不摆放上人工树木，或是给它们涂上绿色以便看上去更似真实。小说以一场毁灭性的大地震为结尾。这一情节正像阿兹特克人神话所预言的那样结束了“第五个太阳时期”，所不同的是，小说主人公“我”，以及她已分手的男友巴尔达萨尔和一些鸟类幸存下来。小说生动地表现了人类对即将来临的灾难的恐惧感。主人公爱情的挫败被大灾难到来时的恐惧和生命的救赎压倒。鸟儿的歌唱宣告了第六个太阳时期的到来，即工业时代的结束，自然统治时代的到来。作者借助了阿兹特克人的神话告诫我们，技术的过度发展只会带来人类的毁灭，就像西班牙殖民者到达美洲结束了印第安人的统治，直接导致了印第安文明的灭绝一样。而只有自然能够克服技术过度发展带来的恶果，给人类带来希望，引领人类进入一个新的时代。

通过以上对拉美几部生态文学作品的介绍和分析，我们不难看出，拉美生态文学与欧美主要国家的生态文学作品，无论在主题还是内容方面都存在着很多共性。作品主要表现的都是人与自然的关系，其中即包括了《读爱情故事的老人》里人类为发展自身对自然的征服、控制、改造和掠夺，以及自然对人的报复；在《部落发言人》里，人类在破坏自然环境的同时使当地土著人失去其文化本质；在《太阳的传说》和《做爱时你在想着谁?》里所描绘的环境危机来临时人类的末日景象，以及生态诗歌中诗人对自然的赞美和人的自然化。这些相似的主题我们在欧美生态文本中几乎都能找到，但拉丁美洲这块神奇的大陆上孕育出的作品又有着其显著的特殊性。

拉丁美洲是一个多民族文化融合的大陆，在西班牙殖民者到达之前，美洲大陆已有较为发达的印第安文化，如玛雅文化、阿兹特克文化、印加文化等。尽管西班牙征服者的到来给印第安文化造成了毁灭性的破坏，但是印第安人的许多优秀文学作品还是被保留了下来。这其中，敬神的诗歌和口头神话传说占据了很大的比重。例如危地马拉基切人所作的《波波尔·乌》中记述了印第安人的起源和发展的历史，对了解印第安人的文化生活习俗起了重要作用。因此，一些生态小说家试图从这些印第安人古老的神话传说里汲取营养，把印第安人信仰里的生死观、循环观、世界末日观以及人与动植物的相互转化变形等原始思想运用到生态文学作品中去。此外，拉丁美洲的印第安人数千年来与自然和各种生物和谐共处、共同发展的历史，也为生态作家们提供了创作灵感。当代社会科学技术的飞速发展，以及随之而来对自然环境日益严重的破坏，人与自然的矛盾加剧到一个前所未有的程度。如何面对这些挑战，如何做到可持续发展，如何更好地保护自然环境，生态作家们正试图从印第安人的生活经验中找寻答案。

在拉丁美洲文学中，出现过大地小说、土著小说、丛林文学、魔幻现实主义文学等独特的文学流派，它们大都关注的是拉美奇特的自然环境和人文地理。其中的许多优秀作品（如前面提到过的丛林小说的代表作）也都把描写和探讨人与自然的关系作为作品的主题，正如批评家佩德罗·葛拉塞斯所说："自然，更确切地说是大写的自然，凭借其势不可挡的决定性力量，雄伟地矗立在人类面前。"[①]这种奇特的自然环境决定了拉丁美洲文学从本质上有别于欧美文学。在拉美小说中，山脉、丛林、平原、河流等自然景物构成了小说不可分割的重要组成部分，甚至成为了很多小说中与人类平起平坐的主人公。但我们反观欧洲，在资本主义工业化后，真正意义上的自然环境几乎消失。飞速发展的工业化进程不仅导致了环境的破坏和资源的匮乏，同时还严重扭曲了人性，加剧了人类的异化。随之也产生出了许多生态主义思想，如工业和科技批判、生态正义观、简单生活和回归自然观等。而拉丁美洲在第二次世界大战后才开始了真正意义上的工业化进程，经历了30多年的持续增长，各工业部门已基本齐全。工业的快速发展势必导致环境的恶化，作家的写作重心也由"被自然压迫统治的人"转移到了"被人类征服和破坏的自然"这一命题。传统拉美小说中文明与野蛮的定义在新的生态小说中被完全倒置了：人类文明正悄无声息地、用一种野蛮的方式侵入自然，造成了生态的不平衡和许多物种的灭绝。在这些小说中，生态作家关心的已不是阴森可怖并拥有巨大能量的自然，而是人类文明对自然的破坏。

拉丁美洲生态文学的产生是在拉美"文学爆炸"后时期，这就不可避免地带上了这个时期文学的特点。在写作技巧方面，生态文学家像其他"爆炸后文学"作家一样相信"美学总是从属于道德"。他们摒弃了"文学爆炸"时写作技法的不断翻新和文章形式的过分雕饰，也不再依靠作家个人丰富的语汇，而是以作品的内涵吸引读者。此外，拉美生态文学的创作也在"文学爆炸"后的大趋势影响下重新回归现实主义的道路。但这时的现实主义和传统意义上的现实主义已大相径庭，新的时代赋予了其新的内涵。在拉美生态小说中，作家用简单的语言和线性的结构给读者讲述一个个真实感人的生态故事，让读者重新发现阅读的乐趣，而不用去费力思考"爆炸文学"里

---

① Loveluck, Juan, 1969: *La novela hispanoamericana*, Santiago de Chile, Editorial Universitaria, S. A., p. 70.

的晦涩难懂的词句或曲折复杂的叙事结构。因此,很强的可读性也解释了生态文学作品为什么能够成为各大书店的畅销书。

在表现拉丁美洲现实的同时,拉美生态文学也发挥着其社会政治责任,对生态危机和环境污染等进行了有力的批判。这些生态作家正是以他们的作品为武器,以强烈的社会责任感和环境恶化做斗争。正像路易斯·塞普尔维达在一次采访中所说的那番话:"侠盗罗宾汉有两个选择:或站在富人一边或站在穷人一边,今天我们能够记住他正是因为他站在了穷人和弱者一边。我认为作家就是要站在没有话语权的人一边。"①正是作家们这种强烈的社会责任感促成了拉丁美洲优秀生态文学作品的不断涌现,从而传达给我们一个重要信息:保护环境已刻不容缓,这是历史赋予我们的神圣责任。

参考文献

1. Aridjis, Homero, 1996: *¿En quién piensas cuando haces el amor?* México, D. F., Alfaguara.

2. Barry, Peter, 2002: *Beginning theory: An introduction to literary and cultural theory*, Second edition, Manchester University Press.

3. Belli, Gioconda, 1991: *El ojo de la mujer*, Managua, Vanguardia.

4. Bellini, Giuseppe, 1997: *Nueva historia de la literatura hispanoamericana*, Madrid, Editorial Castalia.

5. Binns, Niall, 2004: *¿Callejón sin salida ¿: la crisis ecológica en la poesía hispanoamericana*, Zaragoza, Prensas Universitarias de Zaragoza.

6. Bobson, Andrew, 1999: *Pensamiento verde: una antología*, Madrid, Trotta.

7. Branch, Johnson, Patterson and Slovic (ed.), 1998: *Reading the Earth; New Directions in the Study of Literature and Environment*, University of Idaho Press.

8. Buell, Lawrence, 1995: *The Environmental Imagination: Thoreau, Nature Writing, and the Formation of American Culture*, Combridge, Harvard University Press.

9. Casini, Silvia E., 2007: *Ficciones de Patagonia: la construcción del sur en la narrativa argentina y chilena*, Rawson, Argentina, Fondo Editorial Provincial, Secretaría Cultura del Chubut.

10. Coupe, Lawrence (ed.), 2000: *The Green Studies Reader: From Romanticism to Ecocriticism*, Routledge.

11. De León, Hazera Lidia, 1971: *La novela de la selva hispanoamericana*, Bogotá, Instituto Caro y Cuervo.

① Sepúlveda, Luis, 1999: "Los escritores somos inventores de mentiras, pero no de engaños", entrevista por Alejandra Costamagna, en Rocinate, julio.

12. Flys Junquera, Carmen, Marrero Henríquez, José Manuel y Barella, Julia, 2010: *Ecocrítica: literatura y medio ambiente*, Madrid, Iberoamericana; Frankfurt am Main: Vurvuert.

13. Fuentes, Carlos, 1969: *La nueva novela latinoamericana*, México, Joaquín Mortiz.

14. Garrard, Greg, 2004: *Ecocriticism*, Great Britain, Routledge.

15. Glotfelty, Cheryll & Fromm, Harold, 1996: *The Ecocriticism Reader; Landmarks in Literary Ecology*, Athens, Georgia and London, University of Georgia.

16. Kerridge, R. & Sammells, N. (ed.), 1998: *Writing the Environment: Ecocriticism and literature*, London, Zed Books Ltd.

17. Loveluck, Juan, 1969: *La novela hispanoamericana*, Santiago de Chile, Editorial Universitaria, S. A.

18. Magill, Frank N. (ed.), 1984: *Critical survey of poetry*, New Jersey, Salem Press.

19. Marcone, Jorge, 2007: "Fiebre de la selva: ecología de la desilusión en la literatura hispanoamericana", *Centro Cultural del BID*, núm. 58.

20. Mariátegui, José Carlos, 2004: *Siete Ensayos de Interpretación de la Realidad Peruana*, Rosario-Sta. Fe, Argentina, Kolektivo Editorial "Útimo Recurso".

21. Ñino, Hugo, 2008: *El etnotexto: las voces del asombro: cinco siglos de búsqueda y evitación*, La Habana, Casa de las Américas.

22. Olivier, Santiago Raúl, 1983: *Ecología y Subdesarrollo en América Latina*, México, Siglo XXI.

23. Pérez, Walter Rojas, 2004: *La Ecocrítica Hoy*, San José, Costa Rica, Aire Moderno.

24. Peters, Michael y Irwin, Ruth, 2002: "Canciones de la Tierra: Ecopoética, Heidegger y El Habitat", Tópicos en la educación ambiental, núm. 4.

25. Rueckert, William, 1978: "Literature and Ecology: An Experiment in Ecocriticism", *Iowa Review*, 9. 1.

26. Sábato, Ernesto, 1963: *El escritor y sus fantasmas*, Buenos Aires, Aguilar.

27. Sepúlveda, Luis, 2004: *Un viejo que leía novelas de amor*, 63ª ed., Barcelona, Tusquets Editores.

28. Singer, Peter, 1999: *Liberación animal*, Madrid, Trotta.

29. Steven, Rosendale, 2002: *The greening of literary scholarship: literature, theory and the environment*, University of Iowa Press.

30. Todorov, Tzvetan, 2008: *El miedo a los bárbaros*, Barcelona, Galaxia Gutenberg.

31. Vargas Llosa, Mario, 1985: *El hablador*, Barcelona, Biblioteca de Bolsillo.

32. Williams, Raymond, 2001: *El campo y la ciudad*, Prólogo de B. Sarlo, Trad. de A. Bixio, Buenos Aires, Piados.

33. 陈剑澜：《生态主义话语：生态哲学与文学批评》，王宁主编《文学理论前沿》第一辑，北京，北京大学出版社，2004年，第一版。

34. 李春辉、苏振兴、徐世澄主编：《拉丁美洲史稿》（第三卷），北京，商务印书馆，

1993年，第一版。

35. 王诺：《欧美生态文学》，北京，北京大学出版社，2003年，第一版。

36. 吴继霞：《当代环境管理的理念建构》，北京，中国人民大学出版社，2003年，第一版。

37. 杨通进主编：《现代文明的生态转向》，重庆，重庆出版社，2007年，第一版。